BESTSELLER

Francisco Narla (Lugo, 1978) es aviador, escritor y ha colaborado en radio y televisión. Aunque entre sus publicaciones se encuentran obras de diversa índole, el éxito le llegó principalmente gracias al género histórico, en el que debutó en 2012 con la novela *Assur*. A esta le siguieron *Rōnin* y *Donde aúllan las colinas*. Ya consagrado como uno de los maestros indiscutibles del género, en 2018 obtuvo el I Premio Edhasa de Narrativas Históricas con la obra *Laín. El bastardo*, un gran éxito de crítica y ventas que continuaría en los años sucesivos con la publicación de tres títulos más: *Fierro*, *Balvanera y Breo* y *El celta que desafió a Roma*. En *El buen vasallo* (Grijalbo, 2024), Narla narra una magnífica historia que rebasa las fronteras de los géneros para afirmarse como una obra inolvidable, dotada de personalidad, rigor y amor por la literatura.

FRANCISCO NARLA

El buen vasallo

DEBOLS!LLO

Papel certificado por el Forest Stewardship Council®

MIXTO
Papel | Apoyando la silvicultura responsable
FSC® C117695

Penguin Random House Grupo Editorial

Primera edición en Debolsillo: julio de 2025

Diseño de la cubierta: Penguin Random House Grupo Editorial
Imagen de la cubierta: © Sebastià Martí

Printed in Spain – Impreso en España

ISBN: 978-84-663-8770-5
Depósito legal: B-8.822-2025

Compuesto en Llibresimes, S. L.
Impreso en Novoprint
Sant Andreu de la Barca (Barcelona)

P 3 8 7 7 0 5

Lector, librero, periodista, editor... Han pasado los años, pero sigo pensando lo mismo que al escribir mi primera novela: gracias, muchas gracias por leer estas páginas. Solo el lector puede hacer que el trabajo del escritor merezca la pena.

Para mi linda niña, porque me has visto vadear dos ríos durante las crecidas de invierno... Y jamás abandonaste la orilla.

... En este XIII anno lidió el rey don Alffonsso con Abenalhage en Conssuegra, et fue vençudo el rey don Alffonsso, et metiosse en esse castiello de Conssuegra. En aquella batalla murió Diago Royz fijo de Roy Díaz mio Çid...

Primera Crónica General, *Estoria de España*,
edición de Ramón Menéndez Pidal, 1906

COLMILLO, NEGOCIO Y TRAICIÓN

Año del Señor de 1097

I

Se jugaban el pellejo. Ese era su negocio.

Un descuido se pagaba con un palmo de acero en las tripas. Bastaba una patrulla, un rastreador. Y las moscas con valor para abandonar la sombra tendrían el rancho servido.

No podían avanzar. Solo asomar los hocicos por encima de las piedras.

Y lo que vieron se llamaba desolación.

Los del castillo arrojaban pedruscos, trozos de muralla, muebles viejos y maldiciones. Lo que fuera menos la esperanza. Blasco incluso hubiera jurado que uno, cubierto de vendajes, lanzó una cuna.

Se hizo añicos con un crujido que sonó a lástima.

Pero los moros aguantaban. Y tenían el temple de recoger lo que caía, hasta los pedazos de la cuna. Porque, a no ser por los cadáveres, poco más había.

Los rumores de ambos bandos, desesperados unos, cínicos los otros, eran cuanto se oía en un aire que quemaba. El sol se derramaba con tal justicia que ni las cigarras chiscaban.

—Cinco credos —escupió Nuño por el hueco del colmillo.

Mordió las palabras. Y las sentenció por el mismo hueco, con un gargajo que se estampó en la tierra calcinada.

Aquel colmillo lo había arrancado la lanza de un catalán en Almenar, cuando la soldada la pagaban los moros de Zaragoza. Nuño lo había descabellado como a un mulo con la pata rota. Le hundió la daga en el cogote.

Y al sacar el hierro, entre cuajarones de sangre, se estrenó en aquello de escupir por el condenado hueco.

Una costumbre que se llevaría a la tumba.

Aquel hueco no era peor que la nariz mal recompuesta o la cojera heredada del mandoble de un sarraceno. A Nuño lo habían parido atravesado. Agrio en el carácter y parco en las formas. Hecho de remiendos.

Había abandonado Mansilla sin más fortuna que la espada al cinto y hambre de gloria, confiando su porvenir a la guerra.

Y de la guerra había hecho oficio.

Ambos lo habían hecho.

La guerra era su negocio.

No llevaban más que el gambesón de cuero, sin cota de malla. Con las espadas en sus fundas, con las hebillas embadurnadas de grasa ennegrecida, con las cinchas aseguradas.

Había más de diez mil moros acampando en la llanura. Y de los cristianos en la fortaleza tampoco podían esperar merced; los castellanos se la tenían jurada.

—Si queda algo en los aljibes —rezongó Nuño—, cinco credos y dos avemarías…

Y soltó otro escupitajo. Con tanta fuerza que volteó un guijarro.

Blasco dejó de mirar la llanura, desparramada más allá de la fortaleza, y se dio la vuelta. El guijarro rodó cuesta abajo, hasta estamparse con un hierbajo reseco. Y, en lugar de preguntar, se enjugó el sudor que le corría por la frente.

Conocía el negocio. Y a su compañero.

Habían estado juntos en el asedio de Valencia. Le bastaba oír el tono de los escupitajos.

A Nuño le importaba un bledo si la fortaleza caía. Le preocupaba aquella llanura. Le preocupaba que, en la llanura, algo se pudría. Y no eran los muertos.

—¿Credos?, ¿avemarías? —inquirió con retranca asturiana—. Podemos acercarnos y decirles que ayunen hasta Pentecostés...

Blasco, que tenía el rostro de un santo en el altar y los modales de un ricohombre, era hijo de un hacendado que poseía manzanos en la parroquia de Pando. Manzanos, manzanas y cuatro lagares que, según decía, daban la mejor sidra entre el mar y el Duero.

Nuño lo ignoró con un gruñido.

Ninguno de los dos quería hablar de lo que veían.

En un flanco, entre la hierba reseca y la tierra revuelta, los moros habían crucificado a medio centenar. Algunos de aquellos desdichados, unos pocos, los que no habían sucumbido a la tortura o al sol, aún se estremecían. Como reuniendo fuerzas para morir de una maldita vez.

—¿Ayuno? —soltó Nuño sardónico—. ¡No jodas! Un hambre de cojones es lo que van a pasar. Les han mordido los tobillos, y, como se descuiden, les mastican los huevos...

Y señaló el castillo que llamaban de Consuegra.

El asturiano se escurrió pendiente abajo, no fueran a verle levantar el codo, y echó un trago de la calabaza que habían rellenado al cruzar el río, donde habían dejado los caballos.

Antes de contestar, miró al cielo, roto por un sol que amedrentaba a los buitres. Incapaces de echarse un día más a la carroña, los bichos esperaban a que la canícula concediese tregua.

—También los moros andarán escasos de agua —conjeturó—. Aquí no hay más que rastrojos. No pueden armar un asedio... Y ya tienen bastante botín...

Al pie de las cruces, por entre los cadáveres, pese a la hinchazón y los hedores, algunos había sin más resguardo del sol que los turbantes. Seguían registrando los cuerpos, sajando dedos para robar anillos. Cortando cabezas.

Cabezas que apilaban.

Habían levantado con ellas un macabro otero. Y sobre él habían tendido una escala hecha de postes para las tiendas y lanzas quebradas.

Por aquellos peldaños subía un muecín con aljuba negra para llamar a la oración del mediodía.

No era la primera vez que veían algo así, y no sería la última. Ese era su negocio.

—¡Cagüen el virgo de la Magdalena! Dios y san Pedro dirán...

Blasco entrecerró los ojos y lo miró suspicaz.

—¿Y qué sugiere su paternidad que hagamos con lo que no dirán? —preguntó señalando las cruces, los muertos, la llanura—. ¿Convocamos un concilio?

El flanco era una escabechina. En toda la llanura, que se había bebido ansiosa la sangre, no había lugar peor parado. Allí se había desbaratado la batalla. Allí se había fraguado la derrota de Castilla.

Nuño se atrevió a incorporarse, atento a que no los viese una patrulla.

—Si apesta cuando pisas —rechistó—, mírate la suela con un puñado de paja en la mano...

Nuño aguantaba estoico, pero Blasco volvió a enjugarse el sudor antes de hablar.

—La caballería rompió filas y los moros los envolvieron... Solo uno de los flancos aguantó.

—Dijo santo Tomás cuando metió el dedo en las llagas.

Y al asturiano, a regañadientes, se le escapó una sonrisa que bien podía haberse tallado en lo alto de un retablo, junto a la mismísima Virgen María.

—Si llegamos a Valencia —continuó Nuño sombrío, sabedor de que no las tenían todas consigo—, nos toca cobrar soldada... Te apuesto un quinto a que los flancos los mandaban Alvar Fáñez y el cabrón del *Boquituerto*.

—Alfonso prometió...

—¡Cagüen el rey! ¡Y me cago en Castilla! —cortó Nuño tajante—. A esa bota no basta con restregarla, hay que meterla un mes en remojo para quitarle la peste a mierda —terminó gritando—. ¡Los dejaron en calzones!

—De acuerdo con su ilustrísima —concedió Blasco burlón—, pero baje su eminencia la voz, que hay moros en la costa...

Y en aquel rostro contrahecho el ceño se frunció como el partirse de un leño. No le hubiera servido de inspiración a ningún tallador, a no ser para labrar las bestias del Apocalipsis.

—No me toques el badajo —protestó, malhumorado, pero bajando la voz.

—No se enfade su paternidad —rogó el asturiano, conciliador.

Le respondió el bufido ronco de un oso.

Se dejaron envolver en el silencio. Taciturnos. Esperando sin saber el qué.

Y ni siquiera una brisa misericordiosa se apiadó de aquellos dos.

—¿Cómo se le dice a un padre que su hijo ha muerto?

En tono sombrío, casi lúgubre, fue Blasco el que preguntó. Se atrevían, al fin, a discutir qué los había llevado hasta allí.

—No podemos mentirle... Prefiero echarme a correr cerro abajo y dejar que me atrapen los moros.

Aquellos moros ya se arrodillaban cara al levante. Y los lagartos seguían escondidos y las cigarras sin chiscar.

Sobre las cabezas sanguinolentas, señor de la llanura desde aquel tétrico alminar, el muecín se había vuelto al oriente, hacia La Meca, y había comenzado a entonar. Su rezo, melancólico, se derramaba sobre el campamento y lamía los muros del castillo. No solo alababa al único dios y a su profeta, también juraba que pronto sería oído de un extremo a otro de aquellas tierras castigadas por el sol.

Sacudiendo el mentón con fastidio, Blasco volvió a hablar.

—A Ruy no va a gustarle...

Y otro escupitajo salió por el hueco del colmillo.

—No, a nadie le gusta la traición.

ARENA, SED Y JUGLAR

Año del Señor de 1102

I

Lo seguían. El yesero lo sabía.

Pero su problema era otro. Otros.

Arena, piedra y sed.

Tenía por delante la única frontera que espantaba por igual a moros y a cristianos: el desierto blanco de la Bardena. Una jornada entera de sed y tierras baldías.

Allí, solo los alacranes se sentían a sus anchas. Y allí no sería fácil desembarazarse de su perseguidor.

Podía buscar el norte o el sur, donde se prometían bosques, o al menos matas verdes donde darle esquinazo. Pero su destino estaba al oeste.

Y el yesero sabía que lo seguían. Sin embargo, no sabía el porqué.

—Mierda...

A veces hablaba solo. Y se maldijo por lo sucedido en la posada.

—¿Quién me mandaría a mí meterme?

Pero el yesero era un tipo práctico. Romántico incluso. Lo de la posada ya no tenía arreglo. Era agua pasada. Y él no iba a dejar de hablar consigo mismo, y tampoco despegarse aquella maldita costumbre de buscarse enemigos.

Dejó colgado un reojo en el hombro, como si ajustase la correa del hatillo, y siguió caminando. Por la arena, hacia el oeste.

Al menos la primavera era apenas una promesa y el calor no amenazaba con socarrarle los sesos.

Por delante tenía el desierto. Detrás, más problemas.

II

Las huellas desaparecieron de pronto. Se esfumaron. Las mismas que había seguido desde la amanecida.

Terminaban sin más en la arena. Como si su dueño hubiera echado a volar. Y por más que miró a todos lados no supo a dónde había ido. Allí no había lugar en el que esconderse.

A lo lejos se veían montes desgastados, cansados. Malabaristas que sostenían en sus cimas piedras que se negaban a caer. Y, más lejos aún, se adivinaba el verde de los bosques.

Pero allí solo había arena.

El juglar se quedó donde estaba, empapado en dudas.

Las primeras collalbas de la temporada pasaron volando, buscando un lugar menos inhóspito en el que esperar el buen tiempo.

Su presa se había desvanecido.

Recolocó sobre el hombro la correa de la vihuela y se rascó el cogote.

Así, atónito, lo sacudió el impacto.

En un abrir y cerrar de ojos quedó inútil. Una mano le agarraba el mentón, impidiéndole volverse. Y una rodilla le apretaba el corvejón, impidiéndole dar un paso.

Y no era todo. Un cuchillo amenazaba con afeitarle por última vez.

—¿Qué quieres?

La pregunta resonó, tan desafinada como el acorde que escapó de las cuerdas de la vihuela, estremecidas por la sacudida.

Y antes de que las cuerdas dejasen de vibrar, el filo apretó la delicada piel bajo la nuez.

III

Al dueño no, pero a las cuerdas se les pasó el susto y, cuando callaron, el yesero volvió a preguntar.

—¿Qué quieres?

Y la gota de sangre que se escurrió por el filo dejó claro que no habría una tercera.

—Calma, por los candados de Toledo, ¡calma! —balbució el juglar.

Y cuando tragó para reunir valor sintió el acero morder la piel.

—Se me ha ocurrido un buen negocio —mintió ronco—. Bueno para los dos.

El cuchillo no aflojó y Martín temió haber juzgado mal al yesero.

A Martín lo conocían como *Mañana*. Eso quienes le tenían aprecio suficiente para preguntar cuándo pensaba saldar sus deudas. Quienes se habían convencido de que jamás cobrarían le dedicaban apelativos menos cariñosos.

Era como un gato, siempre caía de pie, aunque parecía incapaz de despegarse del agüero de que vivía la séptima y última de sus vidas.

Su padre fue uno de los pocos con redaños para campear las orillas del Tajo después de que los moros claudicasen Toledo. Con la ilusión de la que solo los desesperados hacen patria.

Se jugaron lo poco que tenían a cambio de todo lo que querían.

Pero en la frontera era más fácil perder la vida que ganar el jornal.

Martín lo había visto.

Junto al fuego que consumía la casucha, donde ya no quedaba más que el pellejo de la oveja machorra que los moros habían destripado para el almuerzo. El niño había cavado con sus manos las tumbas de su padre y su hermano. Con su madre y su hermana camino de Algeciras, para ser vendidas como esclavas.

Sucio, hambriento y descalzo, la pena lo había llevado a pedir limosna a las puertas de San Llorente, donde, tras un chaparrón que le caló hasta el alma, un cura gordinflón se apiadó.

Le ofreció sopa que no era más que la cuarta cocedura de un hueso sin hebra de carne. Y al criajo le supo a gloria.

Allí lloró por fin. Se desahogó en el hombro del sacerdote, intentando deshacerse de la pegajosa culpa. Haberse librado de la matanza mientras pastoreaba le anudaba el estómago.

—Se llama Elvira —le dijo al páter, como si repetir el nombre de su hermana pudiera salvarla.

Durmió a los pies de la cama del cura hasta que intercedió con un juglar para tomarlo de aprendiz.

Y había aprendido el oficio. También a trampear en los juegos de manos y a cargar los dados. Pese a los sermones, había comprendido que eran los dineros y no el sudor de la frente los que espantaban el hambre.

—Búscate otro perro para ese hueso… —masculló el yesero.

—¡Por los clavos de Cristo! —exclamó Martín con un gañido—. No pierdes nada por escuchar…

Al cabo, la daga se apartó, la mano se relajó y la rodilla se retiró.

—No me sigas.

Sonó como una piedra afilando una guadaña.

El yesero guardó el cuchillo en una extraña funda, oculta en algún rincón del tabardo. Y se separó para marcharse.

—¡Vamos! —intentó conciliador, llevándose una mano a la garganta y alzando la otra a modo de súplica.

Las botas, cargadas de leguas, ya caminaban hacia el oeste, crujiendo sobre la arena blanca de la Bardena.

—Te juro por las espinas de la corona que no te arrepentirás —dijo con toda la urgencia que le permitió el hilo de voz que le quedaba—. Haremos buenos dineros, ¡fácilmente!

Martín ya solo podía verle la espalda, que se alejaba.

Abrió la boca para decir algo más. Pero no se le ocurrió el qué y boqueó como pez fuera del agua. Resopló, se arrancó el gorro y lo tiró al suelo. Maldiciendo entre dientes.

—¡Quieres llegar a Compostela!

Y los pasos se detuvieron. Aunque el yesero no se dio la vuelta.

IV

Regordete, corto de talla, de voz cantarina y risa floja. Martín no le daba jamás la cara a un problema si podía darle la espalda.

Además de líos de faldas, deudas de juego y promesas incumplidas, su mayor logro había sido malgastar hasta el último cobre ganado honradamente gracias a su voz y la vihuela.

—Y los dos sabemos que no peregrinas para visitar el santo sepulcro —soltó atropellado.

—Guárdate tus treinta monedas...

Y el yesero añadió algo más:

—No te perdonaré la vida una segunda vez.

Tan solo unas semanas antes, el juglar hubiera puesto pies en polvorosa, pero en Pamplona le había quedado claro que no podía permitirse esos lujos.

—No te creo —replicó con un chasquido de labios resecos—. Vi lo que hiciste por el cisquero... Y por su hijo... Yo estaba allí.

Aquello levantó el codo del yesero. Aun teniéndolo de espaldas, Martín supo que se había llevado la mano al colgante, le había visto hacerlo en la posada de Siya.

Encontró en sus tripas el valor y el juglar se acercó.

Aquel, el que no peregrinaba a Compostela, le sacaba una cabeza. Y había demostrado que podía dejarlo en el sitio sin esfuerzo. Por eso no quiso mirar a otro lado ni pensar en otra cosa. Clavó los ojos en el manchurrón que el yeso había dejado a media espalda en aquel tabardo de lana engrasada, viejo y gastado.

—¡Solo unos días! No te pido mucho, solo unos días, luego podrás continuar camino...

Una racha de viento se arremolinó en la arena. De algún lugar lejano, corriendo por aquel páramo desierto, llegó el cacareo de una avutarda, empecinada en el cortejo pese a que aún no se hubiera anunciado la primavera. Y la misma racha de viento revolvió el olor gredoso de la Bardena, donde la frontera era la más dura de las fronteras, porque al hambre, a la miseria, a la desgracia de que unos u otros despellejasen inocentes, se unía aquel desierto, que costaba siete leguas, escondite de bandidos, gentes sin alma, y quién sabía qué otras alimañas.

—¡No puedes pagar el pasaje!

YESO, FUEGO Y PARDOS

Año del Señor de 1102

I

Era cierto, no podía pagar el pasaje.

Se había deslomado trabajando en el yeso. Se había jugado la vida, y había ahorrado suficiente para llegar a Compostela, incluso más allá. Había ganado tanto como para embarcarse sin tener que trabajar en un pesquero que aprovechase la travesía.

Había puesto el destino a sus pies.

Y, sin embargo, días después, sus ahorros se habían esfumado.

Días después, el yesero lo perdería todo en la posada de Siya.

II

El yeso era un trabajo duro.

El yeso era piedra y fuego, sudor y polvo. Sangre y lágrimas. Pero aún podía ser más duro. Cuando no quedaba más remedio que hacerlo en la frontera, a expensas de que cualquier día fuera el último.

Allí, en la frontera, en las yeserías de la Bardena, si uno estaba dispuesto a jugarse la vida, podían hacerse dineros.

El muchacho, que había perdido una mano el verano anterior, estaba subido en la cima. Y hacía lo único que podía: servir de vigía. Se aseguraba de que el humo quedase atrapado en las ramas tendidas sobre las hornadas.

Pero el muchacho empezaba a cabecear.

Junto a la pila y el agua bendita le habían puesto el nombre de Alvar, pero le llamaban *Cagaprisas*.

Esa tarde, sin embargo, las prisas lo habían abandonado. El sueño lo vencía.

Había descubierto que una sola mano bastaba para ciertos trabajos, propios de la edad y menos agotadores que el yeso. Y en el valle del Roncal, de donde había salido la cuadrilla, se había quedado la muchacha que, por primera vez, le había sonreído como mujer. Aquellos trabajos lo habían mantenido en vela, ocupado bajo el pellejo de lana. Ocupado bajo el pellejo y mordiéndose el labio, para que los otros seis no escuchasen.

Sabía cuál era su obligación. Pero el sueño pesaba más que la responsabilidad.

Debía estar atento.

Y debió haber visto la polvareda que levantaban los caballos. Pero la cabeza se le rindió sobre el pecho.

III

Unos se ocupaban de alimentar el fuego. Echaban los fajos de sisallo en la cúpula, atentos a que las llamas estuvieran al gusto de Satanás. Tiznados de hollín, con ojos enrojecidos por el humo, y churretones de sudor corriendo por sus mejillas. Llevaban alimentando aquel infierno desde el amanecer. Y el yeso seguiría pidiendo fuego hasta la siguiente noche. Puede que hasta los gallos.

Algo más lejos, los otros levantaban un horno gemelo en un cortado del terreno. Colocaban los piedros que habían llevado hasta allí en interminables viajes. Cada yeso debía encajar con sus vecinos y, al tiempo, formar la bóveda que albergaría el fuego. Habían empezado incluso antes que los otros tres, y las hileras de piedros aún no les llegaban al hombro.

A unos y a otros les faltaba mucho por hacer.

Tras cocerlo, habría que esperar cuatro jornadas a que enfriase. Desarmar los hornos. Llevárselo hasta el molino, y ensacarlo después de molerlo.

El yeso era un trabajo duro.

Escondía cien maneras de perder la vida.

Y Zacarías, el que mandaba la cuadrilla, las conocía todas. Pero los derrumbes no avisan.

Zacarías era un tipo nervudo. Como el martillo de un herrero. Y sabía lo que hacía. Se ganaba el pan con el yeso desde los tiempos en que Almutamán decidiera que en la capital de su taifa de Zaragoza habría un palacio capaz de avergonzar a las viejas glorias de Damasco.

Y era Zacarías el que tenía medio cuerpo metido en el túnel, bajo las hiladas de piedros de la segunda hornada.

Meticuloso, repasaba la bóveda con la luz de un hachón. Si se venía abajo antes de que las piedras se cociesen, el trabajo quedaría arruinado.

IV

Y el *Gallego* esperaba. Esperaba, mientras Zacarías tanteaba la bóveda, Rubén elegía más piedras para seguir apilando y, en el otro horno, los dos hermanos y Mendo se turnaban para alimentar el fuego.

Y el Gallego. Al que llamaban el Gallego, porque no había pila bautismal que aguantase el nombre ni cura dispuesto a hacerle la señal de la cruz. El Gallego esperaba.

Esperaba a que Zacarías le dijese que podían continuar.

En tanto, con aire distraído, tenía una mano junto al cuello. Bajo las uñas podía verse el indomable polvo del yeso, que se metía hasta en las grietas del alma. Y los dedos eran recios, capaces de partir nueces a pellizcos. Y, sin embargo, acariciaban con delicadeza el colgante. Una bolsita de cuero, sobado y aceitado mil veces.

V

Sonó como una ramilla seca al partirse. Incluso menos.

Pero a los hermanos les dio por reírse. Seguramente Mendo había soltado alguna gracia. Porque Mendo era capaz de chascarle al demonio mismo, con cuernos, rabo y envuelto en llamas, que las prisas nunca son buenas consejeras, que vigile a dónde lo llevan, porque el muerto aún respira.

Rubén, que era un judío renegado que se había cortado los rizos de las patillas y se afeitaba escrupulosamente cada mañana, estaba revolviendo los piedros, y aquel resquebrajarse no le sonó distinto al entrechocar de lo que tenía entre las manos.

Y el Gallego, al que llamaban el Gallego por su empecinamiento en ganarse unos maravedíes y marchar a Compostela, se había perdido en algún recuerdo que bailaba en el horizonte.

Nadie lo escuchó. Aquel crujido que fue como una rama al partirse.

Solo Zacarías, aquella rama se le partió encima. Tuvo tiempo para soltar un juramento. A recular a gatas ya no le dio tiempo. Antes de moverse, el crujido se había convertido en trueno.

Y aquel tronar sí lo escucharon todos.

Mendo no llegó a contar qué le había dicho el obispo a la monja que cosía el calcetín. Y lo que Rubén dijo al volverse ni siquiera lo dijo en la mezcolanza que se hablaba en la frontera, sino en hebreo.

La bóveda tembló primero. Luego colapsó.

Y como el Cagaprisas soñaba con sonrisas y los otros no podían ver otra cosa que las gastadas alpargatas de Zacarías saliendo de los restos de la hornada, ninguno se dio cuenta.

El humo se escapaba desde hacía un buen rato y, desde el sur, al trote, llegaban tres jinetes.

VI

El Cagaprisas siguió durmiendo. Los dos hermanos, salidos de Córdoba cuando subieron los impuestos a los cristianos, se llenaron la boca con sendos paternóster. Y Rubén miró a Mendo y Mendo miró a Rubén.

Solo el Gallego reaccionó.

VII

Una de las alpargatas, que brotaba entre los piedros como una mala hierba, se sacudió.

El Gallego empezó a sacar los yesos, lanzándolos a su espalda con tanta fuerza que a punto estuvo de aplastarle un pie al judío.

Las piedras más pesadas eran las que se usaban para la base y la bóveda, las más pequeñas se dejaban para colmatar la hornada. No era fácil manejarlas. Hacían falta sangre y voluntad para sacar una tras otra sin siquiera respirar.

Les gritó a los demás que echasen una mano.

—¡Zacarías!, ¡Zacaríaaas!

El sudor le bañaba el rostro y las venas en sus brazos palpitaban.

Los demás se unieron a la faena.

—¿Zacarías?

Y les faltaban manos. Y nunca antes habían pesado tanto los yesos. Y nunca antes les había parecido que iban lentos en el trabajo.

El muchacho bajó corriendo desde la cima, braceando su único brazo con angustia. Ahora sus prisas tenían buenas razones. Y sus prisas lo hicieron tropezar.

Dio con sus huesos en el suelo. Cayó junto a la primera hornada, donde las llamas se volvían brasas.

Para cuando llegó hasta los demás, con el rostro arañado, rosa por la mezcla de yeso y sangre, ya solo quedaban un par de hiladas por encima de los talones de las alpargatas.

—Por tu madre, ¡contesta! —rogó Mendo resollando, sin rastro de chanza en la voz—. ¡Zacarías!

El primero fue un ruano de andar corto que cargaba los cuartos traseros, y le siguieron dos tordos más temperamentales, de paso vivo, tan parecidos que debían ser hermanos. Ninguno de ellos se espantó por el ruido o los gritos, ni siquiera por el fuego. Eran monturas entrenadas. Y también sus jinetes. Bastaba un vistazo para adivinarlo. Llevaban cota de malla, espada al cinto, lanza al estribo.

Las bestias y los hombres conocían la guerra.

Jalaron de las riendas a veinte pasos, mirando en derredor, haciéndose cargo. Y una de las piedras rodó hasta quedar junto a los cascos del ruano que montaba el jefe, que bajó la cabeza para olisquearla con curiosidad. No pudo evitar un estornudo cuando el yeso se le metió en los ollares.

Y aquel ruido extraño tiró del hombro de Mendo. Los demás no se dieron cuenta. Él sí. Le gustaban los caballos, aunque estaba acostumbrado a tratar con los robustos potros de las montañas norteñas, no con las grandes bestias criadas para el combate.

El jefe de los jinetes se quitó el yelmo y retiró la capucha de la cota. Con parsimonia, se quitó también la cofia que protegía del peso de todo aquel hierro. Los tres lo hicieron. Y de cejas para abajo los tres estaban cubiertos del yeso blanco de la Bardena, que se pegaba incluso al alma.

A Mendo no se le ocurrió una sola broma.

Parecían espectros.

VIII

Fue el Gallego quien lo sacó.

Los demás ya estaban sin aliento y echaban a los piedros más jadeos que manos. A uno de los hermanos, sin darse cuenta, ya se le había rebelado la barbilla y negaba pesaroso, convencido de que era inútil. Y el Cagaprisas, que ni siquiera se había llevado su única mano a la mejilla rasguñada, bailaba sobre la punta de los pies como si el suelo ardiese.

Pero el Gallego no se rindió.

Y fue su mano, polvorienta, de uñas machacadas y dedos amoratados, la que agarró la pelliza del viejo y tiró para sacarlo de aquella tumba en vida.

Zacarías renació. Magullado, espantado por el miedo y mordiendo el aire a bocados.

El viejo yesero empezó a toser.

Los demás resoplaron con alivio. Y Rubén, tras volver la cabeza al cielo, alzó las manos con los pulgares tocándose y los dedos a pares, formando una de las letras de su lengua para entonar una plegaria incomprensible.

—*Ye-va-re-khe-khah Adonai ve-yish-mere-kha...*

Entonces, como el granizo, cayó la pregunta.

IX

Ninguno de ellos respondió.

De haberse detenido a pensarlo, incluso Alvar Cagaprisas, que tenía más bien poca sesera, hubiera comprendido que el jinete tampoco esperaba respuesta. Había preguntado por echar a andar las palabras. Porque resultaba más provechoso parlamentar primero y amenazar después que echar mano a las espadas e intentar que los muertos contestasen.

Pero ninguno de ellos respondió. Ni siquiera Mendo, que no callaba ni bajo el agua.

Y el jinete, tras hincar los talones y obligar al ruano a dar dos pasos, volvió a preguntar.

—¿Puedo ver la dispensa para la yesería?

El tono dejaba claro que ya sabía la respuesta.

Tragó Rubén con tanta fuerza que, en el silencio, se oyó el chasquido de su garganta, y las toses que Zacarías intentaba apagar.

El que los mandaba era alto y espigado, la cota parecía pesar más que lo que contenía, y una fea mancha del color del vino le arruinaba la mejilla y la sien derechas. Pero su expresión era la del pedernal. Hablaba con la autoridad que solo regalaba la práctica. Y aquella autoridad la refrendaron los otros dos, que sacaron las lanzas de los estribos y las acomodaron bajo los sobacos.

Bastaba picar espuelas para arrollar a los yeseros.

Al muchacho Alvar se le encogió tanto lo que guardaban los calzones que todo él pareció perder un palmo de altura. Y aquella sonrisa de la muchacha del Roncal se esfumó por primera vez en días.

Zacarías intentó contener las toses. Él era el capataz. Pero, si se tenía en pie, era porque el Gallego le pasaba el brazo por los hombros. Aún no se había escurrido el susto y solo respirar dolía, estaba seguro de haberse roto dos costillas.

Ni siquiera había tenido tiempo de dar gracias al cielo.

Pero no era momento de misericordias. Era él quien había armado la cuadrilla. Era él quien conocía al alarife moro que pagaba bien el yeso, que pagaba sin preguntar ni de dónde ni cómo.

—Hay permiso…

Empezó inseguro, trastabillando las palabras con la necesidad de echar un trago de agua que lavase el yeso atravesado en la garganta.

—Hay permiso desde que se le arrancó Arguedas a los moros…

Aquella mancha, como vino derramado, se arrugó en un ceño fruncido.

—¡Qué memoria la mía! Cierto, así lo mandó el rey tras la conquista...

Y calló por un instante, dando tiempo a que la primera hornada crujiese, quejosa por perder calor. Entonces levantó una mano al cielo con el dedo extendido, y lo sacudió.

—Claro, claro —y la expresión contradecía el tono, porque nada amigable había en ella—. Aunque creo recordar, y no tengo buena memoria —hasta el Cagaprisas, más ocupado con otros pecados, supo que aquello iba contra el octavo de los mandamientos—, que se otorgó a quien quisiera vivir en territorios ganados a los moros. Así de magnánimo se mostró nuestro buen rey —y su opinión del monarca también sonó a falso testimonio—. Así que la casa debe ser grande, tan grande como la Aljafería de Zaragoza... Aunque yo de yesos no entiendo —hizo una pausa—. Lo mío es la guerra.

Y todos lo supieron. Aquellas últimas palabras eran la única verdad que había dicho el jinete.

En alguna homilía había escuchado Zacarías aquello del evangelio de Marcos de que oyesen los sordos y hablasen los mudos. Y hubiera querido el capataz que aquello no fuera la Bardena, sino el mar de Galilea y que por allí anduviesen el mismo Jesucristo y sus doce. Porque se quedó mudo, sin hacer otra cosa que llevarse la mano al costado, que dolía con solo respirar.

Pero el jinete tenía la lengua suelta. No le hacían falta respuestas.

—¡Carajo, mi maldita memoria! —exclamó dándose una palmada en aquella sien manchada de vino—. Ahora me acuerdo de que se prohibió dedicarse al oficio si se trataba de vender el yeso... Sí, de eso sí me acuerdo.

El acento lo delataba como leonés. Y el acento decía la verdad. Era leonés, de la montaña, donde los inviernos eran duros y los hombres se criaban recios, porque o se criaban o se los llevaban las heladas, como a los brotes tiernos. Su nombre era Baudelo y los otros dos respondían ambos por Antón. No porque fueran hermanos o siquiera parientes, ambos eran gallegos, pero lo del nombre era pura casualidad, uno era de Lugo y el otro de un lugar olvidado en los montes de Urdiñeira, donde habían terminado los rebeldes cuando la guerra por la corona de Galicia, antes de que cayese Toledo en manos cristianas.

Los llamaban las *Tres Gracias*.

Baudelo hizo una pausa en la que se pasó la mano por el rostro, como si pudiera limpiarse aquella mancha. Miró a los yeseros de hito en hito y, sacando también la lanza del estribo, continuó:

—Prohibido. Más aún si se trata de vender el yeso a los moros —amenazó abiertamente—. Por eso le pueden echar a uno la soga al cuello...

Y ahora fueron los tordos que montaban los dos Antones los que avanzaron, como si hubieran comprendido. Y sus jinetes equilibraron las lanzas.

Los yeseros rindieron un paso atrás, su negocio era aquel, los piedros. Y ninguno de ellos sabía qué hacer ante el acero.

Fue entonces cuando el Gallego habló:

—Los de Peñalén tampoco tienen dispensa...

X

Y Alvar Cagaprisas se meó encima.

No pudo evitarlo. Incluso levantó el muñón para persignarse y le quedó el gesto a medias hasta que se acordó y cambió de brazo. Hizo tres veces la señal de la cruz y miró al cielo.

Presintiendo el humor de su jinete, el ruano relinchó con disgusto y pateó el suelo, preparándose para la carga. Más inquieto que los tordos.

Todos los yeseros se encogieron, estaban atrapados contra las hornadas. Iban a ensartarlos. Rubén incluso cerró los ojos y bisbiseó una de sus jaculatorias en hebreo. Asombrosamente, Mendo continuó en silencio.

Zacarías, resollando, intentando apagar el dolor en el costado, solo agachó sus viejos ojos cansados.

Pero antes de que el leonés diese la orden, el Gallego volvió a hablar.

Y el Cagaprisas se llevó una nueva sorpresa. La voz del Gallego no falló una sola vez, pese a las tres lanzas que le buscaban la vida.

—Basta con que uno de nosotros escape...

Todos contuvieron el aliento.

Sin percatarse siquiera, Mendo se llevó una mano a la boca y se mordió los nudillos. Como si contuviese un grito después de que un piedro le hubiese aplastado los dedos del pie.

—Basta con que uno de nosotros escape y haga correr la voz —aseguró el yesero—. Lo del barranco no se ha olvidado. Cuando se conquistó Arguedas colgaron en la plaza a los del barranco Peñalén... Al rey no le agrada que anden por ahí quienes son capaces de matar al que calce la corona...

El jinete clavó en el Gallego sus ojos oscuros. Y el rostro del leonés tenía la expresión cruel de un gato ante la ratonera.

Pero continuó sujetando las riendas. Refrenando la carga a la que el ruano quería lanzarse.

—¿Qué sabrá un yesero de mierda? —escupió.

—Lo suficiente —replicó el Gallego sin dudarlo—. Tres caballeros solos. A su aire, y con tanto camino encima como para llevar puesto más yeso que nosotros. Y rumbo a la taifa de Zaragoza... —Alzó la mano libre para señalar a los jinetes y sus monturas—. Necesitáis reparar arreos, los tordos van mal herrados, las lanzas se han enderezado más de una vez, y ese ruano que montas hace un par de años que no ve bien... Eso es lo que sé. Lo que no sé es en qué bando estabais. Pero no importa. Ambos fueron condenados... Por traición.

El resto de los yeseros se olvidó de las lanzas. Todos miraron al Gallego con la sorpresa pintada en el rostro.

—Sois buscavidas, *pardos* sin señor haciendo fortuna en la frontera —afirmó sin vacilaciones—. Y todos sabemos que los jueces siguen pagando buen precio por la cabeza de cualquiera de los que despeñaron al rey Peñalén abajo.

Por primera vez, los jinetes flaquearon. No el de la mancha

de vino en la cara. El leonés no mostró debilidad, pero los otros dos, los Antones que montaban a los tordos, se miraron el uno al otro. Y quedó entre sus miradas un encaje de incertidumbre.

Sin embargo, el Gallego no dudó.

—Si cargáis, puede que os salga bien. O puede que os salga mal. Basta uno de nosotros para buscaros la ruina...

Dejó que el mensaje calase.

—Además, aunque nos despachéis a todos, aquí no tenemos otra cosa que pan viejo, mondas de queso, las herramientas y yeso a medio cocer, que no vale nada... —Se tomó un momento—. Que no vale nada... aún.

Recalcó las últimas palabras. Y dejó que el silencio regalase tiempo para pensar.

En la primera hornada las piedras volvieron a crujir.

—¿Y qué sugieres?

El Gallego respondió de inmediato. Tenía bien pensadas sus palabras antes de decirlas. Y no imaginaba que lo llevarían a la ruina.

Cuando terminó, el leonés aún tenía más preguntas.

—¿Dónde?

—En Siya, en la posada que hay antes de entrar a la medina.

—¿En la pocilga del tuerto?

POSADA, CISCO Y LECHÓN

Año del Señor de 1102

I

La avutarda volvió a colgar sus cacareos en la brisa. No había otro pájaro en todo el condenado lugar con más ansias de que la primavera comenzase.

Y Martín se acercó con pasos rápidos. Con la vihuela rebotando en su espalda, respondiendo con estridencia al ansioso pajarraco.

—Yo estaba en la posada cuando lo del lechón, ¡lo vi todo! Me mandaste cantar *Los infantes*.

El yesero giró apenas el rostro. Y el juglar atiborró el silencio.

—No lo olvidaría, ni aunque me cortasen la cabeza como a san Dionisio —exageró ansioso—. El Cid gusta. Siempre se pagan bien sus hazañas —siguió sacudiendo las manos, como un niño contando lo grande que era el lobo al otro lado de la sierra—. Sobre todo el destierro...

—No fue un destierro, fueron dos —cortó seco el yesero, lúgubre.

La duda bailó en el rostro de Martín.

—Bueno, es más fácil así... —se excusó el juglar—. No siempre se puede ser fiel a lo que pasó —continuó inseguro—. A veces hay que exagerar un poco, otras cortar por lo sano... Las historias necesitan vestirse...

Pellizcado por la pasión, el juglar parecía dispuesto a explicar el oficio, como si hubiera olvidado qué hacía allí, en el blanco desierto de la Bardena, en tanto el sol amenazaba calor y la condenada avutarda no callaba.

El yesero lo interrumpió con disgusto.

—Y cuando pasó la tormenta, te quedaste a fisgonear...

—Sí —admitió después de vacilar—, el posadero me dijo dónde encontrar al otro, a...

—A Zacarías.

—Sí, Zacarías —las palabras tropezaban con la prisa—. Dijo que no sabía tu nombre, que te llamaban el Gallego...

Le dejó un silencio para negarlo, pero la única respuesta fue el recio raspar de los dedos en el sobado cuero del colgante.

—... Que trabajabas duro —continuó atropellado—. Que apareciste en el Roncal y te ofreciste por el jornal... Que quieres ir a Compostela...

El yesero, aquel al que llamaban el Gallego, no dijo nada.

—¡Saliste de la posada sin un cobre! Te hacen falta dineros —se desesperó Martín.

Nada.

Y el juglar suplicó como si le rezase a un santo.

—Te hacen falta dineros, y yo sé cómo conseguirlos...

II

Ninguna guerra es capaz de apagar las pasiones de los hombres. Y mucho menos los vicios.

Y en aquella frontera, la que un día reclamaban los castellanos, al siguiente los aragoneses, después los navarros y entremedias los moros, ya fueran de Zaragoza o llegados de la

Ciudad Roja, había donde encender esas pasiones y saciar esos vicios.

La medina de Siya era un lugar pobre, con el pellizco justo de prosperidad para esquivar la miseria. La mezquita era un barracón; el zoco, dos tenderetes. Todo el pueblo era una cuerda deshilachada, y de sus extremos tiraban demasiadas manos. Pocos quedaban con un oficio honrado o la voluntad de congraciarse con el único dios y su profeta, o con cualquier dios y cualquier profeta. Solo los que no habían encontrado el modo de prosperar en otro lugar.

Pero si la medina resultaba poco recomendable, menos aún los arrabales. Donde incluso los perros se lo pensaban dos veces antes de rebuscar en los vertederos. En el alfoz de Siya, si así se podía llamar a cuatro huertas, tres casuchas y dos pozos que se secaban en verano, era fácil acabar en el puchero. Y para tan triste final tanto daba que fuese a manos de los que comían marrano como de los que no, porque el hambre sacudía sin distinguir religiones, dioses o profetas.

Y allí, en el alfoz de Siya, había una posada.

Una posada que no desmerecía de las miserias de la medina. Apenas un par de habitaciones, otras tantas cuadras y tres barricas, dos de vino aguado y una tercera en la que se mezclaba, cada noche, lo que sobraba en las jarras que los parroquianos no vaciaban.

En la posada de Siya, mientras hubiera monedas con las que pagar, se podía beber un trago, comer algo, dormir en paja no muy sobada y, por encima de todo, tener la seguridad de que no habría preguntas por contestar.

Porque en la posada de Siya no importaban moros o cristianos. La posada de Siya era frontera. Nadie tenía nombre. Y si alguno se escapaba al calor de vino, se olvidaba pronto.

Y el juglar no estaba allí por gusto. Nadie lo hacía. Pero las deudas apretaban y, al contrario que el buen Dios, las deudas sí ahogaban.

Cantaba, engolando la voz con pena, haciéndose cargo de cómo en Burgos no había almas cándidas que echasen una mano al recién desterrado Cid, tan injustamente tratado por el rey Alfonso, que se había dejado llenar los oídos con injurias.

Y aquello solía recibirse bien en la frontera, donde no se le tenía aprecio al rey, y menos al conde que había soltado aquellas injurias. Sin embargo, los otros tres parroquianos no le prestaban atención. Jugaban a los dados y sus manos, negras de hollín, delataban su oficio. Eran dos compadres y un crío que espantaban el cansancio del duro trabajo. Dos hombretones de espaldas cargadas y un chico al que las perrerías de la vida aún no habían deslomado la ilusión.

Eran cisqueros. Quemaban ramajos de las podas de encina para convertirlos en carbón, menudo y pobre, que salía barato.

La jarra de la que bebían sería el pago por la última carga de cisco para la cocina de la posada. Y no cruzaban apuestas, el único que miraba bailar los dados con emoción era el chico.

Y Martín lo envidió. Y se resignó. De ellos no sacaría un triste cobre.

Aun así, sentado en una silla coja, junto a la mesa más pequeña, que no era más que medio tonel aserrado, donde el posadero había dejado un vaso del vino más barato, el juglar siguió recitando. Con la esperanza de que llegasen clientes más prósperos, dispuestos a echar algo que no fueran pelusas en la gorra sobre el tonel, junto a aquel vino que, además de aguado, estaba tan avinagrado como para que un trago dejase la lengua hecha felpa.

Y llegaron clientes. Pero no pensaban pagar en cobre, sino en acero.

III

Delante de la posada, un gato negro con una sola oreja, la otra se la había llevado de recuerdo el mordisco de una pelea por amoríos, acosaba a una rata. Un bicho casi tan grande como él mismo. Le hubiera espantado el hambre que le asomaba entre las costillas por una buena temporada, pero la llegada de los nuevos clientes estropeó la cacería.

El tronar de los cascos de los caballos le aconsejó esconderse. Seguido por el torbellino de un rabo agitado, se escabulló entre los coscojos que nacían a unos pasos de la posada, donde se acumulaban escombros que, años antes, habían sido la casucha de un tipo que repujaba cueros. Cuando el viento cambiaba, aún se percibía el dejo de las pieles.

Un relincho anunció a los recién llegados y se coló hasta el interior, donde el posadero alzó las pelambreras pelirrojas, atiborradas de liendres. Respondía al nombre de Félix y tenía un rostro inconfundible. De uno de sus ojos no quedaba más que una fea cicatriz por la que a menudo supuraban humores amarillentos, pero el otro, el sano, tenía el verde más intenso que pudiera imaginarse.

Un tipo escaso de voz llorosa, del que se rumoreaba que era judío repudiado. Y no hacía negocio por los vinos que vendiese, tanto a cristianos devotos como a moros poco mirados, las comidas que sirviese o las habitaciones que rentase. No, sus ganancias estaban en las comisiones de los tratos que se cerraban en su local, el único en diez leguas a la redonda donde venía a ser lo mismo a quién le rezase cada cual, de quién se escapase o a quién se persiguiese.

Y, en cuanto los vio entrar tras el relincho, el posadero envidió al gato de una oreja, al mismo al que, de tanto en tanto, regalaba las sobras rancias.

De haber podido, también se hubiera escurrido por entre los coscojos de aquel callejón lleno de escombros.

Entraron acompañados por el cascabeleo del hierro, con una vaharada de cuero sobado y sangre vieja. Iban cubiertos de pies a cabeza, como si acabasen de despachar moros. Y entraron como dueños del suelo que pisaban.

Al juglar se le atragantó un verso, y su cantar se atoró en el aire embadurnado con grasa de estofados recalentados.

Pero el que mandaba a los caballeros le puso coto de inmediato.

—¡Nadie te ha mandado callar!

Sin un pelo, ni siquiera en las cejas. Con el rostro curtido hasta parecer un pellejo al sol, era como el bloque de piedra que el cantero abandona desesperado, incapaz de hincar el cincel.

Aquel vozarrón le sacudió a Martín dos patadas en la boca del estómago.

Y pese a los retortijones del miedo, la posada se llenó con el triste paso por Burgos del mío Cid desterrado.

El dueño de aquel vozarrón sonrió satisfecho. Y, acto seguido, los tres que traía tras él rieron complacientes.

—Buenas nos dé el Señor —tronó de nuevo girándose al posadero—, ¿acaso no hay un buen vino que servir a un buen cristiano? Traemos el gaznate seco desde Nájera.

A Félix le entraron las prisas. Antes de que los recién llegados asentaran las posaderas, ocupando la mesa más grande, ya estaba arrimado a la cuba que, en la trasera de la posada, escondía bajo lonas. La única de la que él mismo bebía.

Y se apresuró aún más para servir. De repente sus mejillas hacían juego con sus guedejas pelirrojas.

Con una jarra en una mano y cuatro vasos entre los dedos de la otra, no tuvo tiempo de dejarlos en el tablero barnizado de grasa que servía de mesa.

La mano del caballero brincó como un relámpago y atrapó la nariz del posadero con la fuerza de un cepo. Hasta que el ojo sano del pelirrojo empezó a llorar.

—¿Qué has oído últimamente?

A Félix se le doblaron las rodillas. Los vasos tintinearon.

—Nada, ¡os lo juro! —logró decir con la voz tomada, como si los mocos le llegasen de los tobillos a las orejas—. Nada...

Los dedos empezaron a girar, arrastrando las guedejas pelirrojas como para enroscar la cabeza del posadero en el poste carcomido que tenía tras él.

Y Félix se corrigió de inmediato.

—N... Na... Nada, mi señor Ojarra.

La mano giró en el otro sentido, y las greñas pelirrojas, como un perno falto de aceite, tardaron en seguir la orden. Por la mejilla del posadero caían lagrimones como puños. Y, aunque hacía esfuerzos por reprimirlo, al fondo de la garganta le burbujeaba un quejido.

Ya no se oía el dado rodar. Y uno de los cisqueros había echado el brazo por encima de los hombros del chico. Pero el zagal, incapaz de comprender el peligro, miraba la escena embobado. Se echaba hacia delante. Y sus ojos, del color de la miel, pugnaban por abrirse aún más.

Y Martín seguía tocando, aunque nadie escuchaba cómo, al compás de las cuerdas, el mío Cid hincaba la rodilla frente a Santa María para acometer el destierro como buen cristiano, encomendándose al Padre en los cielos, pero fiándose de la espada a su cintura, más pegada al terrenal valle de lágrimas.

Y Ojarra, al que no le hacían falta pendones, porque el nombre y la mención a Nájera lo delataban como navarro, continuó a lo suyo.

—¿Le crees?

La pregunta la recibió uno de sus acólitos.

—No —concedió uno bajo y nervudo al que llamaban Laínez, echando atrás los labios como un perro listo para morder—, no le creo.

La mirada de Ojarra se volvió a clavar en el pelirrojo.

—Y no querrás que le diga eso al conde, ¿verdad?

—Hace unos días pa... Pasó uno con aires de veterano —dijo, con la voz tan tomada que al juglar le costó entenderlo—. Pa... Parecía un veterano —y se apresuró a añadir algo más—. Le pre... pregunté, ¡sin levantar la perdiz! Pero no soltó... p... pre... prenda.

Aún más que el chico sobre la mesa, el juglar se inclinaba en su silla. Continuaba recitando, el mío Cid lamentaba su miseria, pero la mano en los acordes y la voz en los versos se las apañaban por su cuenta. Martín no prestaba atención a los hombres del Campeador, que no podían cobrar su soldada, Martín era todo oídos.

—¿Un veterano?

—E... Eso creo, aunque e... era demasiado joven —volvió a tartamudear el tabernero.

Y la mano de los vasos ya no aguantó más, dos de ellos cayeron al suelo para romperse en añicos.

—¿Joven? ¿Lo trajo en brazos el cura que le dio sacramento...?

—No pue... No puede ser uno de los que buscáis —logró responder Félix, con las rodillas ya en el suelo, junto a los vasos rotos—, demasiado joven pa... para el asedio de Valencia.

Y al juglar se le iluminaron los ojos.

IV

Aquella gorda rata no había vuelto a aparecer, pero el gato seguía rondando y, subido en la escombrera, mientras se lamía una pata que luego frotaba en los bigotes, vio pasar a los yeseros.

Entraron en la posada con prisa. Como si llegasen tarde, como si quisieran haberse marchado ya.

Y cuando se disipó el pesado olor del yeso, antes de que hubiera terminado de acicalarse, volvió a alzar el rostro bigotudo para olisquear, pero no descubrió el rastro de la rata, sino un tufo a metal y cuero.

Alguien más venía. Y le seguía la desgracia.

V

Al muchacho lo habían dejado soñando con sonrisas, junto a Mendo. Del que no se fiaban para que mantuviese la boca cerrada y hubiera que pagar el precio, que bastante tenían con lo acordado.

A Rubén lo animaron a marcharse. Tenía que llevarle su parte a un primo que mercadeaba en Huarte y que, a su vez, se lo haría llegar a su madre en la judería de Tarragona.

Y los hermanos se habían ofrecido a ayudar en el trance, pero Zacarías les había dado permiso para que se acercaran a

Pamplona, donde podrían malgastar lo que había quedado con las espuelas de la juventud.

Solo Zacarías, renqueante, y el propio Gallego, sobando el colgante que le pendía del cuello, llegaron esa tarde a la posada de Siya.

Llevaban lo acordado. Dos tercios de lo cobrado por un mes de duro trabajo en las yeserías de la Bardena. Ese era el trato.

Pero se sentían afortunados de seguir con vida, al menos hasta que cruzaron el cochambroso umbral.

Entonces les cocearon las dudas.

VI

Lo primero que vieron al entrar, y lo hubieran visto de noche, sin candela y entre niebla cerrada, fue el narizón del posadero. Rojo, virando al morado, y rodeado de lágrimas que su dueño hacía por disimular con un trapajo sucio.

—Buenas —los saludó, apartándose de una mesa con cuatro caballeros que no se volvieron hacia la puerta—. Queda algo de estofado de liebre —anunció como leyendo una bula papal.

Y las dudas cocearon. Conocían el local, y aquella cordialidad sonó más falsa que una moneda de trapo. Casi tanto como la liebre del estofado, que estaría emparentada con el famélico gato de una oreja.

Y las dudas crecieron. Los caballeros no eran los *pardos*, sus *pardos*. Eran hombres a las órdenes de un señor. Las mallas impecables y los aires fanfarrones eran buena señal de que contaban con quien pagase soldada. Más aún, la cobraban a menudo.

Había también unos cisqueros que saludaron por lo bajo, entendiéndose los unos y los otros por el oficio; los unos llenos de hollín, los otros embadurnados de yeso.

Los únicos sitios libres eran dos taburetes desvencijados a

la mesa de un juglar mofletudo que recitaba las penurias del mío Cid en su destierro.

Y al Gallego se le escapó un reniego que trajo la mano de Zacarías a su hombro.

—Habrá que esperar —dijo resignado.

Se sentaron junto al juglar y, sin saludar, el Gallego le tiró de la manga.

El gesto desbarató los dedos en las cuerdas. Y sonó como si le hubieran pisado la cola al gato aquel de una sola oreja.

—Atina, ¡pazguato! —gritó malhumorado uno de los navarros.

Se había levantado para llevarse los dados de los cisqueros sin preguntar si habían terminado la partida.

Y el juglar, tras lanzarle una mirada furibunda al culpable del desaguisado, agitó los dedos en el aire para retomar.

—¿Por qué no cambias de tonada? —lo interrumpió el yesero, con un dejo que tenía poco de sugerencia y mucho de orden—. Algo de los infantes de Salas iría mejor.

Y el juglar no tuvo tiempo de negarse, a uno de los navarros le pareció una magnífica idea.

—Eso es, ¡pardiez! Y no escatimes en los versos sobre Doña Lambra —apremió Laínez—, ponle seso al contar cómo se baña —instó lascivo—. No te dejes detalle...

Y los versos de Doña Lambra no resultaron del gusto de todos. A uno de los presentes no le bastó una historia de venganza y muerte.

Uno de ellos, como uno de aquellos perros que echaban a correr tras los moros, quería sangre fresca, no adobada de músicas.

VII

Fue el que mandaba a los navarros, el que respondía al nombre de Ojarra. Él fue quien se hartó. Mucho antes de que el juglar cantase la venganza de Doña Lambra.

—¡La música es para bujarrones! —gritó.

Y se levantó como si cargasen los almorávides. Echó la mano a la bolsa y, sobre aquel tablero barnizado de grasa rancia, estampó dos sueldos de plata.

Los viejos maderos retemblaron. Las monedas repicaron como campanario tocando a difunto.

Al juglar se le cayeron los ojos. Se le quedó el verso a medias. Se detuvo la mano en las cuerdas. Y al zagal de los cisqueros le faltó un amén para levantarse. Jamás había visto tantos dineros juntos. El brillo de la plata a la luz de las candelas que acababa de prender el pelirrojo lo dejó pasmado.

Y pese a la mano de su padre, que intentaba inculcarle seso a base de tirarle del hombro. El tal Ojarra se fijó en el chico.

—¡Chico! —bramó—. Cógelas, que no muerden. Ve, pregunta por las casas... Consigue un lechón...

Y todos supieron que se avecinaban problemas.

Todos supieron que, de la posada de Siya, más de uno saldría con los pies por delante.

VIII

No había terminado el juglar de recitar las primeras estrofas, aún estaba relatando la boda en la que acabaría por derramarse sangre y reclamarse venganza. Aún quedaban largos versos para contar cómo Doña Lambra se bañaba en el río para ser sorprendida.

Y con Doña Lambra todavía vestida, para disgusto del chico, al que estaban por caérsele las orejas, entraron en la posada los *pardos*.

Y al instante quedó claro que dos perros rabiosos se miraban a través del callejón, dispuestos a liarse a mordiscos.

Todos lo comprendieron. Todos menos el chico. El chico quedó encandilado. Las emociones crecían como marea de luna llena.

Como saludo, uno de los Antones escupió. El otro soltó un

reniego. Y Laínez se burló con una risa que sonó a trastienda de carnicero.

No quedaban sitios libres.

En el medio tonel que ocupaban el juglar y los yeseros no había dónde poner más codos. Pero en el antiguo banco, al que habían claveteado unas patas más largas, donde se habían acomodado los cisqueros, aún quedaba espacio.

El posadero los animó a que se apretasen y, de algún lado, seguramente del revoltijo de lonas junto a aquel único barril bueno, sacó dos taburetes más y una cesta de mimbre cargada de piñas secas para el fuego. Y en la cesta, tras amables palabras, acabó el chico de los cisqueros, que era el único incapaz de protestar por salir perdiendo.

En todos los años que el negocio llevaba abierto, jamás se había mostrado Félix tan solícito, incluso pasó por aquel remedo de mesa la misma bayeta resucia con la que había estado sonándose.

Quedaron así los navarros a un lado, los *pardos* y los cisqueros al otro y, en medio, el juglar y los dos yeseros.

Y los festejos de la boda bailaban en los versos del cantar.

Zacarías, que se aventó lo peor, intentó alzarse para finiquitar sus negocios y poner tierra de por medio. Pero el Gallego, más sensato, lo detuvo con una mano en el antebrazo.

—No hasta que se vayan los navarros —susurró bajo la tonada.

El ceño de Zacarías se frunció, pero se sentó, resignado, con un resoplido que dejó ante su cara una nube de polvillo blanquecino.

Al principio, en tanto la boda avanzaba, se contentaron con echarse miradas por encima de los hombros. Con algún cuchicheo fanfarrón. Incluso pareció que las aguas podían amansarse.

Fue un espejismo.

—Es lo que tiene la frontera —bramó Ojarra después de acabar el vino en su vaso—, no siempre se encuentra uno en buenas compañías.

—Eso mismo dijo el rey Alfonso en Zalaqa —añadió Laínez, socarrón.

—Y el cura en el putiferio —remató Ojarra—. ¡Pero el muy cabrón se quedó hasta el amanecer!

Los navarros rompieron a reír.

Los *pardos* no.

Y el chico también rio entre mejillas coloradas. Y uno de los otros dos, el que debía ser su padre, el que tenía los mismos ojos almendrados y la misma nariz aguileña, lo mandó tragarse aquella risa y agachar la cabeza.

Un rubio con la cara picada se animó a contribuir.

—Cada quien tiene que saber cuál es su sitio —espetó mirando sin reparos a la mesa de los *pardos*—. Porque no todos los imbéciles tienen la suerte del cura...

—Hay cuellos para los que nunca falta soga —secundó Laínez.

Y los *pardos* se revolvían inquietos en sus asientos. Bisbiseaban mirando de reojo a los yeseros; y aguantaban el chaparrón.

—Es lo que tiene la frontera —cargó de nuevo Ojarra—. Se puede encontrar uno con hideputas. De la peor calaña, más miserables incluso que moros recién desembarcados.

—Dispuestos a matar por calderilla —ratificó Laínez—. Gentes sin condición. Sin honor.

La paciencia se acabó, o se rompió. Y el *pardo* Baudelo se levantó.

—Silencio —tronó—, no escucho al juglar.

Y el verso, en el que mataban al criado de Doña Lambra, tembló en los labios de Martín. Pero no se le ocurrió detenerse, trastabilló con la lengua en los dientes, hasta disimular un gallo que le subió por la garganta como una mala digestión.

El que no lo pensó fue el cisquero, se puso en pie y tiró de su hijo. Y fue a decir algo, a despedirse como buen cristiano, pero el navarro no lo consintió.

—¡Que nadie se mueva! —bramó Ojarra con aquel vozarrón que era el derrumbarse de una catedral.

Repasó la posada con el entrecejo fruncido. En su calva brillaba el sudor, podían verse los reflejos de las candelas que había prendido el posadero.

—Siempre viene a mano tener quien dé palabra de lo sucedido, para que no haya malentendidos con los hombres del alcalde...

Ahora sí que Martín se tragó el acorde y los tres últimos versos. Y pegó un brinco cuando el navarro le gritó a la cara.

—¡Canta! ¡Canta! ¿No lo has oído antes? Ese majadero quiere escuchar qué fue de Doña Lambra y los bujarrones de los infantes...

El dedo apuntaba a Baudelo.

—Mira a ver si te apañas para cambiar los versos —ordenó Ojarra—, a ver si consigues que rimen encular y cobarde.

Aunque no supo cómo, Martín encontró redaños para continuar.

Y el leonés, cínico, siguió el compás con la cabeza, fingiendo escuchar algo sublime. Hasta que se detuvo y miró sin temor a los ojos del navarro.

—¿Cómo reza el salmo? —preguntó—. «Canten y alégrense los que estén a favor de mi justa causa...».

Todos sabían lo que iba a pasar, y ninguno de ellos quería que pasase. Quizá el chico sí. Quizá porque Gonzalo, que así se llamaba, no había conocido otra cosa que el duro trabajo del cisco y, por primera vez en su vida, veía algo que sonaba como aquellos versos del juglar.

Los dos caballeros se aguantaron el gesto, midiéndose. Hasta que Ojarra se hartó.

—¡La música es para bujarrones!

Y sacó dos sueldos de plata y los estampó en la mesa como si fueran clavos.

—¡Chico! —bramó Ojarra—. Cógelas, que no muerden. Ve, pregunta por las casas... Consigue un lechón...

IX

La daga del rubio de cara picada afiló una de las patas que le habían puesto al banco para que sirviera de mesa. Y Laínez se encargó de los nudos con una soga vieja que el posadero sacó de los trastos junto a las lonas.

El padre del chico había tenido el cuajo de protestar. Y el pomo de la espada de Ojarra se había estrellado en su cabeza; ahora yacía inconsciente, junto al medio tonel.

—¿Vivirá? —preguntó Zacarías con el ceño fruncido.

Tras ellos, chillaba el lechón. Y el alboroto de los navarros apenas dejaba oír.

—Que no se pare —le gritaba Laínez al chico asustado—. Si lo hace, lo azuzas, ¿está claro?

Los dos Antones hablaban por lo bajo con Baudelo. Manteniendo un concilio lleno de consejos, sabedores de que pintaban negras.

—¡Trae una maza! —le ordenó otro de los navarros al posadero.

En un abrir y cerrar de ojos se desataron los infiernos. El diablo en persona se había dignado a entrar por la puerta, tras darle una patada al gato sin oreja, y se disponía a disfrutar del espectáculo.

—¿Vivirá? —insistió el otro cisquero, arrodillado junto a los yeseros.

Con aquel trapajo que usaba Félix para embadurnar las mesas, empapado en agua, el Gallego limpiaba la brecha abierta en la frente.

—Tiene más posibilidades que él —acabó por contestar, sacudiendo el mentón hacia el hijo.

Habían arrinconado las mesas, las sillas, los taburetes, hasta la cesta de piñas. Y con la maza, que por fin había traído el posadero, el rubio de la cara picada clavaba en el suelo de tierra pisada la estaca improvisada. Mientras, Ojarra y el leonés se quitaban las cotas de malla. Sus vidas iban a depender de la agilidad con la que se moviesen.

Junto a la estaca, con los ojos entrecerrados, temblando de miedo, el chico sostenía al lechón, que no paraba quieto. Intentaba zafarse y chillaba presa del pánico.

Mientras enlazaba una de las patas del cochinillo con un nudo corredizo, Laínez, que era poco más alto que el chico pero el doble de ancho, seguía gritándole, haciéndose oír por encima de las protestas del lechón.

—¡Que no se arrincone! ¿Me has oído? No dejes que se pare, ¡y ándate vivo! —añadió con una risotada—. Te va la vida en ello.

El padre del chico, ido, murmuró algo ininteligible y el Gallego le habló al otro cisquero.

—Intenta conseguir un trapo limpio para un vendaje.

Luego se giró a Zacarías.

—Alcánzame el zurrón y dile a esa chinche del posadero que nos venda algo de alcohol, cualquier destilado. Hay que limpiar la herida antes de coserla.

Para entonces, el otro extremo de la soga se había atado a la estaca. Y el rubio de la cara picada le lanzaba pullas a los dos Antones para que fijaran la apuesta, a ver qué querían jugarse además del honor.

X

No tenía más que dos palmos de seda en el zurrón, pero aún le quedaba una buena aguja y, ante el asombro de Zacarías y del otro cisquero, el Gallego cosió la brecha después de rociarla con un espiritoso de sidra de pera que vendían unos moros de Zaragoza.

Para cuando hubo terminado de vendar el desaguisado, el otro cisquero musitó un agradecimiento quedo, cohibido por las sorpresas. La sorpresa de que aquel extraño supiese lo que hacía, y la sorpresa de que les ayudase sin pedir nada a cambio.

Zacarías le puso la mano en el hombro. Y el cisquero se

presentó como Gutier, explicó que el inconsciente era su hermano Pedro y el muchacho, como era fácil adivinar, su sobrino.

Para entonces, el juego estaba por comenzar.

Y la sangre por derramarse.

XI

El Antón que había salido de Lugo se encargó de vendar los ojos del leonés. Y el rubio con la cara picada hizo lo mismo con Ojarra. Luego, cruzando miradas cargadas de desprecio, cada uno comprobó el trabajo del contrario.

Ni Baudelo ni el navarro podían ver. Y ambos tenían sendas dagas en las manos.

—¡Sin trampas! —gritó Laínez ejerciendo de árbitro—. Las cuchilladas bajo los riñones —dijo soltando la mano con un ejemplo—, buscando al lechón.

Ni Ojarra ni el leonés necesitaban más instrucciones. Había llegado el momento.

—¡Suéltalo!

Y el chico no se movió. Miraba acongojado cómo recostaban a su padre contra una pared y, con los nudillos blancos, sujetaba con fuerza al animal.

El lechón se debatía. Intentaba escapar. Gruñía.

—¡Suéltalo!

El chico se sobresaltó. Más que soltarlo, lo dejó caer.

Y el lechón, trastabillando por la cuerda, empezó a correr al tuntún, a todos lados y a ninguno. Corría asustado, hasta que la soga se tensaba y le daba un tirón que lo hacía tropezar. Caía, se levantaba, volvía a correr.

Y chillaba.

Chillaba espoleado por el miedo. Correteando entre las sombras de los dos hombres.

Y los dos hombres, con las dagas en la mano y los ojos vendados, empezaron a girar en torno a aquellos chillidos que taladraban los oídos como un berbiquí.

Unos estaban atenazados por el miedo. Otros excitados por la apuesta.

Y ni los unos ni los otros se dieron cuenta de que la soga, como todo en aquella podrida posada de Siya, empezó a deshilacharse.

XII

El *pardo* hizo silbar en el aire la primera cuchillada, que pasó a dos palmos largos del lechón.

Danzando casi, moviéndose sobre los dedos de los pies, agachados, como en cuclillas, rondándose el uno al otro, con las dagas en la mano, los dos hombres, hijos de la guerra y la rapiña, ahijados de la frontera, buscaban la muerte.

Y los demás vitoreaban, cada uno a su bando, peleando también con las intenciones, sacudiendo los puños, insultándose.

Otra cuchillada más, del navarro, cortó el aire.

Y el chiquillo se había derrumbado en el suelo, como un muñeco de trapo. Sollozaba con ojos aterrorizados.

—Papá, papá —llamaba entre hipidos—, papá.

Y el lechón se agotaba, corriendo de un lado a otro, chillando sin cesar.

—Papá…

—¡Calla, desgraciado! —bramó Laínez.

El Gallego hizo ademán de levantarse, de ir a buscar al chico, y Zacarías lo detuvo. Lo sujetó por el brazo con aquellas manos endurecidas por los piedros. Lo sujetó tan fuerte como pudo, porque aquel rubio con la cara picada lo había visto y había desenfundado.

No lo hubiesen escuchado, el escándalo mordía los oídos. Pero no hacía falta hablar. El que se moviese iba a cenarse dos palmos de acero sin masticarlo, directo a las tripas.

XIII

Uno de los dos Antones, el que se había criado en los montes gallegos, había visto de niño cómo un carro atropellaba a sus dos hermanos pequeños.

En aquellos montes entre Galicia y Castilla, las ovejas tenían algo de cabra, era un lugar de riscos donde el ganado debía trepar para arrancar las hierbas entre los tojos. Todos los años algún cordero se despeñaba monte abajo.

Aquel día, que se llevaría a la tumba para recriminárselo al mismo san Pedro, el carro estaba en la ladera, y su padre lo cargaba con las raíces de enebro que llevaba semanas arrancando. Luego las destilarían para obtener el aceite que servía para sanar las heridas y, lo más importante, para verter en el umbral de los corrales. Creían a fe ciega que era el único modo de evitar que las sierpes se colasen de noche para robar la leche de las ovejas recién paridas.

Antón ayudaba a su padre. Podía recordar el intenso olor de las raíces, que se pegaba durante días a la camisa. Y sus hermanos, demasiado pequeños para el trabajo, azuzaban a las inquilinas de un hormiguero.

Muchas veces su padre les había prohibido jugar delante del carro cuando lo dejaban en una pendiente como aquella. Pero allí estaban las hormigas.

Y la piedra que calzaba la rueda se movió.

El carro no estaba lleno, la carga era liviana. Pero la piedra se movió.

Antón la vio humillarse, hacerse a un lado. Rodar pendiente abajo.

La piedra pasó junto a los críos. Ellos no se dieron cuenta. Y el carro se lamentó con un chirrido de su eje. Echó a rodar, lentamente, con pereza.

Su padre estaba demasiado lejos. Antón dejó caer su carga, arrancó a correr entre tojos y zarzales. Gritó. Pero los niños estaban ensimismados.

El carro ganó velocidad.

Esa noche, en la posada de Siya, volvió a vivir aquella sensación de impotencia. Aquella rabia por la injusticia.

No chirriaba el eje del carro. Pero el lechón no dejaba de chillar.

Baudelo tropezó con la cuerda y cayó al suelo. Y Antón volvió a ver, pese a los veinte años que mediaban, volvió a ver aquella piedra humillarse, escurrirse a un lado.

El carro echó a rodar.

Baudelo se derrumbó hecho un ovillo. Cayó con tanta fuerza que sus dientes entrechocaron como un martillo en el yunque.

Y el navarro aprovechó su oportunidad.

La cuchillada estalló como un relámpago, se clavó a unos dedos del cuello del leonés. Y para entonces el lechón ya trotaba en la otra dirección, enredando la soga en las piernas de Baudelo.

Y el leonés no esperó a que el hierro volviese a buscarle el gaznate, se revolvió en el suelo y lanzó la daga al frente. A punto estuvo de afeitar al navarro, que se echó atrás justo a tiempo.

Impotente, Antón vio cómo aquel maldito carro cobraba velocidad.

Ganaba el que daba muerte al lechón. Pero los dos hombres buscaban algo más que la victoria.

Se apartaron abriendo distancia. Los dos sabían que la distancia era el único escudo que nunca fallaba. Los dos habían luchado contra el moro.

Inclinaban el rostro, intentando oír por debajo de los vítores, los gritos, las maldiciones. Intentando oír bajo los chillidos del gorrino.

Y los dos se buscaban la vida.

El lechón, agotado, se paró. Temblaba, a punto de derrumbarse. Y Laínez, con cuidado de no entremeterse, echando el torso atrás, no fuera a lloverle una cuchillada, se acercó hasta el chico y le dio una brutal patada en los riñones.

—¡Que no se pare!

Y como el chico no se movió, volvió a descargar otra vez la bota.

—¡Muévete, imbécil!

A gatas, espoleado por tantos miedos que no hubiera podido contarlos, el chico llegó hasta el lechón y le dio una palmada en los cuartos traseros.

El pobre animal chilló.

Y echó a correr.

Las pezuñas golpeaban el suelo de tierra pisada. Y apenas se oían porque, con la nueva carrera, los hombres redoblaron sus vítores, sus pullas, sus ansias de sangre.

La soga se tensó en las piernas del leonés, que también se tuvo que arreglar a gatas, como el chico. Movía la daga de lado a lado con una mano, con la otra intentaba deshacer el enredo. Los dedos buscaban desesperados las vueltas de la soga.

Ojarra escuchaba atento. Esperaba su oportunidad como el puño de un avaro al fondo de una bolsa vacía. Tanteaba con las puntas de los pies, con los nervios a flor de piel y la daga lista.

Se acercó al barullo.

El lechón chilló y apretó la carrera, hasta que la soga se tensó y, en lugar de darse la vuelta, siguió tirando.

El navarro se echó encima del ruido.

El chico quedó en medio. El lechón siguió tirando.

La soga escupía hebras con cada empellón. Espoleado por el miedo, incapaz de entender por qué no avanzaba, el animal tiraba, rebotaba, resbalaba, y volvía a tirar.

—Papá...

Pero su padre no podía oírle.

El chico, a rastras, inundado de lágrimas, intentó apartarse.

Los dos buscaban salvar la vida, el lechón y el chico.

Su padre recuperó la conciencia a tiempo de ver al diablo, que no solo había entrado en la taberna, también se animaba a probar el vino de la barrica especial. Y el horror lo paralizó. Solo pudo chillar aún más fuerte que el pobre animal.

La soga se partió.

El lechón salió a la carrera.

Vio la luz mortecina de la tarde, que se colaba entre las rendijas de la puerta, y se volvió sobre sí mismo para echar a correr entre los hombres, por el hueco que quedó entre las piernas del navarro y el chico.

Chillando.

Pasó como una exhalación.

El leonés intuyó lo que venía. No intentó zafarse de la cuerda, se echó atrás sobre los codos, con prisa, apartándose de los chillidos.

El navarro dio un paso adelante, con el acero listo.

El chico se encogió y se cubrió la cabeza con los brazos. Lloraba. Temblaba.

—Papá, papá...

Los primeros ojos en cerrarse fueron los del posadero. La vida lo había llevado a aquellas miserias, pero prefirió no verlo.

El padre, más entero, intentó levantarse. Y le fallaron las piernas.

El rubio con la cara picada, echando reojos para no perderse el desenlace, se puso en medio, con el acero al frente, para que nadie encontrase el coraje de entrometerse.

El juglar, que cantaba hazañas pero no tenía interés en vivirlas, se acurrucó como el crío, pero en la esquina más alejada. Porque peor que no tener más que unos míseros cobres era tenerlos y estar muerto.

Antón vio a sus hermanos alzar el rostro en el último momento, olvidadas las hormigas, con el tiempo justo de contemplar cómo la muerte rodaba hacia ellos pendiente abajo.

El lechón pasó entre el laberinto de piernas, chillando. Y el sonido guio la daga del navarro.

El animal se libró.

El acero entró en el costado del chico. Y él también chilló.

—Enganché al marrano y no al lechón —soltó fanfarrón Ojarra, convencido de que le había acertado al leonés.

Y no tuvo tiempo de quitarse el trapo de los ojos con la

otra mano, porque la voz le dijo a Baudelo lo que necesitaba saber. La mancha del color del vino se retorció.

Se aupó como una sierpe, alzando el torso, y soltó un tajo que le cortó el muslo al navarro a dos dedos de la hombría que le colgaba entre las piernas. Y de inmediato empezó a manar la sangre.

—¡Hijo de puta!

Laínez fue el que gritó. Pero todos reaccionaron. No quedó un acero en el hogar de sus fundas. Todos salieron con la misma intención. La de matar.

Al rubio de la cara picada lo enganchó la hoja de uno de los dos Antones. Y el otro que también llevaba ese nombre conjuró aquel carro y se echó encima de Laínez.

Fue entonces cuando el Gallego se entrometió.

El único que no se llevó su ración de hierro fue el lechón. Se quedó jadeando junto a las rendijas de la puerta.

Al otro lado, el gato al que le faltaba una oreja había atrapado a la gorda rata y se la llevaba prendida del pescuezo, dispuesto a darse un festín entre los escombros.

Tras él dejó un rastro de sangre.

XIV

Junto a ellos pasó aquel gato al que le faltaba una oreja, con andares de príncipe camino a la coronación, incluso los miró con un reojo condescendiente.

Ninguno de los dos le prestó atención.

—Hijo, ¿estás seguro? —preguntó Zacarías con el ceño fruncido.

Sin mediar palabra, el Gallego se limitó a asentir.

—Todos en el Roncal estarán dispuestos a esconderte —insistió el otro.

Y el ofrecimiento parecía sincero, aunque el viejo yesero se guardó de mencionar el miedo tras aquellas palabras. Habría represalias para quien le diera cobijo. Pero no lo dijo, solo se volvió a tocar el costado, donde abultaban las vendas.

—Llegaré a Compostela —afirmó el Gallego, comprendiendo y callando.

A las puertas de la posada de Siya, mientras caía la noche y el gato, relamido, con el estómago lleno, buscaba un rincón donde echarse a dormir, ellos dos hablaban.

Se despedían. Aunque no quisieran reconocerlo. Y a los dos se les atragantaban las palabras.

En el interior, el posadero intentaba poner orden. Y, bajo las guedejas pelirrojas, tarareaba una alegre tonada; pese al desaguisado y a los muertos, una sonrisa le bailaba de oreja a oreja.

Su bolsa estaba llena.

A Félix, posadero de Siya, que tenía al menos tres juegos de dados trucados junto al barril del que solo bebían él y las visitas ilustres, le había cundido la jornada.

Y en el umbral, entre los unos y el otro, se acodaba el juglar contra la jamba de la puerta, comido por la curiosidad.

—Ese cagajón pelirrojo acabará por hablar —aseguró Zacarías.

—Lo sé —afirmó sin dudarlo—, pero para entonces ya estaré lejos.

Los interrumpió un ruido. Los dos se volvieron.

El cagajón pelirrojo perdió el hilo de la tonada. Al juglar lo apartaron de un empujón, sin miramientos. Y no protestó.

Por la puerta, a trompicones, salía el cisquero.

Pese al vendaje parecía recuperado, y trotó hasta los otros dos para atrapar al Gallego en un abrazo de oso.

—Gracias —logró decir al cabo, cuando se le desató el nudo que le atenazaba la garganta—, gracias.

Y con lágrimas en la comisura de los ojos apretó aún más.

El Gallego no intentó desembarazarse.

—Se ha quedado con suficiente para tres o cuatro días, no dejes que os eche —advirtió refiriéndose al posadero, que se había unido al juglar y los miraba desde la puerta—. El chico... Gonzalo necesita descansar, los dos necesitáis descansar.

Separándose al fin, el cisquero se llevó las manos al rostro.

Los dedos que secaron sus mejillas estaban castigados por el trabajo. No tenían práctica con aquella tarea.

Había algo espinoso en ver a un hombretón así incapaz de contener el llanto.

Finalmente alzó aquellas manazas y las dejó caer en los hombros del Gallego, que tuvo que asentar los pies para mantenerse derecho.

—Gracias —repitió con la voz quebrada.

Había mucho más que decir, pero el cisquero, como le había pasado a Zacarías, no encontraba las palabras. El único que parecía no haber perdido la lengua era el gato, que empezó a maullar.

El Gallego también le puso las manos en los hombros y, cuando quedaron enlazados, lo libró de la carga de romper el silencio.

—Lo sé, no te apures... Lo sé —afirmó sincero—. Anda, ve con tu hijo.

Como si lo hubieran clavado en la misma tierra, entre la hierba pisada y las matas de tomillo al borde del camino, aún tardó en darse la vuelta.

El posadero, incapaz de conmoverse, había vuelto a la faena, y el juglar se hizo a un lado para dejarle pasar, pero se quedó donde estaba. Y fingió contemplar la puesta de sol.

El gato siguió maullando entre los escombros.

Y a Zacarías se le escapó un resoplido, como si un piedro le hubiera caído en el pie.

Fue en ese instante cuando alzó la bolsa.

La misma bolsa con la que habían llegado a la posada, esa en la que llevaban los dos tercios de lo que habían ganado con el yeso, el soborno de los *pardos*.

La sostuvo como un niño que, al regresar a casa con la cabeza gacha y las rodillas despellejadas, le tiende a la mano paciente de su padre las riendas del potro que ha cogido sin permiso.

El Gallego sacudió el mentón.

—Es vuestro, lo que os toca —dijo sereno—. Yo me las apañaré.

Zacarías echó una mirada atrás, al posadero.

—Debería haberles ofrecido la habitación sin pedir nada a cambio —insistió.

La única respuesta fueron los hombros del Gallego al encogerse.

—¿Estás seguro? —volvió a preguntar Zacarías alzando la bolsa—. Los demás estarían de acuerdo, podemos sacarlo a cuenta de los jornales, un poco de cada uno...

—Mendo protestaría —repuso el Gallego con una sonrisa.

Y Zacarías rio, admitiendo que era cierto, pero fue una risa melancólica. Cansada. Y como no supo qué más decir, miró al horizonte, donde el sol se tendía.

—Si puede, te las hará pagar —afirmó al cabo con fastidio.

Y el Gallego contestó volviéndose ya presto.

—No es la primera vez que me la juega un navarro.

Cuando echó a caminar, no dejó una despedida tras de sí, y el viejo Zacarías tuvo la certeza de que aquel hombre se había marchado demasiadas veces de demasiados lugares.

—Que Dios te acompañe —le gritó.

Y en la silueta recortada contra el horizonte una mano se alzó.

POETA, SANTO Y SEÑA

Año del Señor de 1102

I

Chistó. Y pateó un palo.

—Tenía que haberme ido con Ojarra...

Sisnando refunfuñaba. Pero no se detenía.

Le hervía la sangre. Se sabía incapaz de conciliar el sueño pese a haber galopado más de veinte millas.

—Mejor estaría en una posada...

Y le había costado rechazar la tentación. Pero se conocía. El vino no hubiera resuelto sus problemas. Así que se había ofrecido para hacer el primer turno de guardia.

Sisnando era el único que no dormía.

Un mensajero había llegado a uña de caballo. Al rey Alfonso le habían entrado prisas. La retahíla venía firmada y sellada: tenían dos días para reunirse en el castillo de Cornago, con el resto de los hombres del conde García Ordóñez y las mesnadas castellanas.

Y todos en el campamento navarro se habían pasado la jornada de un lado para otro. Intentando acabar en esos dos días el trabajo de medio año. Preguntando a unos y otros, a muchos por las bravas, a unos pocos por las buenas.

Al rey se le había agotado la paciencia.

A Ojarra le habían tocado las posadas. Y a Sisnando lidiar con el rosario de molinos que, desde Caparroso, se alineaban río arriba en el Cidacos. Y había hecho su trabajo. A todos los molineros les había preguntado lo mismo, y todos le habían dado las mismas respuestas. Ni rastro.

Ni veteranos de Almusafes, ni del asedio de Valencia. Ni de Consuegra.

Y Sisnando, como muchos compañeros, empezaba a preguntarse si realmente quedaría alguno de los hombres del Cid con vida.

Porque no lo parecía. Hoy, una vez más, se había vuelto de balde, sin nada que ofrecer al capitán.

Pero no era su fracaso lo que le mantenía despierto.

Nunca había dormido bien, pero desde que abandonaran Berceo, cuando el Boquituerto había convocado a sus hombres, era incapaz de pegar ojo. Y de aquello hacía ya más de tres meses, desde antes de la Natividad.

Su hijo era la razón por la que, en lugar de amodorrarse junto a la hoguera y luchar contra el sueño, como cualquier otro centinela, Sisnando hacía una ronda tras otra.

—Nunca le ha faltado el pan —refunfuñaba para sí.

Y seguía la ronda. Sin poder sacarse a su condenado hijo de la cabeza.

—No sabe lo que es el hambre —rezongaba unos pasos más allá.

Sus protestas eran lo único que estropeaba la noche. Sus protestas y la serenata de cuescos y ronquidos que llegaba desde las tiendas. Por lo demás, era una noche muy plácida.

—Y ella lo consiente...

Un creciente de luna daba puntadas entre las nubes. Y un puñado de estrellas se las apañaban para parpadear en el cielo nocturno. Había claridad suficiente para señalar brotes amarillos de las aulagas, y se evitaban disgustos con las espinas al salir de la tienda con prisa y la vejiga llena.

Ni siquiera podía quejarse de que el frío calase o de que lloviese, las maldiciones de un centinela; aun así, Sisnando rezongaba.

—Es culpa de su madre, dejé que lo malcriase.

Y era cierto que la madre se había empeñado en que al muchacho lo educaran en San Millán, y a Sisnando le había parecido bien donar unos sueldos al monasterio para que el crío aprendiese a escribir, a leer, algo de aritmética. Podría auparlo entre los hombres de confianza del conde, quizá incluso llegar a la corte. Pero ahora resultaba que al muchacho, que ya se afeitaba, le había dado por decir que quería ordenarse y dedicar su vida al rezo. Al rezo y a escribir versos que alabasen a la Virgen.

—¿Poeta? —se preguntaba a sí mismo, receloso.

Y unos pasos más allá se contestaba, incrédulo.

—¡Poeta!

Algo se movió entre las matas.

Con la mano ya en la espada, se olvidó del poeta y de la madre.

—¿Quién va?

Por toda respuesta le llegó un nuevo agitarse de algún seto. Pero ni la luna ni las estrellas, ni siquiera ayudadas por el resplandor del fuego, le señalaron el origen.

—¡Alto! Santo y seña.

—Cagüen tu padre.

El vozarrón resultó inconfundible.

—¿Ojarra?

Y, como un ánima vagando en la noche, de entre los setos salió el mismo Ojarra tirado sobre la silla de aquel semental pío que montaba.

Solo. Con la pechera llena de sangre.

Y a Sisnando le bastó un vistazo, incluso a la magra luz de la luna, las estrellas y la hoguera.

—¿Qué ha pasado? ¿Y Laínez? ¿Y el *Picado*?

El santo y seña esa noche preguntaba:

—¿San Matías?

Y respondía:

—Tomó el lugar del Iscariote.

Se lo había dado el capitán, por la mañana, antes de que las patrullas salieran. Y todos habían tenido que repetirlo en voz alta. Pero Ojarra no mencionó a Judas ni las treinta monedas. Mucho menos a san Matías.

No desmontó, se cayó del caballo que, con su característica mala uva, se alejó para mordisquear la hierba que no habían estropeado las rondas de Sisnando.

—Nos la jugaron —logró decir Ojarra desde el suelo.

Sisnando trotó hasta arrodillarse a su lado.

—¿Cuántos eran?

La respuesta llegó con un reniego.

—Un hijo de puta.

—¿Uno?

—Un yesero.

Incapaz de creerlo, a Sisnando se le llenó la boca de preguntas.

—¿De qué hablas? ¿Dónde? ¿Cómo?

Ojarra se incorporó.

—Un yesero hijo de la gran puta que lo va a pagar caro, ¡lo juro! Por san Matías, por Judas Iscariote, por los doce apóstoles, el buen ladrón y la madre que los parió a todos...

Se conocían desde hacía años. Ojarra no era hombre aficionado a jurar en balde. Viéndole el rostro encendido, a la luz de la luna, las estrellas y la hoguera, Sisnando tuvo la certeza de que cumpliría su palabra.

Fuera quien fuese aquel yesero, iba a pagarlo.

Iba a pagarlo muy caro.

II

Entre los coscojos y el escombro, el gato al que le faltaba una oreja observaba con desdén cómo las ratas se cebaban en la carne.

Ahora que no tenía hambre, se acercó por el placer de asustarlas. Y se dispersaron entre chillidos en cuanto saltó de la escombrera.

Les robó el sitio y olisqueó con curiosidad el cuerpo, cosido por los mordiscos de los roedores. Incluso estornudó cuando el tufo de la axila le llenó el hocico. Y, aún sacudiendo los morros, examinó la gran mancha del color del vino que cubría el rostro del muerto.

Se dio la vuelta muy compuesto, como un embajador saliendo de la sala del trono. Antes de marcharse, levantó el rabo y esparció un generoso chorro de orina, para fastidiar a las ratas.

III

A la luz de hachones en el camino, el posadero terminaba el trabajo.

Entre resoplidos, arrastraba el cuerpo del tal Laínez. De tanto en tanto, se detenía para llevarse la mano a los riñones y darse unas friegas. Luego reanudaba la tarea sin abandonar aquella tonada alegre.

El muerto solo llevaba encima los calzones. Los calzones y la sangre que le empapaba el pecho, que empezaba a cuajarse enredada en el vello.

Como a todos los demás muertos, todo lo de valor, incluso aquello que no lo tenía pero que podía venderse, se le había caído. Porque, como le había dicho al juglar:

—Los muertos son como los cochinos, se aprovecha todo.

Y después había añadido algo más, socarrón.

—Pena que al final se escapase el lechón...

Vio al gato alejarse y, con dos reniegos y un último tirón, dejó al tal Laínez junto a aquel leonés corajudo de cara manchada y sus dos compañeros. Antes de que se asentase el polvo, ya volvía hacia la posada.

En el interior, a no ser por los dos navarros muertos, el local ya había recuperado su decrépito aspecto. Una generosa capa de arena se bebía la sangre del suelo, e incluso había reparado aquel banco convertido en mesa.

Martín, sentado en uno de los taburetes, evitaba mirar hacia los cadáveres y hacía rodar los dados sobre el tonel serrado.

Cuando el posadero entró, masajeándose la espalda, el juglar volvió a hablarle.

—¡Menuda velada! Ni las bodas de Canaán... Voy a tener que lavarme los calzones —soltó en tono jovial.

El posadero se encogió de hombros sin entusiasmo.

—¿Ya conocías a los yeseros? —preguntó Martín—. ¿Los habías visto antes?

El único ojo verde del posadero, el más bonito que jamás hubiera visto el juglar en su vida, se vistió con un encaje helado que, por increíble que resultase, lo hizo aún más bello.

—Son gentes del Roncal. Topos que escarban en la Bardena —respondió Félix, receloso.

—A mí el oficio me lleva a todas partes —explicó con aire inocente—. Si me acercase por allí, por el Roncal, ¿por quién habría de preguntar?, ¿cómo se llama el viejo?

Y el posadero, que empujaba con el pie la cara picada del rubio, intentando postergar el momento de ponerse manos a la obra, se volvió hacia él con expresión suspicaz.

—Pues no me acuerdo —contestó entornando aquel verde profundo.

Y, con un resoplido, se agachó para tomar las muñecas del rubio. Pero antes de que sus riñones protestasen, el juglar abrió la boca otra vez.

—Se me ha hecho tarde, como a Moisés en el monte... ¿cuánto le cobraste a los cisqueros?

Las manos del rubio cayeron en el suelo con una palmada lánguida.

El posadero se estiró. Miró a través de la puerta. La noche se cerraba y la luz de los hachones hacía bailar sombras en el umbral; decir que se había hecho tarde sonaba a mentira piadosa. De no ser por el asunto de despachar a los muertos hacía tiempo que hubiera echado el candado.

—Cuatro maravedíes con el estómago vacío —respondió sin perder la sonrisa, dispuesto a seguir engordando la bolsa—, cinco si quieres una tajada de queso y algo de pan para acostarse contigo. Hoy no he tenido tiempo de cocinar —remató atravesando la sonrisa—, y el estofado que queda ya tiene dueño.

Eso lo dejaba al borde de tener que pedir limosna, aun así metió la mano en la bolsa y la vació junto a los dados.

Tintineando cayeron ocho maravedíes que el ojo del posadero contó con la rapidez de una urraca.

—Sobran...

—No —respondió de inmediato el juglar.

Y tuvo buen cuidado de no mirar a los muertos, pero alzó su rostro regordete.

—Es que además de la cama y el queso...

—Y el pan...

—Es que además de la cama y el queso y el pan —concedió—, me gustaría que me contaras una historia. Así lo hacía mi madre y, desde que era niño de teta, no logro dormirme si no me cuentan una buena historia...

—Conozco muchas historias, por aquí se oyen bastantes —aseguró en tono cómplice—. Y no todas acaban bien —recalcó dándole un puntapié al de la cara picada.

—Lo imagino, pero a mí me interesa una en particular.

—Sobre los navarros y a quien buscan... —aventuró el posadero.

—No, algo de eso ya he oído y sé que aún falta ponerle final —aseguró con un dedo sobre las monedas—. No, la historia que me interesa habla de yeseros. De yeseros capaces de despachar a tipos bragados...

El dedo del juglar pasó de las monedas a señalar los cuerpos en el suelo. Y los navarros, que no podían responder ya, y tampoco protestar, se quedaron un buen rato más allí, sin que les dieran, ya no cristiana sepultura, sino al menos un agujero en el que descansar por última vez.

—¡Vaya! Acabo de acordarme —exclamó el posadero—,

Zacarías, así le llaman al viejo, Zacarías. Pero de esos que tú dices, de esos no sé nada…

El juglar meditó un instante y, al cabo, cogió la vihuela como si fuese a tocarla pero, en lugar de hacerlo, desató la cincha que usaba para colgarla al hombro. La estiró, la volteó y se la acercó al rostro para morder los puntos de la costura que doblaba la tela para acolcharla. Se la había hecho muchos años atrás un albardonero, al modo al que hacía sus labores para los caballos de carga, rellenándola con paja de centeno.

Y de entre las pajas sacó Martín sus dos últimas monedas.

Las depositó junto a sus hermanas, sobre el tonel serrado, y se desprendió de ellas con el mismo gesto con el que un padre entrega a su hija para la boda.

El posadero asintió y le ventiló otro puntapié al de la cara picada, ahora que ya no podía defenderse era fácil encontrar el valor.

—Esos que dices —reconoció—, esos hablan poco, pero a veces van acompañados de otros a los que les gusta hacerse los graciosos y terminan hablando por los codos, especialmente si tienen delante una jarra de vino.

El posadero, acostumbrado a poner precio a los secretos, aceptó las monedas.

Le dio habitación y pan y queso. Y le contó lo que sabía.

Cuando se tumbó en su lecho, al que se le había apelmazado la lana, y en donde saltaban pulgas que le hubieran dado un buen susto al gato que rondaba la posada, Martín se durmió pensando en lo que haría al día siguiente.

Estaba convencido de que había tenido una gran idea.

IV

Aquella avutarda insistía con cabezonería envidiable. Soplaba incansable sus ronquidos, casi burlones. Y aguantaba en el empeño, inmune al hecho de que ni una sola hembra se interesaba por sus esfuerzos.

Y el juglar se sintió como el condenado pájaro.

—Te hacen falta fondos. No puedes pagar el pasaje —insistió con un hilo de voz—. Te vi darle las monedas al cisquero.

La mancha de yeso en el viejo tabardo empezó a alejarse.

—A mí me importa un bledo Compostela, y los ingleses —soltó de carrerilla, intentando detener aquellos pasos—. Te lo juro por todo lo que escribió san Isidoro, el Altísimo lo tenga en su Gloria.

Cada paso le sonó al juglar como un martillo claveteando la tapa de su ataúd.

—¡Vivan los rebeldes! —gritó histérico—, ¡viva Galicia!

No sirvió de nada.

El magro desayuno de nueces y queso trepó por su garganta, como si no estuviera conforme con el camino elegido y hubiera decidido que le convenía aire fresco.

Pero no podía callarse. No podía dejar que se marchase.

—Y al obispo Peláez lo puede encular el papa —añadió con un resoplido que hizo temblar sus carrillos—. Y menos me va en si el rey se entromete o no —intentó afirmar convencido, pero le falló la voz, que perdía fuerza con cada palabra—. Hagan lo que hagan, juntos o revueltos, ninguno de ellos me va a sacar de pobre… Pero si me escuchas, si me haces caso, podemos hacernos con buenos dineros… Podrás pagar tu pasaje.

Terminó en un susurro y, una vez más, solo contestó la avutarda.

—A mí me da lo mismo si los gallegos se unen a los ingleses o si los almorávides vuelven a tomar Toledo…

El juglar cayó de rodillas. La vihuela se lamentó con un acorde estridente y las manos de Martín, sin otra cosa que hacer, recogieron su gorra y empezaron a estrujarla.

Y la desesperación dio lugar al enfado. La rabia burbujeó en su pecho.

Martín cobró fuerzas y se levantó. Tenía las manos al frente, y retorcían la gorra con tanta fuerza como una lavandera secando una camisa salida del río.

—¡Buscaré a ese cabrón de Ojarra! —amenazó de pronto

con energías renovadas—. ¡Lo buscaré! ¡Le diré que vas a Compostela!

Las costuras de la gorra cedieron con un crujido.

Pero el yesero no se detuvo. Sus pasos ni siquiera titubearon.

—Aunque sea lo último que haga, me aseguraré de que te encuentre...

Tan rápido como había venido, igual que una ola en marea alta, la ira se desvaneció. Y el juglar quedó resollando sobre aquella blanca arena de la Bardena.

Y el yesero continuó caminando.

—¡Ayudaste al chico! —chilló desesperado.

De nada sirvió.

—Y al viejo...

El yesero no se detuvo.

Ya no podía distinguir aquella mancha blanca en el tabardo del yesero, ya estaba demasiado lejos. No era más que una silueta recortada contra el desierto, camino al oeste.

Y la avutarda volvió a cacarear. Sin mostrar la más mínima preocupación por los demonios que acosaban al juglar.

Martín resollaba, buscando un aliento que no llegaba.

Sus manos se relajaron al fin. Los dedos le dolían por el esfuerzo.

La gorra dejó de sufrir, pero su rostro se crispó, un poco más con cada resoplido. Y, presa de la desesperación, decidió confesar.

Y la verdad, que tiene la fea costumbre de agarrarse al fondo de la olla hasta quemarse, salió por fin de los labios del juglar.

—¡La matarán! —gritó con todas sus fuerzas—. ¡La matarán!

Y el yesero se detuvo.

V

—Se llama Elvira.

Deshicieron sus pasos para librarse del sol. Buscaron la sombra de uno de aquellos montes que lindaban con el desierto. Uno de aquellos cerros que se enredaba con sus vecinos y acababa por convertir el lugar en un laberinto en el que se perdían hasta los lagartos.

Y el yesero no habló mucho.

Pero Martín contó su vida. Y la mañana se desenrolló y el sol pintó de blanco la arena brillante.

No le habló del cura gordinflón. Ni de sus días aprendiendo los romances o a hacer que la vihuela sonase mejor que una gata en celo. Le habló de su hermana.

—Se llama Elvira —repitió con voz pastosa.

La avutarda siguió cacareando, incansable. Pero al juglar le fallaba la voz. Nunca antes había contado su historia, y si lo hacía ahora era para salvarla. El Gallego era su única esperanza.

Les gustaba jugar con los vellones recién esquilados. Atender los partos de los corderos. Vigilar que las pezuñas no cogieran roña durante el otoño, cuando las ovejas pisaban el barro rojo y arcilloso de la ribera del Tajo. Le contó cómo ambos eran capaces de reconocer a cada animal por su balido. Le habló de cómo, cada mañana, a escondidas, robaban la nata que se formaba por la noche en las cántaras ordeñadas la víspera.

—La untábamos en curruscos de pan tostados al fuego. Mejor que las mieles de san Ambrosio, créeme, ¡nunca he vuelto a probar algo tan delicioso!

Le habló del olor de la lana, tan dulce e intenso como para que, aún hoy, tantos años después, le bastase pasar cerca de un puesto en un mercado para que se le encogiese el corazón.

—No tenía fuerza para silbar —añadió con voz temblorosa—, lo intentaba, a todas horas, hasta que papá se enfadaba, pero era incapaz.

Y con una sonrisa melancólica le explicó cómo la pequeña soplaba hasta ponerse colorada, sin conseguir otra cosa que regarse la pechera.

—Tardé casi un mes —contó—. Se me partían siempre las piedras, yo no tenía las mañas —reconoció con la voz quebrada—, ¡gasté más paciencia que el mismo Job! Pero no había mucho más que hacer mientras pastoreaba, y le tallé un chiflo.

Se detuvo. Se dio cuenta de que poco importaba cómo los pastores se agenciaban un silbato.

—¡Qué contenta se puso!

Y la sonrisa perdió algo de aquella melancolía.

—Lo usaba todos los días, siempre me llamaba con él...

La sonrisa se apagó.

—Un día no llamó... Y yo regresé corriendo...

No le habló del horror que encontró al llegar a casa. De eso no dijo nada.

—Me he pasado la vida buscándolas, a las dos.

Eso sí se lo dijo. Las largas rutas, aquel patrullar los lugares malditos de la frontera, cada posada, cada venta. Los sobornos, los mercaderes de esclavos, las compañías poco recomendables. Las mismas preguntas una y otra vez a cientos de rostros, sin caer jamás en el desánimo.

—Yo también necesito fondos —reconoció temblándole la voz.

La pequeña Elvira y la madre habían sido separadas por un desaprensivo que comerciaba con carne humana. Y todos los esfuerzos de Martín habían resultado inútiles, eran muchas las mujeres que se vendían más allá de la frontera. Pero un día, un día afortunado, en la casa de un cordelero de Toledo, había encontrado una pista.

El olor intenso de las tripas en remojo también se le quedó pegado. Había ido a comprar cuerdas para la vihuela, y el otro, un moro que no abandonara la ciudad después de conquistada por los cristianos, contestó a sus preguntas.

La niña había servido unas pocas casas más allá, no lejos del barrio de los judíos, para un orfebre que hacía astrolabios. Pero aquella familia había decidido poner tierra de por medio, incapaz de hacerse al cambio de costumbres que impusieron los cristianos en la ciudad.

—Se marcharon tras Alqádir, a Valencia.

El yesero asintió, y dijo algo que, en aquel instante, abrumado por los recuerdos, el juglar no supo interpretar. Pero se le quedó pegado al cogote y lo mantuvo en vilo aquella misma noche.

—Muchos exiliados se instalaron en Valencia —reconoció pensativo—, pero ya quedan pocos...

VI

Cuando las tripas del juglar protestaron, el Gallego ofreció de su propio zurrón lo que tenía, unas lascas de cecina y algo de pan de centeno, recocido para que aguantase sin enmohecerse.

Y comiendo, dándole mordiscos tentativos al tasajo, Martín explicó el aprieto en el que estaba metido.

—He tenido una mala racha —confesó pesaroso.

Y aunque parecía arrepentido, el Gallego supo que el juglar volvería a dejarse lo que llevase encima si los dados rodaban. Había conocido a otros hombres así, incapaces de dominarse.

—Uno al que llaman Tello Téllez, el mismísimo demonio lo confunda y lo encule con un tridente. Él la compró, ¡como si fuera una mula!

Y ante los ojos entornados del yesero, Martín se explicó.

—Comercia con Córdoba, con Sevilla. Con Valencia... Y tiene una taberna en Pamplona, ¡es mala gente! Y astuto como un zorro.

Y el tono cambió, de pronto en sus palabras había más disculpas que lamentos.

—Se olió tus intenciones —afirmó el yesero sin necesidad de oír más.

La vergüenza coloreó los mofletes del juglar.

—Yo... Pensé...

Clavó los ojos en un rastrojo a sus pies, y el rubor se le subió hasta la coronilla, donde su magro pelo castaño empezaba a clarear.

—¿Cuánto le debes? Sumando tu deuda al precio de tu hermana —aclaró severo—, ¿cuánto?

El juglar solo pudo sacudir el mentón. Incapaz de responder, empezó a sollozar.

—La matará. Es un mal bicho —logró decir entre lágrimas—, lo hará. Tiene esbirros en todas las ciudades. Gente peligrosa.

El yesero le puso la mano en el hombro.

—Come —ordenó.

VII

Era una magra ración, pero el yesero añadió escaramujos recogidos al borde del camino y, con la comida, el ánimo del juglar se apaciguó.

—Una vez probé una —dijo de pronto Martín.

El yesero, de nuevo con la mano junto al cuello, alzó una ceja. Y el juglar advirtió que sus ojos tenían un incómodo tono ceniciento, había en ellos algo triste y profundo.

—Una avutarda —aclaró alzando la mano, señalando a todo y a nada, porque la brisa seguía llena de cacareos—, en un antro cerca de Santo Domingo de la Calzada.

La ceja se alzó un poco más.

—Como cualquier gallo de corral —respondió tentativo—, algo más correosa.

El yesero soltó el colgante.

—¿Qué quieres?

El juglar se retrepó en su asiento, que no era más que una rocalla caída desde lo alto del cerro. Sus amplias posaderas no encontraban acomodo.

—Es una buena idea, de verdad —dijo, y fracasó al intentar disimular su ansiedad—. Sacarás para tu pasaje. Y yo podré pagarle a ese malnacido.

El índice del yesero se revolvió en el aire pidiendo más. Y aunque sus ojos seguían inundados de oscuridad, su expresión era amable.

Había llegado el momento de la verdad.

Martín dejó escapar un largo resoplido de alivio. Y se explicó.

Y el Gallego se tomó su tiempo para rumiar lo que acababa de escuchar.

—Debes prometerme una cosa.

Las generosas posaderas rebotaron en la dura piedra sin que se escapase una sola mueca.

—Lo que sea, lo juro por el calcañal de la mismísima Eva —respondió entusiasmado.

Y se llevó a los labios el pulgar cruzado sobre el resto de los dedos para estamparle un sonoro beso.

—¡Lo que quieras!

Media sonrisa, que era lo único de lo que parecía capaz el Gallego, quedó adornada con un lento cerrar de ojos y un asentir cansado.

—Ni un solo verso del mío Cid —dijo al cabo.

El juglar soltó una risotada feliz.

—De acuerdo, pero tienes que explicarme cómo diantres lo hiciste —rogó—. ¡Tus huellas se desvanecieron!, ¿cómo lo hiciste?

HOLLÍN, VIRGEN Y JURA

Año del Señor de 1102

I

Por supuesto, no había recitado un solo verso sobre las desventuras del mío Cid. Ni siquiera se había atrevido a sugerirlo. Había aprendido que la paciencia del Gallego tenía la profundidad de un charco.

El corajudo relato de Fernán González había sido suficiente para embelesar a las gentes de Arneto que habían acudido a su llamada para reunirse en la plazuela que señalaba el lugar.

Martín no solo cargaba con su vihuela o sus remordimientos, también con la experiencia que daban años en el camino. Habían entrado en la villa remontando el saltarín Cidacos, que de tanto en tanto era obligado a refrenarse en los molinos que aprovechaban su fuerza. Y, cuando ya tenían el cerro de San Miguel a la vista, el juglar se aclaró la voz.

Sin detenerse, empezó a entonar. La leyenda de cómo se había encontrado la preciosa talla de la virgen de Vico después de que los moros huyeran con el rabo entre las piernas. Y se deshizo en halagos sobre la valentía de aquellos que se habían refugiado en las cuevas del cerro mientras los perros infieles campaban a sus anchas por la vega.

Se cruzaron con un muchacho que cargaba una esportilla con grava, con un cojo que bajaba al río con una caña al hombro, con un carbonero que obligaba a un mulo testarudo a tirar de un carro a medio cargar. Y pronto empezó a salir gente de las casas, y los que estaban en las huertas, atendiendo las siembras, alzaron sus cabezas.

Martín repartió reverencias, como si entrase en la corte.

Regaló sonrisas y halagos. Saludó a los niños, para los que hizo trucos de manos con arandelas que llevaba en el zurrón. Coqueteó con dos queseras que llevaban cántaros en la cabeza. Y ayudó a una anciana que hilaba cáñamo.

A todos les prometió que, a la caída de la tarde, cuando las faenas aflojasen, podrían disfrutar del espectáculo.

II

Poco a poco, como un goteo que acaba por llenar el balde, la plazuela quedó abarrotada.

Los primeros fueron los niños, cuchicheando emociones, felices por alejarse de las tareas en esos días de arrancar hierbajos y esponjar la tierra para la siembra, tenían las manos y las caras sucias, pero los ojos llenos de aventuras. Se sentaron en unos maderos apilados por los albañiles de una casa que se construía en la esquina. Y los albañiles, compartiendo una cena de sardinas saladas y pan, se sentaron también junto a sus reglas, escuadras y plomadas. Luego las matronas, que aprovecharon la espera cosiendo pajuelas de centeno en forma de flores, para decorar sombreros. Después, el fornido herrero, con su mirada suspicaz y los brazos cubiertos por las cicatrices de los chispazos del hierro candente. Incluso regresó aquel pescador que habían visto en la mañana. Con la caña al hombro, una sonrisa, y tres buenas truchas ensartadas en una vara de sauce.

Aunque ya era la tercera vez que lo veía, el Gallego se asombró una vez más ante la facilidad de su nuevo compañero para atraer a las gentes como moscas a la miel. Habían pasado ya por Arguedas, dominada por el castillo en el cerro, y también por Alfaro, que necesitaba reparar sus murallas, maltrechas desde que la villa se ganara a los moros. Y como estaba sucediendo ese día en Arneto, y había sucedido en los dos anteriores, las gentes siempre parecían ansiosas de escuchar las nuevas y viejas historias que Martín y los de su cofradía sembraban por los caminos.

Por tercera vez, las gentes se reunieron en la plazuela y el Gallego no imaginó que sería la última.

Martín, antes de poner a luchar al conde Fernán, los saludaba a todos, siempre con una palabra amable y un halago dispuesto. Como si la costurera fuera una emperatriz y el curtidor, pese al tufo, un embajador de Sevilla.

Se acompañaba con reverencias en las que floreaba la maltrecha gorra, brincos en los que chocaba los talones e incluso, por un rato, hizo malabares con cuatro cantos rodados que cogió de una esportilla de los albañiles.

Esperó hasta que se vieron los primeros síntomas de impaciencia, tentándolos con cebo, como habría hecho aquel pescador con sus truchas. Pero en lugar de lombrices en el anzuelo, el juglar empleaba chascarrillos ocurrentes.

Y, por supuesto, repitió el gran anuncio de lo que sucedería tras la actuación. Prometió con insistencia que los presentes podían confiar en su compañero, presumió de que había estudiado a las órdenes de un sabio de la mismísima Córdoba.

Antes de recitar sus versos, el juglar hacía que los lugareños desearan escucharlos.

—¡La jura, la jura!

Gritaron los críos comidos por las ansias.

—¡La jura en Santa Gadea! —insistieron rebotando en los maderos.

El herrero asintió. Las comadres dejaron de coser y, como

allí se sentían más navarros que castellanos, incluso el pescador se atrevió a gritar.

—¡Mal rayo parta al rey Alfonso!

Y fue como abrir la espita de una cuba de buena sidra. Muchos más se animaron.

—¡Abajo Castilla! ¡Viva Navarra! —gritó el adusto herrero.

Y más de uno volvió el rostro porque, pese a ser un hombretón, su voz era aguda como la de una doncella.

—¡La jura! ¡Viva el mío Cid! —exclamó uno de los albañiles.

Y los niños, con sus caras sucias y sus pelos revueltos, insistieron al unísono con su infantil soniquete.

—¡La jura!, ¡la jura!, ¡la jura!

El juglar cruzó una significativa mirada con el Gallego.

—Te lo advertí —decía sin abrir la boca.

Pero Martín sabía lo que debía hacer para no faltar a lo prometido.

Alzó las manos pidiendo silencio. Y pareció que no lograría nada, pero, poco a poco, las gentes de Arneto se dejaron convencer.

Y cuando los murmullos cesaron, entonces sí, por primera vez, descolgó la vihuela del hombro y rasgó las cuerdas. Acompañó los acordes con voz medida, al compás, pero sin cantar aún.

—A todos nos gusta recordar cómo se le subieron los colores al rey Alfonso en Santa Gadea…

Y con el rabillo del ojo vigilaba al Gallego. Algo similar les había pasado en Arguedas, en la primera de sus actuaciones.

III

A falta de posadas habían pasado aquella primera noche al borde del camino.

Sentados a ambos lados de una fogata, en un claro a la ribera de un arroyo que, como todos por allí, acabaría regalando sus aguas al inmenso Ebro. El juglar contaba, una y otra vez, las monedas que habían conseguido.

—Te dije que funcionaría —celebró exultante—. Ni siquiera los que hacen espectáculos con animales ganan tanto.

Y, después del último repaso, con los ojos resplandecientes por su primer éxito, le tendió los maravedíes al yesero, con cuidado de no quemarse en la hoguera.

—Tu parte.

Pero el Gallego no recogió el dinero, y el juglar tuvo que retirar la mano antes de chamuscarse el vello del antebrazo.

—Te lo has ganado —insistió.

Ausente, el yesero soltó la bolsa de cuero que llevaba al cuello y revolvió las brasas con una rama.

—Cógelas —le animó de nuevo amagando con la mano.

Las brasas chispearon, molestas por el toqueteo.

—No es cierto —rompió su silencio el yesero—. El Cid no obligó al rey a jurar que estaba libre de culpa por lo de Zamora.

Un cárabo ululó entre los álamos y el juglar pensó que siempre había algún pájaro que se entrometía en sus conversaciones.

—Puede —reconoció Martín—, pero la verdad estropea las buenas historias. Y si Alfonso no planeó la muerte de su hermano le anduvo cerca. Se hizo con la corona…

El silencio se puso cómodo por un buen rato y, finalmente, el Gallego extendió la mano para recibir las monedas.

—No fue lo que pasó —concluyó.

Y, pese a las preguntas del juglar, su nuevo compañero no volvió a abrir la boca.

IV

Unos días después, las gentes de Arneto se impacientaban.

El juglar sabía que no podía entretenerse, tenía un público por satisfacer y, tras hacer correr sus dedos sobre las cuerdas, tan rápido que los alegres acordes se ganaron un silbido de admiración, volvió a hablar.

—El mío Cid le apretó las cinchas al rey en Santa Gadea —recitó sin dejar de tocar—, pero mis buenas gentes de Arneto, esa es una historia que todos conocéis...

Dejó que el suspense hiciera su trabajo, asombrándolos de nuevo con una ristra de notas imposibles, y entonces empezó a recitar con pasión, dramatizando cada verso como si fuera él quien manejaba la espada o resultaba herido.

Todos en la plaza de Arneto quedaron cautivados por el valor de Fernán González, enfrentado al temible Almanzor, el maldito perro que robara las campanas del templo del Zebedeo en la sacra Compostela.

Y el honor demostrado en sus enfrentamientos con el rey de León, al que mal rayo partiera.

Nadie echó en falta las estrofas que el juglar se saltó. Por no ofender, no mencionó las refriegas que Fernán González había tenido con el rey de Navarra.

Como le había dicho aquella otra noche, en el claro de los álamos que flanqueaban el arroyo, cuando el cárabo se calló.

—Me gano la vida con la mentira...

V

Si alguien se dio cuenta de que el juglar se había embuchado tramos de la historia, nadie protestó.

Con el rostro colorado y sudor en las mejillas regordetas, Martín remató su cantar con un derroche. Sus dedos parpadearon sobre los trastes, y los niños quedaron tan impresionados que, antes incluso de que los aplausos se apagasen, imitaban al juglar y trasteaban con sus manos sobre sus barrigas.

Se repitieron las reverencias y los agradecimientos. Y los recompensó con dos coplillas que alababan a la Virgen y sobre las que, el Gallego estuvo seguro, el juglar jugó con los nombres. Ese día en Arneto la señora fue la virgen de Vico, pero en otra ocasión sería la de Covadonga o, si sus pasos lo llevaban tan lejos como hasta los condados catalanes, la de Montserrat. La que cuadrase mejor según quien escuchase.

Como la marea abandonando la playa, poco a poco el entusiasmo se apagó y aquellos que no tenían otros asuntos se marcharon para ocuparse de la cena, el ordeño nocturno, o finiquitar lo pendiente; de los que no se dispersaron se ocupó el juglar. Los ordenó en una fila frente a los maderos donde se habían sentado los chicos.

El yesero ya los estaba esperando allí.

Como había prometido a boca llena, su compañero se dedicó a sanar a los enfermos y curar a los heridos.

—¡No quedará hueso sin recomponer ni orzuelo sin quitar! —había asegurado antes de empezar su actuación.

Y ahora repetía frases parecidas, aunque se dejaba llevar por la emoción.

—¡Hasta la calvicie! —gritaba entusiasmado.

Aunque rectificaba cuando el Gallego le dejaba caer encima una de esas miradas oscuras, tan pesadas como un tonel lleno de piedras.

—La calvicie se la dejamos al barbero —admitía con risa floja—, pero aquí mi socio se encarga de dientes podridos, uñeros e incluso males de ojo...

VI

La luz de la tarde escaseaba cuando el último paciente llegó hasta él. Era un joven leñador, robusto como un buey y con la mirada franca de quien parece incapaz de mentir, ni con el dogal al cuello y a expensas de salvar la vida.

Venía con la mano envuelta en trapos punteados con serrín.

—Ceniza, musgo que arrancó mi madre de una tumba y virutas del árbol en el que estaba trabajando —explicó el atribulado muchacho cuando el Gallego retiró los vendajes y encontró el emplasto.

Tras rociarla con agua abundante, le fea herida apareció en la mano, amoratada e hinchada hasta lo grotesco. Un tajo irregular le cruzaba el pulpejo del pulgar.

—Se me escurrió la sierra —añadió como si debiera disculparse.

Los afilados dientes habían destrozado la carne, y la herida empeoró. Como le contó el Gallego mientras limpiaba, ahora con vino, la herida.

—A veces se infestan de malos humores —dijo reflexivo—, debes asegurarte de que no se ensucie. Emplea vino y, si no puedes —añadió sabiendo que el dinero podía ser un problema—, intenta conseguir agua con sal. Pero no vuelvas a emplear serrín, lo he visto antes y no funciona —advirtió vehemente.

Finalizó la cura vendando con trapos de lino comprados en un puesto al entrar en Arneto. Y le dio un último consejo:

—Cuídala, te va en ello el pan. Si empeora y sufres calenturas, puede ennegrecerse. No habrá otro remedio que amputarla —concluyó severo.

Y se sintió satisfecho al ver que la amenaza surtía efecto. El leñador asintió como un crío asustado y embutió en la promesa de hacerle caso una retahíla de santos.

El juglar le cobró a la madre del joven dos maravedíes por el tratamiento y otros dos más por el vendaje. Y cuando madre e hijo se hubieron marchado, cabizbajos los dos, sonrió de oreja a oreja y miró al Gallego.

—Te lo dije, nos haremos de oro —aseguró entusiasmado.

El yesero, sin embargo, le echó una de esas miradas por debajo de un flequillo que, pese a la juventud, se volvía blanco.

—Puede...

—Ya lo verás —insistió el otro convencido—. Nosotros tampoco pasaremos por el ojo de la aguja —aseguró riendo—. Hoy no hemos conseguido reunir a muchos, pero verás cuando lleguemos a Logroño, allí viven miles de almas, podremos quedarnos una semana entera y, después del espectáculo, habrá más pacientes —afirmó, y acompañó sus palabras con acordes que sonaban a baile y fiesta—. Yo las meto en el redil, y tú las esquilas...

Sombrío como siempre, el otro no dijo nada.

—Venga, alegra esa cara. ¡Vamos a celebrarlo! Nos podemos permitir una cena digna de la corte. Busquemos una taberna. Comeremos mejor que en Canaán y beberemos hasta que se acabe el vino y haga falta un milagro.

VII

La mañana tejía una alfombra de niebla, pero perdió un punto y la sacudió para aclararse. Cuando lo hizo, quedaron a la vista las primeras casas. Y ellos ya estaban cerca.

—Haremos buenos dineros —anunció el juglar animoso.

El Gallego callaba.

Junto al camino quedaban los restos de una cija para resguardar a las ovejas en lo más duro del invierno.

La techumbre derrumbada, los maderos rotos, las piedras caídas. Y todo cubierto por una capa de hollín con el pespunte verde de las primeras hojas de las zarzas. Para fastidio de la mañana, la niebla se prendía en las espinas del zarzal, como la tela de un vestido.

—Recuerdo el humo...

Y se llevó la mano al colgante.

El juglar se detuvo. Algo había en aquella niebla, en la mañana gris, algo pesado.

—¿Estuviste aquí?, ¿lo viste? —preguntó ansioso.

No hubo respuesta.

Volvió a insistir, pero el Gallego tampoco contestó. Murmuró algo sin sentido, con la mirada perdida.

—Quería arreglarlo... Se parecía a la pequeña María... Lloraba...

En voz baja, como si le hablase al viento.

Y echó a caminar de golpe, alejándose de sus propias palabras. Escapando.

Y el juglar lo siguió con un brinco apurado. Y las cuerdas de su vihuela protestaron con un acorde desafinado.

—A mí me lo contaron —dijo Martín—, todo quedó arrasado. De aquí a Nájera.

Pero el yesero no abrió la boca.

VIII

Era cierto. La habían saqueado.

Aunque se hubiera reutilizado, aunque los años hubieran pasado. El esquinero de una casa, un poste vuelto a levantar, la linde de una finca. Todos despuntaban en la niebla tiznados de negro. Cubiertos de hollín.

No había quedado otra cosa que cenizas. Aun así, en aquellos días, todavía manchada de hollín, Logroño crecía.

Había sido una aldeúcha con rentas al poderoso monasterio San Millán, pero el propio rey Alfonso había refundado el lugar. Construyó sobre las cenizas y la hizo villa de realengo.

Los mismos que aseguraban que el rey había jurado no matar a su hermano, aseguraban también que el fuero de Logroño lo había firmado Alfonso porque los peregrinos eran más cada año. Y el trajín hacía de Logroño una parada en la que brotaban, como hongos tras la lluvia, las artesanías y comercios. Negocios que pagaban impuestos.

Los que negaban aquel bochornoso episodio insistían en que aquello eran falacias sin fundamento, que al buen rey no le preocupaban los impuestos. Que lo había hecho para que Logroño no volviera a arder jamás.

Sin embargo, a los mantequeros, jaboneros y tintoreros, a los que hacían negocio en la creciente villa, les venía a dar igual depender del abad o del rey, ambos les cobraban, impuestos o rentas, y a ellos no les pesaba tanto lo que tenían que pagar como lo que quedaba en la bolsa.

IX

La niebla no bastaba. También empezó a llover. Apenas un calabobos, pero a Martín le pareció excusa suficiente para quejarse.

—Mal empezamos. A este paso, con suerte, solo vendrán cuatro gatos —rezongó después de carraspear.

Era cuarta feria, día de San Ramiro, y las cigüeñas ya rehacían sus nidos en los campanarios.

Ellos caminaban. Entraban en Logroño, que bullía con carros, recaderos, ganados e incluso un rebaño que pasó balando en sentido contrario. El ondulante mar de lana parecía un jirón más de niebla.

Llegaban, como las veces anteriores, a tiempo para anunciar el espectáculo.

—No sé yo —volvió a quejarse mirando a un cielo que empezaba a clarear—. Y este aguacero mete el frío en los huesos...

La niebla no podía negarse. Pero la lluvia era mansa, sin fuerzas.

—Escampará —aseguró el Gallego.

Pero el juglar no quedó convencido.

—Puede que sí, y puede que no. Eso solo lo sabe santa Bárbara... Yo creo que hoy nos conviene hacer negocio a resguardo, aunque haya que pagar una parte al tabernero.

Su compañero, sin detenerse, se encogió de hombros.

—Conozco una taberna cerca del puente —añadió el juglar.

Lo dijo como si acabase de recordarlo. Y se secó el rostro con una mano que sacudió con fuerza.

—Es nuestra mejor opción para hacer una buena bolsa. Al menos está más limpia que la posada de Siya, aunque eso no es difícil —bromeó.

El Gallego no se rio. Solo encogió los hombros una vez más.

De haber sabido la verdad, hubiera hecho algo distinto.

X

El juglar no mentía. Al menos, no respecto a la taberna.

Desde que el rey firmara aquel fuero, Logroño era uno de los lugares habituales para los hombres de su perro faldero, más conocido como conde de Nájera, bautizado García Ordóñez.

Y en Logroño, en la puebla junto al puente sobre el Ebro, se reunían aquel día de niebla y lluvia los últimos flecos de las mesnadas del conde.

Habían recibido aviso de partir a Cornago, donde podrían escuchar misa el domingo y salir hacia Valencia a los pocos días.

Aquella sería su última noche en la villa, al amanecer saldrían para encontrarse con el resto de los hombres del Boquituerto.

Y en la taberna había algo mejor que dados para divertirse.

XI

Lo había demostrado en Siya.

Con dos sin problema. Con tres a no ser que fueran tipos muy bragados. Para cuatro le habría hecho falta un poco de suerte. Y puede que hasta contra cinco. En la posada había sido capaz de meterse entre los silbidos del acero y sacar al muchacho mientras los demás le adelantaban el trabajo a la puta de la guadaña.

Pero en la taberna del puente había diez.

Y todos habían desenfundado.

—¿Cómo lo vamos a hacer? —preguntó el que llevaba la voz cantante—. ¿Por las buenas o por las bravas?

Y cargó la pregunta alzando la pesada maza.

No era Ojarra, este tenía una buena mata de pelo castaño.

Y tampoco Baudelo, ninguna mancha del color del vino le estropeaba la cara. Pero era de la misma camada.

Tenía el aspecto de haberse cenado un par de herraduras y de estar a punto de escupir los clavos, atorados en la ruina que tenía por dientes.

Lo demás en su rostro resultaba armonioso, pero en su boca había más faltas que enteros. Claro que al pobre desgraciado que se le enfrentase no le preocuparía un mordisco, sino la daga en la izquierda, la maza en la derecha y la espada al cinto, lista para servir de recambio.

Y detrás de él estaban los otros nueve.

—¡No...!

Martín había intentado gritar, pero se le atragantaron las palabras.

—¡Os equivocáis!

Le temblaban los mofletes.

—¡No...!

XII

Allí estaba, nada más cruzar el puente sobre el Ebro.

En medio de casas que se construían y junto a dos puestos que se hacían la competencia vendiendo sogas, cuerdas y cordeles.

Con buen tino, porque todo caballero tenía un caballo que atender, había establos enfrente. Un negocio que marchaba viento en popa, el dulzón hedor del estiércol inundaba la calle que seguía al puente. En cuanto uno se acercaba, el tufo le sacudía dos bofetadas, y bastaba echar un vistazo más allá del portón para ver que los puestos estaban ocupados. Bestias de buen tamaño, y robustas, de las mejores líneas andalusíes robadas a los moros. Caballos de guerra.

Y sus dueños no estaban lejos.

La taberna no tenía siquiera un cartelón que anunciase el nombre, pero no hacía falta, hasta la calle, como el tufo de los caballos, llegaban los gritos y las bravuconadas, incluso a pesar de lo temprano de la hora. Y ese era cartel suficiente para hacerse una idea de qué negocios se trataban allí.

—Si han cobrado soldada, se mostrarán generosos —aseguró Martín a la entrada.

Cuando cruzaron el umbral más de uno echó la mano al cinto, porque aquella taberna, a la que pese a la falta de cartel todos conocían como la del puente, estaba abarrotada de quienes tenían a bien no fiarse ni de sus padres.

Y el juglar advirtió de inmediato la inquietud de su compañero, el Gallego se puso tenso como un arco con la flecha lista.

—¡Calma! ¡Por el burro de san Pablo! Yo me encargo...

Y la vihuela que le colgaba del hombro sirvió de salvoconducto.

Los ánimos se relajaron y, como había dicho, el juglar se encargó de mediar con el tabernero.

Como había hecho en Arguedas, en Alfaro y en Arneto, se mezcló con las gentes dejando caer bromas, halagos y promesas.

El Gallego lo vio rondar, charlar con unos y con otros, señalar, volver atrás.

No se dio cuenta de lo que estaba sucediendo.

Ni siquiera cuando el juglar deshizo sus pasos.

Venía con la gorra entre las manos, estrujándola una vez más.

—Hemos tenido suerte, han cobrado y parecen dispuestos a gastarse hasta el último cobre —aseguró—; es su último día libre, mañana parten a Cornago.

Y se dedicaron a esperar, como en los pueblos y las plazuelas, hasta que llegase el momento.

El Gallego vio salir a uno de los hombres que había hablado con el juglar. Un tipo enclenque con una mejilla quemada y la mirada torva, vestido con una cota de malla robada a un moro muerto; robada, porque le quedaba grande y porque en las juntas llevaba cueros para rematar los arillos, y en los cueros había repujadas aleyas de su libro sagrado.

Salió despidiéndose con pullas, dejando atrás groserías.

—¡Nos vemos en Valencia, bujarrón! —le dijo a uno sacudiéndole un puñetazo en el hombro.

Esa tarde no habría actuación.

XIII

Entraron como una tromba, y apenas dieron el primer paso ya habían desnudado los hierros.

No hicieron una sola pregunta. No echaron un vistazo en derredor.

Sabían a quién buscaban, y sabían dónde encontrarlo.

—¡Os equivocáis! —gritó el juglar sin afinar una sílaba.

La carcajada dejó ver la ruina que aquel tiparraco tenía por boca.

—¿Qué queréis? —preguntó el Gallego sin perder el temple.

Al fondo, tras los diez, estaba aquel tipejo con la cara medio quemada. Aunque el ojo se había salvado, ese lado era un nido de arrugas enrevesadas de un color intenso, como un puñado de lombrices apareándose.

Habría tropezado con algún ingenio para el asedio. Cuando se empleaba brea y las cosas se torcían, la mayoría no lo contaba, pero aquel había salido con vida, y parecía dispuesto a aprovechar lo que le quedaba hasta rendirle cuentas a san Pedro.

Rodeó a los demás y se puso a la par del tipo de los dientes mellados.

—A vosotros dos, conejitos.

Los demás rieron.

—Él no tuvo nada que ver con lo de Ojarra —dijo el Gallego inclinando la cabeza hacia el juglar.

—¿Ojarra?, ¿quién es Ojarra?

Incluso Martín, al que le temblaban desde los carrillos hasta la gorra, se dio cuenta de que aquello era lo último que el yesero hubiera esperado.

—Las manos —ordenó el de la cara quemada.

Y quedó demostrado que él era el cerebro; y el de la boca ruinosa y sus secuaces, los músculos.

—¿La posada de Siya...?

La única respuesta que recibió la pregunta del Gallego fue el crisparse del entrecejo del dentudo. No tenía idea de qué le estaban hablando.

—¡Las manos! ¡Conejitos! —ordenó el de los dientes.

—¡Te equivocas! —le gritó el juglar al de la cara quemada.

Lo miraba como un cordero al matarife.

—¡No lo entiendes...!

Pero no pudo acabar lo que iba a decir.

—Las confesiones al cura —interrumpió el de la cara quemada.

La resignación empujó los hombros del juglar dos buenas pulgadas, todo él encogió.

Alzó los brazos, y sus dedos no hubieran podido arrancar una sola nota de la vihuela. Había empezado a temblar.

El resto de la taberna miraba con atención, cruzando risas, comentarios, preguntas y respuestas, pero ni uno solo de los parroquianos hizo ademán de intervenir.

El de la cara quemada cargaba autoridad.

Cuando terminó de mirar en derredor y comprendió que nadie les ayudaría, el Gallego aún tuvo el cuajo de mantener las manos al costado. Hasta que la daga y la maza se alzaron y una sonrisa se abrió en aquella boca llena de escombros.

No tenía opciones.

Al final claudicó y levantó las manos.

Y el de la cara quemada añadió algo.

—Dos conejitos para los lebreles del conde...

REJA, LEBREL Y PREGUNTAS

Año del Señor de 1102

I

El de la cara quemada se llamaba Biagio. Era el hijo bastardo de Munio, antiguo obispo de Calahorra. Pero en lugar de seguir la tradición familiar y repartir bendiciones prefería repartir miedo.

Él era el capitán que el Boquituerto tenía para la guarnición destacada en Logroño. Y se tomaba muy en serio la guarda de su parcela. Dispuesto a arrebatar, fuera como fuese, lo que su padre le había negado. Porque aquel que había sido obispo de Calahorra solo había intervenido el día en que su madre se había dejado hacer en la despensa del palacio episcopal, con la falda remangada hasta la barbilla, obnubilada por lo ecuménico y lo sacrosanto.

De hecho, intervino en otra ocasión el padre, cuando la despensera le dio la noticia, y la dejó ir con la señal de la cruz, una bendición y el nombre de la criatura elegido: Biagio. Porque Biagio había sido también obispo y hombre que rozara la santidad.

Y Biagio, el de la cara quemada, no el obispo, solo había lamentado que su padre muriera antes de que le saliese la barba por una razón; porque él mismo hubiera querido matarlo con sus propias manos.

—Avisad a ese usurero cabrón de los establos —ordenó implacable, señalando la puerta de la taberna—, que prepare los caballos, salimos de inmediato.

Y uno de los secuaces del que tenía la boca hecha una ruina, un moreno ancho de piel aceitunada, protestó.

—Habrá que dormir al raso.

Antes de que uno solo de ellos parpadease. Antes incluso de que el de la boca ruinosa le propinase un codazo a su hombre, Biagio se escurrió como una comadreja en el gallinero.

Se plantó frente al otro, más alto y fornido, con la expresión de un jinete al que el caballo acabase de pisarle los juanetes.

—Es cierto, ¡qué desconsiderado! Esperaremos a mañana, y no saldremos de amanecida, no vaya a quedarse su señoría sin horas de sueño.

El tono no engañó a nadie. Las palabras no decían lo mismo que los ojos. Y la enorme cicatriz en el rostro de Biagio enrojeció.

—No llegaremos hasta mañana, y yo creo que es mejor dormir caliente —dijo el otro sin amedrentarse.

Y miró hacia los lados, atusándose unos largos bigotes negros que le caían por debajo de la barbilla. Esperaba que sus compañeros lo secundasen.

—Claro, ¡claro!

Le agarró aquellos bigotes con una mano y con la otra desenfundó la daga.

Nadie intervino.

Tiró hasta que el otro se arrodilló. Y le cortó los bigotes de un tajo. Los bigotes y un pedazo de labio, que empezó a sangrar de inmediato. Y antes de acabar con el gesto, la daga había vuelto a enderezarse y se apoyaba en la oreja del tipo.

—Vas a salir por la puerta —tascó Biagio—, cruzar la calle

—su voz era un susurro, lo único que delataba su humor era el bochorno de la cicatriz— y decirle a ese malnacido avaro que prepare los condenados caballos...

La pausa sirvió para que todos aguantasen la respiración.

—¿O prefieres que te siga arreglando esa cara de cagajón que tienes? Además de las orejas —hablaba tan bajo que al otro extremo de la taberna solo podían intuir lo que decía por el horror en la cara del otro, que ni siquiera se había atrevido a llevarse la mano al corte—, aún te quedaría la nariz, y podríamos seguir con...

Al asentir salpicó sangre en todas direcciones.

—Voy...

—Pues en marcha, ¡todos! —rugió Biagio.

No enfundó la daga, esperó a que obligasen a los prisioneros a andar.

Al juglar lo llevaban en volandas dos jaques con malas pulgas. Y al juglar se acercó Biagio, aún con la daga en la mano, y le susurró algo al oído que le humilló el mentón.

Al Gallego ya lo sacaban por la puerta. No pudo verlo.

II

Eran las perreras del castillo. Y llevaban tiempo sin limpiarse. Olía a perro mojado, comida podrida, moho y suciedad.

No podían ponerse en pie. Apenas sentarse erguidos. Ni siquiera había sitio para estirar las piernas sin que los pies pegasen en la reja.

Talladas en la barbacana de la fortaleza, a la que habían retirado unas hiladas de piedras, no eran más que un corredor de unos pocos pasos de ancho y unos cuantos palmos de alto, cerrado con una reja asegurada con un barrote.

Y a través de la reja veían el patio del castillo de Cornago donde, según parecía, llevaban meses trabajando.

La fortaleza, como tantas otras en aquella tierra de nadie,

había sido destruida y reparada mil veces, la mitad en manos cristianas y la otra mitad en manos moras. Había empezado siendo una torre albarrana que dominaba un cerro y, con cada señor, algo se había añadido o remodelado.

Cornago era un revoltijo de remiendos. Incluso tenía corredores que terminaban de sopetón en una tapia.

Y se le ponía coto al despropósito.

Había andamios, poleas, cestas. Piedras en las que trabajaban los cinceles de los canteros, órdenes que gritaba el maestro de obras. Y, en medio de la agitación, hombres armados, muchos, que se apuraban con preparativos, que entraban y salían, que revisaban caballos y mulas, cotas de malla. Y la herrería, al otro lado del patio, trabajaba a destajo.

Y al otro lado del patio había también otra perrera, más amplia, labrada entre la base de la torre principal y una cantonera. Allí estaban los lebreles del conde. Una rehala de perros de caza, grandes y fuertes, de pelambreras hirsutas y mal temperamento. Le ladraban a todo el que pasaba cerca.

En la suya solo había uno. Abandonado en la paja revuelta. El pobre bicho, enfermo, se había ensuciado encima. Apenas era capaz de hacer otra cosa que gemir y alzar la cabeza de tanto en tanto. Ni siquiera mostró curiosidad por sus invitados.

Habían dormido al raso, en un claro en un sabinar, y habían llegado a Cornago mediada la mañana, tras caminar las seis leguas que distaban de Logroño, y ni uno solo de los pasos del camino lo dieron sin tener cerca un hierro desenfundado, listo para aviarlos.

Antes de entrar, en la explanada frente al castillo, habían cruzado multitud de tiendas, el ejército que acudía a la llamada del rey Alfonso.

Pero aquellos no eran sus asuntos.

Los dejaron en la perrera todo el día. Y el juglar tuvo tiempo de lamentarse una y mil veces. Le gritó a todo el que pasó, como los lebreles del otro lado. Pero en lugar de ladrar, aseguraba que todo era una equivocación.

Hasta que cayó la noche nadie les hizo caso. Fue entonces cuando aquel tipo al que le habían rapado los bigotes les trajo dos cuencos de rancho y un jarro de agua.

No dijo nada, se limitó a pasarlos a través de la reja.

—Bendita la hora —protestó el juglar—, tenéis que avisar al capitán de la guarnición, ¡esto es un error!

No hizo caso.

Pero el lebrel levantó el hocico y gimió.

Era un perro grande, de pelambreras cenicientas, y algo lo estaba consumiendo. Tenía los ojos apagados y el hocico caliente.

El Gallego cogió el jarro de agua y el perro hizo ademán de incorporarse, las garras arañaron las piedras del suelo. Incluso sacudió la cabeza para tomar impulso, pero fue incapaz. Tuvo que rendirse y quedó tumbado sobre un costado.

Cuando el hombre bebió, el animal gañó.

Con las manos, a falta de cuchara, Martín se puso a comer. Un estofado indefinible que no era más que nabos y cuatro hebras de carne.

E iba a preguntarle algo al Gallego cuando se dio cuenta de que no le prestaba atención, miraba al perro.

—Lo habrán apartado porque temerán que a los otros se les pegue la misma peste —dijo a las espaldas del yesero.

III

Lo vio rebuscar en su zurrón. Por una vez desde que estaban allí encerrados había soltado el maldito colgante e intentaba encontrar algo entre sus trastos. Y tuvo que preguntarlo.

—¿Quién eres?

Pero el Gallego no respondió.

—Ni siquiera sé tu verdadero nombre…

No le hizo caso.

Y tampoco siguió preguntando, porque en ese momento, cuando llevaban ya un día entero en la perrera, vio pasar a un grupo de hombres por el patio.

Unos soldados conducían a otros dos aherrojados con grilletes, prisioneros, como ellos. Uno llevaba el ojo amoratado y el labio partido, el maltrato se distinguía a través de la maraña de pelos que caía frente al rostro gacho.

—Parece que vamos a tener compañía...

Pero no los dejaron en la perrera. Los llevaron a empellones al interior del castillo, a través del portón en la base de la torre. Y para que no se detuvieran los patearon.

—A lo mejor nos indultan, como a Barrabás...

Y se volvió a mirar al Gallego, que seguía rebuscando en el zurrón.

La noche anterior cuando les trajeron las raciones, en lugar de comer, había gateado hasta el perro.

Había acercado las manos despacio, para no sobresaltarlo.

Dejó que lo oliese mientras susurraba palabras cariñosas. Cuando estuvo seguro de que no le mordería, le acarició la cabezota despelucada. Y se tomó su tiempo para ganarse la confianza del chucho. Luego le palpó el pescuezo. Después el costado, pulgada a pulgada. Y el abdomen.

Al sentirlo, el perro alzó la cabeza y echó un mordisco al aire, y pese a su debilidad, al juglar le pareció que hubiera bastado para llevarse los dedos de una mano.

Lo calmó rascándole la oreja, hasta que los gruñidos se apagaron, y le examinó las patas. Entonces, lo ayudó a tumbarse del otro lado y lo alejó de los excrementos, y aunque el animal protestó, usó un puñado de paja para limpiarle el rabo de aquellas miserias.

Después vertió agua en sus manos y se la ofreció al animal.

El perro, sin embargo, después de olerla con desinterés, apenas la probó con lametones cansados.

Siguió gimiendo. Hasta que el Gallego se sentó junto a él y le dejó apoyar la cabeza en su pierna. Entonces consiguió dormirse.

Pasó la noche así, acariciándolo. Y por la mañana, cuando apenas había clareado el sol. Antes incluso de que los albañiles se pusieran manos a la obra, o de que el herrero encendiese su forja. Se puso a rebuscar en el zurrón.

—¿De verdad pretendes unirte a los rebeldes?

Tampoco contestó. Trasteó hasta sacar un botecillo con tapón de corcho.

En la escudilla vació el agua que les quedaba.

—Eeeh, ¿qué haces?

Lo ignoró. Vertió también parte del líquido del bote y al juglar le llegó una vaharada de un intenso olor a pescado.

Con palabras cariñosas, intentó que el animal bebiese, pero, tras olisquear el contenido, volvió a recostarse en su pierna.

Entonces, para asombro del juglar, su compañero echó la mano a la bocaza del perro y, aunque le seguía susurrando con ternura, lo obligó a abrir aquella trampa llena de dientes.

El perro gruñó, un retumbar oscuro que le salió del pecho. Hizo ademán de revolverse, pero le fallaron las fuerzas. Y el Gallego volcó el contenido de la escudilla.

Le cerró el hocico y masajeó la garganta para obligarlo a tragar.

—Vamos a pasar más sed que Cristo el último de los cuarenta días en el desierto...

El esfuerzo agotó al perro, pero el animal intentó alejarse del hombre y, aunque apenas tenía llama, en sus ojos brilló la desconfianza.

Fue entonces cuando el yesero habló en voz alta.

—Es por tu bien —le dijo al lebrel—, no te enfades conmigo.

Y, por primera vez desde que lo conocía, el juglar encontró algo dulce en la voz de su compañero. Algo dulce y melancólico.

A partir de ese momento, y aunque el animal se resistió todas las veces, el Gallego volvió a hacer lo mismo cada par de horas.

IV

El maestro de obras tenía la fea costumbre de hurgarse la nariz, examinar lo que había conseguido y meterse el dedo en la boca con aire pensativo.

El herrero, de paciencia corta, sacó a su aprendiz de la herrería a patadas y lo dejó en el patio, donde todos los que iban y venían pudieron reírse de la humillación. El pobre muchacho, colorado de pies a cabeza, aguantó estoicamente.

Y no fue hasta que el artesano dejó volver al muchacho al taller, ya por la tarde, para que barriese y ordenase, que les trajeron de nuevo algo de comer.

En esta segunda ocasión el juglar no se molestó en pedir explicaciones. Se limitó a aceptar el mismo rancho que el día anterior, hoy recalentado y un poco más rancio, disimulado a lo mejor porque lo habían espesado con algo de harina por la que campaban los gorgojos. Los pequeños cadáveres, negros y crujientes, flotaban en la mezcolanza.

Y Martín se lo hubiera comido igualmente, estaba hambriento, pero no tuvo oportunidad.

El yesero se lo quitó de las manos.

V

Abrió la boca para protestar. Se lo pensó mejor.

—¿Estuviste en Valencia cuando lo del Cid?

No hubo respuesta.

—¿Estuviste en Consuegra? Los navarros están buscando…

Ni siquiera se volvió para atenderle.

El chucho había alzado la cabeza y miraba la comida con tímido interés. Como si hubiese encogido en cachorro y esperase permiso para dar un bocado.

El yesero volvió a verter un chorro de aquel líquido apestoso, pero no en agua, sino en la escudilla, entre los gorgojos, y se lo ofreció al perro.

—Vamos —le dijo—, come...

El perro alzó la cabezota. Tenía grandes ojos pardos que parecían más despiertos que el día anterior, pero se limitó a olisquear antes de echar la cabeza al suelo.

—Te obligaré —le dijo el Gallego.

Le respondió un gruñido.

—Lo haré.

Y el chucho, como si hubiera comprendido, volvió a alzar la cabeza y aceptó lo que le ofrecían.

—Fue por el chico, ¿verdad?

Atento a que el perro comiese, el Gallego solo miró por encima del hombro.

—En Logroño ni siquiera levantaste la mano, no te resististe, pero en Siya...

Calló por un momento, rumiando lo que acababa de comprender.

—Querías salvar al chico.

El chucho se comió la magra ración y aún tuvo fuerzas para mantener la cabeza alta. Y el yesero lo acarició.

—Su padre no pudo hacerlo...

El juglar frunció el ceño.

—¿Qué diantres significa eso?

Fue el perro el que respondió. La comida, o el potingue, le estaba asentando las tripas. Se le escapó tal cuesco que incluso el propio animal se asustó y respondió con un ladrido brusco.

Y se extendió por la perrera el tufo de lo que estaba mal en sus tripas, y ambos hombres tuvieron que arrugar la nariz. Aun así, el juglar no se calló.

—Peleaste por un muchacho al que no conocías —dijo confuso—, ¿y no peleas por ti mismo?

Otro de aquellos prodigiosos cuescos se le escapó al chucho, Martín hubiera jurado que la cola retembló.

Y, sin dejar de acariciar la cabezota del lebrel, el Gallego dijo una sola cosa más.

—Ese chico, Gonzalo, no se lo había buscado.

No hubo ocasión para más. Las condenadas tripas del perro habían decidido que había llegado el momento del trabajo pesado.

El chucho gimió, como si temiera lo que iba a suceder. Intentó ponerse en pie, y logró hacerlo sobre patas temblorosas, pero no fue capaz de agachar los cuartos traseros, apenas de levantar la cola.

Y desde el patio llegó el rumor de botas acercándose.

VI

Tenía el pelo negro como el carbón, y también las barbas. Pero, pese al corte esmerado y al brillo de los afeites, aquello tenía poco arreglo.

Algo se había torcido en el vientre de su madre. Había nacido con la boca como si le hubieran dado una cuchillada que jamás llegaría a cicatrizar. Tenía los labios deformados, gruesos a un extremo, finos al otro, blanquecinos, y partidos por la mitad, como los de un conejo.

Le llamaban Boquituerto.

Y era el hombre de confianza del rey Alfonso, el mismísimo conde García Ordóñez.

Cuatro hombres rebozados en hierro y poca paciencia lo escoltaban, incluso dentro del patio del castillo, y aquel Biagio de la cara quemada guiaba la comitiva y señalaba hacia la perrera.

VII

La peste fue tal que costó respirar, y el juglar agradeció a todos los santos de su memoria la reja; de haber sido una habitación cerrada, estuvo seguro, habrían perdido el sentido.

Incluso el chucho gemía como un cachorrillo y se echaba hacia delante con pasos inseguros, como si tuviera miedo de lo que acababa de dejar tras él.

El único que no se arredró fue el Gallego, que alentaba al animal.

—Mejor, ¿verdad?

Y al juglar le pareció que aquello era como decirle al cura que no pecase; fuera lo que fuese lo que había salido por el otro extremo del perro, no cabía duda de que algo que olía así convenía tenerlo fuera.

—Está podrido por dentro —hubiera dicho.

O a lo mejor:

—Con algo así se puede armar un asedio.

Pero se le cerró la boca. Dos de los escoltas del Boquituerto, al que reconoció sin haberlo visto antes, retiraban el barrote que aseguraba la reja.

VIII

En los ojos del lebrel volvió a brillar la luz. Como si sonriese.

Aquel hombre, que no olía a sangre y miedo, que no lo obligaba a correr tras las liebres, aquel que lo había acariciado, le había ayudado.

Resopló. Tragó. La sed le secó la lengua. Y el hambre le dio una punzada.

Pero lo primero que hizo fue lamer el rostro de aquel hombre. Y lo segundo, aunque le fallaban aún las fuerzas, mover el rabo de puro contento.

Y aquel hombre le habló en tono dulce. No le gritó órdenes, no le pegó con una vara para que soltase la presa. No le mandó morder.

No se enfadó con él.

Le pasó la mano por la cabeza. Y le rascó la oreja.

IX

Pensó que vendrían a por él. Como lo había pensado en Logroño.

Pero no dejó de acariciar al perro. Y le ofreció lo que quedaba de comida, esta vez sin el purgante.

Y no, no venían a buscarlo a él.

Fue al juglar al que sacaron a rastras de la perrera.

Lo trataron con rudeza, sin miramientos, aunque no protestó. Se dejó hacer como un reo camino al patíbulo. No fue como en Logroño.

Se lo llevaron hasta el centro del patio. Y de todos los que andaban por allí solo el aprendiz del herrero se quedó mirando, quizá porque todos estaban acostumbrados al ir y venir de prisioneros.

El perro se comió con ansia lo que quedaba del rancho, con los gorgojos y sin dejar una triste miga, y cabeceó en su hombro.

—No hay más —le susurró—, mañana lo compartiremos —aseguró sin saber que no sería posible.

Contempló la escena sin dejar de acariciarlo.

Dos sujetaban por los sobacos al juglar, los pies apenas rozaban el empedrado del patio. Y el de la cara quemada empezó a preguntar. Y, de tanto en tanto, miraba atrás y el conde le hacía un gesto. No se dignaba a hablar. Asentía, o alargaba una mano y la sacudía con impaciencia.

Lo que decían no llegaba hasta la perrera. Los canteros trabajaban las piedras, el capataz daba órdenes, el martillo del herrero no se detenía, y tampoco sus gritos, siempre listos para regañar al aprendiz.

No supo lo que dijeron. Pero otro de los jaques, uno que se había quedado a un lado del conde, asintió, dio unos pasos y descargó un puñetazo con la mano cubierta por el guantelete de hierro.

Enterró el puño en el abdomen del juglar, que se dobló al instante, a punto de quebrarse.

Fue entonces cuando el conde García Ordóñez se acercó y le habló por primera vez.

Desde la perrera, el Gallego solo pudo ver que el conde urgía al que había descargado el puñetazo a repetir el gesto y

Martín, aún sujeto por los sobacos, alzó las manos pidiendo clemencia.

Habló.

El de la cara quemada preguntó.

El juglar siguió hablando.

Entonces el conde agitó una mano. Sus hombres dejaron de hacer fuerza, y el juglar se derrumbó como un pelele.

Recibió una patada en las costillas del tipejo con la cara quemada y este recibió del conde una bolsa. Y el tintineo de las monedas no llegó hasta la perrera, pero no hizo falta.

El conde y su esbirro cruzaron dos miradas y un gesto. El de la cara quemada vació la bolsa en el suelo.

Martín, dolorido, intentó recogerlas, y el de la cara quemada pisó una de ellas, obligó al juglar a rogar arrodillado, como si venerase a un santo. Solo entonces levantó el pie.

Lo dejaron allí tirado. Y se marcharon al interior de la fortaleza.

X

Volvió a lamerle el rostro a aquel hombre. Y sintió cómo desde lo más profundo de su interior nacía un nuevo gemido. Pero esta vez no fue por el dolor que había atado su abdomen. El dolor se había ido.

Ahora gimió porque sintió la tristeza de aquel hombre.

XI

Quedó allí tirado. Hasta que encontró las fuerzas para incorporarse y recoger la última de las monedas, que había rodado hasta los pies de uno de los andamios.

Le faltó valor para acercarse. Para pedir perdón. Solo pudo colocarse la gorra, pasarse las manos por las mejillas y lanzar un reojo a la perrera.

Salió corriendo hacia el portón y abandonó Cornago sin mirar atrás.

En la perrera, el lebrel volvió a lamer la mano del Gallego.

—Traerán algo de comer.

Pero no lo hicieron, vinieron a buscarlo.

Biagio y dos más se acercaron sin soltar prenda. La fea cicatriz brillaba con su propio resplandor. Y los otros dos traían en las manos macetas de descabello.

Todo el que hubiera paseado por un campo de batalla las había visto. Eran rotundos martillos de mango de nogal con pesadas cabezas. Útiles para rematar a los moribundos y convencerles de que donasen sus posesiones.

Un solo golpe en la nuca era suficiente.

Nada pudo hacer.

Se lo llevaron.

XII

Se lo llevaron. Y el castillo tardó en dormirse. La actividad era frenética.

Desde el peón más humilde al capitán más laureado, todos tenían prisa. A algunos los habían sobornado, a otros los habían amenazado, y unos pocos tenían fe ciega en el rey.

Cornago era un engranaje más y la enorme rueda de Castilla se movía.

Más de uno aseguraba que el rey Alfonso quería celebrar los treinta años de reinado en Valencia. Decían los rumores que por culpa de la mora Zaida.

Y todos, desde el peón más humilde al capitán más laureado, sabían que no convenía buscarle las cosquillas al rey.

Había que estar loco para enfrentarse al sexto de los Alfonso, rey de Castilla, de León y de Galicia.

HIJO, HEBREO Y RESINA

Año del Señor de 1088

I

Solo tres años antes había caído Toledo. Y poco había pasado desde el gran Concilio, aún quedaban curas que se negaban a oficiar con los nuevos ritos, aquello de mirar hacia los fieles los escamaba.

Era el año dieciséis del reinado de Alfonso VI.

Y aún se seguían oyendo rumores sobre lo que había sucedido en Zamora con el hermano del rey.

Y se seguirían oyendo durante generaciones.

Pero el trabajo de sus capitanes no era acallar los rumores. Su trabajo era exprimir el levante. El rey necesitaba plata y oro para las cecas de Toledo y León.

II

Y en el levante hacían falta ojos en la nuca y manos rápidas. Desconfiar hasta de la propia sombra y tener la espada aceitada.

Y una emboscada no era la única preocupación.

También había que pegar la vista al suelo.

Al oeste de Valencia las tierras se olvidaban pronto del mar y se ponían a crecer con prisa, se levantaban enrabietadas, apretujaban los terrones pardos y se amontonaban sin orden ni concierto.

Eran tierras de barrancos y desfiladeros. De senderos remetidos entre alcornoques retorcidos. En aquellas tierras el Creador se había hecho niño, y había tenido una rabieta. Como si le hubiera dado por arrancar pedazos de los montes recién levantados y después, frunciendo los labios, se hubiera negado a recomponerlos. Un laberinto plagado de romeros, aulagas y agujeros traicioneros. Un despiste bastaba para oír el fatal crujido que encogía los huevos del jinete y empujaba su cabeza entre los hombros.

Sonaba como una rama seca al partirse y, antes de tener tiempo de lamentarlo, se escuchaba un largo relincho de agonía. Los ojos desorbitados por el dolor y los grandes dientes mordiendo el aire entre espumarajos.

No quedaba otra que echar pie a tierra para acabar con la pobre bestia.

III

Sin más que un gesto a su compañero, Otto hincó los talones y abandonó al asturiano en la retaguardia.

Manejaba las riendas con una mano, sin despegar los ojos del suelo, y acercó el enorme pío que montaba hasta ponerse a la par de Ruy.

El camino era tan estrecho que las ramas le pegaban en el hombro.

—No me gusta.

Ruy, que montaba un caballo más ligero, negro como el carbón, cabalgaba sin sujetar las riendas, y apenas volvió el rostro.

—¿No te fías de los catalanes? —preguntó con sorna.

El otro había llegado tras el desastre de Zalaqa. Cuando, en las goteras de la derrota, el rey Alfonso pidiera ayuda a la cristiandad ante aquella nueva amenaza de los almorávides. A su llamada habían acudido borgoñones, provenzales, normandos y hasta germanos, como Otto. Y pese a los dos años que llevaba al sur del Pirineo seguía hablando con aristas. Dejó las palabras en el aire como si cada una cortase.

—Ni de los hideputas de los catalanes ni de los cabrones de los moros.

—El padre de Almustaín pagaba mi soldada no hace mucho —adujo Ruy con una sonrisa pícara.

Y miró hacia abajo, hacia su silla de montar. Del mejor cuero, ribeteada en suavísimo cordobán y decorada con arabescos. Era un regalo principesco. El rey de la taifa de Zaragoza se la había dado a Ruy tras la victoria en Almenar. La silla y la cota que llevaba, de oscuro acero andalusí.

Y el germano se recolocó en su propia silla para inclinarse hacia su jefe. Y habló aún más bajo, para que los otros no oyeran.

—Por eso mismo, no me gusta. No tenías que haber aceptado.

Y al susurrar pareció que en lugar de hablar se limitaba a chascar las palabras, aun así, Ruy pudo entenderlo, estaba acostumbrado.

—No son solo los moros o los catalanes —reconoció el germano finalmente—. Todo esto me da mala espina. Si no levantan el asedio, Alfonso es capaz de colgarnos por los pulgares.

—Él es el rey, y nosotros sus vasallos —dijo Ruy, pragmático.

—No tenías que haber aceptado —repitió con fastidio.

Ruy descolgó por el hombro una mirada cínica. Y no se molestó en explicar que no habían tenido elección.

—Tiene que aprender —afirmó señalando con el mentón hacia delante.

El gesto hizo tintinear la cota de malla, todos iban vestidos para la guerra, incluso el chico. Que era a quien había apuntado Ruy.

Por delante de ellos, con los estribos cortos, cabalgaba Diego, el hijo de Ruy.

Aún tenía que crecer, pero incluso de espaldas se le veía robusto, como su padre. Y ambos tenían el mismo pelo, castaño y revoltoso, que dejaba mechones sueltos bajo la cofia y el casco.

Otto asintió a desgana.

—Sigue sin gustarme. Cuando esos *Scheisskerle* se juntan son como el hambre y una despensa vacía: por separado incordian, pero todo a un tiempo y acabas bajo dos palmos de tierra.

—Será rápido —aseguró Ruy, que no perdía su sonrisa, una sonrisa que acentuaba las pequeñas arrugas en la comisura de sus párpados, arrugas que demostraban que sonreír era habitual en él—, y será divertido encontrarse de nuevo con el *Cabeza de estopa*.

—Ese era su hermano —puntualizó Otto—. A este le llaman el *Fratricida*.

—¿Cómo habré podido olvidarlo? —preguntó burlón.

Otto, que tenía los ojos del color del hielo, lo miró con el entrecejo fruncido.

—*Narr!* ¿No puedes tomarte nada en serio?

Ruy resopló una risa floja.

—A esos tres del cerro —dijo sin darle importancia, sin alzar la mano para señalar, sin delatar con un gesto las palabras.

Sin pretenderlo, Otto apretó las rodillas y su enorme montura trotó por un trecho, consiguiendo que el casco del germano golpease la rama de un alcornoque.

Era un tipo bragado y se recompuso pronto. Con el mismo disimulo que Ruy echó vistazos distraídos. Hasta que entre los pinos que coronaban el cerro descubrió los destellos.

—¿Tres?

Ruy solo asintió.

—*Wohlan!* ¿Y cómo no lo has dicho antes?, ¿mando a Nuño? —preguntó señalando al que encabezaba el grupo—. Quizá convenga espantarlos.

—No. Hay que esperar —dijo enigmático, con un dejo divertido.

—¿A que descienda la Magdalena y los tiente? Es una emboscada... Me lo dicen las tripas. Si no nos atacan de camino, lo harán cuando lleguemos al campamento. Todo esto es una encerrona, se me erizan los pelos del pescuezo.

Ruy negó. E iba a hablar cuando Nuño, desde la vanguardia, se giró apenas en la montura y se llevó tres dedos a la sien, como si enjugase el sudor de aquella frente grande, de una sola ceja que echaba sombra sobre un rostro hecho de retales. Luego escupió un gargajo que sonó como una palmada, y lo hizo en la dirección de aquellos pinos lejanos.

Ruy asintió con apenas un temblor del mentón y le siguió hablando a Otto.

—Por eso elegimos esta ruta —dijo mirando en derredor, al sendero y los árboles retorcidos—. Cuando lleguemos a su campamento, veremos. Por el momento, ese no es lugar para una emboscada. Esos tres tienen otras ocupaciones.

Aquello hizo reflexionar al germano, que acabó asintiendo a regañadientes.

—¿Rastreadores?

—Podría ser, o a lo mejor están recogiendo setas...

Otto resopló disgustado.

—¿Y a qué demonios esperamos para averiguarlo?

Ruy se limitó a repetir el gesto. Señaló a su hijo con el mentón.

IV

Los cuatro hombres y el muchacho siguieron avanzando por aquel laberinto de cerros, ascendiendo. Y aunque la mañana aún no se había llenado de sol, los caballos sudaban y resoplaban.

Lo único que tenían de su parte era la palabra del conde de Barcelona. Había enviado un mensaje firmado anunciando su disposición a parlamentar. Por lo demás, como insistían las tripas de Otto, lo más fácil era que acabasen en una emboscada.

Pese a la ruta elegida.

Pero Otto no abrió la boca para comentárselo a Blasco, y tampoco se acercó a Nuño, que abría la marcha porque era el mejor de ellos para rastrear. Confió en Ruy.

Ruy no les había fallado nunca.

V

El chico lo hizo bien.

Montaba erguido, con apostura. Daba rienda cuando hacía falta y ayudaba al caballo desplazando el peso cuando sorteaban un tronco caído o había que saltar un cortado, con los talones bajo los estribos y las rodillas apretadas.

Y lo siguió haciendo bien.

Cargó con las caderas en la silla y refrenó un poco el paso, muy poco. Lo suficiente para ser alcanzado, pero no tanto como para llamar la atención.

Y a Ruy se le llenó el rostro con una sonrisa que se traducía como orgullo.

Al poco, se había puesto a su altura. Y volvió a hacerlo bien cuando contuvo la emoción que desprendía. Estaba ansioso por decir algo, pero no olvidó las formas. No gesticuló, no se le ocurrió señalar. No alzó la voz. Tenía grabada la frase que Ruy le repetía todos los días.

—Hay un par de maneras de hacer las cosas bien. Pero hay cientos, miles de hacerlas mal.

Solo cometió un error.

—Padre…

Y el ceño fruncido lo obligó a corregirse de inmediato.

—Lo siento —murmuró, pero no bajó el rostro, mantuvo la barbilla en su sitio, asumiendo las consecuencias—. Mi Cid.

—¿Qué sucede?

—Hay al menos dos hombres armados en el cerro —dijo satisfecho.

—¿Dos? —preguntó Ruy severo, ocultando aquella sonrisa de orgullo tras el rostro serio de un capitán.

En ese momento no le hablaba a su hijo, sino a uno de sus hombres.

La duda bailó en los ojos de Diego. E hizo lo que pudo por espantarla.

—Al menos dos —contestó después de soplarse el flequillo.

Su padre sopesó la respuesta. Dejando silencios para que el chico razonase. Incluso se inclinó hasta colgarse en la silla y estiró el brazo para arrancar una hierba de San José que crecía al borde de aquel sendero de cabras. Cuando volvió a erguirse, peló el carnoso tallo y sacó la médula, esponjosa y blanquecina. Partió un trozo y se lo metió en la boca, donde usó las muelas para aplastarlo y robar la amarga humedad que guardaba. Solo volvió a hablar después de escupir los restos fibrosos y machacados.

—Fíjate bien. Y piensa.

Y su tono no era aquel hablar risueño que bromeaba con Otto. Era seco, curtido al sol.

Ruy Díaz de Vivar era una leyenda. Moros y cristianos, amigos y enemigos, lo trataban con respeto. Y el Cid, el Campeador, el que no conocía la derrota, exigía a sus hombres que fueran los mejores, pero se exigía a sí mismo ser mejor que el mejor de todos ellos. Y su hijo debía superarlos a todos, incluso a su padre.

—Piensa —repitió rudo.

Y su hijo obedeció.

—Son tres —comenzó, sin lograr espantar sus dudas—. Los reflejos tienen tonos distintos —explicó ganando confianza en sus propias palabras—. Y no siempre se mueven a la vez. Son tres.

Diego esperó, mirando a su padre con admiración. Como un perrillo aguardando una palmada.

—Hace una hora que lo sabemos —dijo en cambio Ruy con un ademán hacia Otto—. ¿Es una emboscada?

El muchacho se tragó la derrota e intentó contestar.

—No, no donde están —aseguró—. Se ve un claro tras ellos y el sendero lo cruza. Allí no tendrían altura, ni ventaja. Y son pocos. Hemos debido sorprenderles en otros asuntos... Quizá son rastreadores —aventuró—. Quizá el conde se imaginó que podíamos cortar por los cerros, puede que los haya mandado para que avisen de nuestra llegada. Cuántos somos, las armas que portamos.

Ruy solo asintió. Y casi pudo oírse el chirriar del cuello al moverse, como si lo hiciera sin ganas.

—Adelántate, ponte a la par con Nuño.

El muchacho hizo lo que le mandaban. Y también lo que no le mandaban. En cuanto llegó a la altura del rudo burgalés, empezó a preguntar, y a aprender. A conocer cada planta, cada árbol, cada piedra. A distinguir las huellas de una liebre que había estado comiendo las matas de tomillo al borde del sendero.

VI

No hizo falta que diese la orden. Incluso el joven Diego se preparó. Las manos, con disimulo, cerca de los pomos de las espadas. Los hombros listos, como resortes.

Habían dejado de ver aquellos reflejos. Ya habían rodeado el barranco y ascendían por el cerro, les faltaba la distancia de una pedrada para alcanzar los pinos que bordeaban el claro.

Y ninguno de ellos se fiaba.

Y las monturas lo advertían. El enorme caballo del germano colgó en los desfiladeros un largo relincho.

Los pinos, con sus cortezas arrugadas, plagadas de laberintos en los que se escondían los bichos, se levantaban como señores del lugar hasta más de treinta varas, y su espeso polen amarillo cubría todo de un barrillo que las lloviznas de los últimos días habían pegado a plantas y piedras.

Como centinelas, guardaban tras ellos un claro que solo podía ser obra de leñadores. Probablemente los catalanes habían estado construyendo ingenios de asedio. Un trecho del bosque había sido talado. En el suelo pedregoso quedaban los tocones, agarrados como enormes arañas.

Y a los leñadores de los catalanes les habían seguido los resineros.

Era mejor dejar los tocones una buena temporada para secarse. Pero el asedio de Valencia requería materiales y la guerra mutila las mejores opciones. Algunos de los tocones ya habían sido arrancados y, tras ellos, habían quedado enormes agujeros, como heridas abiertas. Otros ya habían sido troceados y amontonados en pilas. Los catalanes habían estado ocupados.

Y en el centro del claro, donde habían dejado unos cuantos pinos de menor altura, para aprovechar una sombra que aliviase los trabajos, habían construido el quemadero, y el secadero. Todo estaba cubierto de virutas y astillas, incluso había una hoja de sierra, rota y abandonada.

Y allí, en esos pinos, la partida del Cid se encontró lo que jamás hubiera esperado.

El asturiano fue el primero en espantar la sorpresa y hablar.

—Mi padre contrata a un capataz... Bueno, ya habrá pasado a mejor vida, tenía más años que el hambre... —Sacudió el rostro, como espantando una mosca, y se centró en la historia—. Un moro cordobés que se bautizó y que conocía mil mañas. Aquel hombre injertó uno de los manzanos que estaban en el linde del más grande de nuestros pomares —contó rascándose el cogote, sin dejar de mirar los pinos sin talar—. Lo vendó como se venda una herida, y le untó una pasta hecha con clara de huevo y no sé qué más. En un par de años, en una de las ramas crecieron manzanas rojas y dulces y, en la otra, verdes y ácidas. Hasta ahora, siempre había pensado que nunca vería un árbol que superase aquel prodigio.

Nuño echó uno de sus escupitajos bajo el colmillo y lo expresó de un modo menos sutil.

—En mi perra vida...

Pero Otto lo interrumpió.

—*Mein Gott!*

—En mi perra vida había visto mierda semejante —terminó Nuño—. Serán hijos de puta.

En el rostro del Cid, que estaba moldeado por el sol y la intemperie, con ese dejo rudo que admiraba a las damas de la corte castellana, floreció una de sus sonrisas.

—¡Que me aspen!

El único que no dijo nada fue Diego. Solo pudo mirar embobado.

VII

La resina valía para una cosa, la otra y cien más. La resina la usaban los canteros y los carpinteros, los que trabajaban el cuero, y los zapateros. La resina era útil a muchos, e incluso los niños tenían sus juegos con los cristales que resultaban tras purificarla.

Los grandes tocones de los pinos se arrancaban de la tierra, se libraban de arena, se troceaban. Y los pedazos, muy bien dispuestos, siempre colocados como la veta mandase, se amontonaban en altos hornos excavados en la tierra o construidos como chimeneas. En ellos se hacía arder la madera, controlando la temperatura con ojo de carbonero, y se recogía la resina sudada en grandes artesas en las que se dejaba solidificar.

Esas artesas se hacían con listones de madera que se cuadraban sobre un suelo limpio de piedras, donde se excavaba un molde que servía para dotar de rigidez a los maderos.

Y con aquello se topó la partida del Cid.

Una zanja poco profunda, de un paso de ancho, donde habían empezado a asentar los maderos.

—El horno está a medio llenar —informó Otto, que se había acercado espoleando a su enorme pío.

—¡Cagüen la...! Hay que ser hijo de la gran puta —escupió Nuño.

Y Blasco asintió.

—Mucho.

Ahora todo quedaba claro. Aquellos tres reflejos en la distancia habían estado muy ocupados allí mismo, y con las peores intenciones.

—Me pregunto si estarán maduros...

Todos se volvieron hacia el Cid.

Ruy miraba a lo alto de aquellos pinos y su sonrisa, contagiosa y llena, dejaba ver, más que otra cosa, curiosidad.

—¿Qué fue lo que hicisteis para acabar así? —preguntó sin bajar la mirada—. Como piñas...

VIII

Otto no les dejó contestar. Hizo recular a su caballo y se puso a la par de Ruy.

—No hay tiempo para esto —advirtió.

El Cid bajó por fin el rostro.

—Pareces una comadrona, solo te preocupas por lo que puede salir mal. Si los catalanes tienen que esperar, que esperen, que la paciencia es una buena virtud.

Se acercó también Diego, que había desmontado y tiraba de las riendas.

Miraba hacia el lugar donde seguían clavados los ojos del germano. En el más grueso de aquellos pinos descartados por los resineros, en la horquilla de la primera rama, la más recia, la única que aguantaría, había una cuerda que pasaba por encima de la corteza. Había sido asegurada a una revuelta de las raíces, que salía de la tierra como un asa. Así podía sostener el peso de los dos bultos.

Diego solo dejó de mirar para observar a su padre. Y al verlo de buen humor encontró el coraje para preguntar, porque haberlo supuesto, como todos los demás, no le pareció suficiente. Necesitaba escuchar que había gentes capaces de algo así.

—¿Pensaban echarlos en la resina fundida?

El Cid miró a su hijo y su expresión se tornó seria. Como si una nube ocultase el sol.

—En los años que trabajábamos para Almustaín se estaba

levantando el palacio de la Aljafería —explicó—. Y uno de sus contables lo había estafado con los pagos a los yeseros. Cuando lo descubrió, decidió dar un escarmiento que sirviera de lección a todos...

Nuño gruñó algo que pudo ser una risa o un carraspeo que preparaba otro de sus escupitajos.

—... Y me lo entregó a mí.

Blasco cerró los ojos. Como si intentase alejar esa historia que conocía bien, él había estado allí.

Pero el Cid no se detuvo. Solo calló lo suficiente para que sus palabras calasen. Su hijo tenía que aprender el oficio. El hombre de armas no solo se dedicaba a las nobles batallas.

—Se hizo en la plaza que mira al río. Todos los de la corte estaban presentes, con sus sedas, sus joyas y sus maneras. Clavamos una lanza en el suelo, le atamos las manos a la espalda y le rajé el vientre.

Y acompañó sus últimas palabras con un gesto fluido de la mano, de abajo arriba.

El Cid negó entonces, con pesar, y su hijo, que lo conocía bien, supo ver que hablaba a disgusto.

—En cuanto cayó de rodillas las tripas se le salieron como una madeja —y también acompañó sus palabras, volcando ambas manos desde su abdomen—. Pero aquello no era lo que había pedido el rey Almustaín —hablaba en tono seco, espantando las emociones—. Morir no era suficiente. Tenía que servir para que a nadie más en la taifa se le ocurriese hacer lo mismo. Así que metí la mano entre las tripas... Y corté con la daga y enredé el extremo en la lanza...

Diego hacía cuanto podía para contener el vómito que le había subido a la garganta.

Blasco, que había desmontado, dejó que su caballo pastase a gusto, y se acercó hasta poner una mano en el hombro del chico.

—... Lo cogí por el pescuezo, lo alcé, y lo obligué a caminar a punta de espada...

—Como un ovillo al que le ha dado un manotazo un gato cabrón —susurró Nuño.

Y el Cid le contestó por fin a su hijo.

—Sí, eso iban a hacer con ese par de desgraciados —dijo señalando a los que colgaban amordazados de la rama del pino—, iban a soltarlos sobre la resina hirviente.

IX

Mientras escuchaban la historia, todos en la partida del Cid pensaron lo mismo, aunque ninguno lo comentó. Con quien iban a parlamentar era el que había ordenado aquella salvajada.

—Gracias, muchas gracias —repitió el anciano.

Y bebió una vez más del odre que Ruy le había ofrecido.

El chico no había sido capaz de pronunciar una sola palabra. Pero la palidez que aún le cubría el rostro era testimonio suficiente.

—¡Bájalos! —había ordenado el Cid—. Con cuidado.

Amordazados, atados de pies y manos, sujetos por dos lazos y colgados de aquel pino, los ojos de los cautivos se habían abierto hasta amenazar con caerse. Habían escuchado lo del contable y, hasta que Ruy dio la orden, no las tuvieron todas consigo.

Nuño tiró de la soga echándose atrás y, cuando consiguió holgura, la enredó en la muñeca para usar la raíz como cepo y cortarla con la espada.

Demostrando una vez más su enorme fuerza, sin más que otro de sus escupitajos, evitó que cayesen a plomo y los bajó con gentileza.

Blasco se acercó de inmediato y usó la daga para librarlos de las ataduras. Y el anciano se echó a los pies del Cid para bendecirlo a él y a cien generaciones de sus antepasados en hebreo. Y en la retahíla entremezcló una docena de agradecimientos.

Ruy lo ayudó a ponerse en pie. Las viejas rodillas crujieron y el soldado no se atrevió a soltar al vejancón.

—Tranquilo, amigo —dijo afable—, estás a salvo.

X

Pese a los refunfuños de Otto, el Cid quiso escuchar la historia de aquellos dos.

Se sentaron en rodelas de madera que los resineros habían dejado cerca del horno y el Cid les habló.

—Soy Ruy Díaz de Vivar y mi rey es Alfonso de Castilla. Nada tenéis que temer de nosotros, y menos si sois enemigos del conde Berenguer Ramón —y alzó la mano para evitar otro rosario de agradecimientos—. ¿Qué habéis hecho para acabar así?

El anciano logró calmarse, echó otro trago de agua y respondió.

—Desobedecer…

XI

Otto se inclinó sobre el hombro del Cid. Y le susurró algo al oído. Sin dejar que sus compañeros adivinasen sus preocupaciones.

—Esos tres estarán dando aviso de que hemos seguido la ruta de los cerros; si los catalanes nos estaban esperando por la llanada, ahora tendrán tiempo de tender otra emboscada, ¡debemos irnos!

Pero el Cid solo asintió y le dio una palmada en la rodilla a Otto.

—Siempre hay tiempo para una buena historia —dijo, gesticulando hacia el hebreo.

El bonete prendido en la coronilla, la nariz aguileña, los rizos canos que colgaban junto a sus orejas y las filigranas que pendían de sus ropas, todo en él delataba su religión. Se presentó como Moseh ben Mirdin, y dijo que los cristianos le llamaban simplemente Moisés. Había estudiado en Córdoba con un moro de nombre impronunciable y se había convertido en médico.

—... Cuando Alqádir abandonó Toledo y la ciudad cayó en manos cristianas me ofrecí en Zaragoza y en Albarracín —tenía la voz acuosa de los que han vivido mucho, tanto como para gastarla—, pero ninguna corte adolecía de más médicos —y abrió sus manos, donde la piel parecía a punto de partirse y las venas eran trazos de tinta azul—. Y, aunque había oído de su fama, no me quedó otro remedio que ofrecerme en el condado de Barcelona —aclaró con un suspiro que agitó sus largas barbas.

Llevaba unos cuantos años en aquel puesto y había aceptado como aprendiz al muchacho que lo acompañaba, de nombre Galín, hijo bastardo de un boticario de Barcelona que, por desgracia, había fallecido no mucho después.

—Aunque el padre lo pidió en el lecho de muerte, la viuda no quiso hacerse cargo... Y ahora es como mi hijo —reconoció el anciano con afecto.

Y Diego miró a aquel muchacho y le sonrió. Galín, cohibido todavía, devolvió el gesto con timidez.

Apenas niños en medio de negocios que no eran de su talla.

No eran tan distintos.

XII

El anciano hizo un esfuerzo por ahorrar palabras y contar una vida de carrerilla. Y no tardó en llegar a cómo habían acabado condenados a morir de aquel modo tan horrible.

—Es un hombre de carácter difícil —dijo sin palabras gruesas—. Uno de sus lebreles resultó herido en la última cacería. Antes de ser abatido, el jabalí que perseguía la rehala le abrió el vientre con un colmillo. También había herido a dos hombres, era una bestia excepcional, ¡un verraco enorme! Cuando regresaron me dispuse a atender a sus soldados y me dijo que debía salvarle la vida al perro —se detuvo un instante y rectificó—, me ordenó que le salvase la vida al perro.

Respiró profundamente, y pareció tan frágil como una caña doblada a punto de partirse.

—Era su lebrel más querido. Cuatro de sus hombres lo traían en una camilla y los heridos venían a lomo de caballo.

El anciano tomó otro trago de agua y reordenó sus pensamientos.

—Podía haber hecho algo por uno de los soldados, quizá salvarlo —dijo con angustia—. Pero el conde me prohibió tocarlo.

Al agachar la cabeza la barba rastrilló sus muslos.

—Siempre he atendido a los caballos, y a los camellos. Incluso a las ovejas. Todos son criaturas de Dios. Me parecía bien intentar salvar al lebrel, pero no...

Resopló una vez más, se pasó la mano por el rostro.

—Para ese pobre animal no había solución —lamentó pesaroso—. Y cuando el conde se enteró, entró en cólera.

XIII

Otto protestó. Porque Otto tenía aquella vocación de comadrona durante un parto complicado. Y Ruy no le hizo caso, porque Ruy siempre pensaba que había un modo de salirse con la suya.

—No le va a gustar.

—El que se pica, ajos come —contestó Ruy con su eterna sonrisa.

Y no continuaron como un grupo de soldados entrando en territorio enemigo bajo una frágil tregua con excusa de parlamento. Lo hicieron como si hubiesen decidido dar un paseo campestre.

Diego le cedió a Galín su montura y, antes de avanzar cien pasos, los chicos empezaron a actuar como lo que eran. Aunque tuvieron el buen juicio de no alzar la voz, de inmediato comenzaron las risillas y los gestos exagerados.

Y el propio Cid le cedió su caballo al anciano Moisés.

Incluso dejó que la distancia entre los suyos se ampliase. Quería hablar con el hebreo.

—En Zalaqa fue el olor de los camellos el que espantó a los caballos, nunca antes habían olido algo así.

Moisés asintió con gravedad.

—Muchos murieron. Tengo entendido que incluso vuestro rey resultó herido.

Ruy miró hacia arriba, al rostro del anciano.

—Hace tiempo que crío camellos con nuestros caballos.

Y el médico hebreo iba a contestar, pero entonces reparó en los ojos del Cid, en aquella mirada franca y abierta, en aquel rostro confiado.

—Creo que puedo hacer por ti algo mejor que cuidar de tus camellos.

La sonrisa de Ruy se amplió.

—No te esfuerces, viejo, no tienes que convencerme; un maestro de llagas siempre es útil, más aún si sabe atender a los animales —reconoció sin tapujos—. Puedes quedarte con nosotros, tranquilo, no te faltará el pan y se te tratará con respeto. Merece la pena, aunque solo sea para hacer rabiar a los catalanes —añadió divertido—. Eso sí —puntualizó con un dedo alzado—, cobrarás de lo mismo que los demás, una parte de victorias y saqueos...

—Puedo hacer algo mejor por ti —insistió el médico.

Ruy reaccionó de inmediato. La sonrisa se tornó suspicaz bajo el entrecejo fruncido.

—¿De qué hablas? —preguntó amoscado.

—Vuelven cada primavera, ¿verdad?

Fue una de las pocas veces en la vida del Campeador en la que lo cogieron desprevenido.

—Puedo hacer algo mejor que cuidar de tus camellos, tus caballos o tus hombres —dijo el médico—, puedo cuidar de ti.

Lo habían sorprendido con la guardia baja, pero se rehízo enseguida.

—¿Cómo lo sabes?

El hebreo se encogió de hombros y era tan escuálido que pareció un tallo tronzándose.

—Es mi profesión, saber qué les pasa a mis pacientes —y

antes de que el Cid pudiera interrumpirlo, el hebreo continuó—: Y ellos, ¿lo saben?

Aún continuaron camino un trecho. El que necesitó Ruy para asentar las ideas, que habían levantado el vuelo como palomas asustadas.

—Solo los más cercanos —acabó por admitir.

Y partió otra de las hierbas de San José. Antes de meterse en la boca la médula pelada, volvió a hablar.

—No puede hacerse nada —aseguró—, en Zaragoza ya lo intentaron los médicos de Almustaín…

—Conozco a esos incompetentes, por su culpa acabé trabajando para el conde. No querían intromisiones. Saben moverse en la corte —admitió como si tragase algo amargo—, aparentar. Pero ninguno de ellos ha leído el Canon de Avicena al completo, o estudiado en profundidad a Galeno. Les interesan más los perfumes y afeites. O fumar cáñamo.

Hacía rato que descendían y Ruy tiró suavemente de las riendas para que el caballo no acelerase. No quería acercarse a Otto, que lo precedía. Y echó un vistazo atrás, para comprobar que Blasco no acortaba distancias.

Iba a preguntarle algo más al médico cuando un fuerte silbido lo impidió.

Nuño se había detenido.

Cinco hombres armados les daban el alto sin miramientos, con las espadas desenfundadas y los rostros teñidos de odio.

Al fondo, tras ellos, las tiendas y el trajín. Más allá, la bella silueta de Valencia, recostada junto al mar, como dos amantes agotados tras haber desatado su pasión.

Habían llegado.

PACIENCIA, CALABOZO Y POTRO

Año del Señor de 1102

I

El lebrel conocía la violencia. Y se apartó de aquellos hombres en cuanto abrieron la reja de la perrera. Reculó hasta el fondo oscuro, junto a las piedras mohosas, lejos de ellos, y a punto estuvo de pisar sus propios excrementos.

Lo amenazaron con aquellos martillos. Y no importó que se entregase rendido. Lo golpearon. Lo patearon. Y se lo llevaron a rastras.

El lebrel los vio marcharse. Y gimió.

Aquel olor a yeso y cuero. A hierbas y medicinas. A paciencia.

Se lo llevaron.

Y el lebrel se acercó a la reja cuando la volvieron a cerrar.

Se sentó donde él había estado. Aún podía sentir el calor atrapado en la paja y las piedras. Pero las fuerzas le fallaron. No se había recuperado, y tuvo que tumbarse. Aun así, no apartó los ojos de ellos. Y aventaba el aire, buscando su olor. El del hombre que le había dado su propia comida.

Lo arrastraban como a un fardo.

Antes de atravesar el portón se hicieron a un lado. Del interior salían más hombres, y arrastraban a otro. A uno que no se movía.

Incluso desde la perrera pudo oler la sangre metálica, el sudor rancio, el miedo que aún llevaba pegado en la piel.

Estaba muerto.

Se cruzaron. Unos arrastraban a un muerto. Los otros a un sentenciado.

Cuando atravesaron el portón, el lebrel aulló.

II

Antes incluso de que pudiera caerse en paz, derrumbarse en el suelo e intentar recomponerse, aquel tipo ya lo había agarrado.

—Si les dices una sola palabra, lo que sea, ¡te capo!

Sonó como la lima de un herrero comprobando la forja de un barrote. Y la amenaza quedó patente cuando aparecieron algunos más decididos a secundarla.

Eran al menos diez. Sucios, harapientos, demacrados. Los calabozos habían roído sus carnes, pero aún mantenían el espíritu.

—¿Me has oído? ¡Te capo! Aunque tenga que hacerlo a mordiscos.

El Gallego intentó hacerse cargo.

Lo habían arrastrado por el patio, en medio del ajetreo. Entre caballos que iban y venían, un correo que pasó corriendo, dos albañiles que levantaban una piedra, un cantero que hacía repicar su martillo. Lo habían arrastrado por el patio y lo habían tirado escaleras abajo en cuanto atravesaron el portón al pie de la torre.

Cayó rodando. Se golpeó con los escalones, con las paredes, con un hachón de hierro abandonado en una esquina. La escalera pareció interminable.

Apenas pudo ver un corredor iluminado por dos antorchas. Un pasillo central, con un desaguadero para las heces y la orina. Y dos grandes rejas, una a cada lado. Mucho mayores que las de las perreras, y de barrotes más gruesos.

Antes de comprender que estaba en los calabozos del castillo de Cornago escuchó la orden.

—¡Desnudadlo!

La voz le resultó familiar. Algo en ella se había pegado a sus recuerdos. Pero no supo identificarla.

Y por las escaleras aparecieron Biagio y los otros dos jaques, que se pusieron manos a la obra sin miramientos.

Le quitaron cuanto tenía y lo dejaron con la camisola de lino, remendada cien veces. Fue entonces cuando Biagio vio la bolsita de cuero al cuello del Gallego y echó la mano para arrancarla.

El puñetazo cayó en la carne requemada y lo envió al canal que recorría el centro del corredor. Y fue el único que el yesero pudo dar.

De pronto estaba atrapado en un bosque de brazos y Biagio se levantaba. Escupió con asco, se pasó la mano por el rostro para quitarse los pegotes. Y algo se agarró a la cicatriz, algo a medio digerir que podía ser el caparazón de un gorgojo o cascarilla de trigo.

Lo sujetaron mientras Biagio pegaba una y otra vez, con todas sus fuerzas, como si pudiera limpiarse a base de vapulear al prisionero.

—¡Basta! ¡Encerradlo!

No solo hicieron eso. Biagio, con una sonrisa que retorció de un modo horrendo aquella cicatriz, lo metió en el calabozo con una brutal patada en la entrepierna.

El dolor estalló en su vientre y golpeó el pecho. Y el aire escapó de sus pulmones en un soplo ronco.

Los otros prisioneros empezaron a abuchear, a silbar. Insultaron. Berrearon. Pero la puerta se cerró igualmente. Y el Gallego cayó entre ellos.

—Ni una palabra, ¿me oyes? —repitió el mismo hombre—. A esos cabrones ni agua.

No podía responder. El dolor no le permitía tomar aire.

Notó cómo las costillas se contraían y sus músculos eran incapaces de moverse.

—Hablará, ya lo creo que sí, va a cantar como un ruiseñor.

De nuevo aquel vozarrón.

III

Lejos, muy lejos, oyó las pesadas botas encarar la escalera.

Y el resto de los prisioneros, con el valor que les daba volver a estar solos, reiniciaron sus gritos y maldiciones.

—¡Tú y yo! ¡Hijo de la grandísima puta! ¡Solos!

Enfurecidos y llenos de rabia.

—¡No tienes cojones! —chilló otro que se había quedado ronco.

—¡No valéis una mierda! —se unió un tercero.

Y tardaron en apaciguarse.

—¡Traed a ese bujarrón del Boquituerto! ¡Bajadlo aquí!

No podía identificar las voces, pero logró incorporarse y apoyar la espalda contra la reja.

—¡A Alfonso! ¡Que traigan a Alfonso! Yo le voy a enseñar por dónde se puede meter Castilla.

Y un coro se unió a esa última voz. Cargado de desprecio.

—¡Eso! ¡Castilla! ¡Y Galicia y todo León! Hasta que le salga por los dientes...

—¡Hijos de puta!

—¡Cabrones!

Poco a poco, agónicamente, como arena escurriéndose por una rendija, su pecho volvió a obedecerle y logró tomar aire.

Apestaba a cloaca.

IV

Hedía por culpa de aquel canal que partía el corredor. Donde acababan las miserias de los prisioneros. Miserias que eran prueba del trato que recibían.

Al menos dos de ellos tenían la boca deformada por encías hinchadas y sangrantes. Otro apenas podía hablar, un enorme bulto bajo la papada lo obligaba a mantener la cabeza en alto y sufrir terribles dolores de cuello. Además, todos habían sido torturados, todos tenían las pecheras y las espaldas cubiertas de sangre reseca, los pescuezos amoratados y cubiertos de arañazos. De los que allí estaban, el que mejor se encontraba solo tenía hambre y liendres, y los piojos tenían el tamaño de garbanzos.

Se le acercó un viejo. Un tipo carcomido por el hambre. Vestido con harapos sucios y desgarrados. Se le veían, bajo la piel llena de mugre, las costillas temblorosas. Pero sus ojos aún se mantenían despiertos.

—Bienvenido a nuestros mejores aposentos —saludó ofreciendo la mano—; debes perdonar, pero el servicio se ha ido al carajo y a mis compañeros no se les da bien mantener la chimenea limpia de cenizas, los ratones fuera de la despensa o los suelos con paja limpia.

El Gallego se irguió tambaleante con la ayuda de aquella mano, que tenía los callos que solo puede dejar la espada y la robusta muñeca de quien ha hecho con ella algo más que afilarla.

—Me llamo Pedro —se presentó—, pero aquí todos me llaman *Viejo*.

Y se quedó pensativo. Observando al nuevo inquilino.

El yesero intentaba recuperar el fuelle. El dolor en la entrepierna empezaba a ser soportable, el del costado seguía dando guerra.

El viejo se llevó los dedos a la nariz y hurgó hasta encontrar uno de los pelillos del interior y arrancarlo de un tirón.

—No tienes idea de qué haces aquí, ¿me equivoco?

—¡Callarse! Eso es lo que hace —volvió a gritar el que lo había increpado al principio.

El viejo se volvió y tuvo el cuajo de gritarle.

—A ver si te callas tú de una bendita vez —le respondió con el tono de alguien que ha dado órdenes antes—. Ese de ahí

—señaló hablándole de nuevo al Gallego— es Juan Chico, debes disculparle. Duerme mal y se le agria el carácter.

El viejo le dio opción a responder, pero el yesero no lo hizo.

—¿Se te comió la lengua el gato? ¿O fue Raimundo?

Y señaló a un hombretón que pese al hambre del cautiverio seguía pareciendo un oso antes de hibernar.

Todos lo miraban. Esperando la respuesta que aún no había dado.

—Le pisé los callos a la madre del Boquituerto.

Y en lugar de gritar todos rieron.

V

Cuando los ánimos se calmaron por fin, pudo sentarse en un montón de paja arrimado contra una pared, lo más lejos posible del hediondo canal.

Necesitaba pensar.

Los prisioneros no eran hombres de Castilla, ni vasallos del conde de Nájera. Y tampoco habían mencionado al obispo Peláez y sus ansias de independizar Galicia.

No tenía idea de por qué el juglar lo había vendido.

Y no sabía por qué Juan Chico se empeñaba en que callase, ni siquiera tenía idea de qué debía callar.

Por qué se reforzaba Cornago. Por qué se reunían las guarniciones, qué campaña se preparaba.

Y lo que era aún más importante, cómo iba a escapar.

VI

Ya tenía respuesta para una de sus muchas preguntas.

Y no le gustó conocerla.

—¿Te acuerdas de mí?

Allí estaba aquella voz familiar. Y cuando se volvió para mirar hacia el corredor, allí encontró a su dueño.

VII

Ojarra sonreía con tanta fuerza que su calva se arrugaba en las sienes. Enseñaba los dientes como un perro de presa. Y si la expresión no era suficiente, sus palabras lo confirmaron.

—Te vas a arrepentir de haber nacido.

No gritó, fue apenas un susurro. Y la sonrisa creció. Ya no parecía que tuviera labios, sino los belfos de una bestia. De una bestia salida del Apocalipsis.

—Te voy a dar tiempo de lamentarlo —prometió con un siseo.

Le acompañaban otros dos. Y les mandó abrir la reja con un gesto seco, sacudiendo la mano. Con impaciencia.

Los otros iban a obedecer, pero titubearon.

Alguien bajaba por las escaleras.

Y solo cuando ambos miraron hacia los peldaños, Ojarra reaccionó para girarse como una bisagra oxidada.

En el último escalón aparecieron las botas que calzaba Biagio. Y en cuanto pisaron el corredor se hicieron a un lado para que el esbirro permitiese la entrada en los calabozos a su señor, el conde de Nájera, García Ordóñez.

No se le podía ver el defecto que le granjeaba el apodo. Traía la boca cubierta por un pañuelo de lino de impecable blanco. Y pese a la tela su ceño estaba fruncido. Tal era la peste que bañaba el lugar.

Tras el conde, gruñendo por el esfuerzo, bajaban cuatro más. Maldecían por los nudillos despellejados en las piedras, y porque los riñones protestaban. Y también porque no era fácil maniobrar aquel armatoste. Cargaban con el trasto que hubieran parido los infiernos de haberse encontrado la alquimia para que un patíbulo se aparease con el banco de una iglesia.

La superficie era un antiguo trillo, con las piedras destinadas a mazar la paja todavía saliendo de los maderos, como dientes. Y a cada extremo habían puesto sendas garruchas donde se habían enrollado robustas sogas. Las garruchas, como las patas, eran nuevas, un encargo cumplido con prisa por alguno de los carpinteros que pululaban por el patio.

Se había fabricado para la ocasión y, cuando lo apoyaron en la celda vacía, el tronar de las patas contra el suelo dio idea del peso. Se había hecho robusto, para aguantar los esfuerzos.

El conde no perdió el tiempo. El hedor lo incomodaba. Apenas echó un vistazo distraído a los prisioneros y clavó sus ojos en Ojarra.

En el rostro del navarro todavía podía verse una paleta entera de colores, desde el morado que aún persistía encima de una de las mejillas hasta el amarillo herrumbroso que le cubría el mentón.

—¡Dos días! ¡Tienes dos días! —le advirtió en tono que no daba lugar a réplicas.

Y se marchó por donde había venido, con su séquito.

Ni siquiera Juan Chico encontró redaños para protestar. Todos sabían lo que era aquello. Algunos lo habían usado. La guerra entendía de tortura.

Aquello era un potro.

VIII

Ahora el Gallego sabía a qué atenerse.

Sus ropas seguían tiradas donde los hombres del conde las habían dejado, en un rincón, amontonadas contra la reja del otro calabozo, el que solo tenía un prisionero, uno que no necesitaba agua ni comida. Uno que no se quejaba, pero que conseguiría que todos lamentasen haber nacido.

Se quedaron solos Ojarra y sus dos secuaces.

Y el navarro, que ni siquiera se había despedido de su señor, miró hacia la celda.

—¡Ya habéis oído! —gritó esta vez—. ¡Dos días!

Y entonces dio un largo paso para sortear el desagüe y se acercó a la reja.

—Y tú…

IX

Si algo tuvo claro el Gallego fue que no podía mostrar miedo. Ojarra era como esos perros que salían de un granero a toda prisa, sin un ladrido, pero enseñando los dientes con un ronquido sordo.

Con oler el miedo el ronquido se convertía en dentelladas.

Se puso en pie. Y su aspecto ensangrentado le dio un aire de espectro saliendo de la tumba en noche de difuntos.

Se puso en pie y caminó hasta que solo la reja los separó.

Ahora que sabía a lo que se enfrentaba, no estaba preocupado.

—Y tú hablarás —masculló Ojarra.

—Ya te conté lo que sabía en la posada del pelirrojo.

La respuesta sorprendió al navarro.

Tenía un coágulo en uno de los párpados. Una mancha oscura del tamaño de una semilla. Rodeada por el manchurrón del cardenal maduro. Aquel coágulo bailó arriba y abajo como una mosca revoloteando sobre una bosta fresca.

Pero Ojarra era un tipo bragado, y se recompuso pronto.

Sonrió de nuevo. Tan exagerado que se le movió el pellejo de la coronilla.

—Este hijo de la grandísima puta se cree más listo que el mismísimo demonio...

Y los otros dos no se atrevieron a asentir o negar. Pero una enorme gota de sudor se deslizó por el entrecejo del más bajo. Un burgalés malcarado, con la piel tan oscura como para pasar por uno de los escoltas que usaban los caídes almorávides.

—¿Es eso?, ¿te crees más listo que yo? Yesero...

Lo preguntó con el tono de quien le hablaría a un niño que acabara de mearse encima y dijese que se ha mojado al ir a beber a la fuente.

—He conocido piedros más listos.

Aunque parecía imposible, aquella sonrisa siguió creciendo, como si la cabeza del navarro estuviera a punto de partirse en dos.

—Cuando supe que era a ti a quien iban a traer —explicó como un maestro al más incapaz de sus alumnos—, le pedí a Biagio que me dejase al cargo. No te inquietes, lo de Siya lo pagarás, caro —y alzó la voz para dirigirse a todos los prisioneros—. Dos días, eso es lo que os queda en este valle de lágrimas, ¡dos días! Vosotros elegís. Puede ser rápido o lento...

La sonrisa no flaqueó. Y pegó las narices a un hueco en la reja, se acercó tanto que el aliento a cebolla del almuerzo de Ojarra llegó hasta el yesero.

—Serás el último en pedirme que le raje el pescuezo —aseguró frío—. Voy a hacer que supliques hasta quedar ronco. Me rogarás que te descabelle... No lo dudes, pagarás lo de la posada. Pero antes vas a hablar. Vas a hablarme hasta de la leche que mamaste...

Una comadreja había comenzado a devorarle las entrañas, pero el Gallego no se amilanó.

—... Sabemos quién eres.

Y aquella sonrisa se convirtió en una carcajada hueca que retumbó contra las paredes del calabozo.

Cuando los guardas salieron, el Viejo se acercó hasta donde el Gallego seguía en pie y le puso la mano en el hombro.

Cuando se giró, el otro había perdido su labia. Solo dijo dos palabras:

—Lo siento.

X

Ojarra sabía lo que hacía.

Lo hacía bien. Y disfrutaba haciéndolo.

Ellos eran tres y los prisioneros sumaban once. Pese a que la última vez que Raimundo se había agachado a hacer de vientre habían salido más lombrices que mierda, pese a que a Juan Chico se le habían caído tres dientes y las encías le sangraban continuamente, pese a que otro al que llamaban *Gordo* no parecía otra cosa que un pellejo tenso sobre los huesos, seguían siendo once. Y todos eran hombres hechos a la guerra, todos intentaban alegrarse el encierro recordando al moro que habían capado en Almenar, o a aquel otro al que habían echado a un foso en Osma, o el botín que habían repartido en Morella.

Y Ojarra sabía lo que hacía.

Cuando regresó traía una pértiga a la que los del calabozo habían puesto nombre mucho antes de que el Gallego se acomodase en los aposentos.

—Traen el tentetieso —murmuró otro.

Uno bajo y canoso, de Fuentesaúco. Uno que presumía de que entre las piernas le colgaba una serpiente más larga que la que tentó a Eva y que, gracias a aquello, había reventado el culo de más moros que el mismísimo demonio.

Era una larga vara de madera ahumada, rematada con un aro de hierro forjado. Un encargo al herrero que seguiría trabajando a toda prisa en el patio sobre sus cabezas. El aro tenía el interior plagado de clavos, y en cuanto se lo pasaban a uno por la cabeza más valía mantenerse bien derecho y no soltar una sola gracia. Un simple tirón bastaba para que los clavos mordiesen el cuello.

Ahora entendió el Gallego el porqué de las heridas de sus compañeros.

Y aquel que tenía el tumor en el cuello, un maragato hijo de boyeros que respondía también al nombre de Pedro y al que llamaban el *Joven*, se acurrucó al fondo del calabozo, haciendo lo posible para que no lo viesen.

—¡En pie! ¡Hijos de puta! ¡En pie!

La reja de la celda la abrió el más alto de los dos secuaces de Ojarra. Uno que se le parecía tanto como si los dos fueran primos, aunque este tenía unos cuantos años menos y una buena melena.

Y aquella pértiga, en manos del navarro, se invitó a entrar.

Pero el Gallego no comprendió cómo se habían dejado atrapar sus compañeros con aquella tortura hasta que el otro de los hombres de Ojarra, más fornido, armó la ballesta con facilidad, usando manos callosas para tirar de la cuerda.

—Apunta a los huevos —le ordenó Ojarra.

Y maniobró con la pértiga hasta colocársela encima al yesero, como si le estuviese poniendo un aro de santidad sobre la cabeza.

—Ya sabemos quién es el afortunado...

XI

Los clavos del tentetieso le dieron dos buenos mordiscos. El de la ballesta le sacudió un puñetazo en los riñones que lo echó al suelo para destrozarse las rodillas contra las piedras. Y el otro, el que había abierto la reja, lo dejó allí con una patada.

Cuando lo subieron al potro, lo dejaron caer sobre las piedras que salían de la tablazón. Y cuando le ataron las manos y los tobillos apretaron tanto que los nudos fueron un suplicio.

Y antes siquiera de hacerle la primera pregunta, Ojarra alzó un dedo y lo hizo girar en el aire.

A cada extremo del potro, donde se habían colocado los otros dos, los mangos de madera entraron en los agujeros de las garruchas y ambos empujaron.

Las hicieron girar.

La soga despellejó las muñecas y los tobillos, las piedras del trillo arañaron la piel, y la tensión le trabó los hombros, los codos, la cadera, las rodillas.

El dolor se acurrucó dentro de él. Se revolvió, se incorporó, cambió de posición y, por fin, pareció acomodarse.

—Vas a lamentar haber nacido.

XII

Sacando los brazos por los huecos de la reja, el Viejo permanecía de pie. Observaba lo que sucedía al otro lado del hediondo desagüe.

Y Juan Chico se le puso a la par. Venía hurgándose la maltrecha boca y, cuando sacó los dedos ensangrentados, entre ellos destacó el blanco de uno de sus caninos.

—Otro que se va a tomar por saco —dijo en tono casual, escupiendo con desgana la sangre.

Y tiró el diente a aquel canal donde acababan su mierda, sus meos, sus lágrimas y su sangre.

—Tiene cuajo —comentó señalando con los dedos sucios.

Allí, el dedo de Ojarra, limpio a no ser por la roña bajo la uña, volvía a girar en el aire. Y los otros dos giraron un cuarto de vuelta las garruchas.

El Viejo asintió.

—¿Lo conoces? —preguntó Juan Chico.

El otro entrecerró los ojos, como queriendo recordar.

—Cuando llegó tuve la impresión de que no lo había visto en mi vida —respondió el Viejo—, pero ahora quiere sonarme. Hay algo... No sé. No caigo, pero hay algo...

—Ese no ha pisado Valencia. No es uno de los nuestros —aseguró Juan Chico—, no sé qué hace aquí.

El Viejo dejó escapar un gruñido cínico.

—Aguantar —señaló con admiración—. No le ha dicho ni el nombre.

Y Juan Chico inclinó el rostro para mirar con atención al otro calabozo.

Era verdad. Ni un lamento. Las preguntas de Ojarra se quedaban en el aire sin otra respuesta que el chirriar de las garruchas o los gruñidos de esfuerzo de sus hombres cuando las hacían girar.

—Cojones no le faltan, de eso no hay duda —reconoció antes de perder el interés y sentarse apoyando la espalda en la reja—. Nos hubiera venido bien en Cuarte, pero ese no estuvo allí, te lo digo. Y tampoco en Bairén.

Juan Chico se dedicó a hurgarse la maltrecha boca.

Pero el Viejo se quedó rumiando sus recuerdos. Podía ver a aquel tipo aguantar. Y en su rostro había algo familiar que no lograba ubicar en sus largos años al servicio del Cid.

Pero tenía que darle la razón a su compañero. No le faltaban cojones al nuevo. Solo una vez lo vio flaquear, solo una vez.

Las preguntas caían como el granizo. Y en el rostro del nuevo no había emociones. Y de su boca no salió un solo gemido, una sola queja. Ni una sola respuesta.

Ojarra insistía. Mencionaba nombres y lugares. Batallas, encuentros, gentes. El navarro sabía interrogar.

Pero aquel tipo ni siquiera protestó.

El Viejo podía ver el rostro, duro, marcado. Aquel tipo era como una roca en medio del río, capaz de aguantar las crecidas sin ceder una pulgada.

Y aguantaba.

Las cuerdas se tensaban, las garruchas se tensaban, los huesos crujían. Y aguantaba.

Solo una vez lo vio flaquear. Solo una. Y no fue cuando las garruchas giraron media vuelta de golpe. Tampoco cuando Ojarra le levantó una de las uñas con la punta de la daga, ni siquiera cuando el navarro se cansó y lo abofeteó una y otra vez, hasta perder el resuello.

Aguantó.

Excepto cuando Ojarra mencionó un nombre.

Al oírlo, se le desinfló el pecho, se le cerraron los ojos con fuerza, se le apretó la boca.

Y aquel tipo aulló como un perro acorralado, aulló como un lobo a la luna, un aullido que levantó los rostros de todos y cada uno de los presos, un aullido que les heló la sangre.

Solo esa vez lo vio flaquear.

XIII

Sudaba. Su calva brillaba, a la luz que se colaba por los dos ventanucos y a la que parpadeaba en los hachones.

Había metido la punta de la daga bajo otra de las uñas. En el suelo seguía la que había caído poco antes.

Y su voz pesaba tanto por culpa del odio que cada pregunta parecía una flecha salida de un arco tan tenso como para crujir.

—Hablarás, hijo de perra —aseguró resollando.

Y un hábil giro de muñeca levantó la uña.

—Eres un saco de mierda. Tienes de yesero lo que yo de moro. Y tampoco eres gallego, todo eso ya nos lo contó ese cagajón hediondo tan cantarín... Eso ya lo sabemos.

Se alzó e hizo girar la punta ensangrentada de la daga. Y los otros dos le dieron otro cuarto de vuelta a las garruchas.

—Pero no te preocupes, al obispo lo colgarán pronto de los huevos, le va a hacer falta santidad al hijo de puta... Dicen que Alfonso quiere caparlo con sus propias manos.

La daga giró en el otro sentido y las garruchas aflojaron un instante. Lo suficiente para que aquel cabrón tomase una bocanada de aire. Y Ojarra volvió a señalar. Ahora dieron media vuelta y una de las sogas gimió como un perro apaleado.

Pero aquel malnacido callaba.

—Tú estabas en Valencia con ese hideputa del Cid, ¿verdad?

Las sogas se destensaron por un momento, pero no se oyó un solo quejido. Ni un lamento. Solo el aire entrando a prisa donde se le echaba en falta.

—Eres uno de aquellos cobardes que descuartizaron a niños. Y vas a decirme dónde lo escondisteis.

La daga se revolvió en el aire. Las garruchas chirriaron.

—¿Dónde? Y no me digas que no sabes de qué te hablo, ¡¡¿¿dónde??!!

Tanto gritaba, tanto insistía que, desde la barbilla al cogote, todo el rostro de Ojarra tenía el color vivo de las brasas en los hachones.

—¿Qué hicisteis con él?

No hubo respuesta.

—Lo encontró en aquella cuadra donde se escondió Alqádir, ¿verdad? —Tomó aire—. ¿Qué os mandó hacer con él?

Del patio llegó el retemblar de una piedra que se les cayó a los canteros.

Cambió la daga de mano y usó los dedos libres para ordenarle a los otros dos que girasen otro cuarto de vuelta.

—No lo niegues, sabemos quién eres...

Y otro cuarto de vuelta.

Ojarra se inclinó sobre el potro y acercó su rostro al del prisionero, como si fuera a besarlo. O a arrancarle las narices de un mordisco.

—Eres el hijo del hebreo —susurró mascando cada palabra—. Tu padre se la ponía tiesa al Cid. Eres Galín...

Se asustó. Se apartó de golpe. Tropezó. Cayó al suelo. La daga se soltó y tintineó en las piedras.

El torturador se asustó.

El hombre en el potro aulló.

Aulló.

Y desde el patio, bajando por las escaleras, otro aullido respondió.

PARLAMENTO, FALDERO Y PUÑAL

Año del Señor de 1088

I

Había lebreles, pero aún había más mozos atentos a cualquier capricho de los animales. Cada perro tenía su propia tienda con paja fresca en el suelo y, a la entrada, cuencos de oro con agua limpia. Y, ante la pulcra fila, un guarnicionero se dedicaba en exclusiva a trabajar el cuero de las correas, collares y cinchas para las rehalas.

No dijeron nada, y se miraron unos a otros con asombro. La sonrisa del Cid mantenía el aire cínico de quien sabe dónde pisa.

Más allá, dos canteros trabajaban en una losa, y una tumba se preparaba con todos los honores. Y el bulto amortajado no podía ser otro que el del lebrel que les había dicho Moisés.

—Y cuando todo acabe —dijo Blasco con asombro—, organizará una expedición para trasladar los restos, como si fueran los del mismísimo san Isidoro de Sevilla.

Y había más.

Tras las perreras había otra tienda, teñida de carísimo añil, destinada en exclusiva a halcones, lechuzas y búhos. Pudieron ver el interior cuando un asistente entraba con un cesto de palomos desplumados, y a Nuño, tras escupir bajo el colmillo, se le escapó un susurro cargado de pasmo.

—Mira las perchas —le dijo a Blasco—, ¡limpias! No tienen una jodida cagada.

Y el asturiano asintió levemente.

—Esos pájaros viven mejor que obispos.

La voz de Ruy, apenas un murmullo, los reconvino a ambos.

—Ni los perros ni los pájaros van a intentar rajaros las tripas, atentos al negocio.

Y Ruy tenía razón, como siempre. Además de los excesos, también había armerías con lanzas ordenadas, y una herrería donde el martillo domaba el hierro y llenaba calderos con puntas de flecha. Y más hombres. Nobles, caballeros de impolutas cotas de malla, peones, escuderos. El séquito del conde examinaba un mapa sobre una mesa. Unos entrenaban con la espada bajo la mirada de un adusto sargento. Otros practicaban con la lanza a galope tendido. Y más filas de caballerías. Y más pertrechos almacenados, y más tiendas.

Y tras los catalanes estaban los moros de Zaragoza. Con sus rápidos caballos y la salvaje guardia nubia, que juraba lealtad más allá de la muerte.

Había allí más de mil hombres.

No era una simple partida de caza.

Era el campamento desde el que se intentaba hacer caer la perla que suponía la hermosa Valencia.

Había allí más de mil hombres. Y se preparaban para la guerra.

Ellos eran un puñado con un viejo y dos muchachos.

—*Scheisse!* No me gusta —murmuró Otto—, no me fío de estos catalanes. Ni de los moros...

—Ellos tampoco de ti —respondió Ruy, divertido.

Muchos de quienes los vieron pasar dejaron lo que hacían para clavarles miradas de recelo.

Pero Ruy no se detuvo. Y los demás no lo dejaron solo. Ni siquiera Moisés y su ayudante, que se encogían como si pretendiesen desaparecer.

—Esperaremos fuera —le había dicho el médico a Ruy antes de entrar en el campamento.

Los centinelas les habían obligado a desmontar y el Cid se había negado a dejar las armas.

—Ah, no, eso no —le había contestado al galeno—. Vamos a darle un motivo para rascarse —aseguró en tono burlón.

Y en medio de aquella guerra en ciernes. En medio de aquella contradicción. En medio de los escudos, las espadas y las lanzas. De los brocados, los antes, los cueros de camello e incluso los terciopelos, se alzaba otra tienda más. Una enormidad que parecía mayor incluso que el castillo de Osma. Un despropósito que solo podía pertenecer a Berenguer Ramón, segundo con ese nombre en el condado de Barcelona.

II

Cuando no se rascaba una mejilla se rascaba la otra. Y sus pies, calzados con finísimos borceguíes de un rojo impoluto, no podían estarse quietos, como si se hubieran parado encima de un hormiguero con la intención de aplastar hasta el último bicho.

Era como una escoba puesta al revés. Escurrido de hombros y escaso de caderas, todo él parecía colgar del rebelde matojo de panizo que tenía por pelambrera. Unas guedejas que, por más que se empeñase en domar con caros afeites traídos de Tierra Santa, se retortijaban en todas direcciones.

No hacía frío, pero vestía una pelliza de blanquísimo armiño. Y, como atestiguaban las mejillas coloradas, se le recocían los sobacos a fuego lento. Estaba sentado en un sillón de un tamaño acorde al de la tienda, una artesanía venida de los boatos de la Córdoba califal, cubierta por el más fino y delicado taraceado que ninguno de ellos hubiera visto antes. Tenía incluso incrustaciones de marfil y nácar.

Parecía un niño travieso jugando a ser rey.

Los saludó con una risilla nerviosa que se ahogó en un gorjeo extraño.

—Ha venido el perrillo faldero de Alfonsito —dijo cortando aquella risa floja.

Y se llevó una mano cargada de anillos a la oreja para tironear del lóbulo. Hablaba en tono festivo, solo le faltaba aplaudir al terminar cada frase.

Antes de contestar, Ruy miró a su hijo. Diego se sentía cohibido, intimidado. Confundido. Pero su padre había decidido que se quedase a su derecha, como si fuera uno de sus capitanes, el mejor de ellos.

Y Diego reaccionó, enderezó la espalda y levantó la barbilla. Solo entonces, el Cid respondió al conde, y lo hizo sin volverse.

—El mismo perro —dijo con un tono hueco, que solo pareció festivo—, el mismo que te mordió el culo en Almenar...

Fue como si un bicho hubiera hincado su aguijón en el cogote del conde. Su mano, pálida como el vientre de una rana, salió disparada. Y los hombres tras él, su guardia personal, se pusieron tensos, cuadraron los hombros.

—Siempre te ha gustado rebuscar en la basura —contraatacó señalando con la otra mano, igual de pálida y flácida, hacia el médico y su aprendiz.

—Siempre hay quien llora lo que otros ganan —respondió Ruy pidiendo calma a los suyos con un gesto.

Nuño había llevado la mano al pomo de la espada, una mano que no era pálida ni flácida. Se había olvidado, o fingía haberse olvidado, que la cuenta pasaba de los mil.

El conde braceó como un pollo echándose a volar fuera del nido. Y los veintiún guardaespaldas que flanqueaban la tarima se contuvieron.

—¡Oh! ¡Claro! —Y aquella risilla que sonaba como la carcoma se volvió a oír—. Mis perros también comen lo que cae de mi mesa.

Y sonrió tanto que algo más aparte de su pelambrera pajiza

resaltó en su cabeza. Unos impecables dientes de blanco marfileño.

A todos los del Cid les olió a cuerno quemado. Pero fue Nuño el que dejó claro lo que pensaban. Escupió bajo el colmillo y un enorme gargajo se estampó en una carísima alfombra que debió haber viajado en su momento de la misma Bagdad hasta el esplendor de Córdoba.

Diego lo vio y sus ojos se espantaron. Y su padre le puso la mano en el hombro y apretó hasta hacer daño. Y no dejó de hacerlo hasta que el chico recobró la apostura.

—Alfonsito silba y tú acudes corriendo. ¿Qué se puede esperar de un vasallo? —preguntó el conde rascándose una sien—. ¿Qué se puede esperar de alguien que solo tiene un puñado de tierras y ni un solo título?

Lo que no esperaba era una respuesta.

Diego pudo sentir la rabia hirviendo en su padre.

El Cid no se movió, no dijo nada. Pero su hijo, con un reojo, vio cómo aquellas arrugas que rodeaban los ojos se acentuaban. Casi pudo sentir el calor del odio que ardía bajo la oscura cota de su padre.

—¿Y qué le ha prometido Alfonsito a su perrillo? —preguntó con el soniquete de su risa entre las palabras—. ¿Te hará conde al fin si le sacas las castañas del fuego a ese mentecato de Alqádir? ¿Tendrás un señorío si sometes estas tierras?

El silencio se espesó. Lo único que podía oírse era el rascarse tras la oreja del conde de Barcelona.

Pero Ruy no se dejó intimidar. De hecho, dio un paso al frente, y llegó hasta donde había caído el escupitajo de Nuño.

—Su Alteza Alfonso —anunció con voz de heraldo, sin un titubeo—, rey de Castilla, rey de León, rey de Galicia, desea someter el levante. Albarracín, Murviedro, Alpuente y...

Hizo una larga pausa que el conde llenó de ruidos extraños, gorjeando como un pajarillo.

—... y Valencia —concluyó rotundo—. Su Alteza Alfonso os ordena abandonar el sitio de Valencia. A ti y a tus amigos moros. Desde que rindió Toledo, considera a Alqádir un aliado. Obedece o…

Dio otro paso más. Los escoltas del conde necesitaron otro gesto que los conminase a dejar las espadas en sus fundas.

—… atente a las consecuencias. Eso ha dicho mi señor Alfonso. Pero hay algo más —y Diego tuvo la sensación de que si pudiera arrimarle candela a las palabras de su padre arderían como yesca—. Algo más que dice Ruy Díaz de Vivar…

Dio un tercer paso. Se quedó a apenas cinco varas de la tarima, a seis del ridículo trono y su ocupante, encarando a todos aquellos guardias sin que su voz flaquease. Con una sonrisa cínica en los labios.

—No habrá merced.

Todos sabían que el Campeador no había perdido una batalla en su vida. Aquella amenaza pesaba como una losa. Más de uno hubiera echado a correr allí mismo. Pero Berenguer Ramón se tenía por hombre de valor.

Aquella risa floja regresó.

Hasta que Nuño volvió a escupir.

III

El acero quedó vibrando. Con una melodía metálica, desafinada, como un salterio caído al suelo.

Hacía rechinar los dientes.

No fue una tonada alegre, le faltó armonía. Porque las notas que siguieron fueron los siseos de las espadas escapando de sus fundas. Y ninguno de ellos se atrevió a ponerle voz con unos versos. Estaban demasiado ocupados decidiendo a quién atacar o de quién defenderse.

El conde se retrepó en su enorme silla y puso aquellos borceguíes rojos en el asiento, como un niño travieso. Se llevó los dedos a la boca y empezó a mordisquearse las uñas mientras sus ojos bailaban de un lado a otro, buscando la orden que daría a continuación. Empezó a hablar y se calló. Tragó aire de golpe, como si saliese de un chapuzón. Y se pasó la lengua por los labios.

Sus ojos brincaban, arriba y abajo, a un lado y a otro. De su boca salían jadeos y risas. Uno de sus dedos enjoyados apuntaba lánguidamente a los pies del Cid.

Tenía que dar una orden.

Con la espada en la mano, Ruy se quedó donde estaba.

A sus pies se desangraban los dos escoltas que habían tenido los redaños de saltar de la tarima. A uno le había atravesado el pecho y al otro le había rebanado el pescuezo con un tajo tan profundo que la cabeza colgaba de una bisagra de tierna carne.

Los demás esperaban la decisión del conde de Barcelona.

IV

Diego no podía apartar los ojos de los escoltas.

Uno, con el pecho bañado en rojo intenso, fracasaba al respirar. En la enorme herida, la que acababa de abrir la espada de su padre, la sangre burbujeaba con el aire que aquel desgraciado era incapaz de llevar a los pulmones.

Los pies del otro, casi decapitado, patearon una última vez. Se quedaron quietos. Y volvieron a agitarse. Diego recordó que, en Pentecostés, el cocinero había sacrificado unos pollos. Había visto a uno de ellos correr después de que el hacha hubiera caído.

Sintió que el terror le helaba las venas.

Y el terror creció cuando advirtió que su padre lo miraba.

El Cid mantenía la guardia con la espada al frente, marcando la distancia que nadie debía cubrir si apreciaba la vida. Y no le hacía falta decir una sola palabra.

Diego lo vio en el ceño fruncido. En el mentón torcido. La mezcla de decepción y rabia. Su padre se había disgustado con él porque era el único que aún no había desenfundado. Y el chico estuvo a punto de ahogarse. Se olvidó incluso de respirar.

Se recompuso a base de voluntad, sacando de las tripas lo que la razón no quería darle.

Y aunque nadie le dio voz a la tonada, Diego le puso la última nota. Su espada abandonó la funda.

V

Galín había aprendido algunos remedios, conocía algunas hierbas, sabía coser una herida o dejar un pulcro muñón cuando un dedo espachurrado no ofrecía otra solución que amputar.

Pero nada de todo aquello lo había aprendido por gusto.

Su padre, aun negándose a reconocerlo, le había dado una oportunidad en la vida. Pero nadie le había preguntado antes si la medicina era el camino que deseaba seguir. Sabía que aquel había sido el sueño de su padre, y también que llevaba a un destino acomodado.

Pero él no quería curar resfriados, poner cataplasmas o coser heridas abiertas.

Agradecía con toda el alma el cariño de Moisés.

Sin embargo, lo que Galín quería era seguir el camino del acero.

—Nada hay más maravilloso que salvar una vida —le decía a menudo Moisés.

Y Galín no lo creía.

Librar una justa y ganar. Luchar por la corona. Saber usar la espada. Ser nombrado caballero. Entrar en un campamento enemigo sin más escolta que el valor. Librar a una ciudad entera de un asedio. Eso era lo que Galín quería.

Desde el mismo momento en que Ruy había dado la orden de bajarlos de aquella rama, el muchacho había quedado fascinado.

Aquel era el espejo en el que quería mirarse. En el de la leyenda. En el de Ruy Díaz de Vivar.

Y cuando lo vio adelantarse, cuando lo vio dar aquellos pasos, cuando lo escuchó hablar.

—No habrá merced.

En ese momento, Galín hubiera dado lo poco que tenía y jurado por todo lo que podía llegar a tener. Galín quería ser como aquel hombre que miraba al peligro con desprecio. Sin un asomo de miedo. Sin dudas.

—En Almenar te concedí la gracia de salir andando. Me debes la vida. Pero esta vez no habrá merced —había repetido el Cid, bajando la voz, clavando los ojos en aquel espantapájaros con aires de grandeza—. Abandona el sitio o te enterrarán aquí mismo, junto a tu querido lebrel.

Y el conde Berenguer Ramón, el que había matado a su propio hermano para hacerse con el título, enseñó los dientes como un gato bufando y se retrepó en su ridículo sillón.

Escupió la respuesta echando la cabeza al frente, entre las guedejas revueltas que le caían por el rostro.

—Perro ladrador, poco mordedor —soltó con su risilla de fondo.

Aunque lo vio, Galín no pudo creerlo. La mano del Cid se movió como un relámpago, se cruzó sobre su cintura, como un halcón picando sobre un pichón. De haber pestañeado, se lo hubiera perdido.

Antes de cerrar los párpados Ruy Díaz estaba allí, de pie, con las manos en los costados. Después de abrirlos tenía su hierro en la mano y, junto a la oreja del conde, vibrando con un sonido que taladraba los oídos, un pequeño cuchillo clavado una pulgada entera.

Galín no podía creerlo.

En un suspiro, de algún escondrijo, el Cid había sacado el filo y lo había lanzado, y antes de que el acero arruinase el taraceado de la silla ya tenía la espada en la mano.

Los ojos del muchacho brillaban. Y aún intentaba comprender cuando dos de los escoltas saltaron de la tarima.

Ahora los dos estaban muertos a los pies del Cid.

Y el conde de Barcelona alzó la mano para dar la orden.

No iban a salir de allí con vida, pero Galín pensó que merecía la pena por haber sido testigo de semejantes prodigios.

VI

La mano del conde, tan blanca que parecía la de un muerto, iba a descender.

—¿No creerás que ese cuchillo no se ha clavado donde yo pretendía? —preguntó el Cid.

Berenguer Ramón se puso en pie en su asiento, chistó, y no pudo evitar fijarse. El acero se había clavado en el centro del respaldo, donde el taraceado se derramaba desde una estrella de ocho puntas en cuyo interior los insertos de nácar recitaban uno de los pilares del Islam, la *shahāda*, que no hay dios sino Alá y que Mahoma es su único profeta.

Aquella risa malsana cascabeleó de nuevo y el conde sujetó el fino mango y tiró de él.

No era fácil, para que el arma se pudiera lanzar la hoja se había forjado mucho más pesada que el mango, que era apenas la espiga desnuda, sin guarnición.

Lo intentó y fue incapaz, sus dedos resbalaban por el hierro.

—Con esa ya te he perdonado la vida dos veces —habló Ruy—, no habrá una tercera. Abandona el sitio.

No había sido capaz de sacar la daga del respaldo, pero sí encontró pelos pajizos atrapados entre el hierro y el nácar de la *shahāda*. Y cuando bajó la vista descubrió un mechón cortado limpiamente.

Se llevó la mano a la oreja, buscando el trasquilón. Y sus dedos fingieron no temblar.

—No saldréis vivos del campamento —dijo haciendo subir el tono de su risa—. Están mis hombres y los de Almustaín, no tenéis la más mínima posibilidad.

—Yo creo que preferirán rendirse —opinó el Cid como si hablase del calor de la mañana o del relente de la noche—, pero para ofrecerles unas condiciones justas primero tendré que salir de la tienda.

Y aunque la mano del conde volvió a alzarse, no llegó a bajar.

—¿Mi señor? —preguntó después uno de los escoltas.

Pero Berenguer Ramón estaba echando cuentas. Y no le salían.

De poco le servía el Cid muerto si él no vivía para celebrarlo.

—Se me agota la paciencia —advirtió Ruy—, decídete.

Galín no podía cerrar la boca. Ante él tenía lo que había deseado toda su vida. Diego, sin embargo, debía esforzarse para que sus ojos no se hundieran en el charco de sangre.

Fue Nuño el que rompió aquella indecisión. Soltó por el hueco del colmillo otro de sus escupitajos.

—¡Llévate la alfombra! La habéis arruinado.

ZAIDA, APRENDIZ Y TORTURA

Año del Señor de 1102

I

Pedro, al que en los calabozos de Cornago llamaban el Viejo, recogió el guiñapo que los dos secuaces echaron a través de la reja abierta.

Y cuando Ojarra y los suyos los dejaron solos, Juan Chico se acercó hasta donde el Viejo intentaba acomodar el maltrecho cuerpo, sin encontrar suficiente paja o suelo limpio donde conseguir su propósito.

—No es cuestión de cojones —dijo con la voz cargada de admiración—, yo le hubiera prometido el virgo de mi abuela. ¡No ha abierto la boca!

Aquella concesión por parte de quien era el líder allí abajo hizo que todos los demás se pusieran de su parte.

Raimundo aún conservaba un currusco de pan, tan duro que ni siquiera los gorgojos se atrevían con él. Y, sin decir una sola palabra, se acercó y lo dejó junto al Gallego. Y Pedro el Joven le ofreció la poca agua limpia que quedaba en la única escudilla que no estaba vacía.

—Dejadle descansar —pidió el Viejo haciéndose cargo.

Y Juan Chico soltó un reniego.

—Mejor sería que se dejase ir —dijo—. Esos tres cenarán algo, echarán una cabezada y volverán. No querrán perder el poco tiempo que tienen…

Todos miraban. Y a todos les costaba creer que siguiera vivo.

—Dejadle descansar —repitió el Viejo.

Pero Juan Chico no podía dejarlo.

—¿Es cierto? Tú lo conocías, ¿no?

El Viejo se tomó su tiempo para responder, y no levantó el rostro cuando contestó. Se había arrancado un trozo de su andrajosa camisa, lo había mojado en el agua y ahora lo estrujaba encima de los labios del Gallego. Unas gotas tímidas caían en la boca entreabierta.

—No lo sé. Podría ser —dijo dudoso—. Andaban siempre juntos. Él y Dieguito. Podría ser…

Juan Chico mascó aquello.

—Pues si es cierto, entonces lo sabe, él sabe lo que pasó. —Señaló el cuerpo—. Si es Galín, entonces él estuvo allí.

El Viejo asintió sin convicción. Y Juan Chico soltó un reniego.

—Entonces estamos jodidos. No aguantará, cuando vuelvan hablará.

Por primera vez, Pedro el Viejo alzó los ojos y miró a su compañero.

—No todos tienen tus redaños —soltó con sorna.

Los dos se miraron. Como lo haría el cuchillo con la piedra de afilar.

—No la líes, Viejo.

—Es fácil callar cuando no se tiene nada que decir —repuso implacable—. Si lo supieras, tú habrías cantado.

—¡Jamás! Yo siempre le he sido leal al Cid, ¡nunca!

Fue Raimundo el que le puso la mano en el hombro y lo animó a dejar de fingir. A esas alturas, en los calabozos de Cornago, cuando ya habían visto morir a tantos bajo la tortura, cuando los hombres del Boquituerto estaban preparándose para salir hacia Valencia. A esas alturas, resultaba ridículo.

Y otro más, aquel de Fuentesaúco, al que llamaban *Pichabrava*, se entrometió.

—Pero si habla...

Dudó un momento antes de continuar. Y se recolocó aquello de lo que tanto presumía con un gesto distraído.

—¡Cagüen la corona de espinas! Si habla todo estará perdido —se quejó—. Habrá sido en balde —lamentó—. Sabrán dónde encontrarlo.

Entonces intervino otro de ellos. Uno de Durango, cabezón y patizambo, que había perdido una oreja en Cuarte y que respondía al nombre de Ramiro.

—Y la señora, ¿qué será de la señora?

Otra voz más se unió desde el fondo del calabozo.

—Eso, ¿y la señora?

Aquello encendió un murmullo general. Palabras iguales en todas las bocas de los encerrados en los calabozos de Cornago, bajo la jurisdicción del conde de Nájera, don García Ordóñez, ricohombre de Castilla y vasallo del rey Alfonso, el sexto de los que ceñían la corona cristiana con ese nombre.

—Ese cabrón de Alfonso...

Sonó como un coro en una salmodia.

II

Ya había pasado tiempo suficiente para que todos se preguntaran cuándo volverían Ojarra, sus dos secuaces y el tentetieso. Y, sin previo aviso, el Gallego despertó.

Duró menos que un parpadeo, se movió como un rayo.

Una garra hecha de acero atrapó el cuello del Viejo, y el Viejo empezó a boquear como un bacalao en la red.

—¿Lilia?

Los ojos abiertos, el rostro entero, alerta. Como si no acabasen de torturarlo.

—¿Lilia?

Al Viejo se le emborronó la vista y pensó que iba a desmayarse, poco le faltó para mearse encima, pero fue el Gallego el que volvió a perder el sentido.

Los demás dormían. Y ninguno escuchó la bocanada de aire que se tragó de golpe el Viejo, para evitar desmayarse allí mismo.

Se echó las manos al cuello, para comprobar que seguía de una pieza, y le costó abrir la boca para soltar un kirieleisón y medio padre nuestro, agradecido por seguir con vida.

—¿Qué?

Se le atragantó la pregunta, y se masajeó el cuello, donde la fuerza de aquella mano parecía seguir apretando.

—¿Qué...? ¿Quién demonios es esa Lilia?

Pero el yesero no podía responder. Estaba de nuevo inconsciente. Y aquella garra sujetaba el colgante que pendía de su cuello.

III

Cuando volvió a despertar, el Viejo se encogió, seguro de que en esta ocasión acabaría rindiéndole cuentas a san Pedro. Pero esta vez el Gallego recobró el sentido a pocos.

Tosió, parpadeó confuso. El rostro se contrajo sin una queja. Y tardó más de un avemaría en incorporarse hasta apoyar la espalda contra la mugre que cubría las piedras de la pared.

—No han traído cena, pero queda un poco de agua —ofreció desconfiado, como si el otro fuera una bestia sin domar.

No le prestó atención a las uñas que la daga de Ojarra había hecho saltar, y tampoco emitió una sola queja por el dolor que, a la fuerza, tenía que aullar en sus tobillos, rodillas, cadera, hombros, codos. En cada condenada pulgada de sus huesos. Y no mencionó las heridas que las piedras del trillo habían abierto, se limitó a mover los hombros hasta encontrar acomodo contra la dura pared.

O estaba loco o algo sobrenatural le daba fuerzas.

El Gallego aceptó la escudilla que le ofrecían. Y el Viejo, admirado, no lo vio tragarla de golpe, como hubiera hecho alguien atenazado por la sed y el desespero.

No, aquel tipo tenía temple.

Dio un sorbo tentativo. Se mojó los labios. Hizo que el agua rodase en el interior de la boca. Esperó a ver cómo se asentaba en su estómago.

Y el Viejo reconoció algo que le había contado un moro traidor que se había vuelto rastreador para los cristianos. Uno que presumía de haber conducido caravanas de camellos por el desierto.

—¿Quién te enseñó?, ¿has estado con los almorávides?

Pero el yesero no respondió. Echó otro sorbo y calculó que le quedaban dos más en la abollada escudilla. Entonces lo miró.

—¿Qué buscan?, ¿por qué preguntan sobre Alqádir?, ¿sobre Valencia?

Pedro el Viejo asintió con gravedad y se pasó la mano por el rostro hasta tironear de los largos y revueltos pelos de su rala perilla.

—Buscan lo que perdió ese mamón de Alqádir.

El rostro del Gallego, amoratado, cubierto de gotas de sangre, lleno de mugre, no le dijo nada, pero aquellos ojos eran abismos.

—La leyenda —se explicó el Viejo—, buscan la leyenda.

IV

Para mayor asombro del Viejo, el otro no se acabó el agua hasta que él mismo concluyó de contar lo que sabía.

Allí cada cual era de su padre y de su madre; eso los afortunados, porque algunos eran huérfanos y otros no habían conocido jamás a su padre.

—Hay hijos de puta que solo lo son porque a su santa madre no le quedó otro modo de ganarse el pan —dijo con los dedos aún prendidos en su magra barba—, y otros que lo son porque se lo han ganado a la fuerza, aunque la madre hubiera sido monja de clausura preñada por el jodido Espíritu Santo. Como ese malparido de Ojarra o el cabrón del Boquituerto, esos son hijos de puta por méritos propios.

Allí cada cual era de su padre y de su madre. Y ya quedaban menos de los que habían sido. Porque muchos habían muerto durante los interrogatorios.

Antes de Ojarra, había estado al cargo un enano cabrón con especial predilección por el látigo y los hierros al rojo.

—No lo sé, no me acuerdo —contestó el Viejo cuando le preguntó cuánto tiempo llevaba encerrado—, demasiado.

Sin embargo, aunque los hubiera allí de toda condición, todos tenían algo en común.

—Todos —insistió el Viejo seguro de sí—. Todos.

Todos ellos habían servido al Cid. Unos cuando corrieron rumores del botín de Polop. Otros se habían unido en Requena, algunos ya en Valencia, después de la batalla de Cuarte. Todos habían tenido por capitán al único que jamás había perdido un solo combate, al Campeador, a Ruy Díaz de Vivar.

—No, de Consuegra no hay ninguno... Todos murieron —aclaró con pesar.

Aquello enredó las cejas del yesero.

—Su capitán les falló...

El Viejo no supo cómo reaccionar. Algo en el tono de aquellas palabras lo amedrentó.

Pero no tenían tiempo para seguir hablando de la derrota de Consuegra.

Ojarra y sus dos esbirros volverían en cualquier momento. Tenían que ir del ayer a hoy, pero a trompicones apresurados.

—Dicen que la culpa es de la mora Zaida —acabó por decir el Viejo.

Una ceja levantada le dejó claro que el otro no sabía de qué le hablaba.

—Pero ¿dónde coño has estado metido?

Aquellos ojos le dijeron que no hurgase en narices ajenas. Pero también algo más, un cosquilleo. Había algo familiar en aquel rostro.

En el muslo tenía Pedro el Viejo una cicatriz que el hebreo Moisés había bañado en vino y aceite de rosas. Un tajo que el médico había cosido con sus propias manos. Un tajo que le había hecho en aquel condenado Pinar de Tévar un moro leridano. Lo cogió con la guardia baja, después de ventilarle los riñones a uno de los hombres del conde de Barcelona.

—¿Quién es la mora Zaida?

—Pues el coño donde se ha metido Alfonso —repuso el Viejo abandonando sus recuerdos.

Para entonces el hebreo ya no veía bien, Pedro había temido que en lugar de coserle el tajo le cosería las dos piernas juntas. Pero había hecho un buen trabajo pese a que habían venido a buscarlo a toda prisa. Aquel día de sangre y hierro muchos necesitaron del galeno.

Aquel día los muchachos se habían hecho hombres.

Pero no tenían tiempo para hablar de Consuegra. Y tampoco para hablar sobre lo sucedido en Tévar.

—Lo de Aledo le supo a cuerno quemado a ese cabrón con pintas de Tasufín, y ese sí que es un hijo de puta, de los de verdad —insistió mordiendo las palabras—, porque la madre fue una mala puta y porque es el mismísimo demonio hecho carne...

Un dedo que ya no tenía la uña se revolvió en el aire.

—Han vuelto a desembarcar en Algeciras —contó con rabia, aún tironeando de la barba—, o no sé dónde... Pero esos cabrones han vuelto y están vaciando las taifas.

Uno a uno, los reinos independientes caían en manos de los radicales hombres del desierto, que se creían investidos del único y verdadero poder del mismísimo Alá, y que no veían más que herejías en aquellos que se habían acomodado al vino y a los vicios del Ándalus.

—Dicen que han desterrado a todos los moros con un cargo del que mamar —añadió el Viejo con sorna—. Se cuenta que a quienes no tienen teta de la que chupar los despachan de un tajo en el cuello, y a los que sí, para que no se solivianten las gentes, los mandan a la Ciudad Roja.

El que había sido famoso por sus poesías, por su amor a las estrellas y por hacer de Sevilla una luz en la noche, el rey sabio Almutámid, había acabado desterrado en la ciudad que los almorávides levantaran en el desierto. Muerto en vida. Privado de sus lujos. Sin otro refugio que los recuerdos de un pasado esplendoroso en la corte del Guadalquivir.

Pero de su familia habían escapado algunos, incluyendo las esposas de uno de sus hijos.

—Dicen que es tan bella que quita el hipo, una odalisca que haría palidecer a las cuarenta vírgenes del paraíso. Zaida —y pronunció el nombre con aires soñadores, los que solo puede tener un hombre que lleva demasiado tiempo encerrado—. Y Alfonso bebe los vientos por ella. Se cuenta que ha perdido la sesera, que la va a bautizar para casar con ella... Se dice que piensa hacerla reina de Castilla.

Y Zaida, criada en la corte mora de Lérida, conocía bien la historia de sus gentes. De niña se habría ido a la cama oyendo sobre las victoriosas campañas de Almanzor y el esplendor de Córdoba. Y, sin duda, Zaida tenía que saber que, en las manos del títere que Alfonso había sacado de Toledo para poner en Valencia, estaba uno de los mayores tesoros de todo el Islam.

—Ese flojo de Alqádir dejó Toledo en manos cristianas y aceptó el trato que le propuso Alfonso, pero se llevó el tesoro de la ciudad con él, como una condenada urraca —aseguró el Viejo.

Oro, plata, arquetas labradas, preciosos astrolabios, esferas armilares y quién sabía qué más; la leyenda decía que había una pieza, una pieza en especial que podía valer una corona entera. Una pieza que sobrepasaba en belleza el delirio de cualquier orfebre y que había salido de los mejores tiempos de la gran Bagdad.

—No sé qué coño de sultán ni qué mierda de esposa —dijo

a la ligera—, no hay quien se acuerde de esos nombres. Pero se cuenta que cuando Bagdad cambió de manos…

Detuvo su relato un instante, inseguro. Y rebuscó en su memoria, pero la paciencia se le agotó pronto.

—Unos moros le pisaron los huevos a otros moros… —soltó al fin a disgusto—. Unos murieron, otros vivieron y más de uno salió corriendo —concluyó satisfecho.

—Ve al grano —incitó el Gallego.

—Pues alguno de los que salió corriendo lo trajo a Córdoba, quizá para pagar por refugio o qué sé yo —refunfuñó el Viejo—. El asunto es que llegó a Córdoba. Y en Córdoba fue pasando de unos a otros hasta, mira tú por dónde, la madre de ese pichafloja de Alqádir.

Oro macizo, perlas y tantas piedras preciosas como para hundir el mayor de los barcos. Un cinturón de bellos encajes del más fino hilo dorado, engarzado con las más gruesas y blancas perlas del golfo, rematado con tantos quilates de puro brillo como para condenarse al infierno por el mero deseo de poseerlo por un día. Un exceso de principio a fin que había terminado en Valencia.

—Y se contaba que se había perdido, pufff —recalcó con un gesto de la mano—, cuando Alqádir fue derrocado y asesinado por ese otro… No me acuerdo del nombre… ¿Yúsuf? ¿Yahhaf? No sé…

Esperó a que el Gallego hablase, a que dijese el nombre correcto. Pero no lo hizo. Y, tras dudar, tras repeinarse la barba sucia con dedos aún más sucios, remató su relato.

—Se creía perdido hasta que el Cid tomó Valencia y le hizo rendir cuentas a ese otro cabrón… A ese otro que acabó en la hoguera…

Volvió a dejarlo en el aire.

Y el Gallego habló:

—No.

El Viejo sonrió de medio lado.

—Ese es un nombre jodidamente raro.

—No, no he cruzado el estrecho. A templar la sed me enseñó un camellero.

El Viejo, como un cachorrillo, inclinó el rostro esperando oír algo más.

—Se llamaba Gacel —dijo antes de terminar el agua de la escudilla.

Fue como si al Viejo le hubieran dado una sacudida.

—¡Ese zorro! Largo como un día sin pan...

El yesero calló. Y dejó la escudilla en el suelo.

—El Cid siempre tenía sus camellos bien atendidos —recordó el Viejo—, ordenaba que cada potro pasase un tiempo entre los rebaños. A veces mandaba que intercambiasen los corrales sin limpiarlos...

Se perdió en su memoria.

—¡Gacel! —repitió el Viejo, y marcó sus siguientes palabras como si disparase con un arco—. ¡Así se llamaba el camellero que trabajaba para el Cid!

Deambulaba por sus recuerdos. El hebreo Moisés, su aprendiz Galín, aquel camellero. Y el Gallego le impidió llegar a destino.

—Yahhaf, su nombre era Yafar ibn Abd Allah ibn Yahhaf —recitó el nombre con soltura, con el soniquete de quien conoce la lengua de los moros—. Yahhaf era el cadí de Valencia que derrocó a Alqádir.

El Viejo soltó la barba y señaló a su compañero.

—Ese, ese era.

V

Una enorme rata salió del desaguadero en el canal, el que corría entre los calabozos y, tras lanzar un reojo desdeñoso al que estaba ocupado, donde todos menos dos dormían, se dejó llevar por la sangre fresca al otro lado. Solo perdió un momento olisqueando el montón de ropas y el zurrón abandonados en una esquina. En el tabardo, arrugado, aún se veía el manchurrón blanco del yeso.

Poco después se estaba comiendo los restos pegados a una de las uñas que había caído al suelo, muy peripuesta, con la cola enrollada en los cuartos traseros, aposentados en una de las losas como si fuera un trono.

—¿Ha escapado alguien? —preguntó de pronto el Gallego.

Pese a los cardenales, la mugre, la hinchazón de las articulaciones, asombraba advertirlo tan entero. El Viejo jamás había visto a alguien soportar un castigo semejante y seguir adelante con tal facilidad. Era como si estuviesen en un campamento cualquiera, dos centinelas matando el aburrimiento de la guardia con viejas historias.

El Viejo sonrió. Aún tenía una buena dentadura.

—Tú lo sabes. Tú sabes dónde está —afirmó divertido—. Quieres quitárselo antes de que lo huelan...

Pero el Gallego negó.

—Valencia ya no es asunto mío —dijo enigmático.

Fue como si le hubieran dado una bofetada al Viejo. Que ni siquiera cayó en la cuenta de que su compañero admitía, por primera vez, tener la más mínima relación con la ciudad.

—¿Se lo vas a decir a ese cabrón de Ojarra? Pretendes seguir camino a Compostela, ¡no puedes!

Había angustia sincera en los apuros del Viejo. Y farfullaba buscando las palabras que convenciesen al otro. Pero no surtían efecto.

—No podemos dejar que Alfonso se salga con la suya. ¿No lo ves? Está reuniendo a sus mesnadas. ¿Qué te crees que están haciendo ahí arriba —señaló la bóveda sobre sus cabezas— el Boquituerto y todos esos navarros hijos de cabras roñosas?

Y estiraba el dedo como si pudiera atravesar las piedras y llegar al patio del castillo de Cornago.

El Gallego se encogió de hombros, y el gesto tuvo que ser doloroso.

Dejó de prestarle atención al Viejo para mirar hacia aquella gorda rata, que ahora volvía a olisquear el zurrón abandonado. Lo estudiaba con detenimiento, buscando el modo de robar aquel olor de su interior que le movía los bigotes.

—Todos aquí hemos sufrido, muchos han muerto por protegerla —insistió el Viejo—. Por proteger el legado que dejó. Si sabes la verdad, si sabes dónde está el tesoro de Alqádir no puedes dejar que caiga en manos de Alfonso. No puedes. Se lo debes.

Ni siquiera se volvió.

—¡Salvó a tu padre!, ¡te salvó a ti! Os iban a quemar vivos en resina. Se lo debes.

Se giró entonces para mirarlo cara a cara. Y el Viejo se sintió ante las murallas de una ciudad inconquistable.

—Yo no le debo nada al Cid.

VI

La rata alzó el hocico de pronto y movió sus orejas. Miró hacia la escalera. Torció la cabeza, como prestando atención, y se escabulló por el mismo agujero lleno de mierda por el que había salido.

Poco después llegó el tintineo del metal y el roce del cuero. Ojarra y los suyos bajaban a los calabozos para acabar lo que habían empezado antes de que se cumpliera el plazo.

—Los almorávides avanzan —dijo el Viejo con rabia—, Murcia ya ha caído en sus manos.

Se acercaban, podía oírse el murmullo de sus voces. Y también se oyó por primera vez el ruido acuoso de las salpicaduras.

—¿No lo entiendes?

Miraba hacia la escalera con curiosidad. Y cuando aparecieron los dos secuaces de Ojarra cada uno cargaba con dos grandes cubos hechos de maderos. Los dejaron en el suelo con un gruñido y por los bordes se derramó agua.

El chapoteo se deshizo contra las paredes del calabozo.

Hasta que, tras ellos, se oyó el golpear de los tacones del propio Ojarra. Bajaba apuñalando los escalones.

—Si Alfonso encuentra el tesoro de Alqádir a tiempo dejará caer Valencia —se apresuró a decir el Viejo.

El ruido había despertado a los demás prisioneros, Juan Chico se acercaba ya a la reja, buscando insultos que gritar. El Pichabrava no pudo contener un lamento. A Raimundo, el que cagaba más lombrices que mierda, se le escapó un largo cuesco.

El Viejo se acercó hasta las espaldas del otro y se puso de puntillas para hablarle al oído con un bisbiseo lleno de prisa.

—La dejará caer en manos de los almorávides...

El Gallego se giró apenas para mirarlo.

—¡Buenas! ¡Hijos de la grandísima puta! Vamos a acabar con esto antes de que cante el gallo —bramó Ojarra al salir de las escaleras.

Y el navarro tenía sus ojos clavados en uno solo de los prisioneros.

—No dejará caer una ciudad cristiana en manos moras —aseguró convencido el Gallego, ignorando la amenaza de aquella mirada.

Tras tomarse un respiro, a un gesto de Ojarra, los otros dos volvieron a cargar con los cubos para llevarlos al calabozo donde estaba el potro. Y el propio Ojarra, que traía el tentetieso en las manos, se giró hacia los prisioneros. Sus ojos volvieron a clavarse en el Gallego, solo faltó escuchar los golpes del martillo.

—Lo hará —rebatió vehemente el Viejo.

—Yo no lucharé por nadie, solo quiero llegar a Compostela.

—Valencia es la llama que aún arde del Cid. No lo entiendes. Es el señorío que Ruy conquistó. Es una vergüenza para Castilla —aseguró convencido—. Alfonso lo prefiere en manos moras...

El Viejo lo miró a los ojos. Lo miró para hablarle con algo más que con las palabras.

—Prefiere que esté en manos de los moros que en manos de doña Jimena.

No hubo tiempo para más.

—¿Me habéis echado de menos? —preguntó Ojarra con una mueca salvaje.

Prendidos del cinturón traía dos grandes trapos de cáñamo. Recortes de sacos viejos. Los cogió en la mano y los echó atrás.

—¡Empapadlos!

VIENTO, CUERVO Y JIMENA

Año del Señor de 1088

I

Con los hocicos cubiertos por una gruesa espuma de babas, como si comiera jabón. Con la terrible peste de los humores que le corrían tras las orejas, igual que cera derretida de un velón. Con la manía de esparcir los orines con la cola. Y con la falta de sueño, porque la calentura le impedía pegar ojo, un semental en celo resultaba la más desapacible de las compañías.

Un consejo sensato con cualquier semental, pero más aún cuando el bicho en celo era aquella enormidad de R'Orab, «el Cuervo».

El gigantesco *mehari*, orgullo del camellero, era un animal excepcional. Una montura digna de un príncipe; sin embargo, durante aquellos días en los que el invierno terminaba, se le envenenaba el carácter. Un despiste se pagaba con un mordisco, una coz o, en el peor de los casos, una embestida capaz de aplastar al mentecato que se hubiera entremetido.

Y se volvía aún más peligroso al haber cerca madres que habían parido semanas antes, listas para volver a preñarse.

Berreaba desde lo más profundo de su largo cuello e, inquieto, correteaba de un lado a otro del corral. Intentaba llamar la atención de las hembras, apartadas en otro recinto hasta que llegase el momento oportuno.

Y aunque el semental bufaba indignado, el que había tomado aquella decisión lo ignoraba, consciente de que aún era pronto para dejar que el camello diera rienda suelta a sus ansias.

Por el momento, mientras comenzaba la jornada, Gacel se dedicaba a hilar. El día anterior habían regresado de una expedición a Murviedro con un buen botín y los ánimos se notaban alegres en el rumor cantarín de campamento, mientras los fuegos se reavivaban para las gachas y migas de los desayunos.

Vestido con la inconfundible aljuba índigo de los nómadas y el rostro cubierto por su *litham*, acuclillado en unas piedras entre los dos corrales, Gacel hilaba con agilidad asombrosa. Con lo que solo podían ser innumerables horas de práctica, hacía girar el fuso donde enrollaba el hilo a medida que la rueca, hecha con una vara, cedía lana cardada.

Todos los ronzales y aperos que usaban sus animales estaban hechos con lana de camello, y ninguna de las ofertas de Ruy para que usase cueros o le pidiese al herrero lo que necesitase habían fructificado.

En el corral de las hembras había dos pequeños de pocas semanas, con el pelaje casi blanco aún, y con ellos, bajo la severa mirada de sus madres, jugaban tres potros recién destetados. Como si fueran hermanos, se entretenían con carreras alocadas. Brincaban sin caer en la cuenta de que eran bestias distintas.

Con disimulo, para que aquellos dos rufianes no se dieran cuenta de que había advertido sus intenciones, de tanto en tanto Gacel alzaba el rostro del hilo, como si echase un vistazo a los corrales, y entre los pliegues azules de su velo destacaban sus increíbles ojos dorados, del color profundo de los de un león de la misma Nínive. Cuarteados por arrugas batidas por el sol y la arena. Eran ojos hechos a las dunas de aquella *tierra que solo sirve para ser cruzada*, más allá de la roca de Tariq, al otro lado del mar. Y resaltaban no solo por su extraordinaria tonalidad sino también porque lo poco que se veía de sus mejillas estaba tintado de azul, como sus propias ropas.

El uso constante de aquellas telas que, a veces, por falta de agua, se teñían a base de golpearse contra el polvo del tinte, acababa coloreando también la piel de quien las vestía. Y aquello era una señal de orgullo que relataba a los cuatro vientos que Gacel era uno de los señores del desierto, un príncipe entre los suyos, uno de los escogidos hombres azules del Pueblo del Velo.

O lo había sido hasta que los almorávides, en su rápido ascenso al poder, acabaron con su familia.

La de Gacel, como la de tantos otros, había sido víctima de los abusos de aquellos que se creían con la verdad absoluta, únicos representantes de la voluntad del profeta, valedores de las costumbres del buen creyente.

Gacel Sayah le había dado la espalda a su amado desierto y había viajado al norte, al otro lado del mar, donde se luchaba contra los almorávides y su hambre insaciable por tierras y riquezas.

Y había encontrado a un señor de la guerra que no le pidió que rezase al crucificado, solo que hiciese su trabajo.

Aunque *Sidi*, él que sabía pronunciarlo seguía llamándole *Sidi*, no le había advertido que entre sus obligaciones estaría también la de niñera.

II

Los niños siempre tienen prisa por demostrar que se han hecho hombres.

Solo un par de días antes, Otto había intentado razonar con Diego.

—No puedes consentir que los hombres te respeten por ser hijo de quien eres. Debes ganarte su respeto por ti mismo.

Pero el hijo del Campeador estaba comido por esas prisas que roban la sensatez y, por desgracia, lo mismo le sucedía a su amigo.

—Venga, ¿quién va primero?

La pregunta la había hecho Galín, al que le brillaba el rostro de emoción. Diego, sin embargo, no se mostraba tan convencido de que fuese buena idea.

Habían regresado la noche anterior de una algara a tierras de Murviedro y para Diego había otros asuntos más interesantes que atender. Uno de los hombres se había partido el gran hueso del muslo al caer del caballo. Lo trasladaron en angarillas hasta el campamento, gruñendo de dolor en cada bache, y Moisés había prometido que esa mañana intentaría recolocar la fractura para alinear las dos partes del hueso.

—Si Gacel nos pilla nos correrá a latigazos —advirtió—. Vamos a ayudar a Moisés, dijo que nos necesitaría para sujetar a Almalik. Los músculos se han anudado para proteger la fractura y harán falta manos para recolocarlos.

Desde el primer momento, cuando Moisés y su aprendiz fueron liberados, los dos muchachos se habían convertido en compañeros inseparables, pero no siempre se enfrentaban a sus tareas con el mismo ánimo.

—Se las apañará sin nosotros —protestó Galín—. Venga, ¿tú o yo?

Diego, que tenía el mismo pelo rebelde que su padre, se sopló el flequillo y echó un vistazo al semental. El enorme camello, incapaz de estarse quieto, recorría los postes que marcaban el corral con un trote nervioso y, de tanto en tanto, se detenía para abrir la boca y dejar caer un saco carnoso propio de los de su raza. Le colgaba de la quijada como una lengua hinchada y vibraba hasta sonar como el berreo de un venado.

R'Orab cantaba una serenata.

—No se dará cuenta —insistió el aprendiz señalando a Gacel.

Y el nómada parecía ocupado con sus tareas de hilandera.

El semental, frustrado, se había detenido junto a uno de los postes, en el extremo más cercano al recinto de las hembras, y se había liado a golpes con el madero. Como si fuera un rival que le disputase a sus amadas.

Usando el cogote como un mazo, el camello embestía. Y el suelo retemblaba y el madero empezaba a soltarse. En todas direcciones saltaban cuajarones de la espesa baba que le cubría los hocicos y también mechones del pelo que empezaba a mudar.

—Luego se los llevamos a Nuño para que decida él quién ha ganado —dijo Galín, ansioso.

No le intimidaba que el madero empezase a inclinarse. Y aunque pestañeaba a cada golpe, no tenía la menor intención de abandonar la idea.

—Si Gacel se lo cuenta a mi padre...

—De eso se trata —interrumpió Galín—, hay que entrar y salir sin que se entere. Como si nos colásemos en una fortaleza —añadió con aire soñador.

El semental abandonó aquel asedio al poste del corral y trotó frenético hacia el otro lado.

—¡Vamos! ¡Es el momento!

Diego no dijo nada, pero Galín ya sabía qué debía hacer.

—Ayer, cuando llegamos, tu padre se metió en el corral con Gacel...

III

No era una tienda ni mayor ni más lujosa que las demás, y se había instalado porque también estaban allí la señora y las niñas; de no ser por eso, Ruy hubiera dormido al raso, como sus hombres.

Pero era una tienda, y el telón que cubría la entrada estaba echado, y una barra de hierro pasaba por el dobladillo de la costura apoyada en el suelo, para evitar que el viento lo alzase. Así que Otto, pese a la urgencia, decidió llamar primero.

—¿Mi Cid?

Se oyó un murmullo, unas palabras que no entendió y alegres risas infantiles; un momento después apareció Ruy en el umbral, alzando el telón y clavando aquella barra de pie, para que la tienda quedase abierta.

Descalzo, no vestía más que una camisola que se abultaba con los fuertes músculos del pecho y los hombros. El único aderezo era la eterna sonrisa.

—Adelante —lo invitó Ruy.

En el interior, sobre una alfombra, estaban las pequeñas María y Cristina, que, como solía presumir su padre:

—Afortunadamente tienen las hechuras de la madre.

Las niñas jugaban con muñecas hechas con paja de centeno, y la falda arrugada de Jimena demostraba que se había sentado en la alfombra, la que había sido del conde de Barcelona, para jugar con las pequeñas.

Como siempre, Otto quedó admirado de la belleza de la señora. Y del reflejo que tenía en las niñas, que eran una versión más joven de su madre.

Las tres tenían largos cabellos dorados, piel nacarada y llamativos ojos del color del cielo. Pero lo que hacía hermosa a Jimena no eran sus rasgos, lo que la volvía hermosa era indefinible. Cuando estaba ante ella, Otto, y sabía que no era el único de los hombres de Ruy que pensaba así, tenía la sensación de regresar al hogar tras un largo viaje.

Cuando ella alzó la vista para saludarlo, se le aflojaron las rodillas.

—¿Qué sucede? —preguntó Ruy.

Se acercó a su esposa y al pasar acarició la cabeza de la mayor, Cristina, para recolocar un mechón que le caía por la sien. Y el gesto podía haber resultado extraño, porque aquella misma mano que depositó el pelo tras la oreja tenía los callos que la espada dejaba, y se había manchado de sangre una y mil veces, pero no fue así, resultó tierno, tanto que encogía el corazón ver que aquel hombre rudo tenía algo más que la guerra en el pecho.

Otto hizo un esfuerzo por recomponerse y dio la noticia:

—Alqádir ha enviado emisarios, desean verte.

El Cid no lo miraba a él, observaba el juego de sus hijas, con una sonrisa que carecía de su habitual cinismo. Pero demostró haber escuchado al germano.

—Vamos, no has venido aquí para decirme eso —respondió Ruy sin alzar la vista—, hubieras podido enviar a cualquier escudero con el recado, ¿qué sucede?

Otto lo recibió como un puñetazo y no pudo evitar que los ojos se le entrecerrasen. Pero antes de seguir hablando, hizo un leve gesto hacia las niñas, y también hacia Jimena.

—Eres peor que una mula, ¿son todos en tu pueblo igual de testarudos?

El color arrebató las mejillas de Otto, que podía enfrentarse a toda una carga de caballería sin pestañear, pero que se sentía cohibido ante las mujeres.

Y Jimena intervino.

—No seas cruel —le reprochó a su esposo—, no es su costumbre —añadió señalando al germano—. No importa, me llevaré a las niñas, deben repasar sus latines. Luego lo hablaremos tú y yo.

—¿Para qué esperar? —repuso Ruy antes de mirar directamente a su capitán—. Ya lo has oído, sea lo que sea, lo oirá de tus labios o de los míos. No perdamos el tiempo.

Y Otto se estiró con un tintineo de la cota e hizo un esfuerzo por obligar a sus mejillas a serenarse.

—Creo que está maduro.

IV

Cuando la tienda quedó hecha un guiñapo y la sorpresa transfiguró el rostro de los valencianos, pareció imposible que el encuentro pudiera arreglarse. Pero apenas unos instantes antes, Otto se había mostrado convencido de que habían logrado lo que se habían propuesto al salir de Castilla meses antes.

Luego llegaría el navarro con el mensaje de García Ordóñez.

Pero justo después de que el Cid dejase claro que no tenía secretos con su esposa. Antes de que todo se convirtiera en un pandemonio, Otto había hablado convencido.

—Creo que lo hemos conseguido. La última algara en Murviedro ha hecho que se manche los calzones —dijo el germano—. Todos lo han hecho —se corrigió—. He oído que el mismo Almutámid tiene a sus espías corriendo por el levante. De Lérida han salido mensajeros hacia Barcelona...

A los dos se les escapó una sonrisa pícara, no hizo falta decir en voz alta lo que ambos pensaban de Berenguer Ramón.

—... Y corre el rumor de que Alhayib...

Jimena no le preguntó a Otto, pero miró a su esposo.

—El hijo de Almuqtádir, el hermano de Almustaín, el que se quedó con Lérida y Tortosa.

Y Jimena asintió e hizo un gesto para que el germano continuase.

—Corre el rumor de que Alhayib, además de buscarse dudosos aliados, ha entrado en pánico. Ha ordenado que se retire el tesoro de Denia y se esconda en una cueva de Polop.

El tono burlón del germano, tan impropio de él, dejaba claro que le resultaba gracioso el pánico que mordía a los reyes moros.

—Están asustados —concluyó Otto—. Y estoy convencido de que los emisarios de Alqádir son una excusa. Quiere algo más.

Los esposos se miraron a los ojos y fue Jimena la que habló:

—Explícate.

—Creo que quieren calibrar a qué se enfrentan —obedeció Otto—. Creo que, según lo que vean en el campamento, Alqádir tomará una decisión u otra. Si le damos suficiente miedo nos jurará lealtad y se aliará con Castilla...

—Pagando las parias que corresponden —atajó Ruy.

—Pagando las parias —concordó Otto—. Sin embargo, si cree que somos presa fácil acudirá a Zaragoza, o a Lérida.

Los dos esposos volvieron a mirarse, y en ambos había felicidad.

—Quizá ha llegado el momento —aventuró Ruy, esperanzado.

Y se agachó para recoger a sus hijas en brazos y danzar con ellas alrededor de su esposa. Las niñas, con los cabellos alborotados, rieron, y los adultos se unieron.

—Está bien, de acuerdo —dijo el Cid depositando de nuevo a sus hijas en la alfombra—. Pues más te vale que corra la voz —añadió serio—. Pasa revista, ¡todo ordenado y limpio! Que recojan hasta la mierda de camellos y caballos. Ni un pelo fuera de sitio...

Y Jimena añadió algo más:

—Puede que merezca la pena que vean algo de acción.

—¡Claro! Dile a Nuño que escoja a tres o cuatro. A ese de Lugo, el de los bigotes, y a otros cuantos que lo hagan bien, y organiza una justa. Que los valencianos tengan ocasión de verlos cargar.

Y Otto salió a toda prisa, dispuesto a cumplir las órdenes.

V

Cuando se quedaron solos, el Cid encaró a su esposa mientras las pequeñas seguían inmersas en sus juegos, entre ambos.

—¿De verdad lo crees?

Jimena no se tomó la pregunta a la ligera. Meditó antes de responder.

—Si es cierto —dijo prudente—, habrás hecho lo que Alfonso te pidió.

—¿Conde?

—Nadie se lo habrá merecido más —confirmó Jimena—. Nadie.

Inspiró hondo Ruy. E intentó no dejarse llevar por la emoción.

—Después de tanto tiempo, de tantos esfuerzos —rememoró a medias aguas entre la melancolía y la más diáfana felicidad—. Podrán casarse con reyes —dijo orgulloso, abarcando a sus hijas con las manos—. Y Diego tendrá un título, tendrá lo que yo no tuve...

Jimena y su sonrisa, tan bella que la flojera habría derrumbado a Otto, se acercaron a Ruy. Y sus bocas se encontraron en un largo y dulce beso que no quería deshacerse. Cuando sus labios se desataron, Ruy apoyó el mentón en el hombro de su esposa y Jimena le dio una descarada palmada en el culo.

—Será mejor que te vistas, no pretenderás recibir a los emisarios de un rey de taifa en paños menores...

Y Ruy atrapó su mano antes de que se apartase, y la obligó a posarse de nuevo, justo en el lugar donde le había dado la palmada.

—Una pena que el tiempo apremie...

Se besaron una vez más antes de que Ruy obedeciese a su esposa.

VI

Podían haber salido del mismísimo harén de Córdoba en tiempos del califato. Era evidente que los hombres de Alqádir no estaban hechos a la guerra.

Ante la tienda, escoltado por Blasco y por Otto, Ruy los esperó mientras avanzaban por el campamento con los ojos como platos.

Vestían ropas de seda bordada con hilo de oro, montaban espléndidos caballos, e incluso encogieron los hombros cuando el topetazo de una de las lanzas de Nuño mandó a aquel de Lugo al suelo.

—¿Me lo parece solo a mí o llevan los ojos pintados? —preguntó Blasco, incrédulo, cuando aún mediaban veinte pasos.

—*Ruhe sein!* —bramó Otto sin que hubiera necesidad de traducirlo.

Tras ellos venían sirvientes a pie, con una rehala de mulos cargados a más no poder. Tiraban de los ronzales para obligarlos a avanzar y traían los hombros encogidos, intimidados por la indudable huella de la guerra en el campamento.

Ruy se adelantó y los saludó:

—*As-salāmu 'alaykum.*

El que comandaba a los emisarios, tan cargado de oro como una mina, y con los ojos, efectivamente, delineados con negrísimo kohl, tenía un rostro tan redondo como una de las vejigas hinchadas que usaban los niños para jugar a la pelota. Y sonrió tanto al escuchar su propia lengua que a Blasco le pareció que podía explotar de un momento a otro.

—*Wa-alaikum us-salām* —respondió con una exagerada floritura de las manos.

Fue entonces cuando se oyeron los primeros gritos.

VII

Jimena, consciente de que los visitantes no veían con buenos ojos que una mujer se inmiscuyera en los asuntos que creían propios de hombres, jugaba con sus hijas en la tienda. Pero la pequeña María le recriminó su falta de interés.

—¡Mamá! —protestó la niña componiendo una expresión ceñuda.

Jimena se volvió hacia su hija. Y no pudo evitar sonreír. El dulce rostro de la niña no cuadraba con los ojos brillantes y los labios tensos. Aunque se esforzase, no había forma de que el enfado encajase en aquel rostro.

Y fue la hermana, Cristina, la que se giró en la otra dirección.

—¿Qué pasa?, ¿qué es ese ruido?

Aún se le trababan algunas palabras, y le costaba pronunciar si había muchas erres. Pero no solo había preguntado, también había levantado la mano, que sostenía una de las muñecas, y señalaba el exterior de la tienda.

Fue entonces cuando escuchó el alboroto.

Y Jimena no lo dudó, recogió a sus hijas en los brazos y se las llevó en tres zancadas hasta el enorme cofre.

Traído desde Vivar, el cajón estaba hecho del mejor roble y tachonado con flejes de hierro forjado. Era resistente porque su trabajo consistía en guardar las armas, los cascos, las cotas y todo el equipo de Ruy.

En tanto el ruido crecía, vació la malla de repuesto, unas grebas que Ruy nunca se ponía y el resto de los trastos.

—Vamos a jugar a escondernos —les dijo a las pequeñas manteniendo la calma, imprimiéndole un aire divertido a sus palabras—, a ver si papá es capaz de encontraros cuando vuelva.

A la pequeña María no le gustaba mucho la oscuridad. Unas semanas atrás habían escuchado unas lecturas del Apocalipsis de san Juan y habían empezado a preocuparle las bestias de siete cabezas y los rincones oscuros.

—Tenéis que permanecer calladas, para que no os descubra —instó en tono cómplice.

Y cuando por fin pudo cerrar la tapa, se hizo con una espada sacada del cofre, donde Ruy la guardaba porque no le gustaba por ligera y corta.

Sin temor alguno en los ojos, rogó a la Virgen por que su esposo estuviera bien, y se plantó ante el cofre. Dispuesta a vender cara la vida de sus hijas.

VIII

Como la marea, el barullo fue creciendo. Y acercándose.

Los mulos de la comitiva echaron a rebuznar nerviosos, dándole la razón a los pastores que los empleaban en sus rebaños. Burros, asnos, pollinos o mulos, todos eran escandalosos cuando aventaban peligro, ya fuera el lobo o aquella marabunta que venía hacia ellos.

Todos miraron hacia el ruido. Se escucharon gritos y maldiciones. A Blasco le pareció reconocer la voz de un paisano suyo, con el inconfundible acento.

Pero el que acertó a ponerle nombre a aquel desbarajuste fue Otto, aunque lo dijo en su idioma y nadie le entendió.

—*Ich glaub, mein Schwein pfeift!*

IX

Una vez todo hubo pasado, Blasco le preguntó al germano, comido por la curiosidad, y cuando Otto le explicó que venía a significar que los cerdos silbaban, el asturiano no pudo estar más de acuerdo.

—Y hasta volar, querido amigo, y hasta volar…

Porque se imaginaron que al conde de Barcelona se le había ocurrido arrepentirse del trato, que los centinelas habían sido asesinados, que a cualquiera de las taifas le había entrado de repente un valor inconcebible, o incluso que los mismísimos almorávides les habían ganado la espalda y estaban siendo atacados.

Pero lo que no se imaginaron fue que semejante revuelo lo habían armado dos chicuelos.

Aquella pelota con ojos que era el emisario había empezado a alabar a su señor Alqádir, rey de Valencia, y apenas había llegado unas pocas generaciones atrás cuando se calló de pronto y miró desconcertado hacia aquel ruido.

Nuño echó pie a tierra y salió corriendo del campo de entrenamiento, con la espada en la mano. Y frente a la tienda de Ruy, tanto el germano como Blasco desenfundaron.

Si alguien les hubiera dicho que el más temible dragón escupefuego había escapado de las pesadillas de la pobre María para arrasar el campamento, se lo hubieran creído. Porque aquellos rugidos guturales sonaban a los de una bestia salida de los avernos.

Lo que no cuadraba eran los dos chicos que corrían a toda prisa delante de la bestia.

Corrían a más no poder, y en el puño de cada uno podía verse el mechón de lana casi blanca que le había valido al *mehari* aquel nombre lleno de retranca que le había puesto Gacel.

R'Orab, «el Cuervo», cargaba como si fuera un regimiento completo de caballería dispuesto a ganar la batalla con la primera lanzada.

Enfurecido a más no poder, echando espumarajos por la boca y roncos berreos, el camello galopaba dispuesto a aplastar a aquellos dos mentecatos.

Y aún podía haber quedado el asunto en una anécdota. Hubieran pasado de largo sin más.

Pero no fue así.

A todo correr, perdiendo su dignidad, intentaba alcanzarlos el orgulloso camellero. No había podido evitar el desastre y, en lugar de alabar a los antepasados de ambos dos muchachos, los insultaba en su lengua, acordándose de los abuelos de sus abuelos.

Tras él quedaban los destrozos causados por el semental.

Podían haber pasado de largo, dejando tras de sí una ristra de rostros estupefactos. Pero Diego vio a su padre plantado delante de la tienda e intentó evitarlo. Y Galín torció con él.

El *mehari*, que de dos testarazos tiró una armería y con las pezuñas hizo saltar los vientos de la tienda donde se acomodaban los carpinteros, no se dejó engañar y torció con los muchachos, dispuesto a morderlos, cocearlos y aplastarlos.

Ambos chicos seguían sujetando en sus dedos de nudillos blanqueados los pelajos que se habían atrevido a arrancar de los costados del dromedario. Y con los puños cerrados se estamparon contra la tienda de Ruy Díaz de Vivar, bajo la mirada, muy oficial, de los emisarios del rey de la taifa de Valencia, Yahya ibn Ismaíl ibn Yahya al-Qádir bi-L-lah.

X

Sin dejar de berrear, ciego de ira, el enorme camello se lanzó también contra la tienda del Campeador.

Y ese fue el momento que eligió el que mandaba la comitiva de emisarios para chillar a todo pulmón como una odalisca.

Y no podía haber elegido peor momento porque, como dijo más tarde Nuño:

—Yo lo vi. Tenía la verga fuera, caliente como barra en la forja. Y claro, encima del caballo —soltó un escupitajo—, el gordinflas le debió parecer una hembra a punto...

Tuviera o no la razón. Ya fuese porque se confundió o porque simplemente le molestó el agudo grito, el camello abandonó su persecución y se abalanzó sobre el emisario valenciano.

Y Otto tuvo el tiempo justo para cerrar los ojos y no ver el choque.

XI

Como había pasado con las de los carpinteros, la tienda de Ruy se vino abajo cuando las pezuñas del *mehari* rompieron los vientos.

Se derrumbó en un enredo de telas que atrapó a los chicos y dejó un esbozo hecho con prisa de lo que había dentro, incluyendo la espada que sostenía Jimena, que formó una extravagante colina en la recia tela engrasada.

Y con un berrido que se quedaría grabado durante largas noches en la memoria de la pobre María, se abalanzó sobre los valencianos.

Los mulos salieron espantados en todas direcciones. Las alforjas resonaron como campanillas; uno de los esclavos que los conducían se quedó quieto como una liebre sorprendida por un carro, otro salió corriendo tan deprisa como para perder uno de los zapatos.

Uno de los emisarios se desmayó sobre su caballo, que se echó primero a trotar y luego a galopar, y se dejó al jinete despatarrado entre las tiendas que usaban los moros que se habían venido de Zaragoza con Ruy. El segundo se encogió sobre su montura, y tanto tiró de las riendas y tanto apretó las rodillas que el pobre ruano que montaba se fue echando atrás con la boca tiesa y la lengua fuera, intentando morder el bocado.

El tercero, el que los mandaba, no supo hacer otra cosa que volver a chillar a todo pulmón.

Los suyos solían decir que esas sonrisas que pintan de cinismo los hocicos de los camellos se explican porque son los únicos que conocen el centésimo nombre de Alá, mientras que los hombres no pasan de noventa y nueve.

Eso era cuanto Uthmán, que así se llamaba quien no podía contener los gritos, sabía de los camellos. Era el hijo de un afamado orfebre de Toledo que podía tallar los más bellos y complejos astrolabios, y su trabajo en la corte de Alqádir, primero en la ribera del Tajo y ahora en Valencia, le permitía satisfacer el único gran amor de su vida, que no eran las estrellas que cautivaban a su padre o el poder que tenía hechizado a su rey, sino los dulces. De pastas finas, horneados o fritos, bien bañados en miel, generosos con las pasas, abundantes en los pistachos traídos de los viejos califatos. Los dulces eran su única razón para levantarse cada día. No entendía la pasión que podían despertar las mujeres y mucho menos los desatinos a los que incitaba el vino.

Y cuando vio al *mehari* cargar enfebrecido no pudo contenerse. Quedó convencido de que iba a morir allí mismo, en el campamento de los cristianos. Y no lamentó que aquellos infieles no le dieran una sepultura correcta, o que aún no hubiera accedido a casarse, como su madre insistía. Lo que lamentó fue que en sus alforjas se quedarían sin comer los tres deliciosos *kunafa* rellenos de queso palestino y empapados en jarabe de miel, los últimos de la docena que su madre le había dado, antes de decirle una vez más que debía encontrar una buena esposa y que tuviera cuidado en el camino.

Soltando espumarajos, berreando, el enfurecido animal se le echaba encima y Uthmán quedó convencido de que lo último que vería en su vida sería el enorme callo que protegía el pecho del *mehari* cuando se tumbaba.

XII

Cuando Gacel recobró el conocimiento le costó comprender dónde estaba. Pero en cuanto lo hizo se maldijo a sí mismo y a todos sus antepasados, apartó el enorme poste del corral que le había caído encima, se palpó un momento la cabeza para descubrir que la brecha aún sangraba y salió corriendo.

No le costó seguir el rastro de destrucción que su querido R'Orab había dejado a su paso. Y pronto añadió a sus propias maldiciones unas nuevas destinadas a aquellos dos chacales del desierto.

Para esas alturas de su vida, Gacel pensaba que ya había visto todo lo que merecía la pena verse. Incluso se consideraba un hombre acostumbrado a los prodigios, porque a lo largo de sus años había encontrado la lluvia en tres ocasiones distintas en el corazón de las arenas.

Sin embargo, le costó admitir que cuanto vio al llegar al centro del campamento era cierto.

XIII

Uthmán no lo vio, porque cerró los ojos con tanta fuerza que las lágrimas que arrastraban el kohl brincaban en lugar de derramarse sin más.

Los chicos sí, salieron del lío en que se había convertido la tienda y asomaron la cabeza como topos desconfiados abandonando sus madrigueras.

No daba tiempo a gritar una sola maldición más, el *mehari* iba a atropellar al emisario valenciano, quizá incluso violarlo, al emisario o al caballo, que bufaba espantado.

Y el único con los arrestos suficientes se plantó delante de la bestia.

A Diego se le encogió el corazón. Una vez más no había estado a la altura. Y el hecho de que la altura la marcase un hombre como su padre no servía de consuelo.

Había intentado parar al semental, y probablemente tenía una costilla rota y el lado derecho de su cara ya empezaba a tornarse de un brillante púrpura que dolía con solo verlo.

Y donde él había fallado, su padre triunfó.

XIV

Si Gacel albergaba alguna duda de que había elegido servir a alguien digno, se desvaneció en un suspiro.

Ruy se plantó entre el enloquecido *mehari* y el emisario. No mostró miedo, ni pestañeó. Ni siquiera gritó. Solo alzó el brazo y dio la orden. La misma que Gacel había gritado una y otra vez sin éxito.

—*Qf!*

XV

Jimena terminó de ordenar los trastos, aún no había conseguido que todo quedase igual que antes. Y el pequeño crucifijo de marfil que se había roto jamás podría repararse, pero estaba lo bastante satisfecha con el resultado como para no dedicarle más esfuerzos.

Comprobó entonces que las niñas seguían dormidas y cruzó la partición que tenía la tienda para ir junto a su esposo.

Frente a Ruy estaban los dos chicos. Tras ellos, tan rojo por la vergüenza que parecía una fresa silvestre, Moisés.

Jimena se acercó.

—¿De quién fue la idea?

Lo preguntó Ruy, alzando en la mano el gurruño de lana blanquecina que había salido de la muda del *mehari*.

Y ninguno de los chicos lo dudó, saltaron con el mismo convencimiento con el que Ruy se había interpuesto entre el camello y el valenciano.

Contestaron al unísono.

—¡Mía!

Jimena, que conocía a su esposo, lo vio darse la vuelta, fingiendo que daba la espalda a los críos para reflexionar, pero la miró a los ojos y ella vio en su expresión el orgullo que sentía.

Habían hecho una travesura, y podía haber salido mal. Pero no solo habían demostrado valor para hacerla, ahora lo mostraban para aceptar las consecuencias.

—Vais a palear mierda de camello de aquí a Burgos...

XVI

La noche pertenecía a los búhos y a los centinelas. Las niñas dormían profundamente. Y Diego hacía ya meses que compartía tienda con los capitanes de confianza.

Pero Ruy no podía dormir.

—¿Lo hará oficial?

Jimena era la única que conocía al niño que había tras el hombre rudo, tras el Campeador. Al que seguía obsesionado porque su padre le había cedido unas pocas tierras y no un título. Al que seguía luchando día a día por hacerse valer ante su rey. Por salir de la sombra de su padre.

—Jamás he oído a nadie decir tal número de bendiciones...

Jimena supo que su esposo sonreía, aunque la escasa luz no le dejaba ver su rostro mientras ella acariciaba, como era su costumbre, una cicatriz que un lanzazo le había dejado en la espalda, justo bajo la paletilla.

Ruy había apoyado su cabeza en el hombro de su esposa, y cuando hablaba, ella podía sentir su aliento ascendiendo por su pecho hasta el pezón.

—Podía haber salido mal. Se quedó con que le había salvado la vida. Pero podía haberse fijado en que no soy capaz de controlar a mi hijo...

Jimena se mordió el labio inferior, dudando, pero al final se dejó llevar.

—A veces eres demasiado duro con él.

Ella no quiso ir más lejos. No quiso hablar de la infancia de su esposo. Y Ruy le respondió como siempre lo hacía, zanjando el tema.

—La vida será aún más dura que yo.

Y giró el rostro para quedarse a apenas una pulgada de la boca de su esposa.

—¿Lo hará oficial? —repitió ansioso, con esos aires de niño que solo Jimena conocía.

Y ella sonrió también. Perdonándolo por que hubiera cambiado de tema.

—Cuando reciba la noticia lo hará —dijo reafirmándolo—. Alfonso te nombrará conde, estoy segura.

Por un solo instante, Ruy se dejó llevar por la felicidad.

Jimena lo conocía bien y, ahora que podía verlo, descubrió en el rostro de su esposo la esperanza. Desaparecía aquel miedo que se escondía detrás de las sonrisas y las chanzas. Que se espantaba cuando arreciaba el valor en el campo de batalla. Cuando imponía disciplina a sus hombres. Aquel miedo se fundió, lentamente.

—Mi padre...

Empezó, pero no terminó, y Jimena sabía el porqué. El recuerdo era doloroso. Y era aquel recuerdo el que le impedía creer que estaba a punto de conseguir el sueño de toda una vida. Un recuerdo al que aquel miedo daba alas.

—Estaría orgulloso —afirmó ella apoyándole una mano en la mejilla—. Lo has logrado.

Ninguno de sus hombres había visto en el Campeador aquel rostro, como el de un cachorro que acabase de ensuciar la cocina.

Ella se acercó. Sintió cómo su olor la envolvía. Cuero y hierro. Recio. Él era su refugio. Y él la abrazó.

La envolvió en sus brazos, fuertes. Sintió sus manos en los hombros, y sus dedos recorrieron el nacimiento del cuello. Y una vez más ella volvió a asombrarse por la fragilidad de aquella fuerza. Ella sabía la verdad. El Cid podía romperse como una cáscara vacía.

—Lo sé —susurró ella en su oído—. Lo sé...

La besó. Dulce. Tierno. Agradecido.

—Mi padre no pudo...

Y ella no le dejó terminar.

—Sus fracasos no son los tuyos —le dijo recogiendo sus labios.

Ambos lo sabían, la sombra del fracaso es mucho más fría que la sombra del éxito. Pero él seguía mirándola como hubiera mirado un milagro, incrédulo. Porque saber no significaba creer.

—Ya no importa. Lo has conseguido —repitió escondiendo las yemas de sus dedos en la barba.

Las niñas dormían al otro lado del tapiz. Además del escaso resplandor del brasero, no había otra luz que la temblorosa llama de un velón de cera. Porque a la pequeña María le asustaban las sombras. Y porque la pequeña María no era Diego. A Diego nunca le hubiera permitido espantar sus pesadillas con una luz que rompiese la noche.

Y a la luz del velón sus ojos se encontraron. Y dijeron mucho más de lo que habían dicho sus bocas en aquellos susurros.

Se enredaron sus manos. Se enredaron sus labios. Se enredaron sus cuerpos. Él era su refugio. Ella era su destino.

Sus dedos recorrieron las rutas conocidas entre las cicatrices. Viajaron en su piel. Y él se estremeció cuando caminaron por sus muslos.

Hizo trampa y arañó, él dio un respingo.

—El honor exige contraatacar...

Ella gimió.

Apartó la tela con los dientes, y encontró sus pechos con los labios. Y también hizo trampa. Los recogió en su boca y mordió. Apretó hasta que su lengua se abrió camino y trazó en ellos arabescos. La piel brilló con el rastro que dejó la humedad de su boca y él sopló.

Ella se estremeció y sus pezones respondieron, dispuestos para la carga.

—¿Una tregua? —preguntó Ruy en el valle de los pechos, mirándola a los ojos con candor.

Jimena rio. Una risa que voló sobre ambos.

—Jamás —ronroneó.

Y su mano buscó.

Atrapó la palpitante voluntad de él. Acarició el glande con el pulgar, trazando círculos. Haciendo cada vez más fuerza. Y terminó por rodearlo con el resto de los dedos y empujar la delicada piel, suavemente, despacio. Hasta que él corcoveó.

—Solo queda batirse —dijo ella.

Junto a su oído, susurrando un beso que lamió su oreja y recorrió su cuello hasta los fuertes músculos del pecho.

Se sentó a horcajadas sobre él. Y guio la vanguardia de Ruy hasta su fortaleza, donde una fuente inagotable brindaba humedad.

Sin soltarlo dejó que la penetrase, jugando con sus caderas. Apenas un suspiro. Y se retiró, y él gruñó.

—Los mejores capitanes deben hacer gala de paciencia —recitó burlona.

Y permitió de nuevo que la penetrase, un poco más que antes, solo un poco más.

Hicieron el amor. Aquietándose, como agua llenando una copa. Se deshicieron el uno al otro. Como la marea que se lleva un castillo en la arena. Lentamente.

Meciéndose el uno en el otro.

Hasta que ella venció y las fuerzas de Ruy, tras una última carga, tuvieron que rendirse.

Se besaron sin separarse.

Y cuando lo hicieron, ella lo recogió de nuevo en el regazo de su pecho.

Seguía despierta cuando él se durmió al fin.

XVII

Despertó antes de los gallos, como siempre. Y se incorporó con todo cuidado para no despertarla. Recogió la camisola y los calzones, y se vistió espantando el fresco de la madrugada.

Intentó no hacer ruido. Pero ella abrió los ojos y se giró en el lecho para verlo. Y sonrió cuando las calzas le cubrieron las nalgas.

Él se dio cuenta, se giró y se inclinó sobre ella.

La guerra había hecho de él un bruto. Le había robado demasiado. Pero ella lo amaba porque él siempre había sabido guardar un rehén que veinte años con la espada en la mano no habían sido capaces de secuestrar.

No lo dijo en voz alta. Pero le dio un largo y dulce beso que supo a agradecimiento.

Ella apartó las pieles que cubrían su cuerpo. Y sus pezones se endurecieron, respondiendo a aquel aire frío.

—Una vez me dijo un capitán —susurró Jimena con una sonrisa pícara— que conviene volver al campo de batalla para examinar el terreno tras la lucha. Según me explicó, se aprenden valiosas lecciones...

Y él se quitó la ropa que se había puesto un instante antes. Y se besaron con ansia, casi con rabia, llenos de prisa. Impacientes.

—¡Mamá!

Era la pequeña María. Aquella voz cantarina y dulce. Atrapada en sus propios miedos. Con la angustia que solo los niños pueden sentir ante lo que su imaginación les enseña.

—¡Mamá!

Se dieron un último beso. Largo y dulce. Rechistando porque la niña se hubiera despertado, pero sabiendo que debían acudir.

—Yo me ocupo —dijo Ruy sonriendo.

Y se estaba poniendo una vez más las calzas. Aunque en esta ocasión ella aprovechó para lanzar un pellizco travieso a aquellas nalgas.

—Tendré que vigilar la retaguardia —bromeó él.

—Conviene asegurarla hasta que la vanguardia pueda preparar sus lanzas.

Se levantó para ponerse la camisola. Y antes de dar un paso, cayó sentado en el lecho. Y apretaba una mano contra la ceja.

La camisola había caído al suelo. Y Jimena podía ver todos los músculos de la espalda tensos, vibrando. Y las venas que bajaban por el cuello hinchadas.

—¿Ruy?

Solo le respondió un gruñido. Sordo y oscuro.

—¡Mamá! —insistió la pequeña.

El Cid miró a su esposa. Tenía el rostro contraído. Mordía con fuerza. Y la frente cubierta por un velo de sudor.

—¡Ahora voy! —le gritó a la niña poniendo su mano en la frente de Ruy.

Antes de tocarlo, sus dedos ya sintieron el calor de la fiebre. Estaba ardiendo.

Y Jimena se incorporó de inmediato.

—Avisaré a Moisés.

TENTETIESO, AGUA Y VALENCIA

Año del Señor de 1102

I

No podía respirar.

Lo intentó. Y entre las costillas se clavaron mil agujas al rojo.

Abría la boca. La cerraba.

Dolía.

El agua se colaba por sus narices. Por la garganta.

Le pareció que vomitaría hasta la primera papilla. No lo hizo.

No podía respirar. No podía siquiera maldecirles.

Se atragantaba. Tenía las muñecas y los tobillos en carne viva. Le ardía la garganta. Sintió que su mandíbula se desgarraba, como tela vieja.

Y el agua seguía cayendo. Y cayendo.

El agua. Todo era agua.

Las arcadas lo sacudían. Los talones golpeaban la tabla, en el derecho se clavaba una y otra vez una de las piedras del trillo. Le temblaban las manos. La tela se enredaba en la lengua. Se prendía en los dientes. El cáñamo le arañaba la boca.

No podía respirar.

Cuando Ojarra levantó el trapo, mordió el aire, quiso tragárselo todo. Llenarse los pulmones. Y el navarro había hecho tan bien su trabajo que incluso el alivio fue también tortura.

Cuando por fin se vio libre, su pecho lo traicionó por puro agotamiento.

Y a las agujas que se le clavaban entre las costillas se le añadió un martillazo en el costado, que fue vencido por un dolor sordo y profundo que alcanzaba los riñones.

—¿Te vas acordando?

No le dio ocasión a contestar. Era pronto, apenas habían comenzado. Aún no esperaba respuestas.

Le volvieron a echar el trapo empapado sobre el rostro y oyó el tintineo del asa del cubo. Y el del agua al verterse.

Y sus voces.

—¡Sujétalo! —Era el que tenía un aire a Ojarra.

—¡No aguantará mucho! —Esperanzado el otro, el que tenía acento de Burgos y la piel oscura.

El agua salpicaba, apretaba el trapo, le cegaba la boca y las narices.

El trapo cubría su vergüenza. No lo verían. Y se dejó llevar. Cerró los ojos por puro terror. Se dejó ir. Comido por la angustia. El trapo empapado cubrió la mueca de un niño asustado. Un niño que se aferra a la mano callosa de su padre.

—¡Ve a buscar más agua! —La inconfundible voz de Ojarra.

II

Juan Chico llevaba un rato en silencio. Aunque parecía imposible, se había quedado sin palabras.

Sin embargo, Pedro el Viejo tuvo el aplomo de decir lo que ambos pensaban.

—Lo va a matar.

Algo frío se había instalado en su espinazo y correteaba arriba y abajo. No podía dejar de mirar. Aunque hubiera deseado no hacerlo. Pero cada vez que le quitaban el trapo, cada una de las veces que le daban ocasión de respirar, el Gallego se retorcía en el potro y miraba al otro calabozo, lo miraba a él.

Volvieron a cubrirle el rostro.

Volvieron a verter agua.

Y fue Raimundo quien dijo algo más.

—Nadie puede aguantar tanto —aseguró—. O no sabe nada, o... O...

—O está loco —afirmó cargado de admiración el Pichabrava.

Y quizá por primera vez en su vida Juan Chico tuvo el buen seso de hablar con juicio.

—No está loco. Y sí que lo sabe. Ese cabrón de Ojarra no es de los que dejan cabos sueltos. Ese tiene que ser el chico del hebreo.

—¿Entonces? —preguntó el Gordo.

Juan Chico silbó, porque había echado la cuenta con un bisbiseo y los navarros habían estado vertiendo agua por tres avemarías seguidos. Y recitados a paso de vieja beata, no como la penitencia llena de prisas de un pecador acostumbrado a confesarse.

—Entonces solo hay una explicación.

Todos lo miraron. Y fue Pedro el Viejo el que comprendió. Aunque sin comprender. Porque se dio cuenta de que sabía la respuesta, pero no podía entender lo que significaba.

—Entonces —intervino—, significa que ese pobre desgraciado está convencido de que es peor decir la verdad que callar —chistó con un reniego, sacudió la cabeza incrédulo—, aunque le hagan tragarse el maldito mar.

III

Todos se equivocaron.

Todos los que languidecían en los calabozos de Cornago. Incluido el Gallego.

Los secuaces del navarro tuvieron que subir a por más agua. La noche se deshizo en los ventanucos, y el amanecer se coló entre los gruesos barrotes que miraban hacia el patio. El día nació con una luz cansada, como si ya fuese viejo.

Y tuvieron que subir de nuevo.

Todos llegaron al convencimiento de que nada peor se le podía ocurrir a Ojarra para torturar a aquel testarudo hijo de puta.

Y se equivocaron.

—Ve a buscarlos —ordenó Ojarra.

Y tenía en el rostro aquella sonrisa salvaje que le arrugaba la coronilla.

IV

No había dicho una sola palabra. Ni una sola desde que el tentetieso lo sacó del calabozo y lo aseguraron al potro.

Y la primera que dijo no satisfizo la curiosidad de Ojarra, porque no contestó a una sola de sus preguntas.

Fue un grito que arrancó pedazos de carne de la garganta.

—¡No! ¡Nooo! ¡Nooooo!

Y los demás prisioneros también encontraron algo que vociferar.

—¡Hijos de puta!

Manos desesperadas y cubiertas de mugre, de sangre seca, de agonía, sacudieron la reja.

—¡Abrid!

Abucheaban, gritaban. La reja temblaba.

—¡Cabrones!

—¡Abrid si tenéis cojones!

Pero no sirvió de nada. El burgalés traía a uno bien sujeto por el pescuezo y una soga le amarraba las manos a la espalda. Y el otro, el espigado, traía a otro más, y a este no hacía falta sujetarlo, caminaba porque el miedo clavaba en él sus espuelas.

Y no podía llevar las manos atadas.

Salieron de la escalera, mirando a todos lados, intentando comprender qué hacían allí. Y Ojarra, todavía con el trapo empapado en la mano, el que le acababa de quitar del rostro, le hizo una pregunta más al Gallego.

—¿Quién va primero?

V

Ojarra se estaba divirtiendo. Por fin veía en su prisionero un sufrimiento sincero.

—Vamos, ¿quién va primero?, ¿el viejo o el chico?

Y el yesero solo pudo cerrar los ojos, aunque fuese un gesto inútil.

—No ha sido tan difícil dar con ellos —se jactó el navarro—, el valle del Roncal no es tan grande...

Asustados como gallinas ante el cepo, allí estaban. Zacarías y el muchacho, Alvar Cagaprisas, que se inclinó y vomitó ruidosamente.

VI

Como no le respondió, Ojarra tomó la decisión.

—Preparad al chico.

No se molestaron ni en descolgar la ballesta, que pendía de un cáncamo junto al tentetieso. Metieron a Zacarías en el otro calabozo y al crío lo dejaron derrumbarse junto al potro mientras desataban al Gallego.

Parecía derrotado. Hicieron falta los dos para sujetarlo en pie. Las piernas se le doblaban. Era incapaz de pisar sin que los tobillos cediesen.

—Está acabado —susurró Juan Chico en un lamento.

El Cagaprisas sollozaba. Todavía llevaba en el mentón las migas biliosas de aquel rancho recocido que servían en Cornago. Los habrían mantenido encerrados en las perreras.

Ojarra se bastó solo para subirlo al potro, tiró de él como si arrancase una mala hierba y el cuitado cayó despatarrado en el trillo.

Gritó como un condenado cuando las piedras le mordieron los hombros, la espalda, el culo y las pantorrillas.

Empezó a llorar con tanta fuerza que hipaba. Se atragantaba con su propio aliento. A las migas se pegaron largos hilos de mocos y babas. Y como era manco, la soga de una de las garruchas quedó sin atar.

Ojarra estaba terminando los nudos cuando Pedro el Viejo volvió a ver aquel gesto del Gallego.

Estaba derrotado. O a lo mejor no. A lo mejor aguantaba. Porque aquel rostro caído, aquel hombre al que arrastraban los guardas alzó los ojos para mirarlo.

Y Juan Chico también se dio cuenta.

—¡La madre que lo parió! —se le escapó.

Lo sujetaban por los sobacos, con los brazos por encima de los hombros y, de pronto, aquellos pies que se arrastraban se asentaron, pisaron con fuerza. Y uno de los codos se estrelló en las narices del más alto, del que parecía primo de Ojarra, el que no tenía acento burgalés y ya jamás tendría acento alguno, porque si aquel destrozo no lo dejaba tieso, lo dejaría gangoso de por vida.

Y el otro, el fosco que sí tenía acento de Burgos, demostró que era hijo de la guerra. Se giró y descargó dos rápidos puñetazos.

Remató la faena con un rodillazo que le robó el aire al Gallego. Lo mandó rodando al fondo del corredor entre los calabozos.

Y quedó allí hecho un guiñapo, junto al montón de sus ropas, que nadie se había molestado en recoger y que, para entonces, después de dos días junto al desagüe, habían perdido el gredoso olor del yeso frente al tufo a mierda.

Y el moreno con acento de Burgos se acercó, convencido de que no iba a hacer otra cosa que recoger un desperdicio cualquiera. A sus ojos el prisionero estaba acabado.

Pero aquel guiñapo se levantó con sus ropas en las manos.

—Es como Lázaro —bisbiseó Juan Chico.

Y el guarda soltó una risa crujiente y seca.

—Si me obligas a coger el tentetieso te arrepentirás —amenazó con aquel acento burgalés.

Y cometió el error de seguir avanzando.

VII

Juan Chico y el Viejo intercambiaron miradas incrédulas. Y el Pichabrava silbó.

Pero solo Raimundo habló:

—¿Qué demonios...?

El moreno con acento de Burgos se acercó al prisionero y abrió los brazos para engancharlo por el pescuezo y llevárselo al calabozo a rastras. Y el yesero, con el revoltijo de sus ropas en las manos, lo golpeó en las costillas.

Se quedó en el sitio, con los brazos abiertos y el rostro lleno de incomprensión. Con el ceño fruncido y la boca torcida. Y fue como si le hubiesen arrimado candela a una vela de sebo. La incomprensión se derritió poco a poco y se convirtió en agonía.

El Gallego dio un paso atrás, todavía con el gurruño de ropas en las manos.

Tras la reja, en el otro calabozo, Ojarra reaccionó al fin.

Uno de sus hombres estaba inconsciente, sangrando por las narices como un cerdo en la matanza. El otro, incapaz de reaccionar, movía los labios.

Cuando el burgalés cayó de rodillas todos vieron la sangre abrirse paso. Entre las costillas florecía una enorme mancha carmesí que empezó a gotear. Y todos allí sabían que moriría en breve. Le había perforado los pulmones.

—¡Cagüen tu padre!

El muchacho ya estaba atado en el potro y Ojarra salió del

calabozo desenfundando su espada. Miró una vez más al que se le parecía y chistó.

—Vas a pagarlo con los huevos, ¡lo juro! Creerás que hasta ahora has estado en un burdel a gastos pagos.

Masticó cada palabra con tanta rabia que podía haberse roto los dientes.

El Gallego no se inmutó.

Pero el revoltijo de sus ropas se balanceó y terminó por caer. Impactó en el suelo con un sonido hueco.

Cuando sus manos quedaron al descubierto enseñaron las uñas que faltaban, las heridas de las muñecas, la mugre. Y la daga.

VIII

Al ver el arma, Juan Chico y el Viejo se miraron. Aquello les resultó familiar. Habían conocido a otro hombre con una daga oculta en las ropas. Ambos habían oído una y mil veces cómo el Cid le había cortado el pelo al conde de Barcelona.

—Tiene que ser el hijo del hebreo —aseguró el Viejo—. Estaban siempre juntos.

Juan Chico asintió.

IX

Y si les quedaba alguna duda, en cuanto Ojarra atravesó el umbral de la reja y salió, la daga abandonó la mano.

Un giro hábil de la muñeca y un silbido partió el corredor hasta enterrarse el cuello del navarro con el mismo sonido que el chascar de los dedos.

Pero Ojarra era también hijo de la guerra, había mamado más sangre que leche. Y estaba furioso. Intentó hablar y no salió más que un gorjeo ininteligible salpicado de mil gotas carmesí. La boca se le inundó. Y parecía que se hubiera bebido de un trago dos pintas de vino recio y más de la mitad se hubiera derramado por la barbilla y el pecho.

No se detuvo.

Y no le flaquearon las fuerzas.

—¡La puta que lo parió! Ese cabrón es duro —rumió Juan Chico, que había visto a un moro en Bairén pelear pisándose las tripas que le caían del vientre abierto.

Y resultaba inconcebible que se mantuvieran en pie.

Y no solo lo hacían, sino que iban a pelear.

A vida o muerte.

X

No fue bonito. No fue cuestión de saberse las mañas para pelear con las manos desnudas. No importó quién había pasado más horas con las espadas de madera, con los grandes escudos a los que se añadía lastre. Daban igual las interminables tardes de prácticas, o las cabalgadas intentando que la lanza ensartase los anillos colgados en los armazones.

Uno se desangraba.

El otro llevaba dos días sometido a tortura.

No hubo fintas. Ninguno de los dos se lució con florituras.

Asesinar a sangre fría. Quitar una vida. Aquella maldita guerra que no se acababa. Todo era sucio. Por más que algunos intentaran convencerse de que la gloria y el honor le lavaban la cara a cualquiera de esas salvajadas.

Cruzaron golpes en los que fallaban las fuerzas. Gruñeron como bestias. Se arañaron como alimañas. Se enzarzaron en un forcejeo tambaleante, como dos borrachos de taberna.

Y desde el calabozo escupían vítores y abucheos, insultos y maldiciones.

Raimundo agarró los barrotes de la reja y empezó a sacudirla. El Gordo usó una de las escudillas para golpearla una y otra vez.

Cayeron al suelo y a los dos les faltó el aire. Se intentaron sacar los ojos hincándose los dedos. Un mordisco arrancó una falange completa y la escupió. El trozo rodó hasta la misma verja que resonaba con cada golpe de escudilla. Bajo la uña aún podía verse la mugre.

El Cagaprisas vomitó de nuevo con grandes arcadas. Zacarías se escondió al fondo del calabozo y se acurrucó como un niño asustado de lo que hay más allá de los pies de la cama.

Rodaron por el suelo, rodaron sobre el canal, salpicando mierda y sangre. Jadeando. Gruñendo como gatos peleando en noche de ronda. Otro mordisco arrancó una oreja.

Y uno de ellos quedó debajo. Y las manos apretaron la nuca, resbalando en la sangre, con los nudillos blanqueados. Apretaron.

Y aquel hilo de agua que corría por el canal. Aquel ridículo reguero que empujaba cagajones y orines. Tan apestoso como escaso, cubrió las narices y la boca.

Las manos apretaron. Y uno de los dos dejó de respirar.

XI

El Gallego recuperó su daga del cuello de Ojarra y cortó un trozo de su camisola para envolverse el muñón del meñique.

No dijo nada.

Había ganado, pero la muerte ensombrece las victorias.

Se vistió, fallando al echar cada pie a las calzas. Cerrando los ojos cuando el dedo herido rozó la manga del tabardo. Y ocultó la daga en algún lugar de sus ropas.

Se acercó hasta los cubos en el otro calabozo y le susurró algo al muchacho, que dejó de llorar. Luego se lavó y se mojó el cabello. Lo echó hacia atrás y, mientras Alvar se tranquilizaba, salió y se agachó junto al cadáver de Ojarra para cortarle el cinto y sacar las llaves, que salieron con un tintineo de limosna a la puerta de la iglesia.

Nadie hablaba.

Y el Gallego, con las llaves en la mano, se acercó hasta la verja.

—¿Por qué dos días? —le preguntó al Viejo.

Y el Viejo tuvo que parpadear, porque no supo qué otra cosa hacer.

Señaló arriba con la mano ensangrentada, el trapajo que había cortado de su camisa estaba empapado.

—¿Valencia?

El Viejo reaccionó al fin.

—Ya ha amanecido, habrán salido.

Y todo en él pareció deshecho, a punto romperse, menos aquellos ojos profundos. No hizo falta que preguntase.

—La dejarán caer —afirmó sin atisbo de duda—. Solo quiere el tesoro de Alqádir.

El Gallego asintió y le tendió las llaves a través de la reja.

—Ocúpate de ellos —le dijo refiriéndose a Zacarías y al muchacho.

Y salió sin más, sin siquiera descolgar una despedida por el hombro.

XII

Juan Chico se quedó mirando a las escaleras.

—Ese loco —vaciló—, ¿no pensará enfrentarse él solo a todos los hombres de Castilla…?

Nadie le contestó.

Había otros asuntos que atender.

—¡Abre, Viejo!, ¡por tu santa madre!, ¡abre!

Alguien gritaba comido por el ansia.

Y pronto lo secundaron las demás voces. El calabozo estalló en una algarabía, como una juerga de taberna. Eran libres. Y el Pichabrava entonó una canción que se había oído mil veces a la luz de las hogueras tras una batalla. Una que todos conocían y que todos corearon emocionados. Eran libres.

Y al Viejo se le llenó la cara con una sonrisa. Sacudió las llaves al ritmo de la tonada, y aunque desafinó a nadie le importó.

—¡Tíralas o te ensarto!

Callaron de golpe todas las voces. A nadie le quedaban ganas de cantar.

Tenía las narices deshechas y el pecho bañado en sangre. Su voz sonaba como si se hubiera metido en la boca uno de aquellos trapos que, empapados, habían quedado olvidados junto al potro.

Y sostenía la ballesta.

XIII

Los perros empezaron a gruñir en cuanto olieron la sangre. La conocían bien. La habían probado más de una vez.

Los albañiles trabajaban con la pereza de primera hora. En la fragua, el ayudante reavivaba las ascuas. Y no había un solo hombre de armas en el patio del castillo de Cornago.

Se habían puesto en marcha al amanecer.

Ese era el plazo que el conde le había dado a Ojarra, y él lo sabía. Como mucho, podía estirarse un día, a tiempo para que un mensajero alcanzase a galope a las mesnadas que se movían hacia Valencia.

Y no lo había cumplido. Pero ahora ya no le importaba cumplir o no las órdenes.

Ahora tenía otra preocupación.

Las llaves colgaban del candado que aseguraba la barra. En la derecha tenía la ballesta. Y en la izquierda los recortes de saco empapados.

Los había escurrido y ahora se los mostró a los lebreles en cuanto tiró de la barra que cerraba la reja. Empujándose unos a otros, los animales salieron a toda prisa y se arremolinaron a su alrededor.

—¡Encontradlo!, ¡encontradlo!

Apretó los paños en los hocicos, los azuzó, los maldijo. Les aseguró que los despellejaría y haría un estofado con ellos. Y volvió a restregarles uno de los trapos que habían ahogado al Gallego.

—¡Encontradlo!

No se había tomado la molestia de limpiar la sangre.

Los albañiles vieron salir a la rehala. Ladraban. Gruñían, lanzaban mordiscos al aire. Y el herrero se fijó en el hombre que trotó tras los animales.

Y le preguntó algo a su ayudante.

—¿No es ese el hijo de Ojarra?

FIEBRES, JABÓN Y RISAS

Año del Señor de 1088

I

Apenas se habían marchado Ruy y el germano. Aún se agitaba el telón en la entrada de la tienda cuando Jimena fue al grano.

Y Moisés titubeó. No lo había hecho antes.

Mientras le hablaba al propio Ruy se había mantenido firme. Con el temple de años en el oficio.

—No te excedas —le aconsejó—, date unos días para recuperar fuerzas.

—Haré lo que tenga que hacer —protestó Ruy como un león enjaulado.

El hebreo se hacía cargo. Lo habían llamado a la tienda al poco de que el mismo Otto entrase con el mensaje. Y Moisés había hablado con convicción.

—No entenderé qué os mueve a luchar de ese modo a unos contra otros —dijo alzando una mano ante la protesta del Campeador—. Pero si crees que debes hacerlo, hazlo.

Y hablarle al gran capitán, al que jamás había perdido una

batalla, había sido fácil, pero ahora bajo los ojos de Jimena las cosas eran distintas.

Moisés conocía la ley de su pueblo. Se podía ocultar la verdad si no se causaba mal ajeno, si se pretendía humildad, si hablar desvelaba intimidades que era mejor guardar en la familia, o si el elogio podía acarrear problemas a un tercero.

Y quizá ante la pregunta de Jimena lo mejor sería mentir.

Pero la ley era complicada, porque la ley también rezaba que la lengua verdadera encontraría un hogar para la eternidad, y la mentirosa solo para una noche.

Y quizá sería mejor decir la verdad.

Empezó a hablar y calló.

Hasta que la miró a ella. Ella lo sabría. E hizo lo único que podía hacer.

—No.

Jimena examinó aquel rostro cargado de arrugas. El médico se peinaba la barba con los dedos, que parecían sarmientos, tan secos como para quebrarse con un soplido. Todo en Moisés era quebradizo. Viejo.

—Te agradezco la sinceridad.

Y el médico sintió en su pecho la acogedora tibieza de quien se acerca al fuego para calentarse.

Y ella volvió a sorprenderlo una vez más. Alguien de menor valía hubiera seguido insistiendo. Hubiera buscado excusas. Aunque se engañase.

Pero ella no lo hizo.

—Y si no hay cura, ¿qué podemos hacer?

—Todo lo que esté en mi mano… En nuestras manos.

Ella no le recordó que le debía la vida a Ruy. Ella estaba por encima de esas vilezas. Y no era necesario. El hebreo lo tenía presente en sus oraciones.

—Lo supe el primer día que lo vi. El color amarillento en sus ojos lo delata —explicó el médico—. Le sucede a los que sufren fiebres a menudo. Los humores se desequilibran. Hay un exceso de bilis amarilla que da como resultado pacientes coléricos.

Poco interesada en los entresijos de la medicina, Jimena se perdió en el tapiz que dividía la tienda entre la zona común de la antesala y el dormitorio. Estaba colgado sobre el arcón que su esposo usaba como escribanía y para guardar sus archivos. Entre las sillas de madera y cuero que hacían de esa parte de la tienda una modesta recepción. El tapiz había sido un regalo del mismísimo rey Alfonso. Se lo había entregado a Ruy el día en que juró vasallaje. Una pieza hecha en Inglaterra que alababa la conquista de la isla por Guillermo.

Y el médico le siguió hablando al brial azul de delicados bordados que cubría la espalda de la señora.

—La nueva mezcla de zarza, llantén, verdolaga...

Se dio cuenta de que divagaba.

—La nueva mezcla ha ido bien esta vez. Aunque Dioscórides ya describió que su abuso puede causar falta de apetito y debilidad. Hay que medir bien la dosis. —Hizo una pausa antes de continuar, decidiendo en ese mismo instante compartir una pequeña esperanza—. He mandado recado a un amigo que aún me queda en Córdoba, es uno de los discípulos de Shaprut...

La esperanza tiró de los labios de Jimena.

—¿Triaca?

El hebreo sacudió el mentón. Parecía un diente de león maduro. Daba la sensación de que un soplo bastaba para que sus ralos cabellos volasen.

—Esa receta se perdió. Y nunca he creído que pieles de serpiente hervidas o cuernas de ciervo ralladas...

Comprendió que de nuevo divagaba y se recondujo.

—Aunque pudiera volver a hacerse, nunca he confiado en la triaca, es más fábula que remedio. Pero mi amigo puede ayudarnos. Y también he mandado recado a Ispahán, a alguien que estudió con un maestro educado por el mismísimo Avicena. Debemos depositar en ellos nuestras esperanzas...

Tras un largo silencio, ella se volvió y lo miró intensamente.

—Guillermo lo envió por barco —dijo con la mano todavía en el tapiz, urdido de verdes, rojos y arenas, cubierto de espadas y escudos, lleno de guerra—. Cuando supo que se había puesto las coronas de Castilla, de León y de Galicia. Cuando supo que Alfonso se había deshecho de sus dos hermanos...

Dejó en el aire una pausa intencionada.

—... Aún hay muchos que creen que Alfonso tuvo algo que ver con la muerte de Sancho en Zamora...

Moisés comprendió. Los reinos cristianos eran casas con goteras, y era fácil pisar un charco, incluso en el salón del trono. Más aún en la tienda de un capitán cualquiera.

—No hay por qué preocuparse —la tranquilizó—, les he hablado de forma genérica. Comentándoles que he encontrado muchos casos en los humedales del Guadiana y del Tajo, preguntándoles si conocen alguna referencia que pueda relacionar las fiebres con esos lugares...

Abandonó el tapiz con un último vistazo. Con vivos colores representaba filas y más filas de hombres armados, listos para la guerra. Y cuando ella retiró su mano aquellos soldados temblaron.

—¿Y eso es todo? ¿Hierbas y la esperanza de un consejo?

Dolía advertirla compungida. Pero decidió seguir aferrado a la sinceridad.

—Por desgracia, sí. Quizá los nietos de nuestros nietos encuentren el remedio. Por ahora hay poco más que podamos hacer... Salvo tratarlo cada primavera.

—¿Estás seguro?

La barba del hebreo siseó en su pechera cuando asintió.

—Las fiebres volverán.

Los largos dedos de Jimena recorrieron el reposabrazos de una de las sillas. Y no parecían quebradizos. Todo en ella era fuerza.

Se sentó.

—Sus enemigos no deben saberlo —dijo rotunda.

La barba del hebreo volvió a cepillar la camisa. Y Jimena se inclinó en su asiento, echándose hacia delante.

—Y los amigos tampoco.

II

—No me gusta.

Solo Otto podía haber dicho algo así.

—¿Y cuándo te ha gustado a ti una orden del rey? A veces me pregunto si esas tres palabras no serán todo el castellano que has sido capaz de meter en esa cabeza tuya.

Tras decirlo, Ruy miró a su esposa. Y Jimena se hizo cargo de la situación enseguida. Conocía bien al hombre con el que había decidido compartir su vida. Y aquella noticia lo cambiaba todo. En lugar de recibir el nombramiento esperado había llegado hasta ellos un funesto eco.

—Yo me ocuparé de Moisés —dijo señalando al médico—, ¿por qué no salís a cabalgar un rato?

Y el Cid enrolló las órdenes, se levantó, las guardó en el cofre bajo el tapiz y se mostró de acuerdo con la idea. No porque necesitase aire fresco, sino porque había asuntos que tratar con Otto.

Para ocultar la crisis, habían movilizado el campamento hasta la modesta Requena, que vigilaba el valle del río Magro y los dejaba cerca de caminos que los podían llevar de vuelta a Castilla, hasta la misma Zaragoza y a apenas dos jornadas de Valencia.

Durante el trasiego, Ruy había seguido las instrucciones del hebreo y había sufrido los altos episodios de fiebre en un carro entoldado, a cubierto de ojos indiscretos. Jimena no se había despegado de su lado, dispuesta con un trapo empapado con el que mojarle la frente. Y Galín, el aprendiz del médico, se había ocupado de tener siempre a punto el bebedizo a base de hierbas. El que Moisés preparaba todos los días después de sus oraciones de la mañana.

Habían surtido efecto. El bebedizo y los cuidados.

Ruy había salido con bien del trance. Y el traslado sirvió para que el Cid, el Campeador, estuviera en todas partes en las respuestas y en ninguna en las preguntas. Porque de los más de tres mil hombres con los que contaba, los cinco que sabían la verdad se habían encargado de cubrirle las espaldas.

Ahora montaba su querido caballo, negro como el carbón, y uno de aquellos hombres cabalgaba a su lado mientras recorrían la orilla del río, alejados del campamento y de las casas de Requena.

—Tienes mala cara —dijo al fin Otto.

Estaba cansado del largo silencio. No habían dicho una sola palabra desde que salieran de la tienda.

—No será peor que la de Nuño...

El germano no llegó a reírse, pero sintió que el alivio lo inundaba. Su capitán había recuperado la sonrisa que siempre lo acompañaba.

—No me gusta.

El Cid rezongó.

—Te oí la primera vez. Y prometo que no me olvidaré de tus gustos. Pero esas órdenes acaban de llegar, y hay otros asuntos pendientes. Ponme al día.

—Pero...

—Ni peros ni peras, y tampoco manzanas —lo interrumpió burlón—, ponme al día.

A disgusto, Otto le explicó cómo habían finiquitado el asunto de Alqádir.

—Tenemos permiso para almacenar víveres en la ciudad. Y también para comerciar sin pago de impuestos. A Blasco le llega la tinta al codo de tanto firmar papelajos y Nuño parece un perro encadenado a un poste.

Aquello hizo sonreír a Ruy, que se inclinó en su montura, como tenía por costumbre, y agarró una ramita de tomillo que se llevó a la boca.

Y Ruy esperó que Otto no hubiera visto la mueca de dolor que se le escapó al hacerlo. El costado le había dado una punzada al estirarse.

Pero Otto la había visto. Aunque fingió.

—La voz ha corrido como el viento —dijo como si nada—,

incluso han llegado comerciantes interesados en que hagamos de mediadores... Blasco está encantado. Pero Nuño ha preguntado si le darías permiso para atacar Juballa...

El Cid no dijo nada.

—... O al menos para darle una lección a Ibn Qasim...

Se giró en la silla.

—No hará nada sin tu bendición —aseguró Otto—, ya lo conoces. Pero está harto, dice que no nació para comerciante.

A cambio de la protección del Cid, aunque se aferraba a su cargo de reyezuelo de Valencia, Alqádir había accedido a poner la ciudad a los pies del Campeador y, en consecuencia, a los pies del rey cristiano Alfonso. Y, tal como relató Otto, si se tenían en cuenta las parias recibidas de Murviedro y Alpuente, solo había una conclusión.

—Lo has conseguido. El levante está en tu mano. Has hecho a Alfonso rico y, en el camino, tú te has vuelto rico también. Si te pierdes, puedes ir dejando un reguero de monedas de oro para marcar el camino.

Ruy gruñó.

—El oro solo brilla.

Pasaban por un pinar raquítico. Y el río cantaba a su izquierda, sorteando las peñas. A su derecha un cuco repetía su llamada entre las verdes agujas.

—Valencia sería un buen señorío —dijo el germano adivinando lo que pasaba por la cabeza de su capitán.

—Y un mejor condado —concordó Ruy.

Continuaron al paso, el Cid incluso le consintió a su montura que agachase la cabeza para mordisquear algo de hierba.

—Lo siento —dijo Otto de pronto—. Cuando me dijeron que había llegado un mensajero me llevé una alegría, pensé...

Y por una vez, su afilado acento no troceó las palabras.

—Lo siento...

Ruy palmeó el cuello de su montura.

—Es solo un peldaño más en una larga escalera —dijo cachazudo—. Todo llegará.

El río susurraba sus secretos a las piedras. El sol levantaba el calor de la mañana. Los cascos de los caballos aplastaban la pinocha y sus jinetes quedaron envueltos en el aroma, intenso y agrio.

—De acuerdo —dijo al cabo Ruy, desechando lamentaciones—, démosle una alegría a Nuño. Hablemos de Aledo entonces, y no me digas que no te gusta...

—*Narr!*

—Yo también te quiero, incluso he pensado en decírselo a Jimena... ¿Cuántos han desembarcado?, ¿podemos fiarnos de las órdenes?, ¿es tan malo como parece?

Otto no pudo evitarlo.

—Lo que menos me gusta es la pareja que nos ha tocado en suerte.

—Oh, vamos, es un dechado de virtudes, conde de Nájera, hombre de corte, ricohombre de Castilla...

—¿No puedes tomarte nada en serio?

—Ya lo haces tú por los dos, ¡por los tres mil!

—Nunca te ha perdonado lo de Cabra. Te la jugará si puede...

El Cid se encogió de hombros.

—No hay mucho que podamos hacer para cambiarlo. Olvídalo. Tenemos demasiado que abarcar como para, además, ocuparnos de lo que no nos concierne. ¿Cuántos han desembarcado?

III

Tenían tan pegado el olor a mierda que daba igual cuántos jabones gastasen en las aguas del Magro. Frotaban hasta estar a punto de despellejarse y aguantaban el frío del agua. Salían colorados como manzanas y tiritando, pero seguían apestando. Y con la sensación de que jamás se quitarían aquel tufo de encima.

—¿Por qué crees que la de los camellos no huele? —inquirió Diego mientras se secaban al tibio sol de la tarde.

—Se lo pregunté a Moisés —respondió el aprendiz—, dice que es porque los cagajones son secos. Los camellos aprovechan hasta el agua de sus excrementos. Si no se mueven mucho, son capaces de aguantar una semana entera sin beber.

Y como eran niños, soñaron despiertos. Con el desierto, con los nómadas como Gacel, con conquistas, con imposibles, con ciudades lejanas, con tesoros incalculables.

Y como tenían tiempo, antes de ir a cumplir con el resto de sus deberes, dedicaron un rato a practicar con las espadas de madera. Recordándose el uno al otro los consejos que Nuño les daba con machaconería.

Así les hubiera gustado que ella los viera por primera vez.

Pero no fue así.

IV

Tenían la sensación de llevar toda una condena en el purgatorio paleando estiércol. No querían saberlo, y no tenían idea de cuánto tiempo había pasado.

Pero el suficiente para que ambos notasen que sus hombros y sus brazos se habían fortalecido, Galín incluso se había atrevido a echarle un pulso a uno de la ribera del Porma que tenía fama de bruto. Y había perdido, pero se juró que sería la última vez.

Habían descubierto que, a las dolorosas ampollas, y a los aún más dolorosos baños de agua salada y vinagre en los que Moisés les obligaba a meter las manos, les seguían los callos. Y esas mismas manos ya no sufrían cuando practicaban con la espada o la lanza.

Sin darse cuenta, se estaban endureciendo. Eran de los primeros en levantarse y de los últimos en acostarse. Porque palear estiércol no había sustituido a ninguno de sus otros quehaceres y tenían las mismas obligaciones ahora que antes del desastre.

Después de las oraciones de Moisés, cuando el sol apenas

despuntaba en el horizonte, el hebreo se hacía cargo de ellos. Le ayudaban a atender a quienes necesitaban consulta. Forúnculos, torceduras, uñeros, viejas heridas que se resentían. Y mientras lo hacían, el hebreo los acribillaba con preguntas sobre lo que había escrito Galeno o sobre los pensamientos de Aristóteles.

Ese había sido el acuerdo. Moisés no solo se había incorporado a las mesnadas del Campeador como médico, maestro de llagas como le decían los leoneses, sino también como preceptor de su hijo.

Después, acompañaban al hebreo a los corrales, porque Moisés también se encargaba de los caballos que se enfriaban, de los cascos que se malograban, de los cólicos, de ayudar a elegir los emparejamientos de los sementales.

Y, mientras la soldada se tomaba un descanso al mediodía, los chicos tenían que palear estiércol, y hacerlo rápido. Debían darse prisa si querían tener un rato para bañarse en el río y restregarse con jabón basto. Porque luego pasarían la tarde con Nuño, Blasco o el germano. Con el asturiano aprendían de víveres, de organización, de tiendas, de equipos. Con el burgalés, a usar la espada sin rebanarse un pie o la lanza sin quitarse un ojo. Y con Otto, sentido común; el germano era siempre capaz de encontrarle los tres pies al gato, e intentaba enseñárselo a los chicos.

Y de no haber sido en el río, practicando con las espadas de madera, mejor hubiera sido en el patio improvisado que se había armado entre las tiendas, para que Nuño los echase al suelo una y otra vez.

Gallardos, con un arma en la mano, así les hubiera gustado que ella los viera por primera vez.

Otto les hubiera podido explicar que se equivocaban. Les hubiera hablado de las tragedias de Tristán e Isolda.

Pero no hubo ocasión. Así, como a nobles caballeros, les hubiera gustado que ella los sorprendiese. Porque eran tan jóvenes que seguían creyendo que lo mejor que podían ofrecerle a una mujer era aquello que inflaba su vanidad.

No fue así como ella los sorprendió.

La primera vez que la vieron, y ninguno de los dos la olvidaría jamás, estaban metidos en mierda de camello hasta las orejas.

V

R'Orab no les perdonó jamás la mala jugada. No los coceaba, pero en cuanto se despistaban les escupía, apestosos espumarajos con forraje a medio masticar. Y si se acercaban demasiado, les lanzaba un doloroso mordisco que dejaba un moratón en las posaderas o los hombros.

Y es que, aunque apenas oliese, aunque estuviese tan seco que, como les había enseñado Gacel, servía de leña en la fogata, palear estiércol de camello seguía siendo una tarea desagradable.

Aunque pronto se hizo aún más desagradable por culpa de una de las primeras avispas de la primavera, que encontró el rastro dulce que una de las manos de los palafreneros había dejado en las ancas de Tozudo.

El mulo, por lo general de buen carácter, esperaba pacientemente a que los muchachos acabasen de llenar el carretón. Pero unas manos pringosas de miel le habían puesto las guarniciones esa mañana y una avispa le rondaba los cuartos traseros.

El pobre Tozudo no tenía ojos en el rabo y, cuando lo sacudió para espantar al bicho, no advirtió que se enfrentaba a un oponente vengativo.

La avispa, pese al tantarantán que se llevó, tuvo el aplomo de sacar el aguijón.

El cuitado salió disparado, tan rápido que se dejó atrás el rebuzno que le arrancó la picadura. Y el estiércol que habían estado recogiendo los muchachos se escurrió del carretón y cayó sobre los chicos y sus palas.

Y cuando se apagó el rebuzno, que no había sido ni armonioso ni elegante, se oyó una risa. Una risa que sí fue armoniosa y elegante. Y también cantarina. Y más dulce que aquella miel que había atraído a la avispa.

Escupiendo, maldiciendo, sacudiéndose para sacarse aquel mierdero de encima, los muchachos la oyeron.

No lo olvidarían jamás.

No la olvidarían jamás.

Y sus vidas cambiaron para siempre.

VI

Se volvieron los dos para ver aquella risa. Se giraron como si tuvieran resortes.

Y quedaron petrificados al momento.

Apoyada en una de las barras del corral, los miraba y se reía.

No se trataba de que fuese bonita, que lo era. Tampoco de sus gestos, o de cómo su melena bailó en la brisa. Algo en ella la hacía única.

Vestida de brocados, con su risa, entre hombres de toda condición, junto a los corrales, era fácil ser un faro en la tormenta. Pero, como luego descubrirían, así era Lilia. Siempre. Como si volase contra el viento. Estuviera donde estuviese. Todos los ojos se giraban hacia ella. Y junto a ella todo se volvía intenso.

Se quedaron embobados.

Ella rio. Se rio de ellos. Y ninguno de los dos pudo enfadarse. Si lo hubiera hecho Hugo, el hijo de aquel borgoñón malcarado con el que a veces se enredaban en sus aventuras de niños, con el que a veces cruzaban la espada en sus prácticas, habría estallado una pelea. Y no hubiera sido la primera. Estaban aprendiendo a ser gallos, y había que poner a prueba los espolones.

Pero a ella se lo perdonaron.

Ni siquiera se sacudieron el polvo o los restos de boñiga, se quedaron allí pasmados. A Diego se le cayó la pala al suelo.

Y Galín se quedó con la boca abierta, olvidada la maldición que iba a soltar.

Además de Hugo, había otros muchachos en el campamento, y unas pocas niñas. Pero a ella nunca la habían visto.

La magia la rompió Tozudo, que volvió a rebuznar indignado.

Ella cambió la risa por una sonrisa que parecía un encaje de luz y se dio la vuelta, y se marchó. Sin más. Sacudiendo la cabeza, como si no pudiera creerse que aquellos dos torpes hubieran terminado enterrados en estiércol.

Y los dos torpes se quedaron mirando. No los pasos gráciles y el andar alegre. Sino el polvo. Lo que quedó de ella en el aire. Porque cuando Lilia abandonaba un lugar, parecía dejar algo atrás.

—¿Cojo el látigo?

Gacel rascaba la oreja de Tozudo, y el mulo, agradecido, cabeceaba contra el brazo del único dispuesto a ofrecerle consuelo.

Entre los pliegues de su *litham* sus ojos dorados brillaban con picardía. Él también había sido joven, pero no pensaba hablar de ello con los muchachos.

No le respondieron.

VII

Los niños sueñan con hacerse hombres, hasta que se hacen hombres. Cuando ya se afeitan, miran con melancolía su pasado y desearían ser niños de nuevo. Y llevarse aprendido del viaje que la vida pone zancadillas.

Los niños sueñan con hacerse hombres porque no entienden lo que significa hacerse hombre.

Menos aún dos mentecatos con las cabezas llenas de sueños. Dos mentecatos que no veían qué importancia podían tener aquellos cuatro carros cargados con sacos de arroz que acababan de llegar al campamento y de los que Blasco hacía inventario.

Tenían más hambre de gloria que el más intrépido de los capitanes. Y aquello era mucha hambre y poco seso.

—¡Zoquetes!

Blasco los miró, y se refrenó, porque le hubiera gustado darle un coscorrón a cada uno.

—¿Con qué se gana una batalla? —repitió por centésima vez.

—Con el estómago —corearon ambos.

Pero lo hicieron con el retintín de quien repite una lección que no cree. Y Blasco lo advirtió.

—¿En dónde demonios tenéis la cabeza?

Y como habían hecho con Gacel, los muchachos tampoco respondieron.

El asturiano resopló desesperado, porque ya habían repasado aquellas cuentas una docena de veces y ninguno de los dos acertaba con el resultado.

—Estos pazguatos creen que basta una carga heroica, se imaginan alanceando el mismísimo culo ardiente de Satanás y las siete cabezas de la bestia. Piensan que ellos solos pueden hacer caer una taifa tras otra.

Menelik, que era a quien le había hablado el asturiano, no entendió aquello de la bestia de siete cabezas. Pero no lo mencionó.

—Con lo que apestan es posible —dijo cachazudo el moro.

Y Blasco se tuvo que reír.

Se llevaban bien. Eran amigos.

Se conocían desde los tiempos en que habían blandido los hierros como mercenarios para Zaragoza.

Menelik había sido uno de los hombres al servicio del viejo Almuqtádir, el sabio que levantara el gran palacio y trajera prosperidad a la taifa durante su reinado. Pero tras la muerte del patriarca y la división del reino entre sus hijos, había creído más prudente unirse a las mesnadas del Cid. Él, como tantos otros, descubrió en el Campeador a un señor al que veían capaz de pagarles soldada por muchos años. Menelik, como Gacel, y más de trescientos hombres en total, rezaban a Alá y no a Cristo, pero si tenían que ganarse el pan con la espada preferían seguir a Ruy. Lo creían investido de baraka, de una suerte de gracia divina que lo hacía invencible.

—Las provisiones, los suministros, ¡el oro! Eso es lo que hace invencible a un ejército —insistió Blasco.

—Prefiero practicar con la espada —protestó Galín sin alzar los ojos.

—Y yo —se apuntó Diego al unísono.

—Y no me gusta el arroz, no sabe a nada, prefiero el pan —remató Galín.

Menelik no tuvo reparos en darle a cada uno el coscorrón que el asturiano les había perdonado.

Era del extremo sur del desierto. De un lugar lleno de arena, viento y sed. Pese a los años con los cristianos, Menelik no dejaba de asombrarse por la enormidad de los recursos de aquellas tierras en las que no escaseaba el agua y siempre había algo que echarse a la boca, aunque fuera un manojo de hierba.

—Nunca os ha faltado nada —protestó el moro—, no sabéis la suerte que tenéis.

Blasco asintió.

—Hubo tiempos en que las cosas no fueron tan fáciles —dijo Blasco.

El asturiano recordaba cómo habían salido de Burgos siendo poco más que un puñado de desharrapados, perdido el favor real y condenados a venderse al mejor postor. Por eso Ruy había aceptado el oro de Zaragoza. Y desde entonces había medrado. Pero no había sido un camino de rosas.

—Si no hay espada, se pueden lanzar mordiscos. Se puede pelear sin armas, sin escudo. Pero no se puede pelear con el estómago vacío. Y aquí hay tres mil hombres a los que alimentar, y las bestias —continuó paciente Blasco—. Metéoslo en esas cabezas de pedernal. Lo que Ruy ha conseguido no ha sido fruto del arrojo, sino de la sensatez. De saber aprovisionarse, planificar...

Les rodeaba el ajetreo del campamento. Se oía el romance de la frontera, pero también árabe, franco e incluso alguien a lo lejos juró en una parla de esas llenas de aristas, como la de Otto. Y pasaban gentes de un lado a otro, iban o venían, se acercaban a Requena o traían recado.

Inmersos en aquel bullicio, estaban en una tienda con el frontal abierto, atendiendo la multitud de trivialidades que movían los inmensos engranajes de tres mil hombres y sus bestias. Utilleros, herreros, carpinteros, esportilleros, cocineros, herradores, despenseros, todos y más requerían soluciones a pequeños o grandes problemas. El médico Moisés también tenía sugerencias sobre cómo y dónde cavar las letrinas. El camellero Gacel, sobre el forraje de los camellos. Y a todo eso y un pellizco más había que añadir ahora las peticiones de los comerciantes que aspiraban a sacar partido de que Valencia y su futuro hubiesen quedado asegurados gracias a la protección que brindaban el Campeador y sus hombres.

—Un mendrugo de pan llega para desayunarse antes de la batalla, pero se lucha un día de cada cien, y los otros noventa y nueve hay que comer —insistió Blasco.

—Y conviene que sea algo más que un mendrugo —puntualizó Menelik.

Pero ni las palabras del uno ni las del otro calaban. Los muchachos prestaban atención, o simulaban hacerlo, pero más por miedo al castigo que por convencimiento.

—Estos dos están hoy más atontados de lo normal —acabó por decir Blasco con desespero.

Llevaban una hora intentando hacerles comprender cómo calcular cuántos hombres podían alimentarse gracias a cada modio de arroz. Que espantaba el hambre, aunque no fuese tan popular como el trigo. Todos sabían que a los hombres les costaba adaptarse a aquel cereal traído por los moros.

Sin embargo, no prestaban atención. Porque Blasco tenía razón. Se les había colado, entre todos los sueños, uno más. Uno que reía con una risa que parecía música.

Entonces prestaron atención. No a los papelorios que Blasco tenía sobre la mesa o a las explicaciones sobre el arroz en pago de parias de Murviedro.

Ella apareció de nuevo.

Era Ladislao, un magiar de pelambreras revueltas al que le faltaba un trozo de nariz y que peleaba como un perro rabioso, quien daba indicaciones. Detrás de su brazo estirado, y del dedo que apuntaba hacia la tienda, estaba un hombretón de carnes generosas, largos bigotes y rostro afable. Junto a él, dos más con caras apocadas, sirvientes o secretarios. Y la dueña de aquella risa.

VIII

Se presentó como Giovanni. Uno de esos hombres que arrollaban como una tormenta de verano. Lleno de ímpetu y buen humor. Un pisano que presumía a boca llena de ser nieto del mismísimo almirante Giovanni Orlandi, el bravo que arrebatara Palermo a los piratas sarracenos.

—Fue mi familia la que pagó los primeros mármoles blancos de la catedral —presumió con su acento meloso y dulzón.

Y les explicó que además de la vieja ciudad siciliana, Pisa controlaba también Córcega y Cerdeña.

Como aliadas, Pisa y Génova habían expulsado a los moros de las islas y el comercio había florecido en el Mediterráneo. Como resultado, Giovanni y otros como él habían tanteado la Provenza, el Languedoc y los condados catalanes.

—Y ahora quizá haya ocasión de tratar con Valencia —aseguró con una enorme sonrisa que hacía malabares con sus bigotes.

Explicó que había enviudado y que la melancolía que sentía en su hogar vacío, desde el que se podían ver los avances de los canteros con los mármoles de la catedral, lo había espoleado a buscar nuevas oportunidades.

Apenas dejaba hablar y, aunque contestaba a todas las preguntas con afirmaciones grandilocuentes, las respuestas estaban vacías, con menos carne que una raspa olvidada al sol.

—Cuánto me alegra que me hagas esa pregunta. Se intenta

que sea mucho de lo que da beneficios y poco de lo que da pérdidas. Pero hay que estar siempre atento a cualquier oportunidad. Un poco de esto, un poco de aquello. Aunque —puntualizó—, dispuesto a pagar los impuestos que sean menester.

Así le respondió a Blasco, y tanto el asturiano como Menelik encajaron una sonrisa cínica. Porque Giovanni se las había apañado para no callar nada y decirles aún menos.

Pero ambos podían imaginarlo. Trigo, lana, ámbar, centeno, tejidos, perlas, marfiles. Probablemente comprar buena cerámica andalusí, vender a precio desorbitado vidrio bizantino.

Y antes de que pudieran indagar más, Giovanni soltó una larga retahíla de halagos sobre los hombres, las bestias, e incluso el arroz.

IX

Allí estaba ella.

Aunque, para disgusto de los muchachos, la conversación se prolongó cuando Blasco preguntó por el comercio de la cerveza, sin querer mencionar de primeras su verdadero interés: la sidra que salía de los pomares de su padre.

Fue al final, cuando el pisano la presentó.

—Esta es mi hija, Lilia.

Ya estaban por despedirse, Blasco le había advertido que tenía que ocuparse del arroz de las parias, pero Giovanni resultaba avasallador, y explicó que la niña era la viva imagen de la madre y que le dolía desprenderse de ella.

—Además, algún día mi negocio será el suyo. Debe aprender las artes y las mañas.

Y aunque solo se cruzaron unas pocas frases más, fue tiempo suficiente para que el asturiano y Menelik se dieran cuenta de lo que sucedía.

—Demasiado flaca —decretó el moro cuando el mercader se hubo marchado.

Les había hablado a los muchachos, pero no le habían escuchado. Estiraban el cuello como pollos en el nido, intentando ver al comerciante y su séquito por entre los que pasaban, los que cruzaban, los que se encontraban y hablaban.

—A mí me parece una hermosa promesa —aseguró Blasco entonando, como si recitase un poema—, una hermosa promesa de mujer.

—Su padre debería cebarla —rezongó Menelik—, para que todos sepan que es una casa próspera.

—¿Qué?

Menelik se lo quedó mirando con aires incrédulos. Con la misma expresión con la que había visto fallar en sus respuestas a los muchachos. Como si le costase creer que hubiese un ignorante de tal calibre.

—Cuanto más gorda, mejor familia —sentenció—, así ha sido siempre.

X

Para cuando volvió de su paseo, Jimena lo estaba esperando. Y tenía junto al brasero, tibia, una de las infusiones del hebreo.

Ruy se sentó con un suspiro. La cabalgada le había quitado las fuerzas que le quedaban. Pero había asuntos urgentes que tratar.

—Si lo que dicen es cierto, pinta mal.

Jimena sirvió la infusión en una taza de estaño que pertenecía al ajuar de su esposo, un recuerdo de sus años mozos en Vivar, parte de la primera dotación con la que saliera de la casa paterna. Ella sabía que era un objeto al que él tenía especial cariño.

—Antes o después, ese Tasufín se dará cuenta de que puede hacerlo y arrasará con las taifas.

El Cid tomó la taza en sus manos. Su rostro se iluminó cuando advirtió las abolladuras y los raspones.

—Y será entonces cuando Castilla, Aragón y los condados tendrán que echarse a temblar.

Asintió dándole la razón a su esposo.

—Usan la excusa de la fe para calmar sus conciencias, pero quieren las tierras y riquezas de las que adolecen. Presumen de esa ciudad que están levantando en el desierto, pero ansían Zaragoza, Sevilla... ¡Toledo!

—Y Valencia —añadió Ruy dando un primer sorbo.

Ella se sentó en las rodillas de su esposo. Y él apoyó la cabeza en su pecho, como un niño.

—Por el momento hay una confederación. Al parecer, Almutámid pidió ayuda para Sevilla y ese tal Tasufín ha acudido a la llamada. Se han unido Badajoz, Granada, Málaga, Murcia y, por supuesto, Almería, donde ha desembarcado.

—¿Y han sitiado Aledo?

El Cid asintió tras beber otro sorbo.

—García Jiménez apenas tuvo tiempo de enviar mensajeros en busca de Alfonso. Y, por lo que se sabe, las mesnadas salieron de Toledo hace unos días.

Ella perdió los dedos en los rebeldes cabellos de su esposo y le acarició la nuca. Hasta ahora había evitado la pregunta. Pero tenía que saber la verdad, aunque fuera amarga como la hiel.

—¿Cuántos han desembarcado?

Ruy suspiró de nuevo.

—Más de diez mil.

Jimena no dijo nada. Se inclinó y abrazó a su esposo. En silencio. En un silencio que se llenó de brumas, como agua de un estanque congelándose una madrugada de invierno.

Jamás se acostumbraría al miedo a perderle.

Cerró los ojos.

HUIDA, TASAJO Y LADRIDOS

Año del Señor de 1102

I

Temió no salir de la escalera. Cada sombra parecía un hombre armado. Subió los peldaños a todo correr, con los reflejos a flor de piel y la mano en la costura que escondía la daga. Incluso se preparó para embestir.

Pero cuando llegó al patio se encontró a unos pocos y todos bostezaban, demasiado ocupados con mantenerse despiertos.

Y tan de golpe frenó su carrera que a punto estuvo de caerse de morros en los adoquines.

Se quedó allí como un pasmarote. Apenas un paso por delante del umbral bajo la torre. Miró a todos lados como un niño perdido entre la multitud.

Hasta que su corazón se apaciguó y pudo aceptar que, por una vez, le sonreía la suerte.

Le pareció que los tacones de las botas aullaban pidiendo que un guardia le arrestase. Pero lo único que oyó fue la broma grosera que un carpintero hacía sobre la madre del capataz.

Tuvo que hacer un esfuerzo. Apretó los dientes y sintió

cómo su estómago se endurecía. Le hizo falta toda la voluntad que fue capaz de reunir para no echarse a correr.

Cuando pasó frente a las perreras le faltó poco para ponerse de puntillas, como si no hacer ruido fuera suficiente.

Y suspiró aliviado cuando algunos perros gimieron, otros resoplaron ladridos huecos y un último se tiró un largo pedo. Ninguno dio la voz de alarma.

Pensó que quizá saldría sin más por el gran portón de entrada.

Pero se equivocó.

II

Las mesnadas de García Ordóñez se habían puesto en marcha con el primer rayo de la amanecida. Y el conde en persona había abandonado el castillo para encabezar la formación. Envuelto como un regalo, con malla, cofia y babero, con grebas y casco. Un casco con un nasal especial, un poco más ancho y largo, que le cubría el defecto con el que había nacido.

Acudían a la llamada del rey.

Y en Cornago quedaba el retén justo para defender la fortaleza y proteger aquel intento de reforzarla. Y de ese retén solo estaban en sus puestos los centinelas. El resto se rascaba, orinaba, se echaba agua a la cara o se masturbaba, según qué necesidad acuciase más. Pero sin prisa, porque tenían tiempo. Durante un par de días, mientras el polvo no se asentase, a nadie se le ocurriría atacar un castillo al que le bastaba enviar un mensaje de auxilio para que acudiesen más de cinco mil hombres a uña de caballo.

Todos estaban contentos de no marchar a Valencia, de quedarse en un lugar bien aprovisionado y seguro. Y en el portón principal incluso uno silbaba.

El rastrillo de la entrada era una de las razones por las que la antigua fortaleza mora necesitaba un arreglo. El juego de poleas se atascaba más que un tartamudo nervioso, los travesaños prendían en los canales de las paredes, y conseguir que la enorme y pesada verja subiese o bajase a voluntad se acercaba a un acto de fe.

Por eso silbaba Froilo, porque ahora que no estaba el conde, y que tampoco andaba por allí el cabrón de Ojarra, al que deberían caerle dos rayos, uno para partirle la crisma y otro para chamuscar los pedazos, ahora que le había tocado quedarse al cargo del castillo a su amigo Hernando de Lema, ahora, el rastrillo iba a quedarse arriba, porque no pensaba volver a despellejarse los nudillos, machacarse un dedo o, peor aún, como le había pasado a aquel de La Seca cuando habían llegado allí unos meses atrás, perder una pierna cuando una de las sogas se partió y se envenenó como un látigo.

Tomar la decisión incluso le hizo crecer, se estiró y sacó pecho, y se sonó los mocos soplando con fuerza, estampándolos en el suelo en un amasijo amarillo verdoso.

—¡Lo dejamos abierto! —gritó.

E intentó que su voz sonase bien cargada, como si mandase a una legión entera y no a un solo hombre. Pero Malaquías, el otro centinela, no se mostró impresionado. Porque a Malaquías lo único que le preocupaba era que no le echasen la culpa de cualquier desaguisado.

—Diré que tú lo ordenaste —soltó con un soniquete infantil.

Y quedaron el uno al otro mirándose, calibrándose las intenciones.

Froilo era de los que no le daban importancia a una mancha en el ruedo del gambesón, o a un poco de robín en la cota de malla. Malaquías era de los que aceitaban su espada todos los días, y se rasuraba la cabeza cada domingo antes de ir a misa, para caerle en gracia a Ojarra.

Se conocían bien el uno al otro. Y era tarde para ceder. En cualquiera de los dos extremos de la soga que acababan de tensar.

—Lema dijo que yo estaba al cargo —chistó Froilo.

Malaquías, pese a ser corto de talla, era un tragaldabas de cuidado. Comía como si pesase diez arrobas más de lo que calzaba, y siempre se las apañaba para llevar encima algo con lo que matar el hambre, o al menos espantarla. De algún lugar bajo el capote sacó un trozo de cecina.

—Y Ojarra dijo que de aquí no salía nadie sin su visto bueno...

Lo dejó en el aire y se lo tomó con calma. Masticó la carne, dura y salada, raspaba la lengua. Y con el mismo trozo de tasajo señaló el vano abierto. Y revolvió la mano con la cecina, como trazando la silueta del hueco que suponía la única entrada abierta a Cornago, las demás estaban tapiadas o en obras.

—Si no bajamos el rastrillo, ¿me explicas cómo evitamos que cualquier hijo de vecino se marche cuando le venga en gana? —preguntó con sorna, sin esperar respuesta.

Entonces pasó la piedra.

Froilo iba a alzar la voz e imponerse, por las buenas o por las bravas. Y Malaquías estaba decidido a no ceder. Parecían dos borrachos de taberna lanzándose los últimos insultos antes del primer puñetazo.

Y pasó silbando otra piedra. Perdió fuerza algo más allá, chocó contra el suelo, rebotó dos veces más. Y con el sonido de un chasquear de dedos dejó tras ella un par de pellizcos de polvo.

Ambos se inclinaron hacia delante y miraron, cada uno desde su extremo, al interior del patio.

—Pero ¿qué diablos...?

El uno le contestó al otro, aunque la respuesta no les trajo consuelo.

—¡No hay nadie!

Y era cierto, desde allí solo se veía el pequeño zaguán bajo la muralla, por donde corría el paso de ronda. Era el umbral del rastrillo. Y al otro lado, uno de los extremos del patio, el opuesto al de la torre, donde los albañiles y los canteros almacenaban cacharrada. La única alma era un carpintero que empezaba la faena alineando un largo tablón de pino con una azuela. En el aire calmo de la mañana incluso les llegó el olor resinoso y punzante.

Y venía del patio.

En el zaguán no había nadie.

Nadie.

Y aun así, otra piedra volvió a silbar entre sus hombros y a rebotar en la tierra, con sus diminutas polvaredas.

—¿Quién va? —gritó Malaquías, refugiado tras su lanza.

Fueron capaces de echar a un lado sus diferencias y, tras asentir para darse ánimos, se pusieron hombro con hombro, con las lanzas al frente. Decididos a plantarle cara a lo desconocido.

—¿Quién va? —insistió Froilo.

Y quiso sonar más recio que cuando había intentado imponerse al otro. Pero al final de la pregunta se le escapó un gallo que lo obligó a toser.

III

Le dolían tanto las manos. Y los hombros. El meñique al que Ojarra había arrancado un pedazo aullaba de dolor. Pero aguantó. Aguantó. Aunque le temblaron hasta las pestañas y todo su cuerpo le pidió rendirse.

Aguantó.

—¿Quién va?

Había tenido suerte, no podía creerlo. No se había topado con resistencia, y el rastrillo estaba abierto, de par en par.

Y ahí se había acabado la suerte.

Eran dos, armados con lanzas.

Los había visto discutiendo, a los centinelas. Y por un momento pensó jugársela y salir, como si no pasase nada, como si fuera uno más de los hombres de Ojarra. Pero comprendió que el riesgo era demasiado grande, así que se ocultó en una montonera de descartes de los canteros, junto al muro interior de la muralla.

Tenía prisa, no quería estar en medio cuando los otros intentasen escapar. Pero se obligó a pensar. Y se le ocurrió una solución.

IV

Si hubieran mirado hacia arriba. Si cualquiera de los dos hubiera mirado hacia arriba, quizá habrían tenido tiempo para evitarlo. Pero miraban cómo manejaban sus lanzas, esperando que el peligro les viniera de cara.

—¿Quién va?

Igual que la torre del homenaje era un añadido sobre las cocinas principales, que luego se habían movido. O las perreras, un remiendo en la barbacana del patio. Las dos garitas que conformaban el vano de la entrada eran una chapuza de varias manos y demasiado tiempo al descuido.

Cornago estaba en obras porque le hacían falta.

Se habían engrosado las murallas para dar cabida a protecciones en donde instalar los mecanismos y los raíles para el rastrillo. Pero el vano superior se había apuntalado con maderos. Porque al último que había hecho una ronda por el adarve le había faltado poco para mancharse los calzones de tanto que retemblaba el paso.

Y uno de los carpinteros, tras dos catas con una gubia, se había dado cuenta de que las vigas, que sostenían el paso de ronda y las saeteras que defendían el rastrillo, estaban hechas de serrín y carcoma. Y habían necesitado tres jornadas completas para asegurarse de que no les cayese encima a los centinelas con la próxima tormenta.

Aquello se había convertido en una telaraña de maderos.

V

Jimena releyó el mensaje y lo abandonó con disgusto sobre la mesa.

Era un mueble sencillo, sin figuras labradas. Sin filigranas. Recios tablones de castaño encerados. Los había armado un carpintero gallego de nombre Nicoloso, una de las pocas bajas que habían tenido durante el asedio a Valencia. Y lo había hecho tal y como al Campeador le gustaban las cosas. Honestas, sencillas. Bien hechas. Y poco tenía que ver con el lujo desmedido de aquellas estancias del alcázar, arrebatadas de guarniciones, yeserías y azulejos esmaltados.

Jimena pasó la mano por el canto de mesa, sobado, aún lleno de aquel intenso olor a panal.

En su rostro brilló la melancolía.

—Todos lo echamos de menos.

Había sido Lilia la que había hablado. Sonreía y los hoyuelos de sus mejillas le regalaban sinceridad.

—Cada día —insistió la hija del mercader.

—Él sabría qué hacer —aseguró Jimena.

Y Lilia captó el dolor que se escondía tras aquellas palabras. Y también la desesperación, que asomaba como cizaña en el trigo.

Pese a la diferencia de edad, se habían vuelto inseparables desde la muerte del Campeador. El mazazo de perder a los hombres que amaban, uno tras otro, en apenas dos años, resultó un vínculo inquebrantable entre ambas.

Jimena se levantó y se acercó a la ventana que, desde el alcázar, miraba a Valencia y al mar. Y la joven la imitó.

Una junto a otra podían haber pasado por madre e hija, y era así como se sentían.

Lilia agitó las muñecas para desembarazarse de las largas mangas de su vestido y tomó una de las manos de Jimena, que siguió mirando a la ciudad.

—¿Qué dice?

Las calles estaban vacías del alboroto que debía llenarlas. Como el juego de un niño, un juego para el que se hubiera quedado sin muñecos. Y, pese a la brillante mañana, toda la ciudad parecía cubierta por un velo de gasa oscura.

—Mentiras...

Lilia se mordió el labio inferior.

—Y más mentiras —añadió Jimena mordiendo cada palabra como si fuese arena entre sus dientes.

—Pero es el rey, un rey cristiano —protestó Lilia sin convencimiento.

—Solo le preocupa su propia gloria, quiere que su nombre brille en las crónicas con letras de oro.

Lilia apretó con dulzura la mano que sostenía entre las suyas.

—¿Qué vamos a hacer? Cada día somos menos —reconoció, tirando tanto de las riendas de su angustia que dolía—, se marchan...

Y efectivamente, un carro cargado de trastos cruzaba una de las calles hacia las murallas. Cuatro figuras cabizbajas caminaban al lado del único caballo del tiro.

—No lo harían si él estuviera aquí.

Había rabia en aquellas palabras. Pero Lilia habló con sensatez.

—Tienen miedo. Han oído los rumores. Están desterrando incluso a sus propios reyes, se han llevado a Almutámid cargado de cadenas. Si se comportan así entre ellos, ¿qué harán con nosotros?

Las pequeñas arrugas alrededor de los ojos de Jimena se acentuaron un instante. El que ella necesitó para calmarse. Y a Lilia, como siempre, le asombró la belleza de aquel rostro que los años no estropeaban, solo le ceñían una pátina de madurez que la hacía destacar aún más. Jimena era como una fruta que pudiera madurar por siempre sin echarse jamás a perder. El paso del tiempo dejaba su huella, pero el resultado seguía siendo evocador.

Cuando al fin respondió, Jimena tapó con su mano libre las de Lilia.

—No lo sé...

Y aquellas arrugas volvieron a acentuarse.

—No sé qué vamos a hacer.

Lilia suspiró.

VI

Malaquías llevaba el tasajo colgando en los labios y movía los dientes para brincarlo de una comisura a la otra, intentando calmar los nervios. Tanto él como Froilo caminaban tensando las corvas, a medio acuclillarse, como si temiesen que el suelo fuera a abrirse bajo sus pies.

A ninguno de ellos se le ocurrió mirar hacia arriba.

El Gallego había aprovechado la discusión de los centinelas para colarse en el zaguán bajo el paso de ronda, y trepar hasta quedar colgado de la maraña que sostenía el suelo, como un bichejo cualquiera.

Tuvo que reprimir el dolor en todas y cada una de sus articulaciones. Todo el cuerpo. Y su dedo no quería aceptar que ya no estaba completo, por todo el brazo subían las protestas del trozo que se había quedado junto al canal lleno de mierda que corría por los calabozos. Le hizo falta reunir toda su voluntad y un poco más que encontró en un rincón de la memoria.

Encaramado entre los maderos, si se estiraba podía ver los pies de los centinelas, y ellos no podían verlo.

Se había guardado unos guijarros de la escombrera y empezó a tirarlos.

Mordieron el cebo.

—¿Quién va?

Les cayó encima como el pedrisco.

A Malaquías lo dejó en el sitio de un codazo y le robó la lanza, a la que le dio la vuelta para usar el asta como una garrocha. Dos varazos en la sien de Froilo lo dejaron soñando con una tabernera de Logroño.

Y en un abrir y cerrar de ojos estaba libre.

Aún giró sobre sí mismo dos veces, atento al menor ruido, a que se le echase alguien más encima. A que todos los hombres de García Ordóñez cabalgasen hacia él lanzas en ristre.

Pero estaba solo.

Sin escrúpulos, se agachó y recogió el tasajo del suelo y

empezó a masticarlo sin importarle la suciedad o la saliva del centinela.

Le robó a uno de ellos la espada. Se quedó con la lanza. Y volvió a girar sobre sí mismo, incrédulo.

Nadie le seguía. Lo había conseguido.

Desde el patio de Cornago crecía el barullo de las obras. Los canteros empezaron a cantar, y los mazos cayeron sobre los cinceles, al ritmo de la tonada, que relataba con detalles el encuentro de una lechera y un curtidor.

Comenzó a llover. El cielo encapotado se deshizo en agua y el intenso olor a tierra mojada ascendió en vaharadas. Pese a la sal del tasajo, pese a la gravilla que le rechinaba en las muelas, tenía atascado en el paladar el hedor a mierda. Y aquel olor intenso, terroso, lo llevó a su juventud. Al hogar.

Y la mandíbula se relajó. Algo se desanudó en sus mejillas. Porque se acordó de las guardias bajo la lluvia, de la emoción, de la amistad. De ella.

Se llevó la mano al cuello y buscó el saquito de cuero.

Había tenido suerte. Por una vez.

Y fue entonces cuando escuchó los ladridos.

FELÍN, MIEDO Y ESTÓMAGO

Año del Señor de 1088

I

Llovía a cántaros. Llovía con tanta fuerza que las gotas hacían daño en las mejillas y las manos. Llovía, y aunque la noche no era fría, el otoño aún no había cogido fuerzas, los dos estaban helados. Y empapados.

Y así seguirían.

Habían paleado tanta mierda de camello que decidieron rendir su orgullo adolescente y pedirle clemencia al Cid.

—Está bien, se acabó el estiércol —había concedido.

Pero ninguno de los muchachos supo interpretar la sonrisa maliciosa que retorció los labios del Campeador hasta hacerlos sarmientos.

Se libraron de palear, pero les tocó hacer guardia todas las noches mientras las huestes de Ruy se movían hacia el sur, cubriendo a marchas forzadas las cincuenta leguas que distaban de Játiva.

Y en Játiva llevaban ya tres largas jornadas de espera.

Aunque a los muchachos no les preocupaba el retraso en la

llegada de las fuerzas del rey, sino aquella agua pesada y que aún mediaban los gallos.

Diego se había sincerado con Otto, y le pidió que intercediera ante su padre, pero el germano no le había ayudado.

—No se trata de que hagas lo que tu padre te ha ordenado, se trata de que hagas lo correcto.

—¿Qué tiene de bueno hacer guardias?

Otto lo había mirado dejando caer una ceja, como si le pareciese ridículo tener que responder.

—Das ejemplo.

Y les había tocado una nueva guardia. Y llovía. Y les quedaban miserias que soportar hasta la amanecida.

Por eso recibieron con esperanzas la visita del circunspecto Nuño, que se anunció con un escupitajo que espantó a la lluvia.

Se miraron ansiosos, combatiendo el tembleque para sacar pecho y mostrarse dignos.

—¿Qué piensas? —preguntó Galín.

Sonó como una carraca, por los dientes que castañeteaban, pero Diego lo entendió igualmente. Y también que su amigo no quería decir en voz alta que a lo mejor el veterano se había apiadado de ellos y venía dispuesto a relevarlos.

Pero Nuño se acercó como si la lluvia le escapase asustada. Le importaba un bledo el aguacero. Y no les dio una alegría.

—Cagüen las astillas de la cruz, ¿qué cojones hacéis aquí todavía?

Los dos muchachos volvieron a mirarse, sin saber qué podían contestar sin ganarse un racimo de coscorrones en la coronilla.

—¡Gandules! ¡En marcha, cojones! ¡Hay prisa!

II

No necesitaba al hebreo y lo sabía. Lo que le arañaba las tripas no se curaba con pociones o hierbas.

Eran muchos años jugándose la vida. Ese era su negocio. El

del hierro y la sangre. Y uno no llega a viejo en ese negocio sin hacerle caso a sus tripas.

La rama de un pino, tronchada y limpia de agujas, le hacía de tejadillo en un vivaque improvisado. Otros tendían lonas engrasadas, y otros buscaban un repecho.

Pero Ruy no se permitía más lujos que sus hombres, no ahora que Jimena y las niñas se habían quedado en el campamento de Requena.

Y apartó las pieles que lo cubrían y gateó bajo la rama tronchada y el intenso olor de la resina. Todos intentaban dormir pese al aguacero, pero él no lo conseguía.

Dormía con la cota, esa oscura como su espada, usando la cofia como triste almohada; solo tuvo que ceñir el cinturón, ajustar el babero y ponerse el casco. Y salió dando pasos que desperdigaban gotas y barro.

Se le había acabado la paciencia.

III

Blasco se había incorporado antes de que Ruy abriese la boca.

—A mí tampoco me gusta —reconoció el asturiano.

Se había apañado su vivaque con unas jaras, ensartando una rama en otra y aprovechándose de que crecieran tupidas. Como siempre, lucía impecable, y seco pese a la lluvia. Hasta que salió al encuentro de su capitán, ajustándose, como había hecho el Cid, el casco.

—Pareces Otto.

El germano, que tampoco había sido capaz de pegar ojo, los había oído y ya se acercaba.

—No me gusta.

Blasco y el Campeador sonrieron.

—Deberían haber llegado.

Fue el asturiano quien lo dijo, y aireó ese runrún que los había mantenido despiertos. El mismo que, con machaconería, les hurgaba la sesera.

—Deberían —reconoció el Cid, pensativo.

A ninguno le molestaba la lluvia, que se escurría sobre los cascos y los petos, como si se derritiesen.

Sí llegaron Nuño y Menelik. Y desde más allá se acercaba Gacel. Y también Ladislao el magiar, que resollaba, como siempre, por culpa de aquel tajo que se le había llevado la mitad de las narices. Incluso se acercó Nicoloso, el maestro carpintero, escoltado por sus dos aprendices, que eran dos gemelos tan finos que parecían muchachas.

El Cid sonrió de nuevo, y esta vez no hubo nada hueco en el gesto, era sincero. Le llenó el rostro.

Eran buenos hombres, atentos, curtidos, conocían su oficio. Y no se le ocurrió decirlo en voz alta, pero se sintió agradecido.

—Tú decides.

Y al tiempo que lo dijo, Blasco le puso la mano en el hombro. Tomándose quizá una confianza excesiva, pero demostrando que todos allí estaban con él. Lo rodeaban como polluelos a una clueca.

Supo que podía pedirles que se quitasen la vida allí mismo.

Ruy se mordió el labio inferior, atrapó pelos de la barba con los dientes y tironeó.

—En marcha, nos bajamos a Felín.

Y una vez más. Y todos lo contarían en los días venideros.

El Cid les salvó la vida.

IV

El mensaje, el que habían recibido en Requena, decía que en Játiva se encontrarían las tropas del Campeador y las del conde de Nájera. Y que juntas continuarían hacia el sur, hacia Felín. Donde todos se reunirían con las mesnadas de Castilla dirigidas por el propio Alfonso para seguir camino hacia Aledo, internándose en territorio moro con un contingente que no debía temer sino al grueso de las fuerzas islámicas.

Pero García Ordóñez se retrasaba.

Ni uno solo de los hombres protestó por levantar campamento en medio del aguacero y antes de los gallos. Y ni siquiera los más devotos le pidieron al capellán la misa que era costumbre antes de ponerse en marcha.

—Voy a por los chicos.

Nuño lo dijo con un gruñido, después de pasarse la mano por el rostro para enjugar la lluvia, y ni siquiera con la poca luz y el lavado aquella cara hecha de remiendos cobró atractivo.

Para los gallos, pese a las prisas, se pusieron en marcha.

V

Fue Nuño, que iba como siempre en vanguardia, rastreando, con los ojos clavados al suelo y los sentidos alerta.

Era uno de los mejores, si no el mejor de los rastreadores, y fue él quien volvió a galope con las flechas volando por encima de su cabeza, bajo el sol del mediodía, que había espantado a la lluvia e intentaba secar toda el agua que había dejado la noche.

Atravesaba las jaras y las pezuñas de su caballo aplastaban los quejigos; se la jugó, el caballo podía haber tropezado, hacerse daño con sus propios cascos, pero tenía que dar aviso.

Hincaba los talones. El cuello y el pecho del caballo cubiertos de espuma. Y el animal y el hombre, los dos, resoplaban con furia, con los ollares abiertos.

—¡Moros!

VI

Vio las ramas partidas, dos juegos de pisadas, y se fijó en la pinocha, había huecos donde debería haber piñas. Las piñas secas eran útiles para prender los fuegos, bastaba algo de yesca fina, hebras de cardo o pajuelas, y por pequeña que fuese la llama prendía en las escamas secas de las piñas.

Descabalgó y caminó despacio, atento a todo. Olisqueando como un sabueso.

Y se topó con un centinela que rodeaba una roca.

No le dio tiempo a encomendarse a Alá, lo degolló, y antes de que el moro respirase por última vez estaba de nuevo en la silla, a galope. Pero alguien descubrió al muerto. Y las flechas empezaron a volar.

VII

Iban a emboscarlos. Y se salvaron al salir antes de lo previsto. Si no se le hubieran revuelto las tripas a Ruy, si no se hubieran puesto en marcha antes de los gallos, sin la misa y con prisa, los habrían cogido a calzón quitado.

Habían ganado la ventaja por la mano.

Pero aún no estaba todo dicho.

A las flechas les siguieron los caballos.

Se les echaron encima como una peste. Algunos a medio vestir, otros con legañas en los ojos, pero dispuestos a matar o a morir.

Al sur de Játiva el terreno ascendía. Cerraba el valle, y los moros cargaban con la ventaja de la altura. Incluso tuvieron tiempo de hacer retumbar los tambores.

Y aquel ruido, que se metía en los huesos, que hacía bailar las muelas, aquel tronar embutió el miedo en los chicos.

Se habían acabado los entrenamientos. Ahora tocaba jugarse la vida, y quienes decidían eran los hierros que cargaban en sus manos.

Tocaba aprender el oficio.

VIII

Estaban rodeados.

Caían flechas. Se oían gritos. Los tambores no callaban.

Diego buscó a su padre. Despachaba a dos con la soltura de quien suelta una carga tras un largo trecho. Antes de sacar la espada de las tripas del segundo, Ruy ya le gritaba a Blasco que atento a otro que bajaba a galope y, al tiempo, se preparaba para arrearle un codazo a otro más que le venía por detrás.

Ruy vio que su hijo lo buscaba, lo vio más allá de un malcarado de largas barbas con aliento a ajo que se le echaba encima con un puñal. Pero Ruy no hizo gesto alguno. Simuló que no lo veía. El chico tenía que apañárselas solo.

En realidad, todos los capitanes estaban pendientes de los muchachos; eran, al menos un poco, hijos de todos. Pero ninguno les echó una mano.

Era el momento de que se apañaran por su cuenta.

Tres llegaron hasta ellos, uno con un tajo en el hombro que había dejado el hierro de Gacel. Y los dos muchachos se vieron frente a frente con un acero que no buscaba enseñarles, sino matarlos.

Se quedaron petrificados.

Olieron el sudor, la sangre. El miedo.

Uno de los moros gritó y se echó adelante con un mandoble. El acero, oscuro, como solo podían hacerlo los herreros andalusíes, cortó el aire. Buscaba el pecho de Diego.

Ni siquiera se dio cuenta. Se hizo a un lado, volteó al contrario, cubriendo la distancia con Galín, y antes de pensarlo siquiera había enterrado el arma en el pescuezo del moro.

Lo hizo sin más. Como si fuera un títere.

Oyó la carne abrirse, y el hierro enterrarse en las vértebras. Escuchó el gorjeo que se le escapó al moro. Y aún sin comprender el horror, otro se les echó encima.

Gruñía como un perro.

Galín se escurrió debajo de su guardia.

Con la rodilla en tierra empujó con todas sus fuerzas y ensartó al moro como a una oliva. El hierro entró con facilidad, atravesando las entrañas. Y salió por la espalda del moro con un sonido roto, como el de una tela al rasgarse. Y el olor del campo, de la tierra húmeda, se escondió en la peste que salió de las tripas del hombre.

Y ya no pudo sacar la espada, porque el pelele en el que se convirtió el moro se desplomó, y el brazo de Galín no logró aguantar el peso que colgaba ahora de su acero.

La dejó allí, atrapada bajo los estertores. Y por entre las barbas salió sangre y un gemido ronco. Y por el otro extremo, un largo cuesco que chapoteó. Sus calzones, que eran lo único que vestía, se mancharon de sangre.

Al tercero y último lo cogieron a la vez los dos muchachos, con las dagas. En el pecho, y cuando sacaron las armas oyeron el terrible silbido que se escapó por las heridas.

Estaban vivos.

Y se quedaron mirándose el uno al otro. Como estatuas. Incrédulos. Y de pronto estalló dentro de ellos la alegría de seguir con vida. Y se les abrieron las bocas con una risa floja.

Fueron tan idiotas como para pensar que se había acabado.

Pero los tambores seguían sonando. Fue un sopapo el que los sacó de aquella burbuja de felicidad.

—¡Espabila!

No había soltado la espada, de hecho, Ruy ya apuntaba a otro que bajaba cabalgando, pero con la mano libre le había sacudido un buen sopapo.

Y a Diego no le dolió la mejilla, no le dolió haber recibido la bofetada. Nuño era mucho más bruto, y los coscorrones de Menelik podían ser peores. Le dolió que su padre solo le hubiera hablado a él.

No riñó a Galín. Solo a él. Con aquella voz ronca y dura.

—¡Muévete!

Los dos amigos habían cometido la imprudencia de celebrar lo que no había que celebrar. Pero Ruy solo le había hablado a él.

—¡Atento!

Blasco se puso junto a su padre, hombro con hombro. Y el asturiano le sonrió, comprensivo. Pero seguía doliendo, no la mejilla, sino el alma.

Su padre asustaba más que los tambores.

IX

Venían más. No se acababan. Estaban rodeados de cadáveres, de sangre, de quejidos, del olor a muerte. Y, como ambos muchachos descubrieron, la muerte olía a tripas abiertas, a calzones manchados por el miedo, al vómito de los que se asustaban.

Y no se acababan.

Bajaban entre los pinos, los coscojos, gritando. Ululaban el nombre de su dios.

Quedaron separados, el asturiano, el propio Ruy y los dos muchachos. Más allá, moros, y Nuño, que luchaba entre escupitajos como una fiera, gruñendo. Solo le faltaba ladrar. Parecía un perro encerrado en un tonel lleno de ratas. Y, aún más allá, Menelik y Gacel, que estaban espalda con espalda y movían sus espadas con ligereza, con amplias fintas, con un estilo muy distinto al que enseñaba Nuño.

La mejilla ardía. El guante de Ruy había dejado un corte junto a la oreja. Pero la rabia no salió de allí. La rabia la escupieron sus tripas. Algo amargo hirvió dentro de él.

Bajaban cuatro, y debería haberlos esperado, pero tuvo que salir, tuvo que ser el primero, para quitarse la vergüenza de aquel sopapo.

Diego se echó adelante.

Y Galín no lo dudó.

Los dos muchachos se lanzaron contra los moros en una carrera alocada, gritando por encima de los tambores.

—¡Por Santiago!

Jadeos. Gotas de saliva prendidas en los labios. Corazones golpeando el costillar.

—¡Cierra!

Dispuestos a morir.

—¡Viva el Cid!

—¡Viva!

Y de quién sabe dónde, alguien más se unió.

—¡¡Viva el Cid!!

El jinete cayó de su caballo. O casi. La pierna, cercenada, siguió colgando del estribo. Y el tordo, que se había llevado un buen tajo en el flanco, hincó los cascos y apretó el galope. Pasó como una centella entre Blasco y Ruy, que se abrieron como las aguas ante Moisés. Se perdió monte abajo, rumbo a Játiva, y el pie cayó en un charco que se tiñó de rojo.

Galín, que era el que había dado el mandoble, atravesó el pecho del moro recién caído antes de que pudiera llevarse las manos al muñón.

Diego se echó a la cara a otros dos. Se movía de un lado a otro, guardando distancias, con los silbidos del hierro a una pulgada de las orejas.

Y aún bajaban más.

Una jauría hambrienta, barbas, miradas oscuras, gritos. Y los tambores, siempre los tambores. En un abrir y cerrar de ojos los muchachos estaban rodeados.

Blasco dio un paso para echar una mano, para unirse.

Ruy lo retuvo.

—Déjalos —le dijo con el rostro serio—, déjalos.

Y con el mentón señaló a un lado. No les iba a faltar faena. Otra partida se les echaba encima.

Los tambores atronaban.

X

Los tambores callaron. Lo hicieron tan de golpe que todo quedó envuelto en un silencio irreal. Podía palparse. Y hasta las gotas que aún caían de las agujas de los pinos, las que se habían escondido desde las lluvias de la noche, resbalaban con estruendo.

El primero que se atrevió a romperlo fue un arrendajo. Que llegó volando entre graznidos. Y los buitres, atentos, esperaron en las alturas, rondando los vientos. La mesa estaba servida, pero eran bichos pacientes.

Después empezaron los cucos. Y también pasó sobre ellos una garza, gris como la ceniza, que buscaba el valle del río, con sus ranas y sus pececillos. También graznó, como protestando, porque aquella locura de los hombres la había demorado.

Y las ardillas comenzaron a saltar de copa en copa, estaban nerviosas, el otoño las animaba a llenar sus despensas y se las oía pelear por los piñones. Todas tenían prisa.

Allí, más al norte, más al sur. Hacia cualquier lado al que se mirase. Aquellas tierras se habían acostumbrado a la guerra.

Para la primavera los verdes serían intensos, abonados con la sangre de los muertos.

En los nidos de las cigüeñas se podían ver costillas blanqueadas entre las ramas. Los carroñeros estaban gordos. Algunos turones ya no cazaban conejos. Y las bandadas de cuervos eran tan grandes que oscurecían el sol.

Y dos cuervos lo ignoraron. Descarados, se posaron a apenas unos pasos, sobre un cadáver despachurrado. Le había caído encima un caballo que, al levantarse y salir a galope, le había pateado el vientre. Era como lo que se podía rascar de una suela después de pisar un bicho.

Los dos pájaros, negros como la noche, brincaron hasta el muerto, abriendo y cerrando los picos, agitando las puntas de sus alas. Y se encapricharon con el mismo cordón de intestino.

Forcejeaban. Movían las cabezas en una macabra versión del juego de la soga, y el sol les sacaba a las plumas reflejos extraños. Con el ajetreo, algo se descolocó, o se rompió. La vejiga se vació y un olor rancio se desbarató. Pero los pájaros no dejaron de tirar. Ni se molestaron.

Aleteaban, con brincos nerviosos, y seguían forcejeando. Igual que niños encaprichados con el mismo juguete.

Con sus saltos, con sus brincos, con sus tirones, acabaron por sacudir el cadáver, que se movió como en un último estertor. Y el estómago, rosado, tierno, salió del abdomen con un sonido a bofetada.

Antes de que el caballo lo aplastase, aquel hombre había tragado dos palmos de acero.

Tenía un tajo en el estómago. Y ese tajo se desgarró con la caída y derramó el contenido. Cayó chapoteando entre las piedras y las agujas de los pinos, entre las huellas, la sangre. Y el jirón negro de alguna tela.

El aire se vició con un olor ácido, penetrante, a vómito. Y Diego pudo ver las hebras de carne, las migas de pan, lo que quedaba de la cena de aquel desgraciado.

Y los vítores comenzaron a su alrededor.

Un sudor frío se le pegó a la frente, a las cejas. Y apretó los dientes.

Diego intentaba no marearse. Los hombres celebraban la victoria.

Ruy paseaba por la matanza, sin una sombra de duda en el rostro, sonriendo. Alabando a sus soldados, llamando a muchos por el nombre. Prometiendo recompensas a los más valerosos. A los que habían demostrado que eran dignos. Confiando en ellos sin saber que muchos lo abandonarían.

Y pronto.

Pero aquella sopa maloliente le había aflojado las rodillas a Diego.

A Galín no. Galín sonreía, ansioso como un cachorro con un palo entre los dientes. Esperaba recibir las felicitaciones del Campeador. Él y su amigo se habían lanzado a pecho descubierto. Aunque les superasen en número. Aunque no fueran más que dos muchachos y ellos fueran hombres. Le habían echado valor. Y habían salido con bien. Estaban aprendiendo el oficio. Y Galín se sentía orgulloso. Aquello era mucho mejor que las pesadas lecciones del viejo Moisés. La guerra era un vicio que se le había colado dentro y del que nunca parecía tener suficiente.

Miraba hacia Ruy con el pecho henchido. Como un palomo. Aunque se dio cuenta, advirtió que a su amigo le fallaban las piernas. Y le pasó la mano por el hombro, y le ayudó a sostenerse en pie.

—Ponte derecho —le susurró.

A Diego se le habían secado los labios, tan apretados como una muesca en una máscara. Y tuvo que hacer de tripas corazón.

—Que viene —advirtió Galín.

Cuando el Cid llegó a su altura, entre los gritos de victoria de los hombres, los miró.

Por un momento pareció a punto de decir algo.

Diego consiguió levantar los ojos, mirar al rostro de su padre, enderezarse. Quería escucharlo. Necesitaba oírselo decir. Necesitaba que aquel horror tuviera un sentido.

Ruy encaró a los muchachos, los miró de hito en hito. Y alzó ambas manos, como si fuese a apoyarlas en los hombros de los chicos.

Y tanto su hijo como el aprendiz del hebreo aguantaron la respiración. Lo miraban como si fuera agua fresca y ellos acabasen de cruzar el desierto.

Galín hinchó el pecho. Se mostró seguro. Y Diego intentó imitarlo. Pero su rostro lo traicionaba.

La guerra era el oficio. Casi la religión. Y las manos de Ruy, las del Campeador, manchadas de sangre, se disponían a dar la bendición. Pero advirtió la expresión contrariada de su hijo.

La duda duró menos que un parpadeo. Y solo Diego vio el amago de decepción en el ligero temblor de la sonrisa.

Solo una de las manos se posó.

En uno solo de los hombros.

La otra cayó como una losa. Una mano parió una palmada. La otra siseó en el pomo de la espada. Una mano apretó el hombro del muchacho, la otra se movió al cinto.

El Cid miró a uno solo de ellos y asintió.

A Galín se le escapó el aire que había estado aguantando y, en cuanto recobró el resuello, gritó con entusiasmo, como el resto de los hombres.

Y los cuervos alzaron el vuelo, esperando mejor ocasión.

Todos celebraban la victoria. Todos menos Diego. Su hombro se sentía huérfano.

—¡Mi Cid!

Se volvió hacia la voz de Blasco. Y Diego lo vio, como si en lugar de estar a unos pasos estuviera a leguas de distancia.

—¡¡Ruy!!

Otto venía con él, traían algo en la mano.

Todos pensaban que habían ganado, celebraban la victoria. Y todos se equivocaban.

Habían sido derrotados.

XI

El que dijo lo que todos pensaban fue Nuño:

—¡Cagüen las tetas de santa Águeda!

Y por si no había quedado clara su opinión, soltó uno de sus escupitajos bajo el colmillo. Un prodigioso gargajo que espantó a una urraca que tiraba de un anillo. Un anillo que todavía vestía un dedo. Un dedo de una mano cercenada por la muñeca, caída junto a una mata de romero. Y sin ningún manco cerca. Estaba allí. Y nadie sabía cómo había acabado junto a la mata de romero.

Y a nadie parecía importarle.

La urraca echó a volar sin su tesoro, con un graznido de indignación.

—Te dije que no me gustaba —insistió Otto.

Ruy miraba hacia el pájaro.

—No puede haber sido Alfonso —dijo incrédulo—, hemos cumplido.

Blasco tenía la pesada bolsa en las manos y sacó un puñado de monedas. Y abrió la palma para que todos las viesen. Era como un mendigo al que le acabasen de dar una buena limosna.

Las monedas brillaban. Presumían de la plata que cargaban. La cruz era grande, dejaba apenas sitio para que una leyenda la rodease.

—ANFUS REX —leyó Blasco.

Y no lo hizo para quitarle razón a su capitán. Lo hizo como si hablase de la agradable mañana, solo estropeada por el hedor que esparcían los muertos.

En el reverso, en lugar de un retrato, un motivo de aros y estrellas rodeados por el nombre, inconfundible.

—TOLETUM.

Todos miraban hacia la mano del asturiano.

—Están nuevas —dijo Blasco—. ¡Nuevas!

Otto suspiró. Su capitán no dijo nada.

—Recién acuñadas en la ceca de Toledo —continuó Blasco—. No han pasado por otras manos que las de estos tipos. Si no ha sido el rey, ha tenido que ser alguien cercano.

Era la primera noticia que tenían de que la ceca de Toledo volvía a acuñar moneda. La ciudad se había reconquistado apenas tres años antes. Blasco tenía razón. Muy pocos podrían tener ese dinero entre manos.

Y Nuño cayó en la cuenta.

—¡Hijo de la grandísima puta de Babilonia!

Fue como una avalancha. Todos comprendieron de pronto.

—Te dije que nunca te perdonaría lo de Cabra —recordó Otto con los labios retorcidos en un mohín de disgusto.

—¿Cabra? Un cabrón es lo que es —rezongó Nuño—. Un cabrón, con cuernos y barba. Un hijo de mala madre. Si lo cojo lo despellejo con un cuchillo oxidado... ¡Cabrón!

Ruy era el único que mantenía la calma. Todos los demás se habían encendido. Los ánimos habían prendido como yesca.

—¿Cómo se ha atrevido a traicionarnos? Lo voy a deslomar, le voy a ensartar los huevos y me voy a hacer un espeto.

Nuño bufaba como un dragón enjaulado.

—Le voy a sacar los riñones por la boca... ¡Y el hígado!

Parecía que Nuño no terminaría nunca con sus amenazas, pero se detuvo en cuanto Ruy levantó la mano.

—Sí, nos han traicionado. Han pagado para que nos matasen. Y sí, ha tenido que ser el Boquituerto, pero no importa quién haya sido —dijo convencido, demostrando una vez más sus dotes de capitán—, lo que importa es por qué.

El ceño fruncido, tan extraño en el Campeador, lo delataba, algo olía a chamusquina y se estaba devanando los sesos para resolverlo. Usaba los incisivos para mordisquear el labio inferior y tironear de la barba.

Las cejas de Nuño, espesas y desiguales, se revolvieron como dos orugas. Y de nuevo fue el primero en dar rienda suelta a su lengua.

—¿Por qué? ¡Por joder! Porque es un hijo de la gran puta. Tiene razón —añadió señalando a Otto—, nunca te ha perdonado que le remojases las barbas en Cabra.

Y Blasco entrecerró los ojos.

—Sí, pero ¿por qué ahora? Nos esperan en Aledo. Hacen falta hombres para conseguir que los moros levanten el asedio.

—¿Y qué ruta ha seguido el Boquituerto? —preguntó Otto, amoscado—, ¿dónde se ha metido?

Eran demasiadas preguntas, y la única respuesta fue otro de los escupitajos de Nuño.

Ruy fue el que llegó a la única conclusión posible.

—¡A los caballos!

Era el capitán, y fue él quien se dio cuenta de que habían caído en una trampa. No podían perder un solo instante.

—¡A Felín!

Esa fue la consigna que corrió de boca en boca. Ni siquiera se consintió el saqueo de los muertos. Lo que no se había robado ya quedaría para las urracas.

—¡Vamos!

—¡Moveos!

Solo los hombres de confianza lo entendieron, pero todos obedecieron.

—*Yala, yala!*

Gritaban Menelik y Gacel, azuzando a las bestias y a los hombres, y también Otto.

—*Schnell!*

Quedaron las hogueras prendidas, los almuerzos sin comer,

los muertos sin enterrar, el oro sin robar. Uno incluso se olvidó de una colada recién hecha, tendida a la fresca entre dos pinos, sus únicos calzones de repuesto y una camisola que había comprado en Burgos antes de salir hacia el levante.

Y a la cabeza, pidiéndole más a aquel semental negro, Ruy.

Tenía muy claro que se la habían jugado. Y solo esperaba llegar a tiempo de evitar el desastre.

Además, no solo tenía que preocuparse por llegar a Felín cuanto antes. También por Jimena y las niñas.

JAURÍA, JEFE Y BARRANCO

Año del Señor de 1102

I

Más allá se veía el desaguisado. Lo habían dejado las tropas, acantonadas en los terrenos del castillo durante meses. Era un erial lleno de basura. Ni un solo matojo quedaba sin aplastar, y el paisaje estaba lleno de las negras infecciones del hollín de las fogatas.

Iban de camino a Valencia y le llevaban ventaja.

Solo contaba con algo a su favor. Podía moverse más rápido siendo uno solo.

Pero qué hacer una vez llegase a destino.

Aunque lograse colarse intramuros. Qué iba a hacer él frente a los miles de hombres de Castilla. O frente a los almorávides, que serían tantos o más que los castellanos.

No lo sabía.

Y ahora había asuntos más urgentes.

No tenía provisiones. No tenía agua. No conocía el terreno. Necesitaba descansar. Todo su cuerpo dolía como un martirio. El dedo seguía sangrando.

Y le faltaba el aire.

El Gallego corría. Corría sorteando la basura, vientos olvidados de las tiendas, una piedra de molino rota, espetones, lonas abandonadas, montoneras de ramas que no se habían quemado en las hogueras, letrinas que apestaban.

Corría.

Le dolía hasta el cabello. El dedo protestaba con cada paso, como si lo apretasen con tenazas. Las rodillas chillaban. Los tobillos amenazaban con partirse.

Pero corría.

Y los ladridos se acercaban.

II

Ambos bandos habían empleado perros. Bajo el nombre de Cristo o con las bendiciones de Alá, jaurías de lebreles se habían usado antes y se seguirían usando después.

Se decía que los nómadas del desierto también habían domesticado hienas, incluso chacales. Y de los cristianos se contaba con horror que habían entregado prisioneros a osos capaces de despedazarlos con un zarpazo.

Podían ser leyendas. Pero los perros no.

Los perros se criaban para eso. Y en ambos bandos se oían los mismos rumores. Que había capitanes sin escrúpulos que los alimentaban solo con carne humana.

Quien estaba a cargo de los lebreles de Cornago no los alimentaba solo de carne humana. Pero no porque le pareciese una mala idea, que no se lo parecía, sino porque no siempre había moros o prisioneros que servirles. Y quizá por eso los alimentaba más bien poco, con el hambre justa para que estuvieran ansiosos, para que quisieran matar.

Se llamaba Ojarra, como su padre.

III

No llevaba el nombre de su abuelo, como era costumbre, porque no sabía el nombre de ninguno de sus dos abuelos. Al padre de su padre no se le conocía paradero ni ascendencia, y al de su madre lo habían matado los moros en Zalaqa, y a su madre le había dado tanta pena que ni de él quería hablar.

Aunque Ojarra, el padre, no el hijo, tampoco era de los que dejaban hablar a su esposa.

Y como el hijo de Ojarra se llamaba también Ojarra, casi todos le decían *Chico*. Pero Chico supuso que ahora, con su padre muerto, antes o después, empezarían a llamarle por el nombre que le habían puesto en la pila bautismal.

Y Ojarra, el hijo, el que se encargaba de los lebreles, estaba convencido de que a los animales convenía más darles vara que comida. Los azuzaba para que se enzarzasen. Montaba peleas siempre que podía. Y, cuando había ocasión, lo poco que les daba de comer se lo daba vivo.

Unas gallinas, ratas de los sumideros del castillo, e incluso conejos, si cuando salía a cazar con sus turones tenía una buena jornada.

Les dejaba a los animales el trabajo de matar la comida, para que no perdieran la costumbre. Para que añorasen la sangre fresca.

Y estaba convencido de que sus perros atraparían a aquel hijo de mala madre.

—¡Encontradlo!

No paraba de repetirlo. Corría tras los perros. Y aunque le costaba mantener el resuello, lo repetía una y otra vez. Y sacudía las traíllas que llevaba en las manos. Para azuzarlos.

—Es vuestra cena.

Con la voz tomada por las narices rotas. Y los perros aullaban. Ladraban. Gruñían.

—¡Encontradlo!

Y Ojarra corría.

IV

Era una bestia enorme. Grande como un lobo. Y cuando cerró la bocaza el asta de la lanza se astilló como una ramilla seca.

Las zarpas le arañaban el pecho. El perrazo se le había echado encima, y las dentelladas parecían los golpes de un herrero en el yunque. Los grandes colmillos subían y bajaban, las babas de la bestia le caían por el cuello y el torso. Tenía encima una pesadilla hecha de pelo, garras y dientes.

Cuando la lanza se partió, el perro echó la cabeza atrás para tomar impulso. Tenía a su presa vencida, solo faltaba el último mordisco, el que clavaría los dientes en el cuello y le robaría la vida.

El Gallego usó los puños. Golpeó con lo que le quedaba. Dispuesto a aguantar.

Y el animal ni siquiera se quejó. Fue como golpear una piedra. Un muro. Iba a destrozarle el pescuezo a dentelladas.

Había salido corriendo hacia el sur, cruzando la meseta donde habían acampado los hombres de García Ordóñez. Pensó que sería difícil que le siguieran el rastro en el laberinto de olores del campamento recién abandonado.

Se había equivocado.

Y lo habían arrinconado.

—¡Matadlo!

Lo había oído, por encima de los ladridos, de los gruñidos. Podía reconocer el sonido cargado. Gangoso. Como hecho de pasta.

—¡Matadlo! ¡Matadlo!

Alzó los brazos. Y la dentellada entró hasta el hueso.

El lebrel sintió la carne en la boca y sacudió la cabeza. Quería desgarrar, descuartizar.

Otro más llegaba, lo oyó correr hacia él. Y más ladridos. Y de nuevo aquella voz nasal, cargada con tanto odio que pesaba.

—¡Destrozadlo!

Ya solo le dolía el brazo, los dientes del perro despedazaban la carne. El resto ya no era más que un eco. Ahora había un fuego ardiendo entre la muñeca y el codo, un fuego rabioso cuyas llamaradas se extendían por todo el cuerpo.

El lebrel tiraba. Agitaba la cabeza. Apretaba.

Las babas se escurrían buscando el suelo. Los belfos se movían sobre su piel, reptaban. Y el aliento siseaba entre los colmillos y su carne.

No se rindió.

Braceó. Palmeó la tierra a su alrededor. Se clavó las espinas de una zarza en los dedos. Buscó espoleado por la desesperación, y lo encontró.

Cogió uno de los trozos de la lanza.

Se le clavaron astillas en la palma de la mano. Y quedó hecha un guiñapo. Por las astillas, por las espinas. Porque el dedo perdido seguía gritando que aún estaba allí. Todo dolía.

No se rindió.

Y clavó la madera con todas sus fuerzas, como un puñal.

La enterró en el cuello de aquella bestia. Hasta que el puño quedó cubierto por la pelambrera. E hizo palanca. Desgarrando la carne. Mordiendo como había mordido el perro. Apretando los dientes.

Al lebrel se le escapó un gañido y le cayó encima con un resoplido final.

Y quiso rendirse. Se hubiera quedado allí, cubierto con aquella pesada manta que olía a húmedo, a pelo viejo, a muerte.

Pero había más ladridos.

—¡¡¡Maaataaadlooo!!!

Era una de las furias de los viejos griegos. Buscando venganza. Nada lo detendría.

Empujó, con una sola mano. Intentando quitarse el peso de encima. E hincó los talones en el suelo para hacer fuerza.

Pero no había a dónde ir.

Al echarse atrás los hombros quedaron al borde del barranco. No había salida. Ya solo podía despeñarse. El suelo terminaba y, al fondo del barranco, corría con prisa un río cargado de invierno.

Aún quedaban otros cinco perros. Todos gruñían, con la cabeza y los hombros gachos, preparados para atacar.

Desconfiaban. Habían visto morir a sus compañeros y lo rodeaban inquietos. Ninguno se decidía a saltar sobre el hombre.

Desde el fondo de sus pechos temblaba un gruñido hueco, ronco, profundo. Un gruñido que era uno solo. El de la manada. Cerval y antiguo. Como lobos rodeando a un ciervo herido. Pero lobos que habían aprendido algo de los hombres. Lobos que habían aprendido crueldad. Porque aquellas pobres bestias pagaban con la única moneda que conocían.

Llovía, mansamente. Con pereza. Y allí, sin embargo, parecía que una tormenta estuviese a punto de estallar en mil relámpagos.

—¡Matadlo!

Tras los animales estaba Ojarra. Con la cara empapada en sangre, la nariz destrozada y los dientes asomando. Tenía la misma expresión que sus perros.

Iba a morir.

Si se echaba hacia delante los perros lo destrozarían.

Si se echaba atrás, caería barranco abajo.

V

Armar las traíllas y coger sus armas. Era el único tiempo que se había tomado.

Y salió del castillo como una tromba. Temiendo haber perdido al asesino de su padre.

Sin embargo, en cuanto los perros encontraron el rastro, Ojarra empezó a reír. No tenía salida.

En un cerro que coronaba una meseta, el castillo estaba rodeado por barrancos. Se había elegido bien el lugar para levantar la fortaleza, donde un asedio se hacía casi imposible. Y aquel asesino había echado a correr hacia su propia condena.

Pronto lo vio escurrirse entre dos matas que crecían al pie de un pino retorcido. Y azuzó a los perros. Cuando volvió a verlo de nuevo soltó las traíllas. Dejó a los perros libres. Y los animales dieron un brinco hacia delante, a toda carrera.

—¡Matadlo!

Y tuvo que reconocer que aquel tipo tenía redaños.

Le molestó hacerlo. Pero era cierto.

Había visto al pánico correr más que cualquier hombre. Cuando una rehala se echaba encima, todo dientes y dentelladas, a los más valientes se les encogían los huevos hasta quedar como huesos de albaricoque. Algunos lloraban como bebés, otros chillaban. Pero ninguno, jamás, había tenido el cuajo de plantarle cara así a la muerte cuando venía en manada.

Aquel malnacido sí.

Cuando quedó acorralado no pidió clemencia, no le rogó que sujetase a los perros. No lloriqueó. Se plantó, con el mentón alto. Dispuesto a luchar. Con una lanza y una espada.

Su mejor perro era una bestia que le sacaba media cuarta en la cruz a todos los demás de la rehala, un macho con la pelambrera del color de la tierra húmeda. No tenía nombre, porque Ojarra no se molestaba en ponerle nombre a los bichos. Para él, el chucho era simplemente el *Jefe*.

Y el Jefe se quedó atrás, ladrando, calculando. Ojarra le había visto sorprender a un moro que habían capturado, y confiaba en él. Confiaba en él para matar, pero no para acercarse, y más de una vez había estado a punto de quedarse con su propia mano de recuerdo.

Otro de los lebreles, una hembra nerviosa, se echó a por él. Toda espuma y dentelladas.

A la hembra la paró con la espada, y quedó perdida en las tripas de la perra, que se la llevó a rastras para morir con ella en las entrañas. Al siguiente, un macho de solo dos años con el pelaje ceniciento, le metió la lanza en la boca abierta y lo dejó seco en el sitio.

El Jefe ladró y, bajo la sonrisa de Ojarra, los otros se contuvieron, esperando. Aquel bicho devolvía mordiscos, había que andarse con cuidado.

Pero, con cada paso atrás, estaba más cerca del barranco.

Ojarra sabía que ya era suyo. No tenía salida.

Por unos instantes cayó la calma. Todos reunían aliento. Y la mañana se cubrió con una brisa que despeinó los matojos y revolvió las flores de romero. La lluvia bailó al compás de la brisa, se meció a un lado y a otro. Incluso se oyeron los gemidos de la hembra.

—Vas a pagarlo —masculló entre dientes Ojarra.

Y desenfundó su propia espada.

El Jefe se lanzó a la carga. Y el fugado tuvo el tiempo justo de poner la lanza en medio.

Cuando Ojarra escuchó cómo el asta se partía, se le abrió la boca. No fue una sonrisa. Sus labios se encogieron como los belfos de sus perros. No sonreía. Enseñaba los dientes.

Estaba hecho. El Jefe no lo dejaría escapar.

VI

El olor le llenó las narices. El olor se lo contaba todo. Estaba el yeso, la tierra, el cuero. Y aquel otro dejo, tan suave, tan olvidado, que apenas se podía percibir ya, como de flores silvestres, ese que era una gota en el océano, el mismo que le colgaba del cuello.

Era él.

Lo reconoció.

Se había llevado el dolor. Le había dado su comida.

Lo reconoció.

VII

Iba a morir.

Podía elegir cómo. Pero iba a morir. Destrozado a dentelladas o despanzurrado al fondo del barranco.

La mañana seguía llorando. Y le había echado a los montes

un capote de agua. Y también sembró perlas que brillaban en las puntas de las hojas, en los filos de las ramas, sobre los musgos.

Tirado en el suelo, apoyado en los hombros, sin saber qué le dolía más, miró al fondo del barranco, y luego a los perros. Y al hombre tras los perros.

Ya solo le quedaba la daga que escondía en la falsa costura de su tabardo.

Intentó cogerla, pero la mordedura dolía demasiado. Lo intentó con la otra mano, pero el meñique protestó, y las astillas, y las espinas.

Al final logró desenfundar.

Ojarra soltó una carcajada, y el barranco se rio también. El eco la hizo grande y poderosa. La subió por encima del rumor del río.

—Estás muerto.

Y pareció una verdad grabada en piedra.

El Gallego se incorporó. Y cayó de bruces. Lo consiguió al segundo intento.

Era un fantasma envuelto en tierra, sangre y heridas, un espectro salido de los calabozos de Cornago.

Se puso en pie. En una mano la pequeña daga. En la otra, entre las astillas y las espinas, el colgante que pendía de su cuello.

—Muerto.

VIII

Quedaban cinco perros. Gruñían, danzaban sobre las manos, bajaban los hombros, retiraban los belfos y enseñaban los dientes.

Solo esperaban la orden.

Y el hombre al borde del precipicio agitó la mano.

—¡Vamos!

Ojarra no pudo disimular el asombro. Tenía cojones. No cabía duda.

—¡Vamos!

Era increíble. Después del potro, el agua, los perros. Y el

espectro aún tenía voz, aunque no fuera más que un hilo tejido de babas.

Aún se tenía en pie.

Y los prodigios continuaron.

Uno de los lebreles, uno ceniciento y delgado. Uno al que el Jefe solía dar tarascadas porque se pasaba de listo, porque escamoteaba la comida, porque cortaba los rastros, porque no siempre seguía a la jauría. El que menos hubiera esperado Ojarra, fue el primero en moverse.

Les ladró a los otros. Y Ojarra pensó que quería ocupar el sitio del Jefe. No hubiera esperado que aquel flacucho tuviera el valor. Pero lo hizo. Ladró y enseñó los dientes hasta que los otros cuatro dieron un paso atrás, gañendo.

Se convirtió en el líder de la manada. Y, como solía pasar, no fue cuestión de tamaño o fuerza, sino de confianza.

Otro de los perros dudó, se quiso echar adelante, y el flaco no cedió terreno. No fue él quien reculó con el rabo entre las piernas.

Y como líder de la manada, se dispuso a cobrar la presa.

No echó a correr.

Caminó despacio, hacia el hombre al borde del precipicio. Con la pelambrera del cuello tiesa, con la cabezota gacha, con los dientes asomando. Dispuesto a morder.

Se fue hacia el hombre. Y el hombre asentó los pies, dobló las rodillas y adelantó la daga.

En cuanto atacase, los demás le seguirían. Y si le saltaba encima los dos caerían barranco abajo. Y Ojarra se daba por satisfecho, había perdido a mejores perros.

—¡Mátalo!, ¡mátalo! ¡Al cuello!

El lebrel no obedeció.

IX

Le importaba una mierda si le creerían o no. No pensaba contarlo jamás. Nunca en su puñetera vida diría una palabra sobre lo que sucedió esa mañana junto al barranco al que algunos llamaban del Regajo, porque aquel río que ahora se despeñaba con prisa en el fondo, dándose bofetadas con las rocas y dejando salpicaduras por todos lados, quedaba escuchimizado con los calores del verano, hecho apenas un regato.

Nunca lo diría.

Pero si se arrepentía en su lecho de muerte y lo contaba, no le creerían.

Aquel cachorro, como todos los demás en Cornago, en cien castillos en la puta frontera, se había destetado con sangre de moro a la carrera. Había crecido mordiendo pescuezos.

Y desobedeció.

El perro caminó hacia el hombre. Y con cada paso perdió un pellizco de su mala baba. Cerró la boca. Se alisó el lomo erizado. Dejó de gruñir. A mitad del trecho parecía acudir a la llamada de su amo.

Caminó hacia el hombre, se puso a la par y se dio la vuelta.

Se quedó plantado junto al hombre. Y alzó la cabeza.

X

Lo vio ponerse a su lado, y alzar la cabeza.

No pudo evitarlo. Soltó el colgante, y pese a las espinas y las astillas, le pasó la mano por el cogote. Y el lebrel echó las orejas atrás y se apretó contra esa mano conocida. Contra el olor a yeso, y a tierra, y a melancolía.

—Mala decisión, amigo, muy mala.

Y hubo algo reconfortante en la hosca pelambrera del animal. En el gesto bruto con el que alzó la cabeza para sentir la mano.

Era el calor de la lealtad. De esa lealtad inquebrantable que es solo patrimonio de los perros.

Y no le importó el dolor de las astillas y las espinas.

—No te conviene quedarte conmigo —dijo cariñoso.

El perro tampoco obedeció, y volvió a alzar los hocicos para recibir otra caricia.

—Tengo la mala costumbre de perder a los amigos —confesó.

Y el lebrel sintió aquella melancolía. Aquel dolor viejo. Podía olerlo, roía el alma del hombre. Había amargura. Había algo oscuro.

Pero la lealtad no es hija del ayer. La lealtad es hija del hoy. Y la lealtad solo mira hacia el mañana.

El lebrel gimió y movió la cabeza hasta pegarla a la pierna del hombre.

—¿Estás seguro?

La mirada, parda, grande, sincera, le respondió. Pero el perro insistió con un ladrido corto y seco. No había una sola duda.

Y no le hizo falta decirlo de otro modo. Si había que hacerlo, moriría allí, junto a él.

Entonces hombre y animal miraron al frente, hacia los enemigos, y se prepararon para luchar.

La daga se adelantó.

Y los colmillos asomaron bajo los belfos.

XI

La ira le dio tal patada a Ojarra que ni siquiera gritó la orden al resto de los perros. Echó a correr levantando la espada, dispuesto a matar a aquel asesino él mismo.

Y los perros le siguieron.

Todos echaron a correr, contra el hombre, contra el barranco.

Dispuestos a matar.

Pero las sorpresas no habían acabado.

XII

Fueron dos más. Dos sorpresas más de las que Ojarra no hablaría en toda su vida. De hecho, intentaría borrarlas de su memoria y ahogarlas en tanto vino como fuera posible.

Con perro o sin él, aquel cabrón estaba acorralado.

Pero no se dio por enterado.

Aquel hijo de puta plantaba cara.

Y llegó la primera sorpresa.

Se dio la vuelta y le ofreció la espalda. Y la cabeza se inclinó para mirar al fondo del barranco.

Aquel malnacido saltó al vacío.

Y llegó la segunda sorpresa.

El maldito perro saltó también.

DIEZ, CIEN Y MIL

Año del Señor de 1088

I

Ni diez, ni cien, ni mil. Fueran los que fuesen. No tenían derecho a hacerlo, y Jimena les plantó cara con un valor que fue la comidilla de la corte durante años por venir.

—Si le pones una mano encima, te arrepentirás.

Había tragado hasta entonces, hasta que la gigantesca sombra se había echado encima de la pequeña María.

Era fácil ser valiente al enfrentarse a una madre con dos niñas; más fácil aún cuando te acompañaban más de un ciento de los mejores hombres de la guardia personal del rey.

Y era incluso tentador fanfarronear con hacerle una faena al mítico Ruy Díaz de Vivar, el único capitán cristiano que jamás había hincado la rodilla ante los moros.

Un hombre de más valía no hubiera flaqueado, eso Jimena lo sabía, pero también sabía que un hombre de más valía jamás hubiera aceptado semejante encargo.

Era grande y curtido. Con pinta de percherón al que había que cambiarle las herraduras. Y en lugar de coger a la niña se llevó la mano a la cara para soltar el cierre del babero y abrirlo. Y unos bigotones como de cerdas de verraco se le apelotonaron bajo la nariz.

—No está aquí tu esposo para que respalde tus órdenes —soltó.

Y se pasó la mano por aquel escobón que tenía bajo la nariz, mirando a los hombres que abarrotaban la tienda, que podrían contarle a los muchos más que esperaban fuera cómo había puesto en su lugar al coño que montaba el engreído del Campeador.

—Siempre me he bastado sola para deshacerme de las alimañas.

Y el bigotudo se rio. Y los demás rieron la gracia con él. Qué otra cosa podían hacer si una mujer los amenazaba.

Y la mano volvió a acercarse a la niña como una rapaz en picado.

—Si te atreves a ponerle la mano encima, más vale que tengas el estómago de matarme aquí mismo.

Y no solo habló con una autoridad que no admitía discusión. Sino que se acercó unos pasos. Si tenía miedo, no lo parecía.

—Porque si la tocas y me dejas con vida, antes o después lo pagarás.

Y no se volvió. No señaló a los demás, ni siquiera alzó la voz.

—Todos lo pagaréis.

La mano tembló apenas un ápice. Como una hoja en otoño.

—Quien acepta un trabajo así solo puede ser escoria. Y la escoria es barata.

No apartaba los ojos de él, ni siquiera pestañeaba. Y su voz era dulce como miel. Pero las heladas del más duro invierno tenían más calor.

—Y yo puedo pagar bien.

Fue a decir algo, y los bigotes se quedaron en un gesto extraño, porque ella chistó, mandándolo callar.

—Si le pones la mano encima, si cualquiera de vosotros le

pone la mano encima, jamás podréis volver a confiar en quien tengáis al lado. Una noche de vino en una taberna, una algara con los moros, una guardia. Antes o después, el que esté a vuestro lado se lo cobrará.

Dejó que la amenaza calase. Y los remató.

—Y pagaré más si me traen lo que os cuelga entre las piernas.

Dio otro paso hacia él, poniéndose dentro de la distancia que cubría la espada. Dándole la oportunidad de desenfundar si se atrevía.

—Y más aún si lo cortan antes de daros muerte.

Tuvo que acompañarlos, pero lo hizo según sus términos.

En un carro, con sus pertenencias, después de mandar un correo para Ruy.

Fue como un paso fúnebre. Cabezas gachas, rumores dichos con prisa, lamentos.

Vergüenza.

Ninguno de los hombres se atrevió a alzar la mirada, ninguno de los hombres quería toparse con los ojos de la señora. Todos sabían que habían fallado.

Y a lo lejos, en Requena, las gentes se apelotonaron, se apilaron en las murallas. Las comadres soltaron las lenguas. Y por todo el pueblo parecía oírse aquel bisbiseo de labios ajados susurrando a toda prisa.

—El Señor me libre a mí…

Decían unas.

—Ya sabes bien que yo…

Empezaban otras.

Y sus lenguas sonaban igual que sierpes reptando sobre hojas secas.

En Requena, todos se asomaron para verlo. Y las comadres cuchichearon, los listos hablaron, los tontos cantaron. Y los veteranos, los veteranos callaron.

En Requena, todo aquel que tenía ojos pudo ver cómo los hombres de Alfonso de Castilla se llevaban a Jimena y a sus niñas.

A la esposa y a las hijas de Ruy Díaz de Vivar, el Campeador.

II

Mucho después supieron que también aquello fue una mentira.

—Les ha entrado el miedo al saber que Su Alteza se había puesto en marcha hacia Aledo.

Eso había dicho García Ordóñez. Que hablaba escupiendo las palabras, que tenía que secarse los labios a menudo, que disimulaba mal el defecto en su boca. Eso había dicho, y había mentido, una vez más.

Más tarde descubrirían que, en realidad, los moros se habían peleado entre ellos. Los almorávides se habían hartado de la rivalidad entre las taifas, y el asedio de Aledo se había ido al traste sin que las mesnadas de Alfonso llegaran a acercarse.

El de Badajoz no se había presentado siquiera. Y entre las taifas que se presentaron para luchar contra los perros cristianos, cundía la desconfianza. A ninguno de sus reyes le gustaban los infieles, a quienes habían tenido que pagar parias. Pero tampoco tenían aprecio por los vecinos musulmanes.

Eran demasiados gatos para un solo ratón. Y todos querían congraciarse con el emir Yúsuf ibn Tašufín, señor de los almorávides y el auténtico cazador de ratones. El que había metido el miedo en los cristianos después de vapulearlos en Zalaqa.

Luego lo supieron. No fue la amenaza que representaban las mesnadas de Alfonso, fueron las riñas entre las propias taifas las que hicieron de Aledo un fiasco para los moros.

Pero García Ordóñez mentía más que hablaba.

—Porque el Boquituerto tiene la lengua bien metida en el culo de Alfonso —había explicado Nuño antes de soltar un escupitajo.

Y ninguno de ellos le quitó la razón.

El Boquituerto, García Ordóñez, conde de Nájera, mentía más que hablaba.

Y volvió a mentir cuando se atrevió a gritar, para que todos lo oyesen.

—Os dije que no acudiría.

Le hablaba al rey. Pero casi no podía oírse, el murmullo de las protestas se agitaba como una marejada. Y para continuar alzó la voz, gritó. Y los tendones del cuello se hincharon y las venas palpitaron.

—¡Alpuente! ¡Murviedro! ¡Albarracín! Y el propio Alqádir le ha ofrecido vasallaje. Su ambición no tiene fin —recriminó el Boquituerto—. Se ha hecho el señor del levante y ya no quiere rendiros cuentas.

Les hablaba a todos. Le hablaba al rey Alfonso. Pero su dedo apuntaba al Cid Campeador.

—¡Mentira! Exijo batirnos, ¡aquí y ahora!

Y Blasco, Nuño, Otto. También Gacel y Menelik. La marejada se hizo tormenta.

—¡Es falso!

Gritaban.

—¡Puerco mentiroso!

No en el otro bando. Y Alfonso echó un reojo sobre el hombro a sus mesnadas, en formación tras él. Ni uno solo de ellos se presentó voluntario para batirse por su rey. Ni uno solo protestó por la afrenta. Les llamaban mentirosos y a ninguno le picaba el honor.

Entre los hombres del Campeador, sin embargo, muchos secundaron a su capitán. Muchos corearon. La mayoría. Incluso el médico hebreo. Un rugido se alzó entre los hombres de Ruy.

—¡Miente!

Creció. Ganó fuerza. La tormenta se convirtió en galerna.

—¡Viva el Cid!

—¡Viva!

Y se enrabietó.

—¡Fariseo!

Algunos se atrevieron a más.

—¡Hijo de puta!

Otros, por desgracia, callaron. Porque García Ordóñez podía mentir más que hablar, pero era el perro faldero de Alfonso, y mentarle a la madre era meterse en camisa de once varas con el rey, con el hombre que sostenía las coronas de Castilla, de Galicia y de León.

Pero eso no fue lo peor. Ruy conocía la traición. Él mismo había traicionado antes. Era uno más de los gajes en el oficio de la guerra. Sabía que, de sus miles de hombres, no todos lo seguirían al fuego. Siempre había quien se buscaba mejor sombra.

Y tampoco las mentiras del Boquituerto fueron lo peor.

No. Porque el rey no las creía.

Ruy lo vio en sus ojos. Quiso un duelo, exigió lavar su honor ensartando con una lanza al Boquituerto. Y en cuanto lo gritó se dio cuenta. El Boquituerto era el correveidile de Alfonso, el Boquituerto no mentía porque se le hubiese ocurrido.

El Boquituerto mentía porque así se lo había ordenado Alfonso.

—¡Un duelo! —gritó Blasco por encima de los insultos.

Los hombres enloquecieron. Creían en su capitán.

—¡Viva el Cid!

—¡Viva!

—¡Que el Cid cabalgue!

Y Ruy alzó la mano.

El Boquituerto no pudo contenerse, se le abrió la boca con el asombro. El rey sí que logró disimular la sorpresa, se limitó a recolocarse en la silla, sin afectarse, como si todo aquello fuera un teatro aburrido.

Pese a los nervios a flor de piel, incluso a pesar de que algunos pedían sangre, bastó el brazo en alto de su capitán. Todos callaron.

El silencio se tendió sobre los hombres, de un lado y de otro. Los cubrió como una vieja manta de buena lana en una fría noche de invierno, pero no les dio calor.

Ruy miró a su rey. Ruy dio un paso al frente.

Y Ruy desenfundó.

El silencio se volvió de plomo. Pesaba sobre todos ellos. Incluso el día se oscureció.

Y por eso muchos no se dieron cuenta de que el Boquituerto se limpió las babas que se le escapaban por los labios deformes. Se limpió y dio un paso atrás, tímido, lleno de disimulo.

Ruy desenfundó.

Su espada era de un acero oscuro, del color de un tizón en las brasas. Era una espada forjada en las taifas, con las mañas traídas de Damasco, templada con aceite. Un arma que valía un reino.

En el cielo, azul y limpio, cristalino, cruzó una bandada de patos, que se llevó un susto al ver que los hombres ocupaban su lugar. Se marcharon chascando sus protestas, hacia el sur, hacia las montañas.

Ruy desenfundó, pero no llevó la hoja al frente, la acostó sobre la mano izquierda. La tendió.

Se la ofreció a su rey.

—¿Alteza?

III

No habían llegado a Felín.

Pero Ruy sospecharía hasta el día de su muerte que tampoco hubiera importado.

Aquel día, el más amargo de su vida hasta ese momento, luego vendrían días peores, Ruy llegó al convencimiento de que poco hubiera importado lo que hubiera hecho.

Y también llegó al convencimiento de que, por terrible que fuese admitirlo, aquello no se debía a la animadversión que el conde de Nájera pudiera tenerle.

Era cierto, años atrás, poco después de que Alfonso fuera coronado, el asunto del cobro de unos parias en las taifas se había enmierdado. Ruy había ido a Sevilla, García Ordóñez a

Granada, ambos a medio camino entre el recado de hacerse embajadores y el trabajo de pretenderse recaudadores. Y las riñas entre las taifas habían acabado por obligar a la pelea. En el lugar de Cabra, Ruy había vencido a los granadinos, mandados por el Boquituerto.

Lo había vencido y lo había dejado en ridículo. Y el conde jamás se lo perdonaría.

Pero el Boquituerto solo era el martillo, el que había decidido golpear el clavo había sido el rey, su rey.

Ahora lo comprendía. Encontrarse o no en Felín, llegar o no a tiempo, era la excusa.

Alfonso solo había buscado un pretexto. Y ya lo tenía.

Era una estatua, las manos no temblaban. La espada no temblaba.

—¿Alteza?

IV

Todos los hombres de confianza se dolieron. Todos lo lamentaron.

Ver a su capitán así.

Al final, los rastreadores se habían encontrado; al final hubo un modo. En las llanuras que rodeaban Felín, entre ríos, arroyos y parches de verde que crecían aquí y allí, junto a una laguna verdosa de la que se espantaron los patos, allí se reunieron las mesnadas de Castilla y las del Cid Campeador.

A todos les dolió. A Otto al que más.

Se le veía en el rostro. Parecía que lo estuvieran torturando en un potro. Las cuerdas tiraban de sus extremidades y la expresión se le descomponía según las articulaciones amenazaban con arruinarse.

—Por las crónicas de san Isidoro, solo ha hecho lo que se le ordenó —murmuró Blasco a su lado.

Nuño también lo oyó, pero no se molestó en contestar, solo escupió bajo el colmillo. Tenía los ojos, oscuros como nogal aceitado, clavados en las filas contrarias. Podía distinguir a los leoneses, peripuestos, bien apartados de los castellanos, a quienes se les veía el ansia de medrar. Y a los navarros del Boquituerto. Y todos le producían el mismo desprecio.

Al final sí dijo algo.

—¡Cagüen las rameras de Babilonia! ¡Y en el coño de la Magdalena! No hay honor en esto...

Gacel y Menelik intercambiaron algo rápido en su idioma, pareció que se habían atragantado. Ruy los entendió, Otto solo captó palabras sueltas.

—*Scheisse!* Es un niño caprichoso —acabó por decir el germano.

Y Blasco le dio la razón.

—Se ha puesto celoso. Ni Alvar Fáñez ni ningún otro de sus capitanes lo había conseguido. Y ahora que Ruy lo ha hecho...

No terminó.

—¡Apesta a pescado podrido! —rezongó Nuño.

Todo era una mentira. Y todos aparentaban creerla.

V

El rey Alfonso no recogió la espada de Ruy. No aceptó su vasallaje.

Levantó la mano para hacer un gesto a su espalda, sin mirar, y apareció un hebreo, con sus patillas rizadas, su kipá. Incluso con sus flecos colgando bajo la pelliza.

Un hebreo que desconcertó a todos por sus ojos azules y su pelo, tan rubio como paja. Enclenque y desgarbado, aquejado como tantos otros de la enfermedad que engrosaba el cuello, se acercó a la silla que hacía las veces de trono. Traía en sus manos dos rollos de papel. No eran pergaminos de buena piel de cordero, eran papeles como los de los moros, hechos de trapos. Y de uno de ellos colgaba una cinta con sello de plomo.

El rey los tomó y se los tendió a su faldero, que los recogió ansioso y se los acercó a Ruy.

Se aproximó como si el Cid estuviera en llamas, como si ardiese y fuera a quemarse con solo rozarlo.

La brisa removió la superficie de la laguna, y les llegó el olor verdoso de las plantas que crecían bajo la superficie, intenso, con un dejo a tierra y otro a hierba recién cortada.

A lo lejos seguían oyéndose las quejas de los patos.

Ruy no se movió. La espada seguía en sus manos. Y sus manos se mantenían firmes. Y en su rostro no había un asomo de sonrisa. Sus hombres no recordaban haber visto aquel semblante antes. Solo los más cercanos. Los que habían estado presentes cuando el parto de la pequeña María.

Finalmente, Blasco se acercó y recogió los documentos. El Boquituerto los dejó en su mano como si le dieran asco. Y el asturiano los tomó con aprensión.

Los leyó. Alzó la vista, incrédulo. Y tuvo que releerlos.

El judío se refugió tras su rey, y volvió al poco, con recado de escribir y lacre para sellar.

VI

Cavia, Cayuela, Mazuelo de Muñó. Grajera, incluyendo el despoblado en Villandiego, que no se había recuperado desde que los moros mataran allí a cuanto cristiano se toparon. El monasterio de San Cibrián de Buenamadre. Melgosa, Icedo, Fuencivil. Manciles, Samanleces, Espinosilla de San Bartolomé. La Nuez de Abajo, en el alfoz de Mansilla. La Nuez de Arriba, en el alfoz de la Piedra.

Esos y muchos más. Era una larga lista, larguísima. Bien detallada. Para que no cupiesen dudas.

Pero nada en la lista pesó como el último nombre: Vivar. Que no era más que un pueblín de Burgos. Uno al que en los últimos años le habían cambiado el nombre, al que todos conocían ahora como Vivar del Cid.

—¡Firma!

Aparte del labio maltrecho, algo tenía en el paladar y las

muelas el Boquituerto, porque al hablar parecía aplaudir las palabras con la lengua. Y todas sonaban a chapoteo. Como si tirase cantos rodados a la laguna, que estaba quieta y plácida, ofreciéndose a los patos que no se atrevían a bajar allí donde miles de hombres aguardaban.

—¡Firma!

Y como la insistencia del conde no hacía efecto, el hebreo, cuyos ojos eran tan claros como la lluvia sobre los charcos, sentenció:

—Así lo ordena el rey.

Ruy no dijo nada. Fueron Blasco y Otto los que protestaron. Pero cayó en saco roto.

Tras el rey, los hombres cuchicheaban. Especialmente los leoneses, murmuraban pegando labios a orejas. Parecían comadres comentando que, por fin, esa muchacha tan guapa, la hija del panadero, se había quedado preñada y no se conocía de quién.

Blasco fue el que intervino.

—No hay derecho, alteza, ninguna partida del fuero consiente...

Bajó los ojos y leyó del documento en sus manos:

—... «apropiar o derribar todas las casas o las torres o fortalezas, tomar todas las villas o castillos, talar o apropiar todos los árboles y bosques...».

Alfonso no se molestó en hablar. Lo hizo el hebreo, que interrumpió.

—Sí lo hace. Es el castigo para los traidores.

VII

Más tarde sabrían la verdad. Toda la verdad.

Las sospechas de Blasco habían dado en el blanco. Al rey Alfonso, quizá porque le llenaron el oído de injurias y desconfianzas, le entró el pánico ante los éxitos del Cid en el levante, y le paró los pies a las bravas.

El rey prefirió perder a su mejor capitán antes de que a Ruy se le ocurriese reclamarle la corona.

—Yo nunca...

Diría el propio Ruy días después, sin necesidad de terminar la frase.

Y en cuanto a los moros, se les había ido al traste el asedio de Aledo porque el de la taifa de Málaga se había peleado con su hermano, que era quien reinaba en Granada. Y por si aquello era poco, Almutámid de Sevilla, airado por un lío de faldas, acusó de traición al de Murcia. El emir almorávide acabó por apresar al último y toda la taifa se sublevó, ya no quisieron seguir formando parte de la coalición.

Harto de que sus hermanos en la fe no supieran comportarse, Tasufín se retiró a Lorca, desde donde viajó a Almería para embarcarse de vuelta a la Ciudad Roja, la que habían construido los almorávides como capital. Y a sus ejércitos los mandó por Granada para reembarcar en Algeciras.

Y si la noticia tenía de bueno que las rencillas internas robaban fuerza a los moros, tenía de malo que despertaba desconfianzas contra los almorávides. Era fácil imaginar que, antes o después, los almorávides se hartarían y barrerían a los andalusíes. Acababan de comprobar que jamás se opondrían como uno solo, y la victoria siempre acudía en auxilio de quien dividía a su enemigo.

Si llegaba ese caso, los cristianos tendrían un adversario duro de roer.

Pero aquello era el mañana. En el hoy, con su decisión, Alfonso dividió a los hombres de Ruy. Allí mismo, junto a la laguna, algunos empezaron a escabullirse.

Por muchas victorias que hubiera conseguido hasta entonces, había que tener cuajo para seguir a un hombre que lo había perdido todo. Un hombre al que acusaban de traidor.

—Hijos de puta —rezongó Nuño, que los vio con el rabillo del ojo.

Otto le puso la mano encima. Y Blasco, estupefacto, intentó responderle al escriba judío.

Pero solo fue capaz de hacer una pregunta.

—¿Traición?

El judío asintió. Y en las filas de Alfonso se levantó un vendaval.

—¡Traidor!

Y silbaban.

—¡Traidor!

Y abucheaban.

Entre los hombres de Ruy, los auténticos, muchas manos acudieron a los pomos de las espadas. Muchos bufaron como gatos salvajes. Más de uno dio un paso al frente.

—¡La puta! —exclamó Nuño con una cínica sonrisa.

Blasco se inclinó sobre Ruy.

—¿Qué hacemos?

Y su capitán se levantó, y dejó la espada al frente. Todos vieron la expresión, tallada en piedra.

—Allá vamos —gruñó Nuño desenfundando—, a capar hijos de puta.

Y todos lo hubieran entendido. Todos.

—¡Cagüen Dios y la Virgen! Ese mequetrefe va a pagar el haberse meado en las botas de Ruy —aseguró Nuño con expresión lobuna—, lo va a pagar caro.

Algunos empezaron a golpear las armas contra los cantos de los escudos. Otros a patear. En ambos bandos. En cualquier momento estallaría la batalla.

Miles de hombres rugían. Unos a favor del rey. Otros a favor del capitán. Y unos cuantos, los cobardes, los que no tenían honor, se escabullían para perderse entre los matojos y los árboles.

Fue entonces cuando Alfonso se levantó.

El rey era de carnes magras. Y su cara tenía ese aspecto suave, sin gastar, del que no ha trabajado al aire libre, del que no ha hecho guardias al relente, del que no ha luchado más que desde la retaguardia.

—¡Firma!

Otto pensó que el asturiano tenía razón. Allí de pie, apuntando con el dedo al documento, el grito sonó al de un niño encaprichado señalando un juguete que sus hermanos le han quitado.

—O no volverás a ver a tu familia...

VIII

El Boquituerto lo explicó, con una sonrisa sembrada de dientes torcidos. Con satisfacción.

—Jimena y tus hijas han sido apresadas. Y no volverán a ver la luz del sol hasta que cedas tus tierras y posesiones.

Blasco perdió los nervios. No habló. No gritó. Escupió las palabras como si disparase con ellas, como si las lanzase.

—Las mujeres no deben recibir deshonor o mal alguno.

El Boquituerto se rio, una risilla que sonó como una sierra en madera podrida. Y el hebreo se encogió de hombros.

—Las leyes se hacen a la voluntad del rey —dijo recolocándose la kipá, que tenía la manía de escurrirse en la coronilla.

Y Alfonso volvió a sentarse, con parsimonia. Paladeando el momento. Lleno de complacencia.

Se sentó como si acabase de comerse una vaca entera. Con una buena guarnición de nabos y castañas. Y algo de postre.

El rostro de Ruy le decía que había ganado.

NÓMADA, CAL Y CANTO

Año del Señor de 1102

I

El agua fría los vapuleó, los zarandeó. Y por más que tragaron los dos, no fueron capaces de acabar con ella.

Y la corriente los arrastró, haciendo carambolas con ellos entre las piedras.

Cuando lograban sacar la cabeza para respirar, un nuevo torbellino los revolcaba y los obligaba a esperar hasta la siguiente oportunidad.

Los dos recibieron una paliza.

Y los dos, el hombre y el animal, mantuvieron la calma.

II

Al lebrel le bastó sacudirse para sacarse el agua de encima, pero el Gallego, derrumbado en un arenero de la orilla, no se sentía con fuerza siquiera para levantarse.

Le dolía hasta el cielo del paladar.

El perro se le acercó moviendo el rabo. Contento.

Y el hombre levantó la mano para enterrarla en la pelambrera recia. El animal, con sus aires brutos, se apretó tan fuerte que el gesto ayudó a que su nuevo amigo se diera la vuelta.

Y cuando quedaron cara a cara, le hociqueó el rostro y le plantó sonoros lametones en las mejillas.

Recogió la cabeza en las manos, y pese a su situación sonrió.

—¿Cómo lo has hecho?, ¿has aprendido a respirar bajo el agua?

No le contestó.

—Mala compañía te has buscado...

El perro resopló su desacuerdo con algo que no fue siquiera un ladrido, pero que le dejó saber a las narices del Gallego algo importante.

—Habrá que tener cuidado con lo que comes —protestó abanicando con la mano abierta.

Y el perro le volvió a lamer el rostro.

—Está bien, está bien —dijo recomponiéndose.

Tuvo que aplacar las muecas que le llenaron el rostro al ponerse en pie y, mientras el perro dejaba claro que una mata de romero era de su propiedad, el yesero miró las paredes del cortado y se llevó la mano al cogote.

—No va a ser fácil.

Necesitaba salir de allí y ponerse en camino. Necesitaba curas, vendajes, comida, agua que estuviese en una calabaza y no en sus ropas.

E intentó pensar en ello, combatiendo las ganas de sentarse y descansar. Estaba agotado. Se sentía un junco a punto de dejarse vencer por el viento.

Pero llegaron los ladridos.

El perro abandonó otra mata, una zarza en la que ya se habían abierto las flores, y respondió mirando a lo alto del barranco.

Se acercaban.

—Creo que nos perseguirá hasta las puertas de los infiernos.

El perro se mostró de acuerdo con otro resoplido por debajo de los belfos y se acercó al trote.

—¡Vamos!

III

Le llevaban ventaja. No tenía provisiones, y necesitaba un médico, uno al que le gustase el silencio. Y le perseguían.

Además, ahora tenía que preocuparse de alimentar otra boca. Una grande y con tendencia a la gula.

Lo lógico hubiera sido seguir su camino a Compostela.

Y de continuar a Valencia, lo más seguro hubiera sido limitarse a pisar territorio cristiano allá donde se pudiese.

Esa noche, mientras acampaba sin fuego, arrebujado a los pies de una enorme haya, cubierto solo por hojas y ramas, se lo contó al perro.

Se habían acurrucado juntos para compartir el calor y el lebrel se mostró encantado de recibir tantas atenciones, y se dejó enterrar en la montonera de hojas sin una sola protesta.

—Los norteños cuentan la leyenda de un perro negro y maldito que sale de las aguas del mar cargado de cadenas…

El perro resopló con fuerza para dejar claro que aquello era un disparate.

—Cierto; además, te faltan las cadenas —dijo animoso.

Y, tras un silencio, reconoció lo que sí venía al caso.

—No tenemos muchas opciones.

Sus ropas aún estaban húmedas por el revolcón en el río. El frío le roía las maltrechas articulaciones, hinchadas y resentidas.

El calor del perro era lo único que evitaba una tiritona. Y, después de acariciarle el pescuezo, volvió a hablarle.

—Gracias.

Le lamió las manos y el rabo golpeó el suelo.

El animal había obedecido todas sus órdenes, no mostraba cansancio, y se contentaba con unos mimos. Ni siquiera habían comido. Apenas se conocían y en los ojos, profundos y castaños, se leía una lealtad a toda prueba.

—Gracias —repitió.

Y, por primera vez en mucho, mucho tiempo, algo prendió en el interior del hombre. Apretó las manos contra el cuello del animal, enterrando el rostro en la pelambrera del cuello, llenándose de su olor, a barro, a monte, a pelo mojado, a perro.

Y el animal sintió que estaba siendo útil. Olía la soledad, la melancolía, la profunda tristeza de su amigo.

Y ladró quedo, como si preguntase.

Por un momento se quedó así, como estaba, reuniendo fuerzas. Y contestó al fin.

—Iremos por Zaragoza y Albarracín.

IV

Del desierto de la Bardena salió días después un beduino, como los nómadas que acompañaban a los ejércitos que llegaban del norte de África.

No se cubría con el negro al que eran tan devotos los almorávides, que se consideraban una suerte de monjes guerreros. Ni llevaba las sedas orientales a las que acostumbraban aquellos que acababan por hacerse con un negocio próspero una vez se establecían en el Ándalus.

No, su aljuba y el *litham* con el que escondía su rostro eran de un profundo color índigo.

Salió de las arenas blancas con dos odres cruzados sobre la espalda y un zurrón abultado.

Gacel, el camellero, al que Alá tenga en su gloria, hubiera visto que ni la aljuba ni el *litham* tenían el color exacto. Y aquel tipo era tosco y ancho, carecía del paso elástico de los hombres de su pueblo, habituados a las largas caminatas sobre las arenas.

Aquel nómada evitó la ciudad de Zaragoza y buscó las montañas del sur, las que marcaban las fronteras de la taifa de

Albarracín, que se colgaba de aquellos montes como una niña empeñada en escalar hasta las rocas más altas.

No siguió las rutas comerciales. Ni las viejas calzadas de los romanos ni las que se habían hecho a base de cabalgadas. Más bien los senderos que iban de pueblo en pueblo, de casa en casa.

Cruzó los bosques de esa guisa y en aquellas tierras, donde en las chimeneas se ponían piedras que atrapasen las faldas de las brujas, alguno que lo vio de lejos pensó que un alma en pena vagaba por los caminos.

Pese a ser un nómada criado en el desierto, el hombre se manejaba bien en los montes. Sabía apartarse de las espinas de las aulagas. Recogía los brotes tiernos de los helechos para hervirlos varias veces en agua y quitarles el amargor. Usaba raspaduras de corteza de abedul para prender los fuegos que, cada noche, hacía en los huecos que cavaba, para que ni los humos ni las llamas lo delatasen. Recogía a su paso castañuelas y se dio el lujo de cenarse una noche unas colmenillas que había encontrado despuntando entre el musgo.

No podía dudarse de que llevaba tiempo a este lado de la roca de Tariq, y que había tenido un buen maestro.

Por las noches, después de cenar, racionando las magras provisiones del zurrón, afilaba y aceitaba su única arma, una pequeña daga de forma extraña.

Desde luego, no tenía mucho, pero sabía conformarse con poco. Y lo agradecía tumbándose cinco veces al día para rezar como debía; incluso, cuando podía, se lavaba los pies, las manos y la cara antes de hacerlo, si es que se topaba con un regato o una poza.

Era un tipo extraño, pero más extraño fue el desvío que tomó en su ruta.

Había ido cortando siempre el rumbo a levante, echándose al sur para marcar una derrota que lo llevaba, sin lugar a dudas, a Valencia.

Sin embargo, una tarde, después de ajustarse el *litham* y las ropas holgadas, viró.

Se había tomado un descanso para disfrutar del tesoro recién robado. En la horquilla entre las ramas de un alcornoque al que el rayo había hecho una faena, había un hueco que las afanosas abejas habían aprovechado. No era una gran colmena, probablemente añera, pero crecía con fuerza acompañándose de la primavera.

Y el nómada prendió con pedernal coscojos secos que envolvió con otros verdes, y arriesgó el humo para robar un pedazo de panal.

Cuando ganó distancia se lo comió a la sombra de unos alisos que hacían de centinelas de un arroyo. Y después de rechuparse los dedos por debajo del *litham*, que no se quitaba, en lugar de seguir hacia Valencia cortó el rumbo para dirigirse al norte de la taifa de Murcia.

Era un tipo curioso aquel nómada, y no solo porque conocía costumbres y lugares que debían ser ajenos a quien había nacido en la *tierra que solo sirve para ser cruzada*, sino también porque iba acompañado.

Y no era un camello, o incluso una gacela. Ni siquiera, Alá no lo permitiera, un chacal.

Aquel nómada marcaba el camino, y un lebrel lo seguía.

V

Al norte, el trabajo lo hacía el río. Bastaba controlar los puentes y echarle un ojo a las barcas, que siempre había algún valiente.

Al oeste, más allá del alfoz, donde unos años antes ya lo habían hecho las fuerzas del conde de Barcelona, estaban acampadas las huestes de Castilla, encarando la que llamaban Puerta de la Culebra, con las huertas y los corrales de los valencianos entre las mesnadas y las murallas.

Y al sur, por donde se levantaban los arrabales de Boatella primero y de la Rayosa después, había destacadas patrullas que se encargaban de hacer que las órdenes se cumpliesen.

Y el conde de Nájera, recalcando que las órdenes habían

sido dadas por el mismo rey Alfonso, había amenazado con cien latigazos a quienquiera que tuviera el poco seso de desobedecerlas.

Estos eran siete, todos a caballo, castaños que bien podían haber sido hermanos, y todos bien armados, con las lanzas en los estribos y las cotas de malla tintineando.

Y ya fuera por la amenaza de los latigazos o porque eran tipos a los que les gustaba hacer bien su trabajo. El que los mandaba, que respondía al nombre de Verrondo, hincó los talones.

—¡Vamos! —ordenó.

Verrondo era un jaque de cuchillo fácil al que el nombre le quedaba grande. Sonaba rotundo, pero su dueño tenía que saltar para poder echar el pie al estribo. A sus espaldas, nunca de frente, porque su mal carácter era legendario, todo el mundo le llamaba el *Tres Palmos*, porque poco más era lo que levantaba del suelo.

Los otros lo siguieron de inmediato. Y sabían que no les merecía la pena abrir la boca, porque el Tres Palmos era capaz de añadir otros doscientos a los cien prometidos.

—¡Alto!

Gritó como si ordenase a una carga de caballería que se detuviese en el acto y rindiese las lanzas. Y alzó la mano, que no pasó de la oreja del caballo que montaba, que era castaño como los demás, pero con un palmo menos a la cruz.

Y el hombre se paró.

Y, tras él, después de dejar una última meada en una mata de tomillo que crecía al borde del camino a Murcia, se detuvo también el perro.

VI

—Me importa un carajo —espetó Verrondo.

Lo miraba con suficiencia. Empachado y feliz con el poder que le daban las armas y los seis a su espalda.

—¿Estás sordo? ¡Cerrada a cal y canto!

—Mi señor —suplicó el beduino—, he de dar recado urgente a Kitab Aliktifa...

Se miraron por unos segundos.

—Es un importante mercader de telas —dijo con aquel acento de los suyos, que siempre parecen a punto de ponerse a entonar unos versos—, tiene tratos con pisanos y genoveses... Es uno de los hombres más ricos de la ciudad.

El Tres Palmos echó un reojo apoyando la barba en el hombro. Por calibrar qué caras ponían sus hombres.

Y a lo mejor hubiera aceptado, de no ser porque uno de ellos, uno de Ourense que tenía fama de bruto, asintió. Aquello le dejó claro al Tres Palmos lo que debía hacer.

—Seguro que sí —sacó la lanza del estribo—, el mismo Cid le daría dispensa y lo libró de impuestos —la puso al costado—, es el que le vende las bragas a doña Jimena —apuntó al pecho del hombre—, seguro que sí...

El nómada inclinó el rostro en gesto de humildad, pero su perro no opinó lo mismo.

El lebrel no movió otra cosa que los belfos, que se deslizaron sobre los colmillos. Y dejó que un gruñido sordo le llenase el pecho.

Con la estatura del Tres Palmos, el perrazo debía parecerle un oso, un oso grande, y la lanza bailó, sin saber a quién amenazar, si al hombre o al animal.

Y el titubeo lo enfureció. Sus hombres podían haberlo visto.

—¡No entra ni sale nadie! ¡Valencia está cerrada!

El nómada alzó una mano pidiendo permiso.

—Ni aunque fueras el mismísimo obispo Jerónimo, ¿acaso estás sordo?

E hincó los talones para que el caballo se moviese. Y sacó el pie del estribo y lanzó una patada que tenía como destino los dientes del nómada.

El perro ladró y el tipo esquivó la patada.

Se escabulleron hacia unas huertas donde crecía una selva

de judías. Las plantas trepaban por tutores hechos con cañas y superaban la altura de un hombre.

—¡Te despellejaré!

Se volvió a sus hombres.

—¿Quién se ha creído que es? Una mierda me importan a mí sus recados y sus mercaderes. A ese cantamañanas lo capo a la altura de la barba si vuelve a aparecer.

VII

Las hojas de las judías se pegaban a la aljuba y a la pelambrera del lebrel. A los pocos pasos parecían dos matas más. Tenían un aspecto ridículo. Al perro incluso le colgaba una vaina del lomo, como un trazo verde sobre el pelaje gris.

Vieron a la patrulla marcharse por entre los huecos de aquella selva.

El que la mandaba seguía haciendo aspavientos, pintándose duro ante sus hombres.

Siguieron avanzando hasta que la huerta se convirtió en una plantación de nabos, que ya habían perdido las flores amarillas, y continuaron hasta que el matorral los recibió entre crujidos.

Allí buscaron donde esconderse, y se detuvieron en una montonera de piedras, arrancadas a los campos para que no estropeasen el arado. Junto a ellas crecía un algarrobo de ramas desordenadas, y el hombre se sentó apoyando la espalda contra el tronco.

—Cerrada —reflexionó—. ¿Y ahora qué hacemos?

El lebrel, por toda respuesta, hociqueó el zurrón.

El *litham* no dejaba ver sus labios, pero los ojos del hombre sonrieron.

VIII

El Gallego se deshizo de las ropas morunas.

Las enterró junto al algarrobo en un hueco que cavó con sus propias manos y, después de desperdiciar un poco de agua para lavarse, se volvió a sentar y abrió el zurrón.

—Tienes suerte de que a Zacarías le gusten los bichos.

El perro inclinó la cabeza, como si no comprendiese.

Y sacó lo único que les quedaba para comer, dos tiras de cecina de chivo, tan dura que convenía remojarla, y unas mondas de queso.

—El viejo nos dio de sobra para los dos, pero tú no sabes medirte.

Y la cabezota se puso derecha, con los ojos muy abiertos y las narices palpitando. En tanto las manos se movían no apartó la vista de la magra comida.

Compartieron lo que había.

—¿Qué vamos a hacer?

El yesero seguía masticando su trozo, el perro ya se lo había tragado, pero continuaba mirándolo como un mendigo a la puerta de una iglesia.

—No hay más —explicó—. No podíamos haber aceptado más —se corrigió.

Pero el lebrel no parecía tener el mínimo interés en su futuro o su pasado. Solo en el zurrón, que olisqueó como dudando de lo que acababa de escuchar.

—¿Cómo vamos a entrar?

Rumiaba la dura carne y pensaba.

—No ayudas mucho tú…

El lebrel, convencido de que en el zurrón no quedaba más que el olor, se dejó caer y empezó a lamerse. Y la mano del Gallego se posó en la cabezota.

—Cerrada —repitió pensativo.

IX

Sin dejarse ver, desde los oteros, a lo lejos, con disimulo. Durante todo el día siguiente, el Gallego rodeó la ciudad buscando por dónde colarse.

No había manera.

Lo vio una y otra vez.

En las puertas de las murallas aparecían desesperados que llevaban su vida en un carro, o en unas alforjas, y los hombres de Alfonso los devolvían a la ciudad, a veces incluso aprovechándose para robarles parte de las pertenencias.

No se podía abandonar Valencia.

No se habían montado ingenios. Y por el momento la violencia había sido contenida. Pero Valencia estaba sitiada.

Lo vio una y otra vez.

Nadie salía. Y nadie entraba.

Al lugar que llamaban Cuarte llegó un aparatoso carretón tirado por dos mulas. Traían sogas y cuerdas de cáñamo para vender en el mercado. Pero para el próximo domingo no habría mercado en la plaza.

Tuvieron que volverse cabizbajos.

—¿Cómo vamos a ayudarla?

El perro no contestó, pero percibió el malestar de su amigo y se restregó contra la pierna.

Y la mano que lo acarició lo hizo distraída.

X

Valencia estaba cerrada. Y si le habían quedado dudas se resolvieron esa misma tarde.

En el arrabal de Alcodia encontró una tabernucha que se estaba haciendo de oro con las soldadas de los castellanos, y eso a pesar de que el vino era casi vinagre y que el dueño, un cojo malcarado pegado a un trapo sucio, era vinagre del todo, del más ácido.

Pagó con una de las monedas que Zacarías le había dado en el Roncal y consiguió dos cuartillos de aquel bebedizo infecto y un relato que en lugar de ácido le supo amargo.

—Llegaron hace tres días —contó el tabernero.

El tipo chascaba los dientes de continuo, porque tenía la manía de comer chufas y las pieles se le pegaban al pobre dentado que gastaba.

—La señora mandó correos ese mismo día.

No siempre era fácil entenderle, porque susurraba para que no le oyeran los otros parroquianos, y porque continuamente se echaba más chufas al gaznate y mezclaba las palabras con los mordiscos. Aun así, se detectaba la admiración con la que hablaba.

—Seis, todos a la vez —dijo con media carcajada que salió con perdigones—, ¡a la vez! A caballo por la Culebra, por la de Murviedro, por la de Bebelvirach, la de Bebazahar, la del Mar y la Xerea. ¡La señora sabe lo que hace!

Y se calló porque entraron dos castellanos pidiendo vino. Pero cuando les hubo servido regresó, contento de poder contar el chismorreo.

—¡Los cazaron como a conejos! A los seis, y se los llevaron presos.

Miró entonces a todos lados, y bajó aún más la voz después de echarse otro puñado de chufas a la boca.

—Dicen que aún están vivos, pero que Alfonso ha jurado que los colgará, a cada uno delante de la puerta por la que salió.

XI

Esa noche regresaron junto al algarrobo.

Arrancó unas cuantas vainas, que no estaban maduras, pero se las comió igualmente, escupiendo las duras semillas. El perro las olisqueó, pero no quedó convencido y prefirió quedarse con hambre.

—¿Cómo vamos a hacerlo?

DESERTORES, VASALLO Y REY

Año del Señor de 1088

I

La mayoría no tuvo el valor de dar la cara.

Comidos por la vergüenza se escabullían por la noche, antes de que el campamento despertase. Se iban y se llevaban lo que podían. Casi nunca a solas, porque a los cobardes les gusta decirse los unos a los otros que no lo son, que no había otro remedio.

Se marchaban igual que zorras después de saquear el gallinero.

Y se llevaban las historias. Las que les convenían.

Durante años, por toda la frontera, muchos dirían que habían estado allí cuando el conde de Barcelona hincó la rodilla, o cuando aún vivía Sancho y se cercó Zamora, o en aquel duelo cuando el muchacho puso la primera piedra de su propia leyenda, la que lo convertiría en el Campeador.

Lo contarían una y otra vez, aunque jamás confesarían que lo habían abandonado.

Y sin embargo lo abandonaron, escurriéndose igual que ratas escapando de un incendio.

Se habían montado las tiendas en el corazón del nido de serpientes, entre la taifa de Murcia y la de Valencia, en donde las tierras cambiaban de mano y los bosques se regaban con sangre.

Bastaban dos pasos para encontrarse una tumba. Excavada con prisa, cubierta con pedruscos. Algunas con una burda cruz hecha con dos ramas, otras mirando a La Meca. No importaba a quién se rezase sino la calidad del acero y de la mano que lo manejaba. O la suerte. La maldita suerte, la que gastaba las noches con la muerte, jugando a los dados y bebiendo hasta emborracharse.

Era la frontera. Un rincón de la frontera. Donde podían dar la espalda a los dos bandos. Y donde ambos bandos podían apuñalarles los riñones.

Pero no había quedado otra.

Se habían escondido en los montes. Como conejos.

Hacia el sur tenían Elx, que estaba cubierta de canales y pantanos, y que aprovechaba la llanada que llegaba al mar para pastorear miles de palmeras.

Y el viento cardaba sus copas despeinadas. Esparcía el aroma dulzón de los dátiles, que llegaba incluso allí, a la sierra, donde las tiendas se habían chantado entre las carrascas y los pinos, en una tierra seca y dura. Entre cortados por los que brincaban los rebecos.

No habían tenido otro remedio.

Y cuando Blasco hizo el recuento de la mañana quedó desolado.

Ruy estaba subido a un repecho de piedras. No sonreía. Las arrugas alrededor de sus ojos se habían pronunciado.

Con los puños apretados. La mirada perdida en el horizonte. Entre los dientes daba vueltas a un trozo de regaliz. Lo pasaba de un lado a otro y mordía con fuerza cuando llegaba a las comisuras.

Blasco se acercó en silencio.

Y Ruy tardó en reaccionar.

No dejó de mirar hacia el palmeral. Las grandes hojas se

mecían como algas flotando en el mar. Y la distancia empequeñecía a los hombres que trepaban para recoger los dulces racimos. Asombraba cómo, con espolones en los pies, un trozo de cuerda en las manos y un valor insano en el pecho, trepaban hasta las copas para robar los frutos.

Se decía que se vendían de costa a costa. Que incluso los compraban en El Cairo.

Solo levantó la mano.

Y fue suficiente. Solo había una pregunta que hacer. Y solo un par de respuestas. Y Blasco sabía que su capitán no se merecía una mentira.

—Calculo que entre cinco y seis cientos, no más.

El regaliz brincó. Blasco no le veía otra cosa que la espalda. Pero advirtió el punzante olor de la raíz. Y a Blasco se le partió el alma. El pulgar le bailaba encima a los otros dedos, intentaba anudarse sin conseguirlo.

Al salir de Burgos, tantos años atrás, sin más que lo puesto, su amigo había sido quien de bromear. Ruy había mirado a los ojos a la incertidumbre. Y a la desesperación. Y se había reído en sus caras.

—El hambre agudiza el ingenio —le había dicho entonces sonriendo.

Tan largo el camino, tan duro, para acabar así, escondidos en los montes, como bandidos que corrían la frontera.

—Menos bocas que alimentar.

Y lo dijo intentando bromear. El asturiano lo dijo como si quisiera quitarle hierro al asunto. Lo dijo porque algo así era lo que le hubiera gustado escuchar a él mismo. Porque algo así era lo que Ruy hubiera debido decir, como aquel día al salir de Burgos. Pero Ruy guardó silencio.

Blasco dio un paso tentativo, acercándose hasta ponerse a la par. Y al ver de reojo el rostro de Ruy sintió una punzada en el corazón. El pulgar, bajo cuya uña se distinguía el polvo amarillento de aquellas tierras, seguía danzando entre los otros dedos, como si quisiera hacerlos chasquear y no supiera.

—Donde y como sea —logró decir desatando el nudo que

tenía en la garganta—, hasta las puertas del mismo infierno, basta con que lo ordenes.

Ruy se giró y le puso la mano en el hombro. Incluso sonrió, pero fue una sonrisa preñada de melancolía, el trazo a desgana de un pintor ansioso por terminar el retrato.

Se sacó el regaliz de la boca y habló por fin.

—¿Y el inventario?

Blasco prefirió mirar al palmeral.

—Lo que llevamos encima.

Volvió a meterse el regaliz en la boca y lo mordió tan fuerte que Blasco temió que se partiera los dientes.

—Desterrado —recitó con voz rasposa—, traidor, abandonado por sus hombres y arruinado. Van a ser unas Navidades entrañables...

—¿Ruy?

La mano lo mandó parar. Y el cansancio en el rostro le susurró que no merecía la pena. Pero Blasco no podía callarse.

—Hasta las puertas del infierno y hasta las cocinas, basta con que lo ordenes.

Pero no sirvió de mucho.

Ruy echó a andar hacia las tiendas y lo dejó en el risco, con el palmeral de Elx agitándose en el horizonte.

Allí abajo, a lo lejos, los hombres trepaban a lo más alto de las palmeras y se jugaban el pescuezo por arrancar unos dátiles.

Y Blasco los envidió.

II

Nunca habló de ello.

Como si jamás hubiera sucedido.

El rostro de Jimena no acusaba el mal trago. Ella se había mantenido entera. De Ruy solo quedaban pedazos, pedazos que no se desperdigaban porque iban metidos en su vieja cota de malla de acero andalusí. No la que le había regalado su padre cuando, tantos años atrás, salió de Vivar para unirse a las mesnadas de Sancho de Castilla. No, aquella se le había quedado pequeña.

—Las niñas juegan. Diego está con Galín, Moisés se los ha llevado en busca de plantas para sus remedios.

Ruy la miró, como la miraba siempre, como si ella fuera el único puente sobre un río turbulento.

—Acabo de hablar con Blasco.

Antes de entrar en la tienda había tirado el regaliz, que ya no era otra cosa que unas cuantas hebras, y ahora, antes de sentarse, cogió otro trozo.

Cuando regresó, acompañada por una escolta real, trasladada como una princesa camino a convertirse en reina, había descubierto el viejo vaso de estaño. El que también salió de Vivar, junto a la cota que se había quedado pequeña. Desde su vuelta, hacía ya tres semanas, en la tienda de su esposo nunca faltaba sobre el cofre aquel abollado y viejo trasto. El médico hebreo se ocupaba de rellenarlo con los retorcidos y oscuros trozos de madera.

Ruy trasteó con ellos. Tintinearon contra las paredes del vaso. Y eligió uno. Cuando lo hizo, los hombros se relajaron, y pareció que iba a sentarse. Pero no llegó a hacerlo. Se quedó mirando aquel tapiz que el rey le había regalado. El tapiz con el que un hermano había celebrado la muerte de otro hermano. Y Jimena pensó que aquel rey Alfonso había demostrado muy pronto la pasta de la que estaba hecho.

Lo pensó, pero no dijo nada. Hubiera sido echar sal sobre la herida.

Ruy tampoco abrió la boca. Pero hizo algo.

No lo hizo con rabia. Ni con despecho.

Desenfundó el puñal, con calma. Ese que siempre escondía. Ese que solo él podía sacar de entre los arillos de la cota, el que quedaba oculto en la costura del gambesón.

Y rajó la tela por tres sitios. Los hilos se rindieron con un sonido como el de chicharras cantando al sol del verano.

Enfundó.

Y no lo arrancó. No tiró con fuerza. No intentó romper las

vueltas de tela cosidas. Lo descolgó como si fuera a guardarlo para ponerse de nuevo en marcha. Se molestó en alzar la barra de la que pendía.

Se acercó a la salida y lo tiró.

Quedó allí, frente a la tienda, en el polvo. Junto a los cagajones que había dejado un caballo al paso. El regalo de un rey junto a mierda humeante.

—Podemos volver a Zaragoza —sugirió Jimena cuando él entró de nuevo, metiéndose el trozo de regaliz en la boca.

Y como Ruy tampoco habló, ella insistió.

—Almuqtádir ya no está. Pero su hijo sabe lo que le conviene. Pagará bien, teme que los almorávides le roben el trono. En cualquier taifa pagarán bien.

—¿Por qué?

Jimena se acercó y se sentó en sus rodillas, como una niña. Primero jugueteó con la medalla que su esposo llevaba prendida junto al hombro, un regalo que ella le había hecho con la imagen de la Virgen de Covadonga. Luego, le pasó la mano por los cabellos revueltos. Algo que hacía a menudo. Cuando Ruy se sacaba la cofia el pelo brotaba apelmazado, por el sudor, por el peso de la capucha y el casco. Parecía que llevase puesto un bonete. Y a ella le gustaba peinarlo. Y le gustaba refugiarse en el gesto.

Enredó los dedos en sus cabellos. Pensó en mil frases y en cien respuestas.

Se decantó por ser sincera.

—No lo sé —reconoció con un mohín.

—¡Hice lo que se me ordenó!

Y ella quiso alejar a los fantasmas. Pero los fantasmas del pasado se vuelven avariciosos, una vez instalados en un cuarto quieren hacerse con la casa, y después con todo el pueblo.

—Vivimos bien en Zaragoza —dijo eludiendo las cuitas de su esposo—. Almuqtádir fue generoso, y también Almustaín.

Y era cierto, habían sido buenos tiempos. Pero Ruy no se dio por aludido.

—Queda Aragón, y los condados —añadió Jimena—. Muchos querrán contar con el Campeador.

Él la miró. Y en sus ojos había una agonía que martirizó el alma de Jimena. Una agonía que la estrujó, como un trapo en las manos de la lavandera.

—¿Qué pensaría mi padre?

Ella lo abrazó. Le besó las mejillas. La frente. Lo abrazó aún más fuerte.

—Yo soy soldado... Mi padre me enseñó a ser un soldado. Pero no quieren a un soldado, quieren una avispa más para su avispero.

Y volvió a besarlo. Y le dolió. Algo frío y oscuro se le clavó en el pecho cuando sus labios se encontraron.

Jimena necesitó de todo su corazón.

Lo amaba.

Y sus labios recogieron las lágrimas.

Como si nunca hubieran estado allí. Como el cautiverio. Como el trago que ella y las niñas habían pasado. Era mejor pensar que no había sucedido. Nunca.

Nunca hablarían de ello. Lo enterrarían en un hoyo profundo.

Lo besó. Pero el amor no siempre puede vencer al odio.

—¿Cómo se atrevió? ¡Las niñas!

Y sus manos no pudieron abarcarlo. Y sus besos no podían saciarlo.

El regaliz se partió con un crujido. Los nudillos, blancos, parecían hierro en la forja. Los dedos apretaban tan fuerte que los brazos de la silla podían partirse, como el regaliz. Los músculos eran piedras bajo el gambesón, podía sentirlos. Estaban llenos de rabia.

Jimena lo intentaba. Pero no servía de nada.

—Lo siento...

Nada tenía que perdonarle. Y Jimena intentó que su esposo lo comprendiese. Le tomó el rostro en las manos, lo obligó a que la mirase.

—No tienes la culpa —susurró entre besos—. No tienes la culpa —repitió ansiosa, queriendo que las palabras fueran sentencia—, no has hecho nada malo. Nada —insistió entre besos.

Se lo hubiera repetido una y mil veces, hasta el fin de los tiempos, se lo hubiera dicho cada mañana, y cada noche.

Hubiera pagado cualquier precio.

Y no hubiera servido de nada.

Alfonso era el culpable, el rey y su camarilla de aduladores, entre los que estaba su propia hermana, con la que decían que se acostaba, porque el pecado del incesto no tiene importancia cuando se lleva corona.

Alfonso era el culpable.

Jimena no tenía nada que perdonar.

Y Ruy no podía perdonarse a sí mismo.

III

—¿Qué cojones vamos a hacer?

Nuño, que tenía el tacto de una zarza, fue el único que se atrevió a preguntar. Y le costó no rematar con uno de sus escupitajos. Se contuvo porque estaban en la tienda de Ruy.

Estaban todos los que importaban.

Estaba Gacel, el camellero, y Otto, que tironeaba de la barba. Estaba Blasco, que era quien podía encargarse de escribir un correo o de informar sobre las provisiones. Estaba el médico hebreo, con su aprendiz. Moisés veía cada día peor, decía que los humores habían descendido en sus ojos, que sufría de cataratas, pero que no era capaz de operarse a sí mismo. Solo en Córdoba o en Sevilla podría encontrar otro médico dispuesto a agujerearle los ojos, pero se negaba a dejar su lugar junto a Ruy. Y Galín lo acompañaba como un lazarillo. Y si Galín no podía, lo hacía Diego, que le había tomado un enorme aprecio.

Y Diego también estaba allí.

Estaban todos. Y todos estaban pendientes de su capitán. Que era el único que podía responder a aquella pregunta.

Pero antes de que lo hiciera, Blasco se levantó con un legajo en la mano.

El asturiano se veía exultante, una sonrisa le cruzaba el rostro, sus ojos resplandecían. Ninguno de ellos lo había visto así, pero en realidad tenía casi el mismo aspecto que el niño que se colaba en los lagares y probaba los barriles donde fermentaba la sidra.

—Permíteme...

Ruy asintió.

—Es de Almutámid —dijo levantando el legajo—. Quiere protección para sus hijos y nueras. Para sus esposas.

Antes de que Ruy hablase, lo hizo Nuño.

—¡Cobarde de mierda! Se ha cagado en los calzones. Le da miedo que los perros a los que quitó la correa se den la vuelta y le muerdan.

Otto asintió.

—Él fue uno de los que pidió auxilio a los almorávides cuando cayó Toledo.

Blasco se apresuró a intervenir antes de que la conversación se escapase por derroteros que no venían al caso.

—Ofrece veinticinco mil dinares a cambio.

Lo dejó en el aire, y les dio tiempo a todos para que alzasen las cejas.

—Y el compromiso de que no tendríamos que pelear contra cristianos, solo actuar si los almorávides amenazan Sevilla.

—Teme que le quiten el trono de debajo de su gordo culo —simplificó Nuño con una sonrisa de zorro junto al gallinero.

—¡No! Es solo un regalo para celebrar la Natividad de Nuestro Señor Jesucristo.

Ruy aún no había dicho nada, pero no hizo falta.

Fue como las últimas gotas de una tormenta de verano. En un abrir y cerrar de ojos el aire se limpió, adelgazó. Y todo cobró nuevos colores al quedar iluminado por los rayos del sol.

Galín notó la mano de su maestro apretar la suya con delicadeza.

Todos sentían un cosquilleo que paseaba por sus nucas.

Y el que más, Diego.

Diego miró a su amigo, al aprendiz del hebreo. Y Galín asintió para infundirle ánimos. Entre ambos habían trazado un plan, tenían una idea de cómo llevarlo a cabo, y esperaban tiempos más halagüeños. No podían hablar con Ruy antes de que se resolviese aquella terrible situación.

Sus planes no cabían en un cesto hecho de destierros, traiciones y ruinas.

Pero ahora había esperanza.

Hasta que Ruy se levantó y la pisoteó. La convirtió en añicos con dos brutales pisotones. Incluso les pareció oír cómo se rompía, como una fuente de barro salida del taller de un alfarero iluso.

—No aceptaremos.

IV

Tenían que acudir a la tienda de su padre. Un concilio había sido convocado y Diego debía asistir como su hijo, mientras que Galín lo haría para ayudar a Moisés.

Pero antes había un asunto que atender.

Fadrique era hijo del herrero que había reforzado el puente sobre el Sil, el que servía para que los peregrinos no se dejasen el pellejo en el intento, el mismo que había mandado construir el obispo Osmundo de Astorga. Y su familia se había instalado en el pueblín nacido junto al puente, al que los documentos se referían como Puebla de San Pedro pero los lugareños llamaban Ponte Ferrato.

Y le contaba esa historia a todo aquel que quisiera escucharla, y al que no quisiera también, porque de los que quedaban en el campamento no había quien no la hubiera escuchado al menos dos veces, si no tres.

Y siempre acababa esa historia con las mismas frases.

—¿Y sabes quién le dio crédito a mi padre para cumplir el encargo del obispo? Porque mi padre es el mejor herrero al norte del Tajo, pero tiene la mala costumbre de enmierdarse si hay dados de por medio —explicaba guiñando un ojo azul tan claro como niebla sobre el mar.

Y cuando el interrogado negaba. Porque todos negaban, aunque supieran la respuesta. Porque Fadrique jamás escaqueaba un favor y siempre tenía ánimos de compartir el rancho, o sustituir al cansado en una guardia. Cuando negaban, Fadrique hinchaba el pecho y respondía:

—Ruy Díaz de Vivar, con los primeros dineros que cobró después de que coronasen a Alfonso en Burgos.

Por eso se había quedado con el Cid cuando tantos se habían marchado. Y a su lado pensaba seguir.

—Porque mi madre no parió a un desagradecido —remataba siempre tras asegurar que no había mejor capitán que Ruy.

Y lo malo era que, cuando contaba su historia, a Fadrique le podía la emoción, le brillaban los ojos como a un cura ante un milagro.

Y la emoción le había podido mientras martillaban los vientos de las tiendas en aquella sierra que miraba hacia la llanada de Elx, hacía ya un par de semanas. Y la emoción le costó un despiste, y el despiste un pulgar aplastado de un martillazo.

Ahora, antes de acudir a la tienda de Ruy, el hebreo Moisés tenía la cara pegada a la mano del pobre Fadrique, intentando ver con sus ojos velados, palpando con mimo y olisqueando como un sabueso.

Aun con las cataratas, el diagnóstico era fácil. El olor resultaba inconfundible.

—Me temo que habrá que amputarlo —dijo el médico, apesadumbrado.

Y Fadrique se tomó la noticia con su habitual buen humor.

—No te apures, viejo, así me hurgaré menos la nariz. Y no es tan importante como si fuera la de la espada —aclaró levantando la izquierda y mirando el hinchado y negruzco pulgar.

El hebreo se volvió hacia los muchachos.

—¿Quién lo hará?

Y fue Diego el que dio un paso al frente.

Lo hizo. Rápido, sin dudas. Poniendo en práctica todo lo

que había aprendido. Demostrando que estaba ansioso por dar el siguiente paso.

Y sobre eso le preguntó el hebreo cuando Fadrique se hubo ido, dolorido y con el pulgar envuelto en un trapo para darle cristiana sepultura a la espera de que, llegado el Juicio Final, pudiera presentarse ante el Señor con los diez dedos.

—¿Se lo dirás hoy a tu padre? Ya ha habido suficientes mentiras...

Diego asintió, y aunque el hebreo apenas vio un borrón que subía y bajaba, sonrió.

—Pues comenzaremos en cuanto te dé su bendición.

Y la felicidad llenó el rostro de Diego.

—¿Y cinco años serán suficientes?

Moisés valoró la pregunta.

—Con lo que sabes, lo serán. Y no tienes muchas más opciones, no podemos enviarte a Ispahán. O a Bagdad.

Y con aquello se contentó. Al contrario que Galín, que tuvo que esperar a que se pusieran en camino hacia la tienda del Cid para susurrar apenas la pregunta que a él le quitaba el sueño.

—¿Se lo dirás?

Diego le puso la mano en el hombro a su amigo, en el que quedaba libre, porque el otro servía para que el hebreo se apoyase.

—Se lo diré, si el maestro sigue de acuerdo.

Moisés carraspeó.

—Yo prefiero salvar vidas y no quitarlas, pero no me opondré. La condición es que tu padre esté de acuerdo.

—Muchos acuerdos son esos —se lamentó Galín.

Y Diego intentó calmar las cuitas de su amigo.

—Tranquilo, ahora que mi madre y mis hermanas han vuelto, no se opondrá, ya lo verás. Y tanto Blasco como Nuño estarán encantados, se te da bien. Nadie tiene mejor puntería.

Soñaban, eran muchachos. Tenían esperanzas, la edad espoleaba.

Y ninguno de los dos podía saber que sus esperanzas iban a

hacerse añicos, como una fuente de barro salida del taller de un alfarero iluso.

V

A Nuño se le escapó el escupitajo que había conseguido contener antes.

—¡Cagüen todas las mieles de san Ambrosio!

Y un furibundo rojo le llenó las mejillas, había escupido dentro de la tienda de su capitán. Y había algo extraño, e incluso cómico, en aquel hombre. Un tipo duro como el pedernal, capaz de desayunarse cantos rodados y cagar arena, ruborizado como un muchachito después del primer beso.

Afortunadamente nadie se dio cuenta.

Todos tenían los ojos clavados en Ruy.

—*Ich glaub, ich spinne!*

—¿Qué...?

Blasco no acabó su pregunta, se le cayeron las palabras al suelo.

Incluso al médico hebreo se le escapó una letanía en su propia lengua.

Solo Galín comprendió que el viejo se comparaba con el bíblico cayado, que, incrédulo, había golpeado dos veces la peña por miedo a que no brotase el agua prometida.

Los hombres no entendieron la decisión de su capitán. Y los muchachos vieron cómo las palabras de Blasco caían entre los añicos de su esperanza.

Ruy dejó que las aguas se aquietasen. No dijo una sola palabra. Solo cambió el regaliz de un lado a otro.

Y finalmente, aún colorado como un lechón, fue Nuño el que hizo la pregunta que su capitán quería escuchar.

—Y...

Carraspeó, y arrancó del fondo de su garganta una flema que, por primera vez en mucho tiempo, tragó ruidosamente.

—¿Y qué cojones vamos a hacer?

VI

Dejaron que sus propias preguntas se apelotonasen tras las muelas. Todos querían escuchar la respuesta.

—Lo que sabemos.

Se sacó el regaliz de la boca, miró el trozo de raíz como si encerrase los misterios de la Trinidad y, finalmente, cuando eran incapaces de contener el aliento por más tiempo, se explicó:

—Vamos a hacer lo que sabemos: la guerra.

Había sido un espejismo. La tormenta arreció, y la tienda se llenó con un barullo ininteligible. Blasco y Otto se levantaron.

—*Gegen wen?*

El asturiano no pudo evitarlo y le dio un codazo.

—¿Contra quién? —se corrigió Otto, con los ojos a punto de caérsele de la cara.

Y el asturiano le dio la vuelta a la pregunta con la retranca de los suyos.

—¿Para quién?

Ruy no se alteró, ni siquiera parpadeó.

—Contra todos —respondió mirando a Otto—. Para nosotros —añadió volviendo el rostro hacia Blasco.

Y sus hombres se miraron entre ellos, pero fue Nuño el que de nuevo dio en el clavo.

—¿Como bandidos? —preguntó malhumorado, decepcionado incluso.

Ruy negó sacudiendo el mentón.

—Haremos lo que hemos venido haciendo, pero sin rendir cuentas a Alfonso. Sin rendirle cuentas a nadie.

Y pareció que los ojos del Campeador acabasen de salir de la forja de un herrero.

—Pero... Nunca se ha hecho, necesitamos un señor —adujo Blasco, confuso—. No podemos pelear con... Con todos... No saldrá bien.

El Cid afirmó y su rostro parecía un busto tallado en piedra.

—Podemos —afirmó sin asomo de duda—. ¿De qué nos ha servido hasta ahora rendir vasallaje? Mirad cómo hemos acabado...

Dejó que sus palabras calasen. Que se hundiesen como piedras en el río.

—... ¿Creéis que será distinto si luchamos por Almutámid?

La pregunta rebotó de uno en uno, sin que nadie se atreviese a responderla.

—¿De qué sirve jurar lealtad? ¿Ha cumplido su palabra? ¿Dónde están los títulos?, ¿los señoríos?, ¿las tierras?

—Pero...

A Blasco se le escapó lo que quería rebatir, como humo saliendo de una chimenea.

—... Todos serán nuestros enemigos...

El ceño de Ruy se frunció.

—¿No lo son ahora?

El Cid dio un paso al frente y paseó un vistazo por todos y cada uno de los rostros, para acabar por encarar el de Blasco.

—¿Quién nos ha desterrado? ¿Quién nos ha declarado traidores?

Y el asturiano no tuvo el cuajo de responder. Pero Ruy tenía algo más que decir.

—No volveré a dejar mi vida en manos de otro. Ni mi vida —cabeceó como un perro con un hueso—, ni la de mi familia.

Sonó a sentencia grabada en piedra.

—Al que quiera irse le daré su parte de lo que queda. No lo detendré —y todos lo creyeron, jamás había faltado a su palabra—. Pero el que se quede, que sepa que, desde hoy, no respondemos a ningún señor, conde o rey. ¡A ninguno! Ni moro ni cristiano... Ni hebreo... ¡A ninguno!

Nadie se movió.

—Nos perseguirán, nos condenarán...

—¿Qué más pueden hacernos? —rugió el Cid sin dejar terminar al asturiano—. Dime, ¿qué más?

Perplejo, Blasco parpadeó, queriendo decir algo sin saber el qué.

—Ya nos han condenado —dijo Ruy—, ¿no te das cuenta?

—Pero...

E intervino Otto, que empezaba a comprender.

—No puedes pedirle al perro que dé lana o a la oveja que ladre, somos soldados, sin señor ni patria, ¿qué otra cosa vamos a hacer?

Ruy asintió, sin dejar de mirar a Blasco.

—Conseguir nuestra propia patria, eso vamos a hacer.

Y Nuño se subió al carro.

—Nosotros lo guisamos y nosotros lo comemos, ¿por dónde empezamos?

Y su capitán volvió a sonreír. Pero algo en su sonrisa resultó frío.

—Primero oro, necesitamos fondos. Con los fondos conseguiremos más hombres. Y con los hombres conquistaremos tierras.

—¿Qué tierras?

Blasco no pudo evitarlo. Tuvo que preguntar. Y volver a preguntar. Los demás se habían convencido, Nuño incluso parecía feliz, como un crío antes de una travesura, pero el asturiano no las tenía todas consigo.

—¿Qué pretendes, arrebatarle Burgos a Alfonso?

Ruy negó.

—¿Sevilla a Almutámid?, ¿Zaragoza al hijo de Almuqtádir? No hay tierras, no se venden, no se fabrican... No hay tierras para que las tomemos y las hagamos nuestras. A los condes los nombra el rey.

—No —negó Ruy—. Los señoríos, los reinos, los conceden los enemigos.

La incertidumbre dibujó extraños retratos en los demás. A Blasco se le quedaron los labios colgando, como si le pesaran las comisuras.

—Si nos hacemos fuertes en un territorio —explicó Ruy—, si les metemos a todos el miedo en el cuerpo, será nuestro. No hace falta que el rey o el Papa lo sancionen. Basta con que no se atrevan a quitárnoslo.

—¿Dónde? —preguntó Otto, que, aun intentándolo, no logró disimular la impaciencia.

—Lo sabréis a su tiempo. Primero el oro, luego los hombres, y por último, las tierras.

Se miraron los unos a los otros. Y Nuño fue al grano, como siempre.

—¿Qué oro?

MOROS, CRISTIANOS Y SARDINAS

Año del Señor de 1102

I

Podía ser peor. Podían ser diez, incluso cien. Podía aparecer todo un condenado ejército.

Pero ya era bastante malo, aunque solo fueran dos.

Nadie podía entrar o salir de Valencia. Pero había tenido una idea. Se le había ocurrido que quizá hubiera un modo. Y aquellos dos acababan de robarle el tiempo que necesitaba para llevarla a cabo. En cuanto desmontaron.

—Quieto —bisbiseó moviendo apenas los labios.

Y el perro lo miró.

—Quieto.

Pero el lebrel sentía el peligro y se preparaba para reaccionar. Como si supiera que aquellos dos traían malas noticias.

Ahora estaba entre la espada y la pared, y, además, tenía prisa.

II

Todo el alfoz de la ciudad estaba controlado por los hombres de Castilla. Después de dos días reptando de matojo en matojo, como lagartijas, lo habían visto una vez tras otra. Alfonso atenazaba Valencia, tan fuerte como para tronzarla en dos con un chasquido.

Pero quizá hubiera una oportunidad.

Se le ocurrió mientras su estómago rugía, cansado de las vainas del algarrobo. Lo único que habían podido comer aparte de eso fue una ardilla que el lebrel había atrapado, y a repartir entre dos no había resultado un festín.

Pensó que el mar estaba cerca, que tal vez podría montar unas liñas y pescar algo.

Fue entonces cuando se le ocurrió.

—A lo mejor podríamos subir por el río —le había comentado al perro con un atisbo de esperanza.

Y el lebrel había inclinado la cabeza a un lado.

—No, ya te lo he dicho antes, esa no es solución. No lo haremos...

Y luego se había reído de sí mismo, por hablarle al perro. Y le había acariciado la cabezota.

—Esa es una mala idea —había asegurado con la severidad de un tutor—, pero lo de la barca...

Bajando la voz, como si temiese gafarlo por hablar. Con un atisbo de esperanza. Pensando que tendría que aprovechar la noche, que no podría hacer un solo ruido al remar. Sabiendo que sería difícil.

Había recorrido al menos una legua de costa, buscando algún pescador al que ofrecerse para trabajar. Se había prometido que luego devolvería la barca. Que no le causaría ningún mal a quienquiera que le ayudase.

Las arenas, la falta de resguardo y las mareas traicioneras habían privado a Valencia de puerto, pero la desembocadura del río permitía que, de tanto en tanto, alguien se acercase con unas sardinas o unas caballas. Barcas pequeñas de poco calado, sin grandes negocios. Para esos era mejor el puerto de Teulada, aunque aquellas aguas estuvieran infestadas de piratas.

Y ahora aquellos dos seguían aproximándose. Uno de los caballos relinchó.

Y el pescador los vio.

El pobre hombre reculó asustado. Tropezó con la barca, se golpeó los corvejones con la borda y a punto estuvo de caer espatarrado en el interior.

Había reconocido las aljubas negras.

Y el negro riguroso los delataba. Eran exploradores almorávides. Y eran malas noticias para el pescador, aún peores para el yesero.

Se pasó la mano por el rostro, intentando espantar la angustia que, de repente, se le había agarrado como un parásito.

—Están preparándose para atacar —le explicó al perro.

Y el lebrel no se lo rebatió. Aquellos dos exploradores demostraban que los almorávides cerraban el cerco.

Valencia se había convertido en una soga. Los castellanos tiraban de un extremo. Los islamistas del otro. Y la soga había empezado a deshilacharse.

Se le acababa el tiempo.

III

Le llegaron los primeros gritos.

Uno de los almorávides, largo como un día sin pan y con una barba a la que le faltaban dos dedos para llegarle a la cintura, sujetaba al pobre pescador del pescuezo y el otro, con pinta de hongo reseco, rechoncho y bajo, le chillaba preguntas al oído.

El lebrel soltó uno de aquellos resoplidos que no llegaban a ladrido. No le gustó lo que aquellos dos estaban haciendo.

—Vámonos —susurró—, ya encontraremos otra barca.

Y se dio la vuelta para escabullirse entre las cañas que crecían justo donde la playa se deshacía en un bosque tímido.

Entonces se oyeron otros gritos. Distintos.

El lebrel se dio la vuelta y lo miró.

—No es asunto nuestro.

La contestación no convenció al animal, que volvió a resoplar.

Llevaban suficiente tiempo juntos como para conocerse hasta las intenciones. Pero al yesero le costó creer que un animal hiciera algo así, porque hubiera jurado que aquel resoplido rebosaba cinismo.

IV

No les importó que rezasen al mismo dios o que alabasen al mismo profeta. Tenían un encargo y pensaban cumplirlo.

Wayib no hacía mucho dinero. Casi ninguno, la mayoría le pagaba las sardinas con cebollas, o con arroz. Pero lo que hacía era suficiente para alimentar a su esposa y a los cinco pequeños. Y Wayib era un hombre humilde con aspiraciones humildes, su sueño más alocado era conseguir que su hijo mayor se uniese a él y aparejar dos barcas. Pensaba que entre los dos podrían ahorrar para encargar una red mayor, una de las que se afinaban como un embudo y que, dispuesta entre dos barcas, podía hacer buenas pescas. Y es que lo que Wayib quería era asegurarse de que a sus nietos, cuando llegasen, no les faltase algo que llevarse a la boca.

Y Wayib era un hombre de fe sincera que rezaba cada día con devoción, pero creía que los asuntos de cada cual con Alá eran, precisamente, cosa de cada cual. No le gustaban los almorávides.

Y a los almorávides no les gustó él.

No les gustó porque el pescador se echó atrás con el susto en el rostro.

No les gustó porque debería haberse arrojado a sus pies para alabarlos, porque ellos salvarían a todos los seguidores del profeta. Ellos habían cruzado el estrecho, estaban allí para librar al mundo de los perros cristianos y de los débiles reyes de las taifas, cuya fe flaqueaba.

Golpearon antes de preguntar.

Y golpearon otra vez.

Solo cuando Wayib cayó de rodillas. Con la cabeza gacha y saliva ensangrentada colgando en madejas de sus labios partidos. Solo entonces preguntaron, arrastrando las palabras con su fuerte acento norteafricano.

—¿Cuántos cristianos hay?

Wayib no podía responder, había oído rumores, pero él se había mantenido lejos de la ciudad.

—¿Son hombres de Castilla?, ¿de Aragón?

En las costillas, en los riñones. Una patada.

—¿Cuándo llegaron?

Wayib no respondía. No sabía qué decir. Pero echaba reojos hacia el bosque, hacia donde el hombre y el perro se escondían.

Y había más miedo en sus ojos cuando miraba hacia allí que cuando encaraba los puñetazos.

V

El Gallego, pese a las protestas del perro, ya se alejaba.

Y llegaron más gritos.

Pero no de la playa y la barca, y no en la voz de un hombre.

Se escondieron justo a tiempo. De pronto la maleza se agitó y apareció corriendo una chiquilla. Y ella también gritaba.

—*'Ab! 'Ab! Babi!*

Pasó junto a ellos como una exhalación, y no se dio cuenta de que estaban allí, tras un tamarisco.

Y no era la única.

La seguía una cría aún más pequeña. Que gritaba, hipaba, lloraba. Que se ocupaba de demasiadas cosas a la vez. Todavía en esa edad en la que correr era un juego. Y sus rodillas raspadas daban fe. Aun así, corría hacia la playa, hacia los gritos. Y, más que ninguna otra cosa, sujetaba con fuerza la muñequita de trapo.

Cuando la más pequeña hubo pasado, el lebrel soltó otro de sus resoplidos.

—Sigue sin ser asunto nuestro.

Y el hombre había dudado del cinismo del perro. Sin embargo, el animal no dudó de sus instintos.

El hombre mentía.

VI

La peor de las pesadillas de Wayib se hizo realidad. Sus dos niñas, sus dos princesas, llegaron corriendo. Se le echaron en brazos, sin mirar siquiera a los otros dos hombres.

—Por favor —suplicó.

E intentó envolver a sus hijas con los brazos. Colocarlas a su espalda. Como tantas otras tardes, habrían estado esperándolo, ansiosas por llevarlo a casa y hablarle de sus juegos del día, de cuánto habían ayudado a mamá.

—Por favor...

No le hicieron caso. El más alto forcejeó hasta que se las arrebató.

La pequeña Fátima pataleaba con todas sus fuerzas, pero sus pies ni siquiera llegaban al suelo, el almorávide la sostenía por el sobaco y la mantenía en el aire con facilidad. Lo intentaba también con Layla. Pero Layla siempre era la primera en las travesuras y la última en las disculpas. Era una niña valiente. Y lo arañó en el antebrazo hincando los dedos, tan fuerte como pudo. Aunque el rastro que sus uñas dejaron sirvió de poco, aquel hombre ni se inmutó. Tenía en el rostro una mueca salvaje y los ojos tan salidos que parecían a punto de echarse a rodar por las mejillas. Solo entonces Wayib se dio cuenta de que en alguna batalla alguien le había rebanado la oreja de un tajo. El lado izquierdo de la cara era un amasijo de carne rodeado por la barba y la sucia pelambrera que se escapaba bajo el turbante.

—Os lo suplico, ¡dejadlas en paz! Yo no sé nada.

El otro, el más gordo, sujetó a Layla y consiguió que se estuviera quieta.

Había desenfundado su gumía y apuntaba al cuello de la

niña. Los ojos de Layla se revolvían, aterrorizados, bizqueaban intentando ver la afilada hoja.

—¿Cuándo llegaron los infieles?, ¿cuántos son?, ¿está el rey Alfonso en el campamento?

Ni siquiera le daban tiempo a responder, preguntaban sin un respiro.

—Contesta, gusano, sirve al único Dios y a su profeta, bendito sea. ¿Está el rey?

Y Wayib, con el rostro empapado de lágrimas, dijo la verdad.

—No lo sé, no lo sé... No lo sé, no lo sé, no lo sé...

El más alto, al que le faltaba una oreja, miró a su compañero. Y su compañero asintió.

Wayib se le echó encima, intentó evitarlo. Y recibió el golpe en la frente, con el pomo de la espada.

—¡Habla! ¡Ayúdanos a acabar con los infieles!

El dolor le daba igual. La vergüenza no le importaba. Lo único en el mundo para Wayib eran las miradas aterrorizadas de sus hijas. Las lágrimas le nublaban los ojos.

Se levantó de nuevo y volvió a la carga.

Acabó otra vez en el suelo. Con la nariz rota y tan lleno de desesperación que todo él rebosaba algo viscoso y verde.

—Las buenas costumbres volverán a regir en el Ándalus, se acabarán los vicios, llega una era de esplendor a manos del santo, del elegido Tasufín.

El más alto hablaba en un rapto. Creía con tanto fervor en lo que decía que la emoción le hacía temblar la voz.

—Llegarán días de luz cuando los infieles mueran. Alá es grande, Alá nos guiará. Acabaremos con esos perros. ¡Habla! ¿O no eres un verdadero creyente?

No había respuesta buena. Wayib lo sabía. Lo sabía y aun así dio la peor. Lleno de pavor, no lo pensó.

—Un creyente no amenazaría a niñas. Un verdadero creyente no torturaría inocentes...

Algo siniestro cubrió a aquel hombre. Algo siniestro y profundo.

—¡Rebánale el pescuezo!

—¡Nooo!

Wayib se quedó ronco, pero la gumía se alzó.

—¡¡Nooooo!!

La gumía descendió. Y en ninguno de aquellos dos rostros barbados apareció asomo alguno de remordimiento.

La pequeña Fátima hipaba, lloraba tan fuerte que su pecho brincaba descontrolado. Largos velones de mocos le caían por la barbilla. Layla cerró los ojos.

—¡No! ¡Noooooo!

Y cuando la gumía iba a cortar el cuello, silbó la flecha.

VII

Llegaron a galope y el que traía la delantera tenía la ballesta echada a la cara.

No era un disparo fácil. Y aun así el bodoque se clavó hasta las plumas en el cuello del más gordo.

Soltó la gumía y se llevó las manos a la herida, gorjeando algo incomprensible. Cayó de rodillas sobre la arena, junto a la barca. Y el mar le enredó la aljuba.

La pequeña Fátima también cayó. Y las dos niñas se refugiaron con su padre mientras el más alto, al que le faltaba la oreja, encaraba a los jinetes con la expresión de un loco.

—¡Peeerrooos! ¡Moriréis! ¡Moriréis todos!

Nadie le creyó.

El que llevaba la delantera ya se había desembarazado de la ballesta y desenfundaba la espada. Le bastó mantener el brazo firme y el hierro entró con la fuerza de la embestida, solo dudó cuando se topó con el hueso.

No fue un corte limpio, la hoja salió a trompicones y, en lugar de segar el cuello, dejó en su estela un desaguisado de carne deshilachada y sangre. No lo decapitó, pero cayó muerto al instante, sin más protesta que un estertor que chapoteó en la siguiente ola.

Murió antes que el gordo, que aún seguía debatiéndose.

Luchaba por quitarse la flecha del cuello como si la herida pudiera curarse.

VIII

Se deshacía como una vela al fuego.

—*Shukran jazilan!* Gracias... Gracias, bendito seas...

Mezclaba los idiomas y los sollozos hacían difícil entender una sola palabra.

Arrodillado frente a los caballos, con una niña acurrucada en cada brazo, junto a los dos cadáveres, junto a su barca, Wayib daba las gracias a sus salvadores.

Fue un incauto.

IX

Las preguntas solo se parecían. Las amenazas, sin embargo, eran las mismas.

—¿Cuántos son?, ¿dónde han acampado?, ¿está Tasufín en el campamento?

Los dos almorávides estaban muertos y los tres castellanos habían tomado el relevo.

Y se las estaban apañando.

Uno de ellos cojeaba. Alguna batalla le había cortado el tendón de la corva y la pierna había quedado medio inútil. Un tipo rubicundo que no se quitó el casco ni la capucha. Había clavado la lanza en la arena, como si fuera a cavar un hoyo. Y luego la había usado como poste para atar a las niñas. Les anudó las manos y las obligó, espalda con espalda, a sentarse con la lanza entre las dos, justo en la línea de la marea. Cada vez que una ola batía, desparramaba sus vestidos igual que gotas de pintura en un vaso de agua.

Las pequeñas ya no lloraban, se les habían acabado las fuerzas, tenían las cabezas rendidas sobre el pecho; solo Fátima sollozaba de tanto y tanto, y Layla, con la expresión llena de orgullo, le susurraba palabras de ánimo.

Entre los otros dos, se ocupaban de Wayib. Uno lo sujetaba, y el ballestero golpeaba entre pregunta y pregunta.

—La marea está subiendo.

En cuanto lo dijo, descargó un puñetazo que no solo llevaba la fuerza de su puño, sino también el peso del guantelete y las protecciones.

Uno de los ojos de Wayib no era más que una rendija entre bultos amoratados. Aun así, pese a la sangre y los hematomas, el pánico tallaba su rostro.

Cuando los golpes le dejaban hacerlo, miraba hacia sus hijas.

—¿Cuántos han desembarcado? ¿Dónde han acampado?

De no ser porque el otro castellano lo sostenía en pie, Wayib se habría derrumbado como un guiñapo, hubiera quedado allí como las madejas de algas que punteaban la playa, marcando viejas mareas, entre las conchas blancas de los berberechos.

El mar se mecía, el profundo olor del salitre se desparramaba por la playa. La brisa acunaba las matas de salicornias que crecían entre la arena. Era un lugar para que dos enamorados paseasen cogidos de la mano.

Al que sujetaba a Wayib lo llamaban *Carreño*, era un leonés hijo de uno de los canteros que levantaran el monasterio de San Zoilo. Y no había querido quedarse como aprendiz junto a su padre. A Carreño le gustaba la guerra. Se había alistado con las mesnadas de Castilla a tiempo para el asedio de Toledo. Ya no le quedaban muchas cabalgadas encima, y esperaba arreglarse la vida con aquella última campaña contra Valencia, en la que el rey había prometido oro en abundancia.

—Este saco de mierda no sabe nada... Volvamos, a lo mejor nos dan una recompensa si nos llevamos las cabezas de esos dos.

El que golpeaba, el ballestero, tomó aire. No parecía dispuesto a rendirse.

Respondía por Gundisalvo, y llevaba a gala ser castellano

de pura cepa. Había estado junto al muerto Sancho en las murallas de Zamora. Y no había tenido reparos en unirse al bando de Alfonso cuando le había caído la corona encima después de que a su hermano le clavaran un puñal por la espalda.

Soltó otro puñetazo.

Carreño, con los brazos cansados, cambió de posición. Los metió bajo los sobacos del moro y dobló los codos para llegar hasta las orejas. Las atrapó en sus manos curtidas y empezó a retorcerlas. Hasta que su víctima aulló de dolor e intentó apoyar los pies. Le fallaban las fuerzas, y pataleó como un ahorcado al abrirse el suelo del patíbulo.

—Aguanta, ¡carajo!, como un hombre —escupió Carreño—. ¡En pie!

Y Wayib lo intentó, con los últimos resquicios de su voluntad. Pero no por obedecer. Lo intentó porque estaba seguro de que si no lo hacía perdería las dos orejas.

—¿Y al yesero?, ¿lo has visto?

Al oír la pregunta de su compañero, Carreño sonrió, a lo mejor por ese nuevo camino encontraban algo con lo que lucirse ante los capitanes.

—Un tipo fornido, vestido con un tabardo manchado…

Dos puñetazos en rápida sucesión, uno con cada mano.

—Le llaman el Gallego, pero su verdadero nombre es Galín. Fue aprendiz de médico…

—¡Y lo del dedo! —se entrometió Carreño—. No te olvides del dedo.

Ahora en las costillas. Y a Wayib se le escapó el aire en un amasijo de flema y sangre.

—Y le falta un trozo del meñique —a Carreño se le iluminó el rostro—. ¿Lo has visto?

No fue Wayib el que contestó. Pero alguien lo hizo.

—Yo sí.

Gundisalvo tuvo tiempo de darse la vuelta, pero no de desenvainar.

Carreño soltó las orejas de Wayib, que cayó desplomado y se arrastró hacia sus hijas.

El que había atado a las niñas ya estaba tan muerto como los moros. Tirado en el agua. De la nuca le salía el estrecho y extraño mango de un puñal.

La funda de su espada estaba vacía.

X

—Estate quieto.

Ya era la quinta vez que se lo decía. Y, como las cuatro anteriores, no sirvió de nada.

—*Shukran, shukran jazilan…*

No era más que un trapo sucio y el agua de mar que había podido reunir en el casco picudo del tipo al que le faltaba una oreja, pero el Gallego se esforzaba por limpiar los cortes y magulladuras de su nuevo amigo.

—Gracias, gracias, Alá te bendiga. Alá te guarde por muchos años, a ti, a tus hijos, ¡a tus nietos!

No importaba el idioma que emplease, apenas se le entendía, tenía el rostro tan hinchado que era como si hablase a través de una mordaza.

Las niñas, con esa bondad que solo tiene la memoria de la infancia, ya parecían haberse olvidado de todo, no tenían ojos para otra cosa que no fuera el lebrel, que corría de una a otra a punto de descoyuntarse la cola de tanto menearla.

El mar ya no era más que un rumor lejano, se habían alejado hasta el lindero del bosque. Pero las niñas lo llenaban todo con sus juegos y Wayib era incapaz de detener su retahíla.

El Gallego ya lo había intentado varias veces, y no lo había conseguido.

—*Shukran, shukran…*

No se callaba, y se afanaba en hacer una reverencia tras otra. Y entonces, además de los agradecimientos, se le escapaba un rosario de lamentos. Le dolían hasta las pestañas.

Sin detener sus esfuerzos por aliviar el desaguisado que tenía entre manos, el yesero volvió a intentarlo.

—¿Qué fue lo que dijiste antes?

Por fin caló. No contestó, pero al menos Wayib guardó silencio. Aunque la confusión no logró abrirse paso entre los cardenales.

—¿Gracias?

El Gallego tuvo que sonreír.

—No, lo primero que dijiste.

Las niñas gritaron encantadas cuando descubrieron que el lebrel estaba dispuesto a traer, una y otra vez, una rama que habían encontrado en el suelo.

Wayib se esforzó, deseoso de complacer.

—Cuando te dije que yo no te haría daño —insistió su salvador.

En una mueca extraña, la comprensión apareció entre los morados y los chichones. Intentó levantar el brazo y el dolor lo obligó a bajarlo de nuevo, muy despacio. No pudo señalar, pero contestó:

—No son los primeros que preguntan por ti.

XI

La hospitalidad de Wayib y su familia les dieron cobijo esa noche.

Tierra adentro, entre los bosques, se abría la enorme laguna de la albufera, salpicada de barracas humildes de pescadores y gentes del arroz.

Separada del mar por un tímido brazo de tierra, miraba con envidia hacia su hermano mayor, poco más allá.

Un espejo de agua que no era un paraíso porque llevaba años cambiando de manos, de unos a otros y vuelta a empezar, pero un lugar donde bien podría haberse levantado un palacio y no las sencillas barracas encaladas de los lugareños.

La luna, casi llena, se miraba coqueta en aquel espejo de la laguna, como si se retocase el peinado. Y las estrellas brillaban su admiración.

Los juncos, las cañas, los tamarindos, se acunaban con la brisa. Las lisas, atentas a los mosquitos que revoloteaban sobre el agua, daban un coletazo y engullían a los despistados. Y al hacerlo pintaban sobre el agua aros que escapaban hacia las orillas.

Del interior de la barraca llegaban versos, y los acordes de una jarcha que alguien acompañaba con una vihuela que parecía más antigua que el tiempo.

La familia estaba feliz de que Wayib siguiera con vida, e incluso los vecinos se habían unido al festejo.

Arroz con habones, sin más aderezo que romero y la grasa de pato con la que se había cocinado, y era un festín que todos celebraban.

Todos menos el Gallego, que estaba sentado fuera, mirando cómo las lisas atrapaban a los mosquitos despistados, con los ojos perdidos en aquel espejo de la albufera.

Buscaba sin encontrar.

A su lado, royendo la carcasa de pato que habían usado para el caldo, el lebrel no sufría de aquellas melancolías. Estaba feliz con sus huesos; antes de hincar los dientes y partirlos con facilidad, rechupeteaba las hebras de los tendones y la poca carne que no se había desprendido.

—No quiero volver allí.

El perro abandonó los huesos, sujetos hábilmente entre las dos manos, como si tuviera alguna ardilla entre sus antepasados.

Le acarició la cabezota. Y el lebrel levantó el hocico y pegó las orejas al cráneo.

—Pero hay que entrar en Valencia. Y pronto.

Lo de la barca no funcionaría. Wayib se lo había dicho, hacía días que ni él ni ningún otro de los pescadores remontaban el río. Los castellanos habían dispuesto ballesteros.

Nadie entraba o salía de la ciudad.

Y los almorávides estaban cerca.

—Es mala idea —insistió sin dejar de acariciar al perro.

GARRAPATAS, TRABUQUETES Y ORO

Año del Señor de 1089

I

Nuño se había ofrecido voluntario. Hacía falta coraje, y también una pizca de locura. Y al burgalés no le faltaba lo primero y le sobraba lo segundo.

—Están más agarrados que garrapatas a los huevos de un verraco...

Se enjugó el sudor de la frente, libre ya del casco, la capucha y el almófar. Se inclinó en la silla del caballo y dejó escapar un portentoso pedo con evidente cara de alivio. Y para rematar la faena soltó uno de sus escupitajos.

—Como garrapatas.

Y después de sentar el culo en la silla, en la que habría una abolladura, usó la espada para romper los astiles de las flechas clavadas en el escudo. Había quedado como un acerico lleno de alfileres y, con un giro seco de la muñeca, el hierro rompió las varillas con el repiqueteo de un cucharón en la tabla de una lavandera.

Cuando las flechas cayeron entre los cascos del caballo,

Blasco preguntó lo que tantas veces había preguntado en tantas otras ocasiones.

—¿Mandamos un mensaje?

Y casi se le escapó levantar la mano para pedir recado de escribir, porque había hecho la pregunta por mera formalidad. Uno se ponía primero los calzones y luego las botas.

Preguntó porque Ruy era su capitán, pero tocaba hacer lo de siempre.

Sin embargo, el Cid no contestó. Tenía los ojos clavados en la fortaleza de Polop, chantada en lo alto del cerro.

Por entre las almenas se veía el ajetreo. Y un retén apagaba el fuego, agarrado a la techumbre de la garita que coronaba una de las torres del portón.

—Mujeres, niños, armas —recitó Blasco—. Los hombres después...

Los demás dejaron de mirar al asturiano y clavaron sus ojos en el Cid.

Hacía bailar un regaliz entre los dientes.

No dijo nada.

II

Rumores y una esperanza. Todo se hacía uno en lo alto del cerro. En una fortaleza que tenía solera y mejores piedras.

El castillo de Polop era su única oportunidad.

Y Ruy lo sabía.

De camino, al menos otros diez habían abandonado sus filas y, poco antes de llegar, Gacel tuvo que amenazar con darle uso al látigo de cuero de camello.

Dos gallegos se habían enzarzado en una pelea por lo que quedaba, rancio, de un tocino.

Hacían falta provisiones. Hacía falta oro. Y, antes de conseguir más hombres, había que convencer a los que quedaban de que habría paga. Porque de la fama del Campeador no comía nadie.

Y Polop los esperaba con gruesos muros infranqueables.

Ni siquiera había dónde acampar. Tuvieron que conformarse con espantar a los labriegos del alfoz para hacerse un sitio. Y Otto fue el que dijo lo que había que decir.

—No me gusta —sin dejar de mirar al castillo—, pero es lo que toca.

Y, tal y como todos imaginaban, Ruy dio la orden. Y Nuño se presentó voluntario.

Antes de forzar una cerradura conviene probar si la puerta está abierta. Y lo primero que mandaba la costumbre antes de un asedio era enviar a un puñado de valientes a ver si podían hacerse por las bravas con una de las puertas.

Casi nunca salía bien, por poca que fuera la guarnición del castillo, pero se hacía por algo más que por aquello de que a la flauta le diese por sonar. Con la cabalgada se veía a los de la fortaleza reaccionar. Se echaban cuentas de cuántos eran y de qué disponían.

Y Nuño había cumplido con su trabajo.

La guarnición de Polop estuvo a la altura de la rotunda fortaleza.

Nuño y una docena se lanzaron a uña de galope contra los muros y, antes de que el polvo se hubiera asentado, los portones estaban cerrados a cal y canto y las murallas plagadas de ballesteros. Para cuando se volvían, sin más recompensa que dos centinelas desprevenidos, ya salía humo del adarve. Y no solo el de la garita a la que Nuño le había acertado, la guarnición calentaba brea en el paso de ronda, para recibir al que quisiera seguir al burgalés hasta el pie de las murallas.

Lo peor era que habían perdido a uno de los hombres en el regreso. El mismo Nuño se jugó el pescuezo bajo una lluvia de flechas para sacarlo del alcance de los ballesteros. Y Moisés no pudo hacer nada por el desdichado, uno de Carrión con la cabeza llena de pájaros y apenas edad para afeitarse.

Y después de que Blasco insistiese, aquel muchacho fue la primera preocupación del Cid.

—¿Mandamos mensaje al castillo?

—Asegúrate de que su familia recibe la parte que le habría correspondido.

Blasco asintió severo, y fingió no advertir el murmullo de aprobación que recorrió a los hombres como una ola, desde la vanguardia hasta los más retrasados, que levantaban campamento entre las huertas.

—¿Qué términos quieres pactar?

Y no se percibió la impaciencia en la voz del asturiano. Pero sí la sorpresa cuando, por fin, Ruy tomó una decisión.

—No habrá pacto. Avisad a Nicoloso.

III

Nadie protestó. El oficio era el oficio. Y si alguien lo conocía bien, ese era el Campeador.

Pero los hombres cuchichearon. Y se escucharon risillas disimuladas. Como siempre sucedía cuando el maese carpintero rondaba.

Otto fue el único que se atrevió a preguntar.

Espoleó al caballo para que se pusiera a la par del semental negro, que cabeceaba inquieto, y quedó junto a él, a una distancia segura de las flechas que aún escupían las murallas de Polop, pero tan cerca como para distinguir el encintado de cal que rodeaba los bloques de piedra. Incluso las matas de alcaparras que punteaban de verde las grietas.

—¿Estás seguro?

Tras ellos ya se oía a Nicoloso dando órdenes. Su voz cantarina cuadraba poco con el corpachón de anchos hombros.

El carpintero parecía capaz de matar a un dragón de un sopapo; sin embargo, sus manos tallaban las más exquisitas miniaturas, como el admirable juego de ajedrez que el Cid tenía en su tienda.

Algunos decían que era un sodomita desviado. Y en los días en los que Ruy todavía sonreía, su respuesta era siempre la misma.

—Lo que Nicoloso se desvíe es asunto suyo y del Altísimo. A mí me basta con que no se desvíen los trabuquetes.

IV

Era un castillo rotundo. Como una roca puesta encima del cerro. Y la guarnición, como demostraba el escudo sin afeitar de Nuño, se había revelado competente.

Ellos eran unos pocos cientos. Y no tenían a dónde ir.

Las órdenes de Nicoloso cargaban los contrapesos y revisaban las eslingas. Nuño había destacado dos partidas para buscar proyectiles. Gacel mantenía a los camellos tranquilos. Y los atajadores habían salido a encontrar algo que echar al puchero, porque en los huertos había poco más que unas cuantas berzas y unas pocas alcachofas. Cada cual se dedicaba a lo suyo.

Los que no habían desertado eran profesionales baqueteados. Sabían lo que se esperaba de ellos.

Pero bastaba echar un reojo. Las piezas no encajaban.

Otto no insistió. Esperó a que Ruy respondiese.

Y el Cid sacó un trozo de regaliz de un saquito colgado del arzón de aquella lujosa silla que le regalaran en la taifa de Zaragoza.

Después de mordisquear el extremo y repartirse el sabor por la boca, contestó por fin al germano.

—Estoy seguro. No queremos que se rindan. Queremos su oro.

Las cejas de Otto hicieron un extraño. Ruy había hablado seco. Sus palabras causaron en el germano la sensación de asomarse a un precipicio.

—Han cambiado las reglas del juego —dijo tentando las palabras.

Ruy se volvió y se sacó el regaliz de la boca. Sus incisivos aparecían manchados entre su barba, empezaba a pagar un precio por esa manía que le había dado.

Otto lo vio cuando su capitán le respondió.

—Ha cambiado el juego.

V

Más de uno se cagaría encima. Y los paternóster correrían de un extremo a otro del paso de ronda. Hacía falta cuajo para aguantar sereno cuando granizaban pedruscos que pesaban lo que un ternero.

Y faltaba poco para que en Polop empezaran a llover piedros.

Las piezas de los ingenios ya estaban ensambladas. Los dos trabuquetes se alzaban a la altura de diez hombres, asentados sobre sus aparatosos soportes, como zancos puestos en pezuñas. Chantados al pie del cerro empequeñecían a la tropa. Parecían hormigas afanosas despachando una miga de pan.

Y Nicoloso iba de uno a otro supervisando que todo estuviera en orden.

Las piedras irregulares, las que tenían aristas, se usaban para cargar los contrapesos, y si no había suficientes se echaba lo que hubiera. No sería la primera vez que un caballo muerto en las embestidas acababa a trozos, convertido en lastre. A muchos de los que estaban allí les había salpicado la sangre que escurría por la tablazón de los grandes cajones.

El tufo a grasa rancia flotaba por los alrededores. Uno de los ayudantes de Nicoloso usaba una brocha para untar manteca en el raíl por el que se deslizaba la honda.

Otro repasaba las encordaduras. Un tercero aceitaba las garruchas. Un cuarto repasaba los dientes del trinquete.

Estaban rematando la faena.

Y Ruy esperaba la señal del maestro.

Todos esperaban.

Sin embargo, Nicoloso era un hombre concienzudo. Ninguna tarea acababa sin que exigiera algo más, un brochazo adicional de grasa, una pasada más con la lima, otro pedrusco en el contrapeso.

La mañana se había levantado fresca. Cuando llegaron a Polop, muchos se sorbían los mocos y los veteranos, como en el raíl del trabuquete, se echaron grasa en los labios. Se oyeron maldiciones cuando las tripas obligaron a acuclillarse entre los durillos donde Moisés había mandado cavar las letrinas.

Y en el frío esperaban, tras el vaho que se tejía frente a sus bocas.

Las partidas de caza regresaron. Y había habido suerte, además de un par de gordos venados habían conseguido unas palomas, y todos sabían que a Ruy le gustaban los pichones.

Mientras, Nicoloso paseaba entre los trabuquetes, y los que habían trabajado con él se hacían a un lado y lo miraban con expectación. Alguno se mordía las uñas.

A pocos, el silencio caló, como lluvia empapando la ropa. Lo único que se oía era el rumor de los cocineros. Despellejaban a los venados. Arrancaban la piel de la carne.

Empezaba la tarde. Y faltaba poco. Todos esperaban la señal del maestro.

Con ayuda de los caballos más grandes, los contrapesos se alzaban y los largos brazos de los trabuquetes descendían. Y por cada vara que bajaban, el trinquete protestaba con un clac grave y profundo.

Y los trabuquetes ganaban tensión.

Podía sentirse. La madera se combaba. Gemía, igual que un barco en una tormenta.

Mal compensado, si un tarugo se salía, si un refuerzo se rajaba, si una riostra se abría, un trabuquete se podía desbaratar. Y si un trabuquete se iba al carajo, piedras, maderos y astillas salían volando entre crujidos que sonaban a latigazos. Y se pagaba con la vida.

Todos miraban. Todos callaban.

Incluso el silencio pesaba en el castillo, del que no llegaban rumores, solo el humo de los calderos con brea caliente.

Y en las matas de durillos que aguantaban el invierno en los alrededores, los verderones arrancaron a cantar. Porque los hombres dejaron de hacer ruido. Ya lo único que hacía ruido eran los maderos de los trabuquetes, que se quejaban por el esfuerzo.

Hasta que la mano del maese se levantó y dio la señal.

VI

Cuando la mano de Nicoloso bajó, las cosas se sucedieron rápido.

Ruy asintió. Y levantó a su vez su propia mano, con dos dedos señalando al cielo.

Y en los dos trabuquetes los capataces escogieron sendos proyectiles.

Y cargaron los pellejos de cuero al extremo de las gruesas cuerdas.

El silencio era tan intenso que incluso en el cerro se oían los gruñidos de esfuerzo, el rozarse de las piedras, la tensión en las sogas. Y no había ojos que no estuviesen clavados en los trabuquetes, ni siquiera los de los cocineros, que removían los pucheros con los estofados de venado, más preocupados por las señales entre el carpintero y el Cid que por sus guisos.

Si la carne se hubiera agarrado al fondo requemado, no se habrían enterado.

Dos dedos.

Dos proyectiles.

Y los más espabilados en el castillo decidieron esconderse en los pisos bajos, incluso en las estancias excavadas en el roquedo que servía de cimientos. Incluso en las grutas que recorrían los sótanos de la fortaleza.

En cuanto la mano del Cid cayó, Nicoloso gritó la orden:

—¡Vaaa!

Cerrando los ojos, estirando los brazos, apartándose en lo que podían. Dos valientes, uno en cada trabuquete, arrimaron largos palos, como mangos de escobón, a los seguros de los trinquetes.

Temían que el monstruo pudiera morderles. Pero se las apañaron. Y fue como soltar las correas de perros rabiosos.

Nada más levantar los seguros, los contrapesos silbaron en sus caídas, con el retumbar de la grava y las piedras que había dentro de los cajones.

Las eslingas se tensaron con un chasquido.

Y el pellejo que sostenía los proyectiles, como el de una enorme honda, rascó el canal con un sonido que limaba los dientes.

Los brazos giraron, las hondas giraron y, cerca del punto más alto, cuando volvían a apuntar al cielo, los cabos libres de las eslingas se soltaron, culebrearon contra el cielo. Y los pellejos se abrieron.

Las grandes piedras salieron disparadas.

Y todos tenían vueltas las barbillas para verlas volar.

Los verderones callaron. Los piedros silbaron en el cielo.

VII

Se podía sentir en las suelas. Cada vez que las piedras castigaban los lienzos de la fortaleza, el suelo temblaba.

El castillo parecía picado de viruela. Las grietas tenían el aspecto de cicatrices, tachones blancuzcos en el paño arenoso de los muros.

Y no se veía a nadie por el paso de ronda o los adarves de las murallas.

El día se acababa. El ritmo no aflojaba.

Y Ruy, que ni siquiera había desmontado. Que seguía masticando regaliz, dio la siguiente orden.

—¿No es un poco pronto?

Otto se había inclinado para susurrarlo, jamás se le hubiera ocurrido cuestionar a su capitán y que otros pudieran oírlo. Pero tuvo que preguntarlo.

El Cid no contestó.

Y de los fuegos que ya no se ocupaban de los estofados salieron los hachones encendidos.

Nicoloso había preparado los proyectiles.

Los herreros utilizaban restos, a veces cascos abollados, a veces herraduras viejas, lo que pudiera desecharse, y preparaban jaulas que no estaban destinadas a los verderones que aún revoloteaban por el campamento.

Se llenaban de estopa y resina, de cáñamo y grasa, de paja y aceite, de lo que hubiera, pero que ardiese.

Cuando los ingenios estuvieron cargados, con los contrapesos en alto y los trinquetes asegurados, solo faltaba arrimarles candela.

Pero el Cid no dio la orden. Siguió mascando regaliz.

Todos esperaban, todos miraban.

Uno se dejó en la yema del dedo los mocos que acababa de sacarse de las narices y se quedó donde estaba, esperando, con la boca abierta, envuelto en la niebla de su aliento frío.

Pero el brazo del Campeador no se alzó.

De improviso, Ruy espoleó a su semental y lo echó a trotar. Y con la soltura con la que arrancaba hierbas al borde del camino, pasó junto a los ayudantes con los hachones encendidos y agarró uno.

Relajó las rodillas y dejó que el semental negro se pusiera al paso. Y al paso avanzó hacia el castillo, subiendo por el cerro, con el hachón en alto.

—*Scheisse!*

Nuño escupió el trago de agua que estaba echando y dejó caer la calabaza.

—¡Me cago en los Evangelios! ¿Qué cojones hace?

Y Blasco, que era a quien le había preguntado, dejó la cuchara en la escudilla, donde aún quedaban generosos trozos de carne de venado.

—No... No lo sé.

Y como nadie le daba una respuesta, Nuño se la fabricó.

—Jugarse la puta vida, eso hace, ¡vamos!

—*Komm schon!*

Se levantaron, atándose el babero, tropezando al echar a correr hacia los caballos.

Y fue como si Ruy los hubiese oído.

VIII

Al paso, sin apurar al nervioso semental, Ruy ascendía hacia el castillo de Polop. Con un brazo en alto, sosteniendo el hachón ardiendo. Y ni siquiera se volvió en la silla. Se limitó a gritar una orden.

—¡Quietos!

Y sus capitanes obedecieron. Nuño sacó el pie del estribo y no llegó a montar. Blasco y el germano se miraron estupefactos.

Con resignación, asumieron que no podían hacer otra cosa que mirar.

El semental continuó. Y dos suspiros después, Ruy estaba bajo el alcance de los ballesteros. Pero no tiró de las riendas. Siguió avanzando.

—Lo van a matar —masculló Blasco entre dientes.

Ruy hizo girar al semental y lo paseó delante de las murallas de Polop, para que todos vieran el hachón en su mano, para que hasta la última alma del castillo supiera qué iba a suceder.

Ni una sola flecha salió de las murallas de la fortaleza.

Recortado contra los lienzos de la muralla, Ruy mantuvo la antorcha en alto.

—*Mein Gott!*

El silencio era tal que se oía el chispear del fuego.

IX

El semental negro, sin dejar de cabecear, recorrió el frontal del castillo y, cuando llegó al final, Ruy empleó de nuevo las rodillas para regresar hacia sus mesnadas.

Derecho a los trabuquetes.

Los hombres que rodeaban los ingenios se apartaron. Abrieron camino a su capitán.

Una tormenta de fuego iba a comenzar. El Campeador lo había decidido.

Y una de las puertas del castillo se abrió.

Se abrió de par en par. Allá arriba, en el cerro.

Y todos los hombres del Cid corearon la victoria.

Un jinete salía del castillo con los brazos en alto, sin lanza o espada al cinto, dispuesto a pedir parlamento.

El otro ayudante de Nicoloso, aún con el hachón en la mano, se echó atrás, para alejar el fuego de las jaulas cargadas en las hondas.

—*Gute Nachrichten!* Se rinden.

—Pagarán a gusto por que nos marchemos —insistió Otto, encantado—, ¡y en menos de un día!

El semental siguió avanzando. Ruy en silencio.

Estaba cerca, muy cerca, a su alrededor los hombres señalaban hacia el castillo. Lanzaban vítores. Cantaban.

Pero Ruy no se detenía, seguía avanzando hacia los trabuquetes.

—¡Mi Cid! ¡Se rinden!

El semental se acercaba.

—¡Se han cagado encima!

Estaba tan cerca que Otto vio el regaliz bailando entre los labios de su capitán.

—¡Rinden la plaza!

Llegó hasta los trabuquetes, sin volverse siquiera.

Otto se echó atrás en la silla con las manos en la cabeza.

—¡La puta! —se le escapó a Nuño.

Y fue como una señal. Igual que sacudir una cuerda. La ola viajó de un extremo a otro de las mesnadas, llegó hasta los cocineros, que ya fregoteaban los pucheros con arena y agua traída por los atajadores.

Se hizo de nuevo el silencio. De golpe.

Incluso a aquella distancia, Blasco pudo distinguir la perplejidad del jinete que salía del castillo. En la mancha rosada bajo el nasal del casco se abrió el agujero de una boca que no creía lo que veía.

Ruy arrimó candela. Y, con un fogonazo, prendió como yesca.

X

—¡Muévete!

Nicoloso no dudó.

—¡Fuego!

Y su aprendiz, como había hecho el Cid, se espabiló. Arrimó la antorcha a la jaula del otro trabuquete.

Los dos proyectiles ardían.

Caían goterones de grasa derretida, que siseaban sobre la hierba aplastada. Los dos trabuquetes estaban listos.

Las jaulas ardían, espantando al frío. Y las llamas dibujaban sombras en los rostros de los hombres.

Y Ruy, mirando al carpintero, asintió.

Nicoloso dio la orden.

—¡Soltad!

Y los seguros de los trinquetes saltaron con el sonido de dentelladas.

Y el infierno emergió de las entrañas de la tierra para tragarse el castillo de Polop.

XI

Blasco intentaba no hacerle caso al tufo que se escurría bajo el penetrante olor del humo.

No hubo pacto.

No se aceptó un rescate.

Y no se pagaron parias. El castillo de Polop se entregó, con todas las puertas abiertas.

—Igual que una ramera —explicó Nuño tras escupir.

No se negociaron términos. No salió el alcaide de la fortaleza con un cofre.

Polop era del Cid.

Pero el Cid no quería la fortaleza.

No le bastaba la promesa de proveer abastos o el juramento de no levantar armas, ni ahora ni nunca, contra sus hombres. No le bastaba el juramento de que se olvidarían de la lealtad debida al rey Alhayib.

Y Blasco podía entenderlo, pero prefería ignorar aquel tufo que se colaba bajo el negro hedor de los rescoldos, del hollín, de los maderos quemados, de la carbonilla de la paja consumida.

El alcaide de la fortaleza era un tronco de roble que acababa de ser hendido por el rayo. Respondía al nombre de Albofalac, y casi todo en su cara se reducía al gordo lobanillo que, como el recorte de un cuerno, le abultaba la sien y le estropeaba las facciones.

Aún le temblaban las piernas, y era incapaz de dar dos pasos sin mirar atrás con el terror pintado en el rostro. Seguía sin creerse que Ruy no le hubiera abierto el vientre y esparcido sus tripas para pisotearlas.

Había sido un hombre orgulloso. Su lujosa aljuba, las joyas, incluso el dulzón perfume, que nada cuadraba en un guerrero con aquella planta, lo delataban. Pero ahora no era más que un cordero manso que guiaba a Ruy y a los suyos por el laberinto de corredores y pasillos que agujereaba, como una ratonera, los cimientos del castillo.

Les llevó al menos veinte credos llegar hasta las viejas grutas que había bajo la fortaleza.

Incluso en aquel inframundo calizo, donde el olor gredoso de las piedras se volvía más intenso por la humedad, parecía seguirles aquel dejo que se revolvía en el cogote de Blasco.

Otros veinte credos y llegaron al portón de hierro forjado.

Trancado con cuatro pasadores, cada uno con su enorme candado, el alcaide Albofalac, a quien le temblaban las manos, solo fue capaz de abrir uno de ellos antes de que el llavero cayese al suelo con estrépito.

—¡Aparta, cagarro! Ya me ocupo yo.

Y Nuño se hizo cargo.

Cuando las bisagras rechinaron, incluso a la luz de las antorchas, se les reveló el prodigio que escondían las entrañas del cerro.

Y, como tantas otras veces, fue Nuño el que lo explicó con claridad.

—Cagüen las treinta monedas de Judas.

Blasco se pasó la mano por el rostro.

—Eran de plata...

Y el burgalés no se amilanó.

—Pues me cago en la bandeja en la que se llevaron la cabeza del Bautista, esa seguro que era de oro.

XII

Blasco no le contestó, y no le habló de Salomé. Por fin se había dado cuenta de qué era aquel tufo que lo perseguía como el gato al ratón.

Su oficio era la guerra. Y la guerra mostraba a los hombres hasta dónde podían llegar. Cualquier barrabasada imaginable se cobraba su porción en la guerra.

De algún rincón de la memoria llegó el recuerdo. Un asedio también. No supo cuál.

No era un olor desagradable, se asemejaba a los espetones que preparaban los cocineros. Esos que se hacían cuando había algo que celebrar y, además, los rastreadores se habían hecho con algo bueno para llenar el buche.

Como aquel atajador gallego con más silencios que una misa, aquel que siempre se las apañaba para abatir un jabalí. No recordaba el nombre del tipo. Pero sí la espera, con el estómago inquieto, hasta que el espetón se cocinaba.

El olor de la grasa porcina, de la carne asándose. Que lo

llenaba a uno de ganas de comerse los dos jamones, en especial si los cocineros adobaban la carne con hierbas, aceite y vino mientras le daban vueltas sobre las brasas. Un atado de ramitas de romero, bien prietas, que se mojaban en la mezcla y se usaban para pintar la piel. Mejor aún con miel, y unas gotas de vinagre, que quedasen los torreznos crujientes.

Ese era el olor que se escabullía por los rincones de Polop. El de un buen gorrino asado al fuego.

Y lo malo no era el olor.

Lo malo era que en Polop no había habido jamás un puñetero cristiano dispuesto a comer marrano. Polop era territorio de la taifa musulmana de Lérida y Tortosa.

Se le dobló el vientre y a punto estuvo de vomitar a los pies de Ruy que, como todos los demás, miraba embobado la puerta que Nuño acababa de abrir.

XIII

El Cid se sacó el regaliz de la boca y dejó escapar un silbido largo y bajo.

El único que se dio cuenta de que las arcadas le daban patadas a Blasco fue Otto, que lo ayudó a mantener el tipo echándole una mano al sobaco.

Quizá por eso, porque no se dejó embelesar por lo que acababan de descubrir, fue el único que se atrevió a aventurar las consecuencias.

Ante ellos, tras el pesado portón abierto, estaba el tesoro de Polop. El que Alhayib había mandado guardar. El que se recogía en toda la zona, el del puerto de Taulada, el de todo el alfoz, y quién sabía qué más, quizá incluso el que mandaba desde Lérida para que a los condados catalanes que lo rodeaban no se les ocurriera una mala idea.

Ante ellos había cofres con oro. Alhajas, joyas, cintos, collares. Una fortuna en la que se incluía un cáliz, un enorme copón tallado con incrustaciones de marfil y rebosante de piedras preciosas, porque para los musulmanes la Santa Copa no tenía nada de santa. Y les daba igual usarla para almacenar.

—¡Seda! ¡La puta de Gomorra! ¡Seda!

No era un buen inventario el de Nuño, pero era cierto, había incluso sedas traídas del lejano país donde se decía que las gentes tenían los ojos rasgados.

Era una fortuna. Y la solución a buena parte de sus problemas. Pero también una nueva zancadilla.

—No me gusta —masculló Otto.

Y no lo oyeron, o si lo hicieron les importó un comino.

Las antorchas no lo dejaban ver todo, pero sí lo suficiente.

Los cofrecillos amontonados, los aljófares. Había incluso crucifijos de oro que se habían roto en pedazos para comerciarlos al peso. Y también de plata, como las monedas de Judas.

—A Alhayib no le va a gustar.

Tampoco lo oyeron. O tampoco le hicieron caso. Había incluso potes con la inconfundible pasta amarilla del índigo. Solo con el valor del tinte podía pagarse una buena soldada.

Cuando Blasco volvió a respirar, Otto se inclinó sobre Ruy, que había vuelto a meterse el regaliz en la boca.

—No dejará que esto quede así —insistió—, pedirá ayuda a los condados, o a los aragoneses. *Gott!* Puede que incluso le pida ayuda a Alfonso.

Ruy le echó la mano al hombro.

—Ya nos preocuparemos por el pastor. De momento, nos llevamos las ovejas.

QUEBRANTAHUESOS, ZORRO Y TEJÓN

Año del Señor de 1089

I

El quebrantahuesos se enroscaba en el azul del cielo. Y la distancia no les dejaba ver el qué, pero llevaba algo en las garras. Una carroña.

Buscaba algún roquedo. Y aquella pata de venado, o de bucardo, era imposible distinguirlo, acabaría cayendo desde las alturas.

Si acertaba, los fuertes huesos se romperían en añicos que podría manejar con su pico.

—Saca provecho de lo que otros no pueden.

Diego dejó de mirar al pájaro y se volvió hacia su padre.

No sabía qué decir. Tragó, nervioso. Y prefirió callar.

—Los perros comen huesos si no les queda otro remedio. Los búhos y las lechuzas los escupen.

El Cid no miraba a su hijo. Observaba al carroñero, que ganaba altura.

—Pero él —la mano enguantada ascendió para señalar—, él prospera con lo que mataría de hambre a los demás.

La sierra se acostaba en la llanura, como si un gigante de

piedra se hubiera quedado dormido tras una larga caminata. Allí parecía que, en su Creación, el buen Dios se hubiese arrepentido de dejar que la llanada se fundiese con el mar sin más y, como un recado hecho en el último momento, había pellizcado la tierra para sacar aquellos montes. La sierra en la que ellos estaban, y los montes que podían verse alrededor, rompiendo el trazo del horizonte.

Hacia el norte, la enorme explanada del marjal, donde se escondía el camino a Valencia. Al levante, el mar teñía de oscuro las costuras de un cielo sin nubes. Y al sur, en el valle, Ondara, donde los hombres se afanaban reparando la fortaleza que la frontera había abandonado a la guerra.

Su padre lo había hecho llamar en cuanto los mensajeros se marcharon.

Y habían cabalgado juntos, en silencio. Hasta el sendero que negociaba la peña, ascendiendo con el terreno, sin más compañía que los bufidos de los caballos, entre las matas de mirto y de tomillo que alfombraban las raíces de pinos castigados por el viento.

El último tramo lo habían hecho a pie. Habían dejado a los caballos en un claro entre coscojos. Trabadas las riendas en las cinchas de los estribos, para que no tropezasen, dándoles libertad para que se entretuvieran mordisqueando aquí y allá, aunque no fuera otra cosa que musgos.

Y habían continuado el ascenso por el estrecho sendero.

Serpentearon entre aquellos pinos hasta el promontorio, abierto como un balcón sobre la llanura. Allí, la roca asomaba entre las hierbas, resecas aún por el invierno, y las matas de romero. Y allí, la roca perdía el color parduzco de la sierra y se llenaba de rojo, como hecha de hierro oxidado.

En aquel último tramo a pie, su padre le había hablado de los mensajeros.

Y para Diego había sido un regalo. Su padre lo trataba como a cualquier otro de los capitanes.

—Llegaron de amanecida —le dijo—, se arriesgaron a viajar de noche. Y venían vestidos como cristianos.

—Es luna nueva.

Sin detenerse, Ruy lanzó una mirada a su hijo y se sacó el regaliz de la boca para hacerle una pregunta.

—¿Y qué te dice eso?

—Que el mensaje que traían era urgente.

Y se apresuró a añadir algo más.

—Y no querían que nadie más supiera quiénes eran o qué los traía aquí.

El regaliz volvió a donde le correspondía.

—Es urgente. Es secreto —concedió—. Y es importante.

II

El quebrantahuesos había elegido un peñasco. Dejó dos filigranas en el cielo y abrió las garras. Al poco, descendió majestuoso, pintando estelas con las puntas de las alas, y no volvió a alzar el vuelo, ocupado con su festín.

Y el Cid asintió.

—Ni lobos, ni cuervos. Ni buitres, ni cornejas. Solo el quebrantahuesos puede hacerlo.

Su barbilla se giró, lentamente, a punto de chirriar.

Sus ojos lo observaron como un mercader de ganado a un ternero en la feria del primer domingo de mes.

—Al subir, junto a las matas de durillo, había una madriguera, ¿era de zorro o de tejón? —inquirió.

Diego se llevó las manos a la espalda y allí, donde su padre no podía verlo, sus dedos se estrujaron unos a otros.

Empezó a hablar y se le trabó la voz en un gallo. Era propio de la edad, pero saberlo no quitó tensión a sus nervios, a punto de saltar en añicos, como aquel hueso.

—De ambos.

—¿Cuándo se ha visto que tejones y zorros vivan juntos?

Dio la sensación de que había empezado a preguntar antes incluso de que su hijo respondiera. Y el tono fue suspicaz.

—No viven juntos —explicó Diego con apremio—. Fue una

zorrera hace algunas temporadas, y el raposo la abandonó. El tejón se ha aprovechado del trabajo hecho…

Y alzó la barbilla mientras contestaba, como un cachorrillo esperando que le rascasen la oreja. Pero su padre solo lo miraba.

—… No lejos de la entrada había montoneras de tierra en las que solo ha crecido la hierba. No había brezos o jaras. Para este verano puede que las haya —aventuró—. Creo que el tejón encontró la zorrera la pasada primavera y se puso cómodo. Excavó nuevas galerías…

No sabía qué más detalles podía dar, pero su padre continuaba en silencio, como si aguardase más explicaciones. Y Diego balbuceó algo, pero terminó por callar.

Ruy frunció el ceño.

—¿Ha despertado ya el tejón de su invernada?

El muchacho no pudo evitar que los ojos se cerrasen. Intentó recordar lo visto, rescatar de la memoria hasta la última brizna y la última piedra.

Al cabo, humilló el mentón sobre el pecho y confesó avergonzado, con las mejillas arreboladas.

—No lo sé, padre.

Y en lugar de la felicitación que había esperado, recibió un ronco gruñido.

—En los corredores de llegada, no lejos de la entrada, había excrementos. ¡Frescos!

Por un rato miraron hacia Ondara. Allí era donde habían levantado campamento, las órdenes habían sido reforzar el castillo, prepararse para pasar la Cuaresma allí.

—Necesitamos una madriguera.

Diego se lo había oído decir a Blasco al llegar, hacía ya tres semanas.

Y los trabajos avanzaban a buen ritmo. Además de limpiar las malas hierbas y desbrozar los caminos, se estaba excavando el foso de nuevo, y los paños de la muralla, además de reparados, se estaban reforzando.

Al norte, se extendía la alfombra parda del marjal. Un tapiz de carrizos y agua. Y en algún lugar de aquel laberinto de canales, puentes enclenques, humedales y trochas desdibujadas cada invierno, estarían escondidos los dos mensajeros, esperando la noche para volver a moverse sin ser vistos.

Los hombres que habían salido de Ondara justo antes de que su padre lo convocase.

Ruy señaló hacia allí con la mano. Y preguntó sin explicar a quién se refería.

—¿Dicen la verdad?

III

Aún escocía no haberse dado cuenta de que el tejón ya había despertado para la temporada. Pero Diego hizo lo que se esperaba de él.

El muchacho se levantó, se sacudió el polvo, y siguió peleando.

—Mienten. Alhayib miente.

—¿Por qué?

—La oferta es demasiado generosa. Lérida y Tortosa llevan años manteniéndose a flote como un barco con una vía de agua, veinte mil maravedíes al año es demasiado.

Las cejas de Ruy hicieron un extraño. No era suficiente.

—Y no tiene por qué pagarlos. Nos hemos hecho con Polop. Pero habrá oído que nos faltan hombres para mantenerlo y seguir avanzando. Además, sabe que no contamos con aliados.

Hubo un leve asentimiento, apenas un temblor.

—¿Qué harías tú si fueras Alhayib?

—Lo que ha hecho —repuso Diego sin dudarlo—, prometernos el cielo para que estemos quietos, para que no hagamos más daño en sus posesiones. Incluso ofrecer un pequeño pago, para asegurarse de que tenemos fondos para atacar Murcia, o Valencia. Castilla a lo mejor.

—¿Por qué?

—Porque quizá así enfademos a otro gato que no pase tanta hambre como Lérida. Y, con suerte, ese gato nos cazará antes o después —concluyó Diego.

No le regaló un elogio. Pero no le quitó la razón.

—Está intentando nadar y guardar la ropa —concordó Ruy.

Y entonces, para sorpresa de Diego, su padre hizo una pregunta que el muchacho jamás hubiera esperado recibir.

IV

El quebrantahuesos volvía a surcar los cielos. Quizá pensando en regresar al nido, donde probablemente habría ya huevos que darían pollos pronto.

La primavera se anunciaba en los días, que le ganaban horas a la noche. En las jaras los brotes maduraban, impacientes por abrirse. Y lo harían si las heladas tardías no castigaban.

Pronto, con el buen tiempo, llegaría el momento de las largas campañas, las algaras. El momento en el que habría que jugarse el todo por el todo.

Sin el apoyo del rey de Castilla. Estaban rodeados de enemigos y, cuando los caminos se despejaran de barro, comenzarían los movimientos de tropas en aquella guerra en la que la religión servía de excusa.

—¿Qué hacemos? ¿Aceptamos los maravedíes y dejamos tranquilo a Alhayib?

Se quedó sin aire por un instante. Tuvo que pensar en volver a respirar. Nunca antes su padre le había pedido su opinión.

—No habría honor en aceptarlo y seguir apretando la soga en su cuello.

—No, no lo habría —admitió Ruy—. ¿Qué hacemos entonces? Los almorávides azuzan por el sur —señaló el horizonte más allá de Ondara—, y al norte —volvió la mano para apuntar por encima del marjal—, Alfonso, Aragón, los condados, la taifa de Zaragoza, Albarracín...

La lista de enemigos parecía interminable.
—¿Qué hacemos? —insistió su padre.

V

Cuando lo habían llamado, Blasco había ido a buscarlo a los alojamientos del hebreo. Diego estaba con Moisés, como era su costumbre, se había ido a ver al médico con la manzana de su desayuno todavía entre los dientes.

Intramuros de Ondara habían descubierto callejuelas con casas que aún mantenían las techumbres en buena condición. Algún remiendo había entre las ruinas que apenas necesitaba una mañana con los carpinteros y canteros. Y Ruy los había asignado para Jimena, los capitanes y el médico hebreo.

Frente a lo que habrían sido establos, aún permanecía en ellos el olor dulzón del estiércol, Galín practicaba con la espada. Empleaba el cepo de una viga caída para obligar a la muñeca a girar, golpeando del derecho y del revés. Pero en el interior, a la luz de un candil, el hebreo le explicaba a Diego lo que Avicena recomendaba en su canon sobre el embarazo.

Diego le había preguntado al médico. En los últimos meses, las noches se le llenaban de sueños en los que se le aparecía una y otra vez la hija del mercader pisano y, de pronto, había cobrado un especial interés en los misterios de la concepción.

—El útero de la mujer se cierra sobre la simiente del hombre y lo primero que se forma es el hígado…

En ese momento había entrado Blasco, sin llamar siquiera.

—¡Tu padre quiere verte!

VI

—Seguir en tierra de nadie —contestó Diego—, hacernos fuertes en la frontera.

El regaliz quedó en la mano una vez más, y se revolvió en el aire.

—Si seguimos ganando castillos y cobrando tributos nos haremos fuertes —aseguró Diego—. Con el tiempo resultaremos incómodos. Antes o después, alguno de los reinos nos ofrecerá soldada para espantar el miedo.

Ruy tiró lo que quedaba del regaliz, que no eran más que unas pocas hebras.

—Tu madre tiene razón —admitió—, tienes cabeza.

Era un cumplido, pero el tono casual, casi frío, le robó a Diego la alegría de oír aquellas palabras.

—Pero te equivocas.

Fue un mazazo. Solo palabras, pero el rostro del muchacho, donde ya despuntaba el bozo de una barba que quería ser tan recia como la de su padre, se contrajo como si hubiera recibido un puñetazo en los riñones.

—Tu abuelo luchó toda su vida en nombre del rey.

El mar le dio a la mirada un lugar en el que perderse, y el Campeador fue sacando las palabras a pocos, como quitando puñados de clavos de un barril.

—No consiguió otra cosa que unas pocas tierras, unos cuantos molinos y promesas. Murió esperando que cualquier día apareciese un mensajero con el nombramiento que había merecido una y mil veces —destilaba escepticismo—. Tantas como se había jugado la vida por el rey Fernando.

Calló para reír. No la risa franca de una broma. No la risa de una alegría. Fue una risa corta, grave, baja. Un raspón.

—No podía andar sin bastón, le habían cortado el tendón de una de las corvas.

Se detuvo, como si en lugar de hablar estuviera escalando un repecho.

—Se jugó la vida una y mil veces por el honor del rey —repitió pesaroso—. Y al final de sus días, sentado en el banco que corría la fachada, esperaba.

No rio. Pero negó con el mentón y sacó de la bolsa al cinto otro pedazo de regaliz.

Volvió a hablar antes de metérselo en la boca.

—Una vez, con tu edad, reuní el valor y le pregunté. ¿Sabes qué me contestó?

Diego logró juntar saliva suficiente para despegar la lengua.

—No, pa... No, mi Cid.

—Que los caminos del rey, como los de Nuestro Señor, son tortuosos... Si no llegaba el nombramiento, buenas razones habría.

Se acercó al borde del parapeto, toda la llanada quedaba a sus pies. Desde allí mismo podría haber echado a volar el quebrantahuesos.

—Donde yo he fallado —susurró el Cid—, tú no fallarás... Tú serás conde de Castilla, como poco.

Por primera vez, el hijo vio al padre perdido. Diego tuvo la sensación de que aquel peñón rojizo era una isla en medio del inmenso océano. Una isla en la que su padre se había convertido en náufrago.

—A Sancho le salvé la vida en Golpejera. Para Alfonso conseguí que el levante hincase la rodilla.

Había tanto rencor en aquellas palabras que temblaban. Reverberaban como la cuerda rasgada con un acorde desafinado. Daba dentera.

—¿Padre?

Y si antes lo había sorprendido con su pregunta, lo hizo más ahora.

Cuando no contestó, Diego se acercó, y el fuerte brazo del Campeador rodeó al muchacho.

Lo sujetó con firmeza, apretándolo contra sí.

El olor del cuero de los correajes. El tacto en la mejilla de los oscuros aros de la cota de malla. El regaliz.

VII

Y también el dejo de la mezcla de aceite de oliva y cenizas con la que el Campeador engrasaba cada mañana su espada.

Quizá siendo solo un niño. No podía recordarlo.

Hasta donde quiso viajar su memoria, Diego no pudo recordar que nunca antes su padre lo hubiera abrazado así.

Y el calor que le llenó el pecho le dejó asomarse a la felicidad.

—Papá...

Y el abrazo se hizo aún más firme.

Se quedaron así. Y Diego deseó que no acabase nunca.

—Solo tendremos lo que consigamos por la mano.

Un padrenuestro se le colgó en los labios. Y Diego rezó por que aquel abrazo no se rompiese jamás.

Pero llegaron los gritos.

—¡Mi Cid! ¡Ruy!

VIII

Jimena se lo había dicho.

—Explícaselo. Le partirás el corazón. Pero lo entenderá.

Los incisivos rastrillaban la barba bajo el labio inferior. Quería un regaliz, pero Jimena se lo había prohibido, estaba harta del pegajoso olor.

—No es el momento —había dicho Ruy.

Y lo había dicho lamentando cada palabra.

—Las cosas han cambiado. Necesito soldados, no médicos.

Una fuerza irrefrenable sacudió el mentón de Ruy. Con disgusto.

—Si doy el paso...

Sopló con desesperación.

—Si doy el paso, él deberá seguir el mismo camino.

Y ella se había puesto frente a él.

—Diego lo sabe. Aceptará tu decisión. Tiene cabeza.

Y el muchacho había demostrado que su madre tenía razón.

Al abrazarlo, al sentirlo apuntando a convertirse en un hombre, casi tan alto como él, los hombros crecidos, capaces de aguantar la espada. Al abrazarlo apenas pudo creer que aquel mismo crío había corrido bajo la higuera del patio en la casa de Vivar. Con el culo al aire, espantando a los mirlos que venían a robar los dulces frutos maduros. Riendo a tal punto que parecía que se le fueran a desencajar las mandíbulas.

De algún modo, aquel niño, torpe aún, como todos los que acaban de aprender a caminar, se había convertido en un muchacho. Casi en un hombre.

Y apretó un poco más fuerte.

Las palabras se le agolparon, quería decirlo, lo pensó.

—Lo siento, no puede ser.

Incluso podía añadir algo más.

—Te necesito a mi lado.

Podía hacerlo. Había vencido ejércitos.

Y no lo hizo.

No fue capaz. Esa mañana, en aquella peña roja, el Cid, el invicto, perdió una batalla. Contra sí mismo.

No fue capaz de decir una sola palabra.

—¡¡Ruy!!

Y ya no tuvo oportunidad de hacerlo.

—¡¡¡Ruy!!!

Más cerca. Una voz familiar. Con urgencia.

Y algo se desgarró en su alma. Aun así, liberó a su hijo del abrazo.

IX

Fue Blasco el que llegó con las noticias. Alcanzó la peña roja sin aliento, empujado por las prisas.

Y Ruy no le dejó abrir la boca.

Se separó de su hijo y dio la orden.

—Irás al marjal, a los arrozales, y les dirás que aceptamos el trato.

Práctico como siempre, Blasco preguntó lo obvio.

—¿Mando entonces recado de marchar a los hombres que dejamos en Polop?

Ruy examinó el regaliz, se acordó de su esposa, y lo tiró al vacío, más allá del precipicio, como había hecho el quebrantahuesos.

—No. La guarnición se queda.

Aunque jamás se le hubiera ocurrido darle voz a las dudas que lo golpearon, el rostro del asturiano fue incapaz de evitar el extraño. Se quedó con la boca abierta, como un niño de teta hambriento.

No negó, no cuestionó, pero tuvo que preguntar.

—¿Dejamos a los hombres en Polop?

—Los dejamos.

—¿Y voy al encuentro de los mensajeros y les digo que aceptamos?

—Les dices que aceptamos.

Y no se atrevió a decir nada más. Afortunado fue de que las moscas no se hubieran presentado aún, porque la boca se le hubiera llenado de ellas.

Cuando se dio la vuelta, lo hizo como un borracho abandonando la taberna.

—¿A qué has venido?

Y cayó en la cuenta de que había llegado allí resollando, pero no para recibir las órdenes, sino para dar un mensaje.

X

Blasco estaba acostumbrado a levantarse cuando un golpe lo enviaba al suelo. Era parte del oficio.

—Ha llegado de Valencia aquel mercader pisano.

Las cejas de Ruy dieron un vuelco.

—Trae noticias de Alqádir.

ACEQUIA, CONCUBINA Y TELA

Año del Señor de 1102

I

El campamento vibraba. Bullía con la excitación. Eran perros ladrando a la entrada de la conejera, y los hombres estaban tan ansiosos que incluso habían brotado las peleas.

Un murciano había perdido unos cuantos dientes.

Tanto castellanos como leoneses se aferraban a cualquier excusa para liberar tensiones.

Y sobraban los graciosos a los que se les iba la lengua con bromas soeces sobre la señora.

—Que no se preocupe doña Jimena por los agujeros en la muralla, que ya se los tapo yo…

—Como no sea con la mano…

—A ver si te tapo a ti la boca.

—No tienes cojones, ni para tapármela a mí ni para encular a esa zorra.

Y las órdenes que había recibido García Ordóñez de su rey Alfonso habían dejado bien claras las intenciones.

Había que alimentar ese fuego.

Alfonso quería que tirasen de las traíllas de sus perros, quería que los echasen atrás, que los apartasen de la conejera, hasta que enloquecieran de rabia, dispuestos a abrir la tierra a mordiscos.

Quería a sus perros rabiosos.

—No quedará piedra sobre piedra. Derribaré hasta la última casucha —amenazó el rey, rojo de ira—. Más le hubiera valido casarse con un macho cabrío.

Y García Ordóñez asentía, con tanta fuerza que el defecto de sus labios aplaudía contra sus dientes torcidos.

—Así se hará, así se hará.

Y cuando se apartó, dejó ver que, tras él, con el mentón arriba, orgulloso, esperaba el hijo de Ojarra.

Tan perdido estaba el rey en sus ansias que tardó en advertirlo.

—¿Es este?

Escupió las palabras como si hablase de la diarrea de uno de sus caballos. Como si el hijo de Ojarra fuera el culpable de que el animal hubiera comido cerca de las playas que rodeaban Valencia y la arena le hubiese atado las tripas.

Y García Ordóñez afirmó retemblando.

—Sí, sí, sí...

Le faltó sacar la lengua y tantear el aire. Tenía pintas de culebra.

Por un momento, el ambiente se cargó. El rey Alfonso apretó las mandíbulas y el muchacho, que acababa de traer una bandeja con una jarra de vino y una copa de cristal, dio un paso atrás.

El cristal tintineó contra la jarra.

Y al muchacho se le cerraron los ojos.

Pero el rey tenía ya demasiado que masticar.

II

Cuando se quitó la ropa, el fresco de la madrugada lo castigó de inmediato.

—¿Estás seguro? —preguntó el moro, perplejo.

Wayib lo miraba. Y la cara de incomprensión del moro tenía algo cómico. Hinchada, amoratada, tirante la piel, no conseguía expresar su perplejidad y, al tiempo, la hacía más evidente.

El lebrel olisqueaba con recelo la acequia. Como si hubiera algo en el agua que corría por ella que le hiciese desconfiar. Y aireó su rotunda opinión levantando la pata en las ajedreas que crecían en las paredes.

El único decidido era el Gallego. Había abierto el tabardo en el suelo y colocaba sus ropas y el zurrón sobre la tela extendida, haciendo un bulto con todas sus pertenencias. Todo menos el colgante que llevaba en el cuello.

—¿Es esta la que lleva a la Xerea?

Preguntó señalando con el mentón a la acequia, que desaguaba en la albufera, a pocos pasos de la casa de Wayib, donde las celebraciones aún continuaban.

Y el moro lo miró sin comprender.

—¿La Puerta de Bab al-Xaria?, ¿la que mira a oriente?

III

Como una olla al fuego, el rey de Castilla, Galicia y León ganaba calor. Por encima de la barba asomaba el encarnado en sus mejillas.

Y sus escoltas se pusieron tensos. Y el trovador del que se hacía acompañar, un toledano que había estudiado con un muladí después de besar la cruz y abjurar de Alá, se retiró a la esquina de la tienda, donde había un armero y tapices que, a la luz de los hachones, dejaban un laberinto de sombras en el que esconderse.

A su rey no le apetecía escuchar cantares.

Incluso García Ordóñez cerró los ojos, esperando que la olla reventarse.

Pero el rey Alfonso se desinfló de pronto, con un largo resoplido. Se pasó las manos por los lacios cabellos, se atusó la barba y se miró en el espejo de bronce bruñido que había sobre un cofre taraceado que había sacado de Toledo, como al juglar, después de conquistar la ciudad.

Sin dejar de mirar su reflejo, recolocándose la corona, dejó una pregunta en el aire.

—¿Faray?

Y el juglar, como si le hubieran ordenado meter la cabeza en la boca del león, salió de las sombras abrazado al arco y a su salterio, que era de factura morisca, taraceado como el cofre del rey.

Al bautizarse había tomado el nombre de Sancho, pero todos en la corte lo seguían llamando por su nombre moro, y Zaida, el último capricho del rey, incluso hablaba con él en su lengua, sin vergüenza.

—¿Faray?

—A vuestro servicio —logró contestar.

Y las manos apretaron demasiado y se asustó del acorde que salió chirriando de las cuerdas.

—¿Qué se cuenta que hicieron los tuyos después de vencer en Simancas?

Ahogado en dudas, el juglar, sin saber de dónde soplaba el viento, no supo qué contestar.

Y ahora Alfonso le habló sin ira, tal que un maestro con un alumno con los sesos escasos.

—Lo de las crucifixiones...

El juglar se apresuró a responder. Y García Ordóñez volvía a asentir con prisa. Su labio deforme chasqueaba con aquel sonido de gorduras rebotando contra el cinto.

—Los perros infieles crucificaron a los pobres vencidos, el Altísimo los tenga en su Gloria y les conceda la vida eterna.

Lo recitó, casi cantando, tan hecho a la profesión que incluso cuando se limitaba a hablar entonaba sus palabras como una cantinela.

Y la olla volvió a calentarse, a punto de reventar.

—¡Moro de mierda! ¿Cómo? ¡¿Cómo los crucificaron?! ¡¿Cómo?!

La saliva del rey salpicó incluso los hachones, que sisearon.

Y los escoltas echaron la mano a las espadas, por si acaso. Sabían que si llegaba la orden y se retrasaban, acabarían tan muertos como el juglar.

El salterio volvió a chirriar desafinado.

—A los pobres que habían luchado en nombre del buen Dios, del único Dios verdadero, Padre, Hijo y Espíritu Santo, les cosieron cabezas de perro en los hombros.

Entonces Alfonso abandonó el espejo. Y se giró hacia García Ordóñez.

Y su rostro ya no estaba congestionado.

—Ya sabes qué hacer.

Y mientras tomaba asiento junto a su concubina, en el fondo de la tienda, señaló con la mano laxa hacia el hijo de Ojarra.

Miró a la mujer con ojos encandilados, dulce de pronto como un panal. Y entrelazó sus manos con las de la mora, que tenía una belleza morena que despertaba lujuria en los hombres y envidia en las mujeres.

Y Zaida le susurró algo al rey. Y al susurrarlo pasó la lengua por la oreja de Alfonso y atrapó el lóbulo entre los dientes para mordisquearlo sin recato.

El rey asintió. Y no tuvo reparos en buscar el pecho de la mora y amasarlo por encima del vestido de seda verde. Era un pecho generoso, del color pardo de la madera aceitada. El atrevido escote, por encima de los brocados, enseñaba curvas que se ondularon con la presión de la mano real.

—Pero hazlo fuera del campamento, lejos, que no lo vean los demás.

El hijo de Ojarra no se movió, ni siquiera pestañeó, pero García Ordóñez les hizo un gesto a los escoltas.

Y se movían para obedecer cuando el telón de la entrada se abrió y uno de los capitanes entró resollando.

—¡Alteza!

IV

Al escuchar el nombre que le habían dado aquellos que en lugar de llamarla Valencia la llamaban Balansiya, el moro comprendió por fin.

—Sí, esta es —afirmó.

Y sin más palabras, el yesero se dispuso a doblar el tabardo. Pero la mano de Wayib lo retuvo.

—A veces, cuando la pesca es mala, pongo unas cuantas nasas en la acequia —contó tímido, parecía un enamorado declarándose—, para los cangrejos. No tienen mucha carne, pero a las niñas les gustan...

Se rascó el cogote. Indeciso.

—Más de una vez, con los cangrejos...

El lebrel se le acercó. Advirtió las tribulaciones de su nuevo amigo y frotó el grueso pescuezo contra las piernas del moro.

—... vienen puntas de flecha.

Su salvador lo ignoró.

El yesero acabó de doblar el tabardo sobre sí mismo, envolviendo sus pertenencias. Y usó las mangas para rodear el petate y atarlo con fuerza.

—Dicen —parecía que los piojos hubieran decidido comerle hasta las ideas, el pobre Wayib no podía rascarse con más fuerza—, dicen que las almas de los muertos siguen vagando... Que se las oye lamentarse en las noches sin luna.

El Gallego levantó el rostro. No mostraba vergüenza por estar completamente desnudo.

—¿Sabes lo que pasó?

—Murieron muchos.

Asintió el yesero.

—A algunos los maté yo.

Y silbó antes de echarse al agua.

El lebrel lo siguió sin dudarlo.

Wayib dudó, pero gritó para llamarlo. No sabía la verdad. Pero no podía callar lo que le bullía dentro.

—¡Espera!

V

El rey Alfonso bufaba como un gato en una habitación llena de mecedoras.

—¿No se matarían los unos a los otros?

El capitán, que era el hombre que había controlado Valencia para Alfonso antes de la batalla de Zalaqa, respondía al nombre de Alvar. Alvar Fáñez, de buena fama y mejor espada. Y contestó seguro, con un vozarrón profundo que encajaba con sus hombros recios.

—Las huellas son claras, y se conoce la mano. Un hombre mató a tres y remató al cuarto. Y se llevó al prisionero, probablemente el dueño de la barca.

—¿Y quién mataría a cristianos y almorávides por igual? ¿No irás a decirme que los francos también se han enterado de lo que guarda la ciudad?

En las preguntas del rey había inseguridad. Una inseguridad temblorosa. Temía que otro jugador se hubiera inmiscuido y temía que, con solo mentarlos, sus miedos se hicieran realidad.

García Ordóñez tuvo que intervenir, para hacerse valer.

—¿Alguien de las taifas, descontento con los almorávides?

Hubo silencio. Y a un leñador con un hacha afilada le hubiera costado sacarle astillas.

Ojarra dio un paso al frente.

—Ha sido ese Galín, el yesero. Quiere entrar en la ciudad.

Todos clavaron sus ojos en él.

—Podéis elegir el perro y cortarle la cabeza. Pero dadme dos días, solo dos días...

No le tembló la voz. Y a uno de los escoltas se le escapó un asentimiento de admiración, con la barbilla torcida y los labios fruncidos, como si le disgustase admitirlo pero no le quedase otro remedio.

—Mató a mi padre.

Y el rey miró a su concubina, buscando consejo.

VI

La acequia escapaba de Valencia, de Balansiya para otros, buscando el calor del sur, la laguna de la albufera, a la que nunca le sobraba el agua dulce.

Atravesaba el alfoz, las huertas. Lamía los campos. Por tramos se escondía entre tarajes, abrazados unos contra otros con sus ramas finas, para protegerlas de los humanos, que las cortaban para hacer ataderos y sogas.

También había algún sauce. Y puentes pequeños, y canales que se alimentaban de la acequia para regar parches de tierra donde aún quedaban alcachofas.

Una pareja de patos había hecho su nido en donde la acequia había perdido uno de sus tabiques. Allí el agua se remansaba para dejar que se acumularan palos y desperdicios en un amago de orilla.

Las primeras ranas de la temporada eructaban cantos tempraneros para enamorarse a su modo.

Y no faltaban las ratas. A las ratas no les costaba apañarse en los humedales, allí siempre había algo que aprovechar, más aún en la acequia, donde acababan las inmundicias de la ciudad.

Era una más, como tantas otras de las que tejían un tapiz entre la ciudad, la albufera, el río y los arroyos.

Era la acequia que nacía junto a la puerta este, la que llamaban de la Xerea.

Una más, a no ser por el hombre y el perro, que avanzaban a contracorriente.

El hombre mantenía la cabeza gacha, para que no asomase por encima del borde. Ponía exquisito cuidado en que su silueta no se recortase contra el horizonte, por donde el sol empezaba a despuntar.

—¡Espera!

Eso había gritado Wayib.

Y el yesero se había echado el pelo mojado hacia atrás. Sin protestar por el frío, sin tiritar. El agua le llegaba al pecho y la corriente pegaba a su piel una cinta de lentejas de agua.

Y había esperado.

VII

Había esperado.

Y el moro dudó. Pero algo lo espoleó a hablar.

—Muchos. *Kathir*, muchos —insistió—, no recuerdan tiempos mejores en Valencia. En estos últimos años, desde... Sé que hay algo... Tú... Pero...

El lebrel chapoteaba, dando vueltas en torno al Gallego, y mordía el agua, entretenido con un juego que solo él podía comprender.

—Para todos, para moros y cristianos...

Wayib balbuceaba. Empezaba y callaba. Quería decir tanto que no atinaba a decirlo. El ceño fruncido de su salvador lo intimidaba.

—No es consuelo —repuso el yesero.

Ronco. Más allá del enfado. Con resignación amarga.

Y Wayib cerró la boca. Uno de los cortes en sus labios se había vuelto a abrir y una gota de sangre bailaba en la comisura. Temblaba indecisa, reuniendo fuerza para caer. El pescador quería decir más, pero no se atrevía.

Y pareció que aquel extravagante cristiano iba a vadear la corriente de la acequia. Pero se quedó donde estaba, y el perro abandonó sus juegos y alzó la cabeza para mirarlo.

No volvió el rostro. Pero dijo algo más.

—El asedio fue una salvajada —tascó entre dientes—. Y muchos pagaron el precio más alto, ¡lo siguen pagando! Demasiados.

La gota de sangre cayó cuando Wayib apretó los labios. Intentaba contenerse, no quería llevarle la contraria a su salvador, pero las palabras brotaron de golpe con voluntad propia.

—Hay que cortar la tela antes de poder coserla.

—¿A cambio de cuántas vidas? —Suspiró—. ¿Y con qué razón?, ¿para conseguir qué?

Sacudió el mentón y el pelo mojado salpicó una lluvia fina.

Y Wayib se fijó por primera vez en las cicatrices. En un costado del cristiano la piel se había rejuntado para cubrir un agujero, la huella de un puñal o una lanza. De la espalda al cuello remontaban trazos secos, como de latigazos. Incluso el caos de una quemadura.

—¿Quién eres?

Le señaló al lebrel para que avanzase contra la suave corriente de la acequia. Y Wayib creyó que no diría nada más, pero lo hizo, al tiempo que daba el primer paso tras el perro.

—Uno de los recortes de esa tela que dices…

Y unos pasos más allá, entre los chapoteos, añadió algo.

—Uno que acabó en la basura.

VIII

Aunque no había amanecido, la partida ya estaba preparada.

Sin perros, solo tres hombres y una rata.

Y se disponían a salir antes de que la amanecida colgase al sol en el cielo.

Repasaban los pertrechos. Y uno de ellos, el más alto, había sacado un palmo de la espada de su funda y apoyaba la yema del pulgar para comprobar el filo.

Cuando sintió el corte y la sangre manó hasta su palma, se dio por satisfecho.

—¡En marcha!

IX

Ella no había hablado en voz alta, había susurrado de nuevo al oído de su amante.

Cuando el rey volvió a mirar al hijo de Ojarra, una sonrisa de niño travieso le cruzaba la barba.

—Tendré a mi crucificado con la cabeza de perro cosida al hombro —aseguró con una frialdad impropia de aquella sonrisa—. O tú o él. Te doy dos días. En dos días entraremos en la ciudad, ¡pase lo que pase!

Y lo despidió con un ademán perezoso de la mano. Alfonso se había cansado de trivialidades.

Sin embargo, cuando García Ordóñez se lo llevó fuera, le preguntó qué necesitaba para encontrar a aquel hideputa del yesero, al único que podía darle al rey las respuestas que necesitaba sobre el desaparecido tesoro.

Y Ojarra, el hijo, lo tuvo claro.

—Perros. Los dos escoltas que guardan al rey. Y una rata.

La incomprensión puso una horrible mueca en la boca deformada del conde de Nájera.

—¿Una rata?

Ojarra lo miró. Y al noble le asustó ver a aquel vasallo, a aquel don nadie, tan entero bajo una condena a muerte.

En aquel momento decidió que no le gustaba, y que pensaba guardarse de él, fuera cual fuera el resultado de aquella caza que iba a comenzar.

—Una rata —reafirmó Ojarra.

Y como no sirvió de nada. Se explicó.

—Un veterano, un mercader, un contrabandista, un ladrón. Al más hideputa de todos ellos. Al pedazo de escoria más apestoso de la ciudad. Una rata. Una rata que conozca hasta el último rincón de la ciudad.

X

Y García Ordóñez era un hombre de recursos, siempre buscaba de dónde sacar información que poder servir al rey en bandeja de plata.

Si alguien en la corte mantenía una nutrida plantilla de espías y conspiradores era García Ordóñez.

Para tener contento a Alfonso y quedar como un buen vasallo. O quizá para asegurarse de que una mañana no le obligasen a desayunar un palmo de acero.

Hubo que despertar a unos cuantos. Dar unas pocas patadas. Y dejar caer más de una amenaza. Pero mediados los gallos Ojarra tenía a su rata. No sus perros, el Boquituerto supo lo sucedido en Cornago y no quiso arriesgarse a que alguno de los lebreles del rey no regresase, pero sí a su rata.

Qasim presumía de descender de los califas de Córdoba. Pero era contrahecho, enano y capaz de albergar una mala leche que le llevaba tres cuartas de alto.

Y, además, su boca era una ruina, con dientes que solo tenían dos colores, negro o pardo. Aunque el mal aspecto no era lo más destacable de aquella boca rellena de escombros, sino el mal aliento, un tufo tan considerable que no había quien se cruzara con él que no agradeciese que fuese enano.

Porque aun siendo enano había que dar un paso atrás para no desmayarse, pero de haberle regalado Alá la misma estatura que tenía su mala leche, se le hubiera tenido que guardar más distancia que a una carga de caballería pesada.

Ojarra, sin embargo, ni pestañeó cuando el aliento de Qasim cubrió el trecho que los separaba.

—Sobornar a los guardias es jodido —elucubró, más para sí mismo que para contestar a la pregunta de quien lo había sacado a patadas de su sueño—, le tienen aprecio a la ramera cristiana.

La mano de Ojarra lo apremió para que fuese al grano.

—Los negocios están jodidos, apenas entra o sale nada.

—Cobrarás lo prometido.

Fue tajante. Pero se aseguró de que el mensaje calase.

—Puedes elegir, si aciertas cobrarás lo prometido en oro. Si no aciertas, lo cobrarás en hierro.

Y ni siquiera le hizo falta acercar la mano a la espada.

Si Qasim había sobrevivido contrabandeando, robando y engañando treinta y muchos de sus cuarenta años, había sido porque tenía sesos, aunque no le llegasen a la altura de su mala leche.

Y nadie le tenía mayor aprecio al pellejo de Qasim que el propio Qasim.

—Desde el desaguisado de Cuarte circula un rumor de punta a punta. Pero no conozco a nadie que lo haya usado...

Ojarra se le puso a un palmo, y no dio muestras de que le molestase el tufo.

—Si tiene cojones...

Y se detuvo para hurgarse los dientes con una uña larga y sucia. Como si necesitase reflexionar antes de seguir hablando.

—Si los tiene y los rumores son ciertos —puntualizó levantando el dedo, y en la uña quedó colgando una hebra de carne—, puede intentarlo por la Puerta de Bab al-Xaria.

Las cejas de Ojarra se alzaron.

—Por la Puerta de la Xerea...

UNO, DOS Y TRES

Año del Señor de 1089

I

Giovanni se retorció los bigotes con sus dedos regordetes. Cambió de posición en el asiento. Y carraspeó.

La sonrisa intentaba mantenerse a flote, con grandes esfuerzos. Pero no lograba disimular su incomodidad.

Lo austero del lugar, donde un cubo recogía la gotera del techo, no ayudaba. Tampoco el penetrante olor a regaliz.

Aún menos la seca reacción de Ruy a sus grandiosas palabras.

En el tablero aún podía verse la última jugada, la que había condenado al rey blanco del pisano, en una deshonrosa retirada hasta una esquina. Y cuando el Cid miró a su esposa sobre aquella derrota, Giovanni tragó ruidosamente.

El mercader se alisó el jubón.

Y como se le hizo poco, se recolocó las calzas, porque, de pronto, le faltaban carnes con las que llenarlas.

Blasco había ido a buscar al Cid y a su hijo en cuanto el mercader se presentó en Ondara, y Otto se había llevado al pisano y a su comitiva a los aposentos que se habían aprovechado para Jimena y las niñas. La que debió haber sido la casa de un orfebre.

Al llegar habían encontrado, desperdigadas, las pequeñas herramientas del oficio en una enorme mesa de trabajo. Y se había arreglado con dos martillazos, cuatro clavos y tres pasadas de escoba. No había mucho más que lo que se veía.

Demasiado humilde para el comerciante.

Para colmo, el pisano había traído la lluvia consigo, un calabobos que apenas pasaba de llovizna, pero que se las apañó para colarse por las rendijas de una techumbre que, en ese mismo momento, aún estaba siendo reparada. Por encima de sus cabezas podían oír el martillar de los peones y las órdenes de Nicoloso, que se esforzaba por darle lustre a los apartamentos de la señora.

Para espanto del mercader, la propia Jimena había colocado el cubo bajo la gotera, con una sonrisa, como si ofreciese un manjar a un conde en la mesa de la corte dispuesta en Burgos.

Y a Giovanni le pareció, una vez más, que era una mujer excepcional. Incluso rodeada de miseria, Jimena brillaba. Su mera presencia convertía una pocilga en un palacio.

—Llegará pronto —había dicho la esposa del Cid—. Entre tanto, ¿puedo ofreceros algo de beber?

Y el mercader había contestado, como siempre, con grandes palabras y gestos aún más grandes.

—No me perdonaría causar molestias. ¡Es lo último que querría! No, gracias, puedo esperar a que regrese Ruy sin otro consuelo que el de vuestra compañía, mi señora.

Jimena se había limitado a asentir y había tomado el tablero de ajedrez en sus manos para disponerlo en la mesa, calzada con una cuña que había encajado Nicoloso en una de las patas.

—Entonces quizá convenga encontrar el modo de matar el tiempo en tanto Blasco no regresa con mi esposo.

Y como la guerra era asunto de hombres, no imaginó Giovanni que iba a perder miserablemente no una, sino dos partidas contra una mujer.

Como tampoco imaginó que, después de hablar con el Cid, temería por su propia vida.

—Si es verdad lo que dices, ¿por qué ahora?

El pisano no supo qué contestar. El Cid hablaba como si cada palabra fuera un hachazo con el que talar un árbol en su camino.

—¿Por qué no hemos tenido noticias de tu querido Alqádir antes? ¿Por qué ha esperado tu querido Alqádir hasta que los emisarios de Alhayib se han echado de vuelta a Lérida?

II

En cuanto el Cid y su hijo entraron, Giovanni comprendió que las cosas no iban a resultar como había planeado en Valencia.

Ruy no saludó más que con un leve asentimiento, y lo primero que hizo fue acercarse a su esposa, ignorando a su invitado.

Y lo segundo fue señalarle a su hijo el tablero de ajedrez y sonreír maliciosamente. No quedó satisfecho hasta que Diego razonó en voz alta los últimos movimientos, los que habían condenado al ejército de madera del pisano.

Jimena se disculpó, dijo que debía atender a las niñas. Y Diego, aún turbado por lo sucedido en la sierra, se ofreció a almohazar a los caballos y respiró tranquilo cuando su padre le concedió permiso.

Una vez solos, Ruy le dirigió la primera palabra.

—La vida real no siempre es tan fácil —dijo vertiendo una mirada sobre el tablero—, en la vida real no todos los enemigos son negros... O blancos.

Y las tripas de Giovanni le aconsejaron a gritos que se anduviese con pies de plomo.

Algo había cambiado en aquel hombre desde la última vez que se habían visto. Y ese algo daba escalofríos.

—Traigo grandes noticias de Valencia, buenas de verdad.

Le imprimió a sus palabras un tono jovial, casi festivo. Pero la mirada del Cid, trabada en el tablero, no se iluminó.

—«No tendrá temor de malas noticias —dijo—. Su corazón es firme...».

Y Ruy alzó al fin los ojos antes de continuar.

—¿No es eso lo que reza el salmo?

El mercader carraspeó.

Y Ruy no le dejó contestar.

—No son las malas noticias las que me preocupan, son las buenas...

III

En los corrales, Diego cepillaba al bravo semental negro de su padre con paja fresca.

Y no se dio cuenta de que era ya la décima vez que pasaba el manojo por el mismo sitio hasta que el caballo resopló un disgusto.

—Perdona.

Y continuó con las ancas, disciplinado, con largas pasadas que dejaban la capa lisa y brillante. Y que satisficieron a su cliente que, más relajado, dejó el peso en una de las patas traseras y encogió la contraria para apoyar solo el borde del casco.

Le costaba concentrarse en lo que hacía, las palabras de su padre jugaban a las carreras en su cabeza.

No volvió a equivocarse, pero no prestaba atención.

Al terminar, se metió bajo el cuello del caballo y dejó que el semental lo apoyase en su hombro. Lo palmeó en el pecho y levantó el brazo para acariciarle la frente y las orejas.

—Te gusta, ¿verdad?

Y, para sorpresa del muchacho, el caballo contestó.

—Un animal precioso.

Desconcertado, el muchacho miró al semental. Y entonces llegaron las risas.

Al escucharlas, se volvió.

Recortada contra la lluvia, bajo el dintel que Nicoloso había tenido que apuntalar, estaba ella.

Lilia.

Se había puesto un capote sobre los hombros, y las manos recogían las puntas justo bajo los pechos. Y los pechos se alzaban por los brazos que los acorralaban. Llenaban el vestido. Y las risas, francas, los obligaban a subir y bajar.

Tuvo que reconvenirse a sí mismo para alzar los ojos y mirarla a la cara.

Ella se había dado cuenta, y la risa se convirtió en una mueca divertida.

No supo qué decir. El caballo de su padre relinchó y se acercó a la joven con un trote amigable, como si lo hubiera llamado.

Diego se quedó donde estaba.

Bajó la cabeza y la acercó al pecho de Lilia para hociquear como un perro.

Y volvió aquella risa. Una risa que apagaba la lluvia.

Lilia le concedió al animal los mimos que buscaba. Y al hacerlo inclinó el rostro y un mechón se escapó para enmarcar el perfil.

Lo acarició, y el caballo dejó escapar un relincho quedo de pura felicidad.

—Un poco atolondrado —dijo risueña.

Diego no se había movido. Pero ella echó a andar hacia el interior de los establos, y el caballo la siguió. No hacían falta riendas de las que tirar.

—Sigue creyendo que es un potro.

Lo intentó, incluso apretó los puños, pero Diego fue incapaz de abrir la boca y decirle que sí, que el caballo seguía teniendo el alegre carácter de un potrillo y que, como contaba su padre, incluso en medio de la batalla, en el horror de la sangre y el hierro, seguía cabeceando inquieto.

Ella lo miró.

Y una mosca que se había refugiado de la lluvia incordió al animal.

El coletazo barrió las mejillas de Diego y le revolvió el pelo. Y darse cuenta de lo que acababa de pasar pintó de rojo las mejillas del muchacho, que no supo qué hacer, aunque sí qué desear.

Deseó que la tierra se abriese en canal y se lo tragase.

—¡Estás ahí!

La nueva voz llegó desde fuera, desde la lluvia que punteaba los charcos del patio del castillo de Ondara.

Y aunque Diego no se movió, la muchacha se giró.

—Está tranquila, ¡ven!

Era Galín. Caminaba tras su sonrisa, sin apartar los ojos de la muchacha. Y cuando llegó al umbral, bajo aquel dintel que Nicoloso había tenido que apuntalar para que no le partiese la crisma a cualquiera, apenas le dedicó una inclinación de cabeza a Diego, que seguía plantado allí, en el sitio justo para recibir una coz, o para que la cola del semental le volviese a barrer la cara.

—¡Vamos!

Se echaron con prisa a la lluvia, no corriendo, pero sí con paso alegre, entre risas.

Ella apenas se volvió para dejar una despedida sobre el hombro.

Reía.

Y Diego se quedó donde estaba, con mil palabras por decir y un silencio capaz de engullir diez veces mil.

Se quedó allí hasta que el semental se dio la vuelta y le olisqueó la mano, buscando el premio que solían darle después del cepillado.

Pero el muchacho no se había acordado de coger una manzana o un nabo de la despensa.

Caminó hasta quedarse bajo el dintel y apoyó el hombro en el puntal que había clavado Nicoloso.

Aunque solo los veía marcharse. Allí, bajo la lluvia, que se abrió para que un inoportuno rayo de sol pintase el patio de Ondara, le pareció que bailaban.

IV

Cuando Blasco y Nuño llegaron, la cara del mercader tenía un extravagante color ceniciento.

Y Ruy no se molestó en dar explicaciones.

—Buscadle acomodo.

Como si le hubiera dado un ataque de hipo, el pisano rebotó en la silla.

—Necesito un par de días para pensármelo —añadió Ruy.

Le había hablado a Giovanni, pero ni siquiera lo miraba, colocaba las piezas sobre el tablero para empezar una nueva partida.

Y Blasco advirtió que el mercader se tragaba las preguntas que quería hacer, por puro miedo a abrir la boca.

Para que se levantase, Nuño le tuvo que meter la manaza bajo el sobaco y ayudarle. Y al hacerlo, Blasco también advirtió el mohín que torció el rostro de su amigo. Nada más tocar al pisano, el burgalés se empapó los dedos con sudor.

V

Diego había ayudado a Moisés durante el parto.

En un rincón de lo que debió haber sido la tahona de Ondara, entre paja limpia, nada más instalarse en el castillo, la más joven de la manada había dado a luz a una camada de cuatro pequeños.

Y los perrillos ya se las apañaban para ir de un lado a otro, mordiéndolo todo, tropezando, cayendo. Jugando.

—Son preciosos.

Había dejado al semental con una saca de forraje y tuvo que volver, porque se había olvidado de cerrar el pestillo que aseguraba la cuadra. Después salió corriendo. Y al ver a dónde se dirigían, se subió a una pila de escombros que habían dejado las reparaciones.

La escombrera le permitió mirar dentro, a través del hueco que había dejado la chimenea del horno al derrumbarse.

El agua le pegaba el pelo a la frente, y tenía que pasarse la mano por el rostro para enjugarlo. Pero podía verlos. Y ellos no lo verían a él a no ser que se les ocurriese levantar la cabeza.

Bajo el alero contiguo, donde las tejas eran un amasijo de trozos comido por los hierbajos, dos palomas lo miraban sin entender. Y Diego no les hacía caso.

—¡Qué lindos!

Risueña, había cogido a uno de los cachorros en las manos, y el perrillo, indeciso, tanto le mordía los dedos como intentaba mamar.

Su risa lo llenaba todo.

Galín también reía. Y sus ojos brillaban.

La madre, tranquila, acostumbrada a los humanos, era la mejor rastreadora de los lebreles que Ruy mantenía para levantar perdices y palomas tras las que lanzar a sus halcones. Y aunque no quitaba ojo a sus pequeños, le dejaba hacer a la pareja.

Otro de los cachorros encontró el talón del fino borceguí de cordobán que ella calzaba y empezó a mordisquearlo con una furia que le quedaba grande.

Le hizo perder el equilibrio a Lilia, que pasó de estar en cuclillas a sentada en la paja, junto a la perra.

Y el volumen de las risas creció.

Rieron, hasta que callaron de pronto, y se miraron el uno al otro.

La lluvia rumoreaba. Los cachorrillos gemían. La perra jadeaba.

Sus ojos quedaron trabados.

Y, sin darse cuenta, su mano arrancó los musgos que el tiempo había dejado en las piedras de la chimenea.

En aquel momento, con el ceño fruncido y el corazón roto, Diego odió a su mejor amigo.

Y se odió a sí mismo.

VI

Cuando Blasco y Nuño regresaron, Jimena y su esposo jugaban una nueva partida, y las posiciones eran reñidas.

Los dos callaron, no se atrevieron a interrumpir.

Hasta que Jimena movió uno de sus alfiles. Entonces se levantó, susurró algo al oído a Ruy y, apenas girando el rostro, les habló.

—Me temo que las niñas me reclaman.

Ninguno de ellos había oído que la llamasen. Pero Jimena dejó a los hombres solos.

Ruy analizó el tablero. Y acabó por sacudir el mentón.

—Jaque mate —aseguró tumbando a su rey.

Y, antes de meterse un regaliz en la boca, echó un reojo a sus espaldas, para comprobar que su esposa subía ya las escaleras. Solo entonces miró directamente a sus hombres, dándoles permiso para hablar.

—No sé qué le has dicho —aseguró Nuño—, pero lo primero que va a hacer es cambiarse los calzones cagados. Le llega la mierda a las orejas...

—¿Qué quiere? —preguntó Blasco.

Y el Cid sonrió.

—Ha venido a asegurarnos que Alqádir mantendrá su palabra.

Nuño resopló, y a punto estuvo de escupir.

—Ahora nos ofrece el culo, ¡cobarde! Si se hubiera jodido lo de Polop, ese mierda de Alqádir hubiera enviado al mercachifle a decirle lo mismo, exactamente lo mismo, al cabrón de Alfonso.

—¡No! Hubiera enviado a embajadores, ¡cargados de oro y sedas! —intervino Blasco—. Ha enviado al mercader por si acaso alguien lo veía. Le habrá prometido negocios ventajosos a cambio de hacer de correveidile.

Y Ruy, tras asentir, se explicó.

—Por eso mismo le he dicho que era un embustero.

A Nuño se le escapó una carcajada. Y Blasco entrecerró los ojos con aire suspicaz.

—Ayer te preguntabas si aún podríamos contar con los almacenes de Valencia...

—Nuestras dudas, nuestras son —interrumpió el Cid—. Ni el pisano ni Alqádir tienen por qué saber que eso nos preocupaba.

—¡Serás zorro! —exclamó Nuño, admirado—. ¿Y qué le has dicho para que se cague encima?

El Cid examinó el regaliz como si fuera una joya, y contestó burlón, conteniendo la risa.

—Que jamás había dudado de que era yo, y no Alfonso, el que conservaba los derechos del acuerdo al que llegamos. —Nuño sonrió de oreja a oreja—. Que haber venido era una ofensa, por su parte y por la de Alqádir. Y que me voy a pensar si perdono o castigo esa ofensa...

Nuño se palmeó los muslos y silbó.

—Ese bujarrón de Alqádir se va a comer las uñas y los dedos al ver que no vuelve —dijo al borde de la risa.

Y Ruy asintió.

—Dejaremos que los dos suden un par de días.

—Lo malo es que esa rata de Alqádir habrá vaciado nuestros almacenes —protestó Nuño.

—Por eso mismo —repuso Ruy alzando el regaliz—, antes de dejar marchar al mercader, nos aseguraremos de que entienda que, en unos días, enviaremos a... Digamos, quinientos hombres a hacer inventario, incluso podríamos decirle que dos mil... No importa...

—Pero no tenemos...

El Cid no le dejó acabar. Lo miró fijamente y lo instó a recapacitar revolviendo el regaliz en el aire.

Y el entrecejo de Nuño se frunció mientras razonaba. Era el mejor rastreador, e inigualable con la espada. Pero el burgalés necesitaba sus tiempos con las estrategias.

Cuando el ceño se desató, su rostro se transformó en una sonrisa radiante.

—¡Cagüen la leche que mamé! Serás... ¡Es una amenaza! Van a perder el culo devolviendo...

Y le dio la risa, y acabó por darse una palmada en el muslo al comprender las implicaciones.

—¡Por las barbas del profeta! ¡De todos los profetas! Y aún tenemos lo de Polop... En cuanto se corra la voz habrá cola para luchar con nosotros —aseguró Nuño, encantado—, no nos faltarán hombres.

Ruy volvió a asentir.

—Esa era la idea —concordó.

Y Blasco, circunspecto de pronto, como si acabase de caer en la cuenta de que no había organizado las guardias, añadió algo más.

—Ya sabes lo que va a decir Otto...

—Que no le gusta —aseguró el Cid con un resoplido—. Que esa voz nos traerá amigos, pero también enemigos.

—Y...

A Nuño le brincaban los ojos. Por el contrario, el asturiano tragó como si le costase. Pensaba más allá que su compadre.

—Ru... Mi Cid, sé que es un aguafiestas, pero tendría razón. Tanta miel podría atraer algo más que moscas.

El buen ánimo de Ruy no se alteró.

—Lo sé, Blasco, lo sé. A los osos también les gusta la miel.

TENAZAS, CACHORRO Y VOLUNTARIO

Año del Señor de 1090

I

El conde de Barcelona, el segundo Berenguer Ramón, parecía a punto de arder. Como un leño tras un rato sobre las brasas. Bastaba soplar para que quedase envuelto en llamas.

Se rascó las narices. Y volvió a rascárselas, con más fuerza. Y no quedó satisfecho hasta que se recolocó el pelo tras la oreja, dos veces. Y una tercera. Solo entonces logró mantenerse sentado y erguido durante el tiempo suficiente para abrir la boca.

—¿Por dónde?

Pero Diego no oyó la pregunta, seguía dándole vueltas a las órdenes de su padre, a lo que había sucedido en el cortado.

Y, como no respondió, los dos hombres que lo retenían lo sacudieron.

No sirvió de nada. No contestó. Solo miró a su derecha.

Allí estaba Galín. También preso entre otros dos que lo sujetaban sin miramientos.

Sacaba la cabeza, como dispuesto a lanzarse al vacío. No había en él un asomo de duda. Ni de miedo.

Una brecha le partía la ceja. Sangraba. Los cardenales le atravesaban la cara. Pero ninguno de los puñetazos había logrado sacarle una palabra. Ni una sola. Al contrario, se veía ansioso por vengarse, aunque no tuviera posibilidad de salir con vida.

Y no la tenía. La tienda del catalán estaba abarrotada.

El conde soltó una risa estridente y se bajó de su ridículo trono.

Aguzando la vista aún podía verse la marca que el puñal del Cid dejara dos años antes en el respaldo.

Se acercó hasta sus prisioneros.

El conde y sus capitanes querían respuestas. Y estaban decididos a sacárselas a aquellos desertores. A arrancarlas.

—¿Por dónde?

Y cuando no contestó lo golpeó con todas sus fuerzas.

El puñetazo cayó donde ya habían caído muchos. Ninguna de las cejas de Diego se había partido aún, pero apenas podía mantener el ojo izquierdo abierto. Estaba hinchado. Todo su rostro lo estaba.

Era una masa sanguinolenta.

Nadie lo mencionó, y los catalanes fingieron no darse cuenta, pero el conde disimuló el dolor de la mano con una seguidilla de saltitos y pasos sincopados. No era un hombre acostumbrado al trabajo sucio. Para esas delicadezas prefería dar órdenes.

Se movía igual que un pajarillo, a brincos, como si antes de cada gesto alguien lo pinchara con un alfiler.

—¡Que venga el herrero!

Y volvió a remeter sus guedejas tras la oreja, a rascarse las narices, y también el cogote.

—¡¡Que venga el herrero!!

Repitió. Chillando. Y sonó a rabieta.

II

El herrero vino a toda prisa, casi a rastras. Dos hombres del conde lo trajeron a empellones, como si fuera otro al que hubieran sorprendido desertando.

Pese a los tropezones, y a que más que sujetarlas traía las herramientas enredadas en los dedos, consiguió que no se le cayesen, y pudo postrarse ante el conde con un tintineo de hierros y la cara fruncida, como si mordiese algo sacado de las letrinas.

—¡Tenazas! ¡Calienta las tenazas!

No se hizo repetir la orden.

En un abrir y cerrar de ojos, había avivado el fuego de uno de los pebeteros y tenía sus tenazas enterradas en las brasas.

El conde se rascó una oreja, brincó sobre la punta de los pies y encaró a Diego.

—Veamos de qué pasta estáis hechos.

III

Los hierros se calentaron. Cambiaron de color. Pero Diego no les prestaba atención.

Cuando sus captores le dejaban, no miraba hacia el pebetero, de donde salían los mangos de las tenazas como clavos a falta de un martillazo, miraba hacia Galín.

El conde tenía preguntas. También Diego.

Y no se preguntaba qué hacía allí. Se preguntaba dónde estaría Lilia.

IV

Giovanni regresó a Valencia.

Con el alivio de ponerse en camino y conservar la cabeza aún sobre los hombros, de vestir uno de sus caros jubones en lugar de una mortaja.

Con alivio, y con un mensaje donde el Campeador aceptaba una propuesta que Alqádir ni siquiera había hecho. Según aquellas letras, que se habían escrito dando por sentado que el regente valenciano firmaría, se decía que la ciudad, a cambio de la protección de las tropas de Ruy Díaz de Vivar, no solo consentía en el uso de almacenes y otorgaba prebendas de comercio, sino que también pagaría treinta mil dinares anuales.

Lo que no se había escrito era lo que sucedería si Alqádir se negaba a firmar. O si en los almacenes de la ciudad faltaba un solo grano de arroz.

Pero no era difícil imaginarlo.

Al menos no para Giovanni, que llevaba años entremezclando política y mercadeo.

Y pese al susto, que aún llevaba metido en las tripas, estaba satisfecho. Porque aquel mensaje del Cid también tenía implicaciones para él. De las que le gustaban, de las que dejaban beneficios.

Y en su camino se topó con la constatación de que se había arrimado a un árbol con buena sombra. Tuvo la certeza de que se avecinaban buenos tiempos para el comercio en Valencia. A cada poco se cruzaba con soldados, a pie o a caballo, solos o en grupo, desharrapados o vestidos como recién salidos de la corte.

—¿Serán suficientes para asegurar el territorio?

Sentada en el pescante, a su lado, la pregunta la había hecho su hija, que tenía en el regazo a un cachorrillo de lebrel.

Lilia siempre había mostrado interés por conocer los negocios y asuntos de su padre. Como solía presumir Giovanni:

—Puede calcular el porcentaje de un préstamo más rápido que yo mismo.

Y volvía a mostrar su perspicacia, pese a estar jugando con el cachorro. El perrillo mordisqueaba las borlas que decoraban las mangas del vestido de la muchacha.

Podía haber preguntado a dónde iban aquellos soldados con los que se cruzaban, sin embargo demostró una vez más que el futuro del negocio familiar quedaría en buenas manos. Lilia había dado en el clavo.

Y Giovanni respondió a la altura, dando fe de que su hija tenía a quién parecerse.

—En manos de Alqádir no. Y creo que tampoco en las de Almustaín, ni siquiera en las de Alfonso, pero con ese loco por capitán —dijo señalando a sus espaldas—, creo que sí. Tengo la sensación de que Valencia va a dejar de ser el hueso por el que se pelean todos los perros...

Y Lilia, sin dejar de mirar al cachorro, demostró que había superado a su padre en muchos aspectos.

—Eso es evidente, entre los cristianos no tiene rival. Pero yo me preguntaba si bastará para contener a los almorávides.

Disimuló la sorpresa lo mejor que pudo, pero su hija descubrió de reojo el temblor en la papada que delató a su padre. Y Giovanni tardó en responder, se quedó pensativo hasta que un bache en el camino animó a ladrar al perrillo.

—Creo que sí. Si alguien puede, es él.

—Con que la mitad de lo que dicen sobre ese Tasufín sea cierto, no va a tenerlo fácil.

—No, no lo va a tener fácil. Pero...

Su hija se le anticipó.

—... Pero en Valencia siempre hará falta quien venda mercancías.

Giovanni sonrió, orgulloso de su hija.

—¿De dónde has sacado al cachorro?

—Oh, es el pago por cerrar ese negocio que me pediste.

Y la mano regordeta del mercader acarició la mejilla de su hija.

—Soy un padre afortunado.

La niña asintió, pero con frialdad. Con algo que obligó al pisano a retirar la mano, como si hubiera sentido una picadura.

—Necesitamos que esto salga bien —dijo severo, cogiendo las riendas con incertidumbre—. No lo olvides...

Y la niña no se arredró.

—No te preocupes, padre, sé cuál es mi lugar.

V

—Tanto va el cántaro a la fuente...

Blasco fue mucho más delicado que Nuño.

—Pues yo me alegro. Cagüen las tentaciones de san Antonio, ya era hora, empezaba a aburrirme.

Todos miraron el escupitajo, que trazó un arco sobre las piedras y cayó en la hoguera con un siseo.

Pero Ruy no contestó, se quedó pensativo, con un regaliz en la boca, observando cómo el fuego se apaciguaba tras el prodigioso gargajo.

Jimena y las niñas se habían quedado en Ondara. Con una guarnición más que generosa. Y también se habían enviado refuerzos a Polop. A Ruy no le gustaba dar el siguiente paso sin tener el otro pie bien asentado.

Llegaron más hombres cada día, ofreciéndose a cambio de la promesa que suponía la sombra del Campeador, capaz de prosperar incluso tras haber caído en desgracia ante el rey.

Y el propio Cid y el grueso de las mesnadas se habían movido al norte, escorzando el rumbo a poniente, donde un par de algaras firmaron su dominio de la zona.

Y fue en el laberinto de montañas que hacía de frontera entre las taifas de Albarracín, Zaragoza y Valencia donde el espía le dio la noticia a Blasco.

El tipo charlaba ahora con Nicoloso, al que le unía una buena amistad. El otro era también carpintero, trabajaba en el palacio de la Aljafería. Y era de esperar que estuvieran cenando algo caliente, porque la primavera seguía trayendo frío por las noches y merecía la pena entibiar el papo antes de echarse a dormir.

Otto, que revolvía las brasas con un palo, también cayó en la costumbre.

—*Scheisse!* No me gusta, seis mil son muchos, es una desventaja de tres a uno.

Y cabeceó con disgusto antes de repetirse.

—*Scheisse!* ¿Te fías de él?

Ruy se encogió de hombros, y el asturiano le tomó el relevo.

—Su hijo le debe la vida —aclaró señalando al Cid—, pero esa es otra historia.

—*Scheisse!*

—No van a hacerse menos por mucho que maldigas. ¿Pensabas que Alhayib se quedaría de brazos cruzados? —preguntó Blasco sin esperar una auténtica respuesta.

—Menos me fío de ese cabrón piojoso e hideputa capaz de matar a su propio hermano —añadió Nuño.

—Dios los cría y ellos se juntan —remató el asturiano—. Alhayib necesitaba un aliado y lo ha encontrado...

—Pues espero que se enculen muy a gustito el uno al otro, pero lejos, en el quinto infierno.

Y Ruy permanecía en silencio.

No le preocupaba la amenaza. Le preocupaba su hijo. Había ironía en que hubiera salvado la vida de aquel muchacho en Zaragoza y que ahora sintiese que no podía hacer nada por su propio hijo.

Diego no había abierto la boca. Estaba allí sentado, sin prestar atención, usando el puñal para sacar punta a un palo.

Hacía días. Ya incluso en Ondara. Ruy advertía que su hijo se mostraba turbado. Pero no sabía qué hacer. Había intentado hablar con él, pero Ruy manejaba mejor la espada que las palabras. Y, por desgracia, había otros asuntos que atender.

Se puso en pie y quedó recortado contra el resplandor del fuego.

—No perderé lo que hemos conseguido. Hay que plantar cara.

—Así se habla —celebró Nuño—, ese mamoncete del conde no sabe limpiarse el culo si no tiene a su lado a uno de sus escoltas para señalarle. Tragará tanta tierra que va a pasar un mes cagando terrones.

Y lo dijo con una sonrisa lobuna cruzando aquella cara hecha de parches. Al burgalés poco le gustaba más que la acción.

—¿Qué dispones?

Ruy tiró lo que quedaba del regaliz en la hoguera.

—No podemos ser más de los que somos, pero nos bastamos solos.

Los miró a todos, de uno en uno, y le satisfizo encontrar confianza en aquellos rostros familiares.

—Dejaremos que nos encierren.

VI

Y fue Nuño, el mejor rastreador de todos, el que encontró el lugar idóneo.

En aquellas tierras parecía que un gigante se hubiera dedicado a dar hachazos a diestro y siniestro. Donde no había un monte, había un cortado o, si no, una garganta. O unas hoces retorcidas que dejaban paso a un riachuelo. La tierra se hacía un gurruño. Las peñas brotaban por todos lados, escarpando las laderas. Era más fácil dar un tropezón que un paso.

Y en aquel laberinto Nuño encontró el lugar perfecto.

Una garganta afilada entre montes cubiertos de pinos y coscojos. Una ratonera de la que parecía imposible salir a no ser con ayuda divina.

Del gusto de Ruy para sus planes, pero tan cerrada que entre los hombres brotaron pronto los rumores.

—Buen trabajo —declaró el Cid al verla.

Y con una sonrisa salvaje, hecha de extraños en aquella cara de Nuño, el burgalés se mostró satisfecho.

—Como cipote en culo de novicia.

Tenían que echar la cabeza atrás para ver el flequillo de bosque que crecía en lo alto de las paredes.

—Reúne a los hombres.

Blasco completó una vuelta en derredor, sin bajar la mirada en ningún momento. No había otra salida que por donde habían entrado. Y añadió algo más.

—Hay muchos a los que no conocemos —advirtió—, se han incorporado en las últimas semanas.

—Tranquilo, no se lo contaré todo.

VII

Y no lo hizo, solo lo suficiente para que confiasen en el plan que había trazado, pero no tanto como para correr el riesgo de que alguien se fuese de la lengua a cambio de unas monedas.

Ruy consiguió que los rostros preocupados y circunspectos se tornasen alegres y expectantes.

Nicoloso había dispuesto los arcones que servían de contrapesos en los trabuquetes para apañar una tarima, y el Cid y sus capitanes se habían aupado. Todos miraban hacia ellos. Y a la gran mayoría les brillaban los ojos.

—Se han vuelto creyentes —bromeó Blasco inclinándose hacia Nuño.

Y el burgalés paseó los ojos por los casi dos mil hombres con los que ahora contaban. Y escupió uno de sus gargajos antes de contestar con la boca torcida, a medio camino hacia una sonrisa.

—Ruy sería capaz de convencer al mismo san Gabriel de prenderle fuego a las alas para hacerse amigo del diablo.

Tal y como se le había ordenado, Ladislao fue el primero en vitorear.

—¡Mío Cid!

Y el clamor corrió entre los soldados como llamas sobre la yesca.

—¡Viva!

Incluso se caldearon los ánimos. Probablemente, entre los recién llegados había escapados de Castilla, o escarmentados de alguna taifa.

—¡Que le den al conde!

Ruy dejó que el clamor creciese y se volvió hacia Nuño para hablarle en voz baja.

—¿Todo listo?

El burgalés asintió recio, como si pretendiese golpear algo con la frente.

—Por muy inútiles que sean los rastreadores, no tiene pérdida.

Ruy arqueó una ceja.

—Nos encontrarán —aseguró convencido—, por estas.

Lo dijo besando el pulgar cruzado sobre el puño y Ruy, tras asentir, echó un vistazo a su hijo, también allí, en la improvisada tarima. Junto a su amigo, el aprendiz del médico, y ambos flanqueaban a Moisés que, pese a no ser uno de los capitanes, estaba siempre presente en los momentos claves.

Hubiera jurado que percibió algo extraño. No supo el qué. Y, sin embargo, algo en los muchachos no cuadraba.

Pero no había tiempo. Con el trabajo de Nuño hecho, Alhayib y sus nuevos aliados se presentarían en cualquier momento.

Se giró hacia los hombres. Y dejó que las aguas se aquietasen. Poco a poco los vítores se volvieron rumores y los rumores, silencios.

Dio un paso al frente.

—¡Necesito voluntarios!

Su voz tronó en la garganta y el eco le dio fuerza.

Y antes de que ninguno de los hombres pudiera reaccionar, Ruy volvió el rostro hacia su hijo.

VIII

Los hombres rugían, pero Diego no los oía. Diego estaba intentando calmar la tormenta que rugía en su pecho.

Llegó a pensar que podría serenarse, incluso olvidar el dolor, hasta que Galín había apretado el paso y, contraviniendo las órdenes, se le había puesto a la par.

Moisés viajaba en el carro de Nicoloso, con los trastos del carpintero, ya no se sentía cómodo a lomos de un caballo. Y ellos dos, que iban en el grupo de vanguardia, detrás de Nuño, caminaban tirando de las riendas. Ojo avizor y dispuestos en formación abierta, para cubrir más terreno.

—¿Me ayudarás?

A Galín le podía la emoción, las palabras le burbujeaban en los labios.

—Si Nuño te ve, nos cuelga de los pulgares en los trabuquetes.

La advertencia no surtió efecto.

El hijo del Cid se volvió para mirar a su amigo.

La ilusión le pintaba el rostro, incluso le brillaban los ojos.

Como aquel día que se habían liado a pedradas con el avispero que colgaba de los establos de Requena.

Era su amigo. Su mejor amigo. Y su rostro estaba lleno de sueños, como siempre.

—Te imaginas...

Esa era su forma favorita de iniciar una conversación.

Le brillaban los ojos. Como aquella otra vez que habían sorprendido en el río a las lavanderas y se quedaron embobados ante las camisolas mojadas. Como aquel día que apostaron a ver quién sería capaz de arrancarle un mechón de la muda a R'Orab.

—¿Te imaginas que su padre me diera permiso?

Tuvo que salir de sus recuerdos. Le estaba hablando.

—¿Me ayudarás?

Era su amigo.

No habían tenido tiempo siquiera para hablar de ello. Y eso era lo peor. Si Galín hubiera sabido lo que él también sentía. Si lo hubiera hecho para vencerle, para aplastar sus sueños, entonces podría odiarle. Pero Galín no había hecho otra cosa que lo que él mismo había hecho: enamorarse.

Y ella había elegido.

Y él era su amigo.

Quiso responder que no. Lo pensó, incluso se le frunció el ceño.

No podía acceder. Bilis amarga trepaba por su garganta. Y arañaba. Ni tres veces el oro de las cuevas de Polop, ni un abrazo de su padre, nada podría convencerlo de acceder.

Quiso responder que no. Un no rotundo. Pesado.

Y no pudo hacerlo.

—¿Quién te ayudó cuando rompiste las correas de Nuño?, ¿quién te ayudó cuando perdiste el bisturí de media luna?

No esperaba respuestas. Y la satisfacción que creció en el rostro de Galín fue pago suficiente.

—Gracias.

Jamás hubiera pensado que la felicidad de su amigo podía doler tanto.

Nunca se hubiera imaginado que ver sonreír a Galín podía despedazarle el pecho.

Hizo lo que pudo por disimular, y no fue mucho, en el rostro de Diego se veían las escorrentías de la tormenta que arreciaba sobre él. Pero Galín estaba enamorado.

Galín no se dio cuenta.

Lo abrazó, sin detenerse, con el brazo libre. Sacándole al gesto disimulado todo el jugo que pudo. Con el corazón en la mano. Sincero.

—Gracias —insistió emocionado.

—Vuelve a tu puesto...

Apretó el abrazo una vez más, le dio una palmada en el hombro. Repitió su agradecimiento. Y se separó, no fuera a ser que el burgalés los sorprendiese rompiendo la formación. A Nuño podían caerle ocurrencias peores que colgarlos de los pulgares.

El resto del camino fue un borrón para Diego. Se detuvo cuando unos arrendajos alzaron el vuelo y la mano de Nuño dio el alto. Esperó a que el concienzudo burgalés se adelantase.

Hizo lo que tenía que hacer, pero lo hizo como si no fuese otra cosa que su reflejo en un río. Se vio a sí mismo hacerlo, pero su cabeza estaba lejos, perdida en la curva de unos pechos, en el recuerdo de un olor, en el sonido de una risa.

Su risa.

Cuando llegaron a la garganta se detuvo. Esperó a que los hombres formasen. Subió a la tarima. Escuchó a su padre.

Todo lo hizo su reflejo.

Y, de repente, el trueno.

—¡Necesito voluntarios!

Y los ojos de su padre se clavaron en él. En aquel reflejo en el río.

IX

Fue Galín el que lo ayudó.

Galín podía habérsela robado por la mano. Todos entendieron lo que Ruy esperaba.

Blasco sacudió la cabeza animando a Diego a dar un paso al frente.

Pero Diego no estaba.

Nuño, sin levantar la mano, con disimulo, sacudió los dedos. Y el germano, mirándolo con gravedad, asintió, como para infundirle ánimos.

Fue su amigo quien evitó el desastre.

Fue Galín el que se arrimó. El que puso su mano tras Diego. El que empujó haciendo lo imposible por que nadie lo viese. Fue la mano de su amigo la que insistió, la que apretó. La que volvió a empujar.

Su amigo.

Su amigo lo ayudó.

X

A Ruy se le partió el alma.

Su hijo no podía ser un cobarde.

Los hombres esperaban. Contenían la respiración, todos lo habían entendido, el Cid necesitaba voluntarios, pero el primero de ellos, el que diera la cara, tenía que ser su hijo.

Ni siquiera los capitanes se movieron. Todos miraban hacia la tarima.

Todos en la garganta tenían los ojos clavados en el hijo del Campeador.

Galín lo había hecho bien. Se giró, encubrió el gesto. Pero Ruy lo vio.

No fue el arrojo, ni el valor. Ni el respeto por su padre. Fue Galín el que empujó a su hijo.

Y a Ruy le dolió.

XI

Fue como zambullirse en el río y salir a la superficie en busca de aire.

La realidad lo golpeó con brutalidad.

Se topó con ella. Lo atropelló. La realidad era la decepción en la mirada de su padre. Y la presión de la mano de su amigo en los riñones. La expectación de dos mil hombres que tenían los ojos clavados en él.

Dio el paso que tenía que dar, al frente.

Y jamás se sintió tan solo.

Quiso hablarle a su padre, decirle que lo sentía. Tenía que haber estado atento. No pudo. No hubo tiempo.

Ruy disimuló. Actuó para sus hombres. Enterró la amargura que sentía, y ni siquiera se preguntó por qué su hijo había necesitado aquel empujón. Le hubiera bastado un susurro, nadie tenía que haberse dado cuenta.

No lo hizo.

El Cid palmeó el hombro de su hijo con un gesto grandilocuente, abriendo los brazos, trazando un gran arco con su mano. Y su rostro, gris, pesado, se iluminó al tiempo que se volvía hacia la mesnada.

Mantuvo su mano en el hombro de su hijo, la otra la alzó, y la ofreció, brindando.

Galín, abierto el rostro con una enorme sonrisa, metió los dedos en la boca y soltó un largo y potente silbido.

La respuesta fue inmediata, y atronadora. El clamor creció. Los hombres empezaron a patear el suelo. A golpear los escudos. Sonó un tambor que le habían robado a los moros. Rugían, silbaban, incluso aplaudían.

Y Otto admiró a Ruy. Con aquel gesto, ofreciendo a su

propio hijo, Ruy había convencido a sus hombres. El germano podía ver los nervios a flor de piel en todos y cada uno de ellos. Si el Cid hubiera señalado a cualquiera, ese que hubiera quedado a la sombra del dedo se habría ofrecido voluntario también. Ni uno solo de aquellos hombres se negaría a obedecer.

Pero Galín no le dio tiempo a ninguno de ellos. Él fue el siguiente.

Se adelantó con la barbilla alta y los ojos llenos de sueños. Era la imagen de la convicción. Y aquella mano alzada del Cid lo recogió y lo puso junto a su propio hijo.

Quedó entre los dos muchachos, un paso por detrás, y los dos muchachos enmarcados por las pinceladas de sus brazos. Corderos en un retablo sobre un altar hecho con los contrapesos de las máquinas de asedio.

Los hombres corearon sus nombres, los llamaron valientes. Esa misma noche, junto a los fuegos, su historia empezó a contarse.

Y la del Cid a crecer.

XII

Fue Otto quien explicó los pormenores. Su padre estaba demasiado ocupado repartiendo al resto de los hombres, hablando con los demás capitanes.

—El conde se confiará, pensará que nos hemos dejado encerrar, y acampará en lo alto...

El germano señaló las paredes que rodeaban la garganta. En las cimas, los pinos viejos se hacían bosque y la franja oxidada de la pinocha parecía una manta sobre las rocas.

—... Os escabullís, como dos desertores, y os dejáis atrapar.

A Galín solo le faltaba ponerse a saltar sobre la punta de los pies, listo para lanzarse a la carrera.

Pero Otto quería explicarse bien. Lo que tenía que decir a continuación era delicado.

—Tenéis que hablar, pero, *Achtung!*, ha de parecer que os arrancan esa información.

—Dejamos que nos torturen...

Estaba convencido. Ilusionado, aunque fuese una locura. Galín quería cumplir su parte. Quería convertirse en caballero, quería ser uno de los capitanes del Cid. Los juglares hablarían de él, recitarían sus hazañas. Podría mirar a Giovanni Orlandi a la cara cuando le pidiera la mano de su hija.

—*Scheisse!*

Primero negó sacudiendo el mentón con rabia, pero Otto acabó por asentir.

—Me temo que sí —dijo arrepintiéndose de cada palabra—. Si os soltáis a hablar como comadres en cuanto os atrapen, no os creerán.

Galín asintió, comprendiendo. Y miró a Diego, que seguía en silencio.

El germano le puso la mano en el hombro al hijo del Cid.

—Debéis convencerlos. Deben creeros.

Y como tenía confianza en los dos muchachos, se atrevió a sincerarse.

—Ruy está seguro de que saldrá bien. Pero hay muchos flecos sueltos, podría torcerse. *Scheisse!* Le dije que no me gustaba, se lo dije, pero ya lo conocéis...

Se dio cuenta de que se excedía. Y tironeó de la barba con dedos nerviosos antes de continuar. Apreciaba a los muchachos, especialmente a Dieguito, y no le gustaba enviarlos a una misión así.

—Salid de allí con vida, pero...

Eran dos vidas contra dos mil. Necesitaban a los muchachos. A los hombres, se corrigió.

Volvió a tirarse de la barba como si hubiera en ella un resorte que abriera una caja con una solución.

—Salid de allí con vida, pero haced lo que tengáis que hacer para que os crean. Tienen que creeros.

Diego se limitó a asentir. Galín rozaba la euforia.

—¿Y qué decimos?, ¿cuál es el plan?

Otto se pasó la mano por el rostro, y cerró aquellos ojos tan claros que parecían escarcha de invierno.

Esta vez no tironeó de la barba. Tomó aire y les contó el plan.

Y antes de dejarlos marchar sintió la necesidad de hacer algo. Antes de dejarlos marchar. Cuando Galín ya se alejaba, Otto retuvo al hijo del Campeador.

Lo retuvo. Dudó. Lo atrajo hacia sí.

Y lo abrazó.

XIII

Retiró el telón que servía de entrada y se hizo a un lado, para que los otros dos metieran al herrero, que traía sus trastos alborotados en las manos y la cara llena de sustos. Después, Giraldo se quedó donde estaba, muy tieso, guardando la entrada a la tienda del conde Berenguer Ramón, señor de Barcelona.

El trabajo no era bueno, y la paga poca cosa, pero su padre había adquirido deudas con la casa condal y no le había quedado otro remedio que acabar en las mesnadas del Fratricida.

En realidad, Giraldo no podía decir que le hubiera ido mal. Pero lo decía igualmente. Porque Giraldo era de esa clase de hombres capaz de quejarse de que el agua moja, o de que el fuego tiene la mala costumbre de quemar.

Apenas había comenzado su turno de guardia, la noche era aún una promesa reñida con el sol sobre el horizonte, pero la lanza le pesaba, los riñones le dolían y el sueño lo vencía.

Por eso mismo llevaba tiempo perfeccionando una curiosa habilidad, la de dormir de pie. A Giraldo le bastaba disimular un poco con la lanza, clavarla bien en el suelo, arrimar apenas la visera del casco, y dar largas cabezadas sin que nadie le pudiera acusar de abandonar su puesto.

Y los ánimos del campamento eran como una nana. Ya no se veía un alma por los corredores entre las tiendas, y los fuegos se habían abandonado a su aire con un tronco grueso, para que las brasas aguantaran hasta la mañana. Ya solo quedaban desperdigados los que, como él, tenían que hacer de centinelas.

Giraldo calculó que había llegado el momento.

Echó un vistazo a ambos lados, aguzó el oído, y cuando quedó convencido de que el campamento se echaba a dormir, empezó a hincar la lanza contra el suelo, tenía que meter al menos un palmo en la tierra para que aguantase.

No tardó mucho. Y como la práctica hacía virtud, pronto pudo dar un largo bostezo y apoyar por fin la cabeza.

—No ronques —se reconvino en un susurro.

Y cerró los ojos.

El sueño lo abrazó como si llevase esperándolo toda una eternidad.

—¡¡¿¿Dónde??!!

Se llevó tal sobresalto que se cayó de culo y el casco acabó en el suelo.

—¡¿Dónde?!

Giraldo se puso en pie, miró a todos lados, con la vergüenza preparada, y cuando se convenció de que nadie lo había visto, se sacudió el polvo y se agachó a por el casco.

—¡Habla!

Miró a la tienda con disgusto.

—Así no hay manera —bisbiseó con labios fruncidos.

Se ataba el barboquejo del casco, para que no le volviese a pasar lo mismo.

—¡¿Por dónde?! ¡¿Dónde?!

Era la inconfundible voz, chillona y aguda, del conde Berenguer Ramón.

—Eso me pregunto yo, ¿dónde se ha visto que grite más el torturador que el torturado?

XIV

No pudo pegar ojo.

El trajín en la tienda continuó hasta que mediaron los gallos. Y no fueron los gritos del conde los únicos que se escucharon.

A Giraldo y a sus ojeras no les cupo duda de que aquellos dos desertores estaban pasando las de Caín.

A veces las cosas se aquietaban por un rato, pero luego se oía el tintinear del metal, el siseo del fuego, un grito desgarrador, una orden, un golpe brutal. Siempre llegaba algo que rompía el silencio y que obligaba a los ojos de Giraldo a abrirse.

Finalmente, cuando ya faltaba poco para que llegase el relevo, el telón de la entrada se abrió de golpe.

—Ya es mala suerte, ¿tenía que ser ahora?

Para Giraldo el momento nunca era el oportuno.

Pero sí, cuando ya la amanecida quería vestir el horizonte, cuando su relevo estaba a punto de llegar, el conde salió como una tromba de la tienda.

—¡Preparad a los ballesteros!

Chilló a todo pulmón.

—¡Que ensillen los caballos!

Tras él venían sus escoltas. A grandes zancadas, decididos.

—¡Vamos! ¡En pie! ¡Arriba!

El conde gesticulaba bajo el inmenso estropajo de su melena. Miraba a todos lados, repetía órdenes, se frotaba las manos, se soplaba el flequillo, volvía a señalar.

—¡¡Arribaaa!! ¡Que alguien avise a los moros!

Y cuando un cocinero salió de la tienda con legañas hasta en el cogote, uno de los escoltas le encasquetó una olla y un cucharón para que empezase a hacer ruido.

Y Giraldo chistó con disgusto. Por lo que se veía, tampoco podría acurrucarse en su tienda.

—¡¡En marcha!!

El conde, que parecía un saltimbanqui en medio de un espectáculo, se volvió hacia él como si se hubiese acordado de pronto de algo de suma importancia.

—Remátalos.

El dedo señalaba a su propia tienda.

TRAMPA, VICTORIA Y RUBIA

Año del Señor de 1090

I

Cuando entró en la tienda tuvo que arrugar la nariz. Las letrinas podían ser peores, pero el tufo del interior no le iba a la zaga.

Giraldo incluso contuvo la respiración.

El sudor, revenido. El dejo a humedad de los lebreles del conde, que no estaban, pero que dormían a menudo con él. El empalago del incienso del que le gustaba abusar. El pesado aroma del fuego, las brasas y la ceniza. La acidez del vómito. Todo se mezclaba en una mistura que obligó a Giraldo a buscar la barra que había fuera y dejar el telón abierto. Y lo peor era el intenso aguijonazo de la carne quemada, como el de un espetón olvidado al fuego.

Todo estaba desordenado, el pebetero se había caído y la palangana de agua del conde se había usado para sofocar las llamas. La alfombra, arruinada para siempre. Y en medio del desaguisado, los dos cuerpos, desnudos a no ser por las heridas.

Giraldo se tapó las narices con el dorso de la mano y dio dos pasos tentativos.

Las tenazas al rojo les habían arrancado bocados de los costados, de esa carne delicada y tierna sobre las costillas, donde se les hacen cosquillas a los niños. Y también habían usado un cuchillo, o una espada.

Y uno o los dos habían vomitado varias veces.

Se acercó. Y quedó en medio de los dos cuerpos. Parecían muertos.

Sin destaparse las narices, le dio una patada a uno de ellos.

II

Hasta que las primeras luces se decidieron a hacer encajes entre las copas de los pinos, al conde estuvo a punto de darle un síncope.

—Me las va a pagar todas juntas. Almenar, Valencia... Todas...

Sus hombres lo veían pasear arriba y abajo, con el tintineo de su brillante casco y de una cota que había salido de Damasco. Iba y venía, rumiando maldiciones y promesas, hablando para sí mismo.

Sus hombres se habían dispuesto como había ordenado. Cuatro partidas distintas para los peones y apenas doscientos caballeros. El terreno no ayudaba para una carga y había decidido mantener al mínimo a los hombres montados, más como auxilio de su infantería que como auténtica arma.

Ya solo faltaba que la amanecida le diese permiso.

—Se arrepentirá. Se arrepentirá.

III

Luego supieron que los lugareños lo llamaban el Pinar de Tévar, pero en aquel momento era un bosque, como cualquier otro. Uno más. Y ninguno de ellos tenía vocación de botánico griego. Quizá el hebreo Moisés, pero no tuvo tiempo para ahondar en la vocación. La orden había sido que el médico, los cocineros, los niños, incluso las rameras que seguían a todo ejército, los que no iban a luchar, salieran de allí. Y lo hicieron, en cuanto los dos voluntarios abandonaron el campamento con la única intención de hacerse pasar por desertores.

—¿Lo habrán conseguido?

Nuño se volvió para mirar a su amigo. Era Blasco el que había hecho la pregunta, casi un susurro.

—Más nos vale, le tengo aprecio a los cojones...

Y estaba tan preocupado que ni siquiera soltó uno de sus escupitajos.

IV

Con las primeras luces llegó el rumor. La pinocha se cargó con los crujidos de las botas.

El conde de Barcelona avanzaba tras sus hombres. Le gustaba tener a la soldada por delante, mejor que la cola fuese larga si había que rendir cuentas a san Pedro.

—No podemos dejar que escapen.

Su escolta, un tiparraco del Pirineo, grande como un buey, al que había contratado después de que Ruy Díaz de Vivar le ofreciera aquel inusual corte de pelo, gruñó.

—No —concordó—, no conviene.

El terreno les daba la ventaja de la altura y descendían entre los pinos, llenándose las narices del intenso olor. La orden era no hacer ruido. La orden era sorprenderlos antes de que estuvieran despiertos, antes de que las ollas estuvieran al fuego.

En la luz escasa de la amanecida, esa diferencia de altura les contó el secreto.

Y los exploradores de vanguardia corrieron a darle la noticia al conde, aunque él podía verlo por sí mismo por encima del mar de cabezas de sus hombres.

—No quedan más que unos cientos —jadeó el explorador cuando llegó junto a Berenguer Ramón.

Eso parecía, apenas unas cuantas hogueras, unas pocas tiendas.

—Decían la verdad —murmuró para sí el conde.

Se frotó y refrotó las manos, soltó una de sus risillas, que se convirtió en carcajada, y se pasó los dedos por el arbusto indomable que tenía en la cabeza.

—Era cierto.

Era un avaro ante una pila de monedas relucientes.

—Decían la verdad.

El escolta, que no había llegado a acostumbrarse a aquel manojo de saltos, friegas, risillas y refriegas, atajó.

—¿Doy la orden?

A Berenguer Ramón solo le faltaba salivar. Tenía el festín dispuesto. Subió y bajó la barbilla tan rápido y tantas veces que sus labios aplaudieron.

—Sí, sí, sí...

Los ojos abiertos como platos.

—Sí, sí, sí, sí...

Y de pronto toda aquella ilusión se apagó y su rostro se volvió tenebroso. La enorme sonrisa se convirtió en una mueca macabra. Incluso se puso de puntillas para agarrar del cuello de la cota a su gigantesco guardaespaldas.

Siseó la orden como una víbora catando un rastro.

—No habrá merced.

Las risas volvieron.

—Eso fue lo que él dijo: «No habrá merced».

Incluso se atragantó con sus carcajadas.

—No habrá merced.

Era la estampa de la locura. Y tiró tanto de la cota que el otro tuvo que agacharse.

—Sin piedad —mordió—. Que los cojan por la espalda y los maten a todos —escupió—, a todos —tascó—, como a conejos. Que no quede uno solo con vida.

Y aún tardó en soltar al hombre para que diese las órdenes.

—No habrá merced.

V

Entraron a saco. Convencidos de que las tenían todas consigo. Una avalancha de dos mil hombres.

Ruy salió de la tienda.

Y los catalanes no cayeron en la cuenta de que lo hacía vestido, con las protecciones, con la espada al cinto. Listo.

Tras él formaron sus hombres. Pero el Cid fue el primero.

Él estaba al frente. Él fue el primero con el que chocó la avalancha.

VI

Tenía que estar muerto. Ni un gruñido, ni un quejido. Había recibido la patada como un saco. No se movió. Ni siquiera se le escapó el aire.

Y Giraldo se quedó mirando el cuerpo.

Las tenazas del herrero habían hecho una escabechina.

Y estaba pensando que aquellos castellanos tenían redaños cuando ya no pudo pensar nada más.

VII

Sonó como una campanada.

Galín soltó la pata del pebetero, que cayó al tiempo que el casco abollado del centinela se estrellaba contra el suelo. Y así dieron las tres.

—¿Estás bien?

Diego se levantó y se llevó la mano al costado, donde acababa de recibir la patada. Luego abandonó el gesto por inútil. La patada, los cortes, las quemaduras, los mordiscos de la tenaza. Le costaba mantenerse erguido.

—No —contestó.

La risa sacudió a Galín.

—La verdad es que yo tampoco.

Y Diego también sonrió.

Se miraron los dos amigos.

El centinela aún respiraba, pero tardaría en despertar.

Sus ropas estaban hechas un gurruño, a los pies de aquel trono estrafalario. Donde las había dejado el conde después de registrarlas.

Podían haberse dado ánimos. Podían haber hablado de sus dudas, ambos habían llegado a pensar que no saldrían de allí con vida.

Pero no lo hicieron. Estaban vivos.

—El viejo va a tener trabajo durante unos días —dijo Galín al cabo.

—Nunca tendrá seda suficiente para coserte esa bocaza...

Les bastó darse un abrazo.

Sin reparos por la desnudez. Sin palabras. Habían pasado un infierno, y lo habían pasado juntos. Se habían necesitado el uno al otro. Y no se habían fallado.

—¡Vamos! O tu padre nos hará algo peor...

Nada más decirlo, Galín se encaminó al trono a buscar sus ropas. Pero Diego lo retuvo. Y a ambos se les escapó una mueca de dolor, a uno por el esfuerzo de sujetar y al otro porque las heridas protestaron por el tirón.

Volvieron a mirarse.

—Me alegro por ti.

La voz de Diego sonó como una lima de maese Nicoloso repasando un tarugo de madera.

—Me alegro por los dos.

Se abrazaron de nuevo.

VIII

Los hombres de Berenguer Ramón rastreaban el pinar como lebreles azuzando conejos.

Se habían dividido. Y cada uno de los grupos buscaba a su propia presa.

Cada capitán sabía qué tenía que encontrar. Y también qué hacer cuando lo encontrasen.

—No habrá merced.

Esa había sido la orden.

Y las pistas eran frescas.

En la pinocha revuelta los rastreadores encontraron las huellas. Había faltas, el moho que punteaba las agujas naranjas se había descolocado, no siempre seguía el trazo que marcaban las horas más frías del norte. Y una ramilla, rota por un pie descuidado, en la que el color claro de la madera aún no había sido atacado por la intemperie.

Sutiles, pero frescas.

—Son buenos —dijo admirado un atajador a su capitán.

No era fácil moverse a cientos y dejar un rastro tan pequeño.

—Lo son porque el Cid lo es.

Con el atajador catalán hacía pareja uno de los hombres de Alhayib, y el moro asentía para darles la razón a los otros dos.

Apenas susurraban. Todas las armas en sus fundas, las cinchas bien apretadas, las hebillas sujetas. Que no los delatase un ruido o un reflejo.

El bosque parecía respirar, una neblina se escapaba del suelo, por entre las raíces de los pinos. Y la amanecida difuminaba el gris de la noche, los colores asomaban tímidos.

Y la tensión crecía. El que no cerraba los puños apretaba los dientes.

Ganaron confianza cuando el rastreador moro encontró un mechón de lana blanquecina. Atrapado en una rama rota por algún invierno lejano, sujeto por el final resquebrajado de la madera, que lo había prendido como una horquilla. Casi se le escapó, porque le quedaba alta, por encima de la cabeza, pero la vio en el último momento, justo antes de pasar.

—Es lana de camello —aseguró mientras la hacía rodar entre los dedos—, de un *mehari* blanco.

No hicieron falta nombres. Todos los ejércitos cristianos habían aprendido la lección tras la derrota de Zalaqa, todos tenían camellos. Pero solo había uno que tuviera un auténtico dromedario blanco entre sus animales, el único que había convencido a uno de los altivos hombres azules para que luchara junto a él.

—Son ellos —aseguró el capitán con codicia—, ¡vamos!

Y fue como si hubieran hincado espuelas. A todos, moros y cristianos, barceloneses y leridanos, les pudo el hambre de gloria. Vencer al Cid sería algo que se contaría durante generaciones, algo de lo que no se cansarían de presumir.

—¡Vamos! —insistió el atajador.

Una piña volcada.

El rastreador de Alhayib le dio la vuelta con el pie y le enseñó al capitán la diferencia. Alguien la había golpeado en un descuido y había dejado cara arriba lo que antes había estado enterrado en la pinocha. Se apreciaba que la mitad de la piña parecía barnizada con aquel betún importado de Judea.

Estaban tras la pista.

Cerca.

Y las huellas desaparecieron de pronto.

Se desvanecieron.

—Pero ¿qué demonios...?

El capitán se mordió los nudillos para ahogar la maldición que intentaba escapar de su garganta.

—¿Qué ha pasado? ¿Dónde han ido?

Los hombres se rascaban la coronilla o se pasaban las manos por el cogote. La tensión se desinflaba.

—¿Los hemos perdido?

El capitán preguntaba, y sus ojos buscaban frenéticos en la pinocha, en los pinos, en el horizonte. Se bebían ansiosos la luz que el amanecer empezaba a derrochar. Y no encontraban nada.

Habían desaparecido.

—No puede ser —protestó el capitán.

El atajador cristiano y el rastreador moro hablaban entre ellos. El moro aún tenía aquel mechón blanquecino en la mano. Eran los únicos que no se habían puesto nerviosos. Si algo se apreciaba en sus rostros, era admiración.

El capitán les dejó hacer su trabajo.

Y se mordió las uñas mientras esperaba. Las uñas y los padrastros. Todos sus dedos estaban enrojecidos y los bordes de sus uñas eran miserias que se encarnaban, se había prometido una y mil veces que dejaría de hacerlo, pero aquel no era momento de recordar promesas.

Esperó. Rayano en la desesperación.

Y cuando el atajador, un gallego cachazudo, se volvió hacia él, ni siquiera le dejó hablar.

—¿A dónde vamos?

El atajador levantó el dedo y señaló a espaldas del capitán.

—¿Qué?

—Es una trampa —contestó al fin el atajador—, han vuelto sobre sus pasos. Nos hemos tragado hasta el anzuelo.

Perplejo, el capitán tardó en reaccionar.

El gallego no, era un gaje más del oficio, y había que aceptar con humildad cuando alguien te daba una lección. Sin embargo, el rastreador moro sí. Se miraba las puntas de los pies, avergonzado. Y solo levantó el rostro para subir y bajar el mentón, para darle la razón a su compañero. Aquel gesto convenció al capitán.

—Pero, entonces… ¿El campamento?

El atajador miró al moro, dándole la oportunidad de intervenir, pero el otro no se sentía con ánimos, de pronto había encontrado algo en el pomo de su espada y repasaba las filigranas con la uña, como si intentase quitar roña pegada al metal.

—No se han separado, es una trampa, siguen todos allí, escondidos.

El pánico sacudió al capitán.

—¡El conde!

IX

El conde Berenguer Ramón sonreía de oreja a oreja, y se pasaba a cada poco la lengua por los labios, casi tan a menudo como remetía sus rebeldes mechones tras las orejas.

Saboreaba la tarta antes de cortarla.

Tenía su venganza al alcance de los dedos, y no pensaba dejarla escapar.

Allí estaba el Cid.

Gallardo, envuelto en la luz del amanecer, plantado frente a su campamento, sin asomo de miedo. Dispuesto a luchar pese a la inferioridad numérica. Tan asquerosamente valiente como siempre.

Del Campeador a la vanguardia de los catalanes no había más que el disparo de un arquero.

Faltaba poco.

Un parpadeo.

En la primera línea alguien hizo sonar el cuerno, y los jinetes de los extremos levantaron las banderolas. Las lanzas bajaron y se calzaron en ristre. Se arrojaron a galope. Y los peones que iban detrás tuvieron que echar a correr para que el hueco no creciera.

Y Berenguer Ramón dejó escapar un avemaría con prisa, para dar las gracias por la ventaja del terreno. Podía ver el espectáculo y, lo que era aún mejor, disfrutarlo.

Fue entonces cuando el Cid levantó su espada al cielo y dio una señal trazando un amplio arco.

—¿Qué?

X

Cada zancada despertaba mil y un tormentos. Pero los muchachos corrían.

Había sido fácil escabullirse del campamento de los catalanes. Apenas quedaba nadie allí. No hubo quien les diese el alto y solo las ardillas se espantaron cuando entraron en el pinar.

Y ahora corrían.

A fuerza de voluntad. Apagando las protestas de las heridas, los cortes, las quemaduras.

Corrían.

Y espantaron a maese picapinos, que se escapó entre las ramas envuelto en sus plumas verdes.

Tenían que llegar. Y corrían.

Pero tuvieron que detenerse. Ni siquiera la juventud podía vencer a una noche de torturas.

Jadeaban. Resollaban, y abrir el pecho repicaba en las heridas. Se tomaron un respiro, arrimados a un roquedal, apoyando los codos y sujetándose en las piedras, porque si caían no serían capaces de volver a levantarse.

Descansaron. Y no eran los primeros en hacerlo. A sus pies se veían los carbones de una vieja fogata y, arrimado junto al tronco de uno de los pinos, un carro a medio cargar de piñas. Seguramente una cuadrilla de piñoneros había interrumpido su trabajo a toda prisa cuando el aire trajo vientos de guerra hasta aquel rincón de la frontera.

—Tengo hambre —dijo Galín entre resuellos.

Se le veía entero. Y, pese a que se le escapaban muecas con cada gesto, animoso.

Aunque estaba igual de dolorido, y aunque no podía comprender cómo su amigo podía tener hambre, Diego intentó moverse, y acabó por gatear hasta algo que despuntaba en la pinocha.

—¿Qué haces?

Arrancó pedazos, frágiles. Tenía el color de los huesos viejos. Y era delicada como papel reseco. De la forma original, que parecía una coliflor como las que usaba Moisés para tratar las diarreas, solo dejó unos pocos brotes entre las agujas de pino.

—¿Se puede comer?

Ante el asombro de su amigo, Diego asintió. Y le tendió

uno de los puñados del hongo, que se deshacía en escamas con la mera presión de los dedos.

—La llaman barba de chivo.

Galín se echó atrás antes de lograr convencerse a sí mismo para darle un mordisco tentativo a aquel barullo de virutas blanquecinas. Y lo hizo como si probase un guiso hirviendo. Al principio no las tenía todas consigo, pero al poco, después de masticar con recelo, se le iluminó el rostro.

—¡Está bueno!

Engulló el resto y, aún con la boca llena, preguntó:

—¿Cómo lo sabías?

Diego aún tenía un buen trozo. Iba arrancando pedazos y los comía con calma. Indeciso entre dar grandes bocanadas de aire o comer algo.

—Mi padre me enseñó.

La sonrisa de Galín creció tanto que esparció escamas del hongo por su barbilla, donde la barba ya crecía fuerte.

—Tu padre es el mejor de los capitanes —dijo esparciendo más trozos.

Diego dudó. Se miró las manos. Se perdió en el laberinto que dibujaban las extrañas volutas de la barba de chivo.

—A nadie se le hubiera ocurrido algo semejante. ¡Qué idea! Vamos a aplastar a esos cabrones… ¿Y te fijaste cuando pidió voluntarios? Todos se hubieran ofrecido. ¡Todos! No hay un solo hombre en las mesnadas que no esté dispuesto a dar la vida por el Cid.

Sacudía la cabeza, entre incrédulo y radiante. Contento pese a lo sucedido en la tienda del conde de Barcelona.

—Ningún otro capitán, cristiano o moro, puede contar así con sus hombres.

El entrecejo de Diego se frunció apenas. No sabía si aquel entusiasmo era porque su amigo estaba borracho de amor por la hija del mercader o si realmente admiraba al Cid hasta tal punto.

Aun hambriento, ya no comía.

—Es el mejor —repitió Galín.

Las palabras quedaron en el aire esperando que las recogiesen. Pero a Diego no se le ocurría qué decir. Hasta que las cejas de su amigo se alzaron y Diego acabó por limpiarse con el dorso de la mano.

—Sí, lo es...

Galín advirtió las dudas, el tono comedido. Y en sus ojos voló una sombra, pero decidió espantarla. Habían atravesado un infierno.

—No sabes la suerte que tienes...

Y se separó de las rocas con un gruñido. Reuniendo voluntad para seguir adelante, pese al cansancio, pese a las heridas.

—¿Vamos?

Diego acabó por dejar allí mismo lo que quedaba del hongo y siguió a su amigo, que ya le había tomado la delantera.

XI

A la señal del Cid, las lonas se apartaron, los hombres salieron de sus escondites y, en un santiamén, el campamento abandonado quedó abarrotado de nuevo.

Al fondo cayó una montonera de ramas y sus hombres de confianza cabalgaron. El germano llevaba de las riendas al brioso semental de su capitán.

Todo el campamento rugió como una fiera.

Las espadas se alzaron, las lanzas destellaron. A los perros les soltaron las correas, los escuderos prepararon armas de repuesto, los aguadores se distribuyeron en los flancos.

Y la carga de los catalanes se les echó encima.

Pese a la cota de malla, las armas, las protecciones, Ruy echó la mano al cuello de su semental sin detenerlo y se subió con el impulso. Hizo que pareciera fácil un gesto al alcance de unos pocos.

Y sus hombres estaban bien entrenados. En un abrir y cerrar de ojos, la carga de los catalanes ya no se enfrentaba a un campamento vacío a medio despertar, sino a un muro de lanzas a galope.

XII

La leyenda creció.

Los juglares lo cantarían una y otra vez.

Pero los versos son mentirosos. Los juglares adornan las palabras y aliñan la voz. El honor, el valor. El caballero que deshace el entuerto, que sale de la trampa.

Las historias son mentira.

No hay versos para describir la sangre, las tripas al aire, al muchacho rezando con el muñón de su brazo apretado contra el pecho, al que es poco más que un niño sentado sobre los excrementos que su miedo ha echado fuera.

Los versos no cuentan cómo se mira al cielo cuando los buitres ya rondan. No cuentan cómo se muerde la lengua al pisar el revoltijo de intestinos de tu amigo. Los versos no hablan de las promesas al moribundo, de las mentiras en las que se jura agrandar el ajuar de una hermana casadera, en las que se jura cuidar de los huérfanos.

Los versos ensalzan al hombre. La guerra lo destroza. Los destroza, al perdedor y al vencedor.

Solo la muerte sale ganando.

Y la guerra era su oficio.

XIII

El chocar de las caballerías hizo retemblar la tierra.

Relinchos, gritos, metal contra metal, como campanas repicando a muerto.

Los de Alhayib huyeron pronto, como conejos, cuando comprendieron que tenían que elegir entre la vergüenza y la muerte.

Los catalanes intentaron aguantar. Pero las mesnadas del Cid conocían el oficio.

Aplastaron a los que se atrevieron a atacar el campamento. Y luego persiguieron a las partidas descolgadas en el pinar. De haberse mantenido unidos, los catalanes hubieran podido plantar cara; tal y como sucedió, no tuvieron la más mínima oportunidad.

Ruy Díaz de Vivar venció una vez más.

El conde huyó.

Y la orden fue encontrarlo.

XIV

—Lo hemos encontrado.

El casco tenía una abolladura, del escudo salían dos flechas que no se había molestado en romper, llevaba un pie fuera del estribo, un corte en el muslo no le dejaba colocarlo sin ver las estrellas, y el brazo derecho, el de la espada, estaba tinto de sangre hasta el codo. Pero Blasco parecía una novia camino al altar cuando le dio la noticia.

—Aguanta con una docena en un roquedo, al este.

La cara remendada de Nuño se contorsionó antes de escupir. Había recibido un golpe con una maza y la mejilla ya empezaba a amoratarse.

—Ya tenemos a ese cabrón.

Ruy y sus capitanes salieron juntos, no necesitaban a nadie más. Y, por una vez, Otto no se quejó de que no le gustase. Y debió haberlo hecho.

XV

Bernardo d'Anoia estaba allí porque así lo había mandado su padre. Sin embargo, a él no le interesaba la política, la guerra, la cristiandad o la morería. Era uno más del séquito del conde porque su padre no podía cumplir. De no ser por los achaques del viejo, Bernardo se hubiera dedicado al vino. Algo mágico había en aquel paso de la uva en la vid a la bebida en el jarro, y aquel misterio lo había cautivado.

No se le daba bien la espada, y tampoco la lanza, le costaba montar sin caerse. Pero siempre había sido un buen hijo dispuesto a obedecer a su padre.

Cuando despertó, con un terrible dolor de cabeza, vomitó ruidosamente.

Y descubrió a su lado a uno de los moros de Alhayib. Le habían rebanado el pescuezo, robado las calzas y cortado los huevos.

Quedó horrorizado.

Estaba rodeado de muertos, de muertos que los cuervos empezaban a picotear. Y se daban el lujo de dedicarse a las lenguas y a los ojos.

A gatas, con el pelo sobre la cara, miserable como nunca antes se había sentido, cuando reparó en el gigantesco charco de sangre sucia entre las piernas de aquel desgraciado, Bernardo d'Anoia tosió entre gargajos, incapaz de vomitar una vez más, porque ya nada le quedaba que vomitar, pero preso de las náuseas y el asco.

Tardó en serenarse.

Cuando lo hizo, arrancó la espada trabada en otro moro, el filo había cortado hasta los huesos del hombro y se había quedado allí, como un hacha en un cepo. Para sacarla tuvo que poner el pie en el pecho y tirar con fuerza.

Y también encontró una ballesta y unos venablos. Y dio gracias al Señor, porque el arco no sabía manejarlo; se veía capaz de acertarse en un pie, pero con la ballesta se las apañaba.

Con la confianza que le prestaron las armas, intentó ubicarse. Había formado parte de una de las partidas que, supuestamente, tenían que haber dado caza a los desertores.

No se explicaba lo sucedido. De repente la guerra se les había echado encima por la espalda. Después de correr mucho y luchar poco, un caballo a galope lo había arrollado y había quedado inconsciente.

Y Bernando, que se había perdido una vez en la finca familiar, las quintas que rodeaban la capilla de San Saturnino en los altos del Panadés, no tenía ni idea de dónde estaba.

Pero no había nadie con vida a quien pedir auxilio. Además, todos los pinos le parecían iguales.

Fue entonces cuando escuchó los caballos. Se puso tan nervioso que se mordió la lengua con el respingo, y corrió a refugiarse tras dos pinos que crecían como si se dieran la mano, el uno junto al otro.

Los vio aparecer en la rendija entre los troncos y el corazón le dio un vuelco de alegría al distinguir la inconfundible mata rubia del conde, justo por encima de una cara enrojecida por el esfuerzo.

El conde y dos de los suyos huían, echando las barbas al hombro para mirar atrás.

Y el corazón le dio un revuelco cuando advirtió a los perseguidores.

Aquel no podía ser otro que el mismo Cid. Lo había visto cuando el asedio de Valencia, cuando accediera a parlamentar con el conde. Bernardo estaba allí, examinando con los demás del séquito el mapa de la ciudad.

El Cid y sus capitanes perseguían al fratricida como a un zorro.

Estaban borrachos de victoria, exultantes, y bromeaban azuzando al conde y a los dos únicos escoltas que seguían con vida.

«Cumple con tu deber, no me avergüences».

Las palabras de su padre le provocaron náuseas, pero Bernardo era un hijo obediente.

El hueco entre los troncos de los pinos se abría lo suficiente.

«Las tierras, la herencia, el honor lo exigen».

Le parecía escuchar a su padre mientras manoteaba intentando cargar la ballesta. Se hizo daño en los dedos con la cuerda, y necesitó tres intentos para trabarla en el seguro. Temblaba cuando puso el bodoque en la ranura.

«Vuelve a casa con la cabeza alta».

Levantó la ballesta.

No se le daba bien, pero la ronca corteza del tronco le sirvió para apoyar el codo.

Le hubiera gustado estar paseando entre las vides, sentir en los pies descalzos la tierra en la que se hincaban las raíces, espantar a los mirlos que robaban las uvas.

El dueño de aquella arma había pintado con clara teñida de rubia el alza, se lo había puesto fácil. Y la ballesta estaba bien equilibrada, engrasada con mimo.

Y la ballesta no era tan difícil como el arco.

«Haz que me sienta orgulloso».

—Sí, padre.

Intentó serenarse.

Estaban allí, a no más de veinte varas, hubiera podido alcanzarles con una pedrada.

Podía sentir a su padre respirando en su cogote.

Y por un momento, solo por un momento, su mente viajó al tacto de las uvas, al olor del mosto recién exprimido, hasta el calor en la bodega cuando las cubas fermentaban.

Fue solo un instante. Y aquel punto pintado de rojo se colocó justo sobre el cuello del Cid, donde moría el casco, donde la capucha se cosía al peto. Un tirador experimentado, a esa distancia, hubiera elegido un blanco mayor, el pecho, sin más, los arillos de la cota y el recio gambesón le quitarían algo de impulso a la flecha, pero sería mortal igualmente. Bernardo no lo sabía, solo había oído que convenía buscar los resquicios en las protecciones.

Uno de los hombres del Cid, un bruto con acento de Burgos, reía con carcajadas que sonaban a campanadas de catedral. Otros dos hablaban. El Campeador señalaba al conde con su espada.

Y el semental negro que montaba cabeceaba inquieto.

Pero el punto rojo no abandonaba el cuello.

Bernardo pensó que podía hacerlo.

Calmó su respiración. Aún podía sentir el regusto ácido del vómito. Le escocían los labios y la garganta.

Su dedo empezó a tensarse. Poco a poco. Eso lo sabía. No se podía apretar de golpe. No se podía ser brusco.

Y aquel punto rojo. Más bien naranja. La rubia le daba poco color a las cosas. Aquel punto no abandonaba el cuello del Cid.

XVI

En su desesperación, el conde había intentado regresar a su propio campamento.

Pero ahora el terreno le jugaba la mano contraria y la cuesta, la misma que lo había favorecido para el ataque, se le atragantó para escapar.

Comprendió cómo debían sentirse las liebres huyendo de los galgos.

Y pensó que podría salir con bien, hasta que escuchó los caballos.

Sin darse cuenta de que el peligro no solo le venía por la espalda, también de frente.

XVII

Los muchachos corrían.

Querían llegar, saber si había merecido la pena.

A Galín se le llenaba la cabeza de pájaros. Ni el dolor de sus muchas heridas ni el cansancio espantaban sus sueños. Se veía caballero. Se veía en el altar junto a Lilia.

Diego no se quedaba atrás. Pero no sonreía.

Y oyeron las voces. Y la inconfundible risa, rotunda y llena, de Nuño.

—¡Vamos!

PADRE, HIJO Y VOCACIÓN

Año del Señor de 1090

I

Nunca antes había galopado. Y a Moisés poco le faltó para perder las muelas. Sujetaba con todas sus fuerzas la cintura de Blasco, le dolían los dedos, pero se vio incapaz de contener las sacudidas que lo vapuleaban en cada tranco.

Se lo habían llevado a las bravas, cuando acababa el último punto de un feo costurón en el muslo de uno de Oca al que llamaban Pedro.

Y ahora Blasco le gritaba al caballo hasta la ronquera, hincaba los talones y se echaba hacia delante. Y el médico bisbiseaba una plegaria, con los ojos cerrados, aplastando la cara en la espalda del asturiano.

Lo bajó de la silla en volandas, como si quitase unas alforjas, y el hebreo no echó hasta la primera papilla porque se le encogió el alma cuando lo vio allí tirado.

Por desgracia. La carrera sirvió de poco. Y las prisas de nada.

Le bastó agacharse y fallar al encontrar el pulso.

—No hay nada que pueda hacer —dijo con la garganta anudada.

II

La risa de Nuño fue igual que un faro en la niebla. Como marinos con la derrota perdida, los muchachos corrieron hacia esa risa.

La reconocieron, y no tuvieron cuidado.

Nuño se habría reído del demonio a las puertas del infierno. Y no sabían de qué se reía el burgalés.

—¿Ganamos?

Aunque había tartamudeado por los jadeos, Diego comprendió a su amigo.

—No lo sé.

Saltaron por encima de unas aulagas. Corrían tan rápido que sus pies despedían agujas de pino en todas direcciones.

La risa se acercaba, y también voces.

Doblaron junto a un pino que una tormenta había desarraigado. Las raíces se levantaban sobre un roto en la tierra y el gigante, humillado, había tenido que apoyarse en un compañero para no acabar en el suelo.

Cuando rodearon las raíces envueltas en terrones los vieron.

El conde estaba de rodillas, con las manos al frente, como una devota rezando ante la cruz. Nuño ataba las manos de los escoltas.

Vieron al burgalés sacudiéndole una patada al segundo de los escoltas para enviarlo de bruces a la pinocha. Y oyeron a Otto decir algo que arrancó una nueva risotada.

Corrían. Pero se miraron cómplices, llenos de alivio.

Blasco contenía al ruano que montaba, era un animal joven con tendencia a caracolear.

Y allí estaba el Cid, que miraba desde lo alto de su caballo al conde.

Los muchachos apretaron el paso.

El semental negro de su padre cabeceaba, como siempre,

pero al Cid le bastaban solo las rodillas para mantenerlo en el sitio.

Diego lo vio girarse para decirle algo a Otto. Distinguió las mejillas manchadas de tierra que habrían despedido los cascos a galope. Y aquella medalla de plata prendida junto al hombro, la que le había regalado mamá para que la Virgen lo protegiese. La vio brillar en la mañana, que se acicalaba limpia, de cielos azules, ajena a los muertos que sembraban el Pinar de Tévar.

Lo vio. Iba a llamarlo.

Y Ruy Díaz de Vivar cayó al suelo.

III

Otto se dio cuenta de que Ruy quería decirle algo. Lo vio volverse hacia él.

Y el germano prestó atención, se esforzó, porque los lloros y las súplicas del conde, que parecía una plañidera, lo llenaban todo. Y Nuño volvió a reír por algo que Blasco había dicho.

No lo escuchó.

Luego comprendió que Ruy no llegó a hablar, que de su boca no había salido más que un susurro, pero, en ese instante, pensó que no lo había oído.

—¿Cómo?

Advirtió los ojos cansados, las ojeras, los manchurrones de tierra. Incluso vio una aguja de pino prendida en la barba.

Lo vio abrir la boca para hablarle de nuevo. Y los ojos de Ruy se pusieron en blanco, se volcaron en sus cuencas. Y el color se escapó de su rostro. Ya no era su capitán, ya no era su amigo. Era una máscara de cera.

Fue como la llama de una vela ante un vendaval. Ruy se apagó.

El semental negro cabeceó, y el Cid cayó como un fardo.

—¡Ruy!

IV

Estaban tan cerca. Y tan lejos.

—¡Padre!

Se corrigió al momento.

—¡Mi Cid!

Era imposible, pero apretó el paso, corrió aún más rápido, y Galín se quedó atrás.

Otto desmontó de inmediato y se agachó junto a su amigo. Blasco tardó solo un instante más. Y Nuño pateó a los escoltas y, al pasar junto al conde, descargó en el catalán un brutal puñetazo, para que callase, para que estuviera quieto, para que le quedase claro quién había ganado.

Se acercaron a toda prisa, en vilo.

Otto ya estaba arrodillado, con la cabeza del Cid en las manos.

Se oyó el inconfundible siseo.

Y algo golpeó al germano. Un golpe seco. Y Otto, durante un instante, se balanceó atrás y adelante, como un moro devoto. Como el escolta al que Nuño pateara.

Algo lo golpeó con fuerza y Otto también se derrumbó.

Cayó. Como había caído su capitán. Como un fardo. Como un muñeco de trapo.

V

Bernardo d'Anoia cerró los ojos cuando el bodoque salió disparado. Escuchó el latigazo, sintió vibrar la madera, un soplo de aire le rozó las mejillas.

Cuando los abrió, no entendió lo que había pasado.

Y no llegaría a entenderlo nunca.

Una galerna se le echó encima para aplastarlo. Solo tuvo tiempo a pensar que era aquel tipo con la cara hecha de remiendos. No llegó a saber que se equivocaba.

La culata de la ballesta le aplastó el cráneo. El hueso se

partió con un crujido seco, y un buen pedazo de los sesos se quedó en la madera de nogal.

Antes de que sus ideas se apagasen para siempre, Bernardo recordó el dulzor del mosto sin colar, recién salido del lagar. Y lo último que sintió antes de quedarse quieto, con los ojos muy abiertos, fue el escupitajo que golpeó su mejilla.

VI

Nuño se limpió con el dorso de la mano, resolló, y apoyó esa misma mano en el hombro de Diego.

El muchacho, pálido, aún sostenía la ballesta con mano temblorosa. No podía apartar los ojos del desaguisado en el que se había convertido la cabeza del catalán.

La ballesta cayó sobra la alfombra tejida de pinocha.

Los dedos de Nuño apretaron, y pareció que el burgalés iba a decir algo, pero el conde se puso a gritar de nuevo y Nuño salió corriendo hacia aquellos gritos.

Fue entonces cuando Diego reaccionó.

Blasco estaba arrodillado junto a Otto. Las plumas del astil, negras, de cuervo, temblaban. El bodoque salía entre los dedos de su mano, apretada contra el pecho del germano. Intentaba contener la sangre, pero era inútil, brotaba como un manantial.

Galín había recogido la cabeza del Cid en sus propias manos, como una virgen sujetando al Cristo recién descolgado de la cruz. Y Galín lloraba.

Nuño no. Nuño descargaba toda su rabia en el conde catalán, que se cubría la cabeza con los brazos encogidos y recibía un golpe tras otro entre gritos desafinados que pedían clemencia.

—¡Trae a Moisés!

Todos se giraron. Incluso el conde guardó silencio. Más amedrentado por aquel trueno que por los golpes del burgalés.

Diego empujó el cadáver del ballestero con la punta del pie

y, cuando los miró a todos, su rostro parecía salido de la forja de un herrero.

—¡Vamos! ¡Ve a por el médico!

El mensaje acabó por calar. Era la primera vez que Blasco recibía una orden del muchacho.

—¡Ata a ese pedazo de mierda! ¡Y amordázalo! ¡Que se calle!

Con el puño en alto, tan sorprendido como el asturiano, Nuño acabó por asentir.

—¡Ayúdale!

Galín estaba tan asombrado como los otros dos. Pero era su amigo. Y fue el primero en hacer algo más que asentir. Depositó con todo mimo la cabeza del Cid en la pinocha y se levantó.

—¡Yo me ocupo! ¡En marcha! —insistió gritándole a Blasco—. ¡Id a buscar el carro! ¡El de los piñoneros!

Todos obedecieron.

Más allá, el conde quedó boca abajo, gimiendo. Con las manos a la espalda y una lazada que aseguraba los tobillos a las muñecas.

Se marcharon. Aún se oían los cascos del caballo de Blasco.

Y la tormenta que lo había poseído se deshizo tan súbitamente como había llegado. Se derrumbó. Cayó de rodillas en la pinocha.

Y los ojos se le llenaron de lágrimas.

Y a través del velo de lágrimas miró a uno de los hombres. Y luego al otro.

Se agachó junto a Otto. Y no supo qué hacer. Sus manos temblaron sobre el pecho del germano, se acercaron al astil. Intentó recordar todo lo que el hebreo le había enseñado. Sujetó el bodoque. Lo soltó.

—*Alles gut.*

El muchacho se mordía los labios. Miraba al germano, miraba a su padre. Estiró los brazos hacia su padre. Volvió a Otto. Sus dedos se cerraban y abrían.

—No sé…

Se le escapó como una queja. Y apretó los labios. Frunció el ceño y asintió para sí mismo, reuniendo fuerzas.

Se arrancó la manga de la camisa. Y en el brazo al sol quedaron dos de las marcas que habían hecho aquellas tenazas al rojo en la tienda del conde. No dolían.

Envolvió el bodoque con el gurruño de tela, y la sangre lo empapó de inmediato.

Su padre gimió algo incomprensible y, con la otra mano, Diego quiso llegar hasta él.

—*Alles gut.* Está bien.

Y aquellos ojos claros, como llovizna entre la niebla, se cerraron.

Se quedó solo.

VII

Se acercó hasta su padre, gateando.

—¿Papá?

El calor lo abofeteó. Fue como abrir un horno arrebatado.

El Cid murmuraba, se agitaba, y el rostro ceniciento estaba empapado en sudor frío. Un sudor que se prendía en su barba como gotas de rocío en las mañanas del bosque.

—¿Papá?

No le contestó. No podía hacerlo. Ardía en fiebre.

—¿Qué...?

Quería preguntárselo todo. Y no sabía por dónde empezar. Las lágrimas le corrían por las mejillas. Y el rostro del hijo estaba tan empapado como el del padre.

—¿Cómo...?

Le retiró el casco. Soltó el gancho que sujetaba la capucha de la cota. Lo libró del almófar. Manos jóvenes sobre un rostro curtido. Envuelto en dolores viejos y tormentos nuevos.

—¿Padre?

No respondió el Cid.

—*Komm her... Komm.*

Apenas un susurro. Y Diego tuvo que hacer un esfuerzo por comprender.

VIII

Cuando comprendió que Otto no había muerto, se volvió.

—Moisés llegará pronto.

Y recibió más esperanza de la que dio. Porque necesitaba que llegase el hebreo. No sabía qué hacer.

Otto alzó el brazo, lo llamó recogiendo los dedos, gorjeando una vez más en su idioma lleno de aristas.

—*Komm!*

Gateó hacia el germano. El espanto sacudió sus ojos cuando vio que la manga de la camisa se había vuelto roja.

—Moisés sabrá qué hacer.

La mano de Otto le sujetó el cuello y tiró de él.

Sus miradas se trabaron. La del germano seguía clara como un arroyo de montaña. En sus ojos había una helada en el más crudo invierno.

—He dado mi vida por él...

—Moisés...

—*Schweigen!*

Tal fuerza en un moribundo lo sorprendió. Se hubiera echado atrás de no ser por la recia mano que aplastaba su nuca.

No se atrevió a interrumpirlo de nuevo.

—He dado mi vida por él...

Y no lo interrumpió. Esperó.

Otto tomó aire con trabajo, haciendo un esfuerzo sobrehumano. Pero sus ojos jamás abandonaron los del muchacho.

—... Y la habría dado por ti...

Un jadeo al que le faltaba vida, pero no voluntad. Cobrar fuerzas para subir el último trecho de una cima inalcanzable.

—... Mi señor, mi Cid... *Mein Kapitän!*

Lo intentó, pero no pudo abrir la boca. Balbució algo incomprensible.

Y como era un muchacho ingenuo. Como era solo un chico que esperaba escuchar lo que no necesitaba escuchar. El germano reunió las fuerzas para dejárselo claro.

Lo soltó y se llevó la mano al pecho. Cerró los dedos, y el puño golpeó junto al corazón, manchándose de sangre, haciendo bailar la tela, salpicando perlas carmesíes que se refugiaron en la pinocha.

Y golpeó el pecho del muchacho. El corazón.

En la camisa quedó un borrón más. Una mancha roja de sangre fresca.

—Mi Cid.

Aquel hielo del invierno más crudo lo atravesó por un instante más, apenas un suspiro. Era hielo y ardía. Ardía con más fuerza que el más fiero de los fuegos. Y el puño se apretaba contra su pecho, tanto que dolía.

Un instante. Hasta que el hielo se derritió y la fuerza escapó de aquella mano, que cayó sin vida junto a las negras plumas de cuervo.

—¿Otto?

Ya no había hielo. Ni siquiera agua. Solo niebla.

Fue como recibir una coz. Las lágrimas se detuvieron. Los sollozos callaron. El muchacho quedó perdido en el pinar, para siempre.

Y el hombre, el hombre desenfundó la espada. Desenfundó la espada de su amigo y la colocó en el puño manchado de sangre.

El hombre recogió las manos de su amigo. Las recogió y las colocó abrazando la empuñadura, sobre el pecho, junto a la tela empapada y las plumas de cuervo.

Y le pasó la mano por el rostro para que los párpados escondieran la niebla.

IX

El hebreo lo hizo, comprobó que la vida había abandonado al germano, y lo dijo en voz alta. Porque él, como médico, tenía que ser quien pusiera nombre a la desgracia. Él tenía que ser quien cortara de raíz la esperanza.

—No hay nada que pueda hacer.

Dejó bajo los labios el susurro de una bendición en su lengua. Sin importarle que aquel hombre no hubiera compartido su fe.

Y se hubiera tomado el lujo del luto, pero el tiempo apremiaba. Había que atender al Cid.

Lo habían cargado en el carro de los piñoneros y Diego lo ayudó a subirse.

Todos los demás miraban, pendientes.

Y en cuanto el hebreo se apretujó en la rendija entre el Cid y la tablazón, pidió agua.

—Empapad lo que tengáis, ¡está ardiendo!

Mientras se cumplían sus órdenes, el médico se inclinó sobre la borda del carro. Para hablarle a Diego.

Y al hacerlo descubrió un frío nuevo en su rostro, los ojos que le devolvieron la mirada ya no tenían aquella ansia familiar por aprender, había en ellos algo duro. Ya no eran el trabajo de un escultor, eran el trabajo de un cantero. Ya no eran los ojos de un muchacho.

—Habla.

Fue una orden seca.

Moisés comprendió. Y su corazón se encogió. Había algo más que lamentar que la pérdida del germano.

El hebreo se estiró para poner la mano en su hombro. Pero Diego se apartó.

—Habla.

Compungido, se alegró de que sus cataratas le hubieran nublado los ojos. No siempre merece la pena ver aquello que puede verse.

—La fiebre es demasiado alta —reconoció lleno de pena—. No sé si podré hacer algo.

GATA, RATA Y AGUA

Año del Señor de 1102

I

No había gran majestad en aquellas nalgas. Blancuchas, escurridas y salpicadas de pelos finos, no mostraban el mejor aspecto del rey de Castilla, León y Galicia. Pero en aquel preciso momento, a Alfonso le preocupaba más bien poco cómo lucía su culo apretado. Incluso podría asegurarse que si le hubieran traído en aquel mismo instante el mensaje de que Toledo había caído en manos de los almorávides, el rey habría despedido al correo con cajas destempladas.

Estaba demasiado ocupado.

Tenía en una mano el rotundo pecho, con la boca intentaba abarcar a la pareja, exactamente igual de rotunda, y el brazo, que había empezado a temblar por el esfuerzo de mantenerse en aquella postura, ya no daba más de sí.

El rey Alfonso corcoveaba en un frenesí. Hacía subir y bajar aquel trasero escuchimizado, encorvando los dedos de los pies, enredados en la manta de la más fina lana merina.

Las uñas de la mora recorrían su espalda, dejando en la piel pálida trazos carmesí, a punto de arañar. Y los labios de Zaida tenían atrapado el lóbulo de la real oreja y susurraban.

—*Akthar qua! Akthar qua!*

Y Alfonso podía oírlo, a lo lejos, como si le hablasen desde las montañas al otro lado de un ancho valle. Aunque no sabía lo que significaba, pero tampoco le hacía falta. No hubiera podido responder otra cosa que gemidos.

—*Taeal. Akthar qua! Kalbi alkhayin! Taeal!*

Ella clavó, ahora sí, las uñas en aquellas nalgas blancuchas, y tiró con fuerza, con tanta que incluso una gota de sangre se escapó entre los pelos escasos que brotaban en el culo del rey.

—*La tatawaqaf!*

Y Alfonso empujó.

Alzó el rostro, y con él se fue un hilo de baba que brilló a la luz de los pebeteros, un hilo que cosía el pezón endurecido, del color oscuro de los dátiles maduros, con el labio inferior del rey.

Rugió Su Alteza, apretó aquellas nalgas. Y se estremeció. Tembló como una hoja en otoño.

Hasta derrumbarse sobre el cuerpo de la mujer.

Zaida suspiró. Y se tragó sus siguientes palabras.

El rey, desmadejado, resollaba sobre sus pechos.

Ella movió las caderas, las alzó. Apretó aquellas nalgas hincando aún más las uñas. Intentó que el rey siguiera moviéndose.

Pero Su Alteza ya no respondía. No podía hacer otra cosa que jadear.

Se contoneó como una gata. Sus nalgas, firmes, llenas, del color limpio de las arenas del desierto, susurraron sobre el lino del lecho. Pedían más.

Pero el rey se dejó caer a un lado, y tiró con el brazo la alcuza con aceite de oliva que habían empleado al comenzar, cuando se había hecho necesario ayudar a la vanguardia real para acometer la carga.

Y Alfonso vio con desgana cómo el aceite se esparcía en un charco, pero no hizo otra cosa que recuperar el aliento.

Zaida se llevó la mano al cobijo que guardaba la horquilla de sus piernas y pasó sus dedos teñidos de alheña por su pubis completamente depilado, buscando aquel lugar que aún seguía hambriento.

Y empezó a acariciarse, trazando arabescos entre los delicados pliegues de la piel, dibujando placer.

El rey alzó apenas el mentón y la observó.

La otra mano de Zaida consoló su pecho huérfano y acorraló al pezón entre los dedos, apretando con fuerza.

El rey lo vio, pero dejó que sus guedejas desordenadas cayesen de nuevo en el lecho.

No le prestó más atención que al aceite derramado.

II

El rey mordió la manzana con ansia. Y antes de masticar el bocado, la miró.

Él estaba en pie, rondando el lecho con pasos rápidos, cubierto solo con una camisola. Ella seguía tumbada, y mostraba su desnudez sin pudor, dejaba que el sudor se secase sobre su piel.

—¿Qué piensas?

Seguía masticando y, al preguntar, salieron despedidos trocitos de la carne blanquecina de la manzana. Uno de ellos se quedó prendido en la barba.

—Faray dice que los hombres cuchichean…

Alfonso entrecerró los ojos y se olvidó de la manzana.

—Dice que se rumorea que te da miedo. Que incluso muerto, la sombra del Cid sigue asustando a los lobos de Castilla.

Zaida hablaba con naturalidad, con la misma entonación con la que hubiera comentado el tono de una tela. Hablaba como si dijera naderías. Pero sus ojos, verdes como los de las huríes del paraíso, los que habían hecho leyenda de su belleza, brillaban. Igual que poco antes, cuando su mano había remediado la carga fallida del rey.

Pareció que Alfonso se percató de pronto de que aún tenía la manzana en la mano, y la tiró al suelo como si acabase de ver en ella un nido de gusanos retorciéndose.

—¿Eso dicen?

Zaida asintió, y el gesto hizo que sus pechos se agitasen, los pezones subieron y bajaron como mecidos por las olas.

—Esa arpía, esa arpía maldita.

Mascullaba con rabia, sin prestar atención al maravilloso espectáculo de su amante desnuda. Dispuesta a pedir a los sirvientes una nueva alcuza de aceite.

—*Mahbub* —ronroneó ella—. Puede que sea una arpía, pero sabe lo que hace. Prefiere enfrentarse a ese loco de Tasufín y su panda de fanáticos antes de permitir que el legado de su esposo quede borrado para siempre.

Lo explicó con tono maternal, como si el rey fuese un niño incapaz de comprender una verdad evidente. Su mano ya volvía a enredarse entre sus piernas. Para Zaida había asuntos más urgentes que hacerle comprender al rey de Castilla, León y Galicia por qué la viuda Jimena seguía dispuesta a defender Valencia por su cuenta.

—Anda, ven. *Yati*...

Abrió las piernas, largas, torneadas en canela. Y exhibió la humedad que hacía brillar su pubis depilado.

—*Yati!* El trono necesita un heredero.

De no estar cegado por la ira, de ser capaz de sacarse a Jimena de la cabeza, quizá el rey Alfonso hubiera captado el cansancio, lo falso en el tono. Hubiera podido entender que aquellos aires felinos, provocadores, tenían algo impostado. Había ansia en las palabras de Zaida, pero no era deseo carnal lo que escondían, sino simple supervivencia.

La mora era consciente de que los reyes se hastiaban pronto de los caprichos. Deseaba un hijo de Alfonso. No quería que la echasen de la corte, como ya había sucedido en Sevilla.

—Ven…

Gimió provocadora, alzando las caderas, ofreciéndose. Una mano ocupada en la horquilla entre sus piernas, enredando su humedad, y la otra trazando rumbos en su vientre plano, ascendiendo hacia los montes que coronaban sus pezones erizados.

Pero Alfonso no le prestaba atención.

—Obedecerá —escupió entre dientes el rey—, obedecerá.

Ella ronroneó, y escondió los arabescos que decoraban sus dedos en su interior empapado. Gimió.

—Lo conseguirás —gañó con la respiración agitada, sin dejar de mover ambas manos—. No tiene otra salida.

Los labios del rey se abrieron como una fruta madura y aparecieron los dientes, crispados.

—No la tiene —repitió él.

De pronto los ojos del rey recorrían las largas piernas, se perdían en las curvas de aquellos senderos de sándalo. Dio un paso hacia el lecho, como una oveja hacia el corral.

—Ven…

Ella apartó la mano de su sexo, exhibiéndolo húmedo y listo. Y deslizó los dedos por sus costados hasta recogerse ambos pechos en las manos y sujetarlos, haciendo que se elevasen en curvas que retrataban lujuria.

—*Yati*…

El suelo se inclinó y el rey caminó cuesta abajo, hacia el lecho, con los ojos perdidos en los juegos de brillos y sombras que se contoneaban sobre las sábanas de lino.

Alcanzó su destino y ella se puso a gatas. Y arqueó la espalda. Y le arañó los muslos hasta atrapar la camisola y alzarla. Y acercó los labios con un soplido que estremeció al rey.

—No le queda otra salida —dijo distraído.

Los labios de la mora deshicieron el soplido para abrirse como una flor y recoger la hombría del rey. Atrapó el glande y usó la lengua para rodearlo lentamente, sintiendo cómo se endurecía.

Y cuando él estuvo listo, aún de pie junto al lecho, ella se apartó y se giró para rozar las nalgas contra la erección del rey.

Alfonso gimió.

—Ven... Yo te diré lo que puedes hacer.

Ella, a gatas sobre el lino, se echó atrás y alzó las nalgas. Dejó su sexo a una pulgada del glande palpitante que soportaba las coronas de Castilla, de León y de Galicia.

—¿Qué puedo hacer?

Preguntó, pero también empujó. Y la sujetó por la cintura, y tiró de ella con las manos.

—Esa arpía obedecerá —susurró contoneándose, atrapando con su sexo la carne real.

Y arqueó la espalda retirándose, bloqueando el camino. Solo recogió en su interior el glande. Lo obligó a esperar.

Y el rey gruñó.

Y empujó, pero la lujuria de Alfonso chocó contra aquellas nalgas con la perfecta forma de un albaricoque maduro. Empujó y rugió. Deseando más.

—Hay cosas peores que Tasufín y sus locos —ronroneó ella.

—¿Qué...? ¿Qué...?

El rey tartamudeaba.

Su concubina relajó la espalda. Gimió. Y se abrió para permitirle llegar a destino.

Y el rey la penetró. Empujó con tal ansia que se puso de puntillas, combándose, echando la cabeza hacia atrás.

—Más —pidió ella—, más.

Se le nubló el juicio, y consiguió preguntar, a lo lejos, como si ya no importase:

—¿Qué?

III

Para el alba, porque así lo había ordenado el rey, el cura había elegido preciosos salmos para salpicar entre los tedeums del oficio de maitines.

Al rey le gustaba mostrarse pío y creyente. Exhibir la fuerza de su fe en la lucha contra los perros infieles de Mahoma. Porque la cruz y la palabra de Dios eran los símbolos que reunían a los reinos cristianos en aquella batalla santa contra los agarenos. Y aunque la guerra o el reino le reclamasen a otras horas, Alfonso no fallaba nunca al oficio de maitines.

Para Félez de Carboeiro, descendiente de aquel conde de Lugo llamado Ero, famoso por su lucha contra los infieles, era un orgullo haber sido elegido por la Corona para aquellas labores castrenses. Y se tomaba muy en serio organizar cada día las lecturas y los oficios.

Después de vigilia se había flagelado, porque una vez más se había dejado llevar por la gula, la única de las debilidades de la carne que lo hacía flaquear. Y, con la fe renovada, había acudido a las Sagradas Escrituras en busca de inspiración.

Y la había encontrado.

Estaba en especial orgulloso de unos versos del noveno de los salmos. Los repetía para sí mientras prendía el incienso y acababa de arreglar la tienda que hacía las veces de capilla durante las campañas, ornada con un precioso retablo portátil. Un adoratorio en tres paños que, al abrirse, mostraba una exquisita representación del Salvador flanqueado a ambos lados por sus apóstoles.

—«... oh Altísimo. Cuando mis enemigos se vuelvan atrás, caerán y perecerán en tu presencia. Porque has mantenido mi derecho y mi causa».

Contento, Félez recitaba el salmo, preparando la voz para el oficio, cuando oyó un barullo que lo obligó a salir del aroma a incienso al alba que empezaba a iluminar el campamento.

—¡Fuego!

Era el rey. Caminaba a grandes zancadas, vestido apenas con una camisola y calzas arrugadas. El rey, con el rostro lleno de ojeras y los pelos desordenados, salpicando en todas direcciones como la proverbial corona de espinas.

—¡Le prenderé fuego! ¡Arderá!

No parecía que tuviera intención de oficios o liturgias. Buscaba al conde de Nájera y a sus capitanes.

—¡Valencia arderá! ¡Solo quedarán cenizas!

Félez no pudo hacer otra cosa que fruncir el ceño y protegerse con la señal de la cruz. Se persignó con prisa tres veces seguidas, porque a lo que enseñaban las Sagradas Escrituras no venía mal añadir algo de superstición. Félez se había criado en los montes gallegos y sabía bien que ciertos asuntos iban más allá de la fe.

Consumido, casi raído como un viejo sudario, el rey parecía un ánima haciendo penitencia por los caminos entre los bosques.

—¡Cenizas!

La ira del rey tronaba por el campamento.

—¿Dónde está ese lameculos?

Bajo el bigote, a Félez se le escapó otra cita que ya no era de los salmos para maitines.

—Hacía garabatos en las puertas y dejaba que la saliva le corriera por la barba. Y Aquis le dijo a sus oficiales que «aquel hombre estaba loco...».

—¡Arderá!

Ya se alejaba el rey, y sus gritos no se apagaban.

El rey David se había hecho pasar por loco para engañar a Aquis.

Pero algo le decía al cura que Alfonso no se estaba haciendo pasar por loco.

Y repitió una vez más la señal de la cruz.

IV

A los otros dos les convenía que el tal Ojarra perdiera los nervios y despellejara a aquella rata hedionda. Con un poco de suerte abandonarían semejante locura y podrían regresar al campamento. Así que observaban la escena con sonrisas maliciosas. Igual que niños asintiendo para que los vea el jefe de la pandilla, horrorizados por el trozo de hígado envenenado, pero dándole ánimos al otro para que se lo acerque al perro callejero.

—Mientes.

Qasim se hurgó entre los dientes con una larga uña que, como decía su libro sagrado, bien podría haber escondido al diablo mismo, porque estaba tan sucia que se veía negra. Al menos era la derecha, la de comer, y no la izquierda, la de limpiarse el trasero.

—No —rebatió seguro.

No se dejaba intimidar, ni por la diferencia de tamaño ni por la autoridad. Qasim era perro viejo, y llevaba muchos años siendo el cagajón que nunca se hundía en la alcantarilla.

—Tendría que estar loco, es imposible...

El tono de Ojarra hacía equilibrios entre la incredulidad y la rabia. Había apretado el ritmo siguiendo al moro, obligando a los dos escoltas a resollar como mulos cargados. Y ahora que habían llegado a destino, no parecía dispuesto a creer lo que le contaban.

Y es que aquello no era más que un repecho junto a las murallas. La Puerta de la Xerea, cerrada a cal y canto, estaba cien pasos más allá, entre las piedras que se querían volver doradas con el amanecer, salpicadas por las matas de alcaparras que crecían en las grietas.

Allí no había más que agua, y ranas que croaban como si tiritasen de frío.

—No es cierto, por aquí no pudieron salir los hombres del Cid.

No encontró nada de provecho entre los dientes, así que el mismo dedo con la misma uña sucia empezó a hurgar las narices sin pudor, hasta que logró algo jugoso que sacó para examinar a la luz gris del alba.

—Ellos controlaban los almacenes al otro lado de la muralla —explicó con hastío, como si fuera evidente para cualquiera—. Alqádir se los ofreció a cambio de protección.

Incluso señaló hacia la ciudad, pero la ira sin apagar en los ojos de Ojarra le sugirió que se explayase.

—Conocían bien la zona, sabían que se inundaba con las crecidas. Perdieron modios y modios de arroz cuando las inundaciones...

Quedó pensativo un instante, rebuscando entre los recuerdos.

—Fue el año que quemaron a la rata de Yahhaf —dijo al cabo, como si aquello fuera prueba suficiente.

Ojarra gruñó.

—Mucho cuento me parece a mí ese —intervino uno de los escoltas antes de que el brazo del navarro le mandase callar.

Ojarra revolvió sus dedos en el aire. En un gesto igual al que su padre había hecho al ordenar que las garruchas girasen otro cuarto de vuelta.

—Después de Cuarte lo inundaron —continuó el contrabandista—, pero eso no cambia las cosas, el pasadizo sigue estando ahí.

Señaló con la misma uña el lugar.

V

Mientras Qasim señalaba, y a la vez era capaz de chascar la lengua para arrastrar algo atrapado entre los dientes, los dos escoltas mataron el tiempo.

—¿Le crees? —preguntó uno.

El otro se encogió de hombros, como si tampoco le importase mucho.

—Por algún sitio tuvo que hacerlo, los cogió con los calzones quitados.

Y cuando el segundo bajó los hombros, el primero se animó a decir algo más.

—El Cid era un zorro de cuidado.

Y el segundo afirmó convencido, para darle la razón.

—Otro gallo nos cantaría si siguiera vivo.

—Y a Alfonso —añadió risueño.

—No tendría tierra suficiente para correr —remató con una carcajada.

Y el otro se unió a la risa, y la firmó burlón, haciendo correr sus dedos en el aire.

VI

Pese a los esfuerzos con la lengua, lo que quiera que fuese que tenía atravesado entre los dientes se resistía. Y Qasim dejó de señalar para hurgarse de nuevo la boca con aquella dichosa uña.

Cuando tuvo éxito, rebañó la dichosa uña con los incisivos, chupó el dedo, y se comió el trofeo aliñado con la mierda que escondía al tal diablo. Y señaló de nuevo, impertérrito, el espejo de agua.

—Ahí abajo —insistió.

Ojarra resopló, y los escoltas intercambiaron codazos cómplices, incluso se echaron hacia delante. Estaban seguros de que, de un momento a otro, el navarro degollaría a aquella rata.

Pero Qasim no parecía asustado.

—Si es el hijo del hebreo, tiene que saberlo. Solo unos pocos saben cómo se tejió la trampa. Y ese es el único acceso a la ciudad.

Costaba creerle. Ante ellos no tenían otra cosa que un gran estanque represado que vertía sus aguas a una acequia a los pies de la muralla de Valencia. Allí no había paso, mucho menos una puerta.

Parecía un depósito. Uno como tantos otros de los que regaban las huertas del alfoz.

—¿Y pretendes que lo esperemos aquí? Nos verá…

Qasim, sin que la confianza le temblase un ápice, volvió a hurgarse las narices.

—No, para eso nos toca mojarnos.

Aunque el contrabandista no flaqueaba, a Ojarra le olía a cuerno quemado. Y, sin previo aviso, le golpeó el codo. Un impacto seco y rápido que enterró aquel dedo de uña sucia en los morros del contrabandista.

Empezó a sangrar de inmediato, y a dar brincos de un lado a otro.

—Si mientes haré que te duela hasta el alma, te arrancaré esas uñas roñosas una a una, ¡te arrancaré cada muela!

Lo sujetó por los pelos grasientos. Y los piojos saltaron entre sus dedos. De la nariz manaba la sangre, aunque poco importaba porque la camisa ya estaba arruinada antes de que cayese la primera gota.

—Te arrancaré las orejas, la nariz, los huevos y la polla...

Lo levantó tirando de aquella pelambrera cochambrosa. Hasta que lo único que Qasim apoyaba en el suelo eran las uñas de los dedos de los pies, que estaban aún más sucias. Las sandalias habían salido disparadas.

—... Y la polla. En ese orden. Y si pierdes el conocimiento te meteré de cabeza en ese jodido estanque y seguiré cuando te espabiles.

Qasim tuvo miedo por primera vez en mucho tiempo. Desde que no era más que un chicuelo que hurtaba fruta en el mercado. Desde que aquel comerciante de esclavos le ofreciera un dulce de manteca al niño pordiosero.

Aquel miedo, el mismo que sintió cuando las manos del comerciante le alzaron los harapos para sujetarlo por la cintura, floreció de nuevo.

La expresión del navarro era peor. Escondía promesas que iban más allá de tener que cojear una semana con las piernas abiertas y el orgullo maltrecho.

Qasim asintió a toda prisa. Tanto como le dejaron los pelos tiesos, de los que el navarro seguía tirando sin miramientos.

—Por la sombra del mismísimo profeta, por tu padre, tu abuelo y... Y por el abuelo de tu abuelo, ¡todos hombres santos! ¡Digo la verdad!

El pánico le dio alas a su sinceridad.

La mano del navarro se relajó. Qasim cayó al suelo hecho un trapo, sin otra pérdida que la docena de cabellos que se quedaron enredados en los dedos de Ojarra.

Y el moro echó la frente al suelo como si se dispusiera a rezar.

—Os lo juro, *Sidi*, podemos emboscarlo. No saldrá vivo. No podrá entrar en Valencia.

VII

Nadie podía verlos a no ser que se asomase a la acequia. Y en muchos lugares era imposible, las cañas crecían furiosas, competían con los tamarindos por ocupar ambas orillas, frescas y húmedas, y rodeaban la acequia de una selva que, por tramos, resultaba impenetrable.

Aun así, y pese a la noche, en más de una ocasión se quedó donde estaba, aguantando al lebrel para que no chapotease, sacando solo las narices fuera del agua.

Se agazapó como una rana asustada porque le llegó el rumor de voces en el romance de la frontera, pero también en la parla de los moros. Correajes, cascos al trote, el tintinear metálico de algún descuidado.

Valencia se había vuelto el objeto de deseo de dos pretendientes y el duelo era inevitable.

—¿Cómo las vamos a sacar de ahí?

Se lo preguntó al perro en un momento en el que aprovechó una de aquellas marañas de juncos para tomarse un descanso.

—¿Y qué voy a hacer contigo?, ¿me esperarás?

Por toda contestación, el perrazo lo miró con aquellos ojos pardos. Con esa mirada velada a los hombres, llena de lealtad.

—Ya te dije que no era buena compañía…

Pero los gestos no acompañaron a las palabras. El Gallego le acarició la cabezota empapada y el animal le lamió la cara, sin importarle las lentejas de agua que le cubrían las mejillas.

Avanzaron, y el único susto se lo llevó cuando un tramo despejado se abrió en un balsón.

Pensó que eran los huesos de los muertos. Blancos, brillando bajo el agua. Ondulándose con la corriente.

Se quedó sin aire de golpe. Los esqueletos lo señalaban, como pidiéndole que rindiese cuentas. Echándole la culpa. De lo que había pasado en la Puerta de la Xerea, de lo que había sucedido en Consuegra.

Manos peladas apuntaban hacia él.

Se detuvo, atormentado, y el perro gañó.

Y solo cuando su pecho dejó de galopar comprendió.

No eran los huesos de los muertos. Eran blancas horcas hechas de madera de almez.

Algún forcaire viviría cerca y usaba el balsón para tenerlas en remojo y retirarles los restos de corteza. Amontonadas unas sobre otras, bajo el agua, dejando que el cieno y las verdes algas se agarrasen, se conseguía que la madera blanquease.

Tocó las puntas de una de ellas. El agua ya había arrugado la piel de sus dedos.

La madera, aún basta, aún a falta de enderezarse y alinear las púas, retembló bajo su mano, y la montonera entrechocó con un sonido que el agua hizo grave y lejano.

Y aquel rozar el trabajo del artesano terminó por convencerlo de que no eran huesos.

No, no lo eran.

Pero pronto iba a toparse con ellos.

VIII

Debería haberse dado cuenta. Tendría que haberlo hecho. Pero un torbellino le revolvía los sesos.

Estaba demasiado preocupado por el perro.

E intentando digerir lo que acababa de encontrar.

Aquello cambiaba muchas cosas. Aunque no sabía si para bien o para mal.

Cuando salió del agua tendría que haber prestado atención. Sabía que saldría a la represa escondida en el almacén. Sabía de antemano que el lugar podía haber cambiado, las puertas podían estar abiertas, podía darse de bruces con quién sabía qué.

Debería haber prestado atención.

Pero no lo hizo.

Salió del agua con el puño tan apretado que los nudillos blanqueaban, y con el corazón tan agitado que cada latido amenazaba con romperle las costillas. Incluso le costó tragar aire.

No se dio cuenta.

El almacén estaba cerrado, abandonado a las arañas y sus telas. Triste en el amanecer que entraba a duras penas por los tragaluces bajo el alero.

Aún había una pila de arroz puesto a secar del que alguien se había olvidado, una pirámide de granos con la altura de dos hombres. Dándole una silueta macabra, como las púas de un puercoespín salían de la montonera las cañas, también olvidadas, que los maestros arroceros habrían usado para tentar el secado del grano y decidir cuándo llevárselo para blanquearlo en el molino. Los ratones y las ratas habían robado su parte, y las cascarillas que no se habían comido rodaban por el suelo, se arremolinaban, se perseguían unas a otras, como escarabajos con prisa, porque en las paredes había faltas en las que el enfoscado se había rendido al paso del tiempo y el aire se hacía fuerte.

Cuando salió, empapado, esas mismas corrientes le erizaron el vello. Pero no sintió frío. Apretaba en la mano lo que había encontrado y miraba al agua con preocupación.

—Tú puedes —susurró.

No los vio venir.

Salieron de las sombras.

Y uno de ellos enseñaba los dientes como un lobo.

IX

Cuando llegó al nacimiento de la acequia, donde el juego de dos compuertas dejaba que el estanque se vaciase a voluntad, no podía imaginar que poco después su vida pendería de un hilo.

Y menos aún que su pasado se echaría a temblar.

Al llegar a la represa que quedaba al pie de la muralla, solo le preocupaba el perro.

Ni siquiera los recuerdos de aquella otra noche de sangre y hierro.

Salió del agua con su petate, chorreando.

Y asustó a un martín pescador. Como una flecha azul, el pajarillo salió disparado, dejando tras de sí el temblor de la vara de barrilla que había sido su atalaya para acosar a las bermejuelas que nadaban por la represa.

El lebrel no le ladró al pájaro, aunque, después de sacudirse el agua, se acercó a la misma mata de barrilla y levantó la pata para dejar claro que, a partir de ese momento, el arbusto tenía dueño.

El Gallego caminó agazapado por el barro de la orilla, atento a cualquier señal.

Y vio las huellas recientes que negociaban la pendiente, pero no supo que estaban allí en su busca. Además de chicuelos recogiendo ova para pescar barbos, cualquiera podía haberse acercado.

Y el perro le preocupaba.

Lo llamó a su lado.

—¿Qué vas a hacer?

Una vez más, la pregunta no sirvió de mucho.

—No puedes venir.

Arrancó una de las cañas secas de la orilla y encaró al lebrel.

—Me va a doler más a mí que a ti.

Alzó la caña, como si fuera a varear lana, dispuesto a sacudirle un zurriagazo al perro. Y su expresión se endureció, se llenó de frío.

Echó la mano otro palmo atrás, con la caña sobre la cabeza.

—¡No puedes venir!

Elevó la voz tanto como se atrevió. Y dio un paso adelante, amenazando con descargar la caña. Pero el lebrel lo seguía mirando con aquellos ojos pardos y grandes, rebosantes de lealtad.

—Es por tu bien.

Lo dijo entre dientes apretados, arrancándose las palabras de la garganta.

—¡Márchate!

No se movió.

—¡Márchate!

Y el perro se sentó.

Apoyó los cuartos traseros en el barro con un topetazo e inclinó la cabeza. Como si quisiera decirle que aquello era una soberana estupidez.

Se le crisparon los ojos, la mano tembló. La caña tembló.

Y abrió la mano.

La caña cayó al agua que tenía a su espalda, con un chapoteo. Y el lebrel se echó de inmediato al estanque para recogerla entre los dientes.

Y regresó, lo rodeó y abrió la bocaza para dejarla a sus pies y volver a sentarse. Esperando una nueva orden.

El Gallego resopló con fuerza y sacudió el mentón.

—¿Cómo puedes ser tan cabezota?

Y se arrodilló junto al perro. Cuando lo abrazó, la cola se sacudió trazando arcos en el barro, como un albañil alisando yeso sobre una pared.

—¡Cabezota!

Se miraron a los ojos. Uno lleno de frustración. El otro de adoración.

—¿Por qué no te vas con Wayib? Anda, ve con Wayib y las niñas… Si…

Se le anudó la garganta.

—… Si puedo, volveré a por ti. ¡Vamos! ¡Ve con Wayib!

El nombre arrastró una sombra de duda en los grandes ojos del lebrel, pero el perro no se movió.

Solo el rabo, que seguía siseando sobre el barro.

X

Antes de echarse al agua, miró una vez más al perro. Lo llevaba pegado al talón. Y bajó la mano que no tenía ocupada con el petate para acariciarlo entre las orejas.

—Si no puedes, vuelves y me esperas... Buscas a Wayib.

El lebrel se alzó sobre los cuartos traseros, para apretarse contra la mano que le frotaba la cabeza.

—Estás loco.

Fue lo último que dijo antes de zambullirse.

Salió del agua unas varas más allá y, cuando echó la cabeza atrás entre dos brazadas, descubrió que el perro nadaba tras él.

Avanzaron hasta la base de la muralla, y allí se mantuvo a flote mientras tomaba aire para expulsarlo lentamente, intentando serenarse.

El animal nadaba a su alrededor, como había hecho en la acequia.

Lo acarició por última vez y tomó dos grandes bocanadas antes de sumergirse.

XI

El lebrel lo vio sumergirse.

Y el revuelo del agua despertó al cachorro que aún llevaba dentro. No pudo evitarlo, empezó a morder las salpicaduras, intentando atrapar las gotas. Armó revuelo, salpicó aún más, se sacudió.

Cuando al fin se detuvo, jadeando y con la lengua fuera, se quedó nadando en círculos.

Su olor todavía estaba allí, flotando sobre el agua.

Volvió a la orilla y bailó sobre las manos, inquieto. Gañó. Dio dos vueltas sobre sí mismo. Gimió de nuevo. Y se echó al agua otra vez. Hasta el lugar donde aquel olor aún permanecía.

Su olor.

Siguió nadando en círculos, dispuesto a esperarlo.

XII

Allí estaba, unos cuantos palmos bajo la superficie. De no haber sido por la represa que alimentaba la acequia, estaría al descubierto.

Allí estaba.

Aún se podían ver las piedras deslavazadas que habían arrancado para abrir la arcada.

Y junto a las piedras, que descansaban en el limo del fondo, estaban los cuerpos.

Seguían allí, atrapados por las cotas de malla, los cascos, las espadas. Nadie los retiró. No se les dio sepultura. Inundaron el lugar, dejaron que el agua se ocupase. Solo eran moros.

En los asedios, los cuerpos se tiraban en las zanjas de los cimientos. O se echaban al río si había uno cerca. Los muertos estorbaban. Y en ambos bandos había pocos miramientos para deshacerse de los contrarios.

Ya no eran más que esqueletos que ni siquiera a los peces aprovechaban, envueltos en óxido que manchaba los huesos y los hacía parecer el mal trabajo de un herrero perezoso.

No se dejó impresionar.

Miró hacia atrás y, en el contraluz que el amanecer dibujaba en la superficie, vio que el lebrel volvía a meterse en el agua.

Braceó. Espantando recuerdos que querían aflorar.

Continuó adelante, sobre los huesos desperdigados de un caballo, aún quedaban crines pegadas al cráneo. Bailaban en el agua al compás de una tonada que no sonaba.

Pasó bajo las primeras piedras. Con el pecho llenándose de un calor que reclamaba aire, y con la siguiente brazada no pudo evitar que sus dedos rozasen algo.

Un casco, uno de esos puntiagudos rematados por un turbante.

La calavera, congelada con su macabra sonrisa, se desprendió del espinazo y se hundió lentamente. La calavera, la quijada, el casco, se esparcieron como dados saliendo del cubilete.

La calavera, la quijada, con su forma de herradura, y el casco, con un turbante del que ya no quedaban otra cosa que hilachas. Y también algo más.

Un destello que no se había oxidado.

Algo que no era hierro.

Sus pulmones reclamaban aire, pero tuvo que detenerse. Lo cogió antes de que se depositase en el fondo. En medio de las nubes de cieno que levantaron la calavera, la quijada y el casco.

Y aún estaba intentando asimilar lo que acababa de atrapar entre sus dedos cuando vio que no estaba solo.

Aquel condenado perro loco buceaba tras él. Con la expresión más extraña posible, las orejas aleteando sobre su cabezota, los belfos retemblando en el agua. Buceaba hacia él.

No había tiempo.

Siguió avanzando, echando vistazos atrás para asegurarse de que el condenado perro no se ahogaba.

Apuró, braceó más rápido, buscando el otro lado de la muralla, la salida.

Y salió al otro lado. En el almacén. Y no prestó atención a lo que debería haber prestado atención. Estaba demasiado preocupado por el perro.

No los vio venir.

FIEBRE, BOTICA Y CONDENA

Año del Señor de 1090

I

El conde de Barcelona brincó sobre las puntas de los pies, como si el suelo quemase. Y para rematar la pantomima se recolocó tres veces seguidas el pelo tras las orejas, que por obra de la mugre que lo cubría se quedó en el sitio, apelmazado.

—¿Nada más?

La incredulidad le pintaba el rostro. Y estaba aún más inquieto de lo normal, como si le hubieran llenado la camisola de ortigas.

—Nada más —aseguró Diego.

Y los ojos del conde se entornaron, llenos de suspicacia. Tenía el aspecto de un zorro olfateando un trozo de carne. Temeroso de que alguien lo hubiese envenenado.

—¿Nada más?

Diego se cansó.

—Ese es el precio por tu libertad. ¿Lo tomas o lo dejas?

Lo espetó como si le importase un comino. Como si le diese

igual que el conde aceptase o no, sin dejar traslucir un ápice de la angustia que a todos carcomía.

Porque la respuesta del conde era el hilo del que pendía la vida del Cid.

Y Nuño asintió. El muchacho se estaba comportando, y se giró hacia Blasco para descubrir en su amigo un gesto similar de aprobación.

Pero el conde se rascó la mejilla con tanta fuerza que dejó detrás un ronchón colorado.

Todos los demás, Blasco, Nuño, Jimena, el propio Diego, lo miraban expectantes, disimulando.

El conde empezó a hablar y calló. Titubeó.

—Hay gato encerrado —dijo al fin, después de rascarse aún más la otra mejilla—, mientes.

Para orgullo de Blasco y de Nuño, el hijo del Campeador no flaqueó.

—¿Lo tomas o lo dejas?

II

Y el conde había respondido. Sin embargo, Diego aún no las tenía todas consigo. Se sentía atrapado en una telaraña e intentaba no moverse, para que la dueña no se diera cuenta de que tenía una presa esperando.

Estaba solo. Y al caer en la cuenta se sorprendió.

Jimena, agotada, descansaba en la tienda que compartía con las niñas. Y sus hermanas, que tenían miedo a entrar donde estaba su padre, estarían jugando en algún lugar, convirtiendo cardos en caballeros y margaritas en damas en apuros.

Pensar en las dos niñas hizo asomar a sus labios una sonrisa amarga.

No estaban Nuño o Blasco. Y tampoco Moisés. Ni Galín, que se ocupaba de guiar el carro en el que viajaba el médico, al que la edad y las cataratas habían robado el privilegio de montar. Habían salido temprano, en busca de aquella última esperanza.

Solo ellos y un par de hombres más. Para jugarse la vida a expensas de lo que el conde había prometido. Se habían marchado en dos tandas, por separado, para encontrarse más adelante en el camino. Como si el hebreo no fuera más que a recoger hierbas y los capitanes pretendieran inspeccionar el terreno allende el nuevo campamento.

Se habían ido. Y había dos mil hombres más, atareados, rodeándolo con el frenesí de finiquitar las faenas del campamento.

Pero estaba solo.

En las últimas dos semanas había pasado más tiempo allí que en ningún otro lado. Pero era la primera vez que no había nadie más allí.

Solo su padre.

O lo que quedaba de él.

Postrado, preso de la fiebre, el Cid murmuraba incoherencias, abría los ojos, los cerraba, daba una orden que no podía comprenderse, y se agitaba en ropas empapadas de sudor frío que, pese a los cuidados de Moisés, nunca llegaban a secarse.

Las ropas no se secaban, los paños mojados en agua fresca se calentaban en cuanto tocaban su frente, la tienda apestaba a algo rancio arrimado al fuego. Y el hebreo se ocupaba personalmente de ventilarla cada hora.

Nunca antes había tenido fiebres tan virulentas. Nunca antes habían temido hasta ese punto por su vida. Y parecía que los esfuerzos del judío solo servían para prolongar esa agonía que, irremediablemente, se llevaría antes o después al Campeador.

—Nunca antes había visto a alguien luchar así —le había susurrado el hebreo—; otro hombre ya hubiera muerto, consumido.

Y por eso Diego había tomado la decisión. Aferrado a la única esperanza que le pudo ofrecer el hebreo.

Se había reunido con Blasco y con Nuño. Largas conversaciones fuera de la tienda en Tévar. Donde no podían escuchar a su padre delirar, pero sí las interminables protestas del conde de Barcelona que, en otra tienda vigilada, era incapaz de callar sus quejas por verse preso.

Siempre aparentando que la situación no se les iba de las manos. Saludando a los hombres con confianza. Y mintiendo como bellacos.

—Fue una mala caída, pero pronto estará en pie.

Le había dicho Blasco al magiar Ladislao.

—Ese condenado caballo suyo siempre ha sido demasiado nervioso.

Eso repetía Nuño entre escupitajos, como si todo aquello no fuera más que una molestia pasajera.

Solo los más íntimos sabían la verdad. Que el Cid se moría.

Y Diego dudaba. Porque de Córdoba había llegado respuesta a la consulta que había hecho Moisés. Quizá podía haber una esperanza. Quizá.

—Yo no dispongo.

Consciente de que hacía añicos la esperanza. El hebreo había rastrillado su larga barba con aquellos dedos como sarmientos. Y había acudido a la mejor consejera de su profesión, la franqueza.

—Es un preparado que llega de oriente...

—Podemos replicarlo —había dicho Diego, ansioso—. Aquí tenemos artemisa, abedul, verdolaga...

—Sí, parece que el ingrediente principal es la artemisa, o al menos algo parecido a la artemisa. Podemos intentarlo...

El hebreo no iba a contradecir al hijo del Campeador. Y le dejó que comprendiese lo inútil de la propuesta. La herbología era una ciencia que se medía en suspiros, la diferencia entre lo que sanaba y lo que solo calentaba la barriga con la infusión podía ser un simple pellizco.

Y Diego había resoplado como una fiera enjaulada.

—Pues iremos a Córdoba —espetó decidido.

Y entonces intervino Blasco.

—Sería un suicidio.

Y Nuño escupió antes de aportar su versión.

—Se rumorea que Granada y Málaga caerán antes que después, esos cabrones malparidos son como perros con un hueso. Y esta vez traen hambre...

Los almorávides habían desembarcado una vez más en el sur, y avanzaban como aves de rapiña, acabando incluso con sus hermanos en la fe, apoderándose de las mismas taifas que habían flaqueado en el sitio de Aledo.

Arrinconado y con el filo de la espada al cuello, así se sintió Diego. Tenía que tomar el testigo del Cid. Y debía hacerlo cuanto antes. Su padre se moría.

No había salida.

Y entonces la idea lo había sacudido. Como si lo hubiese agarrado por los hombros para abanearlo adelante y atrás.

—Traed al conde.

III

Y el conde había respondido. Y ahora estaba solo.

Aguardando a que la esperanza llegase en aquel carro, en manos del hebreo.

Berenguer Ramón, el segundo de los condes de Barcelona con ese nombre, había terminado por aceptar.

Su libertad no se pesaba en oro, ni en parias por cobrar, ni en alianzas. Su libertad tenía por precio la botica de Almustaín en Zaragoza, la botica del hermano de Alhayib, la botica del hermano de quien se había aliado con el conde.

Y se había deshecho el campamento de Tévar. Se habían enviado mensajeros a Requena, a Polop y a Ondara. Y las mesnadas del Cid se habían alejado de su territorio, del entorno de Valencia, de la seguridad de los almacenes y del respeto que se habían ganado a base de sangre, hierro y fuego.

Su madre le dio el respaldo que necesitaba.

—Confío en ti —le había dicho, mirándolo a los ojos, sin flaquear.

Y Diego no dudó al dar las órdenes. Porque el conde había

prometido que convencería a un hermano para que el otro hermano cediese.

Lo había jurado por la Virgen de Montserrat. Pero Diego no olvidaba que el conde había matado a su propio hermano para hacerse con el título.

No lo olvidaba. Y aun así no se le ocurría otro modo de hacerlo.

Se habían movido al norte. Y habían cruzado el Ebro. Allí ponían nerviosos a los navarros, y a los aragoneses, y a los moros de Zaragoza y Albarracín; allí no tenían el refuerzo de las tropas que habían dejado asentadas en el levante. Pero se habían instalado igualmente cerca del lugar que llamaban Fraga, en un enorme bosque de álamos que temblaban con cada titubeo del viento.

A solo medio día de marcha hacia la fastuosa capital del enorme palacio. La misma en cuyas calles el propio Diego había jugado cuando las alianzas eran otras y su padre guerreaba a sueldo de la taifa.

Aferrados a la palabra de aquel tipo que si no se rascaba una oreja se rascaba el cogote.

No le había quedado otro remedio.

Y ahora estaba solo. Y la tienda parecía mayor que aquel palacio de la Aljafería. Y Diego se sentía un niño.

IV

Miró a todos lados. El viento hizo flamear los telones de la tienda. De fuera llegó el rumor de hombres, enfrascados en sus bravuconerías. Y el martillar de los aprendices de Nicoloso, y el susurro de las palas que cavaban una nueva zanja para las letrinas.

Se acercó al camastro donde su padre se debatía entre la vida y la muerte. Se acercó con el alma encogida por el miedo y la boca llena de preguntas.

—Mi Cid...

El rostro de su padre era un cuero mal curtido. Los ojos

fruncidos parecían tener largas raíces, arrugas enredadas que el dolor estiraba hasta el nacimiento de la barba. Y el ceño se apretaba con tanta fuerza como para tronzar una rama.

El Campeador murmuraba algo incomprensible, se agitaba.

Y la peste a muerte anunciada empeoró cuando algo acuoso y hediondo abandonó las tripas del Cid.

—¡Papá!

Se quitó los guanteletes de hierro y también los pesados guantes de cuero.

Le puso la mano en la sien, sintió el terrible calor, y retiró el paño, que ya no estaba fresco. Mojó en la palangana que había allí mismo un nuevo trapo de lino, y lo dobló con cuidado antes de ponerlo en la frente de su padre.

Entonces retiró la sábana. Y las miserias de su padre quedaron expuestas. La mancha le cubría la entrepierna, los muslos y las nalgas. Y hedía.

—Papá...

El Cid se agitó, pero no había escuchado a su hijo. Algo en sus fiebres hacía de él una marioneta.

Por no estropear los limpios, usó primero los trapos sucios. Y recogió los pegotes, los restos de lo poco que había flotado en el caldo que, cucharada a cucharada, Jimena había metido en la boca de su esposo. Después intentó retirar aquel líquido pestilente.

Luego le quitó la camisola.

Había cicatrices, una constelación entera. Pero las cicatrices eran viejas historias que ya no suponían una amenaza. Lo que partía el alma era sentir aquel calor impensable, el color encendido de la piel. Y el tacto extraño, como si estuviese recubierto de cera recién fundida.

Y cuando se hubo deshecho de lo más grosero, usó trapos limpios para asear a su padre. Entre las nalgas, en la piel que se escondía entre el escroto y los muslos. Lo bañó. Restregó aquella mierda que apestaba a muerte.

El niño fue padre y el padre, niño.

Y no tuvo escrúpulos cuando sujetó entre los dedos algo oscuro que se le había agarrado en el flequillo al desvestirlo.

—«... apartaré de ellos todo daño e injusticia...».

Con mimo, sujetó fuerte, no fuera a caerse, y puso a su padre de lado para retirar la sábana sucia. Y mientras lo hacía repetía, con un bisbiseo, el juramento que Moisés le había enseñado.

—«... lo haré para bien de los enfermos...».

Cuando terminó, hizo un gurruño con todas las prendas sucias y las dejó en la cesta que, cada noche, Jimena hervía en agua con cenizas. No permitía que nadie más lo hiciera.

Volvió a vestirlo.

Colocó otra sábana.

Y terminó dejando un nuevo trapo, limpio y empapado en agua fresca, sobre la frente de su padre.

Para entonces ya se le habían acabado las palabras del griego, y miró a su padre con el rostro compungido.

—Creí que sería lo mejor...

Le dijo lo que no le hubiera dicho de poder escucharle. Porque al Campeador no le gustaban las creencias, le gustaban los hechos. El hierro al cinto y la mano dispuesta.

Pero si su padre hubiera podido escucharle, habría advertido que su hijo no hablaba de cuidados médicos.

V

Había estado solo. Y seguía solo cuando por fin los oyó llegar.

Galín apremiaba al judío para que se diera prisa. Y Nuño escupió un juramento que sonó a pedrada.

—¡Cagüen Satanás! Si me lo cuentan, no me lo creo.

Entraron como una tromba, llenos de prisa. E incluso los ojos nublados del médico brillaban de emoción.

Todo había ido bien. El conde fue fiel a su palabra. Y la botica de Zaragoza entregó lo que Moisés había pedido.

—Traemos el carro lleno —dijo Galín sonriendo.

—¿Nadie sospecha?

A la pregunta de su amigo, Galín respondió seguro.

—No, no. Nos hemos llevado tantas cosas que es imposible. Además, este viejo zorro se ha quejado mil veces, como poco, de las diarreas y de los dientes podridos...

Diego miraba a su amigo con el ceño fruncido.

Y Galín se acercó para mirarlo a los ojos y apoyarle una mano en el hombro.

—Como si hubiéramos pedido comida, o herraduras —dijo Galín con un dejo incrédulo—. O joyas. La botica de Zaragoza se ha quedado vacía, ¡y media biblioteca! Nunca antes un rescate se había cobrado así, pero te aseguro que si vendemos lo que hay en el carro sacamos por los menos diez mil maravedíes... Nos hemos traído incluso un barrilete con aceite del Santo Sepulcro.

Y como aún vio las dudas bailar en el rostro de su amigo, insistió.

—No sospechan —aseguró tranquilizador.

Y Moisés traía en las manos un pequeño bote de vidrio azulado, importado sin duda del lejano Bizancio. Contenía una mezcla de hierbas secas que no parecían tan distintas a las que podían usar los cocineros para sazonar la carne pasada.

—Pon agua a calentar —ordenó el hebreo al que había sido su aprendiz.

Y Galín, animoso, cumplió la orden.

VI

Cuando la tisana estuvo preparada, Moisés la vertió en aquella vieja taza que ya tenía más abolladuras que estaño, la misma que había salido de Vivar en el equipaje de apenas un muchacho. La llenó hasta un dedo del borde, con infinito cuidado para no desperdiciar una sola gota. Y se quedó mirando al hijo del Cid con la taza entre sus manos.

—¿Quieres hacerlo tú?

Diego miró al hebreo. A Nuño. Y por último a Galín.

Todos sonreían, la esperanza volaba alto con sus plumas verdes, pero su amigo fue el más efusivo cuando gesticuló con las manos, animándolo a hacerse cargo del remedio que debía ayudar al Campeador.

Nuño no se dio cuenta, porque Nuño podía escupir con más fuerza y más lejos que cualquiera. Cuando en el campamento organizaban concursos para ver quién era capaz de escupir más lejos el hueso de una aceituna, el burgalés siempre ganaba. Pero Nuño tenía el tacto de una sierra oxidada.

Y Moisés tampoco se dio cuenta, porque sus ojos lo traicionaban. Sus cataratas lo libraron de aquella tristeza tan honda como un pozo.

Pero Galín sí se dio cuenta.

Una sombra cruzó el rostro de su amigo cuando le contestó al hebreo.

—Tú eres el médico.

Y al tiempo que habló, Diego puso la mano, envuelta en el recio guante, protegida por el guantelete de hierro, en la empuñadura de la espada que le ceñía la cintura.

—Adelante.

VII

Había que esperar.

—Al menos una semana —dijo el hebreo asintiendo.

Y sus barbas aún seguían meciéndose adelante y atrás, como para enfatizar el gesto, cuando añadió:

—Pero creo que, si funciona, mañana ya debería remitir la fiebre.

Jimena tomó aquellas manos hechas de pergamino reseco y las apretó con gentileza.

Tenía ojeras, y el cansancio había dejado huella en su rostro. E incluso así resultaba bella, con aquel aire tan particular.

Como la única rosa brotando en una pradera. Aun consumida por las horas velando a su esposo, su fuerza parecía capaz de derribar a cien hombres de un papirotazo.

—Tu padre estaría orgulloso —aseguró mirando a su hijo cuando soltó las manos del médico.

Y la vergüenza se mezcló con el bochorno en el rostro de Diego. Que seguía sintiéndose inseguro por haberse atrevido a tomar aquella decisión que los había arrastrado a Fraga.

Las niñas llamaron a su madre desde fuera, y Jimena fue a recogerlas para acompañarlas al interior.

Entraron con el miedo pintado en el rostro, arrugando las pequeñas narices por el olor a enfermedad, y cuando su madre les susurró algo al oído, se portaron como los mejores de la vanguardia, se acercaron ambas al lecho de su padre y, rápidos como relámpagos, dejaron sendos besos en la mejilla del Campeador.

No protestaron, no se quejaron. Hicieron lo que se les mandaba. Y todos sonrieron.

Y Diego, orgulloso, se acercó hasta ellas y las recogió en sus brazos.

Le dio a cada una un trozo del regaliz de su padre.

—Decidle a uno de los cocineros que tenéis permiso para mojarlos en miel.

Y miró hacia su madre mientras les prometía la golosina a las niñas, esperando la aprobación, que llegó con una sonrisa cansada.

Cuando salieron corriendo, Nuño se aguantó las ganas de echar uno de sus escupitajos. Y resopló.

—Pues a la mierda Job y la condenada ballena, a esperar entonces...

Aquello también arrancó una sonrisa en los presentes. La esperanza en el nuevo tratamiento fue como sentarse en un mullido cojín repleto del mejor plumón. De pronto se sentían más livianos.

No duró mucho.

—¡Diego!

VIII

Cuando lo vio entrar, no comprendió cómo no había preguntado antes por él.

Blasco irrumpió en la tienda. Al llegar con los tesoros de la botica de Zaragoza se había ocupado del inventario, asegurándose de que quedasen a buen recaudo. Pero antes de acabar sus tareas un mensajero había llegado al campamento con noticias de levante.

—Giovanni quiere ver a tu padre —anunció el asturiano yendo al grano.

Y Jimena fue a decir algo, pero miró a su hijo y se contuvo, se guardó las palabras, y disimuló cambiando una de las compresas que intentaban mantener fresca la frente de su esposo.

—Dice que es urgente.

Con Jimena ocupada, todas las miradas cayeron sobre Diego.

—¿Por qué?

—No le ha dado más detalles al mensajero. Solo que acuda a uña de caballo a Valencia.

Nuño chistó a disgusto.

—¡Cagüen la sal de Sodoma!

Y Blasco añadió algo más, también con el ceño fruncido y expresión hosca.

—¡Y de Gomorra!

Diego parpadeó. Y miró a su amigo Galín, que tampoco parecía ver lo que tanto preocupaba a los veteranos.

Blasco, con delicadeza, sin querer hacer de menos al nuevo capitán. Enseñó como solo lo pueden hacer los buenos maestros.

—Podía haber mandado un escrito, pero no lo hizo…

Lo dejó en el aire como una pregunta. Y Diego recogió el desafío.

—Nunca llegamos a establecer una clave. Giovanni temió que lo interceptasen, que alguien que no debía lo leyese.

Blasco asintió. Y volvió a la carga.

—Y no se lo dijo al mensajero...

—Porque se le podía ir la lengua en una taberna del camino...

Y Nuño intervino.

—No solo el vino suelta la lengua, también la tortura.

Diego cavilaba con gesto serio.

—Ha de ser algo importante...

—Puedes jugarte los huevos —aseguró el burgalés, y se sorbió los mocos con un brutal ronquido.

Y si poco antes Diego había necesitado una mano de los dos veteranos, ahora no lo hizo.

Ni siquiera aireó en voz alta lo que era obvio.

Tenía que estar allí si la fiebre remitía. Había explicaciones que su padre querría oír. Y si Blasco o Nuño se ausentaban, los hombres, ya amoscados por la caída del caballo del Cid, se preguntarían qué pasaba con sus capitanes.

Como Blasco se dio cuenta de que el muchacho iba por el buen camino, hizo una sugerencia.

—Puedes enviar a Nicoloso, como si no pretendiese otra cosa que hacer acopio de clavos en Valencia. Es un hombre de fiar.

Y Nuño le dio la razón a su amigo con un gruñido.

El que no abrió la boca fue Galín. Apretaba con tal fuerza los labios que no eran más que dos trazos blancos. Estaba pendiente de hasta el último detalle de la conversación, pero se guardó de intervenir.

—Yo me agacharía sin calzas delante de Gacel. Y tu padre también —rumió Nuño.

—Menos mal que las niñas ya se han ido —rezongó Blasco.

Diego miró hacia donde su madre seguía aparentando hacer algo con los trapos de su padre. Y Jimena, atenta, le regaló un levísimo asentimiento, apenas un temblor del mentón.

—Menelik también es de fiar. Y Ladislao —continuó el asturiano.

Pero Diego había tomado ya una decisión.

IX

Lo hizo como arrancando una espina clavada entre la uña y el dedo. Cada palabra fue una puntada cosiendo un tajo.

Pero su voz no tembló. No fue capaz de alzar los ojos del suelo, pero su voz no tembló.

—¿Nos queda alguna cota decente?

La pregunta solo podía tener un destinatario. Y Blasco, extrañado, tardó en responder.

—Depende de para quién; para una damisela como Nuño no, para alguien menos refinado puede que sí...

—Vete a cagar —resopló el hombretón.

Los dos veteranos lo miraban con curiosidad.

—No, para alguien como yo.

El asturiano cambió el casco de mano, para sacarse el almófar que aún llevaba puesto y rascarse la coronilla.

—De tu talla, sí. Sacamos una de Polop que es una belleza, con repujados en las juntas.

Diego asintió.

—¿Y casco, escudo...? Una buena espada.

—Lo de armar caballeros es cosa del rey —dijo la retranca del asturiano.

—¿Hay o no hay?

Ahora sí que Diego alzó el rostro. Y su aspecto no era mucho mejor que el de su padre. Aunque Blasco no entendía el porqué.

—Sí, podemos apañarlo.

Y el hijo del Cid respondió de carrerilla, como un niño ansioso por recitar la lección.

—Pues haz que parezca alguien de quien mi padre se sentiría orgulloso —dijo señalando con la mano—, y dale seis hombres que lo acompañen.

Galín miró el dedo de su amigo.

Se le escapó un gemido. Pero se rehízo pronto y, en dos

zancadas, se puso junto al hijo del Campeador para envolverlo en un abrazo.

—¡Gracias!, gracias…

Diego, embarazado, se separó.

—Te lo has ganado.

Y salió de la tienda sin escuchar cómo Nuño ponía fin al asunto.

—Cagüen la leche que mamé…

PASCUA, NATIVIDAD Y CENIZA

Año del Señor de 1091

I

El espantapájaros se tomó muy en serio su trabajo.

Los verderones, en las perchas que se habían buscado en los litoneros al borde de la plantación, miraban golosos las semillas desperdigadas en la tierra, esponjosa y fértil.

Pero no se atrevían a robarlas. Allí en medio, con una raída camisola de lino y un sombrero de pajuelas calzado con una pesa de telar, el espantapájaros los asustaba con bravuconadas.

Había estado guardado en algún pajar durante lo más duro del invierno, y nadie le ofreció compartir la mesa para celebrar la Natividad del Señor, pero ahora, para la Pascua, recién hecha la siembra, se sintió útil de nuevo. Parecía sonreírles socarrón a los pajarillos, desde las sombras bajo el ala del viejo sombrero, con tantos agujeros que, cuando llovía, caían goterones sobre la camisa.

El centeno brotó. Cubrió la plantación con un manto verde.

Y el espantapájaros pudo descansar.

Pero solo durante unas semanas, porque el sol se hizo señor

de los cielos y la mies creció. Engordó con glotonería, cuajando espigas que se mecían en la brisa, como pinceles de pintor rematando un fresco.

Fue entonces cuando el espantapájaros decidió mantenerse firme. Unos cuantos pinzones se habían vuelto valientes y se creían halcones, se lanzaban sobre el centeno con audaces picados, siempre en los bordes de la plantación, lejos de aquel señor de los campos, y se atrevían a picotear los granos, que se llenaban de verano y se sacudían el verde de la primavera.

Fue año de pocas tormentas, y el temido pedrisco no arruinó las cosechas, aunque el campo siempre pone a prueba a quienes le sacan provecho. Tanto se esforzó el espantapájaros que una ventolina acabó por llevarse el ajado sombrero y tirar al suelo la pesa que lo sujetaba.

Pero la guerra, que era y sería, que no acababa, no solo dejaba muertos, también de qué aprovecharse. Uno de los chiquillos encontró medio enterrado un almófar en el que la sangre ya no era más que dos manchurrones pardos. Y el espantapájaros, que no tenía escrúpulos porque al último propietario le hubieran espachurrado los sesos con un martillo, vistió aquel almófar con la apostura de un caballero al que acabasen de ceñir la espada.

Y no pudo evitar que un pinzón resabiado sacase adelante a los polluelos con lo que le robaba. Pero el espantapájaros hizo bien su trabajo.

Allí plantado, como un caballero a medio vestir, protegió el centeno hasta que el verano agostó el grano.

Y bajo las primeras nubes del otoño, encargadas de pintar sombras en la plantación, llegaron los segadores.

Orgulloso, el espantapájaros no se inclinó para saludar a la cuadrilla, que traía las hoces y las piedras de afilar, y los puños labrados en brezo, para proteger la mano que sujetaba la paja del corte que la segaba.

Pero sí les dio permiso a los labradores para trabajar. Y, mientras los hombres segaban, las mujeres ataban las gavillas con las mismas pajas y las dejaban a un lado.

El espantapájaros se tomó entonces un descanso, en tanto mujeres y hombres laboraban, porque era un veterano y sabía que, acabada una faena, empezaba la siguiente. El campo, al contrario que la guerra, no permitía descansos. El campo exigía valor cada día.

Y el espantapájaros, que lo sabía, sonreía con cinismo.

Bajo su sonrisa, acabada la siega, los hombres hacían fajos de las gavillas, y con tres fajos preparaban una trébede que asentaban en la tierra, cubierta por la barba sin afeitar de los tallos recién cortados. Y en las trébedes amontonaban el cereal.

El centeno debía secarse. Luego habría que mallarlo, aventarlo, recoger la paja, preparar el almiar, escoger la semilla, guardar una parte para la próxima siembra, preparar la otra para la molienda.

Quedaba mucho por hacer.

Y el espantapájaros aprovechó otra ventolina para inclinar el almófar sobre la frente, como tomándose en serio su trabajo. Se mantuvo firme, implacable con aquellos ladrones alados.

II

Jimena miraba hacia el centeno.

Un cuarto de lo recogido sería para sus despensas, a ese acuerdo había llegado Blasco. A cambio, los hombres del Campeador asegurarían que a nadie se le ocurriera robar los otros tres cuartos.

Les faltaba poco para terminar, el día quería abandonarse y los labradores se apuraban amontonando las gavillas.

Se volvió en cuanto escuchó el reniego.

No ofreció la mano. A él le disgustaba recibir ayuda. Pero detuvo su paseo para que su esposo pudiera alcanzarla.

—Vamos, tienes que recuperar fuerzas.

Ruy Díaz de Vivar, salido de entre los muertos, aún no se veía capaz de cabalgar, pero sus piernas ya aguantaban los largos paseos que Jimena, por consejo de Moisés, le obligaba a dar en torno al campamento.

—Le han puesto al espantapájaros un almófar —dijo él, evitando hablar de que había tenido un traspié.

Ella sonrió.

—Hace ya un tiempo...

—¿Se prepara para la batalla o regresa a casa?

Entonces, cuando él cubrió por fin la distancia, ella ofreció la mano y él la sujetó, con fuerza, como si la necesitase para auparse, para dar el siguiente paso.

Pero Jimena no dijo nada.

La plantación estaba rodeada de litoneros que algún artesano mimaba. Las varas de litonero eran excelentes para hacer horcas, bastones y garrochas, siempre que se domasen mientras crecían. Y allí abundaban las podas y las cuerdas que aseguraban cada rama en su sitio. Entre ellas había quedado el tronco de un roble castigado por el rayo. Herido, el gigante se tumbó y jamás había vuelto a alzarse.

Allí se sentaron, juntos donde tantas veces lo había hecho ella sola, y seguían cogidos de la mano.

III

Jimena repasó aquel rostro amado. Había vuelto el color, y la fuerza. Pronto estaría recuperado. Y apretó aquella mano recia, encallecida, como cuando era una muchacha.

No importaban los años, cuando lo miraba, seguía sintiéndose una muchacha.

El notó el apretón, y dejó de mirar hacia el espantapájaros.

Cuando se giró hacia ella, pudo ver el rostro de su esposo cambiar. Ya no era hierro forjado, sino papel bajo la lluvia. Se volvía dulce. Y por eso lo amaba.

Se inclinó para besarlo. Apenas un roce de los labios, un suspiro hecho carne que él recibió con un gemido.

Y sus cabezas se quedaron a un palmo, contemplándose.

—Debes recuperar tus fuerzas...

El ceño de él se frunció. Había visto algo, pero le costaba creerlo.

Y Jimena no tuvo recato.

—Hay una vieja fortaleza algo revuelta, creo que deberías asediarla.

Al tiempo que lo decía, condujo su mano hasta el escondite entre sus muslos y, después de dejarla allí, apretó las piernas para atraparla entre los pliegues del vestido.

Una sonrisa pícara iluminó el rostro del Cid.

—Muy malos son tus informadores, deberías contratar nuevos espías... Esa fortaleza que dices sigue pareciendo recién levantada. Como si las piedras hubieran salido hace dos días de la cantera... Y sigue viéndose preciosa...

Cuando se inclinó para besarla, ahora con pasión, apretó su mano contra la alcancía que Jimena escondía en la horquilla de sus piernas. Y fue ella la que gimió.

Para entonces, ya solo el espantapájaros, incansable y concienzudo, permanecía en el campo de centeno.

IV

No fue una batalla para grabar en los anales. Parte de las fuerzas se habían visto mermadas. Pero fue digna. Y ambos bandos acordaron una tregua que supo a victoria. A dulce victoria.

Tumbados bajo los litoneros, cuyas hojas dejaban murmullos en la brisa, en el fresco del ocaso, con las cabezas apoyadas en el tronco del viejo roble, hurgaron en la memoria y los recuerdos.

Y ella, que había guardado lo más espinoso, decidió que había llegado el momento.

—¿Has hablado con él?

No hizo falta que dijera a quién se refería.

—No —reconoció Ruy.

Jimena se apoyó en un codo y se volvió hacia él, y sus pechos, generosos, aguantaron erguidos. Como Ruy había dicho, por aquella fortaleza no pasaban los años.

—No le quedó otro remedio.

—Puede —rezongó.

Ahora fue la expresión de Jimena la que se transformó, se endureció.

—Te salvó la vida.

—Desprotegió lo que tanto nos había costado conseguir.

Jimena sopló para apartar un mechón desprendido de la trenza.

—Le debes la vida. Se le ocurrió a él. Ni a Blasco, ni a Nuño, ni a mí.

—¡Solo dejó un par de guarniciones en el levante!

—Tenía que asegurarse de que Zaragoza pagaría lo pactado —repuso ella sin perder la calma—, necesitaba a los hombres...

Y Ruy refunfuñó.

—Podría costarnos caro.

Otra mujer hubiera estallado ante aquella cerrazón. Pero Jimena no era así. Ella reunió la paciencia que hacía falta para tratar con aquel niño grande, orgulloso y cabezón.

—Necesita tu aprobación. Ha renunciado a sus sueños...

Suspiró con la amargura que solo puede guardar una madre preocupada por su hijo. Con ese amor que jamás se cansa, que nunca deja de cuidar.

Suspiró. Y siguió hablando.

—Todo lo que ha hecho, lo ha hecho por ti. Para que te sientas orgulloso.

—Los halagos debilitan el alma —rezongó—. Lo bien hecho, bien hecho está, no hacen falta zarandajas.

Ella se sentó, sin pudor por su desnudez. Y no alzó la voz, no riñó, lo tomó de las manos y lo obligó también a incorporarse.

—Habla con tu hijo —dijo con dulzura.

Y lo que nunca le sucedía en el campo de batalla, le sucedió una vez más con su esposa. El Campeador fue vencido.

V

Los hierros chocaron con una campanada. Y desde las hojas de las espadas el temblor llegó a las manos de ambos. Pero, en lugar de rechazarse, se deslizaron el uno sobre el otro como la muela al afilar.

Habían quedado trabados. Guarda contra guarda. Y ahora forcejeaban, atentos a no darle una ventaja al contrario.

Giraron el uno en torno al otro, gruñendo esfuerzos, encadenados por las espadas. Cada uno buscaba un resquicio de debilidad en el otro. Y ambos querían ganar.

Diego sabía que el primero que cediera tenía las de perder. El paso atrás de quien intentase deshacer aquella reja entre sus ojos le daría al contrincante el impulso de cerrar la distancia. La única manera de salir de aquel embrollo con garantías era aprovechar un buen codazo, o una patada que abriese hueco entre ambos a un tiempo, como dos cantos que chocasen para salir despedidos en sentidos opuestos.

Las suelas de las botas arañaban el suelo, el sudor picaba en los ojos, y los brazos empezaban a flaquear.

Diego no aguantaría mucho más. Tenía que hacer algo y hacerlo de inmediato. Mientras los dedos agarrotados aún respondían.

No podía más.

Y entonces fue su rival quien calculó mal. Soltó una mano de la empuñadura y sujetó una de las muñecas de Diego. Dobló los brazos y se acercó, de no haber mediado las espadas cruzadas, podrían haberse besado.

Diego supo lo que venía, su contrincante tomaba impulso.

Era un gesto como el de echar la pala atrás antes de hincarla en la tierra.

Lo supo antes de que sucediera y, cuando su oponente empujó con todas sus fuerzas, Diego estaba preparado, con las piernas como resortes.

No solo salió despedido con el empellón, también se empujó con sus pies, brincando hacia atrás. Y cayó a más distancia de la que su enemigo había previsto.

Cuando su oponente rebotó para echarse hacia delante, lo hizo preparando el mandoble que debía acabar con todo. Pero Diego había abierto el hueco, aquella otra espada, oscura, que había salido de los talleres andalusíes, no alcanzaría otra cosa que aire. Y Diego lo tendría a su merced. Podía pasar por encima, incluso pisar la espada y obligarla a morder el polvo. Le bastaría lanzar el tajo de arriba abajo, descabellarlo como a un mulo con la pata rota.

Fue un parpadeo. Pero Nuño le había enseñado bien. Y Blasco. Y Otto. Incluso el camellero. Tuvo tiempo para todo.

Incluso vio el sufrimiento, el gesto de agonía en el rostro de su contrincante, estaba agotado. Tanto que ni siquiera se había percatado del error cometido.

Diego lo vio en sus ojos, en su rostro.

Podía vencerle. Y no se daría cuenta de que se había equivocado.

De repente, la posibilidad de ganar se volvió amarga. No había honor en castigar el error.

Diego amagó el gesto, supo que podía haberlo vencido, pero no dio el último mandoble, no aprovechó la inercia de su salto atrás para revolverse sobre su oponente, que se había vencido a sí mismo.

Se entregó.

Y su contrincante sabía lo que hacía, había cometido un error. No cometería dos.

La espada de Diego silbó en el aire, y su oponente se recuperó echando la rodilla a tierra y volteando la hoja, para buscar el mentón de Diego. Entraría por debajo del casco y le atravesaría la barbilla, la lengua, el paladar y, finalmente, los sesos.

Diego cerró los ojos.

VI

Ruy detuvo la hoja justo a tiempo. La punta de acero, oscura, afilada, peligrosa, apenas presionó la delicada piel bajo el mentón.

La dejó allí, para que no quedase duda de la intención.

Había ganado.

Y su hijo aceptó la derrota. Diego abrió la mano y dejó caer la espada al suelo, como si tumbase al rey sobre el tablero. Resonó, y una bandada de estorninos echó a volar. Y tuvieron tiempo de oler ese regusto seco y casi marrón del final del verano.

Había ganado y Ruy se puso en pie, resollando.

—No está mal para un viejo, ¿eh?

El Campeador no vio la tristeza en la sonrisa de su hijo. Pero allí estaba, una figura lejana tras la niebla.

—No, no está nada mal.

—Y eso que aún no las tengo todas conmigo…

Su padre hablaba con el tono cantarín y complacido de quien se siente satisfecho. Como si hubiera dejado hueco para atiborrarse de dulces después de un banquete.

—Y aun así, mi Cid —tragó—, fuerte como un toro y rápido como una víbora —dijo Diego halagador.

Se sentaron como viejos amigos, en el mismo tronco que el espantapájaros vigilaba. Ya el centeno se había mallado, el pobre espantapájaros disfrutaba de los últimos días de libertad, haciéndose el fuerte frente a los gorriones. Pronto vendrían a recogerlo para guardarlo en algún rincón del pajar, hasta la siguiente siembra.

Tenía aquel mismo aire fanfarrón que el Campeador, contento con el trabajo hecho. E igual que él no había visto la melancolía en su hijo, el espantapájaros se negaba a comprender que su trabajo había terminado.

—El primero fue un moro de Medinaceli.

Diego se tensó. Había escuchado esa misma historia por boca de otros, pero nunca en labios de su padre.

—¿Tu primer duelo?

El Campeador asintió, pero antes arrancó una pajuela de avena silvestre que empezó a mordisquear.

—Echo de menos el regaliz.

Esperó. Sin atreverse a hablar. Se sintió pequeño, como sus hermanas.

Y su padre, después de mordisquear el hierbajo, acabó por tirarlo con disgusto.

—Condenado hebreo... Poco vino, ningún espiritoso, menos carne y nada de regaliz —dijo burlón, imitando sorprendentemente bien el tono, cansado y con acento, de Moisés.

Conocía lo suficiente a su padre para saber que sus palabras escondían algo, pero no acertaba con el qué.

El Campeador sudaba más que durante el combate. Y la mano con la que había arrancado la avena retorcía más hierbas. Las enredaba entre los dedos y tironeaba.

—Era un tipo enorme...

Lo dijo con una risilla sorda, pero había algo más que nostalgia en su voz. Arrancó otra pajuela y volvió a metérsela en la boca. Su ceño fruncido buscaba palabras.

—Tuve suerte —reconoció de pronto.

Sin saber por qué, sin poder evitarlo, como si echase las manos al frente porque acabase de tropezar, Diego intervino.

—No es eso lo que he oído... Mi Cid.

Ruy miró a su hijo. En su pelo revuelto se adivinaban las huellas de la enfermedad, las sienes se habían vuelto blancas, como brochazos de un pintor.

—La verdad suele tener poco que ver con lo que se cuenta.

De nuevo su hijo fue a decir algo, algo halagador, para no restarle méritos. Y Ruy se sacó el hierbajo de la boca y con él entre los dedos alzó la mano para que callase antes de empezar.

—No debí hacerlo. Tuve suerte. Me pudo la juventud.

Su hijo no supo cómo reaccionar.

—Había poco que ganar y mucho que perder, fue una estupidez.

—Así nació la leyenda...

Aquellos brochazos blancos se movieron a un lado y a otro.

—¡Las leyendas no dan títulos!, y tampoco tierras. Se debe pelear cuando se sabe que se va a ganar. Y yo fui un imbécil. Su caballo pisó mal y su guardia se abrió. Tuve suerte.

Algo se revolvió en las tripas de Diego. Tenía la sensación de estar a punto de coronar la cima de un repecho tras una interminable subida.

—Hoy no he tenido suerte, tú...

Se le atragantaron las palabras al Campeador.

—Hijo...

Diego se inclinó hacia delante. Fue como beberse con ansia el último trago de un vaso de agua fresca después de cruzar un desierto.

—Yo... Después de Tévar...

Los brochazos se sacudieron una vez más. La frustración tiraba de ellos.

Vencía a los hombres, pero las palabras lo derrotaban.

Diego tuvo que parpadear, y sintió que su estómago reptaba hacia sus pies.

—¿Padre?

Y en los ojos de Ruy había también rocío. Como en una pradera que brilla en la amanecida.

Eran dos chicuelos sosteniendo una jarra de cristal, aupados de puntillas, intentando colocarla en la mesa sin romperla, pero aquella jarra pesaba quintales y sus brazos temblaban.

—Papá...

Su negocio era el hierro. Su oficio, la guerra. Las palabras, más peligrosas que una carga almorávide.

No fue capaz. Como si le hubieran cosido los labios. Ruy no pudo seguir hablando. Su boca se negaba a obedecer.

Y los caballos llegaron a galope, con un estruendo que consiguió que el espantapájaros diese un brinco.

VII

Incluso Menelik había acompañado a Blasco y a Nuño. Y había alguien más.

Llegaron a galope, como una tormenta en el fragor del verano, con la prisa pegada al cogote. E iban a pasar de largo, para continuar buscando, hasta que el último de ellos alzó la mano y señaló al tronco caído que marcaba la linde del campo segado.

Tiraron de las riendas, apretaron las rodillas, y los caballos se detuvieron en seco, hincando los cascos en la tierra, levantando polvaredas que cubrieron a hombres y bestias como niebla.

Pese a la cota de malla, el último jinete desmontó con un gesto grácil. Y fue el primero en caminar hacia ellos, con paso resuelto.

Tras él lo hicieron los capitanes, y los caballos se quedaron rondando al espantapájaros, que los miró con desconfianza.

Venían los cuatro.

VIII

Ruy se pasó el antebrazo por el rostro. Carraspeó, y se levantó para recibirlos. Pero no fue hacia ellos, dejó que se acercasen.

Y mientras lo hacían, echó un reojo por encima del hombro.

—¡En pie!

Esas palabras no se atragantaron. Fueron una orden seca y limpia.

—Con orgullo, mentón arriba...

Cuántas veces lo había oído. Conocía el tono. Se lo llevaría a la tumba.

De pronto ya no era su hijo, era uno más de sus hombres. El destinado a ser el mejor de todos ellos, el que debía recoger el legado.

Y Diego obedeció.

Se puso en pie. Y se quedó un paso atrás. Guardando el respeto debido a su capitán.

IX

Los ojos de Galín buscaban a su amigo. Además de las noticias que pudiese traer de Valencia, había una ilusión que quería compartir.

Pero se contuvo, como se esperaba de él, y cuando llegó junto al tronco caído, hincó la rodilla en el suelo y agachó la cabeza para ofrecer la nuca.

—Mi Cid.

Y esperó a que le diesen permiso para hablar.

Ruy intercambió una mirada con sus hombres de confianza, escondiendo la sorpresa de ver al aprendiz del hebreo con la espada al cinto. Y se quedó tranquilo cuando Blasco asintió, invitándolo a aceptar la decisión de su hijo.

—¿Qué sucede? —preguntó al cabo.

—Malas noticias, me temo. El nido de serpientes se revuelve.

X

A medida que Galín se explicaba, el rostro del Cid se fue contorsionando.

Y tardó un buen rato en reaccionar cuando el joven se calló. Tanto como para que Galín alzase los ojos llenos de preguntas, temeroso de haber despertado la ira de su capitán, aunque solo fuese como portador de las malas noticias.

Ruy miró al cielo y entornó los ojos.

—Para nona en mi tienda, ¡todos!

Y se iba a echar a andar, pero antes se giró hacia su hijo y lo tomó del brazo, para susurrarle.

Y Diego se sintió agradecido de que no fuera más que un murmullo. Al menos, su padre tuvo la delicadeza de evitar que los demás oyesen el desdén. Aun así, todos se dieron cuenta. Hubiera sido imposible no hacerlo.

—Le has abierto al zorro la puerta del gallinero.

Se alejó. Los dejó sin despedirse siquiera.

XI

—A tomar viento, ¡que empiece la puta feria! ¡Vamos a divertirnos!

Y antes de que el escupitajo aterrizase, Nuño ya estaba de nuevo sobre el caballo.

Blasco no tuvo tanta prisa, se acercó a Diego. No dijo nada, pero dejó su mano en el hombro del muchacho durante un instante.

Y Menelik se quedó donde estaba, pero sí habló.

—«... y que seáis benévolos con vuestros padres —recitó de su libro sagrado—. Si uno de ellos o ambos llegan a la vejez, no seáis insolentes con ellos y ni siquiera les digáis: *Ah! Wathuduth eleham poltaf wahitram*».

Y Nuño se burló de todos ellos.

—El agua moja, el vino emborracha, ¿qué cojones queréis...? ¡Vamos! Las confesiones al cura...

Y se marcharon. Su oficio era la guerra.

Pero Galín se quedó, y se sacudió el asunto como un perro una mojadura.

—¡Me alegro de verte!

La enorme sonrisa, que hacía brillar sus ojos, daba testimonio de su sinceridad.

Y lo que Ruy no había podido hacer, Galín lo hizo con tanta naturalidad como un estornudo, abrazó a su amigo. Un apretón honesto que culminó palmeándole la espalda.

Y, como Diego no reaccionó, se apartó para mirarle a los ojos. Y tuvo que agachar la cabeza para encontrar la mirada de su amigo, perdida en el suelo.

—Ya sabes cómo es... Se ha disgustado, eso es todo.

No se alzaron los ojos de Diego.

—Ya se le pasará —prometió Galín.

Los estorninos volaron sobre ellos, como una nube, quizá pensando que pronto el espantapájaros acabaría en el pajar, quizá lamentando que, una vez vencido su enemigo, el campo ya no tendría nada que ofrecer.

Radiante, Galín cambió de tema.

—¿No vas a preguntarme?

Su amigo no entendió. Había una riada cruzando por su pecho, y eran demasiadas las ideas a las que quería echar el lazo. Pero al menos alzó el rostro.

Cuando lo hizo, Galín volvió a abrazarlo, con más fuerza que antes, con tanta que parecía dispuesto a partirle el espinazo.

—¡Gracias! Gracias, muchas gracias…

La alegría de Galín era sincera. Lo último que pretendía era hacerle daño a su amigo. Nada más lejos de sus intenciones, pero su alegría lo cegó.

Cuando Diego no contestó, siguió hablando. No podía contenerse.

—¡Mira!

Galín apartó el babero y metió la mano bajo la cota de malla. Su puño salió junto al cuello con algo dentro.

Cuando sus dedos se abrieron, enseñaron un colgante. Un saquito de cuero, aceitado y reluciente.

—¡Mira lo que me ha regalado!

XII

La pregunta fue como una coz. A punto estuvo de dar un paso atrás, si pudo contenerse fue por pura voluntad.

Su padre lo miraba esperando respuesta, y sus ojos cortaban más que la espada al cinto.

Su madre, sin embargo, había vestido su cara de misericordia. No había hablado con ella, pero Jimena veía donde otros se quedaban ciegos. Ella, como siempre, le dio los ánimos que necesitaba. Fue apenas un temblor del mentón, un pestañear lento. Apenas, pero un asentimiento.

Todos estaban en la tienda en pie, menos la pareja del Cid y su esposa, como una reunión de cortes ante el mismo rey.

Los capitanes, Nicoloso, el camellero, también Menelik. Los hombres de plena confianza del Campeador habían acudido a la llamada. Y todos miraban al hijo del Cid, esperando su respuesta.

Y todos estaban seguros de cuál sería. No había inquietud en sus semblantes, ni siquiera en la del propio Galín, cuya vida dependía de aquella respuesta.

Pero Diego no sabía qué responder.

La tentación era dulce, la tentación reía con una risa inolvidable, con una risa que sonaba a melodía. Podía traicionarlo. Si había que regresar a Valencia, él podría ocupar el lugar de Galín.

Fue un suspiro, y se odió por ello. Pero, durante un suspiro, Diego estuvo seguro de que, en cuanto abriese la boca, echaría a su mejor amigo a los perros.

A la hora señalada todos se habían reunido en la tienda del Cid. Y antes de que se pudieran discutir los planes, antes incluso de que hubieran terminado los saludos, su padre había hecho una pregunta.

—¿Te fías de él?

Y Diego respondió.

—Dejaría mi vida en sus manos.

Y se arrepintió nada más decirlo. Y acto seguido lamentó arrepentirse.

De no haber sido por su madre, Diego hubiera salido corriendo de allí.

El Cid se dio por satisfecho con un gruñido y le habló entonces a Galín.

—Repite lo que dijiste, palabra por palabra, y pon especial cuidado en cuanto te dijo el mercader.

Todos sabían que el Cid había tomado ya una decisión.

Y todos sabían que el Cid quería que ellos escuchasen las noticias.

El Cid quería convencerlos de que no quedaba otro remedio que asomarse al abismo.

XIII

Galín hizo lo que se le pedía. Incluso describió el tono en las palabras de Giovanni Orlandi. Contó cómo lo había acompañado a uno de los almacenes del puerto para ver con sus propios ojos a los hombres que desembarcaron. Contó cómo los habían seguido por la ciudad mientras los extranjeros disimulaban.

—Fingían ser mercaderes, pero se dejaron engañar en más de una ocasión —aseguró Galín—. Pagaron una fortuna en perlas por un juego de vidrios que hubieran podido conseguir más baratos en la propia Pisa.

—O en la puta Génova —se entrometió Nuño.

Y Galín le dio la razón antes de continuar.

—De no haber sido porque Giovanni los conocía, no nos hubiéramos enterado. Pero nos avisó a tiempo, en cuanto recibió noticias de que se preparaba el barco.

A nadie se le escapó que Galín hablaba en un tono halagador para referirse al mercader. Pero solo Jimena pareció comprender por qué lo hacía. Solo ella miró hacia Diego mientras escuchaba.

Aún se extendió con más detalles. Una noche los mercaderes habían sido generosos con el vino en una de las tabernas del puerto, la misma donde solían reunirse los centinelas de Alqádir.

—Preguntaron cuántos hombres tenía la guarnición. Disimulaban —aseguró Galín—, como si les preocupase la seguridad de sus mercancías, pero querían conocer las fuerzas de la ciudad.

Cuando terminó. El Cid paseó su mirada severa por todos los presentes. Dio tiempo a que el mensaje calase.

—¿Alguien necesita traducción?

La ironía pesaba. Y la dura pregunta de su padre se clavó en la espalda de Diego como una puñalada. El Cid lo culpaba. Y Diego se sentía culpable.

Su padre resumió lo que todos pensaban.

—Abandonamos el levante y vinimos a Zaragoza...

Serró el aire con el nombre, y dejó que el serrín cayese al suelo antes de proseguir.

—... Y el zorro se ha dado cuenta de que la puerta del gallinero está abierta...

Diego no pudo hacer otra cosa que encogerse.

Y no hacía falta que nadie dijese nada más, pero Nuño no pudo contenerse.

—Ese malparido, ese cabrón —farfulló—, ese hideputa de Alfonso vendería su alma al diablo.

Y Blasco quiso decir algo, quizá defender la decisión de Diego, pero Ruy no le dio tiempo. El Cid asintió, dándole la razón a Nuño, y habló.

—Y caro le habrá salido. Pisanos y genoveses juntos. Son como urracas.

—Les habrá prometido hasta la leche que mamó —se entrometió de nuevo Nuño.

El Campeador volvió a asentir, y Blasco guardó para siempre lo que no había llegado a decir.

—Habrán coordinado un ataque... Seguramente para primavera —dijo Ruy—, Alfonso movilizará a sus tropas. Pero no hacia Valencia, no, intentará disimular.

Ahora fue Blasco el que intervino, con menos brusquedad, pero igual de acertado que el burgalés.

—Hacia Granada o Málaga, como si pretendiese recuperarlas de manos de los almorávides.

Y Ruy asintió por tercera vez, satisfecho con sus hombres.

—Intentará engañarnos.

Y el silencio se instaló en la tienda. A todos les había quedado claro, lo que no tenían claro era qué hacer al respecto.

Fue Blasco el que puso blanco sobre negro.

—Mi Cid —dijo guardando las formas—, en los almacenes de Alqádir está la mayoría de nuestro tesoro. Y buena parte del grano. No podemos perder Valencia.

El rey Alfonso ansiaba la ruina del que había sido el mejor de sus capitanes. No solo quería vencerle, lo quería aplastado como a una cucaracha bajo el tacón de la bota.

—No, no podemos —concordó Ruy.

Y nadie preguntó cómo iban dos mil hombres a enfrentarse a todos los ejércitos de Castilla aliados con una armada de pisanos y genoveses.

Todos sabían que sería una batalla perdida, era imposible defender Valencia de un ataque así.

—Ese hideputa malparido, pisaverde cagafino, cabrón estreñido...

La retahíla de Nuño se prolongó durante unos cuantos insultos más, pero nadie lo escuchó, todos estaban pendientes de la decisión de Ruy.

Esperaban de él un plan magistral, esa idea que a ninguno de ellos se le habría ocurrido. Una solución evidente en la que no habían pensado.

Y Ruy los sorprendió cuando volvió a hablar.

—Nos aplastarán —dijo pesaroso—. Ni siquiera contando con que Alqádir nos ceda a sus hombres podríamos vencer...

Los ojos abiertos y las bocas estupefactas aparecieron de un extremo a otro de la tienda.

Y Nuño iba a intervenir, pero Ruy lo detuvo alzando la mano.

El Cid, aún con la mano en alto, miró un momento a su esposa, buscando cimientos sobre los que anunciar su única salida.

Cuando Jimena asintió, Ruy habló.

—Matar o morir. Alfonso se lo ha buscado.

Y esperó a que todos asintiesen.

—El perro listo no muerde la pierna con la que le das una patada —continuó sereno, cerrando todos los dedos de la mano alzada menos uno—, el perro listo se revuelve y te muerde en la otra pierna. Te hace caer...

Los miró a todos. Blasco pareció el único en comprender, porque se llevó la mano a la boca, abierta bajo cejas alzadas.

—Si sabemos dónde van a estar las tropas de Castilla, también sabemos dónde no van a estar.

RÍO, FUEGO Y CENIZA

Año del Señor de 1092

I

Parda, rojiza, entreverada de verde. Era tierra de montes. De sierras que se rompían en un valle tras otro. Como si hubieran arañado las montañas para que el agua escurriese hasta el Ebro. Un glotón que se bebía todos aquellos ríos y riachuelos para llegar a Logroño henchido y vanidoso.

A cada subida, le seguía una bajada y una nueva subida.

Exigió cada onza de voluntad de hombres y bestias, pero no había otro remedio.

Las tierras del condado de Nájera, las de Castilla, debían pagar el precio.

Cada día, el amanecer los sorprendía con la espada en la mano y el terror cabalgando a su lado.

San Juan se había equivocado al escribir su Apocalipsis. No eran cuatro jinetes sobre cuatro caballos, blanco, bermejo, negro y bayo. No eran la gloria, la guerra, el hambre y la muerte. Tampoco hubo peste o miseria. Solo hierro.

Las espadas hicieron su trabajo, los codos se tiñeron de

sangre y no fueron cuatro los jinetes del Apocalipsis. Fueron cientos, las tropas del Cid cayeron sobre Castilla como una maldición y dejaron tras de sí la desolación.

Muerte y desolación.

II

Podía haber sido la pequeña María. La niña se parecía mucho a su hermana. Pero su hermana estaba a salvo, aunque necesitase el consuelo de un velón encendido para espantar las pesadillas.

Nunca había dormido bien, pero apenas lograba pegar ojo desde que los hombres de Alfonso se la llevaran presa. A ella, a su madre y a su hermana.

El rey los había empujado en aquel descenso a los infiernos.

Y ahora muchas más niñas que la pequeña María sufrirían pesadillas.

Se parecía a su hermana, y quizá nunca volvería a dormir sin despertarse sobresaltada en sudor y miedo.

La guerra da respiros. Cuando el enemigo duda, cuando el brazo está tan cansado que no puede levantar la espada. Todo parece detenerse y, por un instante, algo claro y brillante se deja ver, una escena que habría sido un borrón a galope se vuelve una epifanía.

Se parecía a su hermana.

Diego tiró de las riendas, Galín y los demás pasaron de largo, a galope, entre gritos, silbidos y amenazas, sembrando destrucción.

Pero aquella niña se parecía a la pequeña María.

Estaba sucia. A los mocos secos en las redondas mejillas se había pegado el polvo de las cabalgadas. Tenía el pelo enredado. Los ojos enrojecidos. El alma rota. Lloraba desconsolada. Hilos de saliva y lágrimas le caían sobre el pecho. Y la camisa estaba desgarrada. La piel blanca y tierna de su pecho se veía a través de los rotos.

A su alrededor todo iba rápido. A su alrededor el torbellino de la guerra lo destruía todo. Pero ella estaba allí. Y se parecía a María. Tanto que algo frío se volcó en el pecho de Diego.

Su padre acertó, una vez más.

Tal y como el Campeador había predicho, las tropas de Alfonso se habían puesto en marcha, disimulando. Como si pretendieran recuperar Granada.

Pero habían virado a Valencia.

Y el Cid había dado la orden.

La única que podía haber dado. O se dejaban aplastar o contraatacaban. Y los hombres la habían recibido con algarabía, con ilusión por el botín. Incluso con ganas de darle una lección al Boquituerto y a su amo Alfonso.

Remontaban el Ebro, arrasando todo a su paso, cruzando de un valle al siguiente. Dejaban tras de sí muerte y desolación.

Se parecía a María.

El granero se había derrumbado, el corral había quedado abierto, un cordero balaba lastimero buscando a su madre.

El cordero balaba. La niña lloraba.

Un cántaro roto esparcía los granos de trigo para la simiente. Y de las ristras de cebollas no quedaba otra cosa que los cordones de esparto. Otro de los hombres había salido a galope con un saco de habas roto y, como migas, dejó un rastro que pintaba su ruta.

La puerta desvencijada, las contras de las ventanas rotas.

—No quedará piedra sobre piedra —había aullado el Cid.

Y los hombres habían gritado su aprobación. Diego había gritado. Todos se habían unido al coro.

Se parecía a su hermana María, pero la pequeña María no había sujetado en sus brazos otra cosa que muñecas. Ni siquiera cuando se la llevaron presa.

Su hermana no había sostenido jamás un horror como aquel.

Los demás ya se alejaban, hacia la siguiente casa, el próximo granero, una nueva alquería, otro pueblo. Un valle tras otro. Sin detenerse.

—Se arrepentirán de haber alzado el hocico —había asegurado Nuño tras escupir.

—Pasarán las de Caín —había refrendado Blasco.

Estaban haciendo lo único que podían hacer. Pero Diego sentía aquel frío que le anegaba el corazón. Y aquella niña, frente al granero desvencijado. Aquella niña. Que se parecía a su hermana.

No podía tener más de siete u ocho años. Parecía una rama astillada. Lloraba.

Aquella mañana su madre le había hecho una trenza con una cinta roja, y la trenza estaba deshecha, la cinta se había enredado en la maraña de cabellos, entre las hojas y los líquenes. Se habría escondido en el altillo del granero. Pero había vuelto a salir.

Un soplo de viento se llevó la cinta, que cayó junto a un charco que no era de agua.

Y lo llevaba en los brazos como su hermana María llevaba a sus muñecas. Pero aquello no era una muñeca.

La pequeña intentaba caminar. Lloraba. El pecho se le atrancaba con sollozos y llevaba entre los brazos aquel horror. Caminaba hacia el que tenía que ser su hermano.

El que había sido su hermano.

El niño le había echado valor, se había enfrentado a los caballos a galope, con coraje en los ojos y una horca en las manos.

Se parecía a su hermana, se parecía a la pequeña María. La niña llevaba en las manos el brazo.

Roto, desgarrado. La manga, arrugada, se arremolinaba en el codo y, más arriba, la sangre, la carne deshecha por un mal tajo de la espada, que había destrozado más que cortar. La sangre brillaba con su carmesí sobre el hueso roto.

La niña cargaba con el brazo de su hermano. Y caminó hasta el cuerpo, y se arrodilló. Lo colocó como si pudiera arreglarlo, como si no hicieran falta más que un par de puntadas.

Lloraba. Y siguió llorando cuando subió la manga hasta el hombro, para tapar aquel horror.

Pero no pudo tapar el resto de la sangre, ni la herida que le abría el pecho, ni el tajo que tenía en la mejilla y a través del que se veían las muelas del pobre crío, que había muerto con una máscara de espanto.

Arrodillada junto al cuerpo de su hermano, la niña tomó la cabeza en sus manos y empezó a mecerse adelante y atrás. Y dejó de llorar para cantar con voz dulce y limpia.

Acunaba a su hermano. Y la canción hablaba de miel y flores. De juegos entre niños. De sueños.

Galín había dado la vuelta, regresaba a galope. Los cascos del caballo atronaban, despedían terrones.

—¡Vamos!

La magia se deshizo, aquel instante en el que todo pareció detenerse se desvaneció.

Galín ya lo rodeaba para volver a encarar el siguiente valle, para continuar cumpliendo las órdenes. Los cascos de su caballo eran truenos en la tierra. Y también vio a la niña. A la pequeña que intentaba arreglar un imposible.

—Se parece a la pequeña María —dijo con sorpresa.

Diego no habló.

Su amigo no detuvo al caballo.

—¡Venga!

Salió a galope.

El horror solo le dejó una salida.

Diego hincó los talones, salió en pos de su amigo. Y aquella niña, aquella niña que se parecía a la pequeña María, quedó atrás, ella, su hermano muerto y las pesadillas que ya nunca la abandonarían.

—¡Vamos!

Hacia el siguiente valle.

Tenían órdenes.

Sembraban muerte y desolación. Y la cosecha se acercaba.

III

Cuando su padre se acercó con el hachón en la mano, Diego no pudo evitar envararse, se puso derecho, alzó el mentón.

—¡Valencia será nuestra! —aulló Ruy, salvaje.

Y todos corearon.

Los gritos crecieron, tanto y tan rápido que hasta la última de las piedras del castillo de Alfaro tembló.

—¡Volverán grupas con el rabo entre las piernas!

No reconoció aquella voz, solo podía mirar la antorcha que ardía en manos de su padre. Y que se acercaba.

—¡Correrán como gallinas!

No había dudas. Los hombres y sus ánimos eran marea subiendo. Imparables. Dispuestos a anegar la playa, a arrasar lo que encontrasen.

El patio de Alfaro vibraba como la soga tensa en torno al cuello del ahorcado.

—¡Valencia!

Coreaban.

—¡Viva el Cid!

Gritaban.

—¡Viva!

La antorcha se acercaba.

Y el rumor crecía. Temblaba como la tapa de un caldero puesto al fuego y a punto de hervir. Impaciente por derramarse a borbotones.

Habían llegado noticias. La muerte y la desolación habían arraigado. Los hombres de García Ordóñez trajeron el mensaje.

Alfonso no se había dignado contestar, pero el Boquituerto había emplazado al Cid a un combate entre ambos ejércitos. Allí mismo, en Alfaro. Para resolver de una vez por todas lo que había quedado pendiente desde Cabra, tantos años antes.

Y los hombres aullaron de placer, pero el Cid había acertado una vez más.

—¿Y de qué nos servirá vencer al Boquituerto? Alfonso sigue acosando Valencia.

El Cid los había mirado a todos desde la tarima en el patio del castillo de Alfaro. Los había desafiado.

—Y si Alfonso conquista Valencia, ¿qué nos quedará a nosotros?

El Campeador tenía razón. Los habían arrinconado. El orgullo de Alfonso no les había dejado otra salida.

—¡Ganaríamos! No hay duda. Lo hicimos en Cabra. Aplasté a ese pisaverde una vez y puedo volver a hacerlo...

Nadie lo negó. Ni uno solo de los hombres dudó de que su capitán podía humillar de nuevo al conde de Nájera.

—¡No vamos a luchar contra ese cagón del Boquituerto!

Los hombres rugían. No eran solo vítores, eran auténticos aullidos de lobos hambrientos.

—¡Valencia!

Su padre tenía razón. No había otra salida. De qué serviría ganarle otra batalla al Boquituerto si Valencia caía en manos de Alfonso.

—¿Vamos a dejar que pase a cuchillo a nuestros hermanos?

Los hombres berrearon. Todos tenían amigos en la guarnición que se había quedado en Valencia.

—¿Vamos a dejar que entre a saco en nuestros almacenes?

El rugido se hizo atronador. Querían su parte de aquel botín que tanto había costado conseguir.

Si hubiera dado la orden sin más, los hombres hubieran obedecido. Eran sus hombres, y se había ganado su respeto. Pero el Cid no quería que le obedeciesen, el Cid los quería convertidos, los quería creyentes. El Campeador no esperaba obediencia, quería devoción.

Eran perros atados y el Cid les pasaba el trozo de carne por los morros, y se alejaba hasta donde no podían alcanzarlo. Los enloquecía.

—¿Vamos a dejar que nos robe?

Ya no rugían, aullaban.

—¿Vamos a consentir que ese fantoche se quede con lo que es nuestro?

Aullaban. Mordían. Pedían las cabezas de Alfonso y el Boquituerto. Una pelea estalló al fondo de las filas. Se respiraba sangre y violencia. Las mesnadas del Campeador eran un cepo listo para cerrarse.

—¿Es eso lo que queréis?

Una galerna barrió las filas, todos negaron. Se alzaron las espadas, golpearon los escudos, patearon las botas. Incluso la pelea se detuvo y los tres involucrados, con las narices sangrando, se volvieron hacia el capitán con los puños en alto.

Y el Cid dejó que la galerna se apaciguase, que quedase retumbando en el horizonte.

Les dio tiempo de volverse impacientes.

—¡No!

Como un dragón escupiendo fuego. Una llamarada que prendió en la yesca que había sembrado entre sus hombres.

Todos corearon.

—¡¡Nooo!!

Corearon aún más alto.

—¡Vamos a meterles miedo! —había gritado el Cid.

Y alzó los brazos y los sacudió. Animó a los hombres a corearlo de nuevo, a repetirlo, una y otra vez. Una y otra vez. Al compás de sus manos. Los convenció para que creyesen aquel nuevo mensaje. Para tener fe en el nuevo evangelio de su profeta.

Y los hombres habían respondido. Casi enloquecido.

Solo les faltó gritar amén a todo pulmón.

Y entonces el Campeador hizo una pausa, dejó que la excitación fermentase. Permitió a sus hombres relamerse.

—¡O se vuelve...!

Primero con voz baja, solo lo oyeron las primeras filas. Y desde más atrás llegaron las preguntas en oleadas. Todos querían saber qué había dicho.

—¡¡O da la vuelta...!!

Alzando más la voz, lejos aún de gritar. Salpicando unas filas más.

—¡¡¡Si no abandona el sitio...!!!

Unas filas más. Acallando el rumor de las botas que golpeaban el suelo. La multitud se convirtió en una bestia que resollaba, impaciente por que soltasen la correa para lanzarse al ataque.

—¡¡¡¡O se vuelven o no quedará otra cosa que cenizas!!!!

Ahora sí, gritando a todo pulmón, soltando espumarajos con las palabras. Con el rostro encendido y la pasión cabalgando.

Y aunque parecía imposible, el volumen subió aún más, hasta hacerse ensordecedor. Aquella bestia aullaba con la fuerza de mil dragones, como las bestias del Apocalipsis rugiendo antes del Armagedón. Y no eran siete cabezas, sino dos mil. Todos a una. A las órdenes de su capitán. A la sombra del Campeador.

El Cid se acercó a la pared, donde los hierros sostenían un hachón prendido para la noche. Lo sacó de su soporte y se volvió hacia su hijo.

—¡Fuego! ¡¡Lo quemaremos todo!!

Las llamas del hachón retemblaron con el clamor de las tropas.

—¡¡¡Logroño arderá!!!

Y extendió el brazo para darle la antorcha a su hijo.

Diego miró a su padre. Miró a las tropas. Vio a Galín sonreírle.

El mesías ofrecía el pan a su hijo. Un pan envenenado. Y su hijo comprendió.

Diego alargó el brazo, cogió el hachón y lo levantó.

—¡Arderá!

Su padre coreó con más fuerza.

—¡¡Arderá!!

Galín y los capitanes se sumaron.

—¡¡¡Arderá!!!

Y hasta la última piedra del castillo de Alfaro tembló.

IV

Ardió Logroño. Y Alberite. Buena parte de Nájera. Calahorra. E incluso Alfaro.

El fuego arrasó aquellas tierras de valles y montañas. El infierno se desató y lo engulló todo.

Incluso el río ardió.

Y muchos creyeron que había sido un designio divino. Que el Señor en su Gloria los había abandonado y que la Providencia había quedado desterrada.

Pero el Señor no tuvo nada que ver.

Un judío tenía un almacén de aceites en la orilla del río, un hombre honrado y trabajador que comerciaba con las taifas del sur y traía hasta los territorios cristianos el oro hecho de olivas.

Desde Logroño servía a Burgos, a León, a Barcelona. Y también a los moros de Lérida y Zaragoza.

En su almacén había azumbres, cántaras y moyos, todos repletos del mejor aceite de oliva. Y cuando las tablazones del suelo prendieron, las tinajas se calentaron, y cuando se calentaron se agrietaron, y el aceite, arrobado, prendió. Y el barro se deshizo en añicos, y el aceite se derramó envuelto en llamas.

El aceite se escurrió por las grietas y cayó a la orilla. Y las primeras gotas se apagaron con un siseo. Y nadie lo oyó, ni siquiera lo vieron, porque todos gritaban y corrían. Logroño ardía.

Pero el aceite siguió brotando. Encontró por dónde escapar del almacén, se hizo un arroyo, las cántaras reventaron una tras otra, se derramaron, ardieron.

Las gotas se hicieron un hilo, el hilo se convirtió en manantial.

El fuego corría sobre el aceite, y el aceite flotaba sobre el río.

El Ebro ardió y las llamas treparon por las pilastras del puente.

Ardió Logroño.

Incluso el río ardió.

TRAICIÓN, MIEDO Y MENTIRAS

Año del Señor de 1092

I

La noticia de que el Ebro había ardido. Aquel augurio que obligó a muchos a persignarse con prisa, como si les hablasen del mismísimo diablo, corrió de un extremo a otro de la cristiandad, de la morería incluso.

Pero llegó tarde a Valencia.

Tan tarde que la ciudad se convirtió en un avispero al que un niño travieso había sacudido una pedrada.

II

Le costó decirlo, como si el sirope de los dulces le hubiera pegado la lengua al paladar.

Y cuando al final lo hizo, lo hizo temiendo oídos indiscretos en el salón del mercader, con apenas un bisbiseo.

—El mayor —dijo Uthmán—, el más grande tesoro conocido desde la caída de Bagdad.

Pese a que las palabras fueron poco más que un suspiro, Giovanni Orlandi se levantó.

Y se fue al suelo.

III

Giovanni Orlandi presumía de ser un excelente anfitrión, capaz de adular a sus huéspedes con lo mejor de lo mejor cuando la ocasión lo requería. Pero el mérito no era suyo, sino de su hija Lilia, que era quien regía la espléndida casa en el más floreciente barrio de Valencia, en el linde del fastuoso alcázar.

Lilia había sido la que ordenara en las cocinas que se preparasen los finísimos fideos.

Ella había supervisado en persona la elaboración, ayudando a su cocinera más experta a dejar caer la delicada pasta en forma de hilo sobre la plancha caliente.

Los fideos se habían apilado en los moldes y se habían bañado en la mejor grasa de cordero clarificada. No quedaba mantequilla en toda la ciudad, pero Lilia y la cocinera habían decidido que la grasa de cerdo o de vaca hubiera cargado de sabor el dulce. Después untaron los fideos calientes con queso blando traído del otro lado del mar. Y repitieron las capas hasta el grosor del canto de una mano antes de meterlo en un horno que podía volver morena una paja de centeno en menos de un credo. Luego, mientras se asaba, no habían dejado de bañarlo en un sirope espeso de agua y miel, hasta quedar dorado y crujiente. Para rematar, antes de cortarlo en pequeñas porciones, lo habían espolvoreado con pistachos traídos de Tierra Santa y con agua de rosas.

El resultado abría el apetito nada más verlo.

Y cuando Uthmán entró en el salón de la casa del mercader y descubrió la bandeja de plata en la que se habían depositado las porciones, aún humeantes, dejó escapar un gritito de placer que hizo retemblar las grasas de su papada.

IV

Y fue Lilia la que se inclinó en una reverencia para saludar a los emisarios de Alqádir.

—*Salam aleikum*, bienvenidos a nuestro humilde hogar.

Encantado de oír un saludo en su lengua, Uthmán agachó sus ojos pintados de kohl y fue capaz, por un instante, de apartar la vista de los dulces que aguardaban en la mesita entre los asientos.

—*Wa-alaikum us-salām*. Vuestra hospitalidad es mejor que la de los nómadas del desierto. Sois un oasis en esta ciudad de locos.

Fue entonces cuando Giovanni, sin levantarse, porque la gota lo había atado a la silla, le habló desde su asiento, donde mantenía la pierna en alto sobre un escabel.

—Tú que nos ves con buenos ojos, querido amigo, tú que nos ves con buenos ojos.

Ni al padre ni a la hija se les ocurrió preguntar el porqué de aquella cita apresurada, ni tampoco mencionar los barcos de pisanos y genoveses, o los hombres de Castilla al otro lado de las murallas.

Había un protocolo que cumplir, y sus tratos con los musulmanes les habían enseñado que primero había que atender otros asuntos.

Hablaron de la cosecha, de los envíos de añil y del comercio de los aceites traídos de la misma Jerusalén. Incluso comentaron que para ese otoño todos rezaban para que las grandes tormentas, habituales en Valencia, fueran benevolentes.

—Quizá este año nos libraremos de las crecidas…

Hablaron. Y Uthmán, solo él, comió con voracidad media bandeja de los deliciosos pasteles, y se llenó la pechera de su aljuba de seda de migas crujientes que no se molestó siquiera en espantar con la mano. Porque bastante tarea tenía ya con la conversación y la comida.

Hablaron mucho y no dijeron nada. Hasta que el emisario de Alqádir apreció unos relieves que decoraban las paredes del salón de la casa del mercader.

—¿Bizantino?

Giovanni se retrepó en el asiento, incapaz de encontrar una postura cómoda para aquella maldita gota que lo mantenía postrado.

La pieza era una talla en marfil de los cuarenta mártires de Sebaste. Un fino trabajo en el que cada rostro parecía agonizar.

—Sí, así es.

Y Uthmán fue al grano, al menos del modo en el que el protocolo le permitía hacerlo.

—Me alegro, amigo, de que hayas podido prosperar a la sombra del Cid, el Altísimo bendiga a sus descendientes.

Giovanni estaba acostumbrado a regatear por el precio del carro cuando lo que interesaba era comprar el caballo. Como buen mercader, recogió el envite.

—Y así seguirá siendo por mucho tiempo, mi hija tiene el futuro asegurado en Valencia.

Los otros tres que habían acompañado al emisario de Alqádir cruzaron miradas cuando Uthmán, tras haberlo cogido con la misma expresión glotona, devolvió el pastelillo a la bandeja.

Pero el suspiro melancólico que se le escapó pareció confirmar la falta de apetito. El moro se pasó las manos por los ojos, como si le hubiera entrado humo, y con el gesto se desbarató el impecable maquillaje, pero no reparó en ello.

—Muy atrevido me parece eso, amigo mío. Los chacales de Castilla llaman a la puerta de Valencia, y no son los únicos...

Nada dijo de genoveses o pisanos, por no ofender a su anfitrión, que algo tenía que ver con ellos.

Pero Giovanni le quitó importancia.

—El Cid cumplirá su palabra, protegerá Valencia del ataque cristiano.

Y la ansiedad se hizo cargo de la papada de Uthmán, que se apresuró a comer dos pastelillos de golpe, sin respirar.

—No son los cristianos los que preocupan a mi señor...

El mercader y su hija intercambiaron una mirada cómplice.

—Explícate —intervino Lilia.

Hicieron falta otros tres pastelillos, hasta que ya no quedaron más que dos haciendo una triste guardia en la bandeja de plata repujada.

—Este ataque cristiano ha puesto a muchos en contra de mi señor, faro de Alá y protector del verdadero mensaje del profeta.

Una mirada le bastó para comprender que no era el momento de entretenerse con fruslerías. Se dio cuenta por fin de que tenía una pocilga en la pechera y se sacudió las migas.

—No todos en la ciudad están dispuestos a apoyar a Alqádir y...

Necesitó carraspear. Y volver a repasar la pechera con sus manos regordetas. Y antes de continuar se chupó la yema del índice y la apretó contra la tela, para recoger unas migas que se llevó a la boca.

—... Y menos aún, a esperar a que el Cid cumpla su palabra de mantener a salvo la ciudad.

Fue Lilia la que volvió a intervenir.

—No fallará. El levante es su único refugio. No tiene a dónde ir.

El mercader asintió para darle la razón a su hija.

—Y yo estoy convencido —adujo Uthmán—, y también mi señor. Pero hay nobles en Valencia que no lo ven así.

—¿Qué quieres decir?

La pregunta la había hecho Giovanni. Con el ceño fruncido.

—Es posible que algunos descontentos. Un puñado... Liderados por el cadí Yahhaf, escarabajo que se alimenta de bostas de camello...

—Tú de camellos sabes tanto como yo de bordados. Ve al grano.

Los ojos del emisario se volcaron en los dos últimos pastelillos como los de un enamorado.

—Quizá esos descontentos se estén planteando actuar a nuestras espaldas.

Y tras una pausa se apresuró a añadir algo más.

—Seguramente se trate de habladurías, chismorreos de los corredores de palacio.

El mercader sacudió el mentón.

—Si fueran habladurías no estarías aquí...

Y a Uthmán se le escapó un gemido. Volvió a pasarse las manos por el rostro, estropeando aún más su maquillaje.

—Quizá, existe la posibilidad...

—¡Habla de una vez!

Con el sobresalto, la papada del emisario retembló miserablemente. Tuvo que agachar la mirada para confesarse.

—Hay quien cree que Yahhaf ha permitido la entrada de... De ciertos indeseables en la ciudad.

Se le olvidó al mercader su gota, y a punto estuvo de levantarse.

Lo hubiera hecho de no ser porque su hija le puso la mano en el hombro y le señaló con la barbilla su grotesco pie, hinchado y rojo.

—¿Qué?

El diplomático aleteó con las manos, como si le hubiera dado un sofoco.

—No son muchos, unos cuantos... Y no estamos seguros...

El mercader hizo por serenarse. Luego miró a su hija, los dos sabían que aquella insinuación tenía una sombra muy larga. Así que cortó por lo sano.

—Tu señor y tú os habéis cagado encima... Se os están meando en el jardín, por encima de la tapia.

Uthmán miró la bandeja y pareció recriminarse la tentación.

Terminó por rechuparse el dedo con el que había recogido las migas.

—Mi señor confía en el Campeador, viento divino que soplará cuando deba. Pero mi señor es un hombre precavido —si antes lo había estropeado, ahora arruinó por completo el maquillaje—, aunque el perro Alfonso recule... Aunque Castilla se eche atrás... Estas nuevas circunstancias obligan a tomar ciertas medidas...

Parecía un niño pequeño pidiendo permiso para salir a jugar.

—A mi señor le gustaría...

Volvió a chuparse el dedo.

—¡Solo por si acaso! Al final será la voluntad de Alá la que prevalezca y mi señor es un verdadero creyente, ¡como pocos! Pero mi señor se pregunta si... Únicamente por si, Alá no lo quiera, las cosas se torciesen. Porque todos estamos seguros de que el Cid...

Giovanni gruñó.

—Es bien sabido que eres hombre de recursos, con amigos hasta en los infiernos...

El gruñido se intensificó. Y Uthmán habló más rápido. No acortó su discurso, pero lo dijo tan rápido como pudo.

—A mi señor le gustaría saber si podríamos contar contigo y tus contactos, Alá te guarde, amigo mío.

El ceño del mercader hizo un extraño, y volvió a intercambiar una mirada con su hija.

—¿Contar conmigo para qué?

Carraspeó el emisario.

—Por supuesto, se pagarán cuantiosamente tus servicios, no te quepa duda. Pero, por si acaso, solo por si acaso, a mi señor le gustaría sacar de la ciudad ciertos bienes de interés personal. Objetos que le son queridos por cuestiones sentimentales... Bagatelas en realidad...

Aquello hizo que el mercader se echase hacia delante, incluso el pie gotoso bajó del escabel al suelo, y por su rostro no cruzó una sola mueca de dolor. Al contrario, se contrajo como el del propio Uthmán al ver los pasteles.

—¿Un recuerdo de su madre?

Fue como si le hubieran dado una bofetada. No solo la papada, los mofletes del emisario también retemblaron.

—Podría ser...

A Giovanni se le agotó la paciencia.

—No estamos en el zoco regateando por azafrán, ¡habla! ¡Habla o te juro que te echo a patadas de aquí aunque no pueda volver a caminar jamás! ¡Habla o me aseguro de que te desuellen a latigazos y luego te echo a patadas! ¡Aunque necesite cinco bastones! ¡Habla!

—Sí, se trata de un recuerdo de su madre.

El mercader se inclinó aún más hacia delante.

—Estás hablando del regalo del califa Alrashid…

El emisario no pudo disimular su sorpresa.

—Cuentas con ojos y oídos en palacio —repuso con indignación.

Giovanni lo ignoró.

—¿Sí o no?, ¿es eso de lo que hablas?

El emisario terminó por rendirse.

Le costó decirlo, como si el sirope de los dulces le hubiera pegado la lengua al paladar.

Y cuando lo hizo, lo hizo temiendo oídos indiscretos en el salón del mercader, con apenas un bisbiseo.

—El mayor —dijo Uthmán—, el más grande tesoro conocido desde la caída de Bagdad.

Las palabras fueron poco más que un suspiro. Aun así, Giovanni Orlandi se levantó.

Y su pie gotoso le falló.

Cayó con estruendo, dando manotazos que hicieron volar la bandeja y los dos últimos pastelillos. Su hija intentó sostenerlo una vez más, pero no llegó a tiempo.

Se fue al suelo.

El mercader quedó sobre la alfombra, un capricho traído de oriente, como una gorda tortuga patas arriba, incapaz de alzarse y aullando de dolor.

V

Cuando el emisario se hubo ido, dejando tras de sí migas, reverencias y cumplidos, Lilia regresó junto a su padre.

—¿Avisamos al Cid?

El mercader se pellizcaba el puente de la nariz, pensativo.

—Depende...

Lilia frunció el ceño.

—Los almorávides no nos permitirán vivir así —señaló abriendo los brazos a las opulencias del salón.

Pero su padre no la escuchaba. Casi podía ver cómo sus ojos se movían igual que las cuentas de un ábaco, calculando beneficios.

—¡Padre!

Giovanni reaccionó.

—Si a Alqádir le consta que hemos avisado al Cid, puede que se le pase el miedo...

Su padre la miró al fin, y se tomó el tiempo de recolocar su corpachón en la silla, incluso tiró con los brazos de su pierna, para buscarle a su maltrecho pie un mejor acomodo en el escabel.

—Y si no avisamos puede que los almorávides nos lo quiten todo.

—Nosotros seguiremos haciendo negocios, con unos o con otros. Hace meses que hablo a menudo con ese cadí Yahhaf...

Llena de sorpresa, Lilia lo interrumpió.

—¡Ya sabías lo de los almorávides!

Y cuando asintió, el mercader tenía en los labios una sonrisa.

—No hay amigos en los negocios, te lo he dicho mil veces.

VI

El Cid no falló.

Castilla hincó la rodilla.

Alfonso temió que el fuego del Ebro llegase a Burgos, incluso a León. Los barcos de pisanos y genoveses se retiraron.

Pero Valencia no quedó en paz a la espera del Cid.

Valencia se convirtió en un avispero. Un avispero al que un niño lanzó una pedrada.

EMPERADOR, REY Y CONTRAGOLPE

Año del Señor de 1093

I

El Cid rugió. Y en aquel salón, que no era gran cosa, sonó como si Sansón hubiera decidido enfrentarse de nuevo al león.

—... *Imperator totius Hispaniae*, así se hace llamar ahora, Emperador de todas las Españas...

Las palabras chirriaban desprecio.

Pero Blasco no sabía qué responder. Y tampoco Nuño que, por una vez, ni siquiera tuvo el ánimo de tirar de garganta para preparar uno de sus escupitajos.

—Es cosa suya —aulló el Campeador—. Se ha cagado encima y, antes de salir con el rabo entre las piernas, tendió la trampa.

En pie, a grandes zancadas, como una fiera enjaulada, iba y venía en el pequeño salón de Juballa, la modesta fortaleza que se habían visto obligados a tomar a unas pocas leguas al norte de Valencia.

Parecía a punto de liarse a patadas con el estante hecho de listones que había quedado allí, olvidado en el castillo abandonado. El regustillo en el aire lo confirmaba, algún pastor había aprovechado el lugar para poner a secar sus quesos.

—No me lo trago —negó en algún rincón entre lo cínico y lo salvaje—. No han sido ellos —sacudía la cabeza como el león arrancando la carne de la gacela recién abatida—. Ha sido él, ¡él!

Todos en la sala estaban abrumados por las noticias, y más aún por la salvaje reacción del Campeador, pero a Galín le temblaban los labios.

No se atrevía a hablar, no estaba allí para hacerlo, solo para asistir al hebreo. Pero la tensión en su rostro y el tremor de las cejas lo delataban. Como si contuviera un grito tras pisar un clavo. Deseaba decir algo.

Y su amigo se percataba de que sufría, pero Diego tenía asuntos urgentes que lo preocupaban. Su padre estaba fuera de sí. Rugía caminando arriba y abajo, con el rostro enrojecido y la rabia sacudiéndole los brazos.

Parecía a punto de sufrir una apoplejía.

Y Moisés incluso se inclinó hacia delante en la mesa y se animó a intervenir, con el único permiso de la edad y de su posición como médico.

—No te conviene alterarte.

El Cid lo desoyó. Y Nuño pensó que el judío había tenido suerte. Con aquel humor de perros, el Campeador podía haber pedido látigo para el galeno.

—¡Ha sido él! —rugió de nuevo.

Ruy era incapaz de detenerse. Rezongaba, y seguía con sus zancadas a un lado y a otro. La estantería desvencijada retemblaba con cada pisotón de las botas y su continuo bracear esparcía aquel dejo reseco del queso.

El Cid echó la mano a aquella bolsa que había colgado de su cinturón, pero allí ya no había raíces de regaliz. Y aquello no ayudó.

—¡Emperador!

No se detenía.

—¡De todas las Españas!

Solo el hebreo se había atrevido a hablar. Porque todos advertían que el Campeador era una avalancha a punto de arrasar el valle.

Pasmados por aquella furia, todos lo observaron, como si viesen a un gato caminar por una barandilla y se preguntasen en qué paso caería de las alturas para jugarse una de las vidas. Hasta que Jimena actuó.

Ella fue la única con el valor suficiente.

Ella dejó la mesa y se interpuso en las idas y venidas de su esposo. No le habló, solo se cruzó en su camino. Se quedó plantada como un portón ante un ariete, sin miedo a que aquel, que tanto podía ser Sansón, como el león, como los dos juntos, la arrollase sin miramientos.

Nuño entrecerró los ojos, temiendo el choque y que la señora acabase con sus huesos en el suelo.

Diego estuvo a punto de abandonar la mesa, y no supo cómo, pero su madre lo advirtió y alzó una mano para detenerlo. Y lo hizo sin apartar los ojos de su esposo. Que no la miraba, resoplaba como un toro a punto de embestir y caminaba ciego, sin ver, sin oír.

Todos aguantaron la respiración.

Y pareció un milagro. El Cid se detuvo, y costaba creerlo, igual que ver una ola detenerse antes de llegar a la playa.

—Seguro que Blasco ha conseguido averiguar algo más —dijo ella tomándolo de la mano.

Tiró de él para que la siguiese, y fue como tirar de la soga atada a un roble para derribarlo.

No se movió hasta que ella susurró algo que los demás no pudieron oír.

Entonces lo guio hacia las sillas al extremo de la mesa que Nicoloso había arreglado a toda prisa. Hecha de remiendos y aún sin encerar siquiera.

En las bandejas había poca cosa. Lo que los forrajeadores habían podido conseguir. Un estofado con habas y carne de caballo viejo, uno de los de tiro, que se había quedado seco subiendo al cerro de Juballa. Y el vino, servido en copas que no hacían juego, estaba picado.

Pero no se les había convocado para disfrutar de una comida que todos sabían que escaseaba. Se los había convocado para que Blasco hablase.

Pero el Cid no le había dejado terminar.

II

No habían encontrado una Valencia agradecida, abierta de par en par para acoger al salvador que la había librado de la amenaza de Castilla.

Fueron recibidos con una andanada de flechas que mató a veinte de la vanguardia, y que se siguió de una cabalgada que dejó aún más muertos. La ciudad se había cerrado a cal y canto tras las murallas, como una muchacha tímida.

—Eso es dejarnos con el culo al aire —había simplificado Nuño.

Y en dos días habían tomado Juballa, para hacer servir a la pequeña fortaleza de base de operaciones.

Una vez más, la guerra se había vuelto cosa de Nicoloso y sus aprendices. Cuestión de pala y azada, de martillo y clavo, de cincel y maza. Construir, levantar, reconstruir. Campamentos, castillos, fortines. Porque la guerra demandaba más a menudo las herramientas que la espada. Aunque fuera la espada la que tomase las decisiones.

Y, durante esos dos días, el asturiano había intentado averiguar lo sucedido.

III

Aunque ya estaba de nuevo en su asiento, los resuellos del Cid seguían llenando el pequeño salón, pero Blasco obedeció al gesto de la señora.

—No sé si Alfonso ha tenido algo que ver...

—No lo dudes —lo interrumpió el Cid, malhumorado—.

No se ha podido tragar la derrota. Sus espías, sus esbirros, algún malparido con dinero toledano habrá cobrado para abrir la puerta de Valencia y traicionarnos... ¡Otra vez!

Y nadie en el saloncillo vio que la mano de Jimena sujetó la de su esposo bajo la mesa. Si el Cid hubiera apretado, hubiera aplastado los finos dedos de ella. La piel nacarada brillaba dentro del moreno curtido a la intemperie. Era un pajarillo entre las espinas de un zarzal, pero fue la mano de la señora la que abrazó la de su esposo. Fue Jimena la que recogió la angustia que quería aferrarse a su vieja amiga, la empuñadura de la espada.

Nadie lo vio.

Pero todos oyeron que las protestas menguaban hasta quedar en silencio.

Y Blasco carraspeó antes de intentar, de nuevo, llegar a destino.

—Quizá ha sido una engañifa de Alfonso —aceptó el asturiano, conciliador—. Pero poco puede hacerse ya... Lo que sí sabemos es que la ciudad está en manos de ese tal Yahhaf.

El asturiano repasó su memoria alzando los ojos hacia las telarañas que aún colgaban de las vigas.

—Yafar ibn Abd Allah ibn Yahhaf —recitó con el soniquete moro.

Y aclaró que se le suponía un cadí de abolengo con peso en la villa, y que siempre se había mostrado en contra de Alqádir por haber pactado con el Campeador.

—Un fanático, se dice que la familia ve con buenos ojos las oleadas de los almorávides...

Y no pudo evitar que se le agachasen las cejas al repetir lo que ya había dicho con otras palabras.

—... No se le conocen tratos con Castilla...

Dudó y, como no le cayó la montaña encima, siguió hablando.

—Aún es pronto, averiguaremos más. Pero yo creo que es cosa de moros contra moros.

No sucedió nada, al menos por encima de la mesa. Lo único que Blasco podía ver era que el Cid no lo miraba, tenía los ojos clavados en el magro plato que le habían puesto delante.

—Yo creo que ese tal Yahhaf se ha aprovechado del asedio para dejar que unos cuantos de esos fanáticos entren —continuó, con algo de confianza y palabras más sueltas—, y se ha hecho con el poder... No todos los moros de Valencia rechazan a los almorávides.

Como parecía que el río había vuelto a su cauce, Nuño también se atrevió a intervenir. E incluso hizo el esfuerzo de dominar su mala lengua. Todos hacían lo posible por explicarse sin que el Cid estallase de nuevo.

—Esos cabro... Los almorávides están cerca. Aledo ha caído. Murcia ha caído.

El asturiano asintió, agradeciendo las palabras de su amigo, y añadió algo más.

—Siempre ha sido así, en todos lados. En Valencia ha de haber familias que prefieran aliarse con otros moros antes que con nosotros.

El hebreo también asentía y, como el Cid callaba, se decidió a tomar parte.

—Se ha aprovechado de cómo pintaban —concedió—, pero se trata solo de una circunstancia desafortunada, no creo que Alfonso tenga nada que ver.

No podían ver cómo la mano de Jimena seguía acunando la de su esposo. Pero sí escucharon a la señora cuando habló y, como siempre hacía, puso voz a la razón.

—No importa si la culpa es o no de Alfonso. Valencia ya no está en manos amigas. Y debemos decidir qué hacer...

IV

Como aquel cansado olor a leche cuajada, las palabras de Jimena flotaron bajo las telarañas.

Hasta que el Cid levantó el rostro y asintió, como para sí. El ceño fruncido y la mandíbula apretada seguían allí, pero el fuego se había atenuado.

—¿Y de los nuestros?

Todos respiraron aliviados. Su capitán regresaba a la cordura. Y Blasco se apresuró a contestar.

—No hay labriego, pescador u hortelano al que no se le haya preguntado. No hay noticias. No sabemos qué ha sido de lo que había en nuestros almacenes —respiró hondo antes de proseguir—, y tampoco de nuestros hombres de confianza. Puede que estén muertos...

El asturiano acababa de poner nombre a sus peores miedos, los de todos, y Diego miró hacia su amigo. La angustia cabalgaba en el rostro de Galín.

—Tampoco se sabe nada de Alqádir —terminó Blasco.

El Cid rumió las noticias. Y demostró que el temporal había quedado atrás usando el buen juicio.

—¿Has conseguido colar a alguien?

Blasco asintió. Había cumplido con su deber.

—Dos. Uno anteayer y otro ayer...

No pudo evitar que su mirada cayese hasta el plato. No había probado bocado.

—No han vuelto —reconoció el asturiano—. Nadie sale de Valencia. Entran mercancías y aceptan provisiones, pero nadie sale.

—Se preparan —concordó el Cid con un leve asentimiento—, esperan ayuda.

—Seguramente...

Entonces Blasco dudó un momento, pero viendo que su capitán permanecía calmado, que parecía el de siempre, decidió continuar.

—Con Aledo y Murcia en manos almorávides. Si también tienen gente dentro...

Como dejó la frase en el aire, Nuño la remató.

—La mierda nos llega al cuello.

Y el asturiano tomó el relevo.

—Mi Cid, ¿qué hacemos?

V

Antes de responder, Ruy miró a su esposa.

Y la crispación se tornó serenidad, o casi.

Galín incluso se atrevió a albergar esperanzas.

Por desgracia, quedaron hechas añicos en cuanto el Campeador habló. Y Galín podía comprenderlo, tenía sentido. Pero eso no atenuaba el dolor.

Su cabeza se hundió y, con cada nueva orden, lo hizo aún más.

VI

Algo temblaba en el fondo de su voz. Pero el odio hacia el que había sido su rey no le nubló el juicio.

Se sacudió la rabia como si espantase un bicho de un manotazo e hizo su trabajo.

Y, a medida que hablaba, fue la mano del Campeador la que envolvió la de su esposa, como si le devolviese todo lo que le había dado antes, como si el uno y el otro fueran dos pozos de agua que se aseguraban de que cuanto le sobrara al uno no le faltaría al otro para afrontar el verano.

—Murviedro, Montornés, Segorbe… ¡Todos! Todos los castillos y fortalezas, hasta una alquería a la que hayan puesto una almena. Y las torres de vigilancia. Todo lo que merezca la pena en diez leguas a la redonda…

Con aquella orden Nuño sí supo qué hacer, y la nuez en su garganta subió y bajó, arrastrando uno de sus prodigiosos gargajos.

—¡Con dos cojones! Como el cuervo de san Expedito —dijo revolcando aquello tras la lengua—, ¡los aplastaré! Les sacaré hasta la última y jodida gota, hasta la última y jodida miga.

El Cid asintió y abanicó la mano dándole permiso para marcharse, pero antes de que pudiera hacerlo le dio otra orden.

—Que venga Nicoloso. Y Gacel.

Nuño se fue con el recado y el Campeador se volvió a Blasco.

—Si nada sale de la ciudad, tampoco entrará.

Se miraron, ambos sabían lo que significaba.

—Si temieron a Alfonso, más nos temerán a nosotros —dijo el Cid mordiendo las sílabas.

Lo sucedido, hincado en las palabras de su capitán, le dejó patente al asturiano que no había tiempo para zarandajas diplomáticas. Iban a asediar Valencia, y no iban a perder ni media mañana con los tira y afloja habituales.

—Sin avisos, sin mensajes, ¿puede tomarse alguna puerta en una cabalgada?

Blasco no lo dudó.

—Ya no tenemos la sorpresa de nuestro lado. No, no se puede.

El Cid asintió.

—Que se cieguen las acequias, se malogren los puentes y se corten los pasos. Quiero guarniciones en todas las puertas, bien armadas, y que no dejen de sacar brillo a las espadas. Autoriza hogueras...

Caviló por un momento, y añadió más.

—... Que finjan festejar cada noche. Quiero música, manda a unos cuantos a buscar juglares. Que los vean, que los oigan. Que hasta la última rata de la ciudad sepa que estamos aquí.

Ahora fue Blasco quien asintió.

—¿Y el río?

—Que se crucen cabos de lado a lado. Que no pasen ni las ranas. Y destaca arqueros y ballesteros. Con algo de suerte, mañana cenamos pato...

El asturiano volvió a asentir. Encantado de toparse con algo del viejo buen humor de su capitán.

—Cien maravedíes al primero que haga una buena percha de azulones, de mi bolsillo —rematÓ apartando el plato con el estofado.

El Campeador incluso sonrió cuando su hombre se levantó.

—Y Blasco... —esperó el Cid a que el asturiano se diera la vuelta—. Que no se les toque un pelo a los labriegos, los pescadores, los hortelanos... Los queremos de nuestro lado.

—Así se hará.

Y después llegó Gacel, el camellero. También Nicoloso, con sus aprendices.

Aún se habló un buen rato en el salón del modesto castillo de Juballa.

También repartió órdenes para el médico hebreo, sobre los suministros, sobre dónde reunir a los heridos, sobre las letrinas.

Y en todo ese rato, Galín no pudo detener el baile de su talón o el retorcerse de sus manos.

Se estaba consumiendo. Y le costó un mundo desclavarse de su asiento para ayudar a Moisés a salir del salón.

Con cada paso del anciano, Galín dejó atrás una mirada por encima del hombro, bajo las telarañas. Una rehala de súplicas que cayeron, una tras otra, en el regazo de su amigo.

VII

Para cuando Nicoloso salió del salón, entraron los mozos que ayudaban a los cocineros, para retirar los cacharros y despejar la mesa.

El día ya terminaba y, a la mañana siguiente, la gran rueda del asedio se pondría en marcha.

Fue en ese instante, cuando se quedaron solos los miembros de la familia, cuando Jimena se puso en pie.

—Iré a ocuparme de las niñas, deberían irse a dormir.

Se inclinó para besar a su esposo en la sien, y aun le recolocó un mechón rebelde antes de despedirse de su hijo y abandonar el salón.

—¿Mi Cid?

Todavía podían oírse los pasos de su madre. Antes de irse, Jimena, que veía donde otros permanecían ciegos, había hecho uno de sus pequeños gestos. Apenas un ademán del mentón, para indicarle a su hijo que tenía su bendición.

Su padre lo miró.

—Ha sido Alfonso, lo sé —insistió.

Diego temió no llegar a buen puerto, pero su padre no porfió.

—¿Qué quieres que haga yo?

Con la pregunta, el semblante del Cid se iluminó.

—Te quiero a mi derecha —dijo con orgullo repentino—. A mi derecha.

Y la manaza de su padre se posó en su antebrazo.

—¡Juntos!

Eso le quitaba muchas opciones, y los hombros se le encogieron un pellizco, pero Diego no desfalleció.

—Es una pena que no podamos hacer nada por los que han quedado dentro...

El Cid frunció el ceño y levantó la mano.

—Gajes del oficio.

—Quizá estén presos, a lo mejor los encontramos con vida cuando se rinda la ciudad.

La única respuesta fue un gruñido, que dejó clara la poca fe que el Campeador ponía en esa posibilidad.

—Nunca se sabe —insistió Diego, halagüeño.

—Para pescar hay que mojarse las calzas —remató el Cid alzándose.

Y Diego se apresuró a decir algo más.

—Una pena lo de Alqádir...

—Es un cobarde. Huyó de Toledo —repuso el Campeador con desprecio—, y no ha sabido mantener Valencia, tal y como habíamos pactado.

Su padre se acercaba a la puerta, su oportunidad se escapaba.

—Ya, ya... Pero alguien habrá que dirá que no lo protegimos, que nos embolsamos sus dineros y que no pudimos protegerlo.

Aquello detuvo los pasos del Cid.

—No después de Logroño, Alfonso ha salido corriendo con el rabo entre las piernas...

—Cierto, pero aun así, Alqádir está desaparecido.

—Ya saldrá de la piedra bajo la que se haya escondido cuando vuelva a brillar el sol, los lagartos son así.

El Cid volvió a acercarse a la mesa.

—Escúchame bien. Yo no quería que las cosas llegaran a este punto —lamentó sacudiendo las barbas—. Ese mentiroso de Alfonso no me ha dejado otra. Pero jugaré en el tablero que me han dejado. Los dos jugaremos.

Miró a su hijo con la misma intensidad ante la que otros hombres se humillaban.

—Nos haremos con Valencia. Y ese bastardo podrá comerse todos sus títulos. Nos haremos con la ciudad y le pediremos reconocimiento al Vaticano.

La sorpresa sacudió a Diego. Su padre acababa de confesarle sus planes más íntimos. Y, por un momento, dejó de oír el cascabeleo de aquella risa, de aquella risa que llenaba un palacio, la misma que llenaba sus recuerdos.

—¿Como Aragón?, ¿quieres una corona?

Ahora su padre sonreía de oreja a oreja.

—Es de justicia.

Cada palabra sonó como los cimientos de una catedral. Inamovible.

—Intentaré ver a tus hermanas antes de que se duerman —dijo encarando de nuevo la puerta.

Y Diego comprendió que su oportunidad se desvanecía. Una vez comenzase el asedio no habría marcha atrás, esa noche era su única posibilidad.

Espantó las últimas palabras de su padre.

—Dicen que salió de Toledo con un tesoro inmenso...

Con la mano en el picaporte, el Cid se detuvo una vez más, y puso las barbas en el hombro para mirar hacia su hijo.

—Explícate.

VIII

La luna, casi llena, no dejaba que la noche se cerrase, y el patio hervía con los preparativos, sembrado de hachones que ayudaban a la luna a espantar las tinieblas.

Unos iban, otros venían.

Él regresaba de la herrería. Tenía al hombro un zurrón asegurado a la espalda con una cincha, para evitar que se liase con la empuñadura de la espada, y había elegido la cota más ligera de las que tenía, una parecida a la de su padre. Lo que se traía entre manos no requería protección, sino discreción.

Iba de camino a las destartaladas caballerizas, Gacel había tenido tiempo suficiente para preparar lo que le había pedido. Y una sombra en los soportales, a un lado del patio, lo hizo detenerse.

A su alrededor cada quien atendía sus propios asuntos, incluso unos cuantos dormían en medio del barullo. Pese a que faltaba poco para vísperas, la actividad no cejaba, pero aquella sombra…

Aquella sombra salió de su refugio junto a la pared.

Era su madre.

—¿Estás seguro de lo que vas a hacer?

Diego se rehízo como pudo.

—Merece la pena intentarlo.

Su madre no parecía convencida.

—¿Son esos?

Jimena señalaba una esquina del patio, donde seis hombres preparaban su equipo junto a un pebetero, charlaban animados y se ayudaban unos a otros a repasar cinchas y engrasar hebillas.

Diego asintió.

—No veo a Galín.

De pronto se sintió de nuevo un chiquillo. Un niño con las tijeras en la mano, con los restos del vestido entre los pies y expresión de desconcierto en el rostro.

Jimena se acercó.

—¿La amas?

Se quedó sin aire. Perplejo.

—Si la amas, no puedes esperar que ella haga lo mismo a cambio de una mentira.

De algún modo, Diego sacó fuerzas de flaqueza.

—Mi Cid me ha dado permiso para sacar de Valencia a Alqádir y su tesoro.

Jimena suspiró con una pena honda y oscura. Con el dolor que solo una madre puede sentir al ver a su hijo equivocarse.

—Hijo, puedes intentar engañarme, no sería la primera vez... Pero no te engañes a ti mismo. Galín es tu amigo.

—Si no hay otra opción podemos esconder el tesoro y esperar a que la ciudad se rinda.

—Vas a traicionar a un amigo. Pero también a ti mismo. Y ella podría estar muerta ya.

—Y hay otros hombres, los encargados de los almacenes, Blasco me ha dado sus nombres. Quizá podamos salvarlos.

Jimena se acercó más. Los dos quedaron bajo una arcada de los soportales que recorrían aquel flanco del patio, bailando en la luz cimbreante de los hachones.

—¿La amas?

El rostro de Diego se deshizo.

—No puedes hacer que el corazón de una mujer olvide.

No habló.

—¿Crees que caerá rendida en tus brazos para agradecértelo?

IX

La media noche se acicalaba. La luna se volvía presumida. Y algún enamorado con insomnio se estaría inspirando para componer versos. Pero en la puerta que llamaban de la Culebra, la que daba a poniente, los guardias no compartían aquel romanticismo.

Como todos en Valencia, tenían los ánimos crispados. Y, como a todos en Valencia, les preocupaban los últimos días.

Hacían la ronda como gatos en el taller de un vidriero. Y bastaba oír una lechuza a lo lejos para que uno diera un brinco, el otro desenfundase y el tercero echase a correr hacia la campana, montada en un trípode hecho con viejas cuadernas de barca pesquera y dispuesta en la garita que coronaba el paso de ronda, justo sobre la puerta.

Los otros tres del retén de guardia descansaban los pies en esa garita, hasta que tocase nueva ronda, y tampoco hablaban, ni de amores, ni de dineros, dos intentaban descabezar un sueño y el tercero se hurgaba la nariz.

Poco le faltó para sacarse un ojo cuando oyó el grito.

—¡Abrid la puerta!

Salió corriendo.

Sus tres compañeros se asomaban por entre las almenas de la muralla.

En la explanada que el paso y las gentes habían dejado como zaguán de la Puerta de la Culebra había ocho caballos, con siete jinetes y un fardo.

Y habían hablado en la lengua de la frontera.

Uno de sus compañeros se hizo cargo.

—Solo pueden pasar mercancías o voluntarios para unirse al cadí Yahhaf.

No parecían cristianos, llevaban aljubas, incluso creyó que llegaba hasta las almenas el inconfundible tufo a camello. Pero le dio mala espina, y rodeó a sus compañeros para hablarle a su oficial.

—No me gusta...

Pero antes de que le pudiera responder, volvieron a gritar desde abajo.

—¡No traemos mercancías y nos importa una higa cómo le cuelgue a ese tal Yahhaf, pero vais a abrirnos la puerta!

El último de los jinetes descabalgó y tiró del ronzal que traía el fardo.

La luz de la luna hacía extraños, y la que vertían las saeteras de la garita tampoco ayudaba, pero el fardo pareció moverse.

—¡Idos a buscar un burdel!

Los recién llegados no se amilanaron, el que los mandaba hizo una señal, y el caballo con el fardo se colocó en el centro. Otro de los hombres echó una mano, y entre el que había tirado de las riendas y el nuevo dejaron caer el saco al suelo.

—Sois hombres del Cid —se quejó el que mandaba a los centinelas—, ¡daré la alarma!

Pero desde abajo le cortaron las intenciones.

—¡No seas imbécil! ¿Y de qué iban a servir ocho hombres? No, no somos hombres del Cid... O ya no lo somos, digamos que ahora nuestro capitán se llama «ocho mil» y le apodan «maravedíes».

En lo alto de la muralla los valencianos se miraron entre sí, perplejos, pero no se les ocurrió qué hacer.

—Deberíamos dar la alarma —propuso el que había salido de la garita.

Y su jefe estuvo a punto de darle la razón, pero desde allá abajo brotaron razones que le impidieron dar la orden.

—Uno, dos, tres, cuatro... Cuatro y ocho... Podemos pedir doce mil —gritaron desde abajo—. Y os aseguro que Yahhaf pagará doce mil, puede que más.

Y a una señal suya los otros dos desenvolvieron el fardo con brusquedad.

En el suelo quedó tirado un hombre al que levantaron sin miramientos.

El nuevo era cristiano. Se le veía incluso a la luz de la luna.

Lo sostuvieron por los sobacos. Lo obligaron a mantenerse en pie, cosa que parecía costarle. No estaba inconsciente, pero se había llevado una buena paliza. Y el que mandaba a los jinetes se acercó y le sacudió un puñetazo que sonó a golpe de maza.

La cabeza del prisionero se sacudió con violencia, y se le escapó un gruñido ronco.

—Os presento a Diego Ruiz.

De los cuatro moros, los otros dos aún seguían en la garita, o porque habían agarrado el sueño o porque no querían darle al jefe la oportunidad de ordenarles algo. De los cuatro moros asomados a la muralla de Valencia, solo al que había salido de la garita se le ocurrió lo que aquel nombre podía significar.

—¡Bendito sea el profeta!

Los otros tres se miraron. Y no tuvo tiempo de dar explicaciones. El jefe de los jinetes lo hizo por él. Aunque el prisionero ni siquiera se había movido. Le sacudió otro violento puñetazo y, como si diese comienzo a una fiesta, hizo otro anuncio.

—¡El hijo del Cid Campeador!

En lo alto de las murallas, por encima de la Puerta de la Culebra, se oyeron tres suspiros.

—¡Abrid! ¡Abrid de inmediato!

ARROZ, CAÑA Y DERROTA

Año del Señor de 1102

I

No los vio venir.

Debería haberlo hecho. En cualquier otra ocasión no le hubieran ganado así la espalda.

Pero estaba preocupado por su único amigo.

El yesero miraba con desesperación hacia la pequeña balsa de agua pegada a la pared del almacén, la que daba a las murallas.

No abría el puño.

Sentado en el borde, usaba los talones de las manos para apoyarse y alternar el peso de una nalga a la otra, nervioso. Sus ojos recorrían la superficie oscura del agua. Buscaba una burbuja, un revoltijo, la sombra de aquella pelambrera cenicienta.

Empezaba a pensar en echarse al agua de nuevo cuando lo agarraron. Por el pescuezo, con la fuerza de un oso. Chocaron contra él, y el golpe sonó como una bofetada en su piel desnuda.

—¡Ojo! ¡Cuidado! Es peor que una anguila.

Un brazo le atrapaba el cuello y, con el otro codo hincado en la espalda, el atacante hacía palanca y aseguraba las dos manos bajo una de sus orejas. Apretaba como la prensa de un lagar y, de inmediato, le costó respirar.

No conocía aquellas manos que le robaban el aire. Pero sí reconoció la voz. Una voz nasal, que resonaba como metal.

—¡El hatillo! ¡Que no coja sus cosas!

Sus mejillas perdieron el color, se le nublaron los ojos. Tiraban de él sin miramientos. Lo obligaban a patalear para no arrastrar los talones y aliviar, aunque solo fuera un poco, la tenaza que le asfixiaba el cuello.

Su atacante se echaba atrás, asentando cada paso, y lo alejaba de la balsa. Y alguien se cruzó delante y le propinó un puñetazo que le robó el poco aire que aún le quedaba.

Se le escapó un gañido como el de un cachorro aprendiendo a ladrar.

Más allá, un reojo le regaló una figura que se agachaba.

Un cuarto, más bajo, apestoso, se acercó con un cuchillo roñoso en una mano y un enredo de cuerda en la otra.

—*Insha'Allah*...

Y le llegó un tufo a podrido que fue como una bofetada.

Sus manos arañaban, tiraban y forcejeaban contra la presa, y aquel cuarto tipo enlazó una de ellas con su cuerda roñosa y dio un tirón.

Luchó. No se rindió. Pero le faltaba el aire.

Un hombre lo sujetaba por el cuello, otro le propinaba golpes en las costillas y otro, el que apestaba, hacía lo posible y lo imposible por atarle las manos.

Era una batalla perdida, y de haber estado solo se hubiera rendido. Pero no lo estaba.

—¡Sujétalo!

—¡Dale otra vez!

Una costilla se partió con un crujido y el dolor le robó la resistencia. El moro de aliento apestoso hizo por rematar su trabajo.

—*'Umsik bih!*

Luchaba por librarse de ellos, pero también por mirar hacia la balsa, por ver si el lebrel salía a flote. Había pasado demasiado tiempo.

No salía. Junto a la balsa estaba el último de los cuatro, el dueño de la voz. Desperdigaba sus cosas, revolvía en su tabardo.

Algo cayó al agua con un chapoteo.

Otro puñetazo se clavó en el costado. La soga rozaba. Soltaba una mano y le sujetaban la otra. El de aliento apestoso acabó por morderle un antebrazo.

Y el dueño de la voz le robó su única esperanza. Se puso en pie junto al revoltijo de sus cosas y le pegó una patada al tabardo, en la espalda aún se veía aquella mancha blanquecina del yeso.

En su mano llevaba el puñal.

Caminó hacia él. Y su mano se echaba atrás cobrando impulso.

Apartó de un empujón al moro, que aún no había conseguido atarle las manos. Y el moro no protestó cuando estuvo a punto de dar con sus huesos en el suelo.

Y el que había estado castigándole el costado se hizo a un lado.

—Te dije que me las pagarías.

Sí, conocía aquella voz. La había oído maldecir.

Y aquella voz clavó el puñal en el muslo del yesero con un golpe brutal.

Fue entonces cuando se oyó el chapoteo. Y el primer ladrido, que resonó contra las paredes del almacén cargado de furia.

Los demás miraron hacia el estanque. Y el yesero, primero por pura felicidad, luego por mor del miedo que lo atenazó, cerró los ojos.

II

Con una expresión de felicidad salvaje, Ojarra se separó. Dejó el cuchillo, clavado hasta la espiga en la pierna del yesero, y al mirar atrás vio al condenado lebrel sacar la cabeza del agua.

No podía negarse que el animal tenía cuajo. Nunca había visto a ningún otro de sus perros meterse bajo el agua.

Pero Ojarra, el hijo, no el padre, no le dio vueltas. Otros asuntos apremiaban.

En cuanto el lebrel captó la escena, con nada más que la cabeza fuera del agua, enseñó los colmillos y ladró con tanta fuerza que el chapoteo alrededor de su cuello pareció una marejada. Salpicaba en todas direcciones y avanzaba hacia el borde.

—¡Atadlo! —les rugió a los escoltas.

Y pensó qué hacer, apretado por la prisa, hasta que se fijó en la solitaria pila de arroz que seguía ocupando un lateral del almacén.

—¡Ayúdame! —le gritó entonces a Qasim—. Si ese cabrón sale del agua nos dará problemas.

III

Para descascarillarlo, el arroz debía secarse. De seguir húmedo, al pasar por el molino, se machacaría sin remedio. El secado le daba a los granos la resistencia necesaria para aguantar que las muelas les quitasen el salvado que los protegía.

Y para secarlo, el arroz se amontonaba en pilas al resguardo de la lluvia, en lugares ventilados. Y los maestros arroceros usaban cañas en esas pilas. Cañas como las que se podían cortar flanqueando las acequias y la albufera. Las clavaban en el grano.

Servían para revolverlo, para esparcirlo, si se vaciaba un tramo incluso para coger una cata del fondo de la pila. Y, si se dejaban un buen rato, al sacarlas y tocarlas con la mano se comprobaba si la pila se mantenía con calor suficiente para secarse o si, por desgracia, había empezado a fermentar.

No era un oficio fácil de aprender, el de maestro arrocero. Requería cogerle la maña a aquellas herramientas, con las que se podía hacer casi de todo, incluso marcar dónde enterrar los plantones al comienzo de la temporada, o hacer palanca para manejar las compuertas de las acequias.

De todo aquello, Ojarra no tenía ni idea, ni siquiera le gustaba el insípido arroz de los moros, pero agarró una de aquellas cañas levantando una estela de polvo y cascarillas.

El perro ladraba poseído por siete demonios. El ruido de chapoteo crecía. Los dos escoltas del rey continuaban forcejeando con el yesero para dominarlo. Y Qasim corría hacia la pila de arroz para imitarle.

Sin detenerse, con andar ágil hacia la balsa, Ojarra pasó junto a los otros y arrancó el puñal del muslo del yesero para usarlo de inmediato.

En un santiamén había afilado el extremo de la caña y le pasaba el arma al contrabandista para que lo imitase.

Con las cañas afiladas le quitaron al lebrel la oportunidad de ponerse a seco.

Al siguiente suspiro estaban al borde de la balsa usándolas como lanzas.

Cada vez que el chucho se acercaba a la orilla le buscaban los ojos. O el pescuezo, o las orejas.

Y el chucho se daba la vuelta para ganar distancia, y ladraba, y se revolvía. Mordía el agua, el aire, intentaba atrapar las cañas entre sus dientes. Y jadeaba, y seguía nadando. Y jadeaba más fuerte.

—Perro muerto —sentenció el contrabandista.

No se le podía llevar la contraria.

Si salía del agua lo ensartarían. Si se quedaba nadando, antes o después, se ahogaría.

—¡Nooo!

Ladraba. Gruñía.

Nadaba.

Y le empezaban a fallar las fuerzas.

Se despistó, eran dos contra uno, y no pudo esquivarlos a un tiempo. Una de las cañas se le clavó en un hombro y rasgó el pellejo. El agua comenzó a teñirse.

—¡¡Nooooo!!

Y gritar rompió algo más en el costado, donde la costilla ya había cedido.

Le dio la oportunidad a uno de los escoltas para conseguir, al fin, atarle las manos. El otro escolta seguía tirando de él hacia atrás, el que tenía delante terminaba de atarle las manos.

La rabia, pura y amarga, lo espoleó. Y la rabia soltó su rodilla como el resorte de un trabuquete.

Pasó por delante de sus manos, entre los brazos del escolta, para estrellarse contra el mentón y deshacerse en un crujido.

—¡Hijo de puta! —chilló junto a su oído el que lo sujetaba.

El otro salió despedido hacia atrás y, bajo sus ojos asombrados, demasiado lentos para registrar el inmenso dolor, quedó la línea quebrada de su boca. El rodillazo le había partido la mandíbula y descolocado los dientes. Toda la parte inferior de su rostro se veía deformada, como un busto de arcilla sin terminar.

Detrás, los ladridos resonaban entre las paredes, reverberaban igual que una hoja de estaño bajo la sierra. Y el chapoteo. El lebrel no se rendía. Su corazón aguantaba, pero los ladridos perdían fuerza.

Justo cuando la primera chispa de dolor apareció en sus ojos, se quedaron en blanco. Y el escolta siguió cayendo hasta estamparse de espaldas y estrellar el cogote en las piedras que cubrían el suelo del almacén.

El golpe descolocó aún más los trozos de la mandíbula rota, que se movió como un rompecabezas. Y a su espalda empezó a formarse un charco de sangre que le llegó a los hombros en un suspiro.

Quedó allí tirado.

La presa se relajó y el Gallego salió hacia delante. Y dejó atrás un codazo que no alcanzó destino.

Echó a correr trastabillando. Llegó al borde del estanque para tirarse y ayudar al perro, era lo único en su mente, el resto le importaba un carajo.

—¡¡¡Noooooooo!!!

Le faltó poco para conseguirlo.

IV

Había acertado con la rodilla, pero había fallado con el codo.

Y el otro escolta se lanzó tras él. Y el otro escolta no tenía una puñalada en el muslo, no tenía una costilla rota, no se había pasado la noche remontando la corriente de la acequia.

Lo enganchó al borde de la balsa y los dos cayeron al suelo, junto al agua.

V

Lo olió antes de verlo, más allá del velo rojo que lo cegaba de rabia. Ladraba, mordía, peleaba. Y allí estaba él. El que había compartido su comida, el que olía a tristeza.

Ladró más fuerte.

Otra de aquellas varas se clavó en el pellejo suelto del cuello, el que estaba curtido, acostumbrado a las dentelladas de la manada.

Quería salir. Ayudarlo. Destrozar aquellos palos. Destrozar a aquellos hombres.

Y no podía, no podía.

Y estaba cansado.

VI

—¡No aguantará mucho más!

Qasim no sabía mucho de animales, pero aquel condenado

chucho no podía seguir así. Su bocaza era todo babas, agua, e incluso sangre que se le escurría del tajo que una de las cañas había dejado en el hocico.

Y los oídos del contrabandista pitaban. Protestaban porque los ladridos no cesaban.

Era como estar dentro de un tambor, incluso los sesos parecían retemblar cada vez que aquel maldito perro ladraba.

Pero los ladridos habían perdido fuerza. No quedaba mucho para terminar con todo aquello.

VII

El escolta no solo lo sujetaba con los brazos, lo rodeaba también con las piernas. Forcejeaban en el suelo como serpientes apareándose. Se revolvían levantando polvo y cascarillas de arroz. Y el perro los salpicaba con su lucha en el agua.

Y el perro se hundió.

—No...

Ya no tenía fuerzas para gritar.

Salió de nuevo a flote.

—¡Mátalo!

El moro estaba más cerca, podía alcanzarle con la caña, y la lanzó hacia delante buscándole uno de los ojos al chucho.

Se salvó porque se hundió de nuevo.

La caña marró y entró en el agua, pintada por una neblina roja.

Aún consiguió sacar la cabeza una vez más y ladrar de nuevo.

Pero ya no tenía fuerzas.

Se hundió, por última vez. Todos lo vieron. El agua de la balsa se lo tragó, todavía movía las patas, peleando, sin rendirse. Pero se hundió.

El único que continuó mirando fue el yesero.

VIII

El escolta cerró los ojos, agradeciendo el silencio repentino, incluso dejó de apretar con brazos y piernas. Sintió que su prisionero había abandonado la lucha.

Qasim y Ojarra se volvieron hacia los dos hombres en el suelo. Tras ellos, en el agua oscura, una solitaria burbuja llegó a la superficie.

El navarro no perdió el tiempo, tiró la caña, que rebotó en las piedras con el sonido de una carraca, y se arrodilló junto al yesero.

Descargó un puñetazo brutal.

—Mataste a mi padre.

IX

Cuando se puso en pie, deseoso de acabar con aquel mierdero cuanto antes, el escolta fue el primero en hablar.

—¡Vámonos! ¡El rey espera!

Ojarra también se alzó.

—No.

La sorpresa desdibujó el rostro del escolta, por un instante quedó tan descompuesto como el de su compañero con la mandíbula rota.

—¡Son las órdenes!

Ojarra se acercó al escolta.

—¡No!

Y antes de que el escolta pudiera protestar de nuevo, la espada del navarro había abandonado su funda.

Lo pilló por sorpresa, y el hierro le entró por las tripas y le destrozó el riñón. Salió por la espalda con un siseo.

Qasim, aún con la caña en la mano, dio un paso atrás.

Vio la muerte en los ojos del cristiano y temió lo peor. Sin embargo, Ojarra sabía que no podría hacerlo solo.

—Escucha, cagajón.

No había réplica posible. El cristiano le sacaba dos cabezas de alto y cinco piedras de peso. Y una caña poco podía hacer contra una espada.

—Si se lo llevamos al rey no tendremos nada. Si le sacamos lo que sabe, tendremos algo.

Qasim era, en efecto, la rata más ruin de los suburbios de Valencia, capaz de hacer negocios hasta con la leche que pudiera necesitar un niño de teta, y comprendió de inmediato.

Asintió convencido, y su sonrisa mostró la horrible ruina de negros, marrones y faltas que le llenaba la boca.

—Además —continuó Ojarra—, este hijo de la grandísima puta no saldrá de aquí con vida. Hable o no hable.

Y el moro volvió a asentir.

OSCURIDAD, LUZ Y PUÑETAZOS

Año del Señor de 1093

I

En el paso de ronda sobre la puerta que llamaban de la Culebra no había un solo guardia. Y el fuego en el pebetero que ocupaba el centro de la garita aneja estaba apagado.

Parecía que el lugar había sido abandonado con prisa.

Sin embargo, los cuervos sabían la verdad. Dos de ellos ya rondaban el alero de la garita.

Dentro, en las sombras, olía a orín. Y al despertar el día, el olor empeoraría. Contra dos de las esquinas había dos pilas.

Unos encima de otros, desarmados, sin correajes, estaban los seis centinelas al cargo de aquel tramo de las murallas de Valencia. Y también un cristiano al que un tajo le había entrado por la ingle. De aquel tajo que le había rajado la vida, seguía goteando, entremezclado con sangre, el contenido de la vejiga.

Allí, escondidos, estaban los siete.

Muertos.

Y no discutían por cuestiones de fe. Ya poco les importaba a quién rezase cada uno de los siete.

II

Más allá de la garita, por la escalera que bajaba del adarve a la ciudad, se movían otras siete sombras que descendían escalón a escalón con el cuidado que hubieran puesto una mañana de helada.

Cuando llegaron al callejón donde desembocaba la escalera, el que los guiaba se adelantó para mirar a ambos lados de la calle principal y reculó.

—Despejado —anunció Galín.

Diego, el primero de la fila, asintió para dar a entender que lo había oído, pero no prestaba atención, se frotaba la mandíbula mirando al suelo.

—Tenía que convencerlos —dijo su amigo aguantando la risa—. Y se lo tragaron, ¿no?

No se parecía demasiado a una excusa y el hijo del Cid resopló.

—Creo que me bailan las muelas —se quejó.

Galín lo miró, con intensidad, dudando, pero al poco su semblante se dulcificó.

—Más fuerte tendría que haberte dado.

Diego no pudo evitar sorprenderse.

—¿Qué te ha dicho mi madre?

—No he hablado con ella, pero no ha hecho falta, ¿cómo se te ocurrió?

Se miraron un buen rato, no necesitaban hablar.

—Me pareció buena idea arrancarle un mechón del culo al Cuervo.

Y a Galín, al intentar contener la risa, se le escapó un ronquido de cerdo feliz en la cochiquera.

Se abrazaron. Torpes, incluso con vergüenza. Porque eran dos hombres sintiéndose niños y les costó admitir que aquello era lo que debían hacer.

III

—¿Os buscamos una habitación?

Ninguno de los dos amigos supo cuál de los otros había hablado, pero no importaba.

Los dos reaccionaron de inmediato.

—¿Vamos?

—¡Vamos!

Y aquellas siete sombras se perdieron en la noche de Valencia, de esquina en esquina, de callejuela en callejuela.

IV

Nada sabían con certeza y solo había una cosa que pudieran hacer.

Galín los guio por la ciudad dormida, hasta el barrio del alcázar, y los llevó a la trasera de un espléndido caserón.

La mayoría de las viviendas tenían un acceso principal. Una entrada a un zaguán en el lateral del patio que distribuía las estancias, pero las más ricas, como aquella, contaban con un segundo patio alrededor del cual se repartían los almacenes, los establos, la despensa y la cocina.

No les hizo falta saltar la tapia.

La puerta estaba astillada, y colgaba malamente de las bisagras.

Y antes de empujar los restos para abrirse paso, Galín miró a su amigo, con el rostro carcomido de angustia.

—Tranquilo —susurró Diego—, seguro que está bien.

En el patio de servicio, chantada sobre un charco de sangre, estaba la cabeza cortada de uno de los mulos del mercader.

Los hierros salieron de sus fundas y, uno a uno, los siete entraron.

Todo estaba a oscuras y los geranios que colgaban de los

soportales eran manchas grises en las sombras. A un lado había un abrevadero por el que corría un chorro de agua, ese era el único ruido que se escuchaba.

Los establos estaban vacíos; la despensa, saqueada; la cocina, repleta de cacharros rotos.

Con la ansiedad creciendo como marea en sus pechos, siguieron avanzando.

Por la cocina llegaron al patio principal, cuyo centro ocupaba una hermosa fuente decorada con frases del Corán que se enrevesaban con geometrías.

En el lateral se abría la estancia noble de la casa, el gran salón donde Giovanni Orlandi había hecho sus tratos.

Y estaba vacío.

O lleno de violencia.

No había nadie, pero lo que había estaba roto. Astillas, pedazos, jirones. Nada quedaba allí de los grandes lujos de los que había presumido el comerciante pisano.

—Es inútil. Mejor será que regresemos, puede que aún no se hayan dado cuenta de lo que ha pasado...

Galín, con el corazón en la garganta, no fue capaz de responderle al otro, uno de los mesnaderos que los había acompañado. Pero Diego se hizo cargo.

—Nadie se mueve —tascó.

Y se llevó a su amigo hacia delante, apartándose del resto de los hombres.

—¿Qué hacemos?

Galín, helado por el disgusto, no supo qué decir. Tardó en reaccionar.

—Pensé que estarían aquí escondidos, que podrían decirnos algo... No sé, no sé...

Diego le puso una mano en el hombro y se inclinó hacia él.

—A ese mulo lo mataron porque les pareció viejo, y esto lo han saqueado, el almacén está vacío.

Galín, perplejo, no entendió de qué le hablaba.

—No está —dijo angustiado.

—De eso se trata, no hay más sangre que la del mulo. No hay cuerpos. Se encontraron la casa vacía y la saquearon.

Miró al hijo del Cid con el esfuerzo de reunir esperanza, con la boca tan apretada que apenas era un trazo de carboncillo en su rostro.

—¿Tú crees?

Y Diego asintió convencido.

—Está viva. Se habrán escondido.

La expresión era de súplica. La de un perrillo callejero mendigando una monda de queso a la mano de un pordiosero.

—Piensa —instó Diego—, y piensa rápido.

V

Galín los sacó de la casa a toda prisa y los llevó a la tapia al otro lado de la calle.

Allí, en los resquicios entre los ladrillos de adobe, crecían pequeñas matas de ajedrea. Y Galín se quedó mirando el muro.

—Aquí...

Se sacó el guante e hincó las uñas en el canto, para hacer bailar uno de los ladrillos. Un instante después lo tenía en la mano y, tras él, un hueco donde había un papel doblado.

VI

Cuando Diego lo había instado a pensar, eso había hecho Galín.

Y había recordado lo que Lilia le enseñara para eludir a su padre.

Durante su estancia en la ciudad, el hueco tras el ladrillo había sido el modo, discreto, que encontraron para fijar sus citas.

Sacar aquel ladrillo del muro traía a los oídos de Galín aquella risa. Y el olor a jazmín, y el sabor dulce de su boca.

Paseos sin más compañía que la noche, charlas bajo el arrullo lejano del mar, besos interminables que acababan en un suspiro.

Su corazón, su alma entera. Se acostumbraron a vivir en aquel hueco tras el ladrillo.

Y todas y cada una de las veces que lo sacó del muro lo hizo con los nervios a flor de piel, con un sabor metálico en la boca y un huracán en el estómago.

Y ahora, esa noche, todo aquello que había sido lo más importante de su vida, le pareció una minucia a Galín. Porque si no había nada detrás del ladrillo, su vida no valdría nada.

Pero sí lo había.

Y para leerlo tuvieron que regresar a las cocinas destrozadas y apañar un candil a toda prisa.

Cuando volvieron a salir de la casa del mercader, la noche se los tragó.

Y fue en ese instante cuando la campana de la garita que cubría el tramo de las murallas sobre la Puerta de la Culebra empezó a sonar.

La guardia había dado la alarma.

VII

En algún momento en los cambios de poder sufridos por la ciudad, quizá cuando Alqádir llegó de Toledo, quizá antes, habían quedado abandonados. Y nadie se había hecho cargo desde entonces, a no ser las matas de mirto y un curioso caqui que, a saber cómo, se las había apañado para crecer en el antiguo vestíbulo, entre los escombros del techo derrumbado. Ahora abría sus ramas como un parasol, estirándose hasta tocar con sus grandes hojas los esqueletos de las paredes, que aún resistían en pie.

Probablemente porque en el barrio, al norte de la ciudad, junto al tramo de muralla que corría paralela al río, era donde la costumbre había instalado a los más pobres y, entre ellos, a los que no se ganaban la vida respetando los preceptos del único y verdadero profeta.

La barriada era un abigarrado conjunto de casuchas maltrechas donde había escombro para elegir y mala fortuna que esquivar. Era el barrio de los contrabandistas, donde la fama no la llevaba el justo y piadoso, sino el que mejor vestía la verdad de encajes, porque en aquel barrio de Valencia no se mentía, simplemente se sobrevivía.

Allí habían quedado aquellos baños públicos, que poco tenían que ver con los lujos del alcázar, pero que habían servido para que, en tiempos mejores, se cerrasen tratos modestos o se hablase del miedo a los cristianos, porque a la morería de Balansiya, como ellos llamaban a la ciudad, le había gustado seguir el ejemplo de los califatos.

Ahora eran las palomas las únicas que sacaban provecho de las ruinas, las palomas y los críos, que espantaban el hambre con juegos que inventaban entre los huesos del lugar.

No era un palacio, ni en sus mejores tiempos había tenido esplendor, pero en la sala de agua templada, por encima de los bancos y la piscina, habían construido el cielorraso entreteniéndose en dejar huecos en forma de estrella, por los que la luz se colaba para jugar en la superficie del agua. No era mucho, pero a ellos les había bastado, estaban enamorados.

Bajo aquellas estrellas, que ahora brillaban sobre polvo y escombros, habían hablado y soñado. Bajo aquellas estrellas se habían besado. Y bajo aquellas estrellas, lejos de los lazos con los que el padre ataba a su hija, habían hecho el amor por primera vez.

Las siluetas que la luna pintaba con aquellas estrellas. Las que dibujaba en la piel de su espalda, eran todo en lo que Galín podía pensar mientras cruzaba el vestíbulo bajo el caqui a toda prisa.

Y las campanas seguían sonando.

Pronto vendrían a por ellos.

VIII

Asustaron a un par de palomas, que echaron a volar para escaparse por algún hueco. Pisaron un lentisco que crecía a duras penas por la falta de luz. Y lo único con lo que se encontraron fueron las sombras.

En el fondo de la piscina, donde faltaban azulejos como dientes en una boca maltrecha, estaban las siluetas de aquellas estrellas que colaban la luz de la luna.

Y no había nadie.

—¿Dónde está?

Diego lo preguntó con un susurro angustiado, conteniendo el jadeo de la carrera.

Y Galín giró sobre sí mismo, viendo en cada rincón un recuerdo, pero sin verla a ella.

No estaba. Ni ella. Ni su padre.

—¿Estás seguro?

La angustia desfiguró el rostro de su amigo; aun así, Galín contestó:

—Sí, es aquí.

No dijo nada más. Podía haberlo hecho. Pero calló que jamás se hubiera confundido, que nunca se habría equivocado, que aquel lugar, con escombros o sin ellos, era el mejor que había conocido en su vida.

—Es aquí —repitió.

Sin embargo, no estaban.

Y Diego pudo ver al miedo arañar el rostro de su amigo.

—Quizá encontremos algo más. A lo mejor hay otra nota.

No sirvió de mucho, pero siguieron moviéndose, buscando en las paredes, en el suelo, algún indicio, una esperanza.

El corredor llevaba a la sala de agua caliente, más pequeña. Las paredes, derruidas, dejaban ver la caldera, incluso restos de la leñera en la que todavía quedaban cortezas y astillas de madera.

IX

Galín abría la marcha, le seguían los mesnaderos. Y la fila la cerraba el hijo del Cid.

Diego apretaba los dientes, intentaba esconder la angustia que él también sentía. Disimulaba, pero el miedo le estaba desgarrando las entrañas.

Y bajó la guardia.

Pasó de largo junto a la leñera. Ya no quedaba mucho más por registrar, solo lo que debían ser dependencias de los empleados y almacenes, aún se percibía un olor rancio de aceites y jabones. Incluso quedaba en el suelo una vieja toalla que parecía un animal muerto hacía mucho.

Algo salió de las sombras y lo agarró por el cuello.

Diego supo lo que iba a pasar. Un cuchillo aparecería fugazmente ante sus ojos y le rebanaría el pescuezo. Algo había salido de la leñera. No lo vieron. Habían asumido que el nivel del suelo era el mismo en todo el lugar, pero la leñera continuaba como un pozo, hacia el subsuelo, por donde circulaban las tuberías de arcilla que hacían circular el vapor de la caldera para mantener las estancias calientes.

Alguien se había escondido allí, y lo había cogido desprevenido.

—Suena la alarma, ¿os siguen?

Lo oyó, ronco y roto, junto a su oído.

No contestó. Se preparó para meter la mano entre su propio hombro y el brazo de su atacante, para liberar la presa.

—¿Os siguen?

Y entonces se dio cuenta. No fue más que un susurro, apenas audible. Pero reconoció aquella voz.

—No, no nos siguen. Pero podrían aparecer en cualquier momento.

La presa se relajó, Diego se desembarazó. Los otros se dieron la vuelta, no habían escuchado las preguntas, pero sí la respuesta, en voz alta y clara. Galín ya tenía la espada en la mano.

—Tienes que salvarlo.

Y Galín pasó como una exhalación por su lado.

X

Lilia se dejó abrazar, pero no contestó a ninguna de las preguntas que salían a borbotones de la boca de Galín. Se dejó besar, pero sus ojos continuaron clavados en los de Diego. Y Diego sintió bilis amarga chapotear en su lengua.

—¡Sálvalo!

Los otros miraban desconcertados. Galín no podía callarse, pero se quedaron solos. Lilia y Diego. Trabados el uno en el otro.

—Tienes que salvarlo.

No solo había urgencia. Había más. Algo intenso ardía en sus ojos.

Diego hubiera dado una mano por verla sonreír. Las dos por escucharla reír.

Lilia calmó a Galín, como a un cachorro juguetón que hace bailar un palo entre los dientes a los pies de su ama. Lilia le susurró palabras dulces, incluso tomó sus mejillas entre las manos.

Le pidió que esperase, que tuviera paciencia.

Pero no dejó de mirar hacia Diego.

—¡Sálvalo!

Las campanas exigían venganza por los guardias de la Puerta de la Culebra.

Galín seguía preguntando. La sujetaba con desesperación, sin creerse que la había encontrado. Y Lilia se soltó, nerviosa.

Se puso a gatas junto a la leñera. Empezó a rebuscar, haciendo saltar los restos. Una piña abierta y seca rodó hasta quedarse en el centro de una de aquellas estrellas que la luna dibujaba en el suelo de la piscina.

En medio de las cascas, las astillas, las agujas de pino, de más piñas, estaba Giovanni Orlandi.

XI

Un tajo le había rebanado la coronilla, le peló el cuero cabelludo como la monda de una fruta. Otro no había sido mortal porque interpuso el brazo, pero lo había pagado caro, la espada había dejado la mano colgando, con el hueso a la vista, y había seguido camino hasta entrar en el hombro.

Ceniciento, apenas consciente, envueltas las heridas con los trozos que le faltaban al vestido de su hija, en aquella leñera sucia, que parecía un ataúd, Giovanni murmuraba algo incomprensible.

Y Galín se volvió hacia su amigo.

—¡Sálvalo!

XII

No había mucho que pudiera hacer, y menos allí. Pero Diego lo intentó. Rescató de su memoria todo lo que Moisés le había enseñado.

Y Lilia se explicó.

—Están todos muertos, ¡todos!

Y los almacenes cerrados, las mercancías perdidas, la ciudad en manos del cadí Yahhaf.

—Nos traicionaron —dijo rabiosa—. Ese tragaldabas gordinflón de Uthmán.

Habían pasado tres días en una buena casona de un mercader fiel a Alqádir al que también conocía su padre. Y pensaron que quizá podrían aguantar hasta que el Cid cumpliese su palabra.

—Mi padre imaginó que bastaba con escondernos durante unos días...

Sacudió el rostro, y las lágrimas rodaron de sus párpados a las mejillas.

—Pero la tentación era demasiado grande.

—¿Qué tentación? —preguntó Galín.

Los demás hacían guardia cubriendo las entradas, temían que una patrulla los descubriese, Diego hacía lo que podía. Y escuchaba por encima del hombro a la pareja, sentada en uno de los bancos de la piscina de agua templada.

Lilia miró a Galín con intensidad, y observó a Diego por un instante. Intentaba vendar la fea herida en la cabeza de su padre, cubierta por una costra maloliente de pus, sangre seca y serrín.

Y Lilia dudó. Pero se rehízo pronto.

—Ese es el precio.

Ninguno de los dos comprendió. Y ella se disgustó, molesta porque ellos no entendiesen la situación.

Y habló jadeando, llena de nervios que no conseguía aplacar.

—Ese es el precio —repitió tozuda.

Era un nudo apretado. Decidida a enfrentarse a lo que hiciera falta. A costa de lo que fuese.

—Solo os diré dónde está si sacáis a mi padre de aquí.

Los amigos intercambiaron una mirada.

Y fue Diego, con las manos ocupadas en el improvisado vendaje, el primero en hablar.

—Lilia, a eso hemos venido, a salvaros.

Estaba tan nerviosa que no lo escuchó. Y tampoco se calmó.

—Yahhaf les entregará la ciudad a los almorávides... ¡Ya están en Alcira!

Dio la sensación de que había decidido levantar una enorme roca y que el peso la estaba aplastando. Intentó continuar con sus alegatos, pero no pudo.

—Y el Cid...

Y el hijo del Cid sintió el irrefrenable impulso de acercarse, de abrazarla, de consolarla. Sin embargo, fue Galín quien lo hizo.

Fue Galín quien la besó y, por cada instante que duró aquel beso, Diego vivió una condena en el purgatorio.

—Os sacaremos de aquí —prometió Galín con vehemencia—, a los dos.

Diego terminaba de vendar el brazo del mercader. Pero pudo ver cómo ella cerraba los ojos, con fuerza. Incapaz de creer, pero deseando hacerlo.

Al cabo, Lilia se levantó.

Y caminó hasta la caldera, que recordaba a un gran horno para cocer pan. Encastrado entre dos pilares que habían visto mejores tiempos. Era como un gran caldero de ladrillos y barro, sujeto por encima del gran quemador, aún lleno de cenizas.

Allí, pintándose las manos de negro, revolvió Lilia y, envuelta en una nube de hollín, les dejó ver a ambos lo que escondía.

—¡Por los clavos de Cristo!

Incluso bajo la escasa luz de los baños, incluso bajo la niebla de carboncillo que lo llenó todo, el resplandor se hizo patente.

—No se lo llevó con él —dijo Lilia, apresurada—. Por eso Yahhaf aún no lo ha encontrado. Uthmán y mi padre lo sacaron del alcázar. La misma noche que Alqádir se escabulló vestido de mujer con un puñado de sus escoltas. Ni siquiera quiso saber dónde lo esconderíamos, por si lo torturaban.

No eran más que trazos en un esbozo. Apenas un par de indicaciones en un inmenso laberinto.

Ninguno de los dos amigos le concedió importancia a las piezas que faltaban en aquel rompecabezas.

Diego miraba embobado, sus manos se habían detenido sin acabar el cabestrillo que preparaban.

Galín se pasaba la mano por el rostro, intentando, sin lograrlo, borrar su incredulidad.

—Por los clavos de Cristo —repitió—, no sabía... No imaginé que podía haber perlas de ese tamaño.

—Lo desmembraron y descuartizaron lo que quedó —siguió contando Lilia—. Para repartirlo a los cuatro vientos. En el río, en los humedales al norte, en las alcantarillas del alcázar, creo que la cabeza acabó en las cuadras de camellos de un cuñado de Yahhaf, para que la patearan los animales.

Los miró a los dos. Sus ojos suplicaban.

Y no tuvieron tiempo para más.

Bajo las campanas, desde más allá de la sala fría, del corredor. Desde más allá del vestíbulo en el que crecía aquel caqui, llegó el sonido seco de las órdenes.

Bajo las campanas llegó el ruido de metal y cuero, de gruñidos, de hombres.

Venían a por ellos.

XIII

Al sur de Valencia, en la ruta que llegaba desde Murcia apoyándose en la fortaleza de Alcira, cabalgaba un rumor.

Envuelto en aljuba negra, con un turbante gastado, que daba fe de las leguas recorridas desde el desierto al otro lado del mar, un hombre barbado de tez oscura buscaba en el horizonte.

Tras él, como una estela cimbreante, avanzaban miles de hombres, con caballos, camellos y mulos cargados. Todos iban armados.

El rastreador llevaba las riendas sueltas, y mandaba al tordo que montaba con la veteranía de sus rodillas.

Descendían por el camino, y pronto se hizo visible el inmenso espejo de la albufera, que pintaba entre los espartos, los tarajes y los acebuches el reflejo ondulante de la luna y las estrellas. Y, más allá, recortado contra el horizonte, el perfil de las murallas de Balansiya.

Habían llegado.

Y levantó la mano con el puño en alto.

La procesión se detuvo, y bastaron dos órdenes secas para que los peones empezaran a montar el campamento.

El rastreador no echó pie a tierra. A su alrededor empezó la febril actividad de miles de hombres para poner fin al día. Pero el rastreador los ignoró, tenía toda su atención puesta en la silueta de la ciudad.

Sin apartar los ojos de Valencia, desenfundó la daga que llevaba a la cintura y extendió las manos al frente, sobre el cuello del tordo. Sin un titubeo, cortó con el puñal en el talón de la otra mano y apretó el puño hasta que la sangre empezó a manar entre los dedos.

Abrió entonces el brazo a un costado, y dejó que la sangre se acumulase bajo el puño, hasta que una gota perdió las ganas de aferrarse al polvo que le cubría la muñeca y cayó al suelo.

Se estrelló contra la tierra.

Y los ojos del rastreador seguían clavados en la ciudad cuando al fin abrió la boca para recitar del Corán.

—«¡Combatid contra ellos! Alá los castigará a manos vuestras y los humillará».

LUNA, CONSTELACIONES Y FUEGOS

Año del Señor de 1093

I

El ceño fruncido de Blasco era indicación suficiente, pero el escupitajo de Nuño despejó cualquier duda.

—Si Otto estuviera aquí, ya sabes lo que diría —dejó el asturiano en el aire.

Y su amigo recogió el guante.

—¡Cagüen la parrilla de san Lorenzo! No hace falta que ese cabronazo vuelva de entre los muertos, ya te lo digo yo. No me gusta.

El Cid, sin embargo, no parecía tan inquieto como sus capitanes. Palmeó el cuello del semental negro, ese al que le gustaba cabecear, y se limitó a gruñir.

No dijo nada, pero tampoco hubiera podido.

De pronto, un murmullo se alzó en la noche. Y fue creciendo, llenándose.

Al principio no supieron de dónde venía. Pero cuando ganó intensidad quedó claro que solo podía tener un origen: las murallas de Valencia.

—Los han visto —dijo Blasco mirando por encima del hombro, hacia la ciudad.

—No jodas, ¿y te has dado cuenta tú solo?, ¿o es Pentecostés y ha bajado el condenado Espíritu Santo?

El asturiano solo resopló con hastío.

Uno de los centinelas había descubierto los primeros fuegos y había corrido a dar la voz de aviso. Desde aquel momento, los fuegos no habían dejado de aumentar.

II

El cielo, despejado, dejaba a la luna señorear, pero al sur de Valencia, en la ruta que llegaba desde Murcia, le había surgido competencia a la dama de la noche.

Una tras otra, constelaciones de hogueras aparecían sobre el horizonte, cubriéndolo de parpadeos naranjas.

Pero ni al Cid ni a sus capitanes les preocupaban las fogatas, sino quienes las encendían.

—¿Cuántos calculas? —preguntó Blasco en cuanto acabó de resoplar.

Nuño se restregó las mejillas para limpiarlas de polvo. Se había levantado una ventolina desapacible que revolvía la arena del camino. Después de sacudir la mano, soltó otro de sus escupitajos antes de contestar.

—No sé cuántos —dijo frunciendo el ceño, por culpa del viento su gargajo no había llegado tan lejos como era habitual—, a saber si se están calentando los huevos o se están poniendo de puntillas para aparentar que son más altos, lo que sí sé es que son muchos... Demasiados hijos de puta.

Y el Cid habló por primera vez desde que habían ido a buscarlo para darle la noticia:

—Como poco, diez mil.

Ni Blasco ni Nuño lo pusieron en duda. Aunque les hubiera gustado. Era imposible saber si los almorávides estaban prendiendo más fogatas de las necesarias, como gatos bufando y erizando el pelo. Y era tentador refugiarse en la excusa, ante aquel panorama apetecía mentirse para reunir ánimos. Diez mil almorávides frescos eran, como había dicho Nuño, demasiados.

Pero ninguno de los dos cuestionó a su capitán. Ruy había demostrado muchas veces que su juicio rara vez se torcía en asuntos de guerra.

Eso fue todo.

—Diez mil —repitió Blasco entre dientes, como masticando el número.

—¡Diez mil hijos de puta! —remarcó Nuño antes de escupir de nuevo.

Eso fue lo que dijeron. No mencionaron que lo más lógico sería abandonar el asedio. Un ejército fresco acudía en auxilio de una Valencia que se había vuelto contra la mano de quien le daba de comer.

Al final, como tantas otras veces, fue el burgalés el que resumió la situación.

—¡Me cago en las espinas, en los clavos y...!

La frustración hizo que Nuño dudase. Y acabó la blasfemia dándose una palmada malhumorada en el muslo.

—... ¡Y en el Santo Sudario! ¡Puta suerte!

Mientras hablaban, mientras callaban, más hogueras abrían los ojos en la noche y jugaban con las sombras de sus dueños. El campamento abarcaba el horizonte con siluetas que iban y venían. Hombres, animales.

Si el viento se revolvía llegaba hasta ellos el tufo del estiércol de caballo, el del cuero viejo, el del metal afilado. Y a sus espaldas, desde la ciudad, crecía el rumor, como una digestión pesada. Más y más gentes subían a las murallas de Valencia para contemplar el espectáculo. Sonaba igual que una ladera nevada antes de una avalancha, daba la sensación de que, pie a tierra, se sentiría el temblor crecer y crecer hasta que, cuando llegase el amanecer, se produjera la desgracia.

Surgieron los primeros gritos y, como la noche era plácida, los escucharon.

—*Alkilab almasihia!*

Muchos en la ciudad no echaban de menos la protección del Cid o al desaparecido Alqádir.

No solo les llamaron perros, a ellos y a todos sus antepasados, también les prometieron que iban a ser masacrados.

—¡Moriréis!

—¡Os van a destripar!

A veces eran solo chillidos que no podían entenderse; otras, la noche les llevaba las palabras con tanta claridad que parecía que quien las había gritado estaba en pie junto a sus caballos.

—*Swaf tamut!*

Blasco se sintió obligado a mencionarlo.

—El chico sigue dentro de murallas.

Y el Cid, que había conseguido abandonar el vicio del regaliz, se inclinó en el semental negro. Aseguró el pie del estribo contrario y arrancó una ramilla de ajedrea seca que se llevó a la boca.

Pero no dijo nada.

Nuño tenía más cuajo. O menos, y simplemente le importaba un carajo morir ese día o el siguiente, estaba dispuesto y a bien con Dios. Pero a Blasco le pudo la impaciencia.

—¿Qué vamos a hacer?

Ni siquiera se podían dar el lujo de poner tierra de por medio. Si lo hacían, dejarían a los muchachos abandonados a su suerte. Y le darían la espalda a un ejército rabioso que los superaba cinco a uno y que contaba con el apoyo de Valencia.

El Cid siguió en silencio. Nuño le contestó a su amigo.

—¡Mierda! Busca a un cura y confiésate...

III

Estaban bajo un almendro que se agitaba nervioso con el viento.

El Cid se sacó aquella ramilla de ajedrea de la boca y la examinó con disgusto. Estaba seca por el otoño, no era gran cosa, y la tiró sin miramientos mientras chascaba la lengua.

Al contrario que sus hombres, no daba la impresión de estar preocupado.

—Condenado hebreo —murmuró por lo bajo.

Y lo hizo en ese tono en el que dos amigos son capaces de mentarse a la madre, sabiendo ambos que los insultos no tienen fondo.

Blasco tragó e insistió.

—¿Qué vamos a hacer?

—El viento ha cambiado...

La respuesta no ayudó mucho. Pero era cierto, no lejos de allí, un zarzal al que el otoño no había logrado quitar todas las hojas se revolvía como si alguien cogiese los tallos y los sacudiese.

—Y hoy es el primer día que refresca, ha estado haciendo calor...

Nuño y Blasco se miraron extrañados, pero no dijeron nada. No sabían qué decir.

Y su capitán los ignoraba. Examinaba las ramillas del almendro, sopesando si podrían sustituir al regaliz. Cuando decidió que valía la pena probar, les dio por fin la respuesta que tanto ansiaban.

Lo hizo como si espantase una mosca. Como si le molestase tener que explicar algo tan evidente.

Y, mientras hablaba, el asturiano y Nuño continuaron intercambiando miradas cargadas de duda.

Cuando acabó, Nuño miró al cielo. Las estrellas seguían ahí, la luna seguía ahí.

—¡No jodas, Ruy!

Blasco rebotó en la silla y habló de inmediato, intentando disimular la confianza.

—Mi Cid, ¿estás seguro?

El de Vivar resopló, mascando a disgusto la ramilla de almendro que acababa de romper.

—Tanto como de que voy a colgar por los pies a ese viejo cascarrabias...

Y la sonrisa, curtida y cansada, dejó claro a sus hombres que la vida de Moisés no corría peligro.

Lo que no sabían era si el resto de lo que les había dicho su capitán era también una broma.

Ruy advirtió los ceños fruncidos por la duda.

—Da la orden.

Blasco titubeó un momento, pero acabó por asentir.

—Se hará como dices, mi Cid.

IV

No mucho después, del campamento del Cid salieron una docena de partidas a galope. Y no solo llevaban sus armas, también buena parte de las herramientas del carpintero Nicoloso.

Los hombres se repartieron en la noche, echando reojos a la alfombra de hogueras que tapizaba el asentamiento almorávide, bajo los cánticos que seguían llegando de las murallas de Valencia.

Tardaron toda la noche.

En una acequia, no lejos de unas casuchas que se apelotonaban a orillas de la albufera, dos que se habían criado juntos en Briviesca y alistado a la vez después de Almenar, se atrevieron a murmurar sin dejar de dar golpes con las hachas.

—¿Qué demonios estamos haciendo?

Las hachas caían sobre las tablas de la compuerta. Primero una y después la otra, como dos leñadores talando un árbol.

—No lo sé —contestó el otro alzando su hierro.

Y cayeron dos golpes más antes de que el primero volviese a hablar.

—¿Ha enloquecido?

El viento secaba el sudor de sus frentes y, pese al ejercicio, podían sentir que la noche refrescaba.

—Hasta ahora siempre se las ha apañado para caer de pie...

Hablaban entre jadeos.

La compuerta cedió con el último golpe y la fuerza del agua en la acequia terminó de romper las tablas, que se abrieron hacia los lados empujadas por la nueva corriente.

No montaron en los caballos, que habían dejado cerca, con los estribos atados y las riendas sujetas al arzón; caminaron junto a la acequia hasta la siguiente compuerta.

Ambos se escupieron en las manos. Y las hachas volvieron a alzarse.

—A lo mejor ha gastado ya sus siete vidas...

El viento arreció, arrastrando ramitas y hojas, rizando la superficie del agua en la acequia.

—A lo mejor...

No se fiaban de lo que hacían, pero tenían el hábito de obedecer grabado a fuego. Y siguieron rompiendo las compuertas y los diques que encontraron.

V

El amanecer se anunciaba con un trazo anaranjado sobre el mar. Pero las nubes habían llegado, y parecían empeñadas en arruinarle el trabajo. Ya no se veían las estrellas, y la luna solo asomaba tímidamente de cuando en cuando.

Aun así, el centinela vio el humo.

Trotaba, dando un amplio círculo en torno al campamento y, aunque prestaba atención a su trabajo, no dejaba de echar vistazos desconfiados a las murallas de Valencia. Sobre el adarve se veía trajín de gentes, candiles que iban y venían. Ya no cantaban, se habían cansado de celebrar que tenían a sus aliados a las puertas, aunque de vez en cuando todavía se oían insultos contra los perros cristianos.

Y se dio cuenta por esos vistazos desconfiados.

Una columna de humo negro ascendía sobre las murallas. Al norte de la ciudad, en el barrio que miraba al río.

Humo negro y espeso que se dejaba ver pese a las nubes, pese a que el amanecer no conseguía arraigar.

Palmeó el cuello de su montura, e hincó los talones para galopar hacia el campamento.

Tenía que dar aviso.

Fue entonces cuando cayó la primera gota. Gruesa y fría. Se estrelló contra la mano que sujetaba las riendas.

Para cuando llegó al campamento, llovía.

VI

Llovía.

Llovía con fuerza. El amanecer no lograba hacerse con el cielo, nubes negras y bajas lo llenaban todo y se vaciaban con ansia.

Llovía con rabia, como si los cielos saldasen una cuenta pendiente.

Caía tanta agua que el campamento se llenó enseguida de escorrentías y barro. Tan rápido que los cascos del caballo de Blasco se hundían, calaban la tierra y levantaban a su alrededor un reborde. Dejaban tras de sí pequeñas pozas redondas donde tamborileaba aquella lluvia.

Ruy lo esperaba bajo el telón de entrada de su tienda, lo había alzado con un poste chantado en la tierra y se refugiaba en aquel pórtico improvisado.

Tenía los brazos cruzados y miraba a través de las cortinas de agua. Su expresión, serena, lo decía todo.

—¿Cómo podías saberlo? —preguntó Blasco en cuanto tiró de las riendas.

Y el Cid se limitó a encogerse de hombros.

—¿Están listos?

Cuando Blasco asintió, Ruy se puso en marcha, ignorando el agua.

VII

La orden había sido clara.

—Solo los capitanes.

Y Blasco había cumplido.

Allí estaba Nuño, y el camellero Gacel, Ladislao. Aquellos que llevaban años en la mesnada y tenían a otros hombres a su cargo. El resto esperaría en el campamento.

El semental negro, el que siempre cabeceaba, lideró la marcha.

Seguía lloviendo, diluviando. Llovía a jarros. También soplaba el viento, y los que vestían tabardos subían los cuellos y bajaban las mangas.

Llovía.

Llovía tanto que la mañana era solo una promesa más allá de las nubes cenicientas, el día entero se veía gris y apagado. Pesaba como plomo sobre sus cabezas.

El Cid cabalgaba solo a dos cuerpos de los demás. Y los hombres tras él hablaban por lo bajo y señalaban.

Como telarañas, las escorrentías atravesaban y cruzaban el camino, se entrelazaban y salpicaban. Arrastraban agua, hojas, ramitas. Regatos y arroyos se desbordaban, los terraplenes se llenaban de agua y los charcos se convertían en estanques.

Llovía. La tierra, incapaz de absorber más, rezumaba como una esponja empapada. Y los hombres señalaban a un lado y a otro, asombrados.

El Cid les dejaba hablar. Ni una sola vez se giró sobre la grupa para mirarlos. Siguió avanzando bajo el telón de agua.

Hasta que llegaron al mismo lugar junto al almendro donde Ruy les había dicho qué iba a pasar.

Y aunque vieron con sus propios ojos que su capitán había acertado de nuevo, les costó creerlo.

Ya no había hogueras, ni siquiera humo. Y los hombres corrían como hormigas ante un niño que acabase de darle una patada al hormiguero.

Corrían, si podían. O se caían al agua y maldecían. Chapoteaban.

Los almorávides habían acampado en la llanada de Almusafes, a tiro de piedra de la albufera, en una vaguada. Y entre su posición y la misma Valencia no había quedado un solo dique en pie ni una sola compuerta cerrada en las acequias.

—¡Viva el Cid!

No se supo quién lo dijo, pero los demás corearon de inmediato.

—¡Viva!

El campamento almorávide era el más grande de todos los charcos, era como si la albufera hubiese crecido hasta tragárselo. Los caballos huían espantados, levantando cortinas de agua con los cascos, los camellos balaban lastimeros, los hombres intentaban salvar lo que podían.

Un enorme monstruo de agua y barro se tragaba el campamento almorávide.

—¡Viva! ¡Bravo!

Y otro más atrás, con la voz llena de asombro, respondía:

—¡Hurra!

Ya no era un campamento militar ordenado y sometido a disciplina, era un fiasco en el que cada cual hacía lo que podía para no acabar ahogado. Reculaban hacia Murcia, intentaban ganar altura, y no marchaban en pulcras filas. Era una desbandada de hombres empapados y bestias asustadas.

Blasco, tan contento que ni se molestó en enjugarse el rostro, se giró hacia Nuño.

—¿Cómo lo hace? —preguntó incrédulo.

Y su mentón, que goteó al hacerlo, señaló al jinete solitario, dos cuerpos más allá. Sobre el semental negro observaba a su enemigo diluirse, como una cucharada de sal en un vaso de agua.

Nuño no escupió. Y tampoco miró a su amigo.

—Sin desenfundar una sola espada —dijo admirado.

Blasco asintió. Nada más podía hacer. El miedo se había buscado títeres con los que divertirse y, como ranas en una charca, los almorávides iban de un lado a otro, volvían a buscar algo, abandonaban la idea, ayudaban a un compañero caído, intentaban correr.

—Nunca antes habían perdido una batalla —dijo el asturiano señalando aquel caos—, desde Zalaqa no han hecho más que vencer una y otra vez.

—Hasta ahora.

Sacudieron la cabeza los dos, admirados. Y Blasco le puso palabras.

—Siglos después de que estemos muertos y enterrados se seguirá hablando de esto.

—Puedes apostar los huevos...

Y los dos miraron hacia la ciudad, como si se hubieran acordado de algo de repente.

Sobre los lienzos de las murallas se veían también los hilos del miedo y sus títeres. Los habitantes que habían subido al adarve corrían a dar la noticia, también intentaban ponerle riendas a la desesperación. Sus rescatadores peleaban, pero no contra las tropas del Cid, sino contra el barro.

—¿Estará bien el chico?

Nuño se encogió de hombros y Blasco se contestó a sí mismo.

—Al menos, ahora tiene tiempo para apañárselas.

Y fueron ellos los que se quedaron sin tiempo.

Los hombres vitoreaban. Los almorávides corrían como pollos sin cabeza. Pero Ruy, comprobada la victoria, tenía prisa por rematar la faena.

El semental negro se plantó ante ellos sacudiendo agua con su cabeza nerviosa.

—Hagamos caer Valencia.

HAMBRE, MISERIA Y TRIUNFO

Año del Señor de 1094

I

Ni los más veteranos recordaban algo así.

Siete eran los ingenios que escupían piedra sin tregua, batiendo las murallas de Valencia de sol a sol. Las cuadrillas se relevaban bañadas en sudor y polvo. Los hombres apenas se tenían en pie de puro agotamiento.

Tres muchachos y maese Nicoloso habían muerto aplastados tras soltarse el lastre de uno de los trabuquetes. Y las órdenes fueron implacables. No se detuvo el fuego ni para un avemaría.

—¡Más! ¡Sin descanso!

Los enterraron en un suspiro. Y al entierro del carpintero no asistió más gente que el cura y la señora, que siempre le había tenido aprecio.

—¡Más! ¡Que no pare!

Las algaradas eran continuas. Los hombres se estampaban contra la muralla, una y otra vez.

No quedaba una sola vara de fresno en leguas a la redonda,

los arqueros demandaban tantas flechas que las tandas de los últimos días se habían emplumado con telas enceradas.

Las herrerías escupían humo incluso de noche, no solo preparando puntas para los millares de flechas, sino reparando cotas de malla y cascos.

Se soltaba a los perros, se perseguía a cualquiera que saliese de la ciudad y, si algún insensato intentaba llevar víveres, acababa desnudo y arrastrado por caballos a galope, hasta que no quedaba más que una masa sanguinolenta que parecía arcilla machacada.

Nunca antes se había visto algo así.

Y se perdieron más hombres que los tres muchachos y el carpintero. Dos leoneses hirvieron vivos cuando lanzaron desde las murallas un caldero de arenas y brea caliente. A un murciano renegado, al que enterraron a toda prisa mirando a La Meca, lo aplastó una pedrada.

Pero las órdenes no cambiaron. Más leña al fuego, más fuego en aquel infierno en la tierra.

—¡Más! ¡Sin respiro!

Desesperación, miedo y dolor, en estampida, arrasando Valencia como la peor de las galernas.

—¡Más! ¡Que no puedan volverse!

El Cid pisaba Valencia con el talón de su bota, y movía el pie de un lado a otro.

—¡Más! ¡Sin tregua!

II

Jimena cabeceó con disgusto al escuchar la respuesta.

—¿Estás seguro?

Y Ruy asintió.

—Nadie ha entrado, nadie ha salido —dijo rotundo—. Se rumorea que se están comiendo las bestias de carga. Y no queda mucho donde elegir, de Alcudia ha llegado la noticia de que tres dineros de plata apenas pagan una libra de carne de mulo.

Durante semanas, sin descanso, patrullando entre Alcira, el castillo de Juballa y los arrabales, las mesnadas del Cid habían lanzado un ataque tras otro, contra cualquier intento de llevar víveres a Valencia o de escapar de ella.

El cerco era implacable. Pero la ciudad resistía.

Sin embargo, no era la conquista de la plaza lo que preocupaba a la señora.

—¿Estará bien?

—Tiene que estarlo. Si alguien puede hacerlo, es él.

Jimena no compartía la seguridad de su esposo.

—Podríamos negociar —dijo tímidamente.

Y señaló el papel que su esposo sostenía en una mano. Pero Ruy negó rotundo.

—Solo amenazas, dice que Tasufín acudirá en ayuda de Balansiya y que Alá no permitirá que los cristianos tomemos la ciudad... Bravuconadas.

—¿Nada sobre Diego?

Ruy negó. Y Jimena se olvidó del mensaje llegado desde la ciudad. Tenía mucho que decir.

—Ofrécele a Yahhaf rendirse —dijo apresurada—. Acabas de decirlo, están pasando hambre.

Ruy volvió a negar. Y su esposa, que lo conocía, esgrimió la respuesta antes de darle oportunidad de protestar.

—No tiene por qué tomarse como debilidad, puedes hacer que parezca una gracia. Resultarás magnánimo, ¡piadoso! Agrandará la leyenda...

Su esposo atrapó el papel en una vuelta del cinto, se acercó y la tomó de las manos, con una dulzura impropia para un hombre que, apenas una hora antes, había usado aquellas mismas manos para ajusticiar por la espada a cuatro desharrapados escapados por el río, en una balsa construida con desechos.

—Ha de quedar claro —dijo rotundo—. No dejaré que Alfonso piense que me tembló el pulso. Se aprovecharía.

Jimena lo escuchaba llena de pena.

—Es tu hijo.

—Por eso mismo, estará bien. Ha de ser capaz de sobrevivir, estas serán sus tierras, su señorío...

Calló un momento y, alzando la vista, añadió algo más.

—... Su reino.

Pero los miedos de ella continuaban suplicando ante la voluntad de él. Jimena apretaba las manos de su esposo. Lo miraba como si rezase ante la imagen de un retablo pidiendo un milagro.

—En cuanto caiga la ciudad —continuó Ruy—, enviaremos mensaje al Vaticano. ¡Diego llevará corona!

Había ilusión en sus palabras. Una ilusión arrolladora. Pero Jimena no podía dejarse arrollar.

—Vamos a conseguirlo —ahora fue Ruy quien apretó las manos de su esposa, y la miró a los ojos con fervor—, ya no dependeremos de los caprichos de Alfonso. Las niñas podrán elegir con qué príncipe casarse. Tus nietos serán reyes...

Pero el ceño de Jimena no se desataba. Ella, una vez más, era la única que seguía plantada frente al Campeador, sin miedo. Y Ruy claudicó.

—No es ninguno de los que han crucificado —arguyó conciliador—. Si esa hiena de Yahhaf los hubiera apresado habría pedido rescate.

Y su mirada parecía sincera; aun así, Jimena no quedó convencida.

—Podría estar muerto en cualquier esquina...

Sacudió las manos de su esposo para hacerle reaccionar.

—Podrían no haberlo reconocido. Podrían haber pensado que era uno de los hombres de Alqádir.

Ruy suspiró hastiado y soltó con brusquedad las manos de su esposa. Negaba sacudiendo el mentón cuando volvió a hablar y, al hacerlo, su voz sonó más gruesa.

—Si concedo clemencia, Alfonso pensará que no puedo mantener el asedio.

—¿Ruy?

—¡Es nuestra última oportunidad! —exclamó con el rostro encendido—. ¿Qué haremos si Valencia no cae?, ¿qué haremos si Alfonso huele sangre?

Jimena posó la mano en la mejilla de su esposo, en un gesto delicado, una mariposa había decidido en qué flor descansar. Pero la mejilla bajo los largos dedos había enrojecido.

Ruy jadeaba como un toro antes de embestir.

—¿Qué haremos si le ha pasado algo?

Su voz fue dulce miel. Pero la bilis era amarga. Demasiado.

Ella vio la lucha en el fondo de aquellos ojos que amaba. Vio la tormenta. La tempestad.

—Ruy...

Y Ruy se apartó. Brusco y seco. La mano de su esposa quemaba. Era veneno.

Se apartó con un gruñido. Y dio un paso atrás. Y otro. Resopló y se dio la vuelta.

La mano de Jimena quedó huérfana en el aire. Una paloma herida. Él ya caminaba hacia la salida.

—Ruy... Es tu hijo.

Lo repitió. Suplicó. Rogó. Y si no se arrodilló fue porque supo que él ya no la veía.

—Exactamente, es mi hijo.

Salió sin otra palabra. Sin dejar atrás siquiera un atisbo de esperanza.

Y las mejillas de Jimena se llenaron de lágrimas.

III

No eran más que unos desgraciados, muertos de hambre, envueltos en harapos.

Ni siquiera les preguntaron el nombre. No importaba.

Un centinela había dado la voz de aviso y, apenas con luz suficiente para verse las manos, los habían atrapado saliendo de una acequia que corría hacia Cuarte.

Su único delito, escapar del hambre que había obligado a Valencia a roer madera y hervir botas viejas. Se habían guiado por la desesperación y habían asumido el riesgo.

Y los cogieron. A los dos.

Y se los llevaron maniatados.

Unas horas después, bajo un sol de mediodía que amenazaba calor, los tenían dos pasos más allá del alcance de un arquero desde las murallas.

De rodillas, con las manos atadas a la espalda, envueltos en harapos sucios y con el hambre asomando en sus mejillas. Su piel no era otra cosa que pellejo reseco. Mirarlos daba lástima, se podía ver hasta la última puntada de sus calaveras. Y sus ojos parecían los de un pescado con una semana fuera del mar.

Ni siquiera protestaban. Se mantenían de rodillas, y no hacía falta que los sujetasen. Les faltaba fuerza incluso para quejarse.

Los mantuvieron allí, bajo el sol. Y cuando Blasco le preguntaba al Cid si iba a hacer algo, Ruy miraba a lo alto de las murallas y respondía:

—Todavía no.

Y Blasco se alejaba de su capitán y regresaba junto al resto de los hombres.

—¿Los descabello? —preguntaba Nuño en cuanto llegaba su amigo.

Y el asturiano repetía las palabras de su capitán.

—Todavía no.

El Cid quería esperar. Sus hombres no sabían a qué, pero obedecieron.

IV

Esperaron, y por el campamento brotó la curiosidad. Muchos mesnaderos se acercaron para averiguar qué retenía al Cid. Allí también aparecieron Gacel y Menelik, incluso Ladislao. Hasta los muchachos que hacían de pajes. Escuderos, aguadores, los herreros.

Y esperaron.

Esperaron hasta que las murallas se abarrotaron de espectadores. Hasta que la voz corrió de punta a punta de la ciudad.

Poco a poco, mientras la mañana cobraba fuerza, los rumores atrajeron a los curiosos. Que se apelotonaron en el adarve, bajo la peste de los cadáveres.

Partidarios de Alqádir, cristianos a los que no se concedió merced, o simples desgraciados. Aun sitiado, Yahhaf se revolvía. Y proclamaba que no se rendiría.

Los había crucificado.

De los travesaños colgaban restos putrefactos y requemados por el sol, a veces, si la brisa viraba, aquella peste llegaba al campamento. Pero el hedor no espantó a los curiosos, pronto hubo muchos bajo las cruces, mirando hacia los cristianos. Mirando a los cautivos.

Todos, los de un bando y los del otro, querían saber qué iba a pasar con aquellos dos.

Y pronto desearían no haberlo hecho.

Cuando las murallas quedaron abarrotadas, Ruy echó a andar.

Todos los hombres se envararon, se había acabado la espera. Y todos vieron a su capitán pasar de largo, más allá de aquellos dos desgraciados, y meterse en el alcance de una flecha, con la cabeza alta, sin una sola duda.

Ruy avanzó hacia las murallas como si no diera más que un paseo por la playa. Se arriesgó tanto que Blasco se puso nervioso. Hubiera salido tras su capitán de no ser porque Nuño lo retuvo.

—Déjalo, sabe lo que hace.

Y señaló a un lado. Allí, tras unos caballos sujetos a un poste, había dos arqueros. Y se habían preparado; junto a sus pies, clavadas en la tierra con un giro hábil de la muñeca, tenían una docena de flechas, listas para reaccionar. Blasco los conocía de vista, eran los mejores de entre los suyos, y los dos miraban hacia lo alto de las murallas, pendientes de cualquier mal gesto.

El Cid se detuvo y abrió los brazos, dejando que todos en la muralla lo viesen, y que todos lo reconociesen. Allí tenían al Campeador, al azote, al implacable, al que ganaba las batallas antes incluso de que empezasen.

Y dio dos pasos atrás, hasta ponerse junto a los prisioneros.

Desenfundó y usó la punta de su espada para levantar el mentón de uno de aquellos desgraciados.

—¿Conocíais el castigo por abandonar la ciudad?

Gritó a todo pulmón, con la garganta de un capitán curtido en la batalla. En las murallas alguien escucharía.

Y el pobre desgraciado, aterrorizado, logró asentir, moviendo apenas un pelo la barbilla sobre el acero.

—Deberíais haber convencido a Yahhaf de que se rindiese. Ahora moriréis…

El otro, el que no tenía la espada en la barbilla, se apresuró a hablar. No lo oirían desde las murallas, porque su voz era un hilo desgastado por las penurias, pero no importaba, porque dentro de murallas ya todos sabían la verdad.

—Mi Cid, los cadáveres desaparecen.

Al final de sus días, Ruy podría haber contado con una sola mano los momentos en que lo habían cogido con la guardia baja, y ese sería siempre uno de ellos, quizá el primero de la lista.

Entre los hombres empezó a correr un rumor salvaje. Gacel y Menelik agacharon los rostros. Los dos arqueros, embobados, se persignaron a la vez en un gesto que resultó cómico.

Todos habían entendido, y todos estaban espantados.

Nuño soltó uno de sus prodigiosos gargajos y no miró al asturiano cuando habló.

—Por las calaveras del Gólgota, puta que los parió…

Lo habían cogido con la guardia baja, pero Ruy reaccionó rápido, y tuvo que asegurarse de que no había sido un malentendido.

No bajó la espada, por la que ya corría el sudor de aquella barbilla sucia, y exigió respuestas.

—Explícate.

Y no tuvo vergüenza en admitirlo.

—No hay otro modo de espantar el hambre que no sean los muertos.

Aquel horror era una leyenda, algo que nunca llegaba a

suceder durante los asedios, pero sí en las tabernas, cuando se hablaba de ellos años después.

—¿Os estáis comiendo a los muertos?

Blasco no pudo contener la pregunta, pero necesitaba saber si lo había entendido.

Ruy miró a su capitán con un reojo malhumorado.

—¡Contesta!

El otro, antes de hacerlo, se sorbió los mocos.

—Lo último que comí fue hace ocho días, una torta hecha de hierba y unos tragos de caldo de suelas viejas...

El rumor en las tropas subió de volumen.

—Ayer juntamos cuanto teníamos —continuó, señalando al que tenía la espada bajo la barbilla—, y compramos una libra de carne...

Había mucho más que miedo en su voz y sus gestos. Aquel desecho humano se había asomado al abismo de la desesperación y no había podido evitar la caída.

—... Venía envuelta en hojas de col y...

No acabó. Y no hacía falta. Todos lo habían entendido. Pero la espada de Ruy cambió de lugar y se apoyó ahora en el cogote del que hablaba.

—¿Y qué?

No contestó, no lo hizo hasta que la espada apretó y le obligó a bajar la cabeza. Un corte se abrió en la piel y un reguero de sangre se abrió camino entre la mugre.

—Era... Era...

Empezó a sollozar. Aterrorizado por algo más que los cristianos o la espada del Cid.

—... Una niña...

—¡Una niña!

El Cid lo repitió gritando a pleno pulmón. Para que lo oyesen en las murallas.

Y acto seguido subió la espada y la descargó en el cuello de aquel desgraciado. Fue un tajo profundo, pero no lo decapitó, el hombre cayó como un fardo, con un gorjeo que apenas se escuchó.

Su compañero chillaba desesperado.

Alzando de nuevo la espada, Ruy dio un paso al frente y la volvió a dejar caer, como un carnicero en el tajo. Ahora sí, la cabeza se desprendió con un chasquido y rodó por el charco de sangre que manaba del cuello.

—¡No saldrá nadie con vida! ¡Será el hambre o será la espada! ¿Me oís? ¡No saldrá nadie con vida!

Encaró las murallas. Los pelos revueltos, el rostro encendido.

—¡Rendíos!

Nadie contestó, ni siquiera un abucheo.

Blasco y Nuño se miraron.

—¿Y de qué nos servirá una ciudad desierta? —preguntó el asturiano.

Su amigo no contestó. Pero Ruy dio otro paso hacia las murallas.

—¡Rendid la plaza o moriréis! ¡Todos!

Y dio otro paso más.

Y los arqueros dieron la voz de alarma. En un abrir y cerrar de ojos todo cambió.

Gacel fue el primero en reaccionar, salió corriendo como si el mismo Satán lo persiguiese. Antes incluso de que sus compañeros comprendiesen. Vio un extraño en el adarve de la muralla y su instinto tiró de él. Se abalanzó sobre su capitán sin pensarlo.

Blasco y Nuño lo siguieron. Los arqueros dispararon.

Tarde.

Habían estado cuchicheando, espantados porque en Valencia se vendía carne humana al peso, y reaccionaron tarde.

Vieron que en la muralla se alzaban brazos. Brazos que se abrieron sobre un pecho tenso. Reconocieron el gesto del segundo arquero, pero al primero no lo habían visto.

Gacel le salvó la vida.

El camellero saltó encima de su capitán y los dos rodaron por el suelo; cuando se detuvieron, la flecha le salía por la espalda, bajo la paletilla, y un siseo se le escapaba por el pulmón perforado. Sus ropas azules se empapaban. Se oscurecían.

Y sobre ellos volaron las respuestas cristianas. En rápida sucesión, una docena de flechas habían salido hacia el adarve de la muralla.

Ruy miró al camellero a los ojos, aquellos ojos dorados, de león. Habían quedado de costado, juntos, como dos amantes.

—*Sidi* —balbució Gacel.

Blasco y Nuño ya estaban allí. Menelik llegó de inmediato. Otros rodearon al Cid. Quedó protegido por sus hombres.

—Cuida de mis camellos...

Fue lo último que dijo. Aquellos ojos dorados se apagaron.

Ruy se levantó como una fiera y embistió a sus hombres para abrirse camino. Salió del cerco que lo protegía y se acercó aún más a las murallas. Cuando plantó los pies, con la espada aún en la mano, una última flecha se clavó a dos palmos de sus pies. No se inmutó.

—¡Moriréis todos!

Y sus hombres, acongojados, lo miraron, pero ni uno solo se atrevió a acercarse de nuevo. Algo les decía que era mejor mantenerse alejados. Y Ruy no los miró cuando dio la orden.

—Descuartizadlos.

No levantó la voz.

Y a ninguno de ellos le ordenó hacerse cargo de quien había sido su amigo.

—¡Descuartizadlos! Aquí, a la vista de las murallas...

V

Menelik se hizo cargo. Blasco y Nuño le ayudaron.

Pero Ruy ya estaba lejos, en los últimos tiempos había tomado por costumbre salir a cabalgar al atardecer, y no consentía que ninguno de sus hombres lo acompañase.

Se había ido a buscar a su semental en cuanto la respuesta de Yahhaf apareció en las murallas.

El pobre debía haber muerto antes incluso de que lo clavasen a la cruz, no se oyó un solo alarido cuando alzaron los travesaños para ponerlo junto al resto.

Unos mataban sobre la muralla, otros bajo su sombra.

Y el asedio continuaba.

La cuenta ascendía y los muertos se apilaban.

En el camino a Juballa había un recoveco entre piedras en el que le gustaba sentarse, rodeado de ajedreas, jaras y gordos lagartos verdes que lo ignoraban mientras tomaban el sol sobre las rocas.

Hasta allá se fue, como tantas otras veces en los últimos días, solo.

Descabalgó, dejó al semental a su aire y tomó asiento en donde solía hacerlo, en una cornisa que miraba ladera abajo.

Podía ver desde allí su campamento, y la ciudad, las curvas del río, la albufera al sur y, más allá, el mar que se mecía plácidamente.

Y sus ojos se perdieron en aquel mar azul e intenso.

Metió la mano bajo la cota, por la apertura del pecho, y sacó de una costura en el gambesón aquel papel.

De tan sobado, se deshacía en hebras, por las dobleces ya no era más que un velo transparente. En lugar de un pliego parecían cuatro pedazos que se sostenían juntos por mera suerte. Y buena parte del escrito apenas podía leerse. Se había desgastado tanto que cada letra era una sombra.

Pero no le hacía falta leerlo. Se lo sabía de memoria.

—Ocho prisioneros.

Solo los lagartos lo oyeron, pero no le hicieron caso, siguieron encarando el sol, y probando el aire con sus lenguas oscuras.

—Uno cada día.

No leía. Miraba al horizonte, a aquel mar, y sujetaba el papel con nudillos blanqueados, estropeándolo aún más.

Murmuraba entre labios apretados. Y alrededor de sus ojos las arrugas se apilaban.

—Uno cada día…

VI

Quedaban tres. Y Lilia. A la que no habían vuelto a ver.

Los habían separado al llegar al alcázar. Y no sabían dónde estaba. No sabían nada. Llevaban días sin comer y al último de los mesnaderos, al que se habían llevado el día anterior para crucificarlo, se lo habían llevado muerto.

Su última comida había sido una rata que Diego cazó con las manos desnudas mientras el animal roía el último mendrugo, seco, duro y plagado de gorgojos, que se habían guardado.

Y cuando repartieron la rata aún eran cinco, no había tocado a mucho.

Habían hablado. Habían soñado. Diego había intentado levantar una de las losas del suelo pensando que podrían cavar un túnel, pero no tuvo más remedio que abandonar la idea. Ahora ya no tenían fuerzas para nada más. Se habían resignado. Permanecían sentados, medio dormidos, desfallecidos. Ya ni siquiera hablaban. A no ser los desvaríos que sacudían sus sueños.

Hacían lo único que podían hacer.

Esperaban que llegase su turno.

VII

La brisa corría de tierra adentro y refrescaba la amanecida. El calor llegaría más tarde, pero a esa hora, a los gallos, cuando el rocío buscaba dónde posarse, hacía fresco.

Y Ruy parecía inmune. No tenía otra cosa encima que las calzas, y con el pecho al descubierto estaba plantado delante de su tienda, mirando hacia las murallas de Valencia, mirando las cruces. Esa vez no les habían cosido cabezas de perro, como tenían por costumbre los moros, probablemente porque no quedaba un solo chucho en toda la ciudad.

Solo los centinelas hacían sus rondas, el resto del campamento dormía.

Y aquella misma brisa que refrescaba hacía aletear aquel mensaje que había enviado Yahhaf desde el alcázar de Valencia.

Aquel mensaje que solo Ruy había leído.

Se quedó allí, como estaba, el rato suficiente para que el sol empezase a asomarse. Un tajo naranja cortaba el cielo sobre las olas.

No dijo nada, no cambió de postura. Pero, sin previo aviso, juntó las manos frente a su pecho y rasgó aquel papel. Lo rompió en dos, luego en cuatro. Y volvió a romperlo, hasta que los pedazos se hicieron demasiado pequeños para sus dedos.

Y se fue a buscar a sus capitanes sin siquiera vestirse.

No advirtió que no estaba solo. A la entrada de la tienda, con el rostro bañado en algo que no era rocío, Jimena lo vio marcharse.

Y su rostro era el retrato del dolor.

Ya no conocía a su esposo. Ya no sabía quién era aquel hombre.

VIII

Blasco se frotó los ojos para quitarse las legañas, llevaba demasiados días durmiendo poco y mal, y lo había despertado en medio del primer sueño profundo que había logrado agarrar en semanas.

—¿Qué?

Había escuchado a su capitán, pero no lo había entendido.

Y el Cid resopló con disgusto.

—La cabeza de ese que descuartizamos ayer.

Ahora sí lo entendió, pero tuvo que volver a preguntar.

—¿Qué?

Ruy cortó por lo sano.

—Dile a Menelik que necesito un turbante.

Y antes de marcharse, tras pensarlo, añadió algo más.

—¡Negro! Si hace falta que lo tiña.

Y se marchó ante la atónita mirada de sus dos hombres.

Nuño, algo más despierto, se rascó el culo, pasó la mano a la ingle, y la acabó subiendo hasta el cogote, donde encontró un piojo que aplastó entre las uñas y, mirando los restos, escupió uno de sus gargajos antes de hablar.

—¡Me cago en el pesebre de Belén!

No sirvió para que se despejasen las dudas de Blasco, pero sí para que se pusieran manos a la obra.

IX

Cuando oyeron el ruido de las pisadas, pensaron que, con suerte, les traerían algo de comer.

Se equivocaron.

Tal y como estaban las cosas, era posible que no les dieran nada más. Ya solo eran tres, y eso significaba tres días.

Y tres fueron los que entraron en la celda. Y también tenían ojeras, y las mejillas afiladas acusaban el hambre, pero aún se les veía capaces.

Entraron, y dos cogieron al que estaba en el fondo; el otro se quedó en el umbral, con una espada en una mano y un puñal en la otra.

Levantaron al prisionero sin miramientos, y no se molestaron siquiera en dejar que asentara los pies. Empezaron a arrastrarlo, y pareció que ahí iba a acabar el asunto. Pero uno de los otros dos presos se puso en pie.

Los cogió por sorpresa, podía haber estado muerto, y les hubiera dado lo mismo, no lo necesitaban vivo para lo que iban a hacer.

Pero aquel cristiano se puso en pie. Y antes de que el de la puerta hubiera reaccionado, uno de sus compañeros recibió un brutal puñetazo.

—¡No!

Gritó a todo pulmón.

X

No habían conocido aquel horror. Gacel les había explicado el terror de la sed. El nómada les había hablado de cómo uno podía sentir que la sangre se espesaba y que las ideas se detenían. Gacel les había contado que, en una ocasión, no le quedó otro remedio que beber el agua repugnante que logró sacar de las entrañas de su camello muerto. Pero ninguna de las enseñanzas de su maestro había servido para prepararlos.

Los primeros días protestaron. Tuvieron escaramuzas. Lucharon por su libertad, por escapar. Por encontrar a Lilia.

Pero aquel calabozo les castigó los cuerpos y royó sus almas.

—Tenemos que salvarla —repetía Galín.

Y Diego intentaba tranquilizarlo.

—Estará bien.

Mentía porque no sabía qué decirle a su amigo.

Los otros se mantenían al margen. Pero ni una sola vez le echaron en cara a Diego el haberlos embarcado en aquella misión, la que había parecido un suicidio desde el primer momento.

Y no hacía falta. El hijo del Cid se sentía responsable de todas y cada una de esas vidas, él era quien había mandado la partida.

Fue Diego el que peleó la primera vez que se llevaron a uno de ellos. Y la segunda. Fue Diego el que racionó la comida, y fue Diego el que les ayudó a conservar el agua, a vomitar, orinar y defecar en la misma esquina, a alejarse de sus miserias, a dormir juntos para combatir el frío.

—Tienes que salvarla —repetía Galín.

En los baños, antes de que los hicieran prisioneros, había recibido un tajo en la sien, una finta que se había quedado corta. Y al principio pareció curar bien, pero luego enrojeció y se llenó de pus, y Galín ardió en fiebres.

Diego limpiaba la herida con orines, no tenían agua. Y Diego partía sus magras raciones, para que su amigo se recuperase.

Cuando se llevaron al tercero, Diego se escondió en la esquina más oscura para llorar de cara a la pared sin que los demás se dieran cuenta.

Cuando se llevaron al siguiente, no tuvo fuerzas para levantarse siquiera, pero miró al hombre, al que arrastraban con la cabeza gacha.

—¡Lo siento!

El único que lo oyó fue uno de los guardias. Y se rio.

Diego hizo lo que pudo, y más.

Pero cada día se llevaban a uno. Y hoy, cuando solo quedaban tres, rogó a los cielos que los guardias se lo llevasen a él. Incluso entrecruzó los dedos y se puso de rodillas en cuanto oyó las pisadas. Rezó como un devoto ante la cruz.

Rezó.

Pero cogieron a Galín.

Y ya no tenía fuerzas para otra cosa que no fuera echarse a temblar.

Sin embargo, de algún modo, se puso en pie y arremetió contra los guardias, y golpeó al primero. Lo golpeó como Nuño le había enseñado, empujando con los pies, con las piernas, con la cadera, con todo lo que tenía.

—¡No!

Gritó a todo pulmón.

—¡Dejadlo!

Volvió a golpear, y falló. El que había caído se levantó. El otro reaccionó. El de la puerta se acercaba. Galín había quedado tirado en el suelo. Volvió a golpear y volvió a fallar. Era desesperación hirviendo.

—¡Llevadme a mí! ¡A mí!

XI

A nadie le gustaba hacer guardia en la Puerta de Bab al-Hanax, a la que los cristianos llamaban de la Culebra. Se decía que traía mala fortuna. Entre los hombres corría de ida y de vuelta la historia de cómo se habían encontrado a los seis últimos apilados en la garita, muertos.

Pero allí estaban, y preferían no mirar hacia el campamento de los cristianos, y agradecían que el viento no les abofetease con el hedor de los despojos que se pudrían en las cruces.

Las cruces eran algo horrible.

Bajo cada una había marañas de blancos gusanos que caían de los cuerpos, infestados por las moscas. Moscas que zumbaban tan fuerte como para que los dientes se apretasen y los labios se frunciesen.

Era horrible.

Los cuervos se habían vuelto tan descarados que graznaban a cualquiera que se acercase, como si se creyeran los señores de aquella masacre maloliente. Ni siquiera echaban a volar cuando se les tiraba una pedrada, solo se hacían a un lado y miraban con desprecio.

Era horrible.

Y pese al tiempo que llevaban muertos, los gases que los hinchaban se quejaban con largos lamentos.

Pero allí estaban. Y todos intentaban no mirar al campamento cristiano, intentaban no mirar a las cruces, y, sobre todo, intentaban no pensar en el hambre o la sed.

Aguantaban.

Se quejaban en voz baja. Pero no había nada que pudieran hacer. Porque al que no cumplía las órdenes se le despellejaba vivo. La desesperación de Yahhaf había llegado a tal punto que había quien decía que deambulaba por el alcázar como un alma en pena, desvariando entre gestos bruscos, vestido con una aljuba llena de manchurrones y agujeros.

Aguantaban hasta que llegase el relevo.

Y no lo vieron porque no miraban, pero apareció, rumbo a las murallas.

Un jinete salió del campamento de los cristianos.

Cabalgaba hacia la puerta.

Y los guardias se inclinaron hacia delante, hasta asomarse por el lienzo de la muralla. E incluso llevaron las manos a las espadas. Nada más verlo quedaron convencidos de que vendrían muchos más.

—¿Doy la alarma?

Uno lo preguntó, pero ninguno de los otros contestó. Había algo raro en aquel jinete. Montaba encorvado. O estaba gordo. Y venía solo.

Solo.

Tenía que ser el primero de una carga pesada. De cientos, de miles de hombres dispuestos a estrellarse contra las murallas de Valencia para acabar de una vez por todas con el asedio.

Pero venía solo.

—¿Qué hacemos?

Otro lo preguntó, y ninguno contestó.

Avanzaba al paso, seguro de sí. Sin temor a las flechas. Sin portar bandera blanca.

Y solo.

—Preparaos, vendrán más...

El caballo era un semental negro que cabeceaba nervioso. Y el jinete vestía una cota oscura, tan oscura que solo podía ser de aquel mítico hierro andalusí que forjaba las mejores espadas. Y había algo raro en su postura.

—Trae algo en la silla.

Eso era, un bulto sobre la silla, entre las piernas.

Avanzaba solo hacia una ciudad llena de enemigos desesperados y no se molestó siquiera en alzar las manos.

—Está loco.

Y por primera vez las palabras no cayeron en saco roto. Los otros murmuraron para darle la razón.

Miraban al jinete y a su caballo con los ojos fijos, sin otro gesto que un manotazo que espantaba a las moscas.

Brillaba al sol, y cruzaba aquella tierra de nadie, devastada, que hacía de antesala de Valencia, donde habían quedado escudos, proyectiles de los trabuquetes, y una bota solitaria junto a una piedra. Una bota de la que aún salían los huesos del tobillo.

—Tiene que estar loco...

Y llegó el ruido a sus espaldas. Alguien subía.

XII

Se lo llevaron. No porque lo hubiese suplicado. Se lo llevaron por rabia, porque querían hacerle pagar.

Se lo llevaron, con el equipaje de tres patadas y cuatro puñetazos, se lo llevaron cuando quedó en el suelo, inútil, incapaz de hacer otra cosa que gemir de dolor y desesperación.

Lo golpearon, le escupieron, lo maldijeron. Y se lo llevaron a rastras.

Lo último que Diego vio fue la mano de su amigo.

Galín, tirado en el suelo, extendía el brazo, como si pudiera alcanzarlo. Y no sirvió de nada.

El otro, el mesnadero, ni siquiera reaccionó. Estaba vivo porque respiraba, pero su cabeza se había perdido dos días atrás; entre sus labios cuarteados solo salía una y otra vez la misma frase y ni Diego ni Galín sabían qué significaba.

—*Dulce bellum inexpertis*...

Se lo llevaron y pareció que los escalones no se terminarían nunca. Lo arrastraron. Un escalón más. Otro. No se acababan. Y el sol del día lo golpeó tan fuerte como lo habían hecho los guardias. Se lo llevaron.

Volvieron los escalones. Uno más. Otro. Y otro.

Y cuando se detuvieron reunió fuerzas para alzar la cabeza.

Un cuervo, negro y reluciente, aleteó cerca y, contra el cielo, entre el zumbido de las moscas, quedaron recortadas las siluetas de las cruces.

Diego suspiró.

Y se sintió agradecido.

Lo alzaron a golpes, lo insultaron.

Pero todo era paz. El odio y la fuerza se diluyeron.

Ya no habría más hambre. Ni más sed. Ni más culpa. Había llegado el fin.

XIII

—¡Está loco!

Oyeron a sus compañeros y dejaron al cristiano en la cruz. No hizo falta atarlo, ya no era más que un despojo. Un trozo de carne.

Y se acercaron. Los dedos señalaban. Y también lo vieron.

Uno de ellos lo reconoció. Un veterano que había combatido en Tévar y había huido a Valencia. El semental negro, la cota oscura. Y no había otro capaz de enfrentarse solo a una ciudad entera.

—Es ese perro infiel criado por Satán.

Los demás ni siquiera lo miraron. Pero él insistió.

—¡Es el Cid!

Y otro corrió a dar la alarma.

XIV

Blasco y Nuño, al borde del campamento, lo miraban. Y tenían que morderse las mejillas para cumplir las órdenes. A ambos les hervía la sangre. Sus pies bailaban en la tierra, ansiosos por ponerse en marcha.

—Me cago en Jeremías. Me cago en Isaías... Me cago en todos los profetas, ¡vamos! ¡vamos! Por los cojones del becerro de oro, ¡vamos!

El asturiano tuvo que sujetar por el brazo a su amigo.

—Ha dicho que no.

Nuño lo miró de reojo.

—Van a matarlo —rebatió angustiado.

Ruy cabalgaba en el páramo que el largo asedio había dejado a los pies de la muralla, entre escombros y desolación, entre las moscas y las manchas pardas de sangre seca.

Cabalgaba solo, hacia Valencia.

—Así le creerán.

—¿Y si no se lo tragan? ¡Cagüen el virgo de la Magdalena! ¿Y si no?

—Puede que no haga falta. Quizá Yahhaf no se lo crea, pero si sus hombres dudan, perderá pie...

Aquel rostro hecho de remiendos de Nuño se frunció como el de un niño enrabietado.

—Nadie ha entrado en la ciudad en semanas. No pueden saber si es verdad o no. No han recibido mensajes. Y vieron cómo las riadas arrasaron el campamento.

Nuño soltó uno de sus gargajos.

—¿Tan seguro estás?

El asturiano suspiró. Y añadió algo más:

—No es necesario que Yahhaf ordene abrir las puertas, basta con que a unos cuantos les entre el miedo...

Nuño resopló a disgusto, a medio convencer.

—Está loco...

Y Blasco asintió.

—Sí, lo está.

Nuño incluso se atragantó, incapaz de creer lo que acababa de escuchar. Pero Blasco lo ignoró, miraba cómo Ruy avanzaba, y cuando habló lo hizo como para sí.

—Le dije que no lo hiciera —lamentó—, pero ya no hace caso.

Nuño se recompuso.

—Si se tragan el anzuelo lo conseguirá —respondió, espantando sus miedos, queriendo darle la razón al Campeador.

Pero Blasco negó.

—Nunca se lo perdonarán.

—¿De qué cojones hablas?

El asturiano volvió a sacudir la cabeza.

—Si sale bien, no será una ciudad la que se rinde. Será una taifa la que cae... Una taifa que cae ante un solo hombre. Uno solo.

Chistó a disgusto antes de continuar.

Ruy seguía cabalgando, solo, hacia las murallas.

—Pero tenía que hacerlo así, a su modo. Alfonso no se lo perdonará, no hay corona que pese tanto como esa leyenda —señaló vagamente al hombre que cruzaba el páramo a lomos del semental negro—. Y Tasufín querrá quemarlo vivo; no, primero querrá que lo descuarticen, luego quemará los pedazos y...

No se le ocurría cómo acabar. Y Nuño lo hizo por él.

—Y luego se meará en las cenizas.

Blasco volvió a chistar.

—Había otros modos... Ha ido demasiado lejos y, antes o después, alguien nos hará pagar.

XV

Diego notaba la madera áspera en la espalda. Notaba las cuerdas. Y se preguntaba cuándo llegarían los clavos.

Se sentía en paz. Todo iba a terminar.

Oyó el ajetreo, las prisas corriendo, los pasos cayendo en el adarve. A los moros hablando.

Ahora llegarían los clavos y el martillo, todo terminaría. Ya no habría más culpa.

Pero no llegaron los clavos.

Y de su garganta salió un largo grito que se quebró. Un grito de frustración.

Los clavos no llegaron.

Pero el bronce de la campana empezó a aullar.

Estaban dando la alarma.

XVI

La campana tañía. Con prisa. Repicaba impaciente.

Y los postigos se abrieron, las gentes se asomaron, para mirar con miedo a las calles vacías y volver a cerrar con fuerza. Y a las campanadas se unió el rasgar seco de los cerrojos de hierro. Una guarnición salió del alcázar a todo correr. Y en el resto de las garitas de las murallas de Valencia otras campanas empezaron a sonar.

Los bronces daban palmadas en un coro que brillaba bajo el sol radiante de la mañana.

Y las gaviotas, a las que el hambre había respetado, por culpa de su carne gris y amarga, escaparon de los basureros de la ciudad, donde los niños rebuscaban con desesperación.

XVII

Siguió cabalgando bajo el repicar de las campanas. Vio a las gaviotas alejarse hacia el mar. Oyó el rumor de la ciudad llenándose de miedo.

No hacía falta un arquero decente. Ni siquiera un brazo fuerte. Cuando Ruy tiró de las riendas, uno de aquellos niños de los muladares hubiera podido acertarle con una pedrada desde la muralla.

Tiró de las riendas y el semental se detuvo, nervioso como siempre, piafando, levantando polvo con los cascos.

—¡Soy Ruy Díaz de Vivar!

Se lo gritó a las murallas.

Y entonces cogió lo que abultaba sobre su silla, y lo alzó con un tintineo de los arillos de la cota. Y las moscas revolotearon junto a su mano.

—¡Vuestra salvación ha llegado!

Erguido sobre el semental, reluciente la malla bajo el sol, parecía uno de los cuatro jinetes del Apocalipsis. Y, al fin y al cabo, traía la muerte consigo.

—¡Aquí tenéis a quien habéis estado esperando!

Los guardias en la muralla, sobre la Puerta de la Culebra, se asomaron tanto que a punto estuvieron de precipitarse al vacío.

El semental cabeceó y relinchó, como para darle la razón a su jinete.

Y su jinete levantó aún más el despojo que sujetaba en la mano, para que todos pudieran verlo.

Era una cabeza morena y barbada, de mejillas pronunciadas, con la piel cenicienta que deja la muerte a su paso, envuelta en un turbante negro y deshilachado, manchado de sangre y polvo. Rodeada de moscas.

—Násir ad-Din ibn Talakakinin; también conocido por los nómadas como Yusef Ag Tacfin Ag Talakakin Alemtan...

La voz rodó por la mañana, bajo las campanadas, y el nombre reverberó por las esquinas, y los guardias en la muralla se miraron unos a otros.

El que había reconocido al Cid usó la mano de visera para cerciorarse de que no era un espejismo lo que engañaba a sus ojos.

Y Ruy bajó el brazo, con parsimonia, hasta que la cabeza quedó junto a su muslo. Entonces echó la mano atrás para tomar impulso y, al tiempo que la volvía a llevar hacia delante, habló:

—¡Abridle las puertas al emir de los almorávides!

Y lanzó la cabeza.

Rodó y rodó, enredándose en el turbante, levantando polvo. Rodó hasta quedar a unos pasos de la muralla de Valencia, ante la Puerta de la Culebra.

—¡Vuestro salvador ha llegado!

Ruy miró a un lado de la muralla, al otro.

Más guardias habían llegado, todos se asomaban para verlo. Ni uno solo de ellos hizo ademán de desenfundar. Nadie avisó a los arqueros.

Y las campanas callaron. Calló primero la de la Puerta de la Culebra, y las demás se volvieron tímidas, una a una, a pocos. Y el aire de la mañana quedó en calma.

Durante un parpadeo, incluso la brisa se acogotó. Y todo fue aquel hombre, solo, ante las murallas de Valencia. Pareció crecer hasta hacerse un gigante.

—¡Soy Ruy Díaz de Vivar!

Ni siquiera los cuervos graznaron su descaro. Y el nombre

viajó por el páramo y reverberó en los lienzos de la muralla, bajo el sol, bajo las cruces.

Nunca llegarían a saber cómo sucedió o quién dio la orden, si es que alguien la dio.

Quizá el miedo actuó por su cuenta y no hizo falta que ninguno de los hombres de Valencia moviera un dedo. Probablemente, como había dicho el asturiano, ni siquiera Yahhaf llegó a enterarse.

Pero el silencio lo rompió el crujir del hierro. Y a los cerrojos los siguió el chirrido de los goznes.

Ante el Cid, poco a poco, las dos hojas de la Puerta de la Culebra se abrieron.

Y un hombre solo, uno solo, entró en una ciudad que parecía vacía. El semental cabeceaba, la cota brillaba al sol. Y los cascos, que levantaban polvo con cada pisada, pasaron junto a aquel despojo.

Tampoco supieron si alguien recogió la cabeza.

Pero un hombre solo entró en una Valencia vencida.

Y el campamento cristiano estalló en vítores.

RESUCITADO, PERDIDO Y CUARTE

Año del Señor de 1094

I

Una eternidad podía acabar en el tiempo que necesitaba el viejo Moisés para ir desde el bargueño donde guardaba sus cachivaches hasta la cama, siempre al lento compás que su bastón de litonero dejaba en las losas del suelo.

Y Galín se levantó para ayudarlo, porque se lo pidió el corazón, y porque temió que el vaso llegase vacío con tanto bamboleo.

Los cardenales se habían tornado manchurrones amarillentos y aún tenía costras salpicadas por el rostro, las manos, los brazos. Pero ya no parecía el cadáver que Nuño había sacado de los calabozos del alcázar. Lo único que intimidaba al mirarlo eran las ojeras, que habían ido creciendo en las últimas noches en vela, en las que no se había despegado de su lado.

—Yo me ocupo, maestro —dijo con una sonrisa.

Y el médico, feliz de tener junto a él a su antiguo aprendiz, se dejó ayudar.

Galín tomó la medicina con una mano y enlazó el brazo del galeno con la otra, para darle otro apoyo más.

Cuando consiguieron llegar junto a la cama, Galín acomodó la silla, para que la ocupase el hebreo, y él mismo tomó la cabeza de Lilia. La aupó con delicadeza y la ayudó a beber el preparado en el que Moisés había mezclado gordolobo, flores de saúco, corteza de sauce y tomillo.

Las heridas curaban, las hinchazones se reducían, el hambre se alejaba, pero la fiebre seguía robándole las fuerzas.

Galín acercó el vaso a los labios agrietados y, con sumo cuidado, intentó que Lilia bebiese.

Asustaba sentir el calor entre sus dedos, y oírla murmurar incoherencias con ojos enrojecidos que apenas podían despegarse por culpa de las legañas.

—¿Papá?

Intentó calmarla recitando palabras suaves, como si cantase una nana para una niña que despierta empapada en pesadillas. Y, por encima del hombro, le preguntó al que había sido su maestro. La misma pregunta que ya había repetido cien veces.

—¿Se pondrá bien?

II

Cuando llegó la noche, como había hecho todos y cada uno de los días de la última semana, Galín llevó al galeno hasta la habitación que el Cid le había otorgado en aquella ala del alcázar. Destinada a convertirse en un hospital donde Moisés pudiese practicar sus mañas.

Había sido el harén en el que, primero Alqádir y después Yahhaf, habían mantenido a sus mujeres, y ahora servía para atender a los mesnaderos, y a Lilia.

Bien ventilado, con un estanque alimentado por canales de agua fresca, con habitaciones de sobra y tantos lujos que resultaban cómicos, el galeno estaba encantado con sus nuevas responsabilidades, e incluso había pedido ayuda a los aprendices del difunto Nicoloso para reformar detalles del lugar que tendían más a la lujuria que a la sanación.

Cuando volvió al cuarto de Lilia, entre andamios desde los que, por orden del médico, se enlucían los enyesados, Galín se encontró con una sorpresa.

—Me alegro de verte.

Y era sincero. No habían vuelto a coincidir. Y la felicidad hizo extrañas figuras con aquellos manchurrones amarillentos que aún le cubrían el rostro.

Diego lo miró, apenas girando una cabeza que mantenía gacha. Tenía aires de pecador arrepentido ante el cristo de un altar.

Galín se acercó con paso ágil y lo rodeó efusivo. Con un abrazo contento.

—Me alegro de verte —repitió—. ¿Cómo va todo?

Cuando se separaron, Diego miró una última vez a la enferma antes de contestar. Y cuando lo hizo apenas susurró, inseguro.

—Blasco protesta por todo el trabajo pendiente, Nuño está encantado persiguiendo a los últimos rebeldes...

—Como un turón en una conejera —interrumpió ampliando la sonrisa—, puedo imaginarlo.

Diego tardó un instante en recuperar el hilo. Y antes de hablar se frotó las manos, como si hiciera frío.

—... Todos echan... Todos echamos de menos a Otto, y a Gacel... Pero mi padre está...

—Y tiene motivos —afirmó convencido, orgulloso—, ¿ha recibido ya respuesta del Vaticano?

El mismo Galín ahuyentó la pregunta con un manotazo, al darse cuenta por sí solo de que era demasiado pronto.

Pero se le ocurrió otra nueva.

—¿Hay noticias de los almorávides?

Y no le dejó contestar.

—¿Y de Castilla?

Diego no respondió. Y el silencio solo quedó roto por la respiración entrecortada de la enferma.

—Está mejor —saltó Galín—. Las fiebres bajan, duerme casi todo el día y cuesta darle de comer, pero está mejor. El viejo Moisés lo ha conseguido —aseguró—, se curará.

La sonrisa de Galín era un mediodía deshaciendo la helada del amanecer. Irradiaba felicidad y calor. Diego solo pudo asentir con un temblor que sacudió su flequillo.

Ninguno de los dos se sintió cómodo en el silencio.

—Sé que tu padre tiene mucho a lo que atender, es un hombre ocupado, pero cuando Lilia se recupere...

La franca alegría de Galín seguía allí, pero las dudas hacían que se tambalease.

—Le debo mucho. Te debo mucho —reconoció de pronto, como si se sacase una espina—. Y yo no...

Por primera vez, Galín también miró al suelo, incapaz de alzar la barbilla para dejar salir lo que hervía en su interior.

Se volvió, y tomó un trapo que mojó en el aguamanil que había junto a la cama. Con infinita dulzura refrescó el rostro de Lilia. Y las palabras salieron poco a poco, agua filtrándose a través de arena espesa.

—Ha sido un padre para mí. Tú has sido mi hermano.

La voz arrastraba recuerdos. La emoción pesaba en el aire.

—Algo queda de la fortuna de Giovanni, Lilia...

El trapo mojado se detuvo en la curva de la mejilla, y los dedos de Galín titubearon.

—Pero yo no tengo, no hay...

No solo las mejillas, incluso las orejas de Diego estaban cubiertas por el bochorno. Pero cubrió los dos pasos que los separaban y habló, sin mirar a su amigo, con los ojos fijos en el rostro de la enferma.

—Cuando mis padres se casaron, mi padre cedió la mitad de las propiedades, se acogió a las viejas leyes leonesas en lugar de a las godas de Castilla...

Galín frunció el ceño, sin comprender, pero dejó a su amigo hablar.

—... No tenía por qué hacerlo —continuó Diego—, pero

mi padre le dio en arras la mitad. La mitad de todo cuanto tenía. Esa fue la dote.

—No sabía...

Diego no le dejó terminar, y las palabras salieron a borbotones.

—Hablaré con ellos. Has demostrado tu valía una y otra vez. Tendrás la bendición de mi padre. Y mi madre te ayudará con la dote. Estoy seguro de que se sentirán felices por ti... Por vosotros, ¡será una fiesta que los juglares cantarán! —continuó porque no sabía cómo callar—. Se alegrarán por vosotros. Y yo también... Me alegro por vosotros. Seréis muy felices. Estoy seguro...

Calló solo cuando le faltó el aire.

Fue entonces cuando alzó los ojos y encontró los de su amigo.

Se abrazaron. Galín aún sostenía el trapo y mojó el hombro de la túnica de su amigo, de su hermano. Ninguno de ellos se dio cuenta. Se abrazaron. Dos niños, dos hombres, dos vidas cruzadas, se abrazaron ahogando los gritos de sus corazones.

Se abrazaron.

Uno, feliz. El otro, roto.

III

Se abrazaron.

Y cuando se separaron las lágrimas brillaban en los ojos de ambos. Pero no nacían en el mismo manantial.

Diego se sorbió los mocos, se enderezó.

—¿Por qué no vas a descansar?

Dejó el trapo en la mesilla, con el aguamanil, y se pasó las manos por el rostro, dudando.

—He de cuidar de ella.

Diego sonrió. Lo hizo lo mejor que pudo, en un esfuerzo sincero, pero la tarea era titánica, y fracasó. Sonrió, pero no hubo alegría en su expresión. Aun así, lo intentó. Y habló empujando su voz con contento.

—Necesitas dormir, yo me ocuparé...

Galín balbució una negativa, pero las ojeras decían otra cosa.

—Aún no me he olvidado de todo lo que Moisés me enseñó. Descansa, y cuando vuelvas por la mañana, iré a hablar con mis padres.

Fue subiendo el tono, como si recitase, procurando sonar animoso.

—Tendrás asuntos que atender —protestó Galín—. Seguro que Blasco necesita ayuda.

Diego negó.

—Ve a descansar...

IV

Cuando se quedó solo, se sentó en aquella silla que había servido para Galín y para Moisés, junto a la mesilla con el agua y los trapos. Con una jarra que contenía el preparado de hierbas.

Se sentó como si le hubieran echado en los hombros uno de los proyectiles de los trabuquetes, y se recogió el rostro entre las manos, apoyando los codos en las rodillas.

Y lloró.

El hijo del Cid. El guerrero que había salido de las fauces de la muerte. El que había arriesgado el cuello entrando en una ciudad asediada. El que vivía bajo la sombra de la leyenda. El destinado a heredar un nuevo reino.

Lloró. Quedo. En silencio. Gruesas lágrimas que corrieron mejillas abajo, trazando meandros entre sus dedos, hasta estrellarse en el suelo.

Mansamente. Derrotado.

Y afuera, en las calles de la ciudad, la noche cobraba fuerza en las tabernas. Muchos aún seguían borrachos de felicidad. Muchos aún celebraban cada noche que Valencia había caído. Afuera, mientras la luna rielaba sobre el mar. Alguien entonó una canción pegadiza. Y otros vitorearon.

Siempre había alguno que, tras una o dos jarras de vino, se acercaba al alcázar para lanzar vivas al Cid.

El Cid los había hecho ricos. El Cid cobraba parias de Murviedro a Polop. El Cid había tomado Valencia. Y el botín pagaba vino y cerveza en abundancia.

Afuera, una noche más, los hombres celebraban.

Pero Diego nada tenía que celebrar.

Lloró.

Se deshizo en su pena. Que era un abismo amargo. Y profundo.

Lloró hasta volver a ser un niño. Un niño que sujetaba la mano de su padre y miraba hacia arriba, hacia aquel rostro rudo y firme, a aquel espejo en el que deseaba mirarse.

—¡Viva el Cid!

El rumor iba y venía según los hombres se dejaban llevar por las borracheras.

—¡Viva!

Y el alcohol les insuflaba descaro.

—¡Abajo Alfonso!

Ya todos compartían el sueño de su padre.

—¡Abajo Castilla! ¡Abajo León!

Valencia aún convalecía, como Lilia, sanaba a pocos después del asedio. Pero ya habían llegado el vino, la cerveza, las putas. Ya había comida.

—¡Viva el Cid!

—¡Viva!

Diego no dijo nada. Diego lloró.

V

La madrugada trajo la calma de la mano. No se acabó el vino, pero sí las fuerzas.

Los gatos conquistaron las calles, los borrachos roncaron, las putas, con su melancolía, lavaron los pegotes de sus entrepiernas enrojecidas y escondieron su pena contando las monedas. Y las que tenían bocas que alimentar incluso fueron capaces de perdonarse.

Valencia se retrataba en el mesnadero dormido con la bolsa en una mano y una jarra vacía en la otra. Dormido sin las calzas, con el pene flácido, entre sábanas manchadas en el cuartucho del piso alto de una taberna. Un cuartucho con telarañas en las esquinas, con una puerta que chirría mientras una muchacha triste sale de puntillas con la saya hecha un gurruño contra su pecho. Y en la mano que sujeta la tela hay también dos dinares moros, salidos del tesoro del alcázar, y que apenas han pasado unas horas en la bolsa del mesnadero.

La madrugada trajo la calma y la luna se coló por las ventanas del antiguo harén.

La plata de la noche la retrató. Pintó sus mejillas altas con brillos. Trazó apenas una línea en la delicada nariz y llenó los labios con la sombra que prometía la boca.

Febril, con los cabellos pegados a la frente, respirando agitada. Y aun así era bella.

Incluso sin su sonrisa. Incluso sin su risa.

La recordó presumida, recolocándose un mechón suelto tras la oreja y mirando con ojos fríos. La recordó hablando de negocios con su padre. Miró la uña del dedo que, de pequeña, había atrapado un banco al caer, nunca volvió a crecer como debía y estropeaba la línea de las manos. Inspiró el olor agrio de la enfermedad, el tufo del sudor rancio. Y el dejo gredoso de los desperdicios en el orinal bajo la cama.

Quiso olvidarla. Quiso doblar la esquina. Pasar página.

Dolía tanto que incluso quiso odiarla.

Y se dijo que, a veces, aquella risa cantarina se entrecortaba con un ronquido que daba grima. Y se dijo que en la ciudad habría mujeres más bellas. Y se dijo que él era el hijo del Cid y que podría tenerlas.

Se mintió a sí mismo.

Quiso olvidarla. Y fracasó.

Y el más frío de los aceros le atravesó las entrañas. Porque al mirarla quería bordar sus sueños en la almohada, quería hacerla reír y escuchar aquel ronquido, quería besar aquella uña torcida, y escuchar de nuevo cómo había hecho caer aquel banco mientras jugaba entre risas que acabaron en lloros. Quería vaciar el orinal y tomar uno de los trapos y lavar el sudor rancio pegado a su piel.

Quería difuminar la luz de la luna sobre su piel.

Y quería besarla. Ahogarse en ella.

Quiso odiarla. Pero la amó.

Y dolía.

VI

Tomó uno de los trapos y limpió su rostro, y el cuello, y llegó hasta donde el cuello perdía el nombre y las curvas de sus pechos levantaban el camisón.

Y se sentó de nuevo. Y no pudo resistirse a tomar su mano. Y sintió que sostenía una fortuna incalculable.

Y fantaseó. Soñó que jamás volvería a sentirse solo. Soñó. Y con el pulgar trazó arabescos delicados sobre la piel que la luna pintaba de plata.

Tenía su mano entre las suyas. Y era casi feliz.

—No lo salvaste…

Despertó de pronto. Lo miró, y retiró su mano con brusquedad, con asco.

Intentó volver a hablar y se le quebró la voz.

Diego se levantó y le ofreció agua, quiso ayudarla a incorporarse, y ella lo apartó.

Tragó, tosió, y dio un manotazo que envió el vaso de estaño al suelo, donde repicó en la madrugada antes de detenerse contra la esquina, tras dejar un rastro de gotas de agua.

—No lo salvaste. Le dejaste morir.

Diego tomó uno de los trapos y se agachó para limpiar el estropicio. Y recogió el vaso.

Intentó hablar, y no pudo.

Ella lo miró. Y le clavó su desprecio.

—Salvaste el tesoro, ¡eso era lo importante! Y dejaste a mi padre…

No fue capaz de responder.

—Viniste a por el oro, y sacrificaste a tus hombres por el maldito oro. El gran tesoro…

Tuvo que tomar aire.

—Para tu padre, para ganarte su respeto. ¡El tesoro!

Su voz se quebraba.

—¿Y mi padre?, ¿y yo?

Volvió a toser, e intentó acercarse, pero ella lo detuvo, alzó las manos, como si repeliese a un poseído.

Diego quiso explicarse. Quiso negarlo. Quiso decírselo. Le hubiera confesado incluso la verdad, que de no ser por su madre no hubiera avisado a Galín.

No pudo.

Y la enfermedad la agotó. Y la debilidad corrió el telón del odio y dejó a la franqueza pasar.

—No era el mejor de los hombres… Ni siquiera era un buen hombre —logró decir—, pero era mi padre…

Diego quiso hablar, lo intentó, pero fue incapaz.

—¿Dónde está Galín?

Se le abrió el corazón. Se le encogió el alma. Ya no estaba roto, ya no era pedazos. Ya no era otra cosa que cenizas al viento.

Y consiguió hablar por fin.

—Iré a buscarlo…

VII

Una vez más fue Nuño el que habló sin tapujos.

—¡Me cago en las crónicas de Isidoro de Sevilla! Algo tenía que joderse antes o después…

Ruy, ensimismado, caminaba arriba y abajo, midiendo con sus pasos el amplio salón del trono del alcázar, y no lo escuchaba. Murmuraba para sí.

—Ha sido Alfonso, ha sido él.

Blasco miró a Diego. Y Diego tampoco parecía haber escuchado, tenía la mirada perdida en los artesonados que decoraban las columnatas del salón.

El asturiano resopló.

—¡Mi Cid!

Pero Ruy no se detuvo. No detuvo ni sus pasos ni sus murmuraciones. Caminaba como envuelto en un enjambre de abejas. Con los labios crispados y los ojos tensos. Y el asturiano insistió.

—¡Mi Cid!

No sirvió de nada. Y Blasco se interpuso en el camino de su capitán.

El Campeador no pareció verlo. Siguió decidido, como si pudiera atravesarlo.

—¡¡Ruy!!

Se detuvo justo a tiempo. Tan cerca que podrían haberse besado.

Y Blasco decidió hablar antes de que su capitán pudiera protestar.

—No parecen hombres de Castilla. No hay razón para creer que...

Las cejas de Ruy hicieron un extraño al anudarse.

—Él está detrás. Quiere arruinar lo que hemos conseguido.

Sus palabras sonaron tan firmes como una inscripción grabada en piedra.

—Son almorávides —dijo Blasco, conciliador.

—Se habrán aliado, es capaz de cualquier cosa con tal de arrebatarme lo que he conseguido.

El asturiano levantó la voz.

—¿No te das cuenta? Tú los has traído, tú decidiste matar a cualquiera que abandonara la ciudad, tú descuartizaste a los últimos... Disparaste una flecha al aire... Antes o después tenía que caer...

—¡Hice lo que tenía que hacer!

Eran dos toros a punto de lanzarse el uno contra el otro.

Y fue Nuño, que no se había movido del sitio, el que volvió a poner el dedo en la llaga.

—A mí me importa una mierda si son gorrinos o puercos, a mí lo que me toca los cojones es que son diez mil, como poco. Pero lo que me jode, lo que realmente me jode...

Los otros dos lo miraron. Diego no.

—... es que no tiene pinta de que vaya a llover...

Como si fueran el uno reflejo del otro, la misma sonrisa apareció en los dos rostros. En el de Blasco y en el de Ruy.

No se rieron, pero, de golpe, la soga se había roto y ya no había tensión. Y Nuño tiró de su garganta con un carraspeo ronco, como si preparase uno de sus escupitajos.

—Muy bien, si ya habéis dejado de patearos los huevos, ¿qué hacemos?

Y con las aguas de nuevo en su cauce, Blasco retomó su papel.

—Los que quedan en la ciudad que veían con buenos ojos a Yahhaf podrían rebelarse, y eso significa que tenemos ratas en la casa.

Tras decirlo, levantó la mano y estiró uno de los dedos.

—Y a dos pasos de Cuarte han acampado diez mil... —Miró al Cid—. Amigos de esas ratas.

Y levantó otro dedo.

Ruy alzó su propia mano y rodeó la del asturiano hasta que se cerró en un puño.

—No hace falta que llueva.

VIII

La plaza estaba abarrotada.

Hervía con ricos, pobres, comerciantes y artesanos, con lo que quedaba de Valencia y con los hombres del Cid.

Habían sido convocados y todos sabían, porque solo el miedo corre más rápido que los rumores, que la ciudad estaba a punto de sufrir un nuevo asedio.

Algunos lo habían visto con sus propios ojos. Un inmenso ejército había acampado en Cuarte, y sus hombres ya patrullaban fuera de las murallas.

La tarde caía plácida, dispuesta a acostarse, pero todos, desde el niño tullido que se hurgaba los mocos al viejo que roía una corteza de pan con sus encías, sabían que aquella noche no dormirían.

Y les gustase o no, había llegado el momento de elegir. O ayudaban a los que estaban fuera deseando entrar, o ayudaban a quienes estaban dentro intentando impedirlo.

En el centro de la plaza, los aprendices de Nicoloso habían levantado un estrado usando los cajones de lastre de los trabuquetes, y junto al estrado había astillas, muebles rotos, vigas que se habían desechado durante las últimas reparaciones. Madera, montones de madera, dispuestos alrededor de los postes, como pajares listos para recibir la siega.

Llevaban allí un buen rato, el suficiente para que la impaciencia hiciera su trabajo, se podía sentir a la multitud vibrar.

Y aún tuvieron que esperar.

No fue hasta que el ocaso se tendió sobre las murallas que los portones del alcázar se abrieron.

IX

Blasco se inclinó hacia Ruy mientras los portones se abrían.

—Ha de haber otro modo.

Tras ellos, Yahhaf chillaba y protestaba, pero las fuertes manos de Nuño no le dejaban hacer otra cosa que patalear con desesperación.

—No podemos preocuparnos de lo que tenemos delante si descuidamos las espaldas.

—Es una salvajada —protestó el asturiano.

Los portones estaban abiertos, la plaza los esperaba, pero Ruy no echó a andar. Miró a su amigo.

—¿Qué otra cosa podemos hacer? Dime...

No había ira en su voz, ni siquiera hastío. Quizá tristeza.

Desde la plaza llegaba el rugido impaciente de la multitud. Pero Ruy siguió hablando. Y su melancolía se hizo más patente.

—¿Cómo nos aseguramos de que los rebeldes no nos traicionen? No podemos esperar a que Nuño acabe con todos ellos yendo puerta por puerta.

—Ha de haber otro modo...

—¿Cuál?

Blasco miró a su capitán, y supo que era sincero, deseaba que le dieran otra salida. Pero el asturiano no tenía la respuesta.

Acabó por humillar la cabeza, derrotado.

Ruy le puso la mano en el hombro.

—Alfonso no nos ha dejado otra salida.

Y empujó al tiempo que echaba a andar hacia la plaza.

Nuño los siguió, tirando de las sogas que Yahhaf tenía en las muñecas. Diego después, con el resto de los hombres y los demás prisioneros.

X

Diego subió al estrado, pero sus ojos no miraban a la multitud; tampoco a los prisioneros, a quienes estaban atando a los postes. Ni a su padre, ni a Blasco, que tenía la más amarga derrota pintada en el rostro. Diego miraba hacia el ala del alcázar que había sido el harén.

El Cid hizo lo que tantas veces había hecho. Empezó a hablarle a la muchedumbre, pero Diego no oía a su padre. Ni los vítores de la gente. Ni los gritos de los prisioneros.

«No lo salvaste. Le dejaste morir».

Era a ella a quien oía.

«Viniste a por el oro».

Ruy señalaba hacia el oeste, hacia Cuarte, hacia donde diez mil hombres se agazapaban para lanzarse contra la ciudad. Diez mil hombres sedientos de venganza. Diez mil que querían la revancha del fiasco de Almusafes. Y, sin embargo, la turba coreaba enfebrecida. Los mesnaderos aullaban, silbaban, golpeaban el suelo con los pies. Y los demás acompañaban.

«¿Y mi padre?, ¿y yo?».

Sentía los maderos temblar bajo sus pies. Toda la plaza vibraba como la piel tensa de un tambor. Su padre hablaba. Como tantas otras veces. Y los hombres le seguían. Le creían.

Pero Diego solo podía escucharla a ella.

Y miraba hacia las ventanas del harén.

El Campeador rugió. La multitud rugió. Los maderos del estrado retemblaron.

—... Seguramente no volverá, ¿quién se atreve?

La voz de su padre entró de golpe, lo arrolló. De pronto el clamor de la plaza lo llenó todo.

—¡Un voluntario!

Diego miró por última vez a las ventanas del harén.

Y dio un paso al frente.

XI

Bajó del estrado con su padre. Y a sus espaldas quedaron las llamas. Las llamas y los gritos de agonía. La madera ardía. Los prisioneros ardían. Nadie en la ciudad se atrevería a traicionar al Cid.

Caminaban entre la multitud, en el bullicio. Y Ruy le habló a su hijo.

—Valencia será nuestra —dijo exultante.

Y Diego no supo qué decir.

—Ceñirás una corona.

Tampoco dijo nada. Y el Cid sujetó a su hijo por el hombro y apretó.

—Tienes que olvidarla...

Aquello hizo brincar el corazón de Diego.

—Escucha. Es la hija de un mercader. Y nunca me he fiado de él. Tú debes casarte con una princesa.

Y su corazón tropezó.

—Lo he sabido siempre, hace años que hablé con su padre. Le dejé muy claro que mantuviera alejada a esa buscafortunas.

—Ella no...

No le dejó hablar, no le importaba lo que su hijo tuviera que decir.

—Si quería hacer negocios en Valencia tenía que mantenerla alejada de ti.

Su corazón se desbocó. Caminaban, pero Diego no era consciente.

—No es para ti. Cuando Valencia esté asegurada hablaré con el rey de Aragón, y con los francos, y con los condados catalanes, tu madre y yo te encontraremos una esposa a la altura.

Y su padre dio aquella nimiedad por zanjada. Y continuó hablando, hablando de lo que era realmente importante, de lo que sí estaba en juego, de la ciudad, de no dejarse engañar por Alfonso, del futuro, pero Diego apenas escuchaba.

—... un viejo almacén en el lado este, junto a la puerta...

No escuchaba.

—... los hombres han estado cavando desde...

Caminaban, pero Diego no sabía a dónde.

—... yo mismo los he escogido, es lo mejor que tenemos...

Hombres, cien, los mejores. Allí estaba Ladislao, el magiar.

—... los caballos, tenéis que conseguir los caballos...

Callejeaban por la ciudad.

—... lo inundaremos en cuanto hayáis pasado...

No sabía hacia dónde se dirigían.

—... no podréis volver, y nadie podrá entrar...

A lo lejos había un dejo de preocupación. Si no conociera a su padre, si hubiera prestado más atención, quizá le hubiera olido a miedo.

Pero la cabeza de Diego se volvía una y otra vez sobre su hombro. Era imposible ver el harén ya. Sí se veía el resplandor de los fuegos pintando naranjas en la noche.

—... al amanecer...

La mano de su padre volvió a su hombro con un palmetazo. Diego regresó.

—¿Me has oído?

Consiguió asentir. Estaban ante las puertas de un gran almacén. Había montones de tierra que los hombres sacaban con grandes cestos. Tras él estaban Ladislao y los demás.

Y Ruy volvió a insistir.

—Al amanecer.

XII

Y al amanecer se abrió la Puerta de la Culebra.

Apenas había luz, una franja que reptaba desde el mar y que no pudo sacar brillo a las cotas o los escudos; pero tampoco lo hubiera hecho el sol de mediodía, todos iban embadurnados con hollín y la orden, que Nuño había repetido hasta la saciedad, había quedado clara.

—Al que la joda, lo capo. Ni un ruido. Ni un reflejo.

Los hombres a caballo eran casi cinco cientos, y la peonada rondaba los dos mil, todos los disponibles, a excepción de los que se habían escabullido por el almacén.

Ruy iba delante, con Blasco y Nuño, como siempre. El Cid tenía que ser el primero en dar la cara.

Serpentearon hacia el oeste, como si remontasen el río. Y las hogueras del campamento almorávide aparecieron en el horizonte.

—Llegó el momento —anunció el asturiano.

Nuño lanzó uno de sus escupitajos.

—¡Hierro y sangre! —exclamó—. ¡Con dos cojones!

Y miró al Cid para añadir algo más.

—¡Cagüen la puta de Babilonia! El día que seamos más esto va a perder la gracia.

Y en aquella cara hecha de remiendos la sonrisa que asomó pareció la de un lobo entrando al establo.

Las mejillas de Ruy también se tensaron con una sonrisa.

—¿Vamos?

—¡Vamos! ¡Viva el Cid!

XIII

Cayeron sobre el campamento almorávide, lanzas en ristre, con los primeros rayos del sol.

Entraron como una tromba de agua.

Chocaron contra el muro almorávide y se abrieron para abarcar cuanto era posible.

El primer moro que Ruy ensartó no tenía puesta otra cosa que las calzas y la sorpresa colgada en el rostro.

Los habían cogido dormidos. Y no pensaban darles tiempo a reaccionar.

El aire se llenó del entrechocar de metales, de los gritos de alarma, de los aullidos de los heridos, y del inconfundible tufo a tripas abiertas en canal.

Arremetieron contra los almorávides, y tenían pocas o ninguna posibilidad. Pero los hombres seguían al Campeador, en sus oídos aún reverberaba el discurso escuchado en la plaza. Y todos sabían que no había más salida que ganar.

Valencia era lo único que les quedaba.

Cuando la lanza se partió, ensartada en la tripa de un gordo que había conseguido ponerse el casco, Ruy desenfundó la espada en el mismo gesto con el que dejó caer la lanza.

En su galope salvaje, entre las tiendas y las hogueras del campamento, embistió, cargó, cortó, segó.

Sembraban muerte.

A un muchacho, apenas un muchacho, lo cogió subiéndose los calzones después de orinar, aún con las manos ocupadas. Cuando cayó al suelo, el espanto en su rostro seguía teniendo legañas.

Las mesnadas del Cid aprovecharon lo único que tenían a su favor. La sorpresa.

Y la sorpresa se agotó.

Como si se pusieran de pie tras tropezar, las tropas almorávides reaccionaron. Aún no había salido el sol cuando varios cientos ya estaban a caballo, con las cotas puestas y las espadas en la mano.

Poco después empezaron a sonar los tambores.

El Cid y sus hombres se reagruparon.

—Se acabó lo que se daba —dijo Blasco entre resoplidos.

Los tres caballos piafaban con nervio, la matanza continuaba a su alrededor, envuelta en gritos y chasquidos, enterrada en el atronador sonido de los tambores moros. A lo lejos vieron un rebaño de camellos que corría espantado hacia la claridad que asomaba por levante. Y un cabrito, manchado de sangre que no parecía suya, balaba lastimero junto a una tienda caída. El animalillo se había subido en un caldero dado la vuelta junto a los restos de la fogata que habría servido para preparar la cena.

Nuño escupió, había perdido el casco en algún momento.

—¡La puta que los parió!

Las tropas almorávides engordaban, las filas crecían, ya no quedaba nadie durmiendo en el campamento. Todo el que podía, corría a coger sus armas y protecciones.

—Empiezan a ser demasiados —dijo Blasco.

Y en el fondo de su voz se percibía el roce de la angustia.

Su capitán lo miró y, como siempre, el rostro del Cid rebosaba confianza.

—Aún podemos aguantar un poco más.

Y lo hicieron, hasta que llegó la primera carga de los almorávides. Pasó entre los cristianos como una guadaña.

Eran demasiados. Y estaban rabiosos. No querían perdonar que los hubieran pillado por sorpresa.

—¡Cabrones! ¡No les ha gustado que los saquemos de la cama para maitines!

Nada más decirlo, un tajo al aire cortó uno de los corvejones de su montura y, entre agudos relinchos, Nuño perdió pie y cayó del caballo. Se dio un costalazo, pero apenas tardó un parpadeo en usar la espada para despachar a un barbudo que se le echaba encima, probablemente el mismo que había arruinado al caballo.

No lo dudó, Blasco echó pie a tierra junto a su amigo. Empezaron a pelear, espalda con espalda, dos contra diez. Y, en el siguiente parpadeo, ya eran dos contra veinte.

El Cid pasó como una exhalación y les sacó de encima a cuatro, pero no sirvió de mucho, las cuentas seguían sin cuadrar. Estaban superados.

A un lado y a otro, mientras el sol lograba alzarse sobre el mar, los almorávides se habían despabilado y la sorpresa no había borrado la verdad. Las tropas del Cid no tenían la más mínima posibilidad.

O hacían algo o no saldrían de allí con vida.

Nuño recibió un tajo en el brazo y aulló de dolor. La mano le falló y perdió la espada. Tuvo que dar dos pasos atrás. Y, como perros rabiosos azuzando a un oso, tres lo cercaron. Otro cualquiera se hubiera cagado encima y ya estaría muerto. Pero no el burgalés. Nuño estaba hecho de otra pasta, se abalanzó sobre el primero de ellos y le mordió la nariz con aquella bocaza suya.

Cayeron al suelo rodando, el moro chillaba como un cochino y la sangre salpicaba en todas direcciones. Pararon contra un caballo muerto y despanzurrado, y Nuño se levantó con la boca ensangrentada para escupir el despojo con desprecio. La nariz le dio a otro de los moros en el pecho, y se echó atrás por puro instinto. Nuño aprovechó el momento para patear salvajemente al caído. Pateó, una y otra vez, hasta que los huesos crujieron y la cabeza quedó hecha un guiñapo.

Blasco y el propio Ruy lo escoltaron. Y otros tres mesnaderos. Pero estaban rodeados.

Mirasen a donde mirasen, todo eran aljubas negras. Y los tambores, el retumbar de los tambores.

Los suyos caían. Y nunca caían en el cuerpo a cuerpo, eran buenos. Conocían el oficio. Pero era imposible no caer cuando cuatro, cinco, incluso seis de aquellas aljubas negras se echaban encima.

Parecía que la niebla los quería cubrir, sin embargo no era

más que polvo. El polvo que levantaban miles de hombres y animales. El que levantaban la guerra y el miedo.

Y los tambores no callaban. Se metían en las muelas. Daban dentera.

Los flancos se cerraban como tenazas. Se hundían en aquellas arenas negras y espesas que eran los almorávides. Los estaban rodeando. Iban a caer en Cuarte.

Ruy miró a todos lados. Y allá donde mirase uno de los suyos caía rodeado por tres o cuatro aljubas negras.

Y dio la orden.

Por primera vez en su vida.

Sonó el cuerno y se levantaron las enseñas. Todo el que pudo verlas avisó a quien tenía al lado.

No hubo pánico, estaban acostumbrados a la guerra, era su oficio; sin embargo, más de uno soltó un alarido de frustración. Aunque los tambores no dejaron que se oyese.

Y, también por primera vez en su vida, el Cid tuvo que repetir una orden.

Las enseñas flamearon. Los hombres gritaron. Los cuernos dejaron en el aire su lamento.

El Cid se retiraba.

Nunca antes habían tenido que hacerlo. Ese día, de amanecida, bajo el polvo de Cuarte, las mesnadas del Campeador se batieron en retirada. Con el rabo entre las piernas.

XIV

El clamor venció a los tambores. Miles de gargantas aullaron felices. Los cristianos huían.

Y los capitanes estiraron el brazo y señalaron hacia Valencia. En medio de las barbas, sonrisas salvajes que enseñaban los dientes.

El maldito. El infiel que los había puesto en evidencia, el castigo que algunos habían considerado divino. El más miserable de los miserables huía.

Y se lanzaron como perros callejeros a la trastienda de un carnicero.

Los cristianos estaban perdidos.

XV

No cundió el pánico. Los hombres se replegaron y empezaron a retroceder hacia la única esperanza que les quedaba, las murallas de Valencia y el resguardo que ofrecían.

Nuño había robado un caballo a saber dónde, uno con ronzal moro, lleno de adornos con cintas verdes y rojas, y le pateó la cabeza a uno mientras con la espada le rebanaba el pescuezo a otro.

Blasco estaba a su lado, igual de ocupado, y Ruy.

—Más vale que llegue a tiempo...

Pese a los jadeos del asturiano, el Cid lo entendió.

—¡Lo hará! Ya los tenemos...

XVI

Sin previo aviso, el ritmo de los tambores cambió.

Y Alfagit, que era de esos hombres que siempre sabían cómo apañárselas para acabar en la retaguardia, donde se gritaba mucho y se peleaba poco, donde las historias de valor crecían más rápido que la cizaña, Alfagit se volvió para mirar.

Y tuvo que frotarse los ojos.

—*Alkhawanat akufaar!*

Pensó que se equivocaba. Creyó que un malvado *djinn* se había escapado de su madriguera y sembraba el terror por el puro placer de hacerlo.

Incluso sacudió la cabeza, incrédulo.

Pero era cierto.

Y pronto quedó confirmado. Otro de los tambores calló de repente.

Y otro más.

Y, aquel amanecer de prodigios, en el que el más perro de los perros, el más infiel de los infieles, ponía pies en polvorosa por primera vez, aún se llenó de más milagros. Porque, también por primera vez en su vida, Alfagit salió corriendo como alma que lleva el diablo, y no para huir del campo de batalla, sino hacia la vanguardia.

Sus compañeros lo vieron cuando el tercer tambor calló, ya solo quedaban otros tres. Y al recuperarse de la sorpresa, ese amanecer podía ser de prodigios, pero también de sorpresas, miraron a sus espaldas.

Fue como una estampida.

XVII

Eran espectros. Sucios de tierra y tintos de sangre. Salieron de la nada y cabalgaban sobre la muerte. Se abalanzaron sin piedad sobre el campamento almorávide.

Espectros que surgieron de la oscuridad. Demonios de la noche.

Al galopar, pisaban a los muertos, esparcían tripas y mierda. Pero no se detenían. Cortaban los vientos de las tiendas, el cuello a cualquiera que los aguantase.

Los flancos de los caballos brillaban de espuma. Las espadas brillaban al sol del amanecer. Los jinetes hincaban los talones.

Una pesadilla salía del oeste y se abalanzaba sobre los almorávides.

El que los mandaba era joven, pero su rostro era como la calavera de un demonio, tenía los ojos hundidos, y la expresión de un perro rabioso.

Algunos de los que sobrevivieron a aquella batalla, y no sumaban muchos, se fueron a la tumba asegurando que en Cuarte habían visto al mismísimo *Shaitán*. Nada lo detenía, nadie podía pararle. A galope tendido saltó sobre sacos amontonados tras una tienda caída y llegó como una furia hasta uno de los tambores. Ninguno de los cuatro hombres tuvo la más mínima oportunidad, una tempestad cayó sobre ellos.

Fue otro de los prodigios de aquel amanecer sangriento. Aquel loco, porque solo un loco podía haberse lanzado así contra miles de hombres armados, mató a los cuatro hombres a cargo del enorme tambor. Los descuartizó. Y siguió adelante como una galerna arrasando la costa.

Y se sacudió la sangre como un perro saliendo del agua. Y fue a por el siguiente tambor, envuelto en ira y polvo.

Y a por el siguiente.

XVIII

Cuando los tambores callaron, cundió el pánico.

Se habían lanzado eufóricos contra los cristianos que huían, como gatos jugando con un ratón, y ahora, de pronto, los perros infieles aparecían por su espalda.

Pensaron que estaba hecho, que ya lo tenían, y quedaron atrapados.

Y los cuernos volvieron a sonar, y los hombres del Cid, como en un juego infantil, llegaron a las murallas de Valencia para rozarlas con las yemas de los dedos y darse la vuelta a la carrera.

Se cerraron sobre aquel mar de aljubas negras.

Y estaban ebrios de gloria, ansiosos de victoria. Habían tendido una trampa y ahora cobraban la presa.

Fue una carnicería.

Huyeron como conejos.

—¡Corred, hijos de puta, corred!

Nuño tenía la expresión de una bruja en un aquelarre. No se podía ser más feliz.

Tras improvisar un cabestrillo con una correa, se las había apañado para pelear con el brazo malo. Y le había costado aguantar con la muñeca menos entrenada, pero ya no tenía que esforzarse por sostener la espada robada a un cadáver, no había que mantener la guardia. Huían.

Y más allá, por encima de las aljubas negras, venían los que se habían escabullido por el almacén.

—¡La puta!

Por un momento, algo frío le subió por el espinazo a Nuño. Por un momento no reconoció al jinete que mandaba a los cristianos.

Uno de los moros se agachaba como para rezar, con las manos al frente, pidiendo clemencia. Aquello ya no era luchar; aquel hombre, tinto de sangre, apenas se tenía en pie.

Pero no hubo piedad.

El cristiano lo arrolló. Y al siguiente.

Y la espada iba de un lado a otro, e incluso desde aquella distancia podía ver la rabia hirviendo en el rostro manchado. Si le hubieran dicho que allá por donde pisaba no volvería a crecer la hierba, si le hubieran dicho que de los cascos del caballo salían llamas, el burgalés lo hubiera creído.

Tan absorto estaba ante aquella visión salida de los infiernos que no se dio cuenta de que Ruy se ponía a su lado.

La del Cid era la expresión de la felicidad. Habían ganado otra batalla imposible, pero no era esa la razón. La razón cabalgaba como el mismísimo ángel de la muerte.

Nuño ni siquiera lo oyó. Tampoco Blasco.

Los dos. Y muchos otros a su alrededor, miraban embobados. Le debían la vida. Y aun así nadie vitoreó su nombre, nadie silbó. Y más de uno temió que aquella pesadilla se volviera contra ellos.

Ruy no. Ruy no veía lo que veían sus hombres. El Cid no comprendía que dejaba en herencia una condena.

Él no sentía temor alguno. Sentía orgullo.

—¡Es mi hijo!

UNOS, OTROS Y CRUCES

Año del Señor de 1102

I

Los tragaluces del enorme almacén bailaban con el fuego. Del techo caían delicadas escamas de madera, como mariposas ardiendo. Las vigas crujían. El calor abrasaba.

Las llamas corrían por la ciudad. Valencia ardía.

Y él gritó con todas sus fuerzas. Con todo lo que tenía.

—¡No soy el aprendiz del hebreo!

Golpeó de nuevo.

—¡¡No soy Galín!!

Volvió a golpear. Se le echó encima. No le dejó respirar.

—Soy...

Costaba decirlo, sus labios no querían obedecer. Habían pasado años. Era más fácil decir que no.

Ojarra se tambaleaba, intentaba reunir fuerzas. Los ladridos crecían. Otro trozo del entramado del tejado se desplomó junto a los viejos montones de arroz. Se desgarró arrancando astillas, haciendo volar chispas, desprendiendo calor. Y cayó dando vueltas. Y, con la caída, las llamas se avivaron, se vistieron del intenso naranja de una forja.

Se estampó contra el suelo, envió arroz en todas direcciones, y brasas, y humo. El cereal crujió con el calor. Los maderos colapsaron. Cayeron más pedazos del techo. Y uno aplastó al escolta que Ojarra había asesinado, lo espachurró como a un piojo entre las uñas. Y la peste a carne quemada se unió al humo.

El estruendo del fuego se unía a los chillidos que llegaban de la calle. Valencia ardía.

A Ojarra le dio igual.

—¿Dónde?

La voz tomada por la propia sangre. La boca llena de odio. Ojarra no se detendría si no era muerto. Intentó atacarlo. No se daba por vencido.

Lo golpeó de nuevo. Con todo lo que tenía. Con su pasado. Con sus remordimientos.

—Soy…

Era como si le hubieran cosido los labios.

—Eres el agujero donde la metía ese médico bujarrón.

—Soy hijo…

Golpeó. Y golpeó. Sintió la mandíbula partirse.

—Soy el hijo… de Ruy Díaz de Vivar.

Y levantó las manos atadas una última vez, pero no para golpear.

—Mi padre era el Cid.

Las levantó para apuñalar.

II

Ladislao se le murió en los brazos. Se fue apagando a medida que la sangre se le escapaba por el enorme tajo que le abría la garganta.

Salió mal.

Estaba recibiendo una paliza, pero los golpes no dolían, los recuerdos dolían. Mucho más.

Fue como si los hubieran estado esperando.

Entraron en el túnel como alimañas, pasaron bajo la muralla, a través del barro fresco, con las narices llenas de olor a hinojo de las raíces que habían roto las palas. Y cuando salieron al otro lado lo hicieron confiados. Pero no hubo a quien ganarle la espalda, no hubo oportunidad de rodear el campamento almorávide.

Solo hubo muerte.

Quizá un espía de Yahhaf. A lo mejor pura mala suerte.

Los últimos estaban saliendo de aquella madriguera recién excavada y Diego hablaba con Ladislao en susurros.

Y aparecieron. De la nada. Cargando.

Más que ellos, muchos más, montando rápidos caballos andalusíes, de los que se criaban a orillas del Guadalquivir. Con las aljubas negras al viento, los turbantes calados sobre los cascos.

Les cayó encima una avalancha. Negra y oscura. Llena de acero.

Y algo le pareció extraño en aquel entonces. Pero iba a tardar ocho largos años en comprenderlo. Ocho largos años en los que tuvo tiempo de perderlo todo, incluso a sí mismo.

Ladislao se le murió en los brazos.

Mataron. Y mataron aún más. Y murieron. Murieron demasiados. En aquella condenada guerra siempre morían demasiados.

Podía recordar los gritos. El dolor de aquel asturiano al que le cayó un caballo encima y le partió la cadera con un crujido seco, el jinete muerto salió despedido, pero otra de aquellas aljubas negras tomó su lugar y descabelló al asturiano.

Aún recordaba los gritos. Y cómo callaron de pronto convertidos en un gorjeo.

Y creyó oír algo. Algo que se decían los almorávides. Pero necesitó ocho años para comprenderlo.

Ladislao le había enseñado a trenzar el esparto. Ladislao le había enseñado a hacer infusión con pétalos de rosas silvestres. Y cuando Ladislao se le murió en los brazos, el vaso se colmó.

Aquel día Diego no peleó por su padre, ni por Valencia, ni por Lilia. Fue rabia, roja y ardiente. Odio. Y ni siquiera sabía qué había odiado. Probablemente a sí mismo. Casi con toda seguridad a Galín. Más que ninguna otra cosa a su padre. Al Cid, que no le había dejado otro camino que la guerra.

Diego peleó. Y derrotó a otros hombres, pero no pudo con su odio.

Salió de allí con vida, pero sin alma.

III

Ocho años.

Ahora lo comprendía. Y comprenderlo dolía. Pero no le hacía falta ver de nuevo lo que encerraba en su puño. Tenía las manos atadas a la espalda, y no importaba, podía reconocer la forma entre sus dedos. Era inconfundible.

Ahora sabía que se había equivocado.

Su padre tenía razón. Y Blasco no lo había creído. Nuño no lo había creído.

Nadie.

Tampoco él, ciego de dolor por el rechazo de Lilia. Ciego por lo que su padre había dicho.

Se había dejado llevar por el odio.

Y ahora no podía hacer nada. Nada.

—¿Dónde está?

No prestaba atención. No escuchaba. Recordaba aquella noche de la batalla de Cuarte.

El antiguo harén. Las palabras de Lilia. La arenga en la plaza. Lo que su padre había dicho. No le quedaba nada. Solo rabia.

Rabia al rojo vivo.

Lo habían sentado en un banco desvencijado que encontraron en alguna esquina del almacén. Lo habían sentado allí porque era imposible que se aguantase en pie.

Ojarra golpeó de nuevo. Un puñetazo brutal que lo tumbó de espaldas. Y Qasim reía encantado.

—¿Dónde lo escondisteis?

Estaba perdido en sus recuerdos. Tampoco respondió. Y dos bofetones le sacudieron el rostro.

—Es duro el cristiano —rio Qasim—. He conocido culos más fáciles.

—¡Cállate, moro!

Zarandeó a su prisionero.

—Vas a decirme dónde está...

Llegaron gritos, ajetreo. Algo conmocionaba la ciudad.

—¿Qué demonios es eso?

Apenas lo dijo, un estruendo cayó sobre el tejado del almacén. Los maderos crujieron y se lamentaron, las vigas amenazaron con partirse, algunas riostras lo hicieron. Llovió polvo, serrín de las carcomas, mierda de paloma y plumas. Todo el edificio se estremeció.

Qasim corrió hasta la puerta y se asomó. Y cuando lo hizo llegaron más gritos.

—Están lanzando pacas embreadas, ¡ardiendo!

El tejado había aguantado el impacto, a duras penas, pero el fuego iba a terminar el trabajo, ya podían oír cómo las llamas crujían sobre sus cabezas.

Qasim rio con más fuerza. Lo que veía terminó de convencerlo de que los cristianos estaban todos locos.

—Alfonso tiene prisa.

Y Ojarra rio también, nada más decirlo, y metió el dedo en la herida que había dejado el puñal. Hincó con fuerza. Esperanzado, porque los ojos de su prisionero brillaron por un momento. Por fin lo miraba. E hizo más fuerza, cargó todo su peso en la herida de la pierna.

—Vas a decirme dónde está...

Y se oyó el chapoteo. El agua se agitaba.

IV

El nombre del rey tiró de él. Y el chapoteo lo sacó de sus recuerdos.

El ruido del agua lo sacó de su odio y ocho años pasaron en un suspiro.

Tenía a Ojarra encima, cargando todo su peso en la herida del muslo.

Diego abrió y cerró la mano, allí estaba. Su padre tenía razón. Y no le había creído. Nadie le había creído. Ni siquiera Blasco. Y Lilia había mentido, Lilia le había engañado. Y su madre estaba sola. O, lo que era aún peor, con Lilia.

El agua volvió a agitarse.

Ojarra insistía.

—¿Dónde está el...?

Y Diego se levantó de improviso, se levantó con todas sus fuerzas, empujando como si alzase un peso enorme con los hombros. Tan brusco y con tanto impulso que el banco salió disparado a sus espaldas.

Su cabeza se enterró en el rostro del navarro y rompió una vez más las narices que aún no habían curado. Ojarra se echó atrás y se llevó las manos a la cara, aullando de dolor.

La risa se le cortó a Qasim de golpe.

El agua volvió a agitarse y el lebrel salió, como la bestia negra que emergía del mar para asustar a los niños que se quedaban a escuchar los cuentos de los mayores junto al hogar. Salió del agua con los colmillos listos y se lanzó sobre el contrabandista de un salto.

El tejado crujió, se lamentó herido de muerte. Granizaron chispas. Y un pedazo del entramado se desprendió con un nuevo estruendo.

Diego no perdió un solo instante, bajo aquella tormenta de fuego se echó al suelo y se descoyuntó los hombros para pasar las manos atadas bajo los pies.

Qasim gritaba y el lebrel mordía.

Diego se lanzó sobre Ojarra y empezó a golpearlo con las manos aún atadas.

V

—Mi padre era el Cid.

Las levantó para apuñalar.

Y bajó las manos con tanta fuerza como fue capaz de reunir. Y el vástago de plata sobresalía entre sus dedos.

Lo clavó en el ojo del navarro. Y pudo escuchar el ruido, como al pisar una uva. Y sintió en las manos las salpicaduras de los humores. Y solo lamentó que no fuese nada más que un pequeño colgante, porque le hubiera gustado que llegase a los sesos.

Era una cruz. Una cruz de plata con inscripciones en latín. Algo que, incluso en el fondo de una acequia, solo hubiera podido llevar al cuello un caballero cristiano.

El lebrel soltó a Qasim, que se alejó gateando, con la aljuba mojada de algo que no era agua.

Ya no era una amenaza y el perrazo fue piadoso.

Cayó otro trozo más del techo, esparciendo chispas en todas direcciones. Y el perro no se amedrentó. Se puso junto al hombre.

Las ratas empezaron a corretear de un lado a otro, huyendo del humo y el fuego. Qasim salió gateando tras ellas.

Ojarra se arrancó la cruz y la tiró al suelo con desprecio.

Y el perro iba a abalanzarse sobre él cuando Diego le dio la orden.

—¡Quieto!

El lebrel obedeció, con los belfos remangados, gruñendo con tal fuerza que le temblaban los colmillos.

Pero Ojarra no se arredró.

Algo pegajoso le caía por la mejilla, algo que parecía uno de aquellos escupitajos de Nuño. Y el navarro lo sujetó y lo arrancó sin una sola protesta, como si no hubiera hecho más que espantar una mosca.

—Esto no ha acabado. Mataste a mi padre.

Eran dos hombres heridos. No hubo honor. No hubo decencia.

Y solo uno de ellos salió del viejo almacén.

VI

Valencia ardía. Lo que podía quemarse se quemaba. Y los trabuquetes de Alfonso, rey de Castilla, rey de Galicia, rey de León, no cesaban.

Enormes bolas de esparto empapado en brea, sujetas por aros de hierro, caían ardiendo sobre la ciudad.

Y todo el mundo huía.

Todo el mundo chillaba. El miedo se había apoderado de la perla acostada junto al mar. El horror campaba por Balansiya.

Todos huían.

Todos menos uno.

Un hombre salió de unos viejos almacenes. Unos que estaban pegados a la muralla, en la barriada de la Puerta de la Xerea. Abandonados hacía años, y cerrados para que nadie descubriera que escondían una entrada a la ciudad.

Salió de los almacenes sangrando, vestido con harapos, tiznado de hollín negro y de yeso blanco, cojeando. Y junto a él salió un lebrel, que también sangraba, que también cojeaba.

Dentro quedaba el fuego.

El fuego. Un hombre aplastado por un derrumbe y convertido en carne a la brasa. Otro con la mandíbula hecha cisco. Y el último, un tuerto que tenía una caña atravesada en la garganta, una de esas que se usaban en las huertas para las matas de judías, una como las que usaban los maestros arroceros.

Fuera estaba él. Y el perro.

A su alrededor las gentes de Valencia corrían, desesperadas. No tenían a dónde ir, las puertas estaban cerradas. Y si lograban salir sería para toparse de frente con los ejércitos del rey Alfonso, los mismos que escupían fuego sobre sus calles y sus casas.

Él no.

Él cojeó hacia el alcázar. Y el perro cojeó tras él.

Y se detuvo en una esquina, para tomar aire, y se llevó la

mano al cuello y sacó de entre los pliegues del tabardo un viejo y sobado colgante. Un saquito de cuero.

El perro lo miraba.

Y el hombre jaló con fuerza. Y el cordón se partió con un chasquido.

Lo dejó en su palma un instante, y el perro alzó la cabezota para olisquear.

—¿Por qué no me dijiste que soy un imbécil?

El perro no contestó. Y el hombre tiró el colgante con gesto asqueado. Lo tiró al canal que corría en medio de la calle, donde se vaciaban los orinales, donde acababa la mierda de las caballerías.

Lo tiró y se puso a andar de nuevo.

El perro miró hacia donde el colgante había caído.

—¡Vamos! Aún podemos salvarla...

Y el perro echó a trotar tras el hombre.

PROMESA, JURAMENTO Y MISERIA

Año del Señor de 1097

I

Se prometió a sí misma que algún día se desharía de aquel armatoste pretencioso.

Pero no era aquello lo que la había llevado hasta allí.

Jimena se sentó en la lujosa mesa, un despropósito lleno de adornos, labrados y taraceas. Un sinsentido más entre la infinidad de excesos que habían sido las habitaciones personales de Alqádir en el alcázar.

Entró como una tromba en la sala, con el vestido hecho una tormenta, y se sentó, sin más, y lo hizo sobre los mapas que su esposo estaba estudiando.

—No puedes dejar que se marche —espetó.

Ruy levantó la mirada y sonrió a su esposa. Una sonrisa cansada que apenas alzó sus mejillas. Tenía el aspecto y las ojeras de alguien que lleva días sin dormir.

—¿Ha salido ya el obispo?

Jimena resopló con disgusto, y el mechón trigueño que caía sobre su mejilla bailó por un momento.

—No, no ha salido. Pero tranquilo, dice que el papa accederá.

Y antes de que él pudiera decir nada, Jimena continuó, con urgencia.

—No puedes consentirlo. Tiene que entrar en razón.

El Cid resopló.

—Recapacitará.

Jimena asintió.

—Lo sé, no es un estúpido. Pero no es eso lo que me preocupa.

El Cid alzó las cejas.

—Lo que me preocupa —aclaró Jimena—, es que sea tarde cuando lo haga.

Y la tristeza que llevaba tiempo anidando entre ambos creció. Se alargó como una sombra al atardecer.

Jimena le quitó la pluma que tenía entre los dedos manchados de tinta. No fue brusca, tampoco cariñosa. Tiró de ella y la apoyó en los mapas sin importarle el borrón que empezó a crecer en algún lugar de Burgos.

Y clavó sus ojos, que también se asentaban sobre ojeras, en los de su esposo.

—Debes hablar con él.

—Es ley de vida, todo cachorro quiere acabar siendo el jefe de la manada.

Aquella sombra creció aún más. Se oscureció.

Paseaban por las habitaciones de un hogar abandonado. Reconocían cada esquina, y dolía ver los destrozos del paso del tiempo, de los descuidos, las telarañas de los rincones.

Pero antes que esposa, Jimena era madre.

—Ese es el problema, es un cachorro. Y tú le has enseñado a morder.

Ruy se echó atrás, contra el respaldo, empujando con las manos en el canto taraceado de la absurda mesa.

—Tenía que estar listo, ese es su deber.

El rostro de Jimena se encogió. Como si en lugar de palabras hubieran sido puñaladas. El dolor arañaba el alma.

Aquel frente a ella era su esposo. Lo amaba. Y, al tiempo, ya no lo era, y quería odiarlo.

Como siempre, Jimena demostró mejor juicio que su esposo. Respiró hondo y se aferró a los recuerdos. A los buenos.

Lo amaría siempre. En lo bueno y en lo malo. En la miseria.

Quería gritarle, sacudirlo. Pegarle.

La mano, de largos y delicados dedos, arrugó uno de los mapas, lo estrujó como si exprimiese aquellas colinas y bosques. Apretó hasta que los finos nudillos blanquearon.

Era tan fácil dejarse ir hacia la ira.

Respiró. Cerró los ojos un instante. Y su mano se relajó.

—¿Ruy? —seca, cortante.

El Cid también respiró, hondo. Miró el mapa estropeado. El borrón de tinta. Y también cerró los ojos.

—¿Ruy? —apenas con unas pocas espinas.

Él se mordisqueó el labio. Ella esperó.

Llevaban tantos años juntos. Habían conocido la fortuna y la desdicha. Y, hasta ahora, habían salido siempre juntos del laberinto, sujetándose las manos.

Pero el suelo se había vuelto quebradizo. Bastaba un paso en falso para caer al vacío.

—¿Ruy? —con dulzura.

Y su esposo humilló el mentón sobre el pecho.

—No quiere creerme —confesó.

Jimena asintió.

—Quiere seguir tu camino —dijo conteniendo la desesperación—. Quiere ser como tú. Quiere...

Los ojos de su esposo la miraron bajo las cejas caídas. Y, por primera vez en semanas, Jimena volvió a ver al niño del que se había enamorado.

—Tú serviste a Sancho, ¡y al propio Alfonso!

Y nada más decirlo, Jimena cerró los ojos. Los apretó. Supo que se había equivocado en cuanto el nombre salió de su boca. Y supo que jamás se lo perdonaría.

Ruy se levantó como una tempestad. Y rugió. Bramó a todo pulmón.

—¡¡Y me declaró traidor!!

Se revolvió en pasos que no iban a ningún lado. Abrió y cerró los puños.

—¡¡¡Traidor!!!

Escupía al hablar. Con los ojos idos.

—¡¡¡A mí!!! ¡¡¡Traidor!!!

La ira envenenó el rostro del Cid. No había ojeras. No había cansancio.

Solo había rabia.

—¡Os apresó! ¡Tú! ¡Las niñas!

El dolor le dio un codazo a la ira. Y ocupó su lugar.

—Os apresó...

Ella sabía que su esposo jamás aprendería a perdonarse. Nunca había querido hablar de lo sucedido. Se sentía culpable. Y quería olvidarlo.

Una lágrima cayó en los mapas. Junto al borrón.

—Tu odio está empujando a tu hijo lejos de ti.

Lo dijo con la suavidad de una caricia. En apenas un susurro.

Solo ella tenía el valor de enfrentarse así al único hombre que jamás había perdido una batalla.

Jimena lo intentó. Tuvo el valor necesario. Pero Ruy se había dado la vuelta.

Su esposo miraba por una de las ventanas. Hacia la plaza donde el cadí Yahhaf había sido quemado vivo. Al lugar donde su hijo se había presentado voluntario.

—Se dará cuenta de que se equivoca...

Cada palabra fue un martillazo. Cada palabra salió entre dientes apretados. Cada palabra pesaba una vida.

Ni siquiera se volvió hacia su esposa.

Gota a gota, sobre los mapas empezó a correr un nuevo río.

—¿Y tú?

La voz de Jimena era el retrato de la pena. Amarga y profunda.

—¿Y si eres tú quien se equivoca?

II

Cuando Lilia lo sorprendió en los pórticos del alcázar, Diego tuvo que luchar contra la tentación de dejarla allí plantada.

Lo hubiera hecho de no ser por lo que ella dijo.

—No puedes llevártelo.

No le había hablado desde aquel día en el harén, ni siquiera el día de la boda, de la que Diego había sido testigo.

Mirarla aún dolía. Dolería siempre.

—Deja que se quede.

Diego se recompuso lo mejor que pudo. Y miró a ambos lados, no le hubiera gustado que le descubriesen hablando con la esposa de su amigo. En el alcázar las lenguas eran afiladas.

—Él lo ha decidido —dijo arisco—. Los que me acompañan lo hacen por propia voluntad.

El mohín que hizo malabares con sus labios la volvió aún más bella. Y el corazón de Diego dio un vuelco. Tuvo que rendirse.

—Yo no se lo he pedido —admitió en un tono más amable—. ¡Hubiera ido yo solo! No se lo he pedido a ninguno... Se han hartado...

Calló, comprendiendo que estaba hablando de más. Y, de inmediato se arrepintió. Sintió que había llegado el momento de romper la correa que llevaba al cuello.

De golpe, entendió que su decisión lo había hecho libre. Y lo que llevaba dentro salió a borbotones.

—Mi padre se equivocó...

Se sorprendió a sí mismo al decirlo. Pero le gustó el sabor de aquellas palabras. Aquellas palabras lo guiaban hacia la libertad.

—¡Se equivocó! No tenía derecho. ¡Y sus errores han costado demasiadas vidas!

Ella intervino.

—Valencia se rindió —dijo insegura.

Y Diego saltó como un resorte. Había cobrado fuerzas. Ya no era un chico a la sombra de su padre. Era un hombre ansioso por labrar su propio destino.

—¡Los quemó vivos...!

Lilia no se arredró. Incluso dio un paso al frente. Se acercó. Y su olor lo llenó todo.

—¡Y lo que tú hagas no les devolverá la vida!

Bufó como una gata. E intentó razonar.

—Muchos piensan como tu padre. Muchos piensan que no tenía otra salida... El obispo Jerónimo también lo cree.

Contraatacó de inmediato con lo más hiriente que se le ocurrió.

—¿Ya le has propuesto algún negocio? Él presume de que tiene la confianza del santo padre, ¿vas a venderle velas al Vaticano?

Ella se echó atrás, como si la hubiera golpeado. Dolida. Pero se revolvió pronto, dispuesta a defenderse. Abrió la boca. La cerró. Dudó. Y le soltó una bofetada que resonó en el pórtico.

Podía haberlo hecho. Lo había hecho una y mil veces. Una espada, una maceta de descabello, un codazo. Conocía el oficio. Lo suyo era la guerra. Podía haberla esquivado.

No lo hizo.

—Tú dejaste que mi padre muriese...

La mejilla de Diego ardía, se tiñó de rojo intenso. Pero no se llevó la mano a la cara. No se quejó. Se quedó donde estaba. Y la tormenta descargó sobre él.

—¿Qué querías que hiciera?

Resoplaba como un caballo a galope. Llena de ira. Y resultaba aún más bella. Así, agitada, encendida. Era fácil imaginarla en el lecho, desnuda, entregada a la pasión. Con la boca ansiando besos, carne.

Diego se mordió los labios.

—¡Dime! ¿Qué tenía que haber hecho?, ¿venderme? Como una cualquiera... ¿A cambio de un título?

Dolió aún más que la bofetada. Y apenas pudo replicar, apenas un suspiro. Poco más que un susurro.

—Yo nunca...

—¿No?

Ya no se atrevió a contestar. Ni siquiera se atrevió a alzar los ojos.

—He mantenido el legado de mi familia —dijo orgullosa—, los Orlandi seguimos pagando nuestra parte del mármol de la catedral, los Orlandi siguen comerciando. Y lo seguiremos haciendo.

Y Diego dio un respingo, fue capaz de hablar.

—El dinero no lo es todo.

Volvió a bufar, giró sobre sí misma, alzó la mano para soltar otra bofetada. Y, tras cerrar un instante los ojos, habló de nuevo.

—¿Y qué lo es? ¿El honor, el linaje? ¡¿La gloria en la batalla?!

Se detuvo, para tomar aire, pero las preguntas no se acababan. Las preguntas podían continuar hasta el fin de los días.

—¿Servir a tu rey?, ¿conseguir un título...? ¿Ser un buen vasallo?

Podía continuar, para siempre. Pero se refrenó, detuvo aquella carrera de reproches. Y se contestó a sí misma antes de que Diego pudiera hacerlo.

—Ninguna de esas cosas espanta el hambre —espetó airada.

Alguien pasó por el otro extremo. Mesnaderos entre bromas sobre el rancho. Ruidosos, pendencieros, hechos de hierro y cuero.

Ambos callaron. Esperaron a que el eco de las pisadas, de las risas, se apagase en el corredor que había al final del pórtico.

Y la pausa les dio la calma que ambos necesitaban.

—No te lo lleves —insistió.

Y sonó tan triste, tan desamparada, que Diego se vio desarmado. El dolor la retrataba más bella que nunca.

Ella humilló la barbilla, como una flor con el tallo roto. Y Diego sintió que su corazón avivaba el fuego.

Se inclinó hacia ella, levantó una mano para recoger su mejilla.

Y ella habló de nuevo.

—Lo amo.

La mano cayó a plomo desde la mejilla. Se derrumbó.

Un vendaval de otoño se había llevado hasta la última hoja marchita. Y no habría una nueva primavera. El árbol murió en aquel instante.

Diego escupió más que hablar, golpeó más que hablar. Y lo hizo dándose la vuelta para marcharse.

—Me lo debe.

III

Se escabulló de la ciudad que había rendido. Como un contrabandista de las orillas del río, escapó sin que ninguno de sus capitanes lo supiera, y se llevó aquel semental, que ya no era tan negro, y que ya no cabeceaba tanto.

Se escabulló como una sierpe que deja muerte en la conejera.

Y los vio marchar.

Su hijo iba al frente, orgulloso, con la espalda recta, tal y como le había enseñado, con los talones más bajos que los dedos anclados en los estribos.

Salieron de la ciudad y se llevaron algo que se desgarró dentro de él.

Era su hijo, y los hombres lo seguían. Su hijo los mandaba. Pero su hijo se iba. Lejos.

Los vio marchar. Y se quedó mirando hasta que el polvo se asentó.

Y poco más allá de las murallas hincó los talones, y volvió a hincarlos, hasta que el semental echó a galopar hacia la playa.

Cortó el viento contra el intenso olor del salitre, con los cascos escupiendo arena y el caballo resollando.

El mar se abría ante él. Y recogía el gris de la mañana encapotada.

No había nadie.

Y, sin embargo, se sentía atrapado en una turbamulta furiosa a punto de lincharlo.

Ruy cabalgó huyendo de la desesperación.

Y resultó bello. Un jinete gallardo. Un caballo de buena cruz. A galope tendido por la arena de la playa, que se dejaba lamer por las olas. Cada tranco salpicaba agua y arena, las crines flameaban al viento.

Resultó bello. Y triste.

Ruy huía.

Pero no podía huir de sí mismo.

Cuando se detuvo, descabalgó con rabia, estampando los pies en el suelo, y sacando la espada para cortar, para matar.

Y no había a quien matar. No estaban allí sus enemigos. Solo su sombra, bañada por las olas.

Gritó su angustia, peleando contra el viento.

La espada se escurrió entre sus dedos desesperados y cayó en la lámina de agua que una ola dejó en la arena, con remiendos de algas, limpiando el blanco de las conchas enterradas.

Volvió a gritar. Aulló.

Y caminó hacia el agua.

La misma mano que había sujetado la espada se abrió a un lado, como tierra recién arada para recibir la semilla, y otra mano, mucho más pequeña, se refugió entre sus dedos.

Caminaron juntos, levantando la pesada arena mojada con las suelas.

—¿Papá?

El rostro de Ruy se volvió, y miró abajo, a su lado, justo más allá de su mano.

Allí estaba el niño, despierto y dispuesto. Lo miraba con respeto. Con adoración. Su rostro, tierno y dulce, rebosaba admiración.

—Diego...

Y los labios de Ruy hicieron un extraño, y algo golpeó su pecho, y las cejas se le enredaron. Las narices se le tupieron, los ojos se le llenaron de lágrimas.

Le faltó el aire.

—¿Papá?

La brisa le revolvía el pelo, rebelde e impaciente. Lo miraba como un devoto postrado ante el altar.

—Dime, hijo —logró arrancar de entre sus labios fruncidos.

Y aquel niño, el mismo al que no había visto en tantos años. El que corría bajo la higuera. El que espantaba a los mirlos. El mismo del que podía recordar cada gesto, cada lunar. Aquel niño le sonrió. Dulce, confiado, con esa alegría que solo los niños pueden tener.

—Voy a ser tan valiente como tú.

Por un instante, solo por un instante, había conseguido espantar las lágrimas. Y ya no pudo más. Le costaba respirar. Los labios se le enredaban, le dolía el ceño, que se apretaba para defenderse de la angustia.

—Voy a ser un caballero del rey. Voy a ser el mejor de los capitanes.

Había tanta inocencia en aquellas ilusiones. Había tanto amor.

Jamás en su vida Ruy había recibido una herida así. Ruy Díaz de Vivar, el que se había reído a la cara de la muerte tantas veces, el que nunca había sido vencido, cayó de rodillas, derrotado.

Y el niño lo abrazó con brazos que no eran más que promesas, con un gesto alegre, de pájaro volviendo a su nido. Porque el niño no veía el dolor de su padre. Porque el niño era un niño, y los niños aún tienen blanco el corazón y limpio el espíritu.

—Voy a ser como tú, papá…

Y Ruy hizo algo que jamás había hecho. Algo que pensó que jamás podría hacer.

Lloraba, gemía, se sorbía los mocos. Lloraba.

E intentó hablar, pero se atragantó con las palabras. Y volvió a intentarlo, pero solo pudo llorar.

Y el niño, su hijo, lo abrazó con más fuerza, dándole el amor que tenía, sin reservas, sin contenerse, porque el niño era un niño, y los niños no saben ponerle riendas al amor.

Las palabras lo atravesaron como puñales abriendo carne.

—No, hijo, debes andar tu propio camino...

Apenas podía hablar, no eran más que susurros entrecortados, cargados de mocos y lágrimas.

—... Y yo caminaré a tu lado.

Nunca antes había hecho algo así. Y solo ahora, en las playas de Valencia, comprendió que llegaba tarde. Demasiado tarde.

Logró abrir los ojos.

Y aquel niño no estaba.

Se había ido.

Sintió que la cabeza le daba vueltas. Se mareó. Se puso en pie a base de voluntad. Y trastabilló, estuvo a punto de caer. Recobró el equilibrio.

—¿Hijo?

La voz ronca apenas podía gritar. Escupía saliva y mocos. La barba empapada.

—¿Diego?

Pero ya no estaba.

Su hijo se había ido. Y el mar lo llamó. El mar le susurró paz. Y caminó hacia el agua. Las olas le lamieron los tobillos, las rodillas. Caminó hacia el azul profundo.

Estacazos de dolor lo golpeaban. Balbuceaba llamando a su hijo. Y su hijo no estaba.

—¿Qué he hecho?

Y el mar lo invitó a ahogar su angustia. El mar le prometió paz. Le prometió descanso.

El agua le llegó a la ingle. La siguiente ola a punto estuvo de derribarlo.

Miraba a todos lados, buscando a su hijo. Y su hijo no estaba. El Cid había llegado tarde.

El mar le decía que todo podía acabar, que no habría más sufrimiento.

Lo buscaba. Y el agua le llegó al pecho.

Y sus ojos se detuvieron en la ciudad.

En la ciudad.

Y el mar se calló.

Ruy Díaz de Vivar, *Sidi*, el Cid, el Campeador, se dijo a sí mismo que regresaba por ella, por Jimena, y por las niñas...

Eso fue lo que se dijo.

Y, como tantas veces en su vida, Ruy se mintió a sí mismo.

IV

Consuegra no era mucho, pero Diego estaba acostumbrado. Y también lo estaban sus hombres. Toda una vida guerreando en la frontera hacía que, a la fuerza, uno se adaptase a dormir al raso, a las obras, a las reconstrucciones.

Y tampoco esperaba mucho.

El rey Alfonso había llamado a toda la cristiandad a pelear una vez más contra el empuje almorávide, e incluso se había atrevido a solicitar la ayuda del Campeador.

—Es un engaño, algo trama —había dicho su padre.

Pero Diego había visto la oportunidad de sacarse la soga del cuello.

Y estaba allí.

Ansioso. Deseando empezar su propio camino.

Aunque jamás hubiera esperado el recibimiento que le hicieron a él y a sus cien hombres escasos, los únicos dispuestos a seguirle. Y Diego sospechaba que algunos solo lo acompañaban porque su padre lo había ordenado.

—Tiene que estar siempre vigilándome —le había dicho a Galín.

—Es tu padre —había respondido su amigo.

En su mano sostenía aquel colgante de cuero. Y su voz era conciliadora, pero Diego la puso bajo asedio. Había contestado con brusquedad.

—Puedo apañármelas solo.

Cien caballeros, nada más, y probablemente un cuarto hacían trabajo de niñeras. Pero Diego mandaba la cabalgada con el mentón alto.

—Haremos las cosas a mi manera —le había dicho a Galín.

Y su amigo había asentido.

Y pese a ser solo cien hombres, según llegaron por la llanada que se abría a los pies del monte que sujetaba el castillo, salieron a recibirlos.

Una partida de jinetes abandonó la fortaleza a toda prisa, levantando polvo y aguantando un sol de justicia.

El mismísimo conde de Nájera, García Ordóñez, la lideraba.

V

Fue un alivio entrar en el castillo. Las piedras de los muros aguantaban del calor y el interior, sombrío, se hacía fresco.

Cuando el conde se volvió, mientras caminaban por uno de los corredores, su labio deforme hizo un ruido extraño contra los dientes.

—Su Alteza está encantado de que os hayáis unido —dijo complaciente, sin detenerse.

Y se las arregló para componer un aire afectado, casi de duelo, antes de continuar.

—Sigue lamentando cada día lo que sucedió en Zalaqa... Se perdieron muchos grandes hombres de Castilla ese aciago día, demasiados.

Diego, también sin detenerse, asintió con gravedad.

—Todas mis bestias están acostumbradas a los camellos.

Y el conde, aquel al que nadie llamaba Boquituerto a la cara, dio un ridículo salto en su siguiente paso por el corredor.

—Veo que la fama que te ganaste en Cuarte está más que justificada —dijo cantarín.

Y Diego le tuvo que dar un codazo a su amigo para que contuviera la sonrisa.

Estaban llegando al salón principal de la torre del homenaje y, antes de abrir la puerta, bajo el saludo de los dos hombres que montaban guardia, el Boquituerto añadió algo más.

—Fue Su Alteza, el bendito Alfonso, al que el Señor guarde muchos años, el que recompensó mi humilde labor en la corte con el título de conde...

Y abrió antes de que Diego pudiera contestar.

VI

Pese a lo modesto del castillo, la sala se había decorado con exceso. Había tapices, pebeteros de forja labrados, e incluso las ventanas se habían cubierto con láminas de alabastro.

El resultado, además de aparatoso, lograba que la estancia acusara el calor que abrasaba la mañana, y el lugar se hacía incómodo.

Pero el rey Alfonso no parecía preocupado por el bochorno. Ocupaba el trono que se había dispuesto en una tarima, vestido con un pesado manto que tenía que estar recociéndolo como un espeto. Y miraba la escena con ojos lánguidos, como si aquello no fuera nada más que la actuación de un juglar en una plaza cualquiera. Como si el juglar estuviera, más bien, falto de voz y maestría con el instrumento.

Alfonso parecía aburrido.

Y a Diego le picó el orgullo. No había esperado que enviasen una cabalgada a recibirlo. Pero tampoco que el rey no se molestara siquiera en saludarlo.

Tras él, ante el enorme tapiz que colgaba a espaldas del trono, como la soga de un ahorcado, tenso, cimbreaba aquel escriba judío. Un tipo enclenque, de pelos tan rubios que parecían blancos. Y, pese a que se esforzaba por mantenerse derecho, todo asomo de aplomo se estropeaba por la deformidad en su cuello.

También había un par de caballeros de buen porte. Uno de ellos con una cota casi tan espectacular como la que vestía su padre, aquella que había conseguido en Zaragoza.

Diego y Galín, que habían empezado a sudar nada más entrar, lo miraron todo con disimulo, evitando el descaro, y caminaron hasta el centro de la amplia estancia. Allí se arrodillaron en la alfombra que había frente a la tarima e inclinaron la cabeza.

Pero el rey despreció el gesto abanicando una mano laxa.

—Me alegra ver que has decidido no seguir las huellas de tu padre.

—Alteza.

Y Alfonso no volvió a abrir la boca.

El conde de Nájera, que había tomado posición al lado del hebreo, se encargó de despachar el asunto.

—El documento se ha preparado, tal y como se acordó.

Y le hizo una señal al escriba, que reaccionó de inmediato. Sacó un legajo de algún sitio. Uno del que colgaban sellos y cintas, y se acercó hasta el centro de la sala, donde esperaban los jóvenes.

Aunque no les habían dado permiso, los dos se pusieron en pie, y Diego lo leyó.

Cuando lo hizo, no pudo evitar mirar a su amigo en un gesto cómplice. Y Galín lo recompensó con una sonrisa franca, se alegraba por él. Tanto que los ojos le brillaban. Incluso susurró lo que rezaban las ampulosas letras del pergamino.

—¡Conde de Vivar!

Y Diego asintió satisfecho.

Solo había un inconveniente.

—No está firmado...

Fue el rey quien contestó, quitándole el privilegio a su perro faldero.

—Se firmará a su debido tiempo...

Y, ahora sí, el escriba habló por primera vez.

—Un rey no da su palabra en balde. Se firmará cuando hayas cumplido lo prometido.

Habló como si le describiese al médico los resultados de sus últimos movimientos de vientre, obligado pero a disgusto.

Y ya no dejó tiempo a más objeciones.

—Este es Alvar Fáñez, hombre de total confianza de Su Alteza.

Y un caballero de la tarima, el que tenía aspecto de hacha, inclinó la cabeza a modo de saludo. A Diego el nombre le sonaba, era famoso. Uno de los hidalgos de renombre de Castilla.

—Luché una vez junto a tu padre —dijo con un vozarrón profundo—, cuando no éramos más que niños.

Diego sonrió, y asintió para agradecer el gesto. Y el caballero añadió algo más.

—Nunca conocí a nadie mejor para darle la espalda —admitió en aquella voz grave.

Y el hombre y el joven se miraron. No hizo falta hablar. El oficio de la guerra enseñaba a decir poco. Pero ambos reconocieron en el otro el respeto que se tenían.

Y aquello no pareció gustarle al Boquituerto, que se apresuró a meter baza.

—Él se hará cargo de uno de los flancos. Y tú y los tuyos lucharéis bajo su mando.

Y entonces el rey volvió a hablar de improviso:

—Hay que pararles los pies a esos perros, se han hecho con todas las taifas a excepción de Albarracín y Zaragoza.

Galín no pudo evitarlo, estaba contento por su amigo, y admiraba al Cid, tuvo que decirlo.

—¡Y Valencia!

Fue como si el rey hubiera recibido un mazazo. Algo se tornó acero en su rostro. Fue como ver barro endurecerse al fuego.

—Y Valencia...

VII

El día era el de la festividad de la Asunción, y el verano ya rabiaba antes de los gallos. De amanecida la mañana se prometía infernal. Y la tarde se anunciaba capaz de ahuyentar al demonio con el rabo entre las piernas.

Sin embargo, el polvo de la llanada no daba opciones, los almorávides se preparaban.

Y no parecía que estuvieran dispuestos a parlamento para negociar un mejor día en el que batir los hierros. Con calor o sin él, había llegado el momento.

Aún noche cerrada, Diego había subido a las murallas. Vio al muecín llamar para la primera oración del día. Y se quedó impresionado cuando la luz apartó la oscuridad del campamento.

Eran un mar de aljubas negras, más que en Cuarte. Muchos más que en Almusafes.

Toda la llanada vestía de negro. De aquel negro intenso de las aljubas almorávides.

Poco a poco fueron formando, la caballería, los peones, en bloques bien ordenados que demostraban veteranía.

Se acercaba la hora, y el calor crecía con glotonería. Diego ya tenía que enjugarse el sudor de la frente.

Galín subió también al adarve, lo estaba buscando.

Y su amigo iba a hablar, pero se dio cuenta de la mirada caída sobre la llanada a los pies del castillo.

Y Galín hizo lo que hacen los amigos.

—Confío en ti.

Y se corrigió.

—Todos confiamos en ti —sonrió, y añadió algo más—. Están hablando de cómo apareciste en Cuarte.

Diego asintió, dejó que sus labios dibujasen un amago de sonrisa.

—Alvar Fáñez ha preguntado por ti...

Diego volvió a asentir, y se puso en marcha, pero Galín lo retuvo.

—No estoy aquí porque me sienta agradecido. Te debo mucho...

No era fácil, y acabó por llevar la mano a aquel colgante que pendía de su cuello.

—... Haría lo que me pidieras. Te lo debo. Pero no estoy aquí por eso. Estoy aquí porque confío en ti. Porque creo que eres capaz de hacerlo...

Quedaron mirándose el uno al otro. Y las palabras se le atascaron a Diego en el gaznate. Pero a su amigo no le hacían falta palabras. Se limitó a asentir.

—Pero cuando seas conde, ya me darás unas rentas...

La sonrisa era franca, sincera, llena de alegría.

—... Aunque solo sean unos molinos...

Se abrazaron.

La última vez que lo harían.

VIII

El sudor escocía en los ojos, los oídos pitaban.

—Que no partan las líneas, ¡que no nos envuelvan!

Alvar se lo había repetido dos veces.

Pero era más fácil decirlo que hacerlo. Y el sol abrasaba. El casco, apretado contra la cofia, ardía como olvidado en la forja. Sentía el sudor empapando la mano enguantada. Y los caballos resollaban con los ojos espantados y los ollares abiertos, alguno ya había caído reventado.

Y aquel océano de aljubas negras no daba tregua, caía sobre ellos una ola tras otra, inagotables. Y los tambores, los condenados tambores. Tronando en la retaguardia.

Había soñado con llegar hasta ellos, con callarlos, como había hecho en Cuarte. Había soñado con la gloria. Pero la gloria estaba detrás de un muro impenetrable, erizado de espadas.

Quería hacerlo bien. Quería ser el más valiente, el más honorable, el ejemplo para sus hombres.

Quería ser más que su padre.

Quería alzarse sobre la sombra de la leyenda y brillar con luz propia.

Nadie golpeó con más fuerza, nadie usó la espada con más agilidad, nadie le puso tanto empeño.

Pero aquel océano no cedía. Y sus hombres se ahogaban. Los veía caer. Y cada vez que uno de ellos caía, algo se le rompía dentro. Y gritaba con todas sus fuerzas, y ensartaba aquel océano con la lanza, con la espada. Pero aquellas aguas negras se tragaban su acero y arremetían con una nueva ola.

Y el calor pesaba. Pesaba como una losa.

Una lanza atravesó el pecho de su caballo. El animal relinchó desesperado, e intentó alzarse para cocear a quien le había hecho daño, pero solo consiguió caer a un lado.

Diego salió rodando.

Se puso en pie de inmediato, como le había enseñado Nuño entre blasfemias.

El moro intentaba sacar la lanza de la carne palpitante del caballo cuando la espada de Diego le entró bajo el mentón, le atravesó el cuello y le salió por el cogote. Sonó como rasgar una tela bajo el agua. Y el hombre borboteó una plegaria en la sangre que le ahogó la boca.

Sacó la espada de un tirón, la aljuba negra se derrumbó sobre el caballo caído. Y tuvo el tiempo de un parpadeo para mirar atrás. Su empuje alocado, aquel ímpetu había estirado a sus hombres, ya no eran un grupo compacto a la carga. Se habían vuelto un rosario, se desperdigaban, y aquel maldito mar vestido de negro se los tragaba.

Se agachó para esquivar un hierro que le buscaba el pescuezo, se revolvió y enterró hasta la empuñadura en la carne de uno más. Sintió el esfuerzo de esa carne por aguantar, el roce de las costillas, el ceder de las entrañas, y el detenerse en la espalda de la cota de malla.

Galín echó pie a tierra junto a él y despachó a uno que no había visto, a uno que le buscaba las piernas como si manejase una guadaña y no una espada.

Y volvió a mirar atrás. Sus hombres eran islas en aquel océano negro. Y Alvar Fáñez intentaba llegar hasta ellos. Y las olas no le dejaban.

El otro flanco, el del Boquituerto, no había avanzado más que unos pasos. Castilla atacaba, pero lo hacía tímida. Buena parte de las mesnadas seguían al pie del castillo, como si aún esperasen que la batalla comenzase.

Y ningún otro había arremetido con tanto ímpetu. Y ningún otro había cometido el error de meterse de lleno en las entrañas de aquella negra bestia.

Se dio cuenta de que se había equivocado. Comprendió, y se le heló la sangre.

Alvar Fáñez gritaba. La espada en su mano hizo un gesto.

Era imposible.

—¿Qué he hecho?

Al murmurar, el sudor que lo empapaba salpicó el nasal del casco. Olía a sangre, a muerte, a entrañas abiertas, a metal caliente.

—¡Atrás!

Lo gritó con todas sus fuerzas. Y ya era tarde.

Galín lo oyó y asintió. Lo vio hacerlo. Pero Galín no podía moverse, ni atrás ni adelante. Remataba a uno con la espada, y con el otro brazo usaba el puñal para trabar un hierro que le buscaba los riñones.

—¡Atrás!

Y aquel mar negro se abrió para que una nueva ola les pasase por encima.

Un martillo le golpeó en el casco. Lo sintió, lo oyó, vio una sombra pasar sobre el hombro. Y un grito triunfal lo arrolló.

De algún modo, Galín salió del laberinto negro en el que parecía perdido. De algún modo, Galín llegó hasta él.

Y se echó encima justo a tiempo, a tiempo para que una lanza a galope no lo partiese en dos.

Galín le salvó la vida.

Y el negro lo envolvió por completo. Fue lo último que vio. Lo último que comprendió.

—Oh, Señor, perdóname.

Y un abismo negro se lo tragó.

IX

Lo hizo. Y hubiera querido no hacerlo.

Porque la vergüenza lo sacudió como una tempestad. Y el arrepentimiento le arañó las entrañas.

Hubiera preferido no hacerlo, pero volvió en sí.

Aturdido, con la boca convertida en un manojo de esparto, con el cuerpo machacado y el espíritu roto. Volvió en sí.

—Diego...

Era un susurro junto a su oído.

Y lejos, muy lejos, el escurrirse del hierro en la carne, los pasos, las patadas, los gemidos. Y alguno aún tenía los redaños para insultar.

—Diego...

Era Galín. Se había quedado encima. Galín lo había protegido. Le había salvado la vida, durante la batalla, y después de la batalla.

Aún no los habían visto.

Uno de los ojos de su amigo era solo un pegote sanguinolento. Un tajo en la mejilla enseñaba las muelas blancas. Había perdido el casco, y en la frente tenía otro tajo cubierto de una costra sucia.

La tarde terminaba. Y el calor aún hacía hervir la sangre.

Necesitaba beber.

Buscaban a los que aún respiraban. Una de aquellas aljubas negras campaba entre los caídos con un puñal en la mano. Se agachaba y usaba la hoja para rebanar el pescuezo de los moribundos.

Apenas podía moverse, pero logró girar la cabeza, mordiendo la tierra reseca, abriéndose los labios agrietados. Y, más allá, los vio preparar los maderos. Iban a crucificar a los más enteros.

—Diego...

Poco a poco, y cada pulgada fue una proeza, logró sacarse a su amigo de encima y darse la vuelta. Quedaron el uno junto al otro. Y Galín levantó una mano en la que faltaban dos dedos, un puño mutilado que sujetaba algo.

Se lo puso en el pecho. Y Diego atrapó la mano de su amigo. Sintió la sangre escurrirse entre sus propios dedos.

—No ha...

Solo uno de sus ojos seguía entero, solo allí quedaba algo de vida. El puño apretaba contra sus manos, contra su pecho. Y Diego recogió lo que le daban.

Era el colgante de cuero.

—No ha sido cul...

El muecín llamó a la cuarta oración. El sol se ponía.

La letanía cubrió la matanza. Y quizá algún dios se arrepintió de lo que los hombres habían hecho en su nombre.

Galín quería decirle mil cosas. Y no tenía tiempo.

—Dile que la...

Y aquel ojo se perdió en la niebla. Se apagó.

La oración acunó al sol hasta el horizonte.

La tierra, insaciable, se bebía la sangre. Y todas sus lágrimas. Y continuó sedienta. No eran suficientes.

Y Diego siguió llorando.

X

El cielo se tornó rojo, como si se burlase de la sangre derramada inútilmente.

Luego palideció, como si se arrepintiese de lo que había hecho.

Y, finalmente, se apagó.

No quedó ni una esquirla de claridad. Y el muecín llamó a la última oración. La quinta. *Isha*. La que se eleva al cielo oscuro de la noche.

Aquel mar de negro se volvió a levante y rezó. Untó la llanura con el canto de los hombres a su dios.

Y una sombra se arrastró lejos de la matanza. Clavó las uñas en la tierra, hincó las rodillas, y salió de entre los muertos espantando a los grillos.

XI

Los cristianos habían perdido una vez más. Solo el señor de Valencia, aquel al que llamaban el Cid, podía presumir de haber parado los pies al océano negro de los almorávides.

Y el nuevo día nació siendo el primero del asedio de Consuegra, donde el rey Alfonso lamentaba su maldita suerte.

El sol amaneció con fuerza, calcinó la tierra, y castigó a los moribundos. Los hizo sufrir aún más, hasta que las dagas moras les abrieron el pescuezo.

Las moscas zumbaban, oscurecían el cielo. La peste a muerte lo inundaba todo. Los cuervos, ahítos, ni siquiera querían volar. Los que remataban a los muertos se cubrían la boca con el cabo de los turbantes. Y en uno de los flancos, donde la masacre había hecho vomitar a los que tocaban los tambores, allí levantaron las cruces. Para que en el castillo supieran qué les esperaba a los perros infieles que no aceptaban al único y verdadero profeta.

La muerte, esfuerzo inútil y muerte. Eso les esperaba.

Y no solo se enteraron en el castillo.

Esa mañana, al norte, llegando al río, dos jinetes aprovecharon para llenar sus calabazas antes de seguir a pie, de matojo en matojo, de piedra en piedra, con mil ojos, atentos a no jugarse la vida más de lo que exigía el oficio. Y conocían el oficio. Llevaban todas las correas prietas, no fueran a hacer ruido. Y se movían sin dejar huellas.

Sabían lo que hacían.

Se jugaban el pellejo. Y ese era su negocio.

Esa mañana, desde el río, al norte, dos hombres llegaron a Consuegra.

XII

Y esa mañana, mientras en las cruces morían los más duros, los que habían aguantado toda una noche de agonía, al sur, en la franja verde de los bosques, un despojo se escabullía.

Poco más que una sombra.

Se derrumbó en la pinocha. Y el olor agrio le trajo recuerdos. Pero no se llevó la tristeza.

Aún lloraba. Era un despojo, una sombra. Y estaba rota.

De Cuarte salió con vida, pero sin alma.

De Consuegra salió con vida, pero ya no quería vivir.

VIVO, MUERTO Y RESUCITADO

Año del Señor de 1102

I

Valencia ardía. Era un caos por el que el miedo corría. Y el miedo azuzaba a sus gentes, que intentaban llevarse sus vidas a cuestas. Que intentaban negar su desesperación.

Una pareja de ancianos tiraba de un carro sin mula. Abarrotado de trastos y telas, de recuerdos. Y cada pocos pasos, acallaban sus jadeos para mirarse con dulzura. Dispuestos a compartir un mismo destino, fuera el que fuese.

En una esquina tuvieron que detenerse, porque cuatro caballos atravesaron a galope el cruce.

Y ella, asustada, confesó sus miedos. Él dejó el yugo del carro y la abrazó.

Dos ancianos bajo las llamas se abrazaron junto al carro en el que se llevaban su pasado.

Y el resto de la ciudad corría.

Todos corrían asustados. Todos menos uno. Menos dos.

Un hombre y un perro llegaron a la entrada del alcázar.

Y no había guardias que les impidieran el paso.

II

Diego empujó la puerta. Y se abrió, sin más.

Nadie lo detuvo.

Subió las escaleras espantando recuerdos.

Y solo se paró un instante, para pasear los dedos por un artesonado, un exceso lleno de geometrías que decoraba una esquina de un corredor. Rellenaba los arabescos que dibujaban un falso arco en la pared.

Estaba hecho de yeso.

Y cuando llegó a las que habían sido las habitaciones privadas de Alqádir, derroche de lujos dorados y grana, ante las puertas, labradas, llenas de taraceas, se topó por fin con dos guardias que, nada más verlo, desenfundaron.

Y en sus rostros quedó clara la determinación de que entregarían la vida antes que dejarlo pasar.

Sin embargo, lo dejaron pasar.

III

Por una vez, Nuño no acertó con las palabras.

—Me...

Bajó la espada.

—Cagüen...

Y dio un paso al frente, con aquella fea cara hecha de remiendos llena de asombro, incapaz de acabar sus blasfemias.

Fue Blasco el que lo hizo.

—Cagüen el portal de Belén, ¿eres tú?

Y aquel hombre herido, deshecho, el mismo que se había escabullido de la matanza de Consuegra cargado de vergüenza, se estiró, levantó el mentón.

Y abrió la boca para responder, pero necesitó un instante, porque el nombre se había hecho extraño.

El nombre se había vuelto extranjero en su propia patria.

Pero sus ojos se llenaron de determinación. Y se estiró aún más. Luchó contra las heridas que lo encogían de dolor. Y el perro, que lo percibió, también levantó la cabezota.

—Con el mentón arriba —le había dicho siempre su padre—, fuerza y orgullo, mirada al cielo.

Incluso tensó la pierna en la que había recibido la puñalada. Y asintió, para darle la razón a sus recuerdos.

Para darle la razón a su padre.

Y habló con voz clara y limpia, poderosa. Llenando el lugar.

—Soy Diego Ruiz de Vivar.

IV

No había tiempo, Valencia ardía.

Y, sin embargo, había asuntos más urgentes que el fuego.

Fue la pequeña María quien lo recibió. La pequeña María, que ya no era pequeña, salió corriendo desde detrás de la mesa, frente a la que su madre sostenía la espada que había sido de su esposo, aquella de oscuro acero andalusí a la que algunos llamaban Tizón.

Las puertas se abrieron. Nuño seguía mudo. Sacudiendo su cabezota. Blasco intentó decir algo y no pudo.

—No abandonaré Valencia —bramó Jimena, con la espada al frente.

Y el lebrel ladró, como dándole la razón por demostrar semejante valor.

Pero todos callaron un instante después. Menos María, que ya no era pequeña. Gritó de alegría y salió corriendo. Rodeó la mesa y se lanzó en los brazos de su hermano.

Lo embistió. Lo abrazó, le besó las mejillas, le secó las lágrimas con los pulgares. Y volvió a abrazarlo.

—Ya no tendrás miedo a la oscuridad...

Y María se separó. Y Diego pudo ver que era una mujer tan bella como su madre. Porque ella lo atrapó en sus ojos, que se debatían entre las lágrimas y la alegría, que tenían la misma fuerza que los de madre.

Le contestó marcando cada palabra, trayéndolas de su niñez hasta ese mismo instante.

—Ya no...

El lebrel, celoso, cabeceó contra el muslo de la joven, y manchó de sangre la preciosa seda. Pero él también quería una parte de aquellos cariños.

Se miraron, y rieron como no reían desde los juegos de infancia.

Y Jimena dejó la espada en la mesa. Con una mano recogió el ruedo de su vestido negro, cargado de luto, y con la otra tomó la mano de su otra hija. Y corrió. Corrió a abrazar a su hijo muerto.

—¡Diego!

Se envolvieron unos a otros. Felices. Con solo una gota de amargura. Porque juntos, juntos de nuevo, se hacía más palpable que uno de ellos ya no estaba. Y dolía.

Jimena se separó, le dio dos sonoros besos en las mejillas, tan maternales como sentirse arropado en la noche, y le puso voz a lo que rondaba en torno a ellos.

—Ojalá tu padre estuviera aquí.

Un anzuelo tiró de la sonrisa de Diego. Y su madre tuvo el irrefrenable impulso de contarle lo sucedido.

—Fueron las fiebres. Moisés...

Y Jimena se dio cuenta de que no era necesario. El dolor se basta solo, no le hacen falta explicaciones. Y Diego recompuso su sonrisa, la rehízo, para su madre.

—Ojalá estuviera aquí —dijo él.

Quedaron trabados el uno en el otro. Mirándose como si esas miradas fueran una soga tensa. Diciéndose todo. Sin hablar. Y, aun así, entendiéndose.

—Ojalá —repitieron ambos al tiempo.

Y Nuño recuperó por fin la voz. En la puerta, junto a su amigo Blasco, parecían una gárgola y un querubín flanqueando la arcada de una iglesia.

—¡Hay que joderse! ¡Me cago en la sal de Gomorra! ¡Está vivo!

V

Solo Lilia se había quedado atrás, refugiada tras la tosca mesa que Nicoloso había recompuesto, la que no tenía taraceas y labrados. La que era humilde y sencilla.

Se animó a avanzar cuando la familia se separó y, en cuanto Diego la vio, se acercó.

Se acercó indecisa. Bella en sus dudas. Solo faltaba aquella risa, aquella risa que sonaba a melodía.

—Te amó hasta su último aliento.

Estaban el uno frente al otro, después de tantos años.

Valencia ardía a su alrededor. Las tropas de Castilla amenazaban a las puertas. Los almorávides se acercaban. No tenían nada.

Nada excepto los rescoldos que aún palpitaban en los fuegos de sus pechos.

Y Diego estuvo tentado de olvidar lo que sabía. Porque Lilia era un sueño hecho carne.

Pero la última prueba que faltaba, la patada que sus miedos necesitaban para echarse a andar, se la dio ella. Cuando cambió la indecisión de su rostro por una sonrisa.

Al oír hablar de su esposo sus ojos se habían entrecerrado. Sus labios se fruncieron, el cuello se tensó. Pasó rápido, como un suspiro. Fue un revuelco en la brisa, un chispazo en un leño al fuego, un parpadeo que se transformó de inmediato en una sonrisa. Una sonrisa coqueta. Con el dejo justo de decencia, con su pedazo de miedo, con una pizca de ansiedad. Con el mentón bajo e inclinado, con los ojos rasgando el borde de los párpados, brillantes por lágrimas tímidas, que parecían tímidas.

Pasó rápido. Pero pasó.

—Diego, si tu padre no hubiera...

Y no dejó que terminase. Aquello era miel. Miel que tentaba, pero rebosante de veneno. Aquella sonrisa era hueca. Tan bella que dolía, pero hueca.

Tronó como una tormenta.

—¡Mi padre sabía muy bien lo que hacía!

El lebrel corrió a su lado. Se plantó junto a él y empezó a gruñir. Jimena recogió a sus hijas en sus brazos.

—Hijo, Lilia ha sido...

Tampoco dejó que su madre terminase. Y Nuño, desde la puerta, incluso dio un paso atrás.

—¡La puta!

Diego sacudió el mentón para negar.

—Mi padre sabía muy bien lo que hacía, y yo fui un imbécil. Me dejé engatusar.

Jimena echó a sus hijas atrás, ambas se tapaban la boca y miraban escandalizadas. Pero se dejaron hacer. Y Blasco se apresuró a recogerlas para ponerse delante de ellas.

—¡Hijo! Sin Lilia habría estado...

Tampoco pudo acabar.

—Te amó hasta su último aliento, y tú jamás lo amaste. Tú le engañaste. A él. A mí. A mi madre. A todos menos a mi padre...

Dejando a sus hijas a cargo del asturiano, Jimena se acercó a su hijo sin el menor temor al perrazo que gruñía.

—Diego, te equivocas. Si Lilia no hubiera permanecido a mi lado...

No estaba dispuesto a dejar que nadie lo interrumpiese. Ni siquiera su madre. Tenía que sacar aquello que hervía en su interior.

Costaba demoler lo que se había construido durante tantos años. A punto estuvo de llevarse la mano al cuello en busca de aquel maldito colgante, pero se contuvo.

Se contuvo. Arrasó aquella fortaleza que había levantado en su corazón. La convirtió en escombros.

—Si no hubiera permanecido a tu lado...

No miraba a su madre, pero Jimena supo que su hijo le

hablaba, y su pecho se encogió, porque cada una de las palabras sangraba.

—... no habría podido seguir comerciando.

Dio un paso al frente y se acercó. Lilia era la perfecta imagen de la inocencia, el dolor se pintaba en su rostro. Era una piedad con el cadáver de su hijo entre los brazos, deshecha por la tragedia, atravesada por la falta de fe de los hombres.

Tan bella.

—¿Por qué dices eso? Yo...

—¡Mi padre se dio cuenta! Mi padre le dijo al tuyo que te mantuviese lejos de mí. Tú y tu padre, ese engañabobos miserable —escupió con desprecio—, ¡ese mercachifle! Tuvisteis que cambiar de planes...

Resopló. Los escombros caían en su pecho. Golpeaban las costillas. Rompían el corazón.

—Y si no podía ser yo, ¿quién mejor que mi amigo?

Se llevó las manos al rostro e intentó contener las lágrimas. Manos que eran jilgueros posándose en un arbusto florido. Y si su risa era como una tonada, su lloro era la más melancólica de las baladas.

Bella en la alegría, bella en el dolor. Y falsa como una moneda de madera.

Diego masticaba odio y rencor. Y arrepentimiento. Arrepentimiento por lo que no pudo hacer. Por lo que estaba haciendo. Tarde. Demasiado tarde. Y de todas sus heridas, de todos los martirios, el peor fue el que vapuleaba el recuerdo de su padre.

Jamás se lo perdonaría.

—Y yo fui un imbécil. Yo lo empujé hacia ti... No supe...

Las ruinas en su pecho temblaban, los cascotes caían, las piedras se agrietaban, el dolor crecía. Crecía hasta hacerse un gigante capaz de devorarlo. Y los ojos de Diego se llenaron de lágrimas, lágrimas cargadas de verdad. Y ella se revolvió, y animó al gigante a crecer, sacudió las ruinas.

—Te siguió a Consuegra —reprochó airada—. Tú lo engañaste...

Fue más duro que el potro en los calabozos de Cornago. Tanto dolió escucharlo que supo, en ese instante, que jamás volvería a ser el mismo.

—Siempre cargaré con esa culpa —lamentó—. ¡Siempre! Pero yo no lo engañé...

Jimena, desesperada, echó la mano al hombro de su hijo e intentó retenerlo. Era su hijo. Y aquel dolor era suyo también.

—Hijo, por favor...

Pero Diego no hacía caso. No escuchaba. No bastaba con hacer de aquella fortaleza en su pecho un montón de escombros, había que echarlos fuera, tirarlos al río.

—¿Qué pasó? ¿Tu padre se arruinó? No buscabais nuevos negocios, escapabais, ¿verdad?

Nuño y Blasco se miraron. La niebla se despejaba y lo que había sido blanco comenzaba a parecer negro. Los engranajes encajaban. Detalles, rincones de la memoria, brillaron. Trazaron líneas que, ahora, cobraban sentido.

—¿Cómo supo tu padre del ataque de los pisanos?

La pregunta quedó un momento en el aire. Y como Lilia no hizo otra cosa que sollozar, Diego siguió hablando, danto otro paso adelante, con los puños apretados.

El lebrel ladró.

—¿Y por qué se retiraron sin más cuando mi padre demostró que podía mantener la ciudad?

Otro paso más. Hubiera podido besarla si ella hubiera alzado el rostro. Quería besarla. Pero no bastaba con retirar los escombros, había que arar la tierra, borrar cualquier rastro de que había existido. Dejar que los árboles crecieran de nuevo.

Se bastó para contestar.

—Porque tu padre les pasó información a unos y otros, cobró favores del rey, de los pisanos, de los genoveses... De mi padre. Todo por enriquecerse, por medrar. Quería a todos contentos, y quería que todos le debieran algo.

Ella apartó las manos, y alzó el rostro por primera vez. Lo encaró. Sin miedo. Y no había lágrimas en sus ojos, ni humedad en sus mejillas. Se revolvió como una fiera acosada por las lanzas.

—Aquel gordo tragaldabas no traicionó a Alqádir —continuó Diego—. Fuisteis tú y tu padre. Estabais solos. Os habíais escapado, para llevároslo todo. Tu padre entregó a Alqádir. ¡Tú y tu padre!

Sacudió el mentón con pesar.

—¿Por qué no te encerraron en los calabozos?

Jimena tiró del hombro de su hijo.

—Diego, ya nos contó...

Pero su hijo no podía parar, su hijo corría desfiladero abajo, incapaz de detenerse.

—¿Cómo has podido dejar que pase todo esto?

No le hablaba a su madre, seguía atacando a la mujer que había amado con toda su alma. Seguía lidiando con las ruinas de su pecho. Aunque decidió compartir algo. Giró apenas el rostro y habló sobre el hombro, para que su madre supiera la verdad.

—Ella sabe dónde está el tesoro de Alqádir.

Fue entonces cuando Lilia dio un paso atrás. Fue entonces cuando un trazo de miedo cruzó aquella belleza como el primer rayo de una tormenta rompiendo el cielo. Y Jimena, despabilando incredulidad, tuvo que preguntar. No pudo aguantarse.

—¿Podíamos haber evitado todo esto?

No se dirigió a su hijo, sino a la que había considerado su amiga, su soporte en los últimos y difíciles años. Y la decepción asomaba en su rostro como el sol en la luz del amanecer, cuando el día es inevitable.

Jimena había preguntado, pero una voz le susurraba que no necesitaba escuchar la respuesta.

Lilia apenas logró balbucir una negación, sus ojos bailaban buscando palabras, sus labios se movían sin hablar.

Fue Diego quien contestó.

—No, no se hubiera podido evitar —lamentó—. Alfonso quiere que Valencia caiga, quiere borrar el legado de papá... Lo del tesoro solo ha sido una excusa.

Nuño no pudo contenerse. Tuvo que soltarlo como uno de sus escupitajos. Nuño no sabía nada de las ruinas en el pecho de Diego. Menos aún de la decepción que carcomía a Jimena.

Nuño tuvo que escupirlo. Porque Nuño era hombre de pan y vino, de guerra y paz, de blanco y negro, en los grises se perdía.

—¡Cagüen los regalos de san Nicolás! Y tú, Diego, ¿tú sabes dónde está el tesoro?

VI

Giovanni respiraba de prestado. Ni siquiera Moisés hubiera podido salvarlo. Y menos aún en aquellos baños infectos.

Respiraba con grandes trabajos. Intentaba llenarse el pecho y apenas conseguía suficiente para hacerlo de nuevo.

Estaba cosido por las heridas, y no había allí el cadáver de un enemigo vencido, y no había allí nadie más aparte de su hija. Pero Diego no tuvo el aplomo de hacerse aquellas preguntas.

Le pesaba que la amaba. Le pesaba que ella no le amase.

Diego estaba ciego.

Y las campanas repicaban. La alarma sonaba. Venían a por ellos.

Pero ¿cómo podían venir si no los habían seguido? ¿Y si ya sabían que ellos acabarían en aquellos baños abandonados?

Tenía que haberse preguntado muchas cosas. Y quizá Galín también hubiera debido hacerlo.

Pero ambos estaban ocupados. Ambos tenían entre manos más, mucho más de lo que podían abarcar.

—¡Vámonos! —gritó Galín.

Y se agachó junto a lo que quedaba de leñera y sacó el pedernal. Reunió con la mano virutas resecas, pelusas de las ratas, plumas de las palomas, e hizo saltar la chispa con su daga. Y en cuanto la yesca prendió, la arrimó a lo que quedaba de la leñera.

—¿Qué haces? —preguntó Lilia.

Galín no contestó. Se levantó con un último vistazo a las llamas que crecían y empezó a golpear uno de los pilares que sostenían la caldera. Primero con el hombro, luego a patadas. No eran más que maderos viejos, comidos por la carcoma y la intemperie que se colaba por las ruinas de los baños.

Siguió golpeando hasta que los crujidos empezaron. Hasta que aquel desastre amenazó con caerles encima. Y el fuego crecía. Las llamas atraparon aquellos pilares carcomidos.

—¡Vámonos!

Y ayudó a Diego a cargar con el comerciante, que murmuraba incoherencias, que apenas balbuceaba.

Salieron de allí.

Salieron de allí, para perderse en los callejones de Valencia.

Y no lo consiguieron.

Los hombres de Yahhaf los cazaron como a ratas.

Y cuando lo hicieron Giovanni Orlandi ya estaba muerto. Diego no había podido hacer nada por él. Nadie hubiera podido. Y, sin embargo, el fantasma del pisano lo perseguiría en los años por venir.

Los atraparon.

Y se los llevaron al alcázar.

Les estaban atando las manos, entre bofetadas e insultos, cuando Galín sonrió a su amigo. Y como su amigo no le hacía caso Galín le dio un puntapié.

Cuando Diego alzó el rostro, donde un ojo ya se había amoratado, su amigo volvió a sonreír. Y aunque los dos hombres a su espalda lo sacudían para apretar la soga en torno a las muñecas, Galín señaló con el mentón.

Y Diego miró. Por encima de las humildes casas de aquella barriada pobre.

Más allá de los tejados desvencijados, elevándose sobre la muralla, ascendía una columna de humo.

Las ruinas de los antiguos baños ardían.

VII

Jimena dejó a su hijo y avanzó hasta donde estaba Lilia.

Quedaron una frente a otra.

Y Lilia estiró la espalda, se recompuso, se olvidó de los lloros. De pronto la tristeza se había esfumado. En un parpadeo no había en su rostro otra cosa que orgullo.

Dos bestias enfrentadas desde los bordes de una página iluminada del Apocalipsis de san Juan. Dos dragones dispuestos a combatir a sangre y fuego.

Jimena soltó un bofetón que envió a la joven dos pasos atrás.

No se volvió hacia su hijo para hablar. Tenía los ojos clavados en la traición. No se volvió, pero lo que dijo confirmó las sospechas que seguían flotando sobre la mesa que encerara maese Nicoloso.

—El año pasado quise arreglar los baños. Es el barrio más pobre...

Necesitó un momento para que sus palabras ganasen fuerza. Tuvo que tragar y reafirmarse.

—... Es lo que tu padre hubiera querido. ¡Ella me disuadió de hacerlo! Dijo que debíamos cuidar los dineros, que convenía favorecer el puerto y el comercio...

Lilia se revolvió como una gata. Alzó la cabeza, sacó pecho, y recobró los dos pasos perdidos.

—Y gracias a eso has cobrado impuestos.

—¡Y tú te has enriquecido! —gritó Blasco desde la puerta.

Había desprecio en sus palabras, y en sus ojos la nueva expresión de alguien enfrentándose a lo que no esperaba.

Y Diego supo que el asturiano decía la verdad. Blasco habría ayudado a su madre como había ayudado a su padre, con los inventarios y las cuentas, y sabría quién hacía negocios en la ciudad.

Pero no hacía falta saber más. Ninguna falta. Y Diego habló de nuevo, mordiendo las palabras.

—Ahora podrás venderle las cenizas de Valencia a los almorávides...

Y fue Jimena la que se revolvió esta vez.

—¡No!

Su mirada desafiaba a su hijo.

—No dejaré que Alfonso se salga con la suya. ¡No abandonaré Valencia!

Cada palabra cayó al suelo como plomo. No había un asomo de duda, la determinación era hierro forjado. Era piedra.

Y Diego sonrió. Una sonrisa salvaje.

—No, no te preocupes, Alfonso no se saldrá con la suya.

Todos lo miraron desconcertados, incluso el lebrel alzó la cabezota con curiosidad.

—¿Nos quedan unos cuantos hombres en los que confiar?

Blasco asintió para contestar, y Diego se dirigió a su madre:

—¿Conservas algo más que la espada?

Por último, sin dirigirse a ninguno en particular:

—Y ese enviado del Vaticano, el obispo, ¿cómo se llama?

VIII

La Puerta de la Culebra parecía construida con leyendas y no con piedras. Muchos niños del alfoz de Valencia, al pasar por allí, hablaban de aquel día en el que el Campeador había entrado solo, para rendir la ciudad. Señalaban excitados, se contaban una y mil versiones de lo sucedido, imitaban al Campeador lanzando la cabeza envuelta en el turbante negro.

Pero ni las mesnadas de Castilla, ni mucho menos su rey, estaban de humor para leyendas o cantares.

Los artilleros no daban tregua a los trabuquetes, los caballeros intentaban calmar a los caballos, que deseaban lanzarse a la carga, y el rey cabalgaba inquieto, esperando a que la Puerta de la Culebra se abriese y doña Jimena saliese humillada, ofreciendo el tesoro de Alqádir.

Montaba un isabelo viejo y tranquilo, pero la pobre bestia sentía la inquietud de su jinete y piafaba cada pocos trancos. Como si tuviera pulgas.

El rey mascaba maldiciones bajo el bigote, y no dejaba de hablar para sí mientras obligaba al caballo a seguir de un lado a otro, hincando los talones con brusquedad, manejando las riendas a tirones.

Y, de tanto en tanto, echaba una mirada de súplica hacia el conde de Nájera.

—En cualquier momento, estoy seguro, no pueden aguantar mucho más —se desgañitaba el Boquituerto.

Había mandado formar al tiempo que los trabuquetes habían comenzado a escupir fuego, y la espera lo carcomía. Y los cumplidos de su lacayo no aliviaban.

—¿Cómo se atreve?

Y el isabelo resollaba.

Y Alfonso miraba a sus capitanes, y pensaba ordenar una carga, pero luego recapacitaba y lograba serenar sus ánimos. Se sentía como si cientos de gusanos reptasen por su piel.

—¡Cómo se atreve!

Y cabalgaba a la sombra de las murallas, arriba y abajo. Esperando que la maldita puerta se abriese.

Mascullaba como un loco tropezando una y otra vez contra una esquina.

IX

—¡Mi señor!

Todas las mesnadas de Castilla se volvieron al unísono, como si lo hubieran ensayado. Llevaban tanto tiempo esperando que todos querían que aquello terminase.

La Puerta de la Culebra se abrió.

Las grandes hojas que se habían rendido al Cid hicieron gemir las enormes bisagras de hierro forjado, rematadas con arabescos y grabadas con versículos del libro sagrado. Y se abrieron. Poco a poco. Obligando al rey a tirar de las riendas. Haciendo que todos los hombres callasen.

Nadie se movió.

La puerta se abrió.

Y una bocanada de humo salió de la ciudad. Humo negro y denso. El humo que consumía una caballeriza junto a la entrada de las murallas.

Humo, oscuro, espeso, como brea. Salió de la ciudad igual que una bestia de los avernos.

—¿Qué?

El rey dejó sus preguntas atrás y tiró de las riendas para encarar la puerta. De inmediato, el conde de Nájera, Alvar Fáñez y el resto de sus capitanes se pusieron a su lado. Los que mandaban las mesnadas de Castilla no se arredraban.

El humo rolaba.

La Puerta de la Culebra parecía respirar aquel humo negro, que se hinchaba y se volvía atrás, que se pegaba a la tierra y los hierbajos.

—No hay nadie —señaló el Boquituerto.

Y su boca hizo un extraño cuando los labios intentaron volver a su sitio.

Alvar Fáñez, que era quizá el más sensato de los hombres de Castilla, hizo que su caballo avanzase hasta adelantar por una cabeza al del rey. Y llevó la mano al pomo de la espada.

La distancia que cubría un buen arquero los separaba de las murallas, pero el veterano no se fiaba.

Y de pronto, entre el humo, desdibujada, apareció una figura.

Los castellanos entrecerraron los ojos. El rey y muchos de los suyos se echaron hacia delante.

Todos miraban al mismo lugar.

El humo avanzaba, arropaba a la figura. Un jinete salía de la ciudad. Envuelto en el humo oscuro y espeso. Rodeado de filigranas negras que pulsaban. Que susurraban.

Una figura envuelta en hilachos negros que palpitaban. Que respiraban.

El humo, grueso, oscuro, lo aupaba. Era una visión. Era algo del libro de los Profetas.

Y más de un castellano se santiguó.

X

Muchos aguantaron la respiración. Algunos se miraron incrédulos. Y otros tantos brazos se levantaron para señalar.

Salía del humo como si se hubieran abierto las puertas de los infiernos. Y no huía del fuego, del calor, de las llamas que consumían con rabia la ciudad a sus espaldas.

Alguno más se santiguó.

—¡Imposible!

Un caballo relinchó.

—¡Milagro!

—Es una aparición...

Las voces crecieron. Y también las dudas.

—¡No!

Más caballos relincharon.

Alvar Fáñez se olvidó de su espada y se pasó la mano por el rostro. Y al conde de Nájera empezaron a temblarle aquellos morros deformes, que aplaudían sobre sus grandes dientes torcidos.

Muchos más se santiguaron.

El sol, colgado en el horizonte, encerraba sombras en el humo. Negras sierpes trepaban por la grupa del caballo, por los hombros del jinete, por su rostro.

—¡Quietos! ¡Orden!

No le fue fácil imponer su voluntad al capitán. Los hombres se revolvían llenos de nervios. Cuchicheaban imposibles. Se quejaban.

—¡Yo no he venido a pelear con fantasmas!

—Es cosa del demonio.

—¡Es un milagro! ¡De Nuestra Señora la Virgen!

El caos es una semilla que florece rápido. Y las tropas de Castilla amenazaban con desbaratarse. Cuando se sigue al dinero y no al honor es fácil perder las convicciones.

Algunos se llenaron la boca con kirieleisón. Más de uno se

santiguó por segunda vez. Alguien empezó un paternóster y no lo terminó.

—¡Quietos!

—¡Quédate tú quieto!

—¿Quién ha sido?

Y nadie rio la gracia. Sin embargo, el griterío crecía. Se convertía en una ola que se acercaba a la orilla, una orilla hecha de grandes rocas afiladas.

Envuelto en humo, un jinete salía por la Puerta de la Culebra.

Vestía cota de malla oscura, un regalo de príncipes, uno que solo podía haber salido de los mejores artesanos de la antigua Córdoba.

—No puede ser —murmuró el Boquituerto.

Y a través de sus labios deformes las palabras sonaron como silbidos huecos.

—¡No puede ser!

Fue el rey el que repitió las palabras de su faldero.

Y, tras él, los primeros hombres se escabulleron. Aprovecharon que nadie miraba lo que hacía la retaguardia y se echaron atrás, para perderse hacia las montañas. Porque nadie quería enfrentarse a la leyenda, porque aquel jinete era el único que jamás había sido vencido.

Jamás, ni por cristianos ni por moros.

Y cuando los primeros se atrevieron a escapar, muchos más les fueron a la zaga, y solo las maldiciones de sus capitanes, incapaces de contenerlos, los persiguieron.

—¡Es imposible! —masculló Alfonso.

Y se echaba tan atrás en la silla que habría caído de no ser porque sujetaba el arzón con nudillos blanqueados.

—*Pater noster, qui es in caelis*...

Seguían pareciendo silbidos, pero la letanía era inconfundible. El conde de Nájera se había santiguado y rezaba con fervor.

—¡Quietos!

Ya nadie obedecía a los capitanes, las mesnadas de Castilla se disolvían.

XI

Valencia, desierta, ardía. Los miles de hombres de Castilla la cercaban. Bastaba una carga. Bastaba entrar.

—¡Cargad! ¡Matadlo!

El rey aulló con la barba salpicada de espumarajos.

—¡¡Caaargaaad!!

Y el conde de Nájera no acabó su padrenuestro. Y Alvar Fáñez dio la orden e hincó los talones. Desenfundó. Y cargó.

Erizada de acero, Castilla cargó. Se lanzó contra las murallas de Valencia como una plaga.

Y el jinete, envuelto en humo, no se movió.

Detuvo al caballo, con tanta calma como si se hubieran acercado a un arroyo a beber. Era un semental negro que cabeceaba inquieto. Un caballo que solo podía haber salido de las caballerías que los moros tenían en el Guadalquivir.

Cuando se detuvo, el humo lo adelantó, lo abrazó. Y el jinete desenvainó también, erguido sobre la silla.

Y alzó la espada al cielo.

El humo se deshilachó en torno a la mano.

Era una espada oscura. Como el humo que se enredaba en su hoja. De un acero negro como tizón. Y se recortaron contra el cielo la hoja y la cruz. Y la guarnición, que avanzaba desde la empuñadura para lamer los filos.

Y muchos reconocieron aquella espada. Su dueño había vencido en cien duelos y perdido en ninguno. En mil.

Castilla cargaba, y aquel hombre, envuelto en humo, se quedó donde estaba.

XII

Hacía falta valor. O locura.

Pero el jinete no se movió. Ni siquiera pestañeó. No hizo

otra cosa que mostrar su espada. Y, por una vez, el semental se quedó quieto.

Envuelto en humo, con el fuego de Valencia a sus espaldas, y las mesnadas de Castilla cargando contra él.

Hacía falta valor, o locura. O las dos.

Aquel jinete las tenía. Le sobraban.

Y alzó aún más el brazo, atravesando el humo.

—¡Viva el Cid!

Los cascos de los caballos retumbaban. Arrancaban tierra. Las cotas, las lanzas, las espadas repicaban su cantar de hierro.

Y el jinete no se movió.

Castilla cargaba. Y aquel loco no se movió.

XIII

Alguien no pudo contenerse. Alguien gritó en las mesnadas.

—¡Viva!

Era la leyenda. Era el hombre que había vencido en Tévar, el hombre que había vencido en Almusafes, el que había vencido en Cuarte.

—¡Viva!

Algunos pasaron del galope al trote. Otros bajaron las espadas, las lanzas.

—¡Viva el Cid!

Muchos allí habían combatido a su lado. Algunos de aquellos hombres eran los mismos que se habían escabullido cuando el rey lo llamó traidor. Algunos de aquellos hombres habían desertado, y siempre lo lamentaron, porque nunca jamás volvieron a tener un capitán así.

Lo habían abandonado aquel día junto al lago. O en los que siguieron.

Lo habían abandonado. Y ahora pagaban la deuda que habían contraído.

Uno de aquellos hombres, uno de los que había vivido con la vergüenza de la traición, volvió a gritar.

—¡Viva el Cid!

Gritó conjurando la culpa que lo había perseguido durante años.

—¡¡Viiivaaa!!

La carga perdió fuerza. Los galopes cayeron al trote. Los caballos relincharon.

—¡¡¡Viiivaaa!!!

XIV

Lo veía y no lo creía. Alvar Fáñez no daba crédito.

Un hombre solo plantaba cara a Castilla.

Hacía falta algo más que valor.

Oyó a sus espaldas cómo el rumor de la cabalgada se apagaba. Y al frente vio a aquel hombre, envuelto en el humo negro de una ciudad que ardía, que ardía por el capricho de un rey.

A galope, con la lanza en ristre, Alvar Fáñez negó.

No había honor allí. Ni gloria aguardando a un capitán de Castilla. Allí solo había vergüenza. La misma vergüenza que lo perseguía desde Consuegra. La misma, apestosa y verde. Y Alvar Fáñez se había prometido que nunca más haría algo así.

Nunca.

No tiró de las riendas, pero se echó hacia atrás y relajó las piernas.

Y el enorme caballo normando que montaba acortó los trancos, cambió al trote, se dejó ir al paso. Se detuvo.

El Boquituerto lo vio quedarse atrás y chilló.

—¡A la carga! ¡Matadlo!

Su labio deforme silbaba las palabras.

—¡¡Vamos!!

Pero los hombres sabían quién de sus capitanes tenía los redaños. La guerra era su oficio. Y la guerra estaba llena de traiciones, de vergüenzas, de engaños. Pero el oficio también exigía honor.

Y nadie quería seguir a un capitán al que no respetaba.

Cuando Alvar Fáñez se detuvo.

Castilla se detuvo.

Solo siguieron adelante el Boquituerto y el propio rey. Envueltos en chillidos que clamaban muerte, muerte para aquel jinete envuelto en humo.

Alvar lo vio con sus propios ojos. Y le costó creerlo.

El jinete no se movió, con la espada al cielo. No se movió.

Y el Boquituerto pasó de largo, se asustó, perdió asiento en el brazo, clavó la lanza en el suelo y salió despedido por encima de su caballo.

Se lo tragó el humo.

Y el jinete no se movió.

Pero su semental negro cabeceó inquieto, piafó y se levantó sobre las manos para cocear aquel humo negro y espeso.

Solo el rey seguía adelante.

Y lo que tenía enfrente era un hombre solo a las puertas de una ciudad cristiana a la que él mismo había ordenado prender fuego.

El semental negro pateaba el humo, y el humo se enredaba en sus cascos y subía hasta aquella espada clavada en el cielo.

Jamás había visto algo así. Y jamás volvería a verlo.

Y a Alvar Fáñez le salió del fondo de la garganta, con aquella voz suya que pesaba quintales.

—¡Viva el Cid!

XV

Blasco y Nuño lo veían a través del humo. Y tenían el corazón encogido. Era como si su capitán hubiera vuelto de entre los muertos para darle una nueva lección a Castilla.

El semental negro pateaba el humo, la espada apuñalaba el cielo.

Tenían los ojos comidos por el humo. Enrojecidos. Y esa era la excusa para las lágrimas que corrían por sus mejillas.

Una vez más, como tantas otras, su capitán vencía cuando todos pensaban que era imposible hacerlo.

El asturiano puso la mano en el hombro de su amigo.

—Es él —murmuró ronco.

Y Nuño escupió bajo el colmillo. Uno de aquellos gargajos que podían tumbar la silla de un obispo.

—No, no lo es... Me cago en el jodido Apocalipsis... No lo es, pero me juego los cojones a que se sentiría orgulloso.

Y Blasco asintió. Y los dos gritaron juntos.

—¡Viva el Cid!

XVI

El pobre isabelo vio aquel muro de humo. Y al semental pateando el cielo. Y se sintió viejo. Viejo y cansado.

Se detuvo en seco.

Y el rey de Galicia, rey de Castilla, rey de León, el sexto de los Alfonsos, salió despedido. Y cayó bajo las manos alzadas del semental negro.

Y Alfonso supo que iba a morir coceado. Aplastado frente a la Puerta de la Culebra mientras Valencia ardía por los cuatro costados.

Y Alfonso, rey de Castilla, rey de Galicia, rey de León, mojó con sus reales aguas sus muy reales pantalones.

XVII

Era el rey.

Y era el hombre que había llamado traidor a su padre. El cabrón que lo había condenado al destierro.

Podía matarlo. Bastaba relajar las riendas, echarse un poco hacia delante, dejar que el semental cayese sobre las manos.

Y Diego supo en su corazón qué hubiera hecho su padre.

En los días que conquistó Valencia, su padre hubiera matado a aquella sabandija capaz de apresar a una madre y a sus dos hijas. Pero su padre, el que le había cortado las melenas al conde de Barcelona, le hubiera perdonado la vida.

Lo supo.

Y Diego relajó las riendas, se echó adelante.

Y también empujó con las caderas.

Los cascos del semental cayeron como martillos.

Cayeron donde había quedado aquella cabeza envuelta en un turbante negro. La misma que engañó a toda una ciudad.

Cayeron en la tierra, a un palmo del pecho del rey.

XVIII

El rey chillaba como un gorrino.

El semental cabeceó.

El humo se apaciguó, y se tumbó a los cascos del caballo, en las profundas huellas que habían dejado al caer.

—¡Estás muerto!

Se echaba atrás, alejándose de la muerte que había visto tan cerca.

—¡Estás muerto! ¡Muerto!

Le faltaban manos y pies para salir de allí como una lagartija asustada.

—¡Muerto y en los infiernos!

La silla sobre el semental negro era una obra de arte, todas las guarniciones del caballo valían lo que un señorío.

—¡Muerto y enterrado!

Escupía las palabras, chillaba, con los ojos desorbitados, las mejillas encendidas. Había perdido la corona. Y el casco.

—¡Apártate, demonio!

Ninguno de sus hombres hizo otra cosa que mirar. Las mesnadas de Castilla, desperdigadas, rota la carga, se habían quedado donde estaban. Y todos miraban a su rey caído y al jinete envuelto en humo.

—¡Matadle!

Nadie se movió.

Y, con la espada todavía en alto, la voz del jinete atronó.

—¡Viva el Cid!

Y dentro y fuera de murallas. A un lado y a otro. Retumbó la respuesta.

—¡¡Viva!!

Se extendió como el eco en un valle cerrado.

—¡¡¡Viva!!!

El rey seguía con su culo empapado en la tierra, paralizado por el pavor. Encogido como un bicho ante el pie alzado.

Y cuando el trueno cedió, el jinete lo miró y volvió a hablar.

—¿Quieres el tesoro de Alqádir?

El rey no fue capaz siquiera de tartamudear.

—Ella lo robó, y a ella le puedes pedir cuentas.

Nuño y Blasco aparecieron en la puerta, salieron del humo. Traían a Lilia maniatada, y avanzaron hasta echarla a los pies del caballo de Alvar Fáñez. Gritaba que eran todo mentiras, gritaba que era falso, gritaba por su inocencia, pero nadie la escuchaba.

Nadie le prestaba atención. Porque el jinete sobre el semental volvía a hablar.

—Y vas a firmar esto.

Alvar Fáñez lo vio meter la mano en un apaño de la cota de malla, en un gesto que trajo recuerdos. Y el jinete sacó de algún lugar en su gambesón un legajo.

Y se lo echó encima al rey.

Alfonso dudó un instante, con los labios temblando, con las manos indecisas. Mirando a todos lados, buscando a un paladín que matase a aquel demonio, porque esa era la voluntad de Castilla, de Galicia y de León.

Pero nadie se movió. Y Alfonso acabó por abrirlo para leer.

Y a medida que sus ojos recorrían las líneas, se iban abriendo llenos de espanto.

—¡Jamás!

Airado, se atrevió incluso a incorporarse, se olvidó de su

ingle empapada, se recolocó los cabellos revueltos. Y lo repitió con tanta firmeza como fue capaz.

—¡Jamás!

Pero el jinete no se arredró.

—Entonces se sabrá la verdad.

Alfonso logró ponerse en pie, y se sacudió los hierbajos. Incluso intentó de nuevo recomponer los cabellos, ansioso por recuperar la compostura.

—Jamás —repitió calmado.

Salió del humo alguien más. Cruzó la Puerta de la Culebra un fraile gordinflón de rostro colorado. Que tenía los ojos enrojecidos y las mejillas cubiertas de hollín, cubiertas a excepción de los regueros de las lágrimas.

Y el jinete volvió a hablar.

—Jerónimo de Perigord, obispo de Valencia a cargo de la catedral que levantó el Cid...

No pudo continuar, porque la mención de la leyenda arrancó otra oleada de vítores. Hubo de esperar hasta que los vivas se diluyeron en el humo.

—Obispo de Valencia y legado papal —se inclinó en aquella silla que era un regalo de príncipes—. Él puede llevarle noticia al santo padre de que monedas cristianas de la ceca de Toledo pagaron la emboscada que a punto estuvo de impedir que el Cid llegase al asedio de Aledo...

—¡No es cierto!

El semental cabeceó, mostrando su desacuerdo. Y el jinete sonrió.

—También puede contarle que entre los moros vencidos en Cuarte había cristianos...

El rey Alfonso dio un paso atrás. Como si acabase de ver una aparición salida del purgatorio.

—¡Mentira!

El jinete desmontó. Palmeó el cuello del semental. Y, sin prisa, como si no hiciera más que dar un paseo por la ribera del río, se plantó frente al rey, cara a cara, con la barbilla en alto.

—Y eso lo dice quien llamó al Cid traidor.

—¡Mentiras! ¡Burdas mentiras!

Dio otro paso al frente y obligó al rey a recular.

—Podemos drenar la acequia de la Xerea en cuanto pase el fuego. Los cadáveres siguen allí…

Otro paso más. Y los ojos rebosantes de pánico. La barba temblando. Los labios tan apretados que solo eran un trazo del color de un velón apagado.

—¿Qué dirán los aragoneses? ¿Y en Pamplona? ¿Y los francos? ¿Qué dirán en los condados catalanes? De un rey que traiciona a sus aliados…

Alfonso fue a decir algo, pero aquel que había salido del fuego de Valencia no le dejó, puso la mano sobre el legajo que el rey aún sostenía y lo empujó contra su pecho.

—¡Firma!

Dejó que la brisa y el humo se llevaran la orden, que todos la escucharan.

—¿No fue eso lo que le dijiste? ¿No fue eso lo que le dijiste después de apresar a su mujer y a sus hijas?

El rey calló. Y la vergüenza le pintó el rostro.

—¡¡Firma!!

VERDAD, MENTIRA Y LEYENDA

Año del Señor de 1102

I

Se contó durante años. Por muchos años.

Valencia, quemada y destruida, quedó en manos de los almorávides, se lanzaron sobre ella a los pocos días, como negros cuervos sobre la escasa carne en la carcasa de una oveja abandonada por lobos. Sin embargo, la señora y sus hijas salieron escoltadas.

Escoltadas.

Abandonaron la ciudad que se había arrojado a los pies del Cid, de su esposo y padre. Pero lo hicieron con la cabeza alta. Con el puñado de hombres que aún tenían su confianza, incluso con un anciano galeno hebreo que ya no veía, pero cuyos aprendices atendieron los partos de los nietos del Cid. Abandonaron la ciudad con carros cargados de muebles, recuerdos. Con su vida a cuestas, y con ajuares para las dos princesas, porque eso iban a ser las dos hermanas María y Cristina, princesas.

Y la abandonaron escoltadas por las tropas de Castilla,

para que no sufrieran ningún mal en el camino. Para que nadie, ni el más humilde ni el más pudiente de los ricohombres, pudiera siquiera cuchichear. El mismísimo rey Alfonso guiaba la caravana. Para que no quedasen dudas de que aquel destierro, al que había sometido al padre y al esposo, ya no era de ley.

Más aún, los caballeros de Castilla agachaban la cabeza y se doblaban sobre la rodilla cuando la comitiva pasaba de largo.

La señora y sus hijas podían ir a donde quisieran.

Ya no eran la esposa y las hijas de un traidor.

Serían recibidas con honores. Y el rey en persona se comprometió a buscar príncipes con los que pudieran casar las hermanas.

—Vuestro padre decía que sería abuela de reyes.

Con una sonrisa, a caballo entre la amargura y la alegría, la propia Jimena se lo contó a sus hijas mientras abandonaban la ciudad.

II

Muchos se unieron a la comitiva. Muchos ofrecieron sus servicios a la señora. Muchos que habían luchado con su esposo y que la hubieran seguido hasta los mismos infiernos.

Hombres que habían luchado en Almenar. O en Morella. Que habían estado aquella aciaga tarde en el lago de Felín. Que habían sangrado en Tévar. Incluso se presentó un grupo que mandaba un viejo renco que dijo haber huido de los calabozos de Cornago justo antes del asedio de Valencia.

Muchos.

Y los mejores hombres de Castilla las acompañaron hasta tierras burgalesas, no lejos de Vivar.

Jimena deseaba vivir en calma, en paz con el Señor, y en armonía con sus recuerdos. Las llevaron a Cardeña, donde el abad del monasterio era aquel obispo rebelde que había intentado que Galicia se aliara con Inglaterra, Diego Peláez.

Y el mismísimo monseñor ofició el entierro que ofrecieron en el monasterio de San Pedro de Cardeña a los restos que habían traído desde la catedral de Valencia.

De aquel lugar guardaba el matrimonio buenos recuerdos, de sus años más jóvenes, y Jimena estuvo segura de que su esposo habría sido feliz.

Allí lo enterraron en tumba labrada, y allí quedó un sitio, listo para cuando el Altísimo tuviera a bien llevarse a la señora. Para compartir, en el más allá, el mismo camino que había compartido en el paño de lágrimas terrenal, el camino del Cid.

Aquella devoción y aquel amor. Se habló de ellos en los años por venir.

Y la leyenda del Cid creció.

Y Jimena fue abuela de reyes, y bisabuela. Y tatarabuela.

Eso se contó. Y se contó por muchos años.

Y siguieron contando que el hijo del Cid había muerto en Consuegra, porque, como le había dicho en una ocasión un juglar al mismo hijo del Cid, los contadores de historias se ganan la vida con las mentiras.

III

La gorra estaba vieja, arrugada y sobada. Tan gastada por los bordes que podía caerse en pedazos en cualquier momento. Pero allí, apoyada en los adoquines de la plaza, servía para cumplir su cometido, recogía las monedas.

Y su dueño, regordete, de anchos carrillos de saludable rojo, cantaba con voz profunda, y sus manos lo acompañaban. Los dedos bailaban sobre las cuerdas de la vihuela en una dulce tonada que tenía las pausas y los acentos medidos, los justos para que los versos ganasen fuerza.

De los sos ojos tan fuertemientre llorando,
tornava la cabeça e estávalos catando.
Vio puertas abiertas e uços sin cañados,

alcándaras vazías, sin pielles e sin mantos,
e sin falcones e sin adtores mudados.
Sospiró mio Cid, ca mucho avié grandes cuidados,
fabló mio Cid bien e tan mesurado:
— ¡Grado a ti, Señor, Padre que estás en alto!
¡Esto me an buelto mios enemigos malos!

Subido a la fuente, haciendo equilibrios sobre el borde de piedra, el juglar se entregaba con cada verso. Le gustaba lo que hacía.

Y su público se divertía. Se olvidaba de la roña de las ovejas, de las pocas lluvias, de los hongos que arruinaban el centeno, o de los recaudadores de impuestos que venían cargados de sellos reales. Y de los moros, se olvidaba también de los moros, porque, de tanto en tanto, en aquellas tierras de frontera, los moros daban un disgusto.

Se olvidaban. Y disfrutaban.

Los niños miraban con ojos anhelantes. Deseosos los de las mujeres, y admirados los de los hombres.

Todos escuchaban, todos revivían las aventuras del Cid. Del Campeador. Del único que jamás había sido vencido.

Todos menos uno.

La plaza vibraba abarrotada, no solo estaba ocupada la sombra de la torre de la iglesia, sino incluso el sol vivo que entraba por la explanada del mercado. Hasta había un abacero que vendía, en su carro pintarrajeado de luminosos colores, buñuelitos de miel dulce, y los niños más afortunados tenían el rostro pegajoso y se chupaban los dedos sin dejar de mirar al juglar.

Algunos incluso movían la cabeza al compás. Otros tarareaban, como si los versos les fueran conocidos. Pero había un hombre, en la esquina de la taberna, un tipo fornido, no muy alto, enfundado en un tabardo manchado, cubierto del polvo de leguas, que no clavaba los ojos en el juglar, que no tarareaba, que no movía la cabeza.

Un forastero, quizá un peregrino. A lo mejor un mensajero.

Se apoyaba en el muro, justo bajo el tosco cartel que anunciaba EL SEÑORÍO, un nombre que le quedaba grande al modesto negocio.

A unos pasos de la puerta, bajo el alero, con un pie levantado y pisando las piedras del muro con una bota de suela gastada, recostada la espalda contra la pared. Con los brazos cruzados sobre el pecho y el ojo atento. Observaba a las gentes a su alrededor y tenía colgada de las mejillas una sonrisa cínica.

Estaba rodeado de gentes y se le veía solo.

Quizá por eso se le acercó una mujer. De rostro franco, con una camisa de lino, vieja pero limpia, con larga falda de paño Y con un mandilón, teñido hacía mucho con rubia, que le daba aspecto de lechera.

—Lo hace bien...

Se refería al juglar, y el tono era casual. Como si no pretendiese más que iniciar una conversación. Como si guardase algo que vender, o conociese una habitación en la que ofrecer noche al viajero.

Tenía el rostro ovalado, enmarcado en largos rizos trigueños. Y la mirada segura.

—¿No estabas el otro día en Osma?

La voz era melodiosa, como la del juglar. Y cuando el forastero se giró para mirarla, se sorprendió al descubrir la expresión pícara y divertida.

—Alguna vez he pasado por allí...

Tenía los ojos del color de la miel de aquellos buñuelos que los niños más afortunados se comían. Pero no era su color lo que llamó la atención del forastero. Sino la mirada. Y la pequeña cicatriz que partía una de las cejas. Aquella mujer había doblado más de una esquina.

—¿Se te comió la lengua el gato?, ¿o es que eres tímido?

Tenía el descaro de quien ha vivido la calle, y el aplomo del mejor capitán.

—No, solo tengo mala memoria —contestó el forastero.

Cuando sonrió, y fue evidente que la sonrisa tenía menos

verdad que una cruz de siete brazos, mostró dientes grandes y bien alineados. Había pasado hambre, pero solo la justa para no quedar canija o estropear el dentado.

—¿Y qué te ha traído a tierras leonesas?

Ahora fue el forastero el que mintió con la sonrisa.

—Echaba de menos el mar...

Ella recibió el golpe con cuajo. Y demostró que se manejaba en esos juegos tan bien como podía hacerlo aquel forastero.

Se acercó un poco más y le puso una mano en el codo, y lo miró con intensidad, tanta que él se sintió obligado a no apartar los ojos del rostro, bien formado, de altas mejillas y labios carnosos.

Ella lo advirtió, y se acercó aún más. Como si solo faltase un suspiro para que se besasen.

—Pensé que había sido el yeso...

El forastero no pudo evitar que la sorpresa le revolcase los ojos. Y a punto estuvo de preguntar cómo, pero se calló en cuanto sintió la presión en el estómago.

Una mano le sujetaba el codo y le impedía descruzar los brazos. Y, por debajo, la otra mano apretaba un cuchillo contra el tabardo, lo justo para que sintiera que una pulgada más bastaba para trocearle el hígado.

El forastero se rehízo pronto. Y ahora sonrió con una sonrisa que sí fue sincera.

—Déjalo en paz —ordenó ella—. Olvídate de él.

Y señaló con el mentón hacia la fuente y el juglar.

Se notaba en su voz y en sus gestos que no esperaba otra cosa que obediencia. Estaba acostumbrada a lidiar con negocios turbulentos, y sabía dónde poner los pies.

Pero lo que no esperaba era la risa del forastero. Que parecía divertirse.

—Hablo muy en serio. Déjalo en paz o te arrepentirás.

Él inclinó el rostro, y los ojos se subieron contra las cejas, dándole un aire de querer preguntar algo.

Pero no abrió la boca, la frunció para silbar.

—¿Qué haces? —preguntó ella, insegura.

Y el cuchillo aflojó un poco.

Un instante después, dos que estaban delante maldijeron, y se hicieron a un lado para volver a juntarse y continuar disfrutando de la función. Y por entre el lío de piernas apareció un perrazo ceniciento.

Llegó hasta la esquina de la taberna, bajo el cartel, y plantó las patazas a dos pasos de la pareja. De inmediato enseñó los colmillos y empezó a gruñir, un resonar ronco y grave que le salía del fondo de las tripas, que prometía dentelladas.

La sorpresa vistió la dureza que tenía su rostro. Lo dulcificó. Y, cuando sopló para apartar uno de aquellos largos rizos, caído sobre la mejilla, al forastero se le ocurrió algo.

—Tú debes de ser Elvira...

Se echó atrás, aún con el cuchillo en la mano.

—¿Cómo sabes...?

Él sonrió. Una sonrisa amplia, con los ojos brillantes y un resoplido cínico que se le escapó por las narices.

El lebrel se dio cuenta del cambio de ánimo. Apagó el gruñido y se sentó sin más, con la lengua fuera, mirando al uno y a la otra alternativamente.

—Tranquila, no he venido a hacerle daño a tu hermano.

El cuchillo ya apuntaba al suelo. Toda ella era desconcierto, los hombros caídos, los labios entreabiertos, los ojos pasmados. Parecía una niña sorprendida a media travesura.

—Quiero proponerle un negocio.

IV

El estofado de liebre era al menos honesto; parecía liebre, aunque estuviera pasado, y tan cargado de romero que hacía fácil suponer que la liebre había dejado de triscar cuando Diego aún gateaba.

Pero el vino, intenso, sin aguar, de abigarrado color, levantaba el ánimo y compensaba la pobre comida.

Aunque Martín no le ponía pegas, era ya la segunda ración que ventilaba a dos carrillos y, mientras que Diego apenas había probado bocado, el juglar hacía gala de su voraz apetito. Y les convenía a ambos, porque Diego tenía mucho que contar y Martín mucho que escuchar.

El lebrel, único capaz de comer con más ansia que el juglar, había vaciado su ración en dos bocados, y permanecía como una estatua junto al banco. Y se relamía de tanto en tanto, mojando el hocico y haciendo brillar una cicatriz que le cruzaba los morros. Esperaba a que el plato de su amigo, casi lleno, acabase también en sus dominios.

Diego no les contó todo, se guardó mucho, lo que más dolía. Pero los puso al tanto.

Al terminar, bebió, un largo trago ansioso. Y al servirse más vino, la jarra quedó vacía. Elvira la cogió de inmediato de su mano, con una sonrisa, y se ofreció a llevársela al tabernero para rellenarla.

Y Diego murmuró un agradecimiento, y perdió el hilo de lo que estaba diciendo sobre los últimos momentos en Valencia.

Aunque intentó evitarlo, sus ojos lo traicionaron. No movió la cabeza, pero la siguió con la mirada, mientras ella se alejaba entre las mesas.

Con la jarra en alto, Elvira bromeó con unos leñadores de otra mesa a quienes debía conocer, y saludó a unos que se ganaban la vida poniendo nasas en el río Ucero.

Mirarla era como oler pan recién hecho, resultaba difícil detenerse.

Martín, que lo advirtió, dejó la cuchara en el plato.

—Es una pena que ande conmigo en los caminos, de un pueblo al siguiente, recogiendo monedas en una gorra y sin saber dónde dormiremos cada noche.

El hijo de uno de los «naseros» estaba sentado en la mesa, disfrutando del alegre ambiente de la taberna, y Elvira se inclinó sobre el chiquillo. El barullo les impidió oír lo que le dijo, pero el niño estalló en risas. Y ella lo acompañó.

—Yo soy feliz —sonrió con aires infantiles—. Me gusta lo

que hago, y me encanta tenerla conmigo. Pasamos muchos años separados, demasiados...

Sacudió el mentón.

—Es testaruda como una mula. Y lo niega, dice que está bien, pero yo sé que desea formar una familia y asentarse.

Habló con el tabernero y le tendió la jarra. Y mientras esperaba a que la espita del tonel se encargara del trabajo, se entretuvo haciéndole carantoñas al niño de la mesa, que seguía riendo feliz.

Diego fue capaz de volver a mirar al juglar.

—Rezo todas las noches para que encuentre a un buen hombre —dijo Martín.

Y lo hizo con voz pausada, marcando cada palabra.

—De esos quedan pocos —contestó Diego, taciturno.

Y el juglar puso su mano sobre la del hijo del Cid, la misma a la que le faltaba un dedo, la misma que aún sujetaba el vaso de barro con el vino.

—A veces basta con detenerse, aunque sea al borde del camino, y soltar el equipaje. Casi siempre cargamos con trastos que no nos hacen falta. Deberíamos aprender de los ermitaños...

Aquello desconcertó a Diego. Por la gravedad del tono, por lo serio del juglar. De pronto había perdido su habitual aire risueño.

No había silencio en la escandalera de la taberna, y una partida de dados en una de las mesas estaba llena de gritos y abucheos. Pero compartieron un momento, como si estuvieran solos. Como si la taberna estuviera vacía.

—Cuando hay iglesia y párroco, la animo a que se confiese, a que busque la redención del Señor —reconoció el juglar—. Pero siempre encuentra alguna excusa, creo que ha perdido la fe. A mí aún no me lo ha contado todo —añadió con pesadumbre—. Hay... asuntos de los que prefiere no hablar.

Le daba vueltas al vaso de barro entre las manos, pensativo; aun así, Diego asintió.

—Hay cajas que es mejor no abrir.

No tuvieron tiempo para más. Elvira regresó, con el vino y una sonrisa radiante. Y su hermano tenía razón, había confesiones pendientes tras el telón de aquella sonrisa.

Algo se movió en el pecho de Diego. Como un caballo que cambia la mano para empezar a galopar.

Ella lo ignoró. Se sentó de nuevo a la mesa, dejando la jarra de vino, y empezó a hablar sin preocuparse de si interrumpía o no.

—Mañana por la mañana, para almorzar, si queremos pagarlo —aclaró con un punto pícaro—, truchas con tocino crujiente y salsa de almendras...

Habló risueña, compartiendo una confidencia, como si lo que le habían contado los de las nasas y el tabernero fuera un secreto. Y cambió de tema al instante siguiente.

—Una historia preciosa —dijo cínica—, conmovedora. Y ahora, ¿nos vas a recitar la de David y los leones, o vas a decirnos de una vez cuál es ese negocio que te traes entre manos?

Ella sola era capaz de apabullar a los dos hombres con tanto ímpetu.

Y Martín fue el primero en reaccionar.

—Sea lo que sea —apuntó levantando la cuchara y consiguiendo que una gota de grasa le cayese en la manga—, ni una palabra sobre el Cid. Eso lo recuerdo.

—Más bien lo contrario...

V

No les dejó más que abrir el zurrón, levantar apenas la tapa para echar un vistazo dentro. Y no hacía falta más. En los rostros de los dos hermanos el asombro lo ocupaba todo, incluso las orejas de Martín se sonrojaron. Miraban embobados.

Martín inclinaba el zurrón a un lado y a otro, alzaba el rostro para decirle algo a su hermana y, cuando ella asentía, antes de que pronunciase una sola palabra, el juglar se lo pensaba mejor y volvía a enterrar la mirada en el interior.

Tardaron un buen rato en hablar. El lebrel tuvo tiempo de

comerse lo que había quedado en el plato de Diego, que había sido casi todo.

La partida de dados ya había terminado, y el niño se había acurrucado en un rincón para dormir, esperando a que su padre cerrase los negocios sobre los tramos de río que correspondían a cada uno del gremio.

Así que Martín susurró.

—¿Es lo que yo creo que es?

Diego seguía haciendo bailar el vaso entre sus dedos. Y ahora se atrevía, de tanto en tanto, a perderse en el rostro de Elvira. Un poco más arriba de aquella cicatriz había un lunar que hacía malabarismos cuando ella fruncía el ceño. Y si dudaba de algo, se fijó, acercaba un dedo a los labios.

Al cabo, como Martín esperaba impaciente, asintió.

—El cinturón de la mora Zobeida, la princesa de Bagdad... —dijo Diego—. La mejor, más grande y más valiosa pieza del tesoro del infame Alqádir.

Dejó que calase y, observando las reacciones de Elvira, continuó.

—Y hay más, mucho más, todo lo que haga falta.

Elvira cerró el zurrón y lo empujó a través de la mesa, bajo la cara de disgusto de su hermano, que pareció un crío al que acabasen de quitarle su juguete favorito.

—¿Cuántos necesitas?

Diego sonrió. Y le gustó ver que ella también lo hacía.

—A todos. ¡Todos! Todos los que acepten nuestro oro. Juglares, trovadores, titiriteros, sanadores, a cualquiera que ande por los caminos y esté dispuesto a cambio de oro.

Miró entonces al juglar.

—Tú me lo dijiste, para contar historias a veces hay que adornar lo que pasó, reordenarlo, cambiarlo —dijo alternando las manos que sujetaban el vaso—. Y eso es lo que quiero, de ti y de cualquiera al que podamos pagar.

Y Martín se sintió obligado a intervenir.

—Pero los cielos no me han bendecido con el don de componer. Canto bien, pero yo no me veo capaz de...

Diego lo interrumpió.
—No importa. Cada cual que lo cuente como quiera. Ya pagaremos a alguien para que lo escriba, a muchos. Cuantos más mejor.
La inseguridad del juglar espoleó a Diego a insistir.
—Quiero que la leyenda crezca, que se haga inolvidable...
Sacudió el mentón, hizo bailar una sonrisa. Le brillaron los ojos. Pasaron mil recuerdos, se quedaron cien, eligió uno. Uno solo le bastó. Eligió aquel día en la playa, cuando su padre había cogido su mano. Cuando no era más que un niño. Cuando caminaron juntos.
—Quiero que mis nietos la escuchen...
Se le quebró la voz. Y se levantó, como le había enseñado. Se puso en pie para seguir peleando. No se rindió. Con el mentón arriba. Con orgullo. Como su padre.
Y dijo lo que tenía que decir, con la emoción vibrando en la garganta.
—¡Que la escuchen los nietos de mis nietos!
El juglar, acogotado, extrañado por el ímpetu, tardó en reaccionar. Dudó.
—Si el rey se entera —dijo al cabo—, no va a gustarle...
Y fue Elvira la que intervino, en tono cómplice, guiñándole un ojo al antiguo yesero.
—Pues habrá que evitar que se entere...
Aquello fue suficiente para Martín.
—Estáis los dos igual de locos...
Y se levantó, fingiendo sin éxito que se enfadaba con ellos por tomarse el asunto tan a la ligera.
—A ver si sigue en la plaza el de los buñuelos, me apetece algo dulce.
Y los dejó solos.
Elvira lo miró, con descaro, buscando algo en cada rasgo de su rostro.
—Dime una cosa...
Diego tampoco se contuvo. Incluso escondió los ojos en su escote antes de preguntar.

—¿Qué?

—¿Cómo diantres lo hiciste en el desierto de la Bardena?

Él frunció el entrecejo.

—Mi hermano dice que las huellas desaparecieron, sin más. Como si te hubieras echado a volar...

Diego sonrió.

—¿Es eso lo que realmente quieres saber?

Y ella, sin dejar de mirarlo, le robó el dichoso vaso y lo apartó a una esquina de la mesa, donde él ya no podría seguir trasteando.

—No, la verdad es que no...

Y cogió una de esas manos que habían quedado huérfanas. Y sonrió también. Con picardía.

FIN

Cuaderno de notas

> Madre —dixo el Fijo— non serié derechura,
> tal alma de tal omne entrar en tal folgura:
> serié menoscabada toda la escriptura;
> mas por el vuestro ruego faremos ý mesura.
>
> GONZALO DE BERCEO,
> *Milagros de Nuestra Señora*,
> «San Pedro y el monje mal ordenado»

En mi opinión, pretender hacer de la Historia, de un pedazo de ella, una novela y, más adelante, argüir que esa novela supone un fiel reflejo histórico es una utopía.

Ni siquiera los ensayos más sesudos pueden reivindicarse fieles a una realidad histórica. Ni siquiera los periódicos de hoy son capaces de ponerse de acuerdo en el qué y el cómo de lo sucedido ayer.

Como la propia vida, la Historia son circunstancias, casualidades, eventos fortuitos. La historiografía es por ello un retrato impresionista, no hiperrealista. La Historia está hecha de charcos, no de ríos; hechos aislados que evolucionan y cambian sin relaciones de causalidad; sin embargo, la narrativa no encaja en ese patrón, en la narrativa es recomendable una resolución, una cadena de consecuencias.

En la narrativa (con excepciones más que honrosas, como el inolvidable *Principito* de Saint-Exupéry), el cuento se desarrolla para tener un sentido propio. Un relato ha de solucionarse, de poco serviría que los personajes superasen los conflictos si hacerlo no significa un cambio que dé sentido a lo sucedido. En la narrativa, el motor es el conflicto y el cambio es la medida de ese conflicto; en la Historia, sin embargo, el conflicto es circunstancial, muchas veces sin propósito y, por ende, no siempre supone un cambio (a los pocos años de la Revolución un rey volvía a ostentar la corona de Francia).

Bajo dicho axioma, el novelista no debe aspirar a retratar la Historia, sino a contar una historia plausible anclada en las peculiaridades de un periodo. Como indica la famosa cita atribuida al maestro Dumas: «... prostituyo a la Historia, pero le hago unos hijos guapísimos...».

Humildemente, yo creo que contar historias es mentir. Mentir para que parezca verdad, pero mentir al fin y al cabo. Y así debe ser en todos y cada uno de los aspectos de una novela. Una buena muestra son los diálogos, que han de parecer reales, pero no pueden serlo. No caben las muletillas, ni los olvidos... Ni esas respuestas originales que solo se nos ocurren unos minutos después de haber cerrado la puerta del dormitorio, cuando ya nos llevamos la almohada al sofá.

Y escribo esta confesión por dos motivos.

El primero, mi firme creencia de que es una de las obligaciones del novelista, del artista en general; como los manifiestos de los pintores en el cambio de siglo pasado.

Y el segundo porque, en este caso, más que en ninguna de mis anteriores novelas, sería un auténtico disparate pretender arrogarse la verdad sobre la polémica, desconocida, incomprendida y discutida vida de ese al que hemos terminado por conocer como Rodrigo Díaz de Vivar, el Campeador. El Cid.

Las páginas que preceden a estas reflexiones son un cuento, ni más ni menos, un cuento con aires de aquella vida del siglo XI en un lugar tan convulso como fue la frontera entre lo cristiano y lo musulmán en eso que hoy se llama España, pero un cuento.

Un cuento en el que, como siempre, he procurado reflejar un tiempo y un momento, pero el retrato es impresionista. No he pretendido, porque me parece imposible, captar todos y cada uno de los detalles, sino centrarme, como Degas, Monet, Pissarro o Renoir, en cómo la luz juega con lo que vemos.

Sin embargo, soy consciente de que el lector puede querer indagar y conocer, por eso, como en todas mis novelas, admitiendo mi culpa y asumiendo mis errores, para aquellos que deseen saber un poco más, a continuación se incluyen unas cuantas notas, con la esperanza de satisfacer mentes inquietas.

* * *

Sin valorar el resultado final, que esa no es mi labor, para acometer una historia como la de estas páginas se ha hecho un esfuerzo titánico.

Por primera vez en mi carrera me he atrevido a domar a una bestia de dos cabezas. Y creo que merece la pena explicar y confesar.

En estas páginas, dos historias se enfrentan, la tragedia de un padre y la comedia de un hijo.

Y téngase en cuenta que la referencia es aristotélica, *Poética* y *Retórica* siguen siendo, a mi entender, lecturas obligadas para cualquiera que desee contar historias. En este sentido, la tragedia no es necesariamente la que nos hace llorar y la comedia la que nos hace reír; en realidad, la clasificación se hace en función de cómo el héroe o la heroína resuelve el tercer acto. En la comedia, desde una crisis profunda en la que parece que todo está perdido, el héroe se sobrepondrá a sus taras y resolverá el conflicto principal de manera tan ineludible como inesperada. En la tragedia, el punto álgido del segundo acto se contrapone al de la comedia, no es una crisis, sino un triunfo, y desde ese momento de máximo esplendor, de nuevo de un modo ineludible e inesperado (merece la pena repetir las palabras de Aristóteles), el héroe se condena en el tercer acto por no ser capaz de sobreponerse a sus taras (lo que el propio filósofo denomina *hamartia*).

Enfrentar esas dos historias, la del padre y el hijo, fue el único modo en el que pude concebir una narración viable sobre el concepto inicial que sirvió de germen a la novela, el del hijo del Cid, personaje del que apenas se sabe nada y cuyo hecho histórico más notable es su propia muerte.

De ahí que, desde el comienzo, pensase en construir algo como la incombustible *Moby Dick* de Melville, donde la tragedia de Ahab se cuenta a través de los ojos de Ishmael. O, con una referencia más patria, siguiendo una estructura similar a una narración que, con el paso de los años, consigue cautivarme cada día más, la de *El ingenioso hidalgo Don Quijote de la Mancha*, donde se trenzan las aventuras de Alonso Quijano y Sancho Panza.

Es decir, fue el espejo de las grandes obras el que me dio las pistas para construir estas páginas.

Pero no fueron las únicas. He de confesar otras influencias y dar crédito a sus autores, todos me han enseñado mucho, tanto que mi más eterno agradecimiento es y será insuficiente.

Al maestro Stephen King, que ha demostrado ser capaz de novelar tragedias, comedias, ambas entremezcladas, dos comedias consecutivas y casi cualquier combinación imaginable, le debo muchísimo. Nunca entenderé por qué la crítica más sesuda no valora el enorme talento de un hombre que ha demostrado, una vez tras otra, que domina la técnica narrativa a un nivel inimaginable para mortales como yo. Toda su obra, pero especialmente su saga *La torre oscura*, ha sido crucial para construir la historia del hijo del Cid.

Una vez más, la magnífica *El médico* de Noah Gordon ha supuesto una fuente inagotable de inspiración, incluyendo la referencia al «juego del lechón» (la novela del americano me dio la pista para hacer indagaciones) o a la medicina practicada en tiempos medievales. Y es que pronto me di cuenta de que el personaje perfecto para hablar de cómo la guerra corrompe al hombre era aquel que antepusiera el bienestar de los demás al propio, es decir, un sanador. Al comprenderlo, revisité con entusiasmo la narración de Gordon.

En un tono distinto, y también una vez más, como ya mencioné en *Assur*, las aventuras del genial Alberto Vázquez-Figueroa han supuesto una inagotable fuente de recursos para mí. El maravilloso escritor canario siempre parece capaz de encontrar el modo de incrementar de forma creíble el conflicto que atosiga a sus héroes y heroínas.

***

Y antes de profundizar en aspectos técnicos o históricos, hay un agradecimiento más que debe hacerse, lo exigen las buenas costumbres, y es a mi querido Ángel Alonso, director y conductor del programa de radio *Objetivo: La Luna*.

Aunque no llego a comprender sus motivos, hace ya unos años tuvo la ocurrencia (estoy seguro de que lo lamenta) de invitarme a participar en «La Esquina de la Historia», para compartir con los oyentes recovecos de nuestro pasado a través de la sección. Y yo he de reconocer que he sido el alumno menos aplicado, porque la preparación de esta novela exigió tanto de mí, me consumió tantas horas, me desveló tantas noches, que solo fue posible completar la colaboración semanal utilizando como fuente el mismo trabajo que estaba empleando para construir esta historia. Así, durante la última temporada, los oyentes se han visto arrastrados por los caminos del Cid, los misterios de al-Ándalus o las costumbres de Sepharad. Gracias, querido amigo, por la comprensión y el apoyo, esta novela no hubiera visto la luz sin tu ayuda.

Y querido lector, si quiere saber más de aquellos días del de Vivar, de aquellos tiempos de la tan discutida Reconquista (a mí no me duele usar el vocablo, controvertido o no, sirve para lo que ha de servir un nombre, para que al emplearse se sepa de qué se está hablando) les recomiendo que visiten las grabaciones de la sección, disponibles en múltiples plataformas.

* * *

Del personaje real tras el ficticio, apenas sabemos nada y podemos afirmar aún menos.

Se supone que el hijo del Campeador llevó el nombre de su abuelo, cumpliendo la tradición de aquellos días, y se asume cierto que murió en la batalla de Consuegra, pero es que apenas tenemos un puñado de citas que rescatar de las antiguas crónicas y así es difícil hacerse una idea de quién fue realmente Diego Ruiz.

Por ejemplo, la cita con la que se abren estas páginas, de la *Primera Crónica General*, está mal datada, pues no fue en el decimotercer año del reinado cuando se produjo la derrota del contingente cristiano. Y esa inexactitud podría plantear dudas sobre la noticia; por otro lado, sin embargo, igualmente aparece reflejada en el *Liber regum* (también conocido como *Libro de las generaciones y linajes de los reyes*): «... tuvo de ella un hijo y dos hijas; y el hijo tuvo nombre de Diego Royz, y matáronlo en Consuegra los moros». Incluso es posible que este último fuese usado como fuente para la anterior por los redactores alfonsíes.

A estos dos párrafos poco más se puede añadir, y en su conjunto ninguno de ellos aclara qué hacía Diego luchando junto al hombre que había declarado traidor a su padre unos años antes, mucho menos qué hacía cargando con el que siempre se ha entendido como gran enemigo del Campeador, el conde García Ordóñez.

Menéndez Pidal supone que Diego se une a las huestes del rey porque su padre le envía ante la imposibilidad de abandonar una ciudad de Valencia amenazada por los almorávides, pero no hay crónica o resto arqueológico que respalde esta hipótesis. Por lo que también podría plantearse otra más simple (que contradice lo que se cuenta en la novela): no es descabellado asumir que Diego formaba parte de la *schola regis*, de los jóvenes que, integrados en el séquito del rey, se hallaban en la corte completando su formación y, al tiempo, sirviendo a su monarca, algo que podría entenderse si, para 1092, se hubiera producido una profunda reconciliación entre el Campeador y el monarca.

En suma, por no saber, no sabemos ni la edad de Diego, si era mayor o menor que sus hermanas, si estuvo preso con ellas y su madre (tras el segundo destierro del Campeador), si se llevaba bien con su padre.

***

De la batalla de Consuegra se tienen más dudas que certezas, y las versiones que han pervivido se contradicen. En cualquier caso, como contador de cuentos, fue para mí una irresistible luz a la que volé como una polilla cualquiera. El supuesto enemigo jurado del Campeador era quien, en apariencia, debía guardarle las espaldas a Diego Rodríguez y, quién iba a imaginarlo, el pobre muchacho sale mal parado...

Ahora bien, dejando a un lado la Historia, con sus contradicciones y especulaciones, hay una verdad inmutable: merece la pena acercarse a esta preciosa localidad de Consuegra; además, el festival medieval que celebran cada agosto, con sus recreaciones y espectáculos, es más que recomendable. Para mí fue una auténtica fuente de inspiración.

***

Con respecto a las máquinas de asedio medievales debo señalar que los estudios de Rubén Sáez Abad han sido una ayuda inestimable. Su trabajo de investigación y recreación me ha permitido comprender cómo se resolvía realmente el peliagudo asunto. Y me siento en la obligación de recomendar una visita a su Trebuchet Park, en Belmonte.

Al hilo del párrafo anterior y en especial referencia al asedio de Polop, para los más curiosos, cabe mencionar que, aunque es algo más tardío, sí existió un famoso carpintero experto en las máquinas de asedio de nombre Nicoloso y su memoria ha perdurado en las crónicas a través del *Llibre dels Feits*.

Y es que, tras un primer ataque tentativo, una vez asegurada la logística, el empleo de trabuquetes, fundíbulos, brigolas y demás semejantes era el elemento que, según parece, definía los asedios, no solo por su poder destructivo, sino también por su influencia psicológica.

* * *

Para la ortografía de los nombres árabes he preferido declinar las recomendaciones que, con el asesoramiento de la Academia, nos llegan a través de la Fundéu.

Como bien aparece en todos los ensayos de calibre, la forma correcta de referirse a Abū Ŷa'far Aḥmad ibn Yūsuf ibn Hūd al-Musta'īn bi-Llāh sería Ahmad al-Mustaín, incluyendo el ordinal, si se desea, para aclarar que se trataba del segundo de ese nombre. Sin embargo, con todo respeto, el criterio elegido en este texto es el de facilitar la lectura. He preferido usar las versiones más arcaicas del castellano y convertir, tanto el ejemplo dado como todos los demás, en una única palabra, sin guiones, o una grafía con minúsculas que se puede hacer ajena al lector poco acostumbrado a los textos académicos. De ahí que en la novela aparezca como Almustaín. Un criterio que se ha unificado para todos los nombres similares.

* * *

Pese a que en los textos de la época sea habitual referirse a los condados catalanes, a sus habitantes y sus gobernantes como francos, consideré que el término podría ser confuso para el lector actual, y que explicarlo con unos párrafos resultaría contraproducente, pues la novela tiene como objetivo el entretener, no el dar lecciones, por eso preferí emplear un término más cercano y menos equívoco.

* * *

Introducido por los musulmanes en la península, el yeso y su uso como elemento estético cambió las técnicas constructivas locales, y se expandió por buena parte del territorio. Aunque con diferentes usos, pues mientras los cristianos lo dedicaron más al enlucido, en las construcciones islámicas resultaba fundamental para las decoraciones conocidas como arabescos o atauriques.

En cuanto al trabajo del yeso, el de la resina, la tala, el cisco y tantos otros, se hace necesario expresar mi más sincera gratitud ante la generosidad de Eugenio Monesma y su maravilloso estudio etnográfico.

Los documentales de este aragonés me han permitido conocer en profundidad labores que me eran ajenas, que nos son ajenas en el mundo contemporáneo, pero que no deberían perderse en la memoria sin más.

***

En la novela es solo una referencia vaga, y quizá merece la pena aclararlo.

Parece ser que podemos dar por cierto que el conocido como Sancho Garcés IV, rey de Pamplona (que no Navarra por aquel entonces), logró enemistarse con toda la nobleza local por su forma autoritaria de reinar, por la ausencia de tenencias u honores que repartir entre los nobles y porque no parecía dispuesto a luchar contra el moro y llevarse de tales algaras los botines correspondientes. Una peligrosa mezcolanza que espoleó una conjura para animar el asunto de la sucesión. Como no es de extrañar, en la conjura se involucraron los propios hermanos del rey, Ramón y Ermesinda, además de otros parientes.

Así, Sancho Garcés fue asesinado en Peñalén, cuando estaba distraído en una cacería. Según parece, su propio hermano, o alguien que trabajaba para él, lo invitó a precipitarse al vacío desde el famoso barranco del lugar el 4 de junio de 1076.

Y, como suele suceder, a los conjurados se les volvió la conjura misma en contra, porque el vacío de poder subsiguiente fue aprovechado por Alfonso VI de León (el mismo que se convierte en adversario del Cid en estas páginas), que ocupó La Rioja y el actual País Vasco, y por Sancho Ramírez de Aragón, que fue proclamado rey de Pamplona.

Así, durante prácticamente seis décadas, el reino de Pamplona permaneció vinculado a Aragón y sus reyes, hasta la proclamación de García Ramírez el Restaurador en 1134.

***

Fueron los musulmanes quienes introdujeron el alambique en la península y, aunque en principio se destinaba a la elaboración de ingredientes farmacológicos, pronto descubrieron lo que dio en llamarse «alcohol» (palabra de origen árabe) que, desde la península ibérica, se exportó al mundo entero.

Así, a fermentados como el conocido hidromiel, se añadieron los espiritosos que tan buena acogida tuvieron.

***

Remodelado hoy de forma ejemplar en un notable ejercicio arquitectónico, el Molino de San Miguel, en Caparroso, se remonta hasta el siglo x, y la tradición molinera de esa zona está bien constatada en muy distintos estudios, lo que nos permite suponer que, en los tiempos de la novela, tanto en el cauce del Aragón como en el del cercano Cidacos existían abundantes molinos.

Y los molinos, como las herrerías y otros centros preindustriales, suponían lugares de encuentro y reunión. Así lo reflejan tradiciones que estaban vivas hasta hace bien poco, como las bien conocidas *muiñeiras* gallegas.

***

La que ha pasado a los libros de Historia como Zaida, de la que ni siquiera estamos seguros de sus fechas de nacimiento y muerte, fue una princesa musulmana de al-Ándalus.

Probablemente estaba casada con uno de los hijos de Muhámmad ibn 'Abbad al-Mu'támid, rey de la taifa de Sevilla de biografía más que interesante. Y, por circunstancias que no están claras, terminó siendo concubina y, quizá, incluso esposa de Alfonso VI de León, a quien le dio un heredero, el llamado Sancho Alfónsez, que hubiera reinado de no haber resultado muerto en la fatídica batalla de Uclés en 1108.

Es lícito suponer que sabría sobre el esplendor del califato cordobés y también sobre cómo el famoso tesoro de al-Qádir acabó en manos de quien había sido primero gobernante en Toledo y después en Valencia.

Puede que fuese la sobrina del rey de la taifa de Lérida y Denia, y puede que casase con el rey de la taifa de Córdoba, hijo a su vez del soberano de Sevilla (de ahí la polémica de si era hija o nuera del régulo sevillano).

En cualquier caso, con la presión almorávide asfixiando a buena parte de los gobernantes de las taifas (más de uno fue condenado al exilio en el actual Marruecos), hubo una parte significativa de las élites andalusíes que fue incorporada a los estamentos cristianos.

* * *

Aunque parezca increíble, los gallegos no hemos terminado hablando inglés por uno de esos tropezones de la Historia.

Dejando a un lado la ancestral relación entre ambos lugares, más que demostrada desde múltiples disciplinas, en los días de estas páginas hubo un peculiar personaje que, a disgusto con las políticas de Alfonso VI, planeó rendir Galicia a la recién unificada Inglaterra de Guillermo el Conquistador.

Se trata del obispo compostelano Diego Peláez.

Sus intentos de sublevación y revuelta implicaron al mismísimo Cid.

* * *

En la actualidad, pese a que algunos se empeñen con tesón envidiable, la opinión mayoritaria es que la famosa jura de Santa Gadea no se pudo producir.

Para empezar, porque es posible que no existiese la iglesia en sí y, para continuar, porque resulta inconcebible que un caballero (fuera cual fuese su condición, que ese es otro asunto lleno de debate) hubiera podido pedirle cuentas a su rey de un modo semejante.

Al respecto, es fácil encontrar algunas de las conferencias que mi admirado José Luis Corral ha dado.

Por cierto, también merece la pena leer la biografía novelada que el mismo Corral firma sobre ese polémico personaje que fue Rodrigo Díaz de Vivar.

* * *

Los detalles del castillo de Cornago son pura invención. Aunque la fortaleza sigue en pie, hoy día solo puede intuirse lo que debió ser en el siglo XI. El castillo es ahora una amalgama de diferentes reformas y reconstrucciones que se salpican durante todo un milenio.

* * *

En cuanto al mítico tesoro de Alqádir (que debería escribir como al-Qádir según la normativa) se han contado otras historias en las que es el eje central.

Cuando el Islam se asentó tras su primera gran expansión, empezaron a generarse artesanías al tiempo que se desarrolló la cultura. Aún hoy perviven en la actual Andalucía tradiciones en el trabajo de la madera (como los taraceados), los metales preciosos, las telas y sus teñidos, y la joyería.

Se supone que, en su huida desesperada de Valencia, al-Qádir abandonó el alcázar llevándose cuanto pudo de sus tesoros y enormes cantidades de oro y plata. Los rumores se inflaron diciendo que en sus manos estaba el más precioso aljófar del mundo y grandes cantidades de piedras preciosas.

Además, también se llevó consigo una arqueta de madera con incrustaciones de oro (elementos similares ha hallado la arqueología como testimonio incuestionable de la destreza de los artesanos andalusíes) y la pieza más importante, la más llamativa, la que se ha convertido en leyenda: el cinturón de piedras preciosas y perlas que había pertenecido tres siglos antes a la sultana Zobeida; la más famosa de las princesas abasíes, esposa del califa Harún al-Rashid, el mismo que fundó la legendaria Casa de la Sabiduría, la inmortal biblioteca del esplendoroso Bagdad de las *Mil y una noches*.

Y Zobeida debió ser una mujer extraordinaria que no se limitó a desempeñar el papel de consorte. Por nombrar uno de sus muchos logros, se dice de ella que fue la responsable de asegurar la ruta entre Bagdad y La Meca, al tiempo que construía suficientes pozos, canales e ingenios que garantizasen el suministro de agua de un extremo a otro de dicha ruta.

En cuanto al cinturón, su origen es un misterio. No sabemos si fue un regalo de su esposo el califa, de un tío materno, o un antojo que se fabricó a su capricho. Lo que sí podemos es seguir la pista de la magnífica joya.

Nos consta, aunque no sepamos muy bien el cómo, que el cinturón acabaría en manos del emir de Córdoba Abd al-Rahman II y pasaría a sus descendientes. Así, cuando el poder cordobés se derrumbó la pieza fue a parar a Toledo en poder de al-Mamún, que se lo regalaría a su hija, quien, con el tiempo, se convertiría en la madre de al-Qádir. Razón por la que se le supone no solo un enorme valor económico sino también un incalculable valor sentimental para quien acabaría siendo el gobernante de Valencia una vez caído Toledo en manos cristianas.

* * *

El nombre de Gacel y buena parte de la información utilizada sobre los camellos en estas páginas tienen una fuente que ha de ser nombrada y reconocida, la maravillosa novela *Tuareg*, de Alberto Vázquez-Figueroa. También gracias a él cobra vida el personaje de Menelik, fue el propio Alberto el que me habló de esa terrible costumbre de ciertos nómadas mauritanos de engordar a sus hijas como si de ocas se tratase (y la retrata en *La gran sequía*).

Sus páginas y las largas charlas que he podido mantener con él mismo me han enseñado mucho. Y suya es la culpa de que la primera vez que visité el desierto del Sáhara esperase ver en el borde de cada duna la silueta de su inolvidable personaje, a lomos de un blanco *mehari*, en busca de justicia para los hombres a los que había dado hospitalidad.

Por otro lado, hay que reconocer que ninguna crónica medieval admite el uso de camellos por las tropas cristianas, aunque sí admiten que, en los primeros encuentros entre las dos facciones, el olor de estos animales traídos desde África asustaba a los caballos. Hasta el punto de que hubieran podido ser la causa de alguna de las más terribles derrotas de los reyes cristianos.

***

En lo referente a los hombres y lugartenientes del Campeador, ningún registro histórico o crónica deja claro si entre las mesnadas del Cid había o no gentes no cristianas o extranjeros. Al menos de forma definitiva. Hay sugerencias de las que se puede desprender que sería lógico asumirlo.

Sin embargo, se trata simplemente de una asunción hecha con el propósito de mostrar algo que, pudiendo ser verdad, no se ha confirmado por el momento.

Está claro que el famoso Alvar Fáñez del poema existió, y parece evidente que sus caminos se cruzaron con los de Ruy, pero también que no habría tenido el papel que la composición de los cantares le otorga.

Por otro lado, en cuanto a los no cristianos, es lógico suponer que, tras la etapa como mercenario (un término que no es el más adecuado por sus connotaciones contemporáneas) en Zaragoza, hubiera podido engrosar sus filas con efectivos musulmanes. En la novela se refleja con personajes como Gacel o Menelik, que, además, serían miembros de las tribus nómadas norteafricanas, un estamento por debajo de las privilegiadas castas de origen arábigo y que, por tanto, serían más propicios a dejarse llevar según conveniencias personales.

En cuanto a los cristianos, pero llegados de otras partes de lo que hoy llamamos Europa, no nos cabe duda de que el llamamiento de Alfonso VI tras la batalla de Sagrajas (Zalaqa si se prefiere) tuvo un cierto eco, como muestra la llegada de borgoñones que acabarán emparentados con el propio monarca y en puestos de responsabilidad en tierras gallegas y portuguesas (en parte para paliar los peliagudos movimientos políticos de personajes como Diego Peláez).

El Otto de estas páginas no está basado en una certeza histórica, sino en una posibilidad de que, desde el reino de Germania, corazón del Sacro Imperio, llegasen gentes que acudieran a esa llamada de auxilio, quizá también con el interés de aportar información a su lugar de origen sobre lo que estaba sucediendo en el sur.

* * *

No podemos estar seguros de la participación de Pisa y Génova en el asedio de Valencia, ni de que hubieran podido acudir a la llamada del rey Alfonso. Sin embargo, sí es cierto que esos días son los que enmarcan la enorme expansión comercial de las ciudades Estado italianas. Y también que apenas comenzado el siglo nos consta una alianza entre pisanos y el conde de Barcelona, para lanzar una expedición contra las Baleares ocupadas por los musulmanes (no mucho antes, Pisa y Génova se habían hecho con Córcega y Cerdeña).

* * *

Aunque no podemos tener la certeza, parece probable que Jimena y sus hijas estuvieran en Ordejón cuando se produce el descalabro de Aledo, causa del segundo destierro del Cid (el que se muestra en la novela, del primero solo hay referencias veladas, y se hizo así para evitar confusiones).

Y es probable que Diego también estuviera con ellas cuando son retenidas (en un claro exceso de la autoridad real).

En torno a este segundo destierro hay multitud de incógnitas. Ni siquiera sabemos el porqué no llegan a encontrarse las fuerzas del Cid y las mesnadas reales, el planteamiento de la traición que aparece en estas páginas es mera narrativa, para acentuar el punto álgido del primer acto en la historia de Ruy.

Lo que sí parece que podemos dar por cierto es que el segundo desembarco almorávide sirvió para liderar una coalición de taifas que puso asedio al castillo de Aledo, un baluarte en tierras bajo dominio musulmán. Y las rivalidades internas acabaron por desbaratar el sitio a la plaza.

Las tropas cristianas no se entendieron. Y no tenemos ninguna prueba que justifique la traición de García Ordóñez, ni nada semejante. Pero el hecho (o lo que parece un hecho) es que no llegaron a reunirse y que el fallo provocó la cólera de Alfonso VI. Lo que dio como resultado el destierro del Cid, el encierro para su esposa y sus hijas, y la pérdida de propiedades y privilegios, en un exceso allende la legislación y las costumbres del momento. Un exceso que pudo ser motivado por la enorme ira que sentía el monarca por lo sucedido.

En cualquier caso, debo admitir que he simplificado la narración con total impunidad, porque los peldaños que subían esta escalera se hacían interminables y negociaban una pendiente demasiado pronunciada.

No se hace alusión a la retahíla de pueblos por los que pasaron ambas huestes ni a todos los detalles; por ejemplo, se supone que el Cid no sabe que Alfonso está en Toledo hasta que él mismo ha trasladado ya su campamento de Requena a Játiva.

Lo mismo sucede con la declaración de traidor. Según parece, aunque también hay dudas, pudo producirse en Molina de Segura. De nuevo, para simplificar la narración, en las páginas de la novela se sitúa en las cercanías de la actual Hellín.

Ahora bien, para el que quiera despejar mejor esas dudas creo que es necesario recomendar dos trabajos encomiables, las biografías que, del Campeador, han escrito desde prismas distintos Gonzalo Martínez Díez y David Porrinas. Aunque hay mucho más material, y merece la pena descubrir los especiales de mis queridos amigos de la editorial Desperta Ferro, estas dos obras son un fantástico primer paso.

***

Dejando a un lado las disquisiciones entre los expertos, no me ha parecido que mereciese la pena trastear con los números en lo que se refiere a los componentes de las mesnadas y los ejércitos involucrados. A fin de que la narración resultase fluida, se han usado en todos los casos números redondos.

Por ejemplo, justo antes de que se produzca el segundo destierro hay quienes elevan el número de hombres en las huestes del Cid hasta los siete mil.

Hoy en día, donde solo las crónicas sirven de referencia, no hay modo de saber si es cierto o no. A mí, humildemente, como novelista, me ha parecido más sencillo manejar un número más pequeño; simplemente pensar en la cantidad de forraje necesario para las bestias, aunque no todos fueran caballeros, se me hace inconcebible.

En este ámbito marcial podría recomendar muchísimos trabajos de excelente calidad, pero me siento obligado a mencionar uno en especial, y no solo por el cariño que me une a su autor, sino porque se trata, sin duda, de una lectura imprescindible para comprender la guerra en el medioevo español; me refiero a *Espada, hambre y cautiverio* del incomparable Yeyo Balbás.

***

Al hilo de lo anterior, decidí mantener a Jimena cerca de su esposo, no solo por evitar complicaciones en la trama, sino porque tengo el convencimiento de que Jimena fue una mujer excepcional, responsable directa de los éxitos del Cid.

Las crónicas, por desgracia, la apartan a menudo de los hechos, pero estoy seguro de que Jimena podía mirar por encima del hombro a los reyes de su tiempo.

***

Cuando ha sido posible, y de nuevo debo mostrar mi eterno agradecimiento a los trabajos de Porrinas y Martínez Díez, se han mantenido los topónimos propios de la época y no los actuales.

Si bien es cierto que puede descolocar al lector o complicar un poco los movimientos y rutas, también lo es que dota al texto de un innegable sabor medieval.

Así, entre otros, aparecen Felín por Hellín o Murviedro por Sagunto.

***

Respecto a la renombrada batalla de Tévar, también Tébar en algunas fuentes, resulta difícil tener certezas.

En los antecedentes podrían haberse cruzado distintos mensajes entre ambos bandos. La *Historia Roderici* hace crónica de estas cartas entre el conde barcelonés y el Cid, y su lectura resulta sin duda interesante por el reflejo de los valores, del honor, del sentido de la guerra, tal y como se entendían en la época, además de curiosos reproches en los que se le achaca al Campeador una excesiva afinidad a ritos paganos (como adivinar el futuro en el vuelo de las aves).

Sin embargo, hay un buen puñado de historiadores que ponen en duda la realidad tras esa correspondencia.

En el texto, se han simplificado esos prolegómenos de la batalla para no arruinar el ritmo narrativo, pero para cualquier interesado en el tema son una lectura más que recomendable.

Por otra parte, respecto a la batalla en sí, da la sensación de que lo único que podemos asumir, una vez más, es que el Cid demostró ser un brillante estratega con la celada de los huidos dispuestos a ser interrogados. El resto ha quedado enredado en la bruma de las crónicas.

Del mismo modo, también parece que puede darse por cierto el percance del Cid con el caballo, aunque una mera caída no explicaría su convalecencia posterior.

Para más detalles, controvertidos o no, el mejor estudio al que he podido tener acceso sobre esta batalla es el de Alberto Montaner.

***

No he encontrado ninguna referencia a que, en tiempos medievales, se empleasen puntos de mira en ballestas o arcos. El tiro era lo que ha dado en llamarse «instintivo». Sin embargo, me he decidido a emplear este recurso porque facilitaba las cosas al lector moderno con pocas explicaciones.

De hecho, un punto de mira resultaría poco práctico; en uno de mis arcos yo tengo cuatro, para veinte, treinta, cuarenta y cincuenta metros.

En cualquier caso, y este no es lugar apropiado para extenderse en referencias, la escena pedía una urgencia que me aconsejó prescindir de detalles de ese tipo, que, a lo mejor, hubieran cuadrado más con una escena de entrenamiento o con más pausa.

Por otro lado, tampoco he encontrado ninguna crónica que hable de cómo se pelaban las cebollas antes de comerlas, y el sentido común nos viene a decir que debió ser así.

En el tiro instintivo el tirador acaba tomando referencias con su mano, las marcas y muescas de la madera del arma. Puede usarse un dibujo en las vetas, o un defecto en la construcción. Resulta plausible que un ballestero hubiera hecho algo así.

* * *

Aunque existen noticias documentales sobre retablos portátiles desde el siglo VII, por desgracia, los primeros conservados datan de fines del siglo XII o principios del XIII (época románica). Por lo tanto, para aquellos que, como yo mismo, son aficionados a la Historia del Arte, cabe aclarar que la descripción en el texto es una amalgama de imágenes posteriores, elegidas porque la simbología cuadraba con la narración.

Se ha incluido como contraposición a la imagen del muecín oficiando la oración en las primeras páginas de la novela, porque no caben dudas de que, en ambos bandos, al menos en apariencia, los ritos, las liturgias y la fe estaban presentes en lo más crudo de la guerra y daban soporte moral a los líderes y sus tropas.

En el presente, la religión, sea cual sea, no tiene el papel cotidiano que tenía hace mil años en el entorno geográfico que aquí se contempla.

* * *

Después de que el conde de Barcelona fuese derrotado en el Pinar de Tévar, la recuperación del Cid, según las crónicas, habría sido algo más rápida de lo que se muestra en estas páginas, y es probable que fuera el mismo Campeador el que negoció con el conde las condiciones de su rendición.

A partir de ese instante, y con la nueva oleada almorávide acosando la península, el tempo de los acontecimientos se ralentizó.

Entre la batalla del Pinar de Tévar y el acoso de Alfonso VI a Valencia transcurren dos años que en la novela son apenas un suspiro. De hecho, según las crónicas, parece que el Cid se mueve a las cercanías de Zaragoza después de la batalla, pero que, una vez recuperado, pasará la Pascua en Yubayla (Juballa si se prefiere), y para el otoño de 1091 reconstruirá Peña Cadiella, y a continuación liderará una expedición en Morella para pasar las Navidades en Valencia y, con los comienzos de año, en 1092, se celebrará una alianza con Zaragoza y Aragón que, finalmente, tendrá como resultado los ataques de Alfonso VI sobre Valencia y la reacción del Cid de atacar y saquear La Rioja durante el verano de 1092.

Es decir, hay una primera estancia en Zaragoza (tras la derrota del conde) y otra alrededor de un año y medio después, que en la novela se han convertido en una única (prolongando la recuperación del Campeador).

La tragedia de Ruy Díaz alcanza en la batalla del Pinar de Tévar el punto medio que cambia al propio Campeador y a su hijo (para encarar la segunda mitad del segundo acto), no se podía permitir que el ritmo decayese.

* * *

Al hilo de esa recuperación del Cid mencionada unos párrafos antes debe aclararse que ninguna crónica hace referencia a que el Cid sufriese fiebres recurrentes.

Sin embargo, es una idea que se ha planteado de tanto en tanto y que no es original de esta novela.

Las frecuentes convalecencias del Cid (que sí aparecen en las crónicas) han permitido elucubrar con que, quizá, el Campeador sufría de malaria.

Y no deben olvidarse los enormes esfuerzos, ingentes, que hasta mediado el siglo pasado se realizaron para erradicar esta enfermedad del territorio peninsular, donde humedales como los del Guadiana eran un foco continuo de infección. Ejemplo de ello es el famoso Instituto Antipalúdico de Navalmoral de la Mata, sobre el que mis amigos de la Fundación Concha realizaron una magnífica exposición.

De hecho, las crónicas sí mencionan fiebres recurrentes en quienes campaban por la frontera en aquellos tiempos.

Aunque no tengamos evidencias historiográficas, por mera estadística puede afirmarse que entre los hombres del Cid habría quien sufriese esta terrible enfermedad.

En este sentido, es cierto que la moderna medicina ha venido a darle la razón a los métodos tradicionales chinos al emplear, como se refleja en la novela, la artemisa como remedio.

* * *

La historia de Ruy Díaz, tal y como se ha concebido en estas páginas, es la del héroe de una tragedia, alguien condenado por aquello que los griegos llamaban *hamartia*, lo que significa que el héroe no puede evitar el fatal desenlace por más que lo intente, queda condenado por sus acciones.

Que yo sea consciente, nunca se había presentado así al Cid, sin embargo, a mi entender, las crónicas lo dejan claro.

El Cid, como el capitán Ahab, como Edipo, o si se prefiere como el Joker o Darth Vader, se condena a los infiernos haciendo lo único que puede hacer.

Con decisiones cada vez más cuestionables, Ruy porfía una y otra vez hasta lograr el triunfo del segundo acto que caracteriza a toda tragedia, en su caso la conquista de Valencia.

Y una huella en ese camino son los ataques contra los territorios castellanos de la actual La Rioja.

Incluso la *Historia Roderici*, siempre dispuesta a ensalzar la figura del Campeador, acaba usando duras palabras para referirse a este trágico episodio que debió ser, de hecho, horrible.

* * *

El asedio y conquista de Valencia por parte del Campeador no fue, en realidad, un trazo recto, como se refleja en estas páginas; hubo atajos, desvíos y revueltas. Intervinieron más actores y el asunto se complicó en muchos de sus aspectos. En la novela, sin embargo, debe quedar claro, se ha mostrado una simplificación.

En la narrativa, más cuando se enfoca el final del segundo acto y se prepara el tercero, no caben esas vacilaciones, resulta complejo introducir nuevos personajes y salir airoso, se hace casi imposible desviarse del motor del conflicto principal y no perder el interés del lector.

Para aquellos que deseen conocer con mayor profundidad el episodio, de nuevo los trabajos ya mencionados como los de Porrinas y Martínez Díez son un buen punto de partida.

* * *

No consta ninguna evidencia de que Alfonso VI estuviera detrás de los movimientos almorávides que llevaron al derrocamiento de al-Qádir. Y tampoco que hubiera tropas castellanas bajo el beneplácito del rey entre las huestes almorávides que perdieron en la batalla conocida como Cuarte. Pudo haber cristianos actuando como mercenarios, pero ha de quedar claro que no existe evidencia histórica de que el rey Alfonso promoviera algo semejante.

Sin embargo, sí es factible que Alfonso viera con buenos ojos que la ciudad cayese en manos moras antes que seguir perpetuando el incómodo legado que el Cid había dejado tras de sí en manos de Jimena.

Dicho de otro modo, es plausible que, por acto u omisión, el rey Alfonso tuviera partes más grandes o más pequeñas en todos estos asuntos. Y así se ha planteado esta novela, principalmente porque el adversario del héroe ha de ser único. No es factible contar una historia en la que el héroe se enfrente a dos enemigos distintos sin relación alguna, para eso harían falta dos de esas historias. De hecho, el tercer acto siempre incluye la llamada «escena obligatoria», el enfrentamiento entre el héroe y su adversario, su único adversario, que puede tener esbirros y un ejército multitudinario a su servicio capaz de plantear varias subtramas, pero hay una sola Moby Dick o un solo Sauron, da igual si hablamos de tragedia o de comedia.

En cualquier caso, involucrar al rey Alfonso con los movimientos almorávides es un recurso narrativo, sin más.

* * *

Si bien es cierto que el asedio de Valencia se convirtió en una auténtica salvajada, no terminó, que sepamos, como consecuencia de una acción concreta por parte del Cid, como figura en la novela.

La situación se agravó día a día, y las crónicas de un lado y de otro reconocen barbaridades (hombres entregados a los perros o quemados vivos). Y podemos creer que se llegó al canibalismo por culpa del hambre, no fue el primer asedio en el que sucedía algo similar y tampoco el último.

Ahora bien, la rendición de la ciudad no tuvo un detonante como tal; sin embargo, en la narrativa se hace necesario mostrar cómo el héroe o heroína es el causante de lo que le sucede, hay que permitir al público leer (ver en el cine) cómo las acciones del protagonista son determinantes para el desarrollo del argumento. De ahí que, tras mucho pensarlo, pergeñase la estratagema que aparece en estas páginas que, si bien no es histórica, sí resulta, a mi entender, plausible en un personaje como el Cid, que ha dejado las crónicas llenas de ingenio. De hecho, en el asedio de la ciudad de Valencia, la insurgencia y la contrainsurgencia jugaron papeles relevantes, y el de Vivar maniobró políticamente de formas muy interesantes, pero ese tipo de acciones no resultaban tan atractivas a la hora de desarrollar la novela.

***

Aunque asumamos que la cultura popular ha denostado al sexto de los Alfonsos (por mor de la fama del Cid y de la imagen que del monarca se ha dado en la tradición oral), es posible reivindicar su figura.

Es cierto que, como gobernante, tuvo grandes aciertos que no siempre le han sido reconocidos. Y es cierto que puede merecer más altas consideraciones de las que ha recibido. Pero también lo es que resulta un personaje con muchas espinas. Seguimos sin saber si tuvo que ver o no con la muerte de su hermano, y esa sería solo una de ellas.

A partir de ese lado oscuro, y de que dejó caer Valencia en manos almorávides, se ha construido el personaje.

Así que, por favor, permítaseme el descargo. Alfonso es el antagonista de las dos historias que conforman esta novela, la de Ruy y la de su hijo Diego, y el enfrentamiento final del tercer acto entre él y los dos protagonistas (cada uno de su propia trama) tenía que presentarse y resolverse. Y tenía que ser entre Alfonso y cada uno de ellos. En realidad, desde el punto de vista de la técnica narrativa, estaba arrinconado.

* * *

Sobre los motivos que llevaron al hijo del Campeador a participar en la batalla de Consuegra mientras que su padre permanecía en Valencia, la única verdad es que, hoy en día, no los conocemos.

Pero, como escribió William Goldman en su maravilloso *Adventures in the Screen Trade*, y recordemos que hablamos del guionista de *Todos los hombres del presidente*, *Dos hombres y un destino*, *La princesa prometida* o *Marathon Man*, «la verdad es magnífica, la realidad incluso mejor, pero la credibilidad las supera a ambas».

* * *

Aunque ya hice una referencia similar en las notas al final de mi novela *Balvanera*, merece la pena aclarar que el luto, tal como lo entendemos hoy, viene de una sanción de los Reyes Católicos, por lo tanto, no puede acertarse al decir que Jimena vestía de luto en su viudedad. Sin embargo, también es cierto que los romanos favorecían el negro para demostrar su dolor por los fallecidos y, de hecho, como era un tinte que no soportaba los lavados, corría el dicho de que a nada temía más un lavandero que a un mochuelo (que podía anunciar la muerte), condenando al lavandero a verse rodeado de clientes que, tal vez, tardarían en lavar sus ropas negras.

En cualquier caso, aunque no pueda tenerse la certeza de que una viuda a principios del siglo XII vistiese de negro, tampoco es descabellado pues, por lo que parece, la sanción de Isabel y Fernando ponía en tinta una costumbre ancestral.

***

No he conseguido encontrar ninguna referencia a que las tropas del Cid usasen el cuerno (aerófono) en las batallas. Cuando he preguntado a los expertos, las opiniones son dispares y, si bien todos están de acuerdo en que algún sistema de señales debía existir, no lo están en definir cuál era y cómo se utilizaba.

En el texto se ha empleado por su indudable valor estético. Pero también porque el cuerno tradicional vasco, la alboka, así como el albogue castellano (ambos hechos con una pieza de madera entre dos cuernos de ternero), parecen proceder de un equivalente musulmán llamado *al-buk*. Lo que podría indicar raíces de su uso y conocimiento en la época reflejada en la novela.

***

Si ha llegado hasta aquí, querido lector, déjeme decírselo una vez más: gracias, muchas gracias. Y vaya desde estas líneas un guiño especial para Raquel, que siempre encuentra el modo de leer mis novelas a dos tiempos y consigue radiarlas como aquellos carruseles de las tardes de domingo.

Estoy a su disposición en las redes sociales o en mi correo electrónico, francisconarla@francisconarla.com.

Mapas

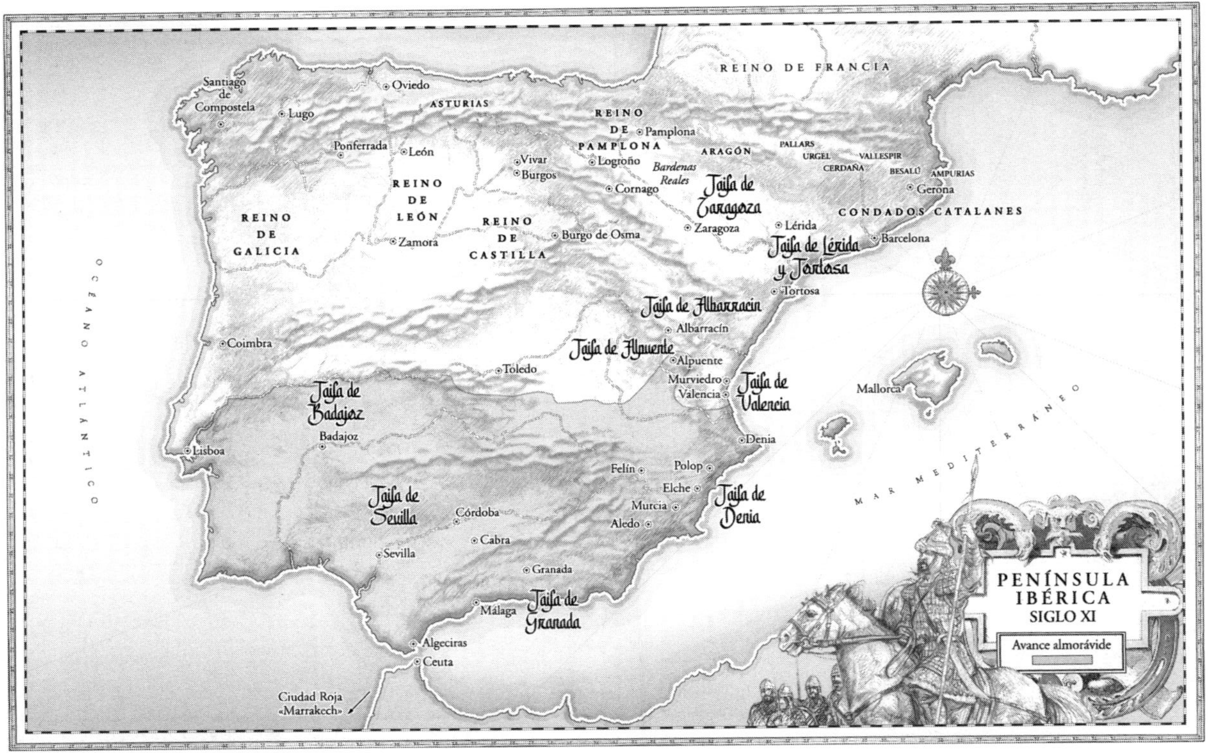
PENÍNSULA IBÉRICA
SIGLO XI
Avance almorávide
REINO DE FRANCIA
Santiago de Compostela
Oviedo
Lugo
ASTURIAS
Ponferrada
León
REINO DE LEÓN
REINO DE GALICIA
Zamora
Vivar
Burgos
REINO DE CASTILLA
Burgo de Osma
REINO DE PAMPLONA
Pamplona
Logroño
Cornago
Bardenas Reales
ARAGÓN
Taifa de Zaragoza
Zaragoza
PALLARS
URGEL
CERDAÑA
VALLESPIR
BESALÚ
AMPURIAS
Gerona
CONDADOS CATALANES
Lérida
Barcelona
Taifa de Lérida y Tortosa
Tortosa
Taifa de Albarracín
Albarracín
Taifa de Alpuente
Alpuente
Coimbra
Toledo
Murviedro
Valencia
Taifa de Valencia
Taifa de Badajoz
Badajoz
Lisboa
Mallorca
Denia
Felín
Polop
Elche
Murcia
Aledo
Taifa de Denia
Taifa de Sevilla
Córdoba
Cabra
Sevilla
Granada
Málaga
Taifa de Granada
Algeciras
Ceuta
Ciudad Roja «Marrakech»
OCÉANO ATLÁNTICO
MAR MEDITERRÁNEO

LEVANTE
SIGLO XI
Montornés
Alpuente
Burriana
Peña Roja
Segorbe
Sierra Calderona
Puzol
Murviedro
Marjal
del Moro
Juballa
Taifa de
Valencia
Cuarte
VALENCIA
Albufera
Almusafes
Alcira
Bairén
Játiva
Gandía
DENIA
Ondara
Taifa de
Denia
Polop
Villena
Alicante
Elx
Orihuela

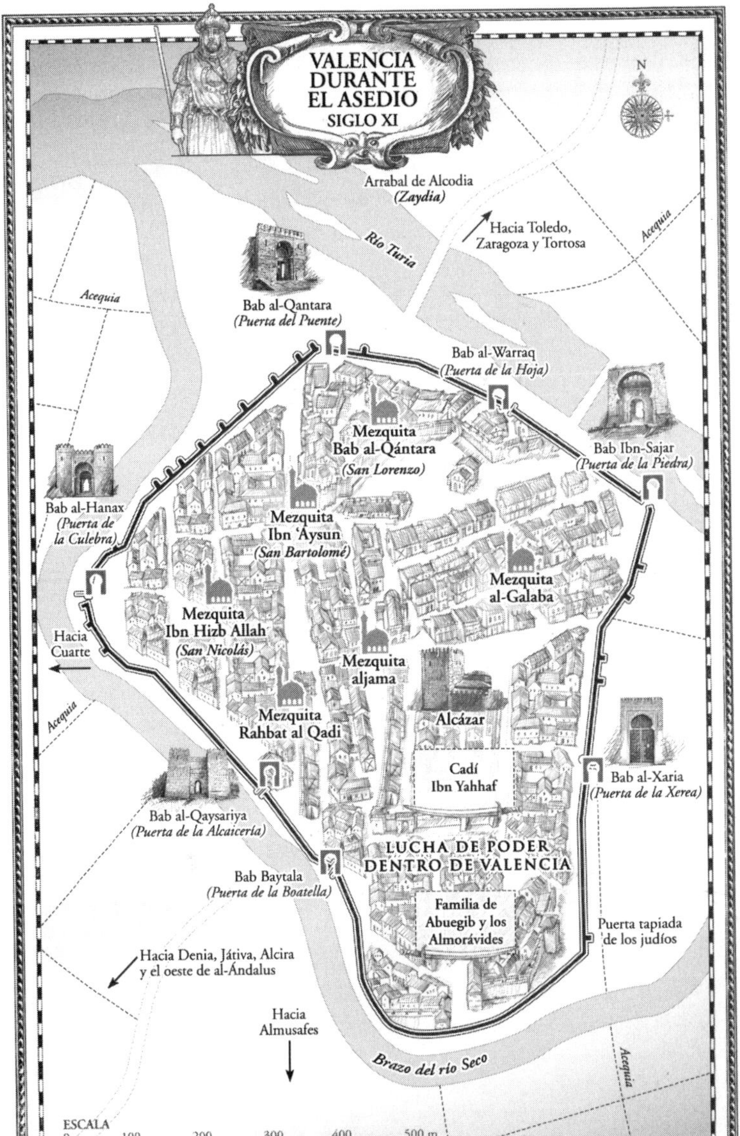
VALENCIA DURANTE EL ASEDIO
SIGLO XI
N
Arrabal de Alcodia
(Zaydia)
Hacia Toledo, Zaragoza y Tortosa
Acequia
Río Turia
Acequia
Bab al-Qantara
(Puerta del Puente)
Bab al-Warraq
(Puerta de la Hoja)
Mezquita Bab al-Qántara
(San Lorenzo)
Bab Ibn-Sajar
(Puerta de la Piedra)
Bab al-Hanax
(Puerta de la Culebra)
Mezquita Ibn 'Aysun
(San Bartolomé)
Mezquita al-Galaba
Mezquita Ibn Hizb Allah
(San Nicolás)
Hacia Cuarte
Mezquita aljama
Acequia
Mezquita Rahbat al Qadi
Alcázar
Cadí Ibn Yahhaf
Bab al-Xaria
(Puerta de la Xerea)
Bab al-Qaysariya
(Puerta de la Alcaicería)
LUCHA DE PODER DENTRO DE VALENCIA
Bab Baytala
(Puerta de la Boatella)
Familia de Abuegib y los Almorávides
Puerta tapiada de los judíos
Hacia Denia, Játiva, Alcira y el oeste de al-Ándalus
Hacia Almusafes
Brazo del río Seco
Acequia
ESCALA
0 100 200 300 400 500 m